U0087942

儒林外史

吳敬梓　撰
繆天華　校注

三民書局

總 目

引言

一般的小說所以能引人入勝，使人手不釋卷，不外是愛情的故事，曲折離奇可喜可愕的情節等等，儒林外史所以博得讀者的喜愛並不是上述這些，而是諷刺與諧謔。

咱們中國的文化悠久，語彙特別豐富，幽默趣話非常之多。據世界書局版中國笑話書卷首所提到的，包括現存及散佚的笑話書共有一百多種，這就是一個明證。這些笑話，有一部分是涉及猥褻的，如俗本的笑林廣記（笑府等書改編），一見哈哈笑（或以為據諧談錄改編）等，還可以看到猥褻的笑話，所以這些小書不能登大雅之堂，大書店是不敢公然翻印全本的。儒林外史的作者，利用這些機鋒，趣語（自然沒有猥褻語），向當時的士林不留情地指摘，扯下他們的假面具，暴露出他們的窮相醜態，淋漓痛快，故能獲得一般讀書人的爭誦傳抄。

在明清兩朝，以八股文取士的毒害，有多少人能指點出來？有幾個人敢公然反對？清人筆記中有這樣記載：一個精於八股的時文大家，一天在人家的案頭看到史記，於是說：「久聞太史公的大名，倒要恭讀一下。」看了數頁，放下書道：「原來也不過如此。」又有一個學者自言，為了應試，幾乎十年沒有出門，後來考取了功名，走到陽光底下，就覺得目眩頭暈。朱子說得很對：「俗儒記誦詞章之習，其功倍於小學而無用。」（大學序）八股之害處更甚，所以曾國藩在中了進士後，才能夠正式讀書，讀段氏

說文注，年已三十六，五十七歲讀離騷，自說：「老年讀生書成誦，稍補少壯之缺陷，亦一樂也。」舉此二三事，可以概見其餘了。

吳敬梓在那樣的烏煙瘴氣的環境裏，無意於應試，百無聊賴，藉小說來諷刺這種不合理的制度，他的眼光真有獨到處。程晉芳說他：「吾為斯人悲，竟以稗說傳！」（懷人詩）以當時的眼光看，為他不平，可是他的文木山房集裏，固然不乏好詩，而儒林外史小說竟流傳於後世，成為一部不朽的傑作，這不但程晉芳夢想不到，就是作者自己也逆料不到的吧。

儒林外史是一部社會寫實小說，所描寫的多是作者親所聞見的人物，而以諧聲隱語寓其姓名（參看下面的考證），凡官吏，儒者，名士，山人，女流，市井細民等，都非常生動逼真，使炎涼的世態，一一呈現目前。惟全書沒有主幹，各種人物行列而來，其事與其來俱起，亦與其去俱訖，雖說是長篇，實在是連貫了許多的短篇故事，可說是另創一格，亦足以娛心。

今節引其深刻精采的二段於此：

周進吃過午飯，開了後門出來，河沿上望望。雖是鄉村地方，河邊卻也有幾株桃花柳樹，紅紅綠綠，間雜好看。看了一回，只見濛濛的細雨下將起來。周進見下雨，轉入門內，望著雨下在河裏，煙籠遠樹，景致更妙。這雨越下越大，卻見上流頭一隻船冒雨而來。那船本不甚大，又是蘆席篷，所以怕雨；將近河岸，看時，中艙坐著一個人，船尾坐著兩個從人，……那人連呼船家泊船，帶領從人，走上岸來。……走到門口，與周進舉一舉手，一直進來，自己口裏說道：「原來是個學

堂。」周進跟了進來作揖，那人還了個半禮道：「你想就是先生了？」周進道：「正是。」......

和尚忙走了出來道：「原來是王大爺，請坐。僧人去烹茶來。」向著周進道：「這王大爺，就是前科新中的，先生陪了坐著，我去擎茶。」那王舉人也不謙讓，從人擺了一條櫈子，就在上首坐了；周進下面相陪。......猛然回頭，一眼看見那小學生的傲紙上的名字是荀玫，不覺就吃了一驚；一會兒咂嘴弄唇的，臉上做出許多怪物像。......王舉人道：「......這名字是你替他起的？」周進道：「......開蒙的時候，他父親央及集上新進梅朋友替他起名；梅朋友說自己的名字叫做玖，也替他起個『王』旁的名字發發兆，將來好同他一樣的意思。」王舉人笑道：「說起來竟是一場笑話：弟今年正月初一日，夢見會試榜，弟中在上面是不消說了，那第三名也是汶上人，叫做荀玫。弟正疑惑我縣裏沒有這一個姓荀的孝廉，誰知竟同著這個小學生的名字，難道和他同榜不成？」說罷，就哈哈大笑起來，道：「可見夢作不得準！況且功名大事，總以文章為主，那裏有甚麼鬼神？」周進道：「老先生，夢也竟有準的......前日晚生初來，會著集上梅朋友，他說也是正月初一日，夢見一個大紅日頭落在他頭上，他這年就飛黃騰達的。」王舉人道：「這話更作不得準了。比如他進個學，就有日頭落在他頭上，像我這發過的，不該連天都掉下來，是俺頂著的了？」彼此說著閒話，掌上燈燭；管家捧上酒飯，雞魚鴨肉，堆滿春臺。王舉人也不讓周進，自己坐著吃了，收下碗去。落後和尚送出周進的飯來，——一碟老菜葉，一壺熱水，——周進也吃了。......次早，天色已晴，王舉人起來洗了臉，穿好衣服，拱一拱手，上船去了。撒了一地的雞骨頭，鴨翅膀，魚刺，瓜子殼，周進昏頭昏腦，掃了一早晨。（第二回）

這把功名得意的王舉人和窮酸失意的周進作一對比，就更顯出這批人的狂妄、熱中和可笑。此外，儒林外史在寫景方面也特別佳妙，如上段的雨景，第一回中王冕放牛的雨後湖景，第九及第十一回楊執中家的「東倒西歪」的破屋景象，寫景之妙，不一而足，這是其他中國舊小說中所不大有的。老殘遊記多少是受了它的影響的。

馬二先生獨自一個，帶了幾個錢，步出錢塘門，……望著湖沿上接連著幾個酒店，掛著透肥的羊肉；櫃臺上盤子裏盛著滾熱的蹄子，海參，糟鴨，鮮魚，……馬二先生沒有錢買了吃，喉嚨裏嚥唾沫；只得走進一個麵店，十六個錢吃了一碗麵。肚裏不飽，又走到間壁一個茶室吃了一碗茶，買了兩個錢處片嚼嚼，倒覺得有些滋味。吃完了出來，……往前走，過了六橋，轉個彎，便像些鄉村地方；又有人家的棺材厝基中間，走了一二里多路，走也走不清，甚是可厭。馬二先生欲待回家，遇著一個走路的，問道：「前面可還有好頑的所在？」那人道：「轉過去便是淨慈雷峰。怎麼不好頑？」馬二先生又往前走。……過了雷峰，遠遠望見高高下下許多房子，蓋著琉璃瓦；……馬二先生走到跟前，看見一個極高的山門，一個直匾，金字，上寫著「敕賜淨慈禪寺」。……馬二先生身子又長，戴一頂高方巾，一幅烏黑的臉，腆著個肚子，穿著一雙厚底破靴，橫著身子亂跑，只管在人窩子裏撞；女人也不看他，他也不看女人。前前後後，跑了一交，又出來坐在那茶亭內，……吃了一碗茶。櫃上擺著許多碟子：橘餅，芝蔴糖，粽子，燒餅，處片，黑棗，煮栗子，馬二先生每樣買了幾個錢，不論好歹，吃了一飽。馬二先生覺得倦了，直著腳，跑

進清波門，到了下處，關門睡了。（第十四回）

這一段，活畫出一副不解遊山玩水只知大吃大嚼的書獃子的態度。其餘不必多引了，反正讀者自己會看到，而且會不禁發出會心的微笑的。

本局所編印的儒林外史，是以嘉慶丙子年藝古堂本為底本，並校以其他各種善本，又依據金和跋，刪去末一回，恢復原來五十五回本的面目。仍將刪去的一回，附在後面，作為附錄之一。六十回本中間插入的兩個半回和三個全回，雖猥陋無價值，也列為附錄之二，以滿足讀者的好奇心。

錢玄同氏說：「水滸是方言的文學，儒林外史卻是國語的文學。」但儒林外史書中市井間的俗語趣話，也是不少，茲擇其難懂的略加注釋，附於卷中。

民國六十一年暮春，校畢記。

儒林外史考證

繆天華

儒林外史的作者是吳敬梓，這是沒有疑問的。作者的朋友程晉芳（比吳小十八歲）有一篇吳敬梓傳，就提到儒林外史這部小說，文章不長，不到一千字，茲節錄於下：

先生姓吳氏，諱敬梓，字敏軒，一字文木，全椒人。……先生生而穎異，讀書才過目，輒能背誦。稍長，補學官弟子員。襲父祖業，有二萬餘金，素不習治生，性復豪上，遇貧即施，偕文士輩往還，傾酒歌呼，窮日夜，不數年而產盡矣。安徽巡撫趙公國麟聞其名，招之試，才之，以博學鴻詞薦，竟不赴廷試，亦自此不應鄉舉，而家益以貧。乃移居江城東之大中橋，環堵蕭然，擁故書數十冊，日夕自娛。窮極，則以書易米。或冬日苦寒，無酒食，邀同好汪京門，樊聖謨輩五六人，乘月出城南門，繞城堞行數十里，歌吟嘯呼，相與應和，逮明，入水西門，各大笑散去，夜夜如是，謂之「暖足」。余族伯祖麗山先生，與有姻連，時周之。方秋，霖潦三四日，族祖告諸子曰：「比日城中米奇貴，不知敏軒作何狀。可持米三斗，錢二千，往視之。」至，則不食二日矣。然先生得錢，則飲酒歌呶，未嘗為來日計。其學尤精文選，詩賦援筆立成，夙構者莫之與勝。辛酉壬戌間，延至余家，與研詩賦，相贈答，愜意無間。而性不耐久客，不數月，別去。生平見才士，

汲引如不及。與余族祖綿莊為至契。獨嫉時文士如讎，其尤工者，則尤嫉之。余恆以為過，然莫之能禁。緣此，所遇益窮。與余遇於揚州。……余返淮，將解纜，先生登船言別，指新月謂余曰：「與子別，後會不可期，即景恨恨，欲構句相贈，而澀於思，當俟異日耳。」時十月七日也。又七日而先生歿矣。先數日，哀囊中餘錢，召友朋酣飲。醉，輒誦樊川「人生祇合揚州死」之句，而竟如所言，異哉。……蓋享年五十有四。所著有文木山房集，詩說若千卷；又傚唐人小說為儒林外史五十卷，窮極文士情態，人爭傳寫之。論曰：余生平交友，莫貧於敏軒。抵淮訪余，檢其橐，筆硯都無。余曰：「此吾輩所倚以生，可暫離耶?」敏軒笑曰：「吾胸中自有筆墨，不煩是也。」其流風餘韵，足以掩映一時。……

傳中說吳敬梓死前誦樊川詩句，查杜牧樊川集沒有這首詩。程晉芳又有哭吳敬軒詩云：「生耽白下殘煙景，死戀揚州好墓田。」原注云：「時客死邗上，前一夕，屢誦禪智山光之句。」按全唐詩第五冊載有張祐（字承吉）縱遊淮南詩：「十里長街市井連，月明橋上看神仙。人生祇合揚州死，禪智山光好墓田。」禪智寺在江都縣東十五里，一名竹西寺。程晉芳所謂樊川句，可能就是張祐的詩，或許記錯了。要不然，或是另有所根據。

胡適之先生是用儒林外史作材料，寫了一篇吳敬梓傳，文頗簡略，後來他好容易買到了一部文木山房集（四卷），於是高興之餘，寫成一篇近二萬字的吳敬梓年譜，這是研究儒林外史的一種極有價值的

資料。

據年譜，吳敬梓生於清康熙四十年（西元一七〇一年），死於乾隆十九年（西元一七五四年）十月。

但是儒林外史究竟寫於那一年？刻於何時？共有多少回？這種種都尚有些問題。

胡適之先生說：「外史刻本有『乾隆元年春閑齋老人』的一篇序」，疑是作者的假托，等於一篇自序，儒林外史初稿的完成，大概在乾隆元年或元年之前，於是加上一篇序，說：「其書以功名富貴為一篇之骨，有心艷功名富貴而媚人下人者，有倚仗功名富貴而驕人傲人者，有假托無意功名富貴自以為高被人看破恥笑者，終乃以辭卻功名富貴，品地最上一層，為中流砥柱。篇中所載之人，不可枚舉，而其人之性情心術，一一活現紙上，讀之者無論是何人品，無不可取以自鏡。」這一段道出了作者的著書宗旨，多麼中肯而確切，他人恐怕是不容易說的那麼得當的。

儒林外史的回數，程晉芳撰的傳裏說是五十卷，金和跋說有五十五卷，我想初稿可能只有五十回，後來經修改增訂，始有五十五回。

這部小說因為諷刺尖刻，曾經轟動一時，所以「人爭傳寫」。程晉芳春帆集有懷人詩十八首，其中有懷人詩時，外史已成功了，——至少大部分已成功了。」

我的意見稍有不同。三十六歲是中年，是一個人寫作的黃金時期，為甚麼見解會不成熟呢？所謂「閑齋老人序」，疑是作者的假托，等於一篇自序，儒林外史大概作於乾隆五年至十五年（西元一七四〇—一七五〇年）之間；到程晉芳作懷人詩時，外史已成功了，——至少大部分已成功了。」

可以推測他這部儒林外史大概作於乾隆五年至十五年（西元一七四〇—一七五〇年）之間；到程晉芳作六歲，見解還不曾成熟，還不脫熱心科名的念頭，那時的吳敬梓決做不出一部空前的儒林外史來。我們隆元年三月在安慶應考博學鴻詞的省試，前一月似無作小說序之餘暇。……況且那時的吳敬梓只有三十

一首注云：「全椒吳敬梓字敏軒。」詩云：

寒花無冶姿，貧士無歡顏。嗟嗟吳敏軒，短褐不得完。家世盛華縟，落魄中南遷。偶遊淮海間，設帳依空園。颼颼牕紙響，槭槭庭樹喧。山鬼忽調笑，野狐來說禪。心驚不得寐，歸去澄江邊。白門三日雨，竈冷囊無錢。逝將乞食去，亦且賦春焉。外史紀儒林，刻畫何工妍！吾為斯人悲，竟以稗說傳。

這首詩說明了吳敬梓的小說比他的詩文出名，不脛而走，風行於士大夫之間。

可是在他生前，儒林外史只有傳抄，還沒有刻本。據金和跋說，是書為金兆燕（棕亭）做揚州府教授時刻板印行的，當在乾隆三十三年以後。自後刻本非一。金跋又說：「是書本五十五卷，於琴棋書畫四士既畢，即接沁園春一詞。何時何人妄增幽榜一卷，其詔表皆割先生文集中駢語襞積而成，陋劣可哂，宜刪之以復其舊。」現存的最古本是嘉慶丙子（西元一八一六年）藝古堂刻本，凡五十六回，最後的一回，就是金和認為後人妄增的幽榜。

光緒十四年（西元一八八八年）齊省堂有增補本出現，凡六十回，添了四回，寫沈瓊枝的事一大段，雜入五十六回本中，不倫不類，文字極猥陋荒唐，當是淺薄之士所竄加的。

儒林外史所寫的人物，大都是實有其人的，而以象形諧聲或廋詞隱語寓其姓名，如果參以雍正乾隆間諸家的文集，往往十得八九（詳見上元金和跋）。杜少卿為作者自況，散財移居，辭薦建祠，都是實事。慎卿乃其從兄青然先生叢，虞博士乃江寧府教授吳蒙泉，莊尚志乃上元程綿莊，他的姪兒莊濯江（名

潔）大概就是程晉芳（魚門），馬二先生（字純上）乃全椒馮粹中，是作者摯友，遲衡山乃句容樊南仲，武書乃上元程文，其他二婁為浙江梁家，牛布衣為朱草衣，權勿用為是鏡，鳳鳴岐為甘鳳池，湯奏為楊凱，蕭雲仙姓江，趙雪齋姓宋，隨岑庵姓楊，楊執中姓湯，匡超人姓汪，嚴貢生姓莊，高翰林姓郭，余先生姓金，萬青雲姓方，范進姓陶，荀玫姓荀，韋思元姓韓，沈瓊枝即隨園所稱揚州女子。……

由此可見作者對於當時醜惡的社會，炎涼的環境，八股文的考試制度，虛偽的人物，深有所感，因發而為諷世的寫實小說，加上他的諧謔絕妙的文筆，使各種人物現身紙上，聲態並作，故能使讀者娛心稱快。這是《儒林外史》的真價值，並非無聊消遣，無的放矢，或以私心蓄意抨擊之作，堪稱為近世中國文學中一部不朽的諷刺傑作。

嘉慶丙子年新鐫

儒林外史

藝古堂藏板

嘉慶丙子年刊藝古堂本儒林外史

儒林外史序

古今稗官野史不下數百千種而

三國志西遊記水滸傳及金瓶梅

演義世稱四大奇書人人樂得而觀

之余竊有疑焉稗官為史之支流

善讀稗官者可進于史故其為書也

閑齋老人序

儒林外史序

古今稗官野史不下數百千種而
三國志西遊記水滸傳及金瓶梅
演義世稱四大奇書人人樂得而觀
之余竊有疑焉稗官為史之支流
善讀稗官者可進于史故其為書

天道循環可為鑒戒者鑒其他可多
吳兩以慶興存亡之故六具可人
深省予以敢厚非水滸金瓶梅
誨盜誨淫久干例禁乃言者津津
誇其章法之奇用筆之妙且說
其摹寫人物事故即家常日用

之必善之惡之俾讀者有所觀感戒
懼而風俗人心庶以維持不壞也西
遊元寶荒誕談者謂為談道之書
而云意馬心猿金公木母大抵心即
是佛云云予弗敢去三國不失合
正史而就中魏晉代禪依樣葫蘆

米鹽瑣屑皆各窮神盡相畫
工化工合為一手洵来稗官無有
出其右者鳴乎其未見儒林外史
一書乎夫且外史原不自居正史之
列也曰儒林回奕元寶荒誕之談
也其書以功名富貴為一篇之骨

有心艷功名富貴而媚人下人者有

傲仕功名富貴而驕人傲人者有假

托無意功名富貴自以為高被人

看破恥笑者終乃以辭卻功名富

貴品地最上一層為中流砥柱篇

中凡載之人不可枚舉而其人之

讀水滸金瓶梅無寧讀儒林外史

世有善讀稗官者當不河漢予言

也夫

乾隆元年春二月閑齋老人序

性情心術一一活現紙上讀之者無

論是何人品無不可取以自鏡傳云

善者感發人之善惡者懲創人

之逸志是書有焉甚矣有水滸

瓶梅之筆之才而非若水滸金瓶

梅之致為風俗人心之害也則与其

原序

古今稗官野史不下數百千種，而三國志西遊記水滸傳及金瓶梅演義，世稱四大奇書，人人樂得而觀之，余竊有疑焉。稗官為史之支流，善讀稗官者可進于史，故其為書，亦必善善惡惡，俾讀者有所觀感戒懼，而風俗人心，庶以維持不壞也。西遊元虛荒渺，論者謂為談道之書，所云意馬心猿，金公木母，大抵心即是佛之旨，予弗敢知。三國不盡合正史，而就中魏晉代禪，依樣葫蘆，天道循環，可為篡弒者鑒，其他蜀與吳所以廢興存亡之故，亦具可發人深省，予何敢厚非？至水滸金瓶梅，誨盜誨淫，久干例禁，乃言者津津，誇其章法之奇，用筆之妙，且謂其摹寫人物事故，即家常日用米鹽瑣屑，皆各窮神盡相，畫工化工，合為一手，從來稗官，無有出其右者。嗚呼，其未見儒林外史一書乎。

夫日外史，原不自居正史之列也，曰儒林，迴異元虛荒渺之談也。其書以功名富貴為一篇之骨，有心豔功名富貴而媚人下人者，有倚仗功名富貴而驕人傲人者，有假托無意功名富貴自以為高被人看破恥笑者，終乃以辭卻功名富貴，品地最上一層，為中流砥柱。篇中所載之人，不可枚舉，而其人之性情心術，一一活現紙上，讀之者無論是何人品，無不可取以自鏡。傳云：「善者感發人之善心，惡者懲創人之逸志。」是書有焉。甚矣！有水滸金瓶梅之筆之才，而非若水滸金瓶梅之致為風俗人心之害也，則與其讀水滸金瓶梅，無寧讀儒林外史。世有善讀稗官者，當不河漢予言也夫。

乾隆元年春二月　閑齋老人序

新 序

中國近五百年來第一流的文學作品，只有水滸，儒林外史和紅樓夢三部書；我常常希望有人將這三部書加上標點符號，分段分節，重印出來，以供研究文學者之閱讀。

我懷這種希望者有三四年，好了好了！現在居然有一位汪原放先生把這三部書加上標點符號，並且分段分節，陸續印行了！

我的朋友胡適之先生因為我平日是主張白話文學的，於上舉三書之中，尤其愛讀儒林外史，於是就來叫我做一篇儒林外史的新序。

可是我對於「文學」，實在沒有甚麼研究，這儒林外史在「文學」上有怎樣的價值，我現在還不敢強作解人來說外行話。我現在做這篇文章，不是批評儒林外史的本身，是覺得儒林外史這部書，不但是文學的研究品，並且大可以列為現在中等學校的「模範國語讀本」之一。以下的話，都是就著這個意見來說的。

我以為水滸，儒林外史和紅樓夢三書，就作者的見解，理想和描寫的藝術上論，彼此都有很高的價值，不能軒輕於其間；但就青年學生的良好讀物方面著想，則水滸和紅樓夢還有小小地方不盡適宜，惟獨儒林外史，則有那兩書之長而無其短。所以我認為這是青年學生的良好讀物，大可以拿他來列入現在

中等學校的模範國語讀本之中。

我覺得儒林外史有三層好處，都是適宜於青年學生閱讀的。其中一層為儒林外史與水滸，紅樓夢所共有的，兩層為儒林外史所獨有的。

(1)描寫真切，沒有膚泛語，沒有過火語——這一層，不是儒林外史獨有的好處，那水滸和紅樓夢都是如此。文學家唯一的手段，就是工於描寫。描寫得恰到好處，使看的人覺得文中的景物，歷歷如在目前，逼住他們引起愉快，悲哀，憤怒種種情感，這就是最好的文學。適之先生的建設的文學革命論中，有一段論描寫的話道：

描寫的方法，千頭萬緒，大要不出四條：(1)寫人，(2)寫境，(3)寫事，(4)寫情。寫人要舉動，口氣，身分，才性，……都要有個性的區別：件件都是林黛玉，決不是薛寶釵；件件都是武松，決不是李逵。寫境要一喧，一靜，一石，一山，一雲，一鳥，……也都要有個性的區別：明湖，決不是西湖，也決不是洞庭湖；紅樓夢裏的家庭，決不是金瓶梅裏的家庭。寫事要線索分明，頭緒清楚，近情近理，亦正亦奇。寫情要真，要精，要細膩婉轉，要淋漓盡致。——有時須用境寫人，用情寫人，用事寫人；有時須用人寫境，用事寫境，用情寫境……這裏面的千變萬化，一言難盡。

這話說得很有道理。中國古今的文章，雖說可以「汗牛充棟」，但是能夠這樣工於描寫的好文學，卻實在不多。一般人認為文學的如駢文，如桐城派的古文，他們要講究甚麼「對偶」，甚麼「聲律」，甚麼「義

法」，甚麼「起伏照應」，甚麼「畫龍點睛」，所以他們做的那些陳貓古老鼠式的甚麼「論」，「記」，「傳

狀」，「碑誌」，「贈序」，「壽頌」之類，都是搖曳作態，搔首弄姿，或誇對仗之工整，或詡義法之謹嚴，

按之實際，則滿紙盡是虛泛語。他們對於一件事實，一種現象，往往不願作平情的判斷，「愛之欲其生，

惡之欲其死」，如史通的載文和曲筆諸篇所舉之例，觸目皆是；由此可見他們又愛做過火的文章。文章犯

了虛泛和過火兩種毛病，當然不能真切了。還有那班做無聊的，惡濫的小說的人，描寫他理想中的人物，

總愛寫的不近人情：如天雨花之寫左維明，九尾龜之寫章秋谷，叫人看了，真要肉麻，真要噁心；至野

叟曝言之寫文素臣，簡直成了一個妖怪了（西遊記也是一部好小說。書中寫孫行者，原是要寫一個本能

超越人類的神猴，所以越描寫得神通廣大，越覺其詼諧有趣。這是不能和文素臣等相提並論的）。他們描

寫陰險小人，又往往寫成「壽頭」或白痴。一部書中羅列乞丐，皇帝，官吏，幕友，員外，安人，公子，

小姐，妖怪，強盜，……其性情，言語，動作等等，都是一付板子印出來的。這也是犯了過火和虛泛的

毛病。青年學生血氣未定，識力未充，多讀此類不真切的文章，則作文論事，很容易犯模糊和武斷的弊

病。要救這種弊病，惟有多讀描寫真切的好文學。中國抒情之文如三百篇，漢魏的樂府，陶潛，李白，

杜甫，白居易諸人的詩，李煜，歐陽修，蘇軾，辛棄疾諸人的詞，元朝的南北曲等；說理之文如莊子等；

記載之文如左傳，國策，史記，水經注，世說新語，洛陽伽藍記等，其中頗有些描寫真切的好文學。此

外就要數到儒林外史等幾部好小說了。現在單就儒林外史說，他描寫各人的性情，言語，動作，都能各

還其真面目：那地位相差太遠的人自不必說；如楊執中和權勿用，婁公子和蘧公孫，杜少卿和遲衡山，

虞博士和莊徵君，……很容易寫得相像，他卻能夠寫得彼此絕不相同；又如他描寫胡屠戶，嚴貢生，馬

二先生，成老爹諸人，真是淋漓盡致，各極其妙，而又沒有一句不合實情的膚泛語和過火語。閑齋老人

的序中說，「篇中所載之人，不可枚舉，而其人之性情心術，一一活現紙上」，這句話，真能道出儒林外

史之好處。這種「寫實」的大本領，斷非那些慣做諛墓文章的古文家所能夢見的！

（2）沒有一句淫穢語　這是儒林外史的大特色。中國人做到詩，詞，戲曲和小說，大概總要說幾句淫

穢語。那些假造的古書如飛燕外傳和雜事秘辛之流，及一切「色情狂的淫書」和「黑幕書」，作者本意即

專在描寫淫穢，那是不用去提它了。此外如宋詞元曲之中，就有涉及淫穢的地方。水滸和紅樓夢，其文

學雖好，但是也還有幾段淫穢的。獨有儒林外史最為乾淨，全書中不但沒有一句描寫淫穢之語，並且沒

有那些中國文人照例要說的肉麻話。這不是它的大特色嗎！照這一層看來，青年學生可讀的舊小說，自

然以儒林外史為最適宜了（坊間所售石印齊省堂儒林外史，忽然增加了四回。這四回中有許多描寫淫

穢的話；不知是甚麼妄人加入的。吳敬梓的原本固然沒有這四回，就是齊省堂的改訂本也沒有這四回，

有木板的齊省堂本可證）。

（3）是國語的文學　適之先生的水滸傳考證中說：「這部七十回的水滸傳是中國白話文學完全成立的

一個大紀元。」我以為這話說的很對。但是白話文學之中，有「方言的文學」和「國語的文學」之區別。

水滸還是方言的文學，儒林外史卻是國語的文學了。水滸和儒林外史之間，並沒有國語的文學之大著作，

所以儒林外史出世之日，可以說它是中國國語的文學完全成立的一個大紀元。中國白話文學的動機，起

於中唐以後，如白居易諸人，很有幾首白話詩。到了宋朝，柳永，辛棄疾諸人的詞，程顥，程頤，張載，

朱熹，陸九淵諸人的說理之文和信札，很多是用白話來做的。但那時做白話文章，並不是有堅決的主張，

不過文學家要很真切的發表自己的情感，哲學家要很真切的發表自己的學說，有時候覺得古語不很適用，就用當時的白話來湊補，所以把古文和白話夾雜起來，自由使用。這時候文章中的白話，不過站在補綴古文的地位，不但去國語的文學尚遠，就連方言的文學也還夠不上。自從元曲出世，關漢卿，馬致遠，白仁甫，鄭德輝這班大文學家才把以前的文體打破，自由使用當時的北方語言來做新體文學。元曲中間，常常夾雜古書中的成語，甚至於拉上許多四書五經中的古奧句子，生吞活剝的嵌入當時北方語言之中。

這種文言白話夾雜的狀態，驟然看來，似乎和宋詞一樣，其實大不相同：宋詞是以古語為主而以當時的白話補其不足，元曲是以當時的白話為主而以古語補其不足；所以元曲可以說是方言的文學完全成立，總要從水滸算起。水滸中所用的語言，不知是那處的話，這個現在還沒有人能夠考證明白。不過總不是元明之間的普通話，這是可以斷定的；因為它所描寫的是一種特別的社會——強盜社會——的口吻，若用當時的普通話來描寫，這是很不能真切的地方。水滸以後明朝最著名的小說，就是金瓶梅；金瓶梅是寫一種下流無恥，齷齪不堪的惡社會，自然更不能用普通話了。元明以來的普通話，和唐宋時代大不相同。現在江，浙，閩，廣等處的特殊語言，大概是唐宋時代的普通話（現在江，浙，閩，廣等處的特別聲音，多半與廣韻之音相合，可證）。自從宋朝南渡以後，到了元朝，蒙古人在中國的北方做了中國的皇帝，就用當時北方的方言作為一種「官話」；因為政治上的關係，這種方言很佔勢力。明清以來，經過幾次的淘汰，就漸漸成為近四五百年中的普通話。這種普通話，加入其他各處較通行的方言，就漸漸成為近四五百年中的普通話。這種普通話，去掉許多很特別的話，加入其他各處較通行的方言，就是俗稱為「官話」的，我們因為它有通行全國的能力，所以稱它為「國語」。儒林外史就是用這種普通

話來做成的一部極有價值的文學書，所以我說它是國語的文學完全成立的一個大紀元。這種國語，到了現在還是沒有甚麼變更。近年以來，有智識的文學家主張文學革命，提倡國語的文學，明白道理的教育家應時勢之需求，提倡國語普及，把學校中的國文改授國語；因此，要求國語的文學書和國語讀本的人非常之多。其實這兩件事是不能分開的：要研究文學，固然應該讀國語的文學書；要練習做國語文，練習講國語，也決不是靠著幾本沒有趣味的國語讀本——甚至於專說無謂的應酬話的國語會話書——所能收效的，惟有以國語的文學書為國語讀本，拿它來多看多讀，才能做出好的國語文，講出好的國語（所謂「好」者，是指內容的美，不是指甚麼「音正腔圓」。須知各人發音，有各人的自然腔調，這是不能矯揉造作的；而且也決不應該矯揉造作，硬叫他統一，把活人的嘴都變成百代公司的留聲機器片子）。孔丘說的好，「誦詩三百，授之以政，不達，使於四方，不能專對，雖多，奚為？」又說，「不學詩，無以言。」這就是因為詩是文學，一個人研究了文學，講起話來才能善於辭令。我們要會作國語文，會講國語，也應該先讀國語的文學書。兩三年來，新出版的書報很多，其中可以供青年學生作為國語讀本用的「國語詩」，「國語小說」和「國語論文」，自然很有幾篇，可是還不算多。據我看來，這部儒林外史雖然是一百七八十年前的人做的，但是他的文學手段很高，他的國語又做得很好，這中間的國語到了如今還沒有甚麼變更，那麼，現在的青年學生大可把它當做國語讀本之一種看了。

我寫到這裏，覺得關於「國語」這個問題，還有幾句應該說明的話。從儒林外史以來，到我們現在做白話文所用的國語，是把元明以來的北方方言為主而加入其他各處較通行的方言所成的，這是上文已經說過了。這種國語，雖然到了現在還沒有甚麼變更，但是今後的國語，卻不可就以此為限，應該使它

無限制的擴充起來：以現在這國語為主而儘量吸收方言，古語和外國語中的詞句，以期適於應用。所以如《儒林外史》，如今人所做的國語詩，國語小說和國語論文，雖然都可以作為國語讀本用，但若一味將它們來句摹字擬，為它們所限制，以為它們沒有用過的詞句就是不可用的，那就大謬不然了。要知道從儒林外史出世以來，國語的文學雖然成立，但是到了現在，它的內容還很貧乏。那豐富的新國語還在將來；負製造這豐富的新國語之責任者就是我們。我們都應該努力才是！近來有一班人，不但不打算擴充現在的國語，使它豐富適用，就連這點好容易支持了三四百年之貧乏的國語還不肯讓它存在，口口聲聲說它是「偽國語」，非取消它不可。他們主張以純粹的北京話為國語，說道：「非如此辦法，則不能統一。」我且不問國語統一是否可能？就算它是可能，試問統一了有甚麼好處？清朝末年，有做京話報的，有做京音字母的，這些人的意思，也是要以北京話為國語，以期達到統一之目的；但是到了如今，它的效果安在？倒還是這位二百年前的吳敬梓用了不統一的普通話做了這樣一部儒林外史，直到現在，我們做國語文，提倡國語，還大受其賜。這就可見國語並無統一之必要了。至於有人因為中華民國之國民公僕的辦事房在北京，竟稱北京為「首都」，以為應該以這「首都」之語為國語，甚至杜撰事實，說「德國以柏林語為國語，英國以倫敦語為國語」，這竟是「情鍾勢耀」者口吻，更沒有一駁的價值了。

以上的話，都是為介紹一部國語的文學作品儒林外史給青年作國語讀本而說的。至於吳敬梓著《儒林外史》的見解和理想，則非把這書專門研究一道，是不能亂下批評的；我現在決不配來批評這書。不過我平日愛看這書，覺得其中描寫那班「聖人之徒」的口吻，真能道破我們的心事，妙不可言。現在把它摘

錄兩段，如左：

馬二先生道：「……『舉業』二字，是從古及今人人必要做的。就如孔子生在春秋時候，那時用『言揚行舉』做官，故孔子只講得個『言寡尤，行寡悔，祿在其中』，這便是孔子的舉業。講到戰國時，以遊說做官，所以孟子歷說齊梁，這便是孟子的舉業。到漢朝用『賢良方正』開科，所以公孫弘董仲舒，舉賢良方正，這便是漢人的舉業。到唐朝用詩賦取士，他們若講孔孟的話，就沒有官做了，所以唐人都會做幾句詩，這便是唐人的舉業。到宋朝又好了，都用的是些理學的人做官，所以程朱就講理學，這便是宋人的舉業。到本朝用文章取士，這是極好的法則。就是夫子在而今，也要念文章，做舉業，斷不講那『言寡尤，行寡悔』的話。何也？就日日講究『言寡尤，行寡悔』，那個給你官做？孔子的道也就不行了。」（第十三回）

高老先生道：「……這少卿是他杜家第一個敗類！他家祖上幾十代行醫，廣積陰德，家裏也掙了許多田產，到了他家殿元公發達了去，雖做了幾十年官，卻不會尋一個錢來家。到他父親，還有本事中個進士，做一任太守，——已經是個獃子了，做官的時候，全不曉得敬重上司，只是一味希圖著百姓說好；又逐日講那些『敦孝弟，勸農桑』的獃話。這些話是教養題目文章裏的詞藻，他竟拿著當了真，惹的上司不喜歡，把個官弄掉了！他這兒子就更胡說，混穿混吃，和尚道士，工匠花子，都拉著相與，卻不肯相與一個正經人！不到十年內，把六七萬銀子弄的精光，天長縣站不住，搬在南京城裏，日日攜著乃眷上酒館吃酒，手裏擎著一個銅盞子，就像討飯的一般！不

想他家竟出了這樣子弟！學生在家裏，往常教子姪們讀書，就以他為戒，每人讀書的桌子上寫一

紙條貼著，上面寫道：『不可學天長杜儀！』（第三十四回）

這種見解，本是從前那班「業儒」的人的公意，一經吳敬梓用文學的藝術描寫，自然令人看了覺得

難過萬狀。──但是我要請那班應民國新舉業的文官考試之青年學生仔細看看！問問他們看了作何

感想？

吳敬梓對於「烈婦殉夫」這件事，還不敢公然的排斥，這是為時代所限的原故；但是他已經感覺到

這種「青史留名」，「倫紀生色」的事之不近人情。請看儒林外史第四十八回中寫王玉輝的女兒三姑娘殉

夫那一件事：

王先生……到了女婿家，看見女婿果然病重，……一連過了幾天，女婿竟不在了，……三姑娘道：

「我而今辭別公婆父親，也便尋一條死路，跟著丈夫一處去了！」……王玉輝……向女兒道：「我

兒，你既如此，這是青史上留名的事，我難道反攔阻你？你竟是這樣做罷。我今日就回家去，叫

你母親來和你作別。」親家再三不肯。王玉輝執意，一徑來到家裏，把這話向老孺人說了。老孺

人道：「你怎的越老越獃了！一個女兒要死，你該勸他，怎麼倒叫他死？這是甚麼話說！」王玉

輝道：「這樣事，你們是不曉得的。」老孺人聽見，痛哭流涕，連忙叫了轎子，去勸女兒，到親

家家去了。王玉輝在家，依舊看書寫字，候女兒的信息。老孺人勸女兒，那裏勸的轉。一般每日

梳洗，陪著母親坐，只是茶飯全然不吃。母親和婆婆著實勸著，千方百計，總不肯吃。餓到六天

上，不能起牀。母親看著，傷心慘目，痛入心脾，也就病倒了，在家睡著。又過了三

日，二更天氣，幾把火把，幾個人來打門，報道：「三姑娘餓了八日，在今日午時去世了。」老

孺人聽見，哭死了過去，灌醒回來，大哭不止。王玉輝走到牀面前，說道：「你這老人家真正是

個獃子！三女兒他而今已是成了仙了，你哭他怎的？他這死的好，只怕我將來不能像他這一個好

題目死哩！」因仰天大笑道：「死的好！死的好！」大笑著，走出房門去了。

這一段，描寫三姑娘餓死之悽慘和王玉輝的議論態度之不近人情，使人看了，覺得這種「吃人的禮

教」真正是要不得的東西。但是王玉輝究竟是個人，他的良心究竟也和平常人一樣；他居然忍心害理的

看著女兒餓死，毫不動心，這是他中了禮教之毒的原故，並非他生來就是「虺蜴為心，豺狼成性」的；

所以他的女兒死了以後，他的天良到底發現了。再看這段的下文：

過了兩個月，……製主入祠，門首建坊。到了入祠那日，……安了位，……祭了一天，在明倫堂

擺席。通學人要請了王先生來上坐，說他生這樣好女兒，為倫紀生色。王玉輝到了此時，轉覺心

傷，辭了不肯來。

王玉輝說起在家日日看見老妻悲慟，心下不忍。

王玉輝……上船從嚴州西湖這一路走。……一路看著水色山光，悲悼女兒，悽悽惶惶。

……路旁一個茶館。王玉輝走進去坐下，……看了一會，見船上一個少年穿白的婦人，他又想起

女兒，心裏哽咽，那熱淚直滾出來。

這幾段描寫王玉輝的天良發現，何等深刻！拿來和前段對看，更足證明禮教是「殺人不眨眼」的惡魔了！

吳敬梓在二百年前（吳氏的生卒是西元一七〇一—一七五四年），能夠訕笑舉業，懷疑禮教，這都可以證明他在當時是一個很有新思想的人。

錢玄同　一九二〇，一〇，三一，於北京

回目

第一回　說楔子敷陳大義　借名流隱括全文

人生南北多歧路，將相神仙，也要凡人做；百代興亡朝復暮，江風吹倒前朝樹。

功名富貴無憑據，費盡心情，總把流光誤。濁酒三杯沈醉去，水流花謝知何處？

這一首詞，也是個老生常談。不過說：人生富貴功名，是身外之物；但世人一見了功名，便捨著性命去求他，及至到手之後，味同嚼蠟。自古及今，那一個是看得破的？

雖然如此說，元朝末年，也曾出了一個嶔崎磊落的人，這人姓王，名冕，在諸暨縣鄉村裏住。七歲上死了父親，他母親做些針黹，供給他到村學堂裏去讀書。看看三個年頭，王冕已是十歲了。母親喚他到面前來，說道：「兒啊！不是我有心要躭誤你，只因你父親亡後，我一個寡婦人家，只有出去的，沒有進來的；年歲不好，柴米又貴，這幾件舊衣服和些舊傢伙，當的當了，賣的賣了；只靠著我替人家做些針黹尋來的錢，如何供得你讀書？如今沒奈何，把你僱在間壁人家放牛，每月可以得他幾錢銀子，你又有現成飯吃，只在明日就要去了。」王冕道：「娘說的是。我在學堂裏坐著，心裏也悶；不如往他家放牛，倒快活些。假如我要讀書，依舊可以帶幾本去讀。」當夜商議定了。第二日，母親同他到間壁秦老家，秦老留著他母子兩個吃了早飯，牽出一條水牛來

交與王冕，指著門外道：「就在我這大門過去兩箭之地，便是七泖湖，湖邊一帶綠草，各家的牛都在那裏打睡。又有幾十棵合抱的垂楊樹，十分陰涼；牛要渴了，就在湖邊上飲水。小哥，你只在這一帶頑耍，不可遠去。我老漢每日兩餐小菜飯是不少的；每日早上，還折❶兩個錢與你買點心吃。只是百事勤謹些，不可嫌怠慢。」他母親謝了擾要回家去，王冕送出門來。母親替他理理衣服，口裏說道：「你在此須要小心，休惹人說不是；早出晚歸，免我懸望。」王冕應諾，母親含著兩眼眼淚去了。

王冕自此在秦家放牛，每到黃昏，回家跟著母親歇宿。或遇秦家煮些醃魚臘肉給他吃，他便䇲塊荷葉包了來家，遞與母親。每日點心錢，他也不買了吃；聚到一兩個月，便偷個空，走到村學堂裏，見那❷學堂的書客❸，就買幾本舊書，日逐把牛拴了，坐在柳陰樹下看。

彈指又過了三四年，王冕看書，心下也著實明白了。那日，正是黃梅時候，天氣煩躁。王冕放牛倦了，在綠草地上坐著。須臾，濃雲密布，一陣大雨過了。那黑雲邊上，鑲著白雲，漸漸散去，透出一派日光來，照耀得滿湖通紅。湖邊上山，青一塊，紫一塊，綠一塊。樹枝上都像水洗過一番的，尤其綠得可愛。湖裏有十來枝荷花，苞子上清水滴滴，荷葉上水珠滾來滾去。王冕看了一回，心裏想道：「古人說：『人在畫圖中。』其實不錯！可惜我這裏沒有一個畫工，把這荷花畫它幾枝，也覺有趣！」又心裏想道：「天下那有個學不會的事？……我何不自畫它幾枝？……」

❶ 折：準折，折合，即按照物價給錢。
❷ 闖：出入周行之意。亦作串，如「串門子」。
❸ 書客：售書的商販。

正存想間，只見遠遠的一個夯漢 ❹，挑了一擔食盒來；手裏提著一瓶酒，食盒上掛著一塊氈條，來到柳樹下，將氈條鋪了，食盒打開。那邊走過三個人來，頭戴方巾，一個穿寶藍夾紗直裰 ❺，兩人穿元色直裰，都有四五十歲光景，手搖白紙扇，緩步而來。那穿寶藍直裰的是個胖子，來到樹下，尊那穿元色的一個鬍子坐在上面，那一個瘦子坐在對席。他想是主人了，坐在下面把酒來斟。吃了一回，那胖子開口道：「危老先生回來了。新買了住宅，比京裏鐘樓街的房子還大些，值得二千兩銀子。因老先生要買，房主人讓了幾十兩銀賣了，圖個名望體面。前月初十搬家，太尊縣父母都親自到門來賀，留著吃酒到二三更天。街上的人，那一個不敬！」那瘦子道：「縣尊是王午舉人，乃危老先生門生，這是該來賀的。」那胖子道：「敝親家也是危老先生門生，而今在河南做知縣；前日小壻來家，帶二斤乾鹿肉來見惠，這一盤就是了。他若肯下鄉回拜，也免得這些鄉戶人家，放了驢和豬在你我田裏吃糧食。」那瘦子道：「危老先生要算一個學者了。」那鬍子說道：「聽見前日出京時，皇上親自送出城外，攜著手走了十幾步，危老先生再三打躬辭了，方纔上轎回去。看這光景，莫不是就要做官？」三人你一句，我一句，說個不了。王冕見天色晚了，牽了牛回去。

自此，聚的錢，不買書了；託人向城裏買些胭脂鉛粉之類，學畫荷花。初時畫得不好，畫到三個月之後，那荷花精神，顏色，無一不像：只多著一張紙，就像是湖裏長的；又像纔從湖裏摘下來貼在紙上

❹ 夯漢⋯⋯粗笨漢子，勞力的男子。夯，音ㄏㄤ。

❺ 直裰⋯⋯古人平居常著的衣服。

的。鄉間人見畫得好，也有拏錢來買的。王冕得了錢，買些好東西孝敬母親。一傳兩，兩傳三，諸暨一縣都曉得是一個畫沒骨花卉的名筆，爭著來買。到了十七八歲，不在秦家了；每日畫幾筆畫，讀古人的詩文，漸漸不愁衣食，母親心裏歡喜。這王冕天性聰明，年紀不滿二十歲，就把那天文地理，經史上的大學問，無一不貫通。但他性情不同：既不求官爵，又不交納朋友，終日閉戶讀書。又在楚辭圖上看見畫的屈原衣冠，他便自造一頂極高的帽子，一件極闊的衣服。遇著花明柳媚的時節，把一乘牛車載了母親，他便戴了高帽，穿了闊衣，執著鞭子，口裏唱著歌曲，在鄉村鎮上，以及湖邊，到處頑耍。惹的鄉下孩子們三五成群跟著他笑。他也不放在意下。只有隔壁秦老，雖然務農，卻是個有意思的人；因自小看見他長大，如此不俗，所以敬他，愛他，時時和他親熱，邀在草堂裏坐著說話兒。

＊　　＊　　＊

一日，正和秦老坐著，只見外邊走進一個人來，頭戴瓦楞帽，身穿青布衣服。秦老迎接，敘禮坐下。這人姓翟，是諸暨縣一個頭役❻，又是買辦。因秦老的兒子秦大漢拜在他名下，叫他乾爺，所以常時下鄉來看親家。秦老慌忙叫兒子烹茶，殺雞，煮肉，款留他，就要王冕相陪。彼此道過姓名，那翟買辦道：「這位王相公，可就是會畫沒骨花的麼？」秦老道：「便是了。親家，你怎得知道？」翟買辦道：「縣裏人，那個不曉得？因前日本縣老爺吩咐要畫二十四副花卉冊頁送上司，此事交在我身上。我聞有王相公的大名，故此一徑來尋親家。今日有緣，遇著王相公，是必費心大筆畫一畫。在下半個月後下鄉來取。老爺少不得還有幾兩潤筆的銀子，一併送來。」秦老在旁，著實攛掇❼。王冕屈不過秦老的情，只得應

❻ 頭役：古時衙署中差役的頭目。

諾了，回家用心用意畫了二十四副花卉，都題了詩在上面。翟頭役稟過了本官，那知縣時仁，發出二十

四兩銀子來。翟頭役扣剋了十二兩，只擎十二兩銀子送與王冕，將冊頁取去。時知縣又辦了幾樣禮物，

送與危素，作候問之禮。

危素受了禮物，只把這本冊頁看了又看，愛玩不忍釋手；次日，備了一席酒，請時知縣來家致謝。

當下寒暄已畢，酒過數巡，危素道：「前日承老父臺所惠冊頁花卉，還是古人的呢，還是現在人畫的？」

時知縣不敢隱瞞，便道：「這就是門生治下一個鄉下農民，叫做王冕，年紀也不甚大。想是纔學畫幾筆，

難入老師的法眼。」危素歎道：「我學生出門久了，故鄉有如此賢士，竟然不知，可為慚愧！此兄不但

才高，胸中見識，大是不同，將來名位不在你我之下。不知老父臺可以約他來此相會一會麼？」時知縣

道：「這個何難？門生出去，即遣人相約；他聽見老師相愛，自然喜出望外了。」說罷，辭了危素，回

到衙門，差翟買辦持個侍生帖子去約王冕。

翟買辦飛奔下鄉，到秦老家，邀王冕過來，一五一十，向他說了。王冕笑道：「卻是起動頭翁❽上

覆縣主老爺，說：『王冕乃一介農夫，不敢求見；這尊帖也不敢領。』」翟買辦變了臉道：「老爺將帖請

人，誰敢不去！況這件事，原是我照顧你的；不然，老爺如何得知你會畫花？論理，見過老爺，還該重

重的謝我一謝纏是！如何走到這裏，茶也不見你一杯，卻是推三阻四❾，不肯去見，是何道理！叫我如

❼ 攛掇：慫恿，促成。

❽ 頭翁：衙役的尊稱。

❾ 推三阻四：設辭推託。

何去回覆得老爺？難道老爺一縣之主，叫不動一個百姓麼？」王冕道：「頭翁，你有所不知。假如我為了事，老爺拏票子傳我，我怎敢不去？如今將帖來請，原是不逼迫我的意思了；我不願去，老爺也可以相諒。」秦老勸道：「王相公，也罷；老爺拏帖子請你，自然是好意，你同親家去走一回罷。自古道：『滅門的知縣。』你和他拗些甚麼？」翟買辦道：「你這都說的是甚麼話！票子傳著，倒要去；帖子請著，倒不去！這不是不識抬舉了！」秦老道：「這個果然也是兩難。若要去時，王相公又不肯；若要不去，親家又難回話。我如今倒有一法。」翟買辦道：「你這是難題目與我做，叫我拏甚麼話去回老爺？」

『泄柳』的故事麼？我是不願去的。」王冕道：「秦老爹，頭翁不知，你是聽見我說過的。不見那『段干木』

親家回縣裏，不要說王相公不肯，只說他抱病在家，不能就來，一兩日間好了就到。」翟買辦道：「害病，就要取四鄰的甘結❿！」彼此爭論了一番，秦老整治晚飯與他吃了；又暗叫了王冕出去問母親秤了三錢二分銀子，送與翟買辦做差錢，方纔應諾去了，回覆知縣。

知縣心裏想道：「這小廝那裏害甚麼病！想是翟家這奴才，走下鄉，狐假虎威，著實恐嚇了他一場；他從來不曾見過官府的人，害怕不敢來了。老師既把這個人託我，我若不把他就叫了來見老師，也惹得老師笑我做事疲軟；我不如竟自己下鄉去拜他。他看見賞他臉面，斷不是難為他的意思，自然大著膽見我，我就便帶了他來見老師，卻不是辦事勤敏？……」又想道：「堂堂一個縣令，屈尊去拜一個鄉民，惹得衙役們笑話。……」又想道：「老師前日口氣，甚是敬他；老師敬他十分，我就該敬他一百分。況且屈尊敬賢，將來志書上少不得稱贊一篇；這是萬古千年不朽的勾當，有甚麼做不得？」

❿ 甘結：向官署出具字據，如有虛誑不實，甘心受罰。

當下定了主意，次早傳齊轎夫，不用全副執事，只帶八個紅黑帽夜役軍牢，一直下鄉來。鄉裏人聽見鑼響，一個個扶老攜幼，挨擠了看。轎子來到王冕門首，只見七八間草屋，一扇白板門緊緊關著。敲了一會，裏面一個婆婆，拄著拐杖，出來說道：「不在家了。從清早裏牽牛出去飲水，尚未回來。」翟買辦道：「老爺親自在這裏傳你家兒子說話，怎的慢條斯理❶，快快說在那裏，我好去傳！」那婆婆道：「其實不在家了，不知在那裏。」說畢，關著門進去了。說話之間，知縣轎子已到；翟買辦跪在轎前稟道：「小的傳王冕，不在家裏；請老爺龍駕到公館裏略坐一坐，小的再去傳。」扶著轎子，過王冕屋後來。

屋後橫七豎八，幾稜窄田埂，遠遠的一面大塘，塘邊都栽滿了榆樹、桑樹，塘邊那一望無際的幾頃田地，又有一座山，雖不甚大，卻青蔥樹木，堆滿山上。約有一里多路，彼此叫呼，還聽得見。知縣正走著，遠遠的有個牧童，倒騎水牯牛，從山嘴邊轉了過來。翟買辦趕將上去，問道：「秦小二漢，你看見你隔壁的王老大牽了牛在那裏飲水麼？」小二道：「王大叔麼？他在二十里路外王家集親家那裏吃酒去了。這牛就是他的，央及我替他趕了來家。」翟買辦如此這般稟了知縣，知縣變著臉道：「既然如此，不必進公館了！即回衙門去罷！」時知縣此時心中十分惱怒，本要立即差人拏了王冕來責懲一番，又想恐怕危老師說他暴躁；且忍口氣回去，慢慢向老師說明此人不中抬舉，再處治他也不遲。

＊ ＊ ＊

知縣去了。王冕並不曾遠行，即時走了來家；秦老過來抱怨他道：「你方纔也太執意了。他是一縣

❶ 慢條斯理：遲緩不迫的樣子。

之主，你怎的這樣怠慢他？」王冕道：「老爹請坐，我告訴你。時知縣倚著危素的勢，要在這裏酷虐小民，無所不為；這樣的人，我為甚麼要相與他？但他這一番回去，必定向危素老說，恐要和我計較起來。我如今辭別老爹，收拾行李，到別處去躲避幾時。——只是母親在家，放心不下。」母親道：「我兒！你歷年賣詩賣畫，我也積聚下三五十兩銀子，柴米不愁沒有；我雖年老，又無疾病，你自放心出去，躲避些時不妨。你又不曾犯罪，難道官府來拏你的母親去不成？」秦老道：「這也說得有理。況你埋沒在這鄉村鎮上，雖有才學，誰人是識得你的？此番到大邦去處，或者走出些遇合來也不可知。你尊堂家下大小事故，一切都在我老漢身上，替你扶持便了。」王冕拜謝了秦老。秦老又走回家去取了些酒肴來，替王冕送行。吃了半夜酒回去。

次日五更，王冕起來收拾行李，吃了早飯，恰好秦老也到。王冕拜辭了母親，又拜了秦老兩拜，母子灑淚分手。王冕穿上麻鞋，背上行李。秦老手提一個小白燈籠，直送出村口，灑淚而別。秦老手擎燈籠，站著看著他走，走的望不著了，方纔回去。

王冕一路風餐露宿，九十里大站，七十里小站，一徑來到山東濟南府地方。這山東雖是近北省分，這會城卻也人物富庶，房舍稠密。王冕到了此處，盤費用盡了，只得租個小庵門面屋，賣卜測字，也畫兩張沒骨的花卉貼在那裏，賣與過往的人。每日問卜賣畫，倒也擠個不開。彈指間，過了半年光景。濟南府裏有幾個俗財主，也愛王冕的畫，時常要買；又自己不來，遣幾個粗夯小廝，動不動大呼小叫，鬧的王冕不得安穩。王冕心不耐煩，就畫了一條大牛貼在那裏；又題幾句詩在上，含著譏刺。也怕從此有口舌，正思量搬移一個地方。

那日清早，纔坐在那裏，只見許多男女，啼啼哭哭，在街上過，——也有挑著鍋的，也有籃擔內挑著孩子的，——一個個面黃肌瘦，衣裳襤褸。過去一陣，又是一陣，把街上都塞滿了，也有坐在地上求化錢的。問其所以，都是黃河沿上的州縣，被河水決了，田廬房舍，盡行漂沒，這是些逃荒的百姓。官府又不管，只得四散覓食。王冕見此光景，過意不去，歎了一口氣道：「河水北流，天下自此將大亂了，我還在這裏做甚麼！」將些散碎銀子收拾好了，拴束行李，拜見母親。看見母親康健如常，心中歡喜。入了浙江境，纔打聽得危素已還朝了，時知縣也陞任去了；因此放心回家，取出一匹繭紬，一包耿餅，孥過去拜謝了秦老，秦老又備酒與他洗塵。

    ✳   ✳   ✳

自此，王冕依舊吟詩作畫，奉養母親。又過了六年，母親老病臥牀。王冕百方延醫調治，總不見效。

    ✳   ✳   ✳

一日，母親吩咐王冕道：「我眼見得不濟事了。但這幾年來，人都在我耳根前說你的學問有了，該勸你出去做官。做官怕不是榮宗耀祖的事？我看見那些做官的，都不得有甚好收場。況你的性情高傲，倘若弄出禍來，反為不美。我兒可聽我的遺言，將來娶妻生子，守著我的墳墓，不要出去做官。我死了，口眼也閉！」王冕哭著應諾。他母親奄奄一息，歸天去了；王冕擗踊哀號，哭得那鄰舍之人，無不落淚。又虧秦老一力幫襯，製備衣衾棺槨。王冕負土成墳，三年苫塊，不必細說。到了服闋之後，不過一年有餘，天下就大亂了。

方國珍據了浙江，張士誠據了蘇州，陳友諒據了湖廣，都是些草竊的英雄。只有太祖皇帝起兵滁陽，

得了金陵，立為吳王，乃是王者之師；提兵破了方國珍，號令全浙，鄉村鎮市，並無騷擾。一日，日中時分，王冕正從母親墳上拜掃回來，只見十幾騎騎馬竟投他村裏來。為頭一人，頭戴武巾，身穿團花戰袍，白淨面皮，三綹髭鬚，真有龍鳳之表。那人到門首下了馬，向王冕施禮道：「動問一聲，那裏是王冕先生家？」王冕道：「小人王冕，這裏便是寒舍。」那人喜道：「如此甚妙，特來晉謁。」吩咐從人都下了馬，屯在外邊，把馬都繫在湖邊柳樹上；那人獨和王冕攜手進到屋裏，分賓主施禮坐下。王冕道：「不敢拜問尊官尊姓大名，因甚降臨這鄉僻所在？」那人道：「我姓朱，先在江南起兵，號滁陽王，而今據有金陵，稱為吳王的便是；因平方國珍到此，特來拜訪先生。」王冕道：「鄉民肉眼不識，原來就是王爺。但鄉民一介愚人，怎敢勞王爺貴步？」吳王道：「孤是一個粗鹵漢子，今得見先生儒者氣象，不覺功利之見頓消。孤在江南，即慕大名，今來拜訪，要先生指示：浙人久反之後，何以能服其心？」王冕道：「大王是高明遠見的，不消鄉民多說。若以仁義服人，何人不服，豈但浙江？若以兵力服人，浙人雖弱，恐亦義不受辱。不見方國珍麼？」吳王歎息，點頭稱善。

兩人促膝談到日暮，那些從者都帶有乾糧，王冕自到廚下，烙了一斤麵餅，炒了一盤韭菜，自捧出來陪著。吳王吃了，稱謝教誨，上馬去了。這日，秦老進城回來，問及此事，王冕也不曾說就是吳王，只說是軍中一個將官，向年在山東相識的，故此來看我一看。說著就罷了。

不數年間，吳王削平禍亂，定鼎應天，天下一統，建國號大明，年號洪武。鄉村人各各安居樂業。

到了洪武四年，秦老又進城裏，回來向王冕道：「危老爺已自問了罪，發在和州去了；我帶了一本邸抄

來與你看。」王冕接過來看，纔曉得危素歸降之後，妄自尊大，在太祖面前自稱老臣。太祖大怒，發往和州守余闕墓去了。此一條之後，便是禮部議定取士之法：三年一科，用五經，四書，八股文。王冕指與秦老看道：「這個法卻定的不好。將來讀書人既有此一條榮身之路，把那文行出處都看得輕了。」說著，天色晚了下來。

此時正是初夏，天時乍熱。秦老在打麥場上放下一張桌子，兩人小飲。須臾，東方月上，照耀得如同萬頃玻璃一般，那些眠鷗宿鷺，閴然無聲。王冕左手持杯，右手指著天上的星，向秦老道：「你看貫索犯文昌，一代文人有厄！」話猶未了，忽然起一陣怪風，刮的樹木颼颼的響；水面上的禽鳥，格格驚起了許多。王冕同秦老嚇的將衣袖蒙了臉。少頃，風聲略定，睜眼看時，只見天上紛紛有百十個小星，都墜向東南角上去了。王冕道：「天可憐見，降下這一夥星君去維持文運，我們是不及見了！」當夜收拾傢伙，各自歇息。自此以後，時常有人傳說：朝廷行文到浙江布政司，要徵聘王冕出來做官。初時不在意裏，後來漸漸說的多了，王冕並不通知秦老，私自收拾，連夜逃往會稽山中。半年之後，朝廷果然遣一員官，捧著詔書，帶領許多人，將著綵緞表裏，來到秦老門首；見秦老八十多歲，鬚鬢皓然，手扶拄杖。那官與他施禮，秦老讓到草堂坐下。那官問道：「王冕先生就在這莊上麼？」秦老道：「他雖是這裏人，只是久矣不知去向了。」秦老獻過了茶，領那官員走到王冕家，推開了門，見蟏蛸滿室，蓬蒿蔽徑，知是果然去得久了。那官咨嗟歎息了一回，仍舊捧詔回旨去了。

王冕隱居在會稽山中，並不自言姓名；後來得病去世，山鄰斂些錢財，葬於會稽山下。是年，秦

老亦壽終於家。可笑近來文人學士，說著王冕，都稱他做王參軍，究竟王冕何曾做過一日官？所以表白一番。

這不過是個「楔子」，下面還有正文。

第二回　王孝廉村學識同科　周蒙師暮年登上第

話說山東兗州府汶上縣有個鄉村，叫做薛家集。這集上有百十來人家，都是務農為業。村口一個觀音庵，殿宇三間之外，另還有十幾間空房子，後門臨著水次。這庵是十方的香火，只得一個和尚住。集上人家，凡有公事，就在這庵裏來同議。那時成化末年，正是天下繁富的時候。新年正月初八日，集上人約齊了，都到庵裏來議「鬧龍燈」之事。到了早飯時候，為頭的申祥甫帶了七八個人走了進來，在殿上拜了佛；和尚走來與諸位見節，都還過了禮。申祥甫發作和尚道：「和尚！你新年新歲，也該把菩薩面前香燭點勤些！」阿彌陀佛！受了十方的錢鈔，也要消受。」又叫：「諸位都來看看：這琉璃燈內，只得半琉璃油。」指著內中一個穿齊整些的老翁，說道：「不論別人，只這一位荀老爹，三十晚裏還送了五十斤油與你，白白給你炒菜吃，全不敬佛！」和尚陪著小心，等他發作過了，擎一把鉛壺，撮了一把苦丁茶葉，倒滿了水，在火上燎的滾熱，送與眾位吃。荀老爹先開口道：「今年龍燈上廟，我們戶下各家，須出多少銀子？」申祥甫道：「且住，等我親家來一同商議。」

正說著，外邊走進一個人來，兩隻紅眼邊，一副鐵鍋臉，幾根黃鬍子，歪戴著瓦楞帽，身上青布衣服，就如油簍一般，手裏拿著一根趕驢的鞭子。走進門來，和眾人拱一拱手，一屁股就坐在上席。這人姓夏，乃薛家集上舊年新參的總甲。夏總甲坐在上席，先吩咐和尚道：「和尚！把我的驢牽在後園槽上，

卸了鞍子，將些草餵的飽飽的。我議完了事，還要到縣門口黃老爹家吃年酒去哩。」吩咐過了和尚，把

腿蹺起一隻來，自己揢拳頭在腰上只管捶，捶著說道：「俺如今倒不如你們務農的快活！想這新年大

節，老爺衙門裏，三班六房，那一位不送帖子來？我怎好不去賀節？每日騎著這個驢，上縣下鄉，跑個

昏頭暈腦；打緊又被這瞎眼的亡八在路上打個前失，把我跌了下來，跌的腰胯生疼。」申祥甫道：「新

年初三，我備了個豆腐飯邀請親家，想是有事不得來了？」夏總甲道：「你還說哩！從新年這七八日，

何曾得一個閒？恨不得長出兩張嘴來，還吃不退。就像今日請我的黃老爹，他就是老爺面前站得起來的

班頭；他抬舉我，我若不到，不惹他怪？」申祥甫道：「西班黃老爹，我聽見說，他從年裏頭，就是老

爺差出去了；他家又無兄弟兒子，卻是誰做主人？」夏總甲道：「你又不知道了。今日的酒，是快班李

老爹請；李老爹家房子褊窄，所以把席擺在黃老爹家大廳上。」

說了半日，纔講到龍燈上。夏總甲道：「這樣事，俺如今也有些不耐煩管了。從前年年是我做頭，

眾人寫了功德，賴著不肯出來，不知累俺賠了多少。況今年老爺衙門裏，頭班，二班，西班，快班，家

家都興龍燈，我料想看個不了，那得功夫來看鄉裏這條把燈？但你們說了一場，我也少不得搭個分子，

任憑你們那一位做頭。像這荀老爹田地廣，糧食又多，叫他多出些；你們各家照分子派，這事情就舞起

來了。」眾人不敢違拗，當下捺著姓荀的出了一半，其餘眾戶也都派了；共二三兩銀子，寫在紙上。和

尚捧出茶盤，——雲片糕，紅棗，和些瓜子，豆腐乾，栗子，雜色糖，——擺了兩桌；尊夏老爹坐在首

席，斟上茶來。申祥甫又說：「孩子大了，今年要請一個先生；就是這觀音庵裏做個學堂。」眾人道：

「俺們也有好幾家孩子要上學。只這申老爹的令郎，就是夏老爹的令壻；夏老爹時刻有縣主老爺的牌票，

也要人認得字；——只是這個先生，須是要城裏去請纔好。」夏總甲道：「先生倒有一個，你道是誰？就是咱衛門裏戶總科提控顧老相公家請的一位先生，姓周，官名叫做周進，年紀六十多歲，前任老爺取過他個頭名，卻還不曾中過學。顧老相公請他在家裏三個年頭，他家顧小舍人去年就中了學，和咱鎮上梅三相一齊中的。那日從學裏師爺家迎了回來，小舍人頭上戴著方巾，身上披著大紅紬，騎著老爺棚子裏的馬，大吹大打，來到家門口，俺合衛門的人，都攔著街遞酒。落後請將周先生來，顧老相公親自奉他三杯，尊在首席，點了一本戲，是梁灝八十歲中狀元的故事。顧老相公知道是替他兒子發兆，心裏還不大喜歡。落後戲文內唱到梁灝的學生卻是十七八歲就中了狀元，顧老相公喜了。你們若要先生，俺替你把周先生請來。」眾人都說是：「好。」吃完了茶，和尚又下了一斤牛肉麵吃了，各自散訖。

＊　　　＊　　　＊

次日，夏總甲果然替周先生說了，每年館金十二兩銀子，每日二分銀子，在和尚家代飯。約定燈節後下鄉，正月二十開館。到了十六日，眾人將分子送到申祥甫家備酒飯，請了集上新進學的梅三相做陪客。那梅玖戴著新方巾，老早到了；直到巳牌時候，周先生纔來。聽得門外狗叫，申祥甫走出去迎了進來。眾人看周進時，頭戴一頂舊氈帽，身穿元色紬舊直裰，那右邊袖子，同後邊坐處都破了；腳下一雙舊大紅紬鞋：黑瘦面皮，花白鬍子。申祥甫拱進堂屋，梅玖方纔慢慢的立起來和他相見。周進就問：「此位相公是誰？」眾人道：「這是我們集上在庠的梅相公。」周進聽了，謙讓不肯僭梅玖作揖。梅玖道：「今日之事不同。」周進再三不肯。眾人道：「論年紀也是周先生長，先生請老實些罷。」梅玖回顧頭

來向眾人道：「你眾位是不知道我們學校規矩，老友是從來不同小友序齒的；只是今日不同，還是周長兄請上。」

原來明朝士大夫，稱儒學生員叫做「朋友」，稱童生是「小友」。比如童生進了學，不怕十幾歲，也稱為「老友」；若是不進學，就到八十歲，也還稱「小友」，就如女兒嫁人的⋯嫁時稱為「新娘」，後來稱呼「奶奶」「太太」，就不叫「新娘」了；若是嫁與人家做妾，就到頭髮白了，還要喚做「新娘」。

閒話休提。周進因他說這樣話倒不同他讓了，竟僭著他作了揖，眾人都作過揖坐下。只有梅玖二位的茶杯裏，有兩枚生紅棗，其餘都是清茶。吃過了茶，擺兩張桌子杯箸，尊周先生首席，梅相公二席，眾人序齒坐下，斟上酒來。周進接酒在手，向眾人謝了擾，一飲而盡。隨即每桌擺上八九個碗，乃是豬頭肉，公雞，鯉魚，肚，肺，肝，腸之類。叫一聲！「請！」一齊舉箸，卻如風捲殘雲一般，早去了一半；看那周先生時，一箸也不曾下。申祥甫道：「今日先生為甚麼不用肴饌？卻不是上門怪人？」揀好的遞了過來。周進攔住道：「實不相瞞，我學生是長齋。」眾人道：「這個倒失於打點！卻不知先生因甚吃齋？」周進道：「只因當年先母病中在觀音菩薩位下許的，如今也吃過十幾年了。」梅玖道：「我因先生吃齋，倒想起一個笑話，是前日在城裏我那案伯 ❶ 顧老相公家，聽見他說的⋯有個做先生的一字至七字詩。」眾人都停了箸聽他念詩。他便念道：

「獃！秀才！吃長齋！鬍鬚滿腮。經書不揭開，紙筆自己安排，明年不請我自來！」念罷，說道：「像我這周長兄，如此大才，獃是不獃的了。」說罷，哈哈大笑，眾人一齊笑起來。

「秀才，指日就是。那『吃長齋，鬍鬚滿腮』，竟被他說一個著！」又掩著口道⋯

❶ 案伯⋯科舉時代，凡是同一科進學的人，彼此稱為「同案」。父親的同案，稱為「案伯」。

周進不好意思，申祥甫連忙斟了一杯酒道：「梅三相該敬一杯；顧老相公家西席就是周先生了。」

梅玖道：「我不知道，該罰該罰！但這個話，不是為周長兄，他說明了是個秀才；但這吃齋也是好事。先年俺有一個母舅，一口長齋；後來進了學，老師送了丁祭的胙肉來。外祖母道：『丁祭肉若是不吃，聖人就要計較了；大則降災，小則害病。』只得就開了齋。俺這周長兄，只到今年秋祭，少不得有胙肉送來，不怕你不開哩！」眾人說他發的利市好，同斟一杯，送與周先生預賀，把周先生臉上羞的紅一塊，白一塊，只得承謝眾人，將酒接在手裏。廚下捧出湯點來，一大盤實心饅頭，一盤油煎扛子火燒。眾人道：「這點心是素的，先生用幾個。」周進怕湯不潔淨，討了茶來吃點心。

內中一人問申祥甫道：「你親家今日在那裏？何不來陪先生坐坐？」申祥甫道：「他到快班李老爹家吃酒去了。」又一個人道：「李老爹這幾年在新任老爺手裏，著實跑起來了，怕不一年要尋千把銀子。只是他老人家好賭，不如西班黃老爹，當初也在這些事裏頑耍，這幾年成了正果，家裏房子蓋的像天宮一般，好不熱鬧。」荀老爹問申祥甫道：「你親家自從當了門戶，時運也算走順風；再過兩年，只怕也要弄到黃老爹的意思哩。」申祥甫道：「他也要算停當的了。若想到黃老爹的地步，只怕還要做幾年的夢！」

梅相公正吃著火燒，接口道：「做夢倒也有些準哩！」因問周進道：「長兄這些年考校，可曾得個甚麼夢兆？」周進道：「倒也沒有。」梅玖道：「就是徽倖的這一年，正月初一日，我夢見在一個極高的山上，天上的日頭，不差不錯，端端正正掉了下來，壓在我頭上，驚出一身的汗；醒了摸一摸頭，就像還有些熱。彼時不知甚麼原故，如今想來，好不有準！」於是點心吃完，又斟了一巡酒。直到上燈時

候，梅相公同眾人別了回去。

＊

＊

＊

＊

申祥甫拿出一副藍布被褥，送周先生到觀音庵裏歇宿；向和尚說定，館地就在後門裏這兩間屋內。

直到開館那日，申祥甫同著眾人，領了學生來，七長八短幾個孩子，拜見先生。只有荀家是一錢銀子，另有八分銀子代茶；其餘也有三分的，也有四分的，合攏不上一個月飯食。周進一總包了，交與和尚收著再算。那位教書。晚間學生家去，把各家贄見拆開來看：周進上些孩子，就像蠢牛一般，一時照顧不到，就溜到外邊去，打瓦踢球，每日淘氣不了。周進只得捺定性子，坐著教導。

不覺兩個多月，天氣漸暖，周進吃過午飯，開了後門出來，河沿上望望。雖是鄉村地方，河邊卻也有幾株桃花柳樹，紅紅綠綠，間雜好看。看了一回，只見濛濛的細雨下將起來。周進見下雨，轉入門內，望著雨下在河裏，煙籠遠樹，景致更妙。這雨越下越大，卻見上流頭一隻船冒雨而來。那船本不甚大，又是蘆蓆篷，所以怕雨；將近河岸，看時，中艙坐著一個人，船尾坐著兩個人，船頭上放著一擔食盒。將到岸邊，那人連呼船家泊船，帶領從人，走上岸來。周進看那人時，頭戴方巾，身穿寶藍緞直裰，腳下粉底皂靴，三綹鬍鬚，約有三十多歲光景；走到門口，與周進舉一舉手，一直進來，自己口裏說道：

「原來是個學堂。」周進跟了進來作揖，那人還了個半禮道：「你想就是先生了？」周進道：「正是。」

那人問從者道：「和尚怎的不見？」

說著，和尚忙走了出來道：「原來是王大爺，請坐。僧人去烹茶來。」向著周進道：「這王大爺，

就是前科新中的，先生陪了坐著，我去拏茶。」那王舉人也不謙讓，從人擺了一條橙子，就在上首坐了；周進下面相陪。

王舉人道：「你這位先生貴姓？」周進知他也是個舉人，便自稱道：「晚生姓周。」王舉人道：「去年在誰家作館？」周進道：「在縣門口顧老相公家。」王舉人道：「足下莫不是就在我白老師手裏曾考過一個案首的？說這幾年在顧二哥家做館，不差不差。」周進道：「俺這顧東家，老先生也是相與的？」王舉人道：「顧二哥是俺戶下冊書，又是拜盟的好弟兄。」周進道：「老先生的硃卷，是晚生熟讀過的；後面兩大股文章，尤其精妙。」王舉人道：「那兩股文章不是俺作的。」周進道：「老先生又過謙了。卻是誰作的呢？」王舉人道：「雖不是我作的，卻也不是人作的。那時頭場，初九日，天色將晚，第一篇文章還不曾作完，自己心裏疑惑，說：『我平日筆下最快，今日如何遲了？』正想不出來，不覺磕睡上來，伏著號板打一個盹；只見五個青臉的人跳進號來，中間一人，手裏拏著一枝大筆，把俺頭上點了一點，就跳出去了。隨即一個戴紗帽紅袍金帶的人，揭開簾子進來，把俺拍了一下，說道：『王公請起！』那時俺嚇了一跳，通身冷汗，醒轉來，拏筆在手，不知不覺寫了出來。可見貢院裏鬼神是有的。弟也曾把這話回稟過大主考座師，座師就道弟該有鼎元之分。」

正說得熱鬧，一個小學生送做來批，周進叫他擱著。王舉人道：「不妨，你只管去批做，俺還有別的事。」周進只得上位批做。

王舉人吩咐家人道：「天已黑了，雨又不住，你們把船上的食盒挑了上來，叫和尚拏升米做飯。船家叫他伺候著，明日早走。」向周進道：「我方纔上墳回來，不想遇著雨，就擱一夜。」說著，就猛然回頭，一眼看見那小學生的做紙上的名字是荀玫，不覺就吃了一驚；一會兒呫嗶弄脣的，臉上做出許多

怪物像❷。周進又不好問他，批完了做，依舊陪他坐著，他就問道：「方纔這小學生幾歲了？」周進道：

「他纔七歲。」王舉人道：「是今年纔開蒙？這名字是你替他起的？」周進道：「這名字不是晚生起的。

開蒙的時候，他父親央及集上新進梅朋友替他起名；梅朋友說自己的名字叫做玖，也替他起個『王』旁

的名字發發兆，將來好同他一樣的意思。」王舉人笑道：「說起來竟是一場笑話：弟今年正月初一日，

夢見看會試榜，弟中在上面是不消說了，那第三名也是汶上人，叫做荀玫。弟正疑惑我縣裏സ沒有這一個

姓荀的孝廉，誰知竟同著這個小學生的名字，難道和他同榜不成？」說罷，就哈哈大笑起來，道：「可

見夢作不得準！況且功名大事，總以文章為主，那裏有甚麼鬼神？」周進道：「老先生，夢也竟有準的：

前日晚生初來，會著集上梅朋友，他說也是正月初一日，夢見一個大紅日頭落在他頭上，他這年就飛黃

騰達的。」王舉人道：「這話更作不得準了。比如他進個學，就有日頭落在他頭上，像我這發過的，不

該連天都掉下來，是俺頂著的了？」

　　彼此說著閒話，掌上燈燭；管家捧上酒飯，雞魚鴨肉，堆滿春臺。王舉人也不讓周進，自己坐著吃

了，收下碗去。落後和尚送出周進的飯來，——一碟老菜葉，一壺熱水，——周進也吃了。叫了安置❸，

各自歇宿。次早，天色已晴，王舉人起來洗了臉，穿好衣服，拱一拱手，上船去了。撒了一地的雞骨頭，

鴨翅膀，魚刺，瓜子殼，周進昏頭昏腦，掃了一早晨。

❷ 物像：樣子。

❸ 安置：即安歇的意思。舊時禮節，每晚臨睡時，互叫「安置」。

儒林外史 ❖ 20

自這一番之後，一薛家集的人都曉得荀家孩子是縣裏王舉人的進士同年，傳為笑話；這些同學的孩子趕著他就不叫荀玫了，都叫他「荀進士」。各家父兄聽見這話，都各不平，偏要在荀老翁跟前恭喜，說他是個「封翁太老爺」，把個荀老爹氣得有口難分。申祥甫背地裏又向眾人道：「那裏是王舉人親口說這番話！這就是周先生看見我這一集上只有荀家有幾個錢，捏造出這話來奉承他，圖他個逢時遇節，他家多送兩個盒子。俺前日聽見說，荀家炒了些麵筋，豆腐乾，送在庵裏；又送了幾回饅頭，火燒。就是這些原故了！」眾人都不歡喜，以此周進安身不牢，因是礙著夏總甲的面皮，不好辭他，將就混了一年；後來夏總甲也嫌他獃頭獃腦，不知道常來承謝，由著眾人把周進辭了來家。

那年卻失了館，在家日食艱難。一日，他姊丈金有餘來看他，勸道：「老舅，莫怪我說你⋯這讀書求功名的事，料想也是難了！人生世上，難得的是這碗現成飯，只管稂不稂莠不莠❹的到幾時？我如今同了幾個大本錢的人到省城去買貨，差一個記賬的人，你不如同我們去走走；你又孤身一人，在客夥內，還是少了你吃的，穿的？」周進聽了這話，自己想⋯「癩子掉在井裏，撈起來也是坐。」有甚虧負我？」隨即應允了。

金有餘擇個吉日，同一夥客人起身，來到省城雜貨行裏住下；周進無事，閒著街上走走。看見紛紛的工匠，都說是修理貢院；周進跟到貢院門口，想挨進去看，被看門的大鞭子打了出來。晚間向姊夫說，要去看看。金有餘只得用了幾個小錢，一夥客人，都也同了去看；又央及行主人領著。行主人走進頭門，

❹ 稂不稂莠不莠⋯譏人「不成材」。詩經小雅大田⋯「不稂不莠。」傳⋯「稂，童粱也；莠，似苗也。」

用了錢的並無攔阻。到了龍門下，行主人指道：「周客人，這是相公們進來的門了。」進去兩邊號房門，行主人指道：「這是『天』字號了，你自進去看看。」周進一進了號，見兩塊號板擺的齊齊整整；不覺眼睛裏一陣酸酸的，長歎一聲，一頭撞在號板上，直殭殭不醒人事。只因這一死，有分教：累年蹭蹬，忽然際會風雲；終歲淒涼，竟得高懸月旦。

未知周進性命如何？且聽下回分解。

第三回　周學道校士拔真才　胡屠戶行兇鬧捷報

話說周進在省城要看貢院，金有餘見他真切，只得用幾個小錢同他去看。不想纔到「天」字號，就撞死在地下。眾人多慌了，只道一時中了惡。金有餘道：「賢東！我扶著他，你且去到做工的那裏借口開水來灌他一灌。」行主人應諾，取了水來，三四個客人一齊扶著，灌了下去，喉嚨裏咯咯的響了一聲，吐出一口稠涎來。眾人道：「好了。」扶著立了起來。周進看著號板，又是一頭撞將去；這回不死了，放聲大哭起來。眾人勸著不住。金有餘道：「你看，這不是瘋了麼？好好到貢院來耍，你家又不曾死了人，為甚麼這號啕痛哭？」周進也不聽見，只管伏著號板，哭個不住；一號哭過，又哭到二號，三號；滿地打滾，哭了又哭，哭的眾人心裏都悽慘起來。

金有餘見不是事，同行主人一左一右，架著他的膀子。他那裏肯起來，哭了一陣，又是一陣，直哭到口裏吐出鮮血來。眾人七手八腳，將他扛抬了出來，貢院前一個茶棚子裏坐下，勸他吃了一碗茶；猶自索鼻涕，彈眼淚，傷心不止。內中一個客人道：「周客人有甚心事，為甚到了這裏這等大哭起來，卻是哭得利害？」金有餘道：「列位老客有所不知，我這舍舅，本來原不是生意人；因他苦讀了幾十年的書，秀才也不曾做得一個，今日看見貢院，就不覺傷心起來。」自因這一句話道著周進的真心事，於是

不顧眾人，又放聲大哭起來。又一個客人道：「論這事，只該怪我們金老客；周相公既是斯文人，為甚麼帶他出來做這樣的事？」金有餘道：「也只為赤貧之士，又無館做，沒奈何上了這一條路。」又一個客人道：「看令舅這個光景，畢竟胸中才學是好的；因沒有人識得他，所以受屈到此田地。」金有餘道：「他才學是有的，怎奈時運不濟！」那客人道：「監生也可以進場。我也是這般想。周相公既有才學，何不捐他一個監進場中了，也不枉了今日這一番心事。」金有餘道：「我也是這般想，只是那裏有這一注銀子？」此時周進哭的住了。那客人道：「這也不難，現放著我這幾個弟兄在此，每人拿出幾十兩銀子，借與周相公納監進場；若中了做官，那在我們這幾兩銀子？就是周相公不還，我們走江湖的人，那裏不破掉了幾兩銀子？何況這是好事？你眾位意下如何？」眾人一齊道：「君子成人之美。」又道：「『見義不為，是為無勇。』俺們有甚麼不肯？只不知周相公可肯俯就？」周進道：「若得如此，便是重生父母，我周進變驢變馬，也要報效！」爬到地下，就磕了幾個頭；眾人還下禮去。金有餘也稱謝了眾人，又吃了幾碗茶；周進再不哭了，同眾人說說笑笑，回到行裏。

次日，四位客人果然備了二百兩銀子，交與金有餘；一切多的使費，都是金有餘包辦。周進又謝了眾人和金有餘，行主人替周進備一席酒，請了眾位。金有餘將著銀子，上了藩庫，討出庫收來。正值宗師來省錄遺，周進就錄了個貢監首卷。到了八月初八日進頭場，見了自己哭的所在，不覺喜出望外。自古道：「人逢喜事精神爽。」那七篇文字，做的花團錦簇一般，出了場，仍舊住在行裏。金有餘同那幾個客人，還不曾買完了貨。直到放榜那日，巍然中了。眾人各各喜歡，一齊回到汶上縣拜縣父母、學師。汶上縣的人，不是親的，也來認親，不相與的，也來認相與，忙了個把月。那典史掌晚生帖子上門來賀。

申祥甫聽見這事，在薛家集斂了分子，買了四隻雞，五十個蛋，和些炒米歡團之類，親自上縣來賀喜；周進留他吃了酒飯去。荀老爹賀禮是不消說了。看看上京會試，盤費衣服，都是金有餘替他設處。這周學道雖也請了幾個看文章的相公，卻自己心裏想道：「我在這裏面吃苦久了，如今自己當權，須要把卷子都要細細看過，不可聽著幕客，屈了真才。」主意定了，到廣州上了任。次日，行香掛牌，先考了兩場生員，第三場是南海番禺兩縣童生。周學道坐在堂上，見那些童生紛紛進來，也有小的，也有老的，儀表端正的，獐頭鼠目的，衣冠齊楚的，藍縷破爛的。落後點進一個童生來，面黃肌瘦，花白鬍鬚，頭上戴一頂破氈帽。廣東雖是地氣溫暖，這時已是十二月上旬；那童生還穿著薴布直裰，凍得乞乞縮縮，接了卷子，下去歸號。周學道看在心裏，封門進去。出來放頭牌的時節，坐在上面，只見那穿著薴布的童生上來交卷，那衣服因是朽爛了，在號裏又扯破了幾塊，周學道看看自己身上，緋袍金帶，何等輝煌？因翻一翻點名冊，問那童生道：「你就是范進？」范進跪下道：「童生就是。」學道道：「你今年多少年紀了？」范進道：「童生冊上寫的是三十歲，童生實年五十四歲。」學道道：「你考過多少回數了？」范進道：「童生二十歲應考，到今考過二十餘次。」學道道：「如何總不進學？」范進道：「總因童生文字荒謬，所以各位大老爺不曾賞取。」周學道道：「這也未必盡然。你且出去，卷子待本道細看。」范進磕頭下去了。

那時天色尚早，並無童生交卷；周學道將范進卷子用心用意看了一遍。心裏不喜道：「這樣的文字，都說的是些甚麼話！怪不得不進學。」丟過一邊不看了。又坐了一會，還不見一個人來交卷，心裏又想去了。

道：「何不把范進的卷子再看一遍？倘有一線之明，也可憐他苦志。」從頭至尾，又看了一遍，覺得有些意思；正要再看看，卻有一個童生來交卷。那童生跪下道：「求大老爺面試。」學道和顏道：「你的文字已在這裏了，又面試些甚麼？」那童生道：「童生詩詞歌賦都會，求大老爺出題面試。」學道變了臉道：「當今天子重文章，足下何須講漢唐？像你做童生的人，只該用心做文章；那些雜覽，學他做甚麼？況且本道奉旨到此衡文，難道是來此同你談雜學的麼？看你這樣務名而不務實，那正務自然荒廢，都是些粗心浮氣的說話，看不得了！左右的！趕了出去！」一聲吩咐過了，兩傍走過幾個如狼似虎的公人，把那童生又著膊子，一路跟頭 ❶，又到大門外。

周學道雖然趕他出去，卻也把卷子取來看看。那童生叫做魏好古，文字也還清通。學道道：「把他低低的進了學罷。」因取過筆來，在卷子尾上點了一點，做個記認；又取過范進卷子來看，看罷，不覺歎息道：「這樣文字，連我看一兩遍也不能解，直到三遍之後，纔曉得是天地間之至文，真乃一字一珠！可見世上糊塗試官，不知屈煞了多少英才！」忙取筆細細圈點，卷面上加了三圈，即填了第一名；又把魏好古的卷子取過來，填了第二十名。將各卷彙齊，帶了進去。發出案來，范進是第一。謁見那日，著實贊揚了一回。點到二十名，魏好古上去，又勉勵了幾句：「用心舉業，休學雜覽」的話。鼓吹送了出去。

次日起馬，范進獨自送在三十里之外，轎前打恭。周學道又叫到跟前，說道：「『龍頭屬老成。』本

❶ 跟頭：即筋斗。

道看你的文字，火候到了；即在此科，一定發達。我復命之後，在京專候。」范進又磕頭謝了，起來立著；學道轎子，一擁而去。范進立著，直望見門鎗影子抹過前山，看不見了，方纔回到下處，謝了房主人。他家離城還有四十五里路，連夜回來，拜見母親。家裏住著一間草屋，一廈披子，門外是個茅草棚。正屋是母親住著，妻子住在披房裏。他妻子乃是集上胡屠戶的女兒。范進學道回家，母親妻子，俱各歡喜，正待燒鍋做飯，只見他丈人胡屠戶，手裏拏著一副大腸和一瓶酒，走了進來。范進向他作揖，坐下。

胡屠戶道：「我自倒運，把個女兒嫁與你這現世寶窮鬼，歷年以來，不知累了我多少；如今不知因我積了甚麼德，帶挈你中了個相公，我所以帶個酒來賀你。」范進唯唯連聲，叫渾家把腸子煮了，燙起酒來，在茅草棚下坐著；母親自和媳婦在廚下造飯。胡屠戶又吩咐女壻道：「你如今既中了相公，凡事要立起個體統來，比如我這行事裏，都是些正經有臉面的人，又是你的長親，你怎敢在我們跟前裝大？若是家門口這些做田的，扒糞的，不過是平頭百姓，你若同他拱手作揖，平起平坐，這就是壞了學校規矩，連我臉上都無光了。你是個爛忠厚沒用的人，所以這些話我不得不教導你，免得惹人笑話。」范進道：「岳父見教的是。」胡屠戶又道：「親家母也來這裏坐著吃飯。老人家每日小菜飯，想也難過。我女孩兒也吃些；自從進了你家門，這十幾年，不知豬油可曾吃過兩三回哩？可憐！可憐！」說罷，婆媳兩個，都來坐著吃了飯。吃到日西時分，胡屠戶吃的醺醺的，這裏母子兩個，千恩萬謝，屠戶橫披了衣服，腆❷著肚子去了。

次日，范進少不得拜拜鄉鄰；魏好古又約了一班同案的朋友，彼此來往。因是鄉試年，做了幾個文

❷ 腆：挺出。猶言凸。

會。不覺到了六月盡頭，這些同案的人約范進去鄉試。范進因沒有盤費，走去同丈人商議，被胡屠戶一口啐在臉上，罵了一個狗血噴頭道：「不要失了你的時了！你自己只覺得中了一個相公，就『癩蝦蟆想吃起天鵝肉』來！我聽見人說，就是中相公時，也不是你的文章，還是宗師看見你老，不過意，捨與你的！如今癡心就想中老爺來！這些中老爺的，都是天上的文曲星；你不看見城裏張府上那些老爺，都有萬貫家私，一個個方面大耳。像你這尖嘴猴腮，也該撒泡尿自己照照；不三不四，就想天鵝屁吃！趁早收了這心，明年在我們行事裏，替你尋一個館，每年尋幾兩銀子，養活你那老不死的老娘和你老婆是正經！你問我借盤纏，我一天殺一個豬，還賺不得錢把銀子，都把與你去丟在水裏，叫我一家老小嗑西北風？」一頓夾七夾八，罵的范進摸門不著❸，辭了丈人回來，自心裏想：「宗師說我火候已到。自古無場外的舉人，如不進去考他一考，如何甘心？」因向幾個同案商議，瞞著丈人，到城裏鄉試。出了場，即便回家，家裏已是餓了兩三天；被胡屠戶知道，又罵了一頓。

到出榜那日，家裏沒有早飯米，母親吩咐范進道：「我有一隻生蛋的母雞，你快拏集上去賣了，買幾升米來煮餐粥吃。我已是餓的兩眼都看不見了！」范進慌忙抱了雞，走出門去。纔去不到兩個時候，只聽得一片聲的鑼響，三匹馬闖將來；那三個人下了馬，把馬拴在茅草棚上，一片聲叫道：「快請范老爺出來，恭喜高中了！」母親不知是甚事，嚇得躲在屋裏；聽見中了，方敢伸出頭來說道：「諸位請坐，小兒方纔出去了。」那些報錄人道：「原來是老太太。」大家簇擁著要喜錢。正在吵鬧，又是幾匹馬，二報三報到了，擠了一屋的人，茅草棚地下都坐滿了。

❸ 摸門不著：莫名其妙的意思。或作「摸腦袋不著」。

鄰居都來了擠著看，老太太沒奈何，只得央及一個鄰居去尋他兒子。那鄰居飛奔到集上去，一地裏尋

不見；直尋到集東頭，見范進抱著雞，手裏插個草標，一步一踱的，東張西望，在那裏尋人買。鄰居道：

「范相公快些回去！恭喜你中了舉人，報喜人擠了一屋裏。」范進道是哄他，只裝不聽見，低著頭往前

走；鄰居見他不理，走上來就要奪他手裏的雞。范進道：「你奪我的雞怎的？你又不買。」鄰居道：「你

中了舉人，叫你家去打發報子哩。」范進道：「高鄰，你曉得我今日沒有米，要賣這隻雞去救命，為甚

麼拿這話來混❹我？我又不同你頑，你自回去罷，莫誤了我賣雞。」鄰居見他不信，劈手把雞奪了，攔

在地下，一把拉了回來；報錄人見了道：「好了，新貴人回來了。」正要擁著他說話，范進三兩步走進

屋裏來，見中間報帖已經升掛起來，上寫道：

捷報貴府老爺范諱進高中廣東鄉試第七名「亞元」。京報連登黃甲。

范進不看便罷，看了一遍，又念一遍，自己把兩手拍了一下，笑了一聲道：「噫！好了！我中了！」

說著，往後一交跌倒，牙關咬緊，不醒人事。老太太慌了，忙將幾口開水灌了過來；他爬將起來，又拍

著手大笑道：「噫！好了！我中了！」笑著，不由分說，就往門外飛跑，把報錄人和鄰居都嚇了一跳。

走出大門不多路，一腳端在塘裏，掙起來，頭髮都跌散了，兩手黃泥，淋淋漓漓一身的水，眾人拉他不

住，拍著笑著，一直走到集上去了。眾人大眼望小眼，一齊道：「原來新貴人歡喜瘋了！」老太太哭道：

「怎生這樣苦命的事！中了一個甚麼『舉人』，就得了這個拙病！這一瘋了，幾時才得好！」娘子胡氏

❹ 混…「蒙混」的簡詞，欺騙。

道：「早上好好出去，怎的就得了這樣的病，卻是如何是好？」眾鄰居勸道：「老太太不要心慌，我們而今且派兩個人跟定了范老爺；這裏眾人家裏挈些雞蛋酒米，且管待了報子上的老爹們，再為商酌。」當下眾鄰居，有挈雞蛋來的，有挈白酒來的，也有背了斗米來的，也有捉兩隻雞來的。娘子哭哭啼啼，在廚下收拾齊了，挈在草棚下。鄰居又搬些桌橙，請報錄的坐著吃酒，商議「他這瘋了，如何是好？」

報錄的內中有一個人道：「在下倒有一個主意，不知可以行得行不得？」眾人問：「如何主意？」那人道：「范老爺平日可有最怕的人？他只因歡喜狠了，痰湧上來，迷了心竅，如今只消他怕的這個人來打他一個嘴巴，說：『這報錄的話都是哄你，你並不曾中。』他吃這一嚇，把痰吐了出來，就明白了。」

眾人都拍手道：「這個主意好得緊，妙得緊！范老爺怕的，莫過於肉案子上胡老爹。好了！快尋胡老爹來！他想是還不知道，在集上賣肉哩。」又一個人道：「在集上賣肉，他倒好知道了。他從五更鼓就往東頭集上迎豬，還不曾回來。快些迎著去尋他！」

一個人飛奔去迎，走到半路，遇著胡屠戶來；後面跟著一個燒湯的二漢❺，提著七八斤肉，四五千錢，正來賀喜。進門見了老太太，老太太哭著告訴了一番；胡屠戶詫異道：「難道這等沒福！」外邊人一片聲：「請胡老爹說話。」胡屠戶把肉和錢交與女兒，走了出來；眾人如此這般，同他商議。胡屠戶作難道：「雖然是我女壻，如今卻做了老爺，就是天上的星宿；天上的星宿是打不得的。我聽得齋公們說：『打了天上的星宿，閻王就要挈去打一百鐵棍，發在十八層地獄，永不得翻身。』我卻是不敢做這樣的事。」鄰居內一個尖酸人說道：「罷麼！胡老爹！你每日殺豬的營生，白刀子進去，紅刀子出來，

❺二漢：傭工。

閻王也不知叫判官在簿子上記了你幾千條鐵棍，就是添上這一百棍，也打甚麼要緊？只恐把鐵棍子打完了，也算不到這筆賬上來！或者你救好了女婿的病，閻王敘功，從地獄裏把你提上第十七層來，也不可知！」報錄的人道：「不要只管講笑話。胡老爹，這個事須是這般，你沒奈何權變一權變。」屠戶被眾人局 ❻ 不過，只得連斟兩碗酒喝了，壯一壯膽，把方纔這些小心收起，將平日的兇惡樣子拿出來，捲一捲那油晃晃的衣袖，走上集去，眾鄰居五六個都跟著走。老太太趕出來叫道：「親家，你只可嚇他一嚇，卻不要把他打傷了！」眾鄰居道：「這個自然，何消吩咐？」

說著，一直去了。來到集上，見范進正在一個廟門口站著，散著頭髮，滿臉污泥，鞋都跑掉了一隻，兀自拍著掌，口裏叫道：「中了！中了！」胡屠戶兇神般走到跟前，說道：「該死的畜生！你中了甚麼？」一個嘴巴打將去，眾人和鄰居見這模樣，忍不住的笑；不想胡屠戶雖然大著膽子打了一下，心裏到底還是怕的，那手早顫起來，不敢打第二下。范進因這一個嘴巴，卻也打暈了，昏倒於地。眾鄰居一齊上前，替他抹胸口，捶背心，舞了半日，漸漸喘息過來，眼睛明亮，不瘋了。眾人扶起，借廟門口一個外科郎中姚駝子板櫈上坐著；胡屠戶站在一邊，不覺那隻手隱隱的疼將起來。自己看時，把個巴掌仰著，再也彎不過來；自己心裏懊惱道：「果然天上文曲星是打不得的，而今菩薩計較起來了！」想一想，更疼的狠了；連忙問郎中討了個膏藥貼著。范進看了眾人，說道：「我怎麼坐在這裏？」又道：「我這半日昏昏沉沉，如在夢裏一般。」眾鄰居道：「老爺，恭喜高中了！適纔歡喜的有些引動了痰，方纔吐出幾口痰來，好了。快請回家去打發報錄人。」范進說道：「是了。我也記得是中的第七名。」范進一

❻ 局：催逼。

面自縮了頭髮，一面問郎中借了一盆水洗洗臉。一個鄰居早把那一隻鞋尋了來，替他穿上。見丈人在跟

前，恐怕又要來罵。胡屠戶上前道：「賢婿老爺！方纔不是我敢大膽，是你老太太的主意，央我來勸你

的。」鄰居內一個人道：「胡老爹方纔這個嘴巴打的親切，少頃范老爺洗臉，還要洗下半盆豬油來！」

又一個道：「老爹，你這手，明日殺不得豬了。」胡屠戶道：「我那裏還殺豬！有我這賢婿老爺，還怕

後半世靠不著麼？我每常說：『我的這個賢婿才學又高，品貌又好；就是城裏頭那張府周府這些老爺，

也沒有我女壻這樣一個體面的相貌。』你們不知道，得罪你們說，我小老這一雙眼睛，卻是認得人的！

想著先年我小女在家裏，長到三十多歲，多少有錢的富戶要和我結親，我自己覺得女兒像有些福氣的，

畢竟要嫁與個老爺，今日果然不錯！」說罷，哈哈大笑。眾人都笑起來。看著范進洗了臉，郎中又奉茶

來吃了，一同回家。

　　　　＊　　　　　　＊　　　　　　＊

范舉人先走，胡屠戶和鄰居跟在後面；屠戶見女壻衣裳後襟滾皺了許多，一路低著頭替他扯了幾十

回。到了家門，屠戶高聲叫道：「老爺回府了！」老太太迎著出來，見兒子不瘋，喜從天降；眾人問報

錄的，已是家裏把屠戶送來的幾千錢，打發他們去了。范進拜了母親，也拜丈人。胡屠戶再三不安道：…

「些須幾個錢，還不彀你賞人哩！」

范進又謝了鄰居，正待坐下，早看見一個體面的管家，手裏拿著一個大紅全帖，飛跑了進來道：「張

老爺來拜新中的范老爺。」說畢，轎子已是到了門口；胡屠戶忙躲進女兒房裏，不敢出來，鄰居各自散

了。范進迎了出去，只見那張鄉紳下了轎進來，頭戴紗帽，身穿葵花色員領，金帶皂靴。他是舉人出身，

做過一任知縣的，別號靜齋。同范進讓了進來，到堂屋內平磕了頭，分賓主坐下。張鄉紳先攀談道：「世先生❼同在桑梓，一向有失親近。」范進道：「晚生久仰老先生，只是無緣，不曾拜會。」張鄉紳道：「晚生徼倖，實是有愧；卻幸得出老先生門下，可為欣喜。」張鄉紳將眼睛四面望了一望，說道：「世先生果是清貧。」隨在跟的家人手裏拏過一封銀子來，說道：「小弟卻也無以為敬，謹具賀儀五十兩，世先生權且收著；這華居，其實不甚便；弟有空房一所，就在東門大街上，三進三間，雖不軒敞，也還乾淨，就送與世先生，搬到那裏去住，早晚也好請教些。」范進再三推辭，張鄉紳急了道：「你我年誼世好，就如至親骨肉一般；若要如此，就是見外了！」范進方纔把銀子收下，作揖謝了；又說了一會，打躬作別。

胡屠戶直等他上了轎，纔敢走出堂屋來；范進即將這銀子交與渾家打開看，一封一封雪白的細絲錠子；即便包了兩錠，叫胡屠戶進來，遞與他道：「方纔費老爹的心，拏了五千錢來，這六兩多銀子，老爹拏了去。」屠戶把銀子攥在手裏，緊緊的把拳頭舒過來道：「這個，你且收著；我原是賀你的，怎好又拏了回去？」范進道：「眼見得我這裏還有這幾兩銀子；若用完了，再來問老爹討來用。」屠戶連忙把拳頭縮了回去，往腰裏揣，口裏說道：「也罷，你而今相與了這個張老爺，何愁沒有銀子用？他家裏的銀子，比皇帝家還多些哩！他家就是我賣肉的主顧，一年就是無事，肉也要用四五千斤，銀子何足為奇！」又轉回頭來望著女兒說道：「我早上拏了錢來，你那該死行瘟的兄弟還不肯。我說：『姑老爺今

❼ 世先生：對世交的尊稱。

非昔比，少不得有人把銀子送上門去給他用，只怕姑老爺還不希罕哩。」今日果不其然！如今掌了銀子家去，罵這死砍頭短命的奴才！」說了一會，千恩萬謝，低著頭笑迷迷的去了。

自此以後，果然有許多人來奉承他：有送田產的，有送店房的，還有那些破落戶，兩口子來投身為僕，圖蔭庇的，到兩三個月，范進家奴僕丫鬟都有了，錢米是不消說了；張鄉紳家又來催著搬家。搬到新房子裏，唱戲，擺酒，請客，一連三日。到第四日上，老太太起來吃過點心，走到第三進房子內，見范進的娘子胡氏，家常戴著銀絲鬏髻❽；此時是十月中旬，天氣尚暖，穿著天青緞套，官綠的緞裙；督率著家人，媳婦，丫鬟，洗碗盞杯箸。老太太看了，說道：「你們嫂嫂姑娘們要仔細些，這都是別人家的東西，不要弄壞了。」家人媳婦道：「老太太，那裏是別人的，都是你老人家的。」老太太笑道：「我家怎的有這些東西？」丫鬟和媳婦一齊都說道：「怎麼不是？豈但這個東西是，連我們這些人和這房子都是你老太太家的！」老太太聽了，把細磁碗盞和銀鑲的杯盤，逐件看了一遍，哈哈大笑道：「這都是我的了！」大笑一聲，往後便跌倒；忽然痰湧上來，不醒人事。只因這一番，有分教：會試舉人，變作秋風之客；多事貢生，長為興訟之人。

不知老太太性命如何？且聽下回分解。

鬏髻：古代婦女所用套網的假髮。

第四回　薦亡齋和尚吃官司　打秋風鄉紳遭橫事

話說老太太見這些傢伙什物都是自己的，不覺歡喜，痰迷心竅，昏絕於地，家人媳婦和丫鬟娘子都慌了，快請老爺進來！范舉人三步作一步走來時，連叫母親！不應，忙將老太太抬放牀上，請了醫生來。醫生說：「老太太這病是中了臟，不可治了！」連請了幾個醫生，都是如此說，范舉人越發慌了，夫妻兩個，守著哭泣，一面製備後事。挨到黃昏時分，老太太奄奄一息，歸天去了，合家忙了一夜。次日請將陰陽徐先生來寫了七單，老太太是犯三七，到期該請僧人追薦。大門上挂了白布球；新貼的廳聯，都用白紙糊了。合城紳衿，都來弔唁。請了同案的魏好古，穿著衣巾，在前廳陪客；胡老爹上不得臺盤❶，只好在廚房裏，或女兒房裏，幫著量白布，秤肉，亂竄。到得二七過了，范舉人念舊，拏了幾兩銀子，交與胡屠戶，託他仍舊到集上庵裏，請平日相與的和尚做攢頭，請大寺八眾僧人來念經，拜梁皇懺，放焰口，追薦老太太生天。

屠戶拏著銀子，一直走到集上庵裏尋和尚，恰好大寺裏僧官慧敏也在那裏坐著。僧官因有田在左近，所以常在這庵裏起坐。言及「前次新中的范老爺得病在小庵裏；那日貧僧不在家，不曾候得，多虧門口賣藥的陳先生燒了些茶水，替我做個主人」。胡屠戶道：「正是，我也多謝他的

❶ 上不得臺盤：不懂禮節，不能在席面上應酬。

膏藥；今日不在這裏？」滕和尚道：「今日不曾來。」又問道：「范老爺那病隨即就好了，卻不想又有老太太這一變。胡老爹這幾十天想總是在那裏忙？不見來集上做生意？」胡屠戶道：「可不是麼！自從親家母不幸去世，合城鄉紳，那一個不到他家來；就是我主顧張老爹周老爹，在那裏司賓，大長日子，坐著無聊，只拉著我說閒話，陪著吃酒吃飯。見了客來，又要打躬作揖，累個不了。我是個閒做慣了的人，不耐煩作這些事；欲待躲著些，難道是怕小壻怪？惹紳衿老爺們看喬❷了，說道：『要至親做甚麼呢？』說罷，又如此這般，把請僧人做齋的話說了。和尚聽了，屁滾尿流，慌忙燒茶下麵，就在胡老爹面前，轉託僧官去約僧眾，並備香燭，紙馬，寫疏等事。胡屠戶吃過麵去。

僧官接了銀子，纔待走進城，走不到一里多路，只聽後邊一個人叫道：「慧老爺，為甚麼這等財忙！因甚事總不來走走？」僧官道：「你老人家這些時這等財忙！因不到莊上來走走？」僧官忙回過頭來看時，是佃戶何美之。何美之道：「這也不妨，想不想由他，肯不肯由你；今日無事，且到莊上去坐坐。我幾次回斷了他；若到莊上來，他家那佃戶又走過來嘴嘴舌舌，纏個不清。我在寺裏，他有人來尋我，只回他出門去了。」何美之道：「不是，我也要來，只因城裏張大房裏想我屋後那一塊田，又不肯出價錢，況且老爺前日煮過的那半隻火腿，弔在竈上，已經走油了，做的酒也熟了，不如消繳❸了他罷。今日就在莊上歇了去，怕怎的？」

和尚被他說的口裏流涎，那腳由不得自己，跟著他走到莊上。何美之叫渾家煮了一隻母雞，把火腿

❷ 喬：在舊小說中常作「假」與「偽」解釋，引申作「錯誤」的意思。

❸ 消繳：消受。

切了，酒舀出來燙著。和尚走熱了，坐在天井內，把衣服脫了一件，敞著懷，腆著個肚子，走出黑津津一頭一臉的肥油。須臾，整理停當，何美之捧出盤子，渾家拎著酒，放在桌子上擺下；和尚上坐，渾家下陪，何美之打橫，把酒來斟。吃著，說起三五日內要往范府替老太太做齋。何美之渾家說道：「范家老奶奶，我們自小看見他的，是個和氣不過的老人家；只有他媳婦兒，是莊南頭胡屠戶的女兒，一雙紅鑲邊的眼睛，一窩子黃頭髮，那時在這裏住，鞋也沒有一雙，夏天趿著個蒲窩子，歪腿爛腳的。而今弄兩件尸皮子穿起來，聽見說做了夫人，好不體面；你說那裏看人去！」

＊

正吃得興頭，聽得外面敲門甚兇，何美之道：「是誰？」和尚道：「美之，你去看一看。」何美之纔開了門，七八個人一齊擁了進來，看見女人和尚一桌子坐著，齊說道：「好快活，和尚婦人，大青天白日調情！好僧官老爺，知法犯法！」何美之喝道：「休胡說！這是我田主人。」眾人一頓罵道：「田主人？連你婆子都有主兒了！」不由分說，拏條草繩，把和尚精赤條條，同婦人一繩捆了；將個檳子，穿心抬著，連何美之也帶了。來到南海縣前一個關帝廟前戲臺底下，和尚同婦人拴了一處，候知縣出堂報狀。眾人押著何美之出去，和尚悄悄叫他報與范府。范舉人因母親做佛事，和尚被人拴了，忍耐不得，隨即拏帖子向知縣說了。知縣差班頭將和尚解放，女人著交美之領了家去；一班光棍帶著，明日早堂發落。眾人慌了，求張鄉紳帖子在知縣處說情，知縣准了，早堂帶進，罵了幾句，扯一個淡，趕了出去。和尚同眾人，倒在衙門口用了幾十兩銀子。

＊

＊

＊

僧官先去范府謝了。次日方帶領僧眾來鋪結壇場，掛佛像，兩邊十殿閻君。吃了開經麵，打動鐃鈸

叮噹，念了一卷經，擺上早齋來。八眾僧人，連司賓的魏相公共九位，坐了兩席。纔吃著，長班報有客到。魏相公丟了碗出去迎接進來，便是張周兩位鄉紳，烏紗帽，淺色員領，粉底皂靴。魏相公陪著，一直拱到靈前去了。內中一個和尚向僧官道：「方纔進去的，就是張大房裏靜齋老爺，他和你是田鄰，你也該過去問訊一聲纔是。」僧官道：「也罷了！張家是甚麼有意思的人？想起我前日這一番是非，那裏是甚麼光棍，就是他的佃戶。商議定了，做鬼做神，來弄送我。不過要簽掉我幾兩銀子，好把屋後那一塊田賣與他；『使心用心，反害了自身！』落後縣裏老爺要打他莊戶，一般也慌了，腆著臉拏帖子去說，惹的縣主不喜歡。」又道：「他沒脊骨的事多哩！就像周三房裏做過巢縣家的大姑娘，是他的外甥女兒；三房裏曾託我說媒，我替他講西鄉封大戶家，好不有錢。張家硬主張著許與方纔這窮不了的小魏相公，因他進個學，又說他會作個甚麼詩詞。前日替這裏作了一個薦亡的疏，我拏了給人看；說是倒別了三個字。像這都是作孽！眼見得那二姑娘也要許人家了，又不知攛弄與個甚麼人？」說著，聽見靴底響，眾和尚擠擠眼，僧官就不言語了。

兩位鄉紳出來，同和尚拱一拱手，魏相公送了出去。眾和尚吃完了齋，洗了臉和手，吹打拜懺，行香放燈，施食散花，跑五方，整整鬧了三晝夜，方纔散了。

光陰彈指，七七之期已過，范舉人出門謝了孝。一日，張靜齋來候問，還有話說，范舉人叫請在靈前一個小書房裏坐下，穿著衰絰，出來相見，先謝了喪事裏諸凡相助的話。張靜齋道：「老伯母的大事，我們做子姪的，理應效勞。想老伯母這樣大壽歸天，也罷了，只是誤了世先生此番會試。看來，想是祖塋安葬了？可曾定有日期？」范舉人道：「今年山向不利只好來秋舉行，但費用尚在不敷。」張靜齋屈

指一算：「銘旌是用周學臺的銜，墓誌託魏朋友將就做一篇，卻是用誰的名？其餘殯儀，桌席，執事吹打，以及雜用，飯食，破土，謝風水之類，須三百多銀子。」正算著，捧出茶來吃了。張靜齋又道：「三載居廬，自是正理；但世先生為安葬大事，也要到外邊設法使用，似乎不必拘拘。現今高發之後，並不曾到貴老師處一候；高要地方肥美，或可秋風一二。弟意也要去候敝世叔，何不相約同行？一路上舟車之費，弟自當措辦，不須世先生費心。」范舉人道：「極承老先生厚愛，只不知大禮上可行得？」張靜齋道：「禮有經，亦有權；想沒有甚麼行不得處。」范舉人又謝了。

*

張靜齋約定日期，雇齊夫馬，帶了從人，取路往高要縣進發。於路上商量說：「此來一者見老師；二者，先太夫人墓誌，就要借湯公的官銜名字。」不一日，進了高要城。那日知縣下鄉相驗去了，二位不好進衙門，只得在一個關帝廟裏坐下。那廟正修大殿，有縣裏工房在內監工；工房聽見縣主的相與❹到了，慌忙迎到裏面客位內坐著，擺上九個茶盤來，工房坐在下席，執壺斟茶。吃了一回，外面走進一個人來，方巾闊服，粉底皂靴，蜜蜂眼，高鼻梁，落腮鬍子。那人一進了門，就叫把茶盤子撤了，然後與二位敘禮坐下；動問那一位是張老先生？那一位是范老先生？二人各自道了姓名，那人道：「賤姓嚴，舍下就在咫尺。去歲宗師案臨，俺叨歲薦，與我這湯父母是極好的相與。二位老先生，想都是年家故舊？」二位各道了年誼師生，嚴貢生不勝欽敬；工房告過失陪，那邊去了。嚴家家人掇了一個食盒來，又提了一瓶酒，桌上放下；揭開盒蓋，九個盤子，都是雞鴨糟魚火腿之類。嚴貢生請二位先生上席，斟

❹ 相與：此處指朋友，彼此間交情好的人。

酒奉過來，說道：「本該請二位老先生降臨寒舍，一來蝸居恐怕褻尊，二來就要進衙門去，恐怕關防有礙；故此備個粗碟，就在此處談談，休嫌輕慢。」二位接了酒道：「尚未奉謁，倒先取擾。」嚴貢生道：「不敢，不敢。」立著要候乾一杯；二位恐怕臉紅，不敢多用，吃了半杯放下。嚴貢生道：「湯父母為人廉靜慈祥，真乃一縣之福。」張靜齋道：「是，敝世叔也還有些善政麼？」嚴貢生道：「老先生，人生萬事都是個緣法，真個勉強不來的！湯父母到任的那日，敝處闔縣紳衿，公搭了一個綵棚，在十里牌迎接，小弟站在綵棚門口；須臾，鑼、旗、傘、扇、吹手、夜役，一隊一隊，都過去了。轎子將近，遠遠望見老父母兩朵高眉毛，一個大鼻梁，方面，大耳，我心裏就曉得是一位豈弟君子。轎子將近，幾十人在那裏同接，老父母轎子裏兩隻眼睛只看著小弟一個人。那時有個朋友，同小弟並站著，他把眼望一望老父母，又把眼望望小弟，悄悄問我：『先年可曾認得這位父母？』小弟從實說：『不曾認得。』他就癡心，只道父母看的是他，忙搶上幾步，意思要老父母問他甚麼。不想老父母下了轎，同眾人打躬，倒把眼望了別處，纔曉得從前不是看他，把他羞的要不的。次日，小弟到衙門去謁見，老父母方纔下學回來，諸事忙作一團，卻連忙丟了，叫請小弟進去，換了兩遍茶，就像相與過幾十年的一般。」張鄉紳道：「總因你先生為人有品望，所以敝世叔相敬；近來自然時時請教。」嚴貢生道：「後來倒也不常進去。實不相瞞，小弟只是一個為人率真；在鄉里之間，從不曉得占人寸絲半粟的便宜，所以歷來的父母官，都蒙相愛；湯父母雖不大喜歡會客，卻也凡事心照。就如前月縣考，把二小兒取在第十名，叫了進去，細細問他從的先生是那個，又問他可曾定過親事，著實關切！」范舉人道：「我這老師看文章是法眼；既然賞鑒令郎，一定是英才。可賀！」嚴貢生道：「豈敢！豈敢！」又道：「我這高要是廣東出名

縣分；一歲之中，錢糧，耗羨❺，花布，牛，驢，漁船，田房稅，不下萬金。」又自擎手在桌上畫著，低聲說道：「像湯父母這個做法，不過八千金；前任潘父母做的時節，實有萬金。他還有些枝葉，還用著我們幾個要緊的人。」說著，恐怕有人聽見，把頭別轉來望著門外；一個蓬頭赤足的小使，走了進來，望著他道：「老爺，家裏請你回去。」嚴貢生道：「回去做甚麼？」小廝道：「早上關的那口豬，那人來討了，在家裏吵哩。」嚴貢生道：「他要豬，擎錢來。」小廝道：「他說豬是他的。」嚴貢生道：「我知道了，你先去罷，我就來。」

那小廝又不肯去。張范二位道：「既然府上有事，老先生竟請回罷。」嚴貢生道：「二位老先生有所不知，這口豬原是舍下的！」纔說得一句，聽見鑼響，一齊立起身來說道：「回衙了。」二位整一整衣帽，叫管家擎著帖子，向貢生謝了擾，一直來到宅門口，投進帖子去。知縣湯奉接了帖子，一個寫：「世姪張師陸。」一個寫：「門生范進。」自心裏沉吟道：「張世兄屢次來打秋風，甚是可厭；但這回同我新中的門生來見，不好回他。」吩咐快請。兩人進來，先是靜齋見過，范進上來敘師生之禮；湯知縣再三謙讓，奉坐吃茶，同靜齋敘了些闊別的話，又把范進的文章稱贊了一番。問道：「因何不去會試？」范進方纔說道：「先母見背，遵制丁憂。」湯知縣大驚，忙叫換去了吉服，拱進後堂，擺上酒來。席上燕窩雞鴨，此外就是廣東出的柔魚苦瓜，也做兩碗。知縣安了席坐下，用的都是銀鑲杯箸。范進退前縮後的不舉杯箸，知縣不解其故。靜齋笑道：「世先生因遵制，想是不用這個杯箸。」知縣忙叫換去，換了一個磁杯，一雙象牙箸來；范進又不肯舉動，靜齋道：「這個箸也不用。」隨即換了一雙白顏色竹

❺　耗羨：舊時地方官向百姓徵收錢糧時，在正額外例有附加部分，名為「耗羨」。實是一種公開的剝削。

子的來，方纔罷了。知縣疑惑他居喪如此盡禮，倘或不用葷酒，卻是不曾備辦；落後❻看見他在燕窩碗裏揀了一個大蝦圓子送在嘴裏，方纔放心，因說道：「卻是得罪的緊。我這敝教，酒席沒有甚麼吃得；只這幾樣小菜，權且用個便飯。敝教只是個牛羊肉，又恐貴教老爺們不用，所以不敢上席；現今奉旨禁宰耕牛，上司行來牌票甚緊，衙門裏都也莫得吃。」掌上燭來，將牌擎出來看著。

  ＊ ＊ ＊

一個貼身的小廝，在知縣耳根前悄悄說了幾句話，知縣起身向二位道：「外邊有個書辦❼要回話，弟去一去就來。」去了一時，只聽得吩咐道：「且放在那裏。」回來又入席坐下，說了失陪，向張靜齋道：「張世兄，你是做過官的，這件事正該商之於你；就是斷牛肉的話。方纔有幾個教親，共備了五十斤牛肉，請出一位老師夫來求我，說是要斷盡了，他們就沒有飯吃，求我略鬆寬些，叫做瞞上不瞞下，送五十斤牛肉在這裏與我。卻是受得受不得？」張靜齋道：「老世叔，這句話斷斷使不得的了。你我做官的人，只知有皇上，那知有教親？想起洪武年間，劉老先生……」湯知縣道：「那個劉老先生？」靜齋道：「諱基的了。他是洪武三年開科的進士，『天下有道』三句中的第五名。」范進插口道：「想是第三名。」靜齋道：「是第五名，那墨卷是弟讀過的；後來入了翰林，洪武私行到他家，就如雪夜訪普的一般。恰好江南張王送了他一罈小菜，當面打開看，都是些瓜子金。洪武聖上惱了，說道：『他以為天下事都靠著你們書生。』到第二日，把劉老先生貶為青田縣知縣，又用毒藥擺佈死了。這個如何了得！」

❻ 落後：此處意為後來。

❼ 書辦：舊時衙門中的文書。

知縣見他說的口若懸河，又是本朝確切典故，不由得不信。問道：「這事如何處置？」張靜齋道：「依小姪愚見，世叔就在這事上出個大名；今晚叫他伺候，明日早堂，將這老師夫拏進，打他幾十個板子，取一面大枷枷了，把牛肉堆在枷上，出一張告示在傍，申明他大膽之處。上司訪知，見世叔一絲不苟，陞遷就在指日。」知縣點頭道：「十分有理！」當下席終，留二位在書房住了。

次日早堂，頭一起帶進來，是一個偷雞的積賊。知縣道：「你這奴才！在我手裏犯過幾次，總不改業；打也不怕，今日如何是好！」因取過硃筆，在他臉上寫了「偷雞賊」三個字，取一面枷枷了，把他偷的雞，頭向後，尾向前，捆在他頭上，枷了出去。纔出得縣門，那雞屁股裏喇喇喇的一聲，痾出一稀屎來，從頭頂上淌到鼻子上，鬍子沾成一片，滴到枷上，兩邊看的人多笑。第二起，教將老師夫上來，大罵一頓：「大膽狗奴！」重責三十板，取一面大枷，把那五十斤牛肉都堆在枷上，臉和頸子箍的緊緊的，只剩得兩個眼睛，在縣前示眾。天氣又熱，枷到第二日，牛肉生蛆；第三日，嗚呼死了。眾回子心裏不服，一時聚眾數百人，鳴鑼罷市，鬧到縣前來，說道：「我們就是不該送牛肉來，也不該有死罪！這都是南海縣的光棍張師陸的主意。我們鬧進衙門去，揪他出來一頓打死，派出一個人來償命！」不因這一鬧，有分教：貢生興訟，潛蹤來到省城；鄉紳結親，謁貴竟遊京國。

未知眾回子吵鬧如何，且聽下回分解。

第五回　王秀才議立偏房　嚴監生疾終正寢

話說眾回子因湯知縣枷死了老師夫，鬧將起來，將縣衙門圍的水泄不通，口口聲聲，只要揪出張靜齋來打死。知縣大驚，細細在衙門裏追問，才曉得是門子透風；知縣道：「我至不濟，到底是一縣之主，他敢怎的我；設或鬧了進來，看見張世兄，就有些開交不得了。如今須是設法先把張世兄弄出去，離了這個地方上緊好。」忙喚了幾個心腹的衙役進來商議；幸得衙門後身緊靠著北城，幾個衙役先溜到城外，用繩子把張范二位繫了出去，換了藍布衣服，草帽，草鞋，尋一條小路，忙忙如喪家之狗，急急如漏網之魚，連夜找路回省城去了。這裏學師典史，俱出來安民，說了許多好話，眾回子漸漸的散了。

湯知縣把這情由，細細寫了個稟帖，稟知按察司。按察司行文書檄了知縣去。湯奉見了按察司，摘去紗帽，只管磕頭。按察司道：「論起來，這件事你湯老爺也忒孟浪了些；不過枷責就罷了，何必將牛肉堆在枷上？這個成何刑法？但此刁風也不可長，我這裏少不得拿幾個為頭的來，盡法處置。你且回衙門去辦事，凡事須要斟酌些，不可任性。」湯知縣又磕頭說道：「這事是卑職不是；蒙大老爺保全，真乃天地父母之恩，此後知過必改。但大老爺審斷明白了，這幾個為頭的人，還求大老爺發下卑縣發落，賞卑職一個臉面。」按察司也應承了。

知縣叩謝出來，回到高要，過了些時，果然把五個為頭的回子，問成「奸民挾制官府，依律枷責」，

發來本縣發落。知縣看了來文，掛出牌去。次日早晨，大搖大擺出堂，將回子發落了；正要退堂，見兩個人進來喊冤，知縣叫帶上來問。一個叫做王小二，是貢生嚴大位的緊鄰。去年三月內，嚴貢生家一口纏過下來的小豬，走到他家去，他慌送回嚴家。嚴家說，豬到人家，再尋回來，最不利市，押著出了八錢銀子，把小豬就賣與他。這一口豬，在王家已養到一百多斤，不想錯走到嚴家去，嚴家把豬關了；小二的哥子王大走到嚴家討豬，嚴貢生說豬本來是他的，你要討豬，照時值估價，拿幾兩銀子來領了豬去。王大是個窮人，那有銀子，就同嚴家爭吵了幾句，被嚴貢生幾個兒子，拿拴門的閂，趕麵的杖，打了一個臭死，腿都打折了，睡在家裏，所以小二來喊冤。知縣喝過一邊。帶那一個上來問道：「你叫做甚麼名字？」那人是個五六十歲老者，稟道：「小人叫做黃夢統，在鄉下住。因去年九月上縣來交錢糧，一時短少，央中向嚴鄉紳借二十兩銀子，每月三分錢，寫立借約，送在嚴府，小的卻不曾拿他的銀子。走上街來，遇著個鄉裏的親眷，說他有幾兩銀子借與小的交個幾分數，再下鄉去設法，勸小的不要借嚴家的銀子；小的交完錢糧，就同親戚回家去了。至今已是大半年，想起這事來，問嚴府取回借約，嚴鄉紳向小的要這幾個月的利錢。小的說：『並不曾借本，何得有利？』嚴鄉紳說小的當時拿回借約，好讓他把銀子借與別人生利；因不曾取約，他將二十兩銀子也不能動，誤了大半年的利錢，該是小的出。小的自知不是，向中人說，情願買個蹄酒上門去取約；嚴鄉紳執意不肯，把小的驢兒和米同梢袋，都叫人短了家去，還不發出紙來。這樣含冤負屈的事，求大老爺做主！」知縣聽了，說道：「一個做貢生的人，忝列衣冠；不在鄉里間做些好事，只管如此騙人，其實可惡！」便將兩張狀子都批准，原告在外伺候。

早有人把這話報知嚴貢生，嚴貢生慌了，自心裏想：「這兩件事都是實的，倘若審斷起來，體面上

須不好看。三十六計，走為上計。」捲捲行李，一溜煙急走到省城去了。知縣准了狀子發房，出了差，來到嚴家，嚴貢生已是不在家了，只得去找著嚴二老官。二老官叫做嚴大育，字致和，他哥字致中，兩人是同胞弟兄，卻在兩個宅裏住。這嚴致和是個監生，家私豪富，足有十多萬銀子；嚴致和見差人來說了此事，他是個膽小有錢的人，見哥子又不在家，不敢輕慢，隨即留差人吃了酒飯，拏兩千錢打發去了。

忙著小廝去請兩位舅爺來商議。

他兩個阿舅姓王，一個叫王德，是府學廩膳生員；一個叫王仁，是縣學廩膳生員；都做著極興頭的館，錚錚有名。聽見妹丈請，一齊走來；嚴致和把這件事從頭告訴一遍：「現今出了差票在此，怎樣料理？」王仁笑道：「你令兄平日常說同湯公相與的；怎的這一點事就嚇走了？」嚴致和道：「這話也說不盡了；只是家兄而今兩腳站開，差人卻在我家吵鬧要人，我怎能丟了家裏的事，出外去尋他？他也不肯回來。」王德道：「各家門戶，這事究竟也不與你相干。」王德道：「你有所不知，衙門裏的差人，因妹丈有碗飯吃，他們做事，只揀有頭髮的人緊了。若說不管，他就更要的人緊了，是『釜底抽薪』之法：只消央個人去把告狀的安撫住了，眾人遞個攔詞，便歇了。諒這也沒有多大的事。」王仁道：「不必又去央人，就是我們愚兄弟兩個去尋了王小二黃夢統，到家替他分說開；把豬也還與王家，再折些須銀子，給他養那打壞了的腿；黃家那借約，查了還他：一天的事，都沒有了。」嚴致和道：「老舅怕不說的是。只是我家嫂也是個糊塗人，幾個舍姪，就像生狼一般，一總也不聽教訓。他怎肯把這豬和借約拏出來❶？」王德道：「妹丈，這話也說不得了。假如你令嫂令姪拗著，你認晦氣，再拏出幾兩銀

❶ 揀有頭髮的抓：找有錢的人進攻。

子，折個豬價，給了王姓的；黃家的借約，我們中間人立個紙筆與他，說尋出作廢紙無用。這事纔得落臺，纔得個耳根清靜。」

當下商議已定，一切辦的停妥；嚴二老官連在衙門使費，共用去了十幾兩銀子，官司已了。過了幾日，整治一席酒，請二位舅爺來致謝；兩個秀才，挈班做勢，在館裏又不肯來。嚴致和吩咐小廝去說：「奶奶這些時心裏有些不好。今日一者請吃酒，二者奶奶要同舅爺們談談。」二位聽見這話，方纔來。嚴致和即即迎進廳上。吃過茶，叫小廝進來說了，丫鬟出來，請二位舅爺。進到房內，抬頭看見他妹子王氏，面黃肌瘦，怯生生❷的，路也走不全，還在那裏自己裝瓜子，剝栗子，辦圍碟。見他哥哥進來，丟了過來相見；奶媽抱著妾出的小兒子，年方三歲，帶著銀項圈，穿著紅衣服，來叫舅舅。二位吃了茶，一個丫鬟來說：「趙新娘❸進來拜舅爺。」二位連忙道：「不勞罷。」坐下說了些家常話，又問妹子的病，總是虛弱，該多用補藥。

說罷，前廳擺下酒席，讓了出去上席。敘些閒話，又提起嚴致中的話來。王仁笑著向王德道：「大哥，我倒不解他家老大那宗筆下，怎得會補起廩來的？」王德道：「這是三十年前的話。那時宗師都是御史出來，本是個吏員出身，知道甚麼文章！」王仁道：「老大而今越發離奇了，我們至親，一年中也要請他幾次，卻從不曾見他家一杯酒。想起還是前年出貢豎旗杆，在他家擾過一席。」王德愁著眉道：「那時我不曾去。他為出了一個貢，拉人出賀禮，把總甲地方都派分子，縣裏狗腿差是不消說，弄了有

❷ 怯生生：瘦弱可憐的樣子。
❸ 新娘：此處指侍妾。

一二百吊錢。還欠下廚子錢，屠戶肉案子上的錢，至今也不肯還，過兩個月在家吵一回，成甚麼模樣！」

嚴致和道：「便是我也不好說。不瞞二位老舅，像我家還有幾畝薄田，日逐夫妻四口在家裏度日，豬肉也捨不得買一斤；每當小兒子要吃時，在熟切店內買四個錢的哄他就是了。家兄寸土也無，人口又多，過不得三天，一買就是五斤，還要白煮的稀爛。上頓吃完了，下頓又在門口賒魚，當初分家，也是一樣田地，白白都吃窮了……而今端了家裏花梨椅子，悄悄開了後門，換肉心包子吃。你說這事如何是好！」

二位哈哈大笑，笑罷，說：「只管講這些混話，誤了我們吃酒。快取骰盆來！」當下取骰子送與大舅爺：

「我們行狀元令。兩位舅爺，一個人行一個狀元令，每人中一回狀元，吃一大杯。」兩位就中了幾回狀元，吃了十幾杯。卻又古怪，那骰子竟像知人事的，嚴監生一回狀元也不曾中，二位拍手大笑。吃到四更盡鼓，跌跌撞撞，扶了回去。

＊　　＊　　＊

自此以後，王氏的病，漸漸的重將起來；每日四五個醫生用藥，都是人參附子，總不見效，看看臥床不起。生兒子的妾在旁侍奉湯藥，極其殷勤；看他病勢不好，夜晚時，抱了孩子在牀腳頭坐著哭泣，哭了幾回。那一夜道：「我而今只求菩薩把我帶了去，保佑大娘好了罷。」王氏道：「你又癡了！各人的壽數，那個是替得的？」趙氏道：「不是這樣說。我死了值得甚麼，大娘若有些長短，他爺少不得又娶個大娘。他爺四十多歲，只得這點骨血，再娶個大娘來，各養的各疼，自古說：『晚娘的拳頭，雲裏的日頭。』這孩子料想不能長大，我也是個死數；不如早些替了大娘去，還保得這孩子一命。」王氏聽了，也不答應；；趙氏含著眼淚，日逐煨藥煨粥，寸步不離。

一晚，趙氏出去了一會，不見進來；王氏問丫鬟道：「趙家的那裏去了？」丫鬟道：「新娘每夜擺

個香桌在天井裏，哭求天地，他仍要替奶奶，保佑奶奶就好。今夜看見奶奶病重，所以早些出去拜求。」

王氏聽了，似信不信。

次日晚間，趙氏又哭著講這些話；王氏道：「何不向你爺說明白，我若死了，就把你扶正，做個填

房？」趙氏忙叫請爺進來，把奶奶的話說了。嚴致和聽不得這一聲，連三說道：「既然如此，明日清早

就要請二位舅爺說定此事，纔有憑據。」王氏搖手道：「這個也隨你們怎樣做去。」

嚴致和就叫人極早去請了舅爺來，看了藥方，商議再請名醫。說罷讓進房內坐著，嚴致和把王氏如

此這般意思說了，又道：「老舅可親自問聲令妹。」兩人走到牀前，王氏已是不能言語了；把手指著孩

子，點了一點頭。兩位舅爺看了，把臉木喪著，不則一聲。須臾，讓到書房裏用飯，彼此不提這話。吃

罷，又請到一間密屋裏，嚴致和說起王氏病重，掉下淚來道：「你令妹自到舍下二十年，真是弟的內助；

如今丟了我，怎生是好！前日還向我說，岳父岳母的墳，也要修理；他自己積的一點東西，留與二位老

舅作個遺念。」因把小廝都叫出去，開了一張廚，拏出兩封銀子來，每位一百兩，遞與二位老舅。「休嫌

輕意。」二位雙手來接，嚴致和又道：「卻是不可多心，將來要備祭桌，破費錢財，都是我這裏備齊，

請老舅來行禮。明日還拏轎子接兩位舅奶奶來，令妹還有些首飾，留為遺念。」交畢，仍舊出來坐著。

外邊有人來候，嚴致和陪客去了。

回來見兩位舅爺哭得眼皮紅紅的。王仁道：「方纔同家兄在這裏說，舍妹真是女中丈夫，可謂王門

有幸；方纔這一番話，恐怕老妹丈胸中也沒有這樣道理，還要恍恍惚惚，疑惑不清，枉為男子。」王德

道：「你不知道，你這一位如夫人，關係你家三代；舍妹歿了，你若另娶一人，磨害死了我的外甥，老伯老伯母在天不安，就是先父母也不安了。」王仁拍著桌子道：「我們念書的人，全在綱常上做工夫；就是做文章，代孔子說話，也不過是這個理。你若不依，我們就不上門了。」嚴致和道：「恐怕寒族多話。」兩位道：「有我兩人作主。但這事須要大做，妹丈，你再出幾兩銀子，明日只做我兩人出的，備十幾席，將三黨親戚都請來，趁舍妹眼見你兩口子同拜天地祖宗，立為正室；誰人再敢放屁？」嚴致和又挈出五十兩銀子來交與，二位義形於色去了。

＊　　　＊　　　＊

過了三日，王德，王仁，果然到嚴家來，寫了幾十副帖子，遍請諸親六眷，擇個吉期。親眷都到齊了，只有隔壁大老爹家五個親姪子，一個也不到。眾人吃過早飯，先到王氏牀面前寫立王氏遺囑，兩位舅爺王於據王於依都畫了字。嚴監生戴著方巾，穿著青衫，被了紅綢；趙氏穿著大紅，戴了赤金冠子。兩人雙拜了天地，又拜了祖宗。王於依廣有才學，又替他做了一篇告先的文，甚是懇切。告過祖宗，轉了下來；兩位舅爺叫丫鬟在房裏請出兩位舅奶奶來。夫妻四個，齊鋪鋪請妹夫妹妹轉在大邊，磕下頭去，以敘姊妹之禮；眾親眷都分了大小，便是管事的管家，家人媳婦，丫鬟使女，黑壓壓的幾十個人，都來磕了主人主母的頭。趙氏又獨自走進房內，拜王氏做姊姊，那時王氏已發昏去了。行禮已畢，大廳，二廳，書房，內堂屋官客並堂客，共擺了二十多桌酒席。吃到三更時分，嚴監生正在大廳陪著客，奶媽慌忙走了出來說道：「奶奶斷了氣了！」嚴監生哭著走了進去；只見趙氏扶著牀沿，一頭撞去，已經哭死了。眾人且扶著趙氏，灌開水，撬開牙齒，灌了下去。灌醒了時，披頭散髮，滿地打滾，哭的天昏地

暗，連嚴監生也無可奈何。管家都在廳上，堂客都在堂屋候殮，只有兩個舅奶奶在房裏，乘著人亂，將些衣服金珠首飾，一擄精空，連趙氏方纔戴的赤金冠子，滾在地下，也拾來藏在懷裏。嚴監生慌忙叫奶媽抱起哥子來，拏一搭蔴替他披著。那時衣衾棺槨，都是現成的；入過了殮，天纔亮了。靈柩停在第二層中堂內，眾人進來參了靈，各自散了。

次日送孝布，每家兩個。第三日成服，趙氏定要披蔴帶孝，兩位舅爺斷然不肯道：「『名不正則言不順。』你此刻是姊妹了；妹子替姊姊只帶一年孝，穿細布孝衫，用白布孝箍。」議禮已定。報出喪去。

自此修齋，理七，開喪，出殯，用了四五千兩銀子，鬧了半年，不必細說。趙氏感激兩位舅爺入於骨髓；田上收了新米，每家兩石，醃冬菜每家也是兩石，火腿每家四隻，雞鴨小菜不算。

不覺到了除夕，嚴監生拜過了天地祖宗，收拾一席家宴。嚴監生同趙氏對坐，奶媽帶著哥子坐在底下。吃了幾杯酒，嚴監生掉下淚來，指著一張櫥裏，向趙氏說道：「昨日典鋪內送來三百兩利錢，是你王氏姐姐的私房；每年臘月二十七八日送來，我就交與他，我也不管他在那裏用。今年又送這銀子來，可憐就沒人接了！」趙氏道：「你也莫要說大娘的銀子沒用處，我是看見的；想起一年到頭，逢時遇節，庵裏師姑送盒子，賣花婆換珠翠，彈三弦琵琶的女瞎子不離門，那一個不受他的恩惠？況他又心慈，見那些窮親戚，自己吃不成，也要把人吃；穿不成的，也要把人穿；這些銀子，夠做甚麼？再有些也完了！倒是兩位舅爺從來不沾他分毫；依我的意思，這銀子也不必用掉，到開年替奶奶大大的做幾回好事，剩下來的銀子，料想也不多，明年是科舉年，就是送與兩位舅爺做盤程，也是該的。」

嚴監生聽著他說，桌子底下一個貓就扒在他腿上；嚴監生一靴頭子踢開了，那貓嚇的跑到裏房內去，

跑上牀頭。只聽得一聲大響，牀頭上掉下一個東西來，把地板上的酒罈子都打碎了。擎燭去看，原來那瘟貓把牀頂上的板跳蹋一塊，上面掉下一個大篾簍子來；近前看時，只見一地黑棗子拌在酒裏，篾簍橫睡著。兩個人纔扳過來，棗子底下，一封一封，桑皮紙包著；打開看時，共五百兩銀子。嚴監生歎道：「我說他的銀子那裏就肯用完了？像這都是歷年積聚的，恐怕我有急事，好拿出來用的；而今他往那裏去了！」一回哭著，叫人掃了地。把那乾棗子裝了一盤，同趙氏放在靈前桌上；伏著靈牀子，又哭了一場。

＊

＊

＊

因此新年不出去拜節，在家哽哽咽咽，不時哭泣；精神顛倒，恍惚不寧。過了燈節後，就叫心口疼痛；初時撐著，每晚算賬，直算到三更鼓。後來就漸漸飲食少進，骨瘦如柴，又捨不得銀子吃人參。趙氏勸他道：「你心裏不自在，這家務事就丟開了罷。」他說道：「我兒子又小，你叫我託那個？我在一日，少不得料理一日！」不想春氣漸深，肝木剋了脾土，每日只吃兩碗米湯，臥牀不起。及到天氣和暖，又勉強進些飲食，掙起來家前屋後走走；挨過長夏，立秋以來，病又重了，睡在牀上。想著田上要收早稻，打發了管莊的僕人下鄉去，又不放心，心裏只是急躁。

那一日早上吃過藥，聽著蕭蕭落葉打的窗子響，自覺得心裏虛怯，長歎了一口氣，把臉朝牀裏面睡下。趙氏從房外同兩位舅爺進來問病，就辭別了到省城裏鄉試去。嚴監生叫丫鬟扶起來，勉強坐著；王德王仁道：「好幾日不曾看妹丈，原來又瘦了些，喜得精神還好。」嚴監生忙請他坐下，說了些恭喜的話，留在房裏吃點心；就講到除夕晚裏這一番話，便叫趙氏擎出幾封銀子來，指著趙氏說道：「這倒是

他的意思，說姊姊留下來的一點東西，送與二位老舅添著做恭喜的盤費。我這病勢沉重，將來二位回府，

不知可會的著了！我死之後，二位老舅照顧你外甥長大，教他讀讀書，掙著進個學，免得像我一生終日

受大房裏的氣！」兩位接了銀子，每位懷裏帶著兩封，謝了又謝，又說了許多安慰寬心的話，作別去了。

自此嚴監生的病，一日重似一日，再不回頭。諸親六眷，都來問候；五個姪子，穿梭的過來陪郎中

弄藥。到中秋以後，醫家都不下藥了，把管莊的家人，都從鄉裏叫了上來，病重得一連三天不能說話。

晚間擠了一屋的人，桌上點著一盞燈。嚴監生喉嚨裏，痰響得一進一出，一聲不倒一聲的，總不得斷氣，

還把手從被單裏拏出來，伸著兩個指頭。大姪子上前問道：「二叔！你莫不是還有兩個親人不曾見面？」

他就把頭搖了兩三搖。二姪子走上前來問道：「二叔！莫不是還有兩筆銀子在那裏，不曾吩咐明白？」

他把兩眼睜的溜圓，把頭又狠狠的搖了幾搖，越發指得緊了。奶媽抱著哥子插口道：「老爺想是因兩位

舅爺不在跟前，故此記念？」他聽了這話，把眼閉著搖頭，那手只是指著不動。趙氏慌忙揩揩眼淚，走

近上前道：「爺！別人都說的不相干，只有我曉得你的意思！」只因這一句話，有分教：爭田奪產，又

從骨肉起戈矛；繼嗣延宗，齊向官司進詞訟。

不知趙氏說出甚麼話來，且聽下回分解。

第六回　鄉紳發病鬧船家　寡婦含冤控大伯

話說嚴監生臨死之時，伸著兩個指頭，總不肯斷氣；幾個姪兒和些家人，都來訌亂著問，有說為兩個人的，有說為兩件事的，有說為兩處田地的，紛紛不一，只管搖頭不是。趙氏分開眾人，走上前道：「爺！只有我能知道你的心事的。你是為那燈盞裏點的是兩莖燈草，不放心，恐費了油；我如今挑掉一莖就是了。」說罷，忙走去挑掉一莖；眾人看嚴監生時，點一點頭，把手垂下，登時就沒了氣。合家大小號哭起來，準備入殮，將靈柩停在第三層中堂內。次早著幾個家人小廝，滿城去報喪。族長嚴振先，領著合族一班人來弔孝，都留著吃酒飯，領了孝布回去。趙氏有個兄弟趙老二在米店裏做生意，姪子趙老漢在銀匠店扎銀鑪，這時也公備個祭禮來上門。僧道掛起長旛，念經追薦；趙氏領著小兒子，早晚在柩前舉哀，夥計僕從，丫鬟養娘，人人掛孝，內外一片都是白。

看看鬧過頭七，王德、王仁，科舉回來了，齊來弔孝，留著過了一日去。又過了三四日，嚴大老官也從省裏科舉了回來。幾個兒子，都在這邊喪堂裏。大老爹卸了行李，正和渾家坐著，打點擎水來洗臉，早見二房裏一個奶媽，領著一個小廝，手裏捧著端盒和一個氈包，走進來道：「二奶奶拜上大老爹，知道大老爹來家了，不好過來拜見；這兩套衣服和這銀子，是二爺臨終時說下的，送與大老爹做個遺念，就請大老爹過去。」嚴貢生打開看了，簇新的兩套緞子衣服，齊臻臻的二百兩銀子，滿心歡

喜，隨向渾家封了八分銀子賞封，遞與奶媽，說道：「上覆二奶奶，多謝。我即刻就過來。」打發奶媽和小廝去了，將衣裳和銀子收好，又細問渾家，知道和兒子們都得了他些別敬，這是單留與大老官的。

問畢，換了孝巾，繫了一條白布的腰經，走過那邊來，到樞前叫聲「老二」，乾號了幾聲，下了兩拜。趙氏穿著重孝，出來拜謝，又叫兒子磕伯伯的頭，哭著說道：「我們苦命，他爺半路裏丟了去了，全靠大爺替我們做主！」嚴貢生道：「二奶奶，人生各稟的壽數，我老二已是歸天去了，你現今有惡個好兒子，慢慢的帶著他過活，焦怎的？」趙氏又謝了，請在書房裏擺飯，請兩位舅爺來陪。須臾，舅爺到了，作揖坐下。王德道：「令弟平日身體壯盛，怎麼忽然一病，臨危也不得見一面。但自古道：『公而忘私，國而忘家。』我們科場是朝廷大典，你我為朝廷辦事，就是不顧私親，也還覺於心無愧。」王德道：「大先生在省，將有大半年了？」嚴貢生道：「正是；因前任學臺周老師舉了弟的優行，又替弟考出了貢；他有個本家在這省裏住，是做過應天巢縣的，所以到省去會他。不想一見如故，就留著住了幾個月；又要同我結親，再三把第二個令愛許與二小兒了。」王仁道：「在省就住在他家的麼？」嚴貢生道：「住在張靜齋家；他也是做過縣令的，是湯父母的世姪。因在湯父母衙門裏同席吃酒認得，相與起來。周親家家，就是靜齋先生執柯作伐。」王仁道：「大哥，可記得就是惹出回子那一番事來的了？」王仁道：「大哥，你不知道麼？因湯父母前次入簾，都取中了些陳貓古老鼠的文章，不入時目，所以這次不曾來聘。今科十
的？」嚴貢生道：「正是。」王仁遞個眼色與乃兄道：「今歲湯父母不曾入簾？」王德冷笑了一聲。一會擺上酒來，吃著又談。王德道：
別一別，甚是慘然。」嚴貢生道：「豈但二位親翁，就是我們弟兄一場，就不能起？我們至親的，也不曾當面

幾位簾官，都是少年進士，專取有才氣的文章。」嚴貢生道：「這倒不然，才氣也須是有法則；假若不照題位，亂寫些熱鬧話，難道也算有才氣不成？就如我這周老師，極是法眼，取在一等前列，都是有法則的老手。今科少不得還在這幾個人內中。」嚴貢生說此話，因他弟兄兩個，在周宗師手裏都考的是二等；兩人聽這話，心裏明白，不講考校的事了。酒席將闌，又談到前日這一場官事，湯父母著實動怒，多虧令弟看的破，息下來了。嚴貢生道：「這是亡弟不濟。若是我在家，和湯父母著實理論這兩個奴才，腿也砍折了。一個鄉紳人家，由得百姓如此放肆？」王仁道：「凡事只是厚道些好。」

嚴貢生把臉紅了一陣，又彼此勸了幾杯酒；奶媽抱著哥子出來道：「奶奶叫問大老爹，二爺幾時開喪？又不知今年山向可利，祖塋裏可以葬得，還是要尋地？費大老爹的心，同二位舅爺商議。」嚴貢生道：「你向奶奶說，我在家不多時就攛，就要同二相公到省去周府招親；你爺的事，託在二位舅爺就是。祖塋葬不得，要另尋地，等我回來斟酌。」說罷，叫了攛，起身過去，二位也散了。

　　＊　　　　＊

　　　　＊

　　　　＊

過了幾日，大老爹果然帶著第二個兒子往省裏去了。趙氏在家掌管家務，真個是錢過北斗，米爛成倉，僮僕成群，牛馬成行，享福度日。不想皇天無眼，不佑善人，那小孩子出起天花來，發了一天熱，醫生來看，就說是個險症，藥裏用了犀角，黃連，幾日不能灌漿；把趙氏急得到處求神許願，都是無益；到七日上，把個白白胖胖的孩子跑掉了。趙氏此番的哭泣，不但比不得哭大娘，並且比不得哭二爺，直哭得眼淚都哭不出來。整整的哭了三日三夜，打發孩子出去，叫家人請了兩位舅爺來，商量要立大房裏第五個姪子承嗣。二位舅爺躊躇道：「這件事我們做不得主。況且大先生又不在家，兒子是他的，須是

要他自己情願。我們如何硬做主？」趙氏道：「哥哥！你妹夫有這幾兩銀子的家私，如今把個正經主兒走了，這些家人小廝都沒個投奔，這立嗣的事是緩不得的。知道他伯伯幾時回來？間壁第五個姪子纔十一二歲，立過來，還怕我不會疼熱他，教導他？他伯娘聽見這個話，恨不得雙手送過來；就是他伯伯回來，也沒得說。你做舅舅的人，怎的做不得主？」王德道：「也罷，我們過去替他說一說罷。」王仁道：

「大哥，這是那裏話？宗嗣大事，我們外姓如何做得主？如今姑奶奶是急的很，只好我弟兄兩人公寫一字，他這裏叫一個家人，連夜到省裏請了大先生回來商議。」王德道：「這話最好，料想大先生回來也沒得說。」王仁搖著頭笑道：「大哥，這話也且再看。但是不得不如此做。」趙氏聽了這話，摸頭不著❶；只得依著言語，寫了一封字，遣家人來富連夜赴省接大老爹。

來富來到省城，問著大老爹的下處在高底街，到了寓處門口，只見四個戴紅黑帽子的，手裏拏著鞭子，站在門口，嚇了一跳，不敢進去；站了一會，看見大老爹出來，纏叫他領了進去。看見敞廳上，中間擺著一乘彩轎，彩轎傍邊豎著一把遮陽，遮陽上貼著「即補縣正堂」。四斗子進去請了大老爹出來；頭戴紗帽，身穿圓領補服，腳下粉底皂靴。來富上前磕了頭，遞上書信；大老爹接著看了，道：「我知道了。我家二相公恭喜，你且在這裏伺候。」來富下來，到廚房裏，看見廚子在那裏辦席。新人房在樓上，張見擺的紅紅綠綠的，來富不敢上去。問吹手怎的不來？大老爹在廳上嚷成一片聲，叫四斗子快傳吹打的。四斗子道：「今日是個好日子，八錢銀子一班叫吹手還叫不動；老爹給了他二錢四分低銀子，又

披著紅，簪著花，前前後後的走著著急，問吹手怎的不來？大老爹在廳上嚷成一片聲，叫四斗子快傳吹

❶ 摸頭不著：莫名其妙的意思。或作「摸腦袋不著」。

第六回 鄉紳發病鬧船家 寡婦含冤控大伯 ❖ 57

還扣他二分戥頭，又叫張府裏押著他來，他不知今日應承了幾家，他這個時候怎得來？」大老爹發怒道：

「放狗屁！快替我去！來遲了，連你一頓嘴巴！」四斗子骨都著嘴，一路絮聒了出去，說道：「從早上

到此刻，一碗飯也不給人吃，偏生有這些臭排場！」說罷去了。直到上燈時候，吉時已到，且去迎親；

抬新人的轎夫和那些戴紅黑帽子的又催的很。廳上的客說道：「也不必等吹手，連四斗子也不見回來；

罷。」將掌扇捱起來，四個戴紅黑帽子的開道，來富跟著轎一直來到周家。那周家敞廳甚大，雖然點著

幾盞燈燭，天井裏卻是不亮；四個戴紅黑帽子的，一遞一聲，在黑天井裏喝道，

喝個不了。來富看見，不好意思，叫他不要喝了。周家裏面有人吩咐道：「拜上嚴老爺，有吹打的就發

轎，沒吹打的不發轎。」正吵鬧著，四斗子領了兩個吹手趕來，一個吹簫，一個打鼓，在廳上滴滴打打

的總不成個腔調；兩邊聽的人，笑個不住。周家鬧了一會，沒奈何，只得把新人轎子發來了。新人進門，

不必細說。

過了幾朝，叫來富同四斗子去寫了兩隻高要船，那船家就是高要縣的人，兩隻大船，銀十二兩，立

契到高要付銀。一隻裝的新郎新娘，一隻嚴貢生自坐；擇了吉日，辭別親家，借了一副「巢縣正堂」的

金字牌，一副「蕭靜迴避」的白粉牌，四根門鎗，插在船上，又叫了一班吹手，開鑼掌傘，吹打上船。

船家十分畏懼，小心伏侍，一路無話。那日，將到了高要縣不過二三十里路了，嚴貢生坐在船上，忽然

一時頭暈上來，兩眼昏花，口裏作噁心，嘔出許多清痰來。來富同四斗子，一邊一個，架著膊子，只是

要跌；嚴貢生口裏叫道：「不好！不好！」叫四斗子快丟了去燒起一壺開水來。四斗子把他放下睡下，

一聲不倒一聲的哼；；四斗子慌忙同船家燒了開水，搴進艙來。嚴貢生將鑰匙開了箱子，取出一方雲片糕

來，約有十多片，一片一片剝著，吃了幾片，將肚子揉著，放了兩個大屁，登時好了。剩下幾片雲片糕，一片片的送在嘴裏了，

嚴貢生只作不看見。

攔在後鵝口板上，半日也不來查點，那掌舵駕長害饞癆，左手把著舵，右手拈來，

少刻，船攏了馬頭，嚴貢生叫來富著速叫他兩乘轎子來，擺齊執事，將二相公同新娘先送到家裏去；

又叫些馬頭上人來把箱籠都搬到上岸；把自己的行李，也搬上了岸。船家水手，都來討喜錢。嚴貢生轉

身走進艙來，眼張失落 ❷ 的，四面看了一遭；問四斗子道：「我的藥往那裏去了？」四斗子道：「何曾

有甚藥？」嚴貢生道：「方纔我吃的不是藥？分明放在船板上的。」那掌舵的道：「想是剛纔船板上幾

片雲片糕，那是老爺剩下不要的，小的大膽就吃了。」嚴貢生道：「吃了？好賤的雲片糕！你曉的我這

裏頭是些甚麼東西？」掌舵的道：「雲片糕無過是些瓜仁，核桃，洋糖，麵粉做成的了，有甚麼東西？」

嚴貢生發怒道：「放你的狗屁！我因素日有個暈病，費了幾百兩銀子合了這一料藥；是省裏張老爺在上

黨做官帶了來的人參，周老爺在四川做官帶了來的黃連。你這奴才！豬八戒吃人參果，全不知滋味，說

的好容易！是雲片糕！方纔這幾片，不要說值幾十兩銀子，『半夜裏不見了鎗頭子』，攮到賊肚裏！」只是

我將來再發了暈病，卻拏甚麼藥來醫？你這奴才，害我不淺！」叫四斗子開拜匣，寫帖子。「送這奴才到

湯老爺衙裏去，先打他幾十板子再講！」掌舵的嚇了，陪著笑臉道：「小的剛才吃的甜甜的，不知道是

藥，只說是雲片糕！」嚴貢生道：「還說是雲片糕！再說雲片糕，先打你幾個嘴巴！」說著，已把帖子

寫了，遞給四斗子，四斗子慌忙走上岸去；那些搬行李的人幫船家攔著。兩隻船上船家都慌了，一齊道：

第六回　鄉紳發病鬧船家　寡婦含冤控大伯　　❖　59

❷ 眼張失落：慌慌張張的樣子。亦作「眼張失道」。

「嚴老爺，而今是他不是，不該錯吃了嚴老爺的藥；但他是個窮人，就是連船都賣了，也不能賠老爺這幾十兩銀子。若是送到縣裏，他那裏就得住？如今只是求嚴老爺開開恩，高抬貴手，恕過他罷！」嚴貢生越發惱得暴躁如雷。搬行李的腳夫走過幾個到船上來道：「這事原是你船上人不是。方纔若不如是著緊的問嚴老爺要喜錢酒錢，嚴老爺已經上轎去了。都是你們攔住那嚴老爺，纔查到這個藥。如今自知理虧，還不過來向嚴老爺跟前磕頭討饒？難道你們不賠嚴老爺的藥，嚴老爺還有些貼與你們不成？」眾人一齊捼著掌舵的磕了幾個頭，嚴貢生轉彎道：「既然你眾人說，我又喜事匆匆；且放著這奴才，再和他慢慢算賬，不怕他飛上天去！」罵畢，揚長上了轎；行李和小廝跟著，一鬨去了。船家眼睜睜看著他走去了。

✳　　✳　　✳

嚴貢生回家，忙領了兒子和媳婦拜家堂，又忙的請奶奶來一同受拜。他渾家正在房裏抬東抬西，鬧的亂哄哄的，嚴貢生走來道：「你忙甚麼？」他渾家道：「你難道不知道家裏房子窄鱉鱉❸的？統共只得這一間上房；媳婦新新的，又是大家子姑娘，你不挪與他住？」嚴貢生道：「呸！我早已打算定了，要你瞎忙！二房裏高房大廈的，不好住？」他渾家道：「他有房子，為甚的與你的兒子住？」嚴貢生道：「他二房無子，不要立嗣的？」渾家道：「這不成，他要繼我們第五個哩。」嚴貢生道：「這都由他麼？他算是個甚麼東西？我替二房立嗣，與他甚麼相干？」

他渾家聽了這話，正摸不著頭腦，只見趙氏著人來說：「二奶奶聽見大老爺回家，叫請大老爺說話，

❸ 窄鱉鱉：狹窄。

我們二位舅老爺也在那邊。」嚴貢生便走過來，見了王德、王仁，之乎也者了一頓；便叫過幾個管事家人來吩咐：「將正宅打掃出來，明日二相公同二娘來住。」趙氏聽得，還認他把第二個兒子來過繼，便請舅爺說道：「哥哥，大爺方纔怎樣說？媳婦過來，自然在後一層；我照常住在前面，纔好早晚照顧，怎倒叫我搬到那裏去？媳婦住著正屋，婆婆倒住著廂房，天地世間，也沒有這個道理！」王仁道：「你且不要慌，隨他說著，自然有個商議。」說罷，走出去了。彼此說了兩句淡話，又吃了一杯茶；王家小廝走來說：「同學朋友候著作文會。」二位作別去了。

嚴貢生送了回來，拉一把椅子坐下；將十幾個管事的家人都叫了來，吩咐道：「我家二相公，明日過來承繼，是你們的新主人，須要小心伺候。趙新娘是沒有兒女的，二相公只認得他是父妾，他也沒有還占著正屋的；吩咐你們媳婦子群屋打掃兩間，替他搬過東西去，騰出正屋來，好讓二相公歇宿。彼此也要避個嫌疑，二相公稱呼他新娘，他叫二相公二娘；再過幾日，二娘來了，是趙新娘先過來拜見，然後二相公過去作揖。我們鄉紳人家，這些大禮，都是差錯不得的！你們各人管的田房利息賬目，都連夜攢造清完，先送與二相公查點；比不得二老爺在日，小老婆憑著你們這些奴才朦朧作弊！此後若有一點欺隱，我把你們這些奴才，三十板一個，還要送到湯老爺衙門裏，追工本飯米哩！」眾人應諾下去，大老爹過那邊去了。

這些家人媳婦，領了大老爹的言語，來催趙氏搬房；被趙氏一頓臭罵，又不敢就搬。平日嫌趙氏裝尊作威作福的人，這時偏要領了一班人來房裏說：「大老爹吩咐的話，我們怎敢違拗？他到底是個正經主子，他若認真動了氣，我們怎樣了得？」趙氏號天大哭，哭了又罵，罵了又哭，足足鬧了一夜。次日

一乘轎子抬到縣門口，正值湯知縣坐早堂，就喊了冤；知縣叫補進詞來，隨即批出：「仰族親處覆。」

趙氏備了幾席酒，請來家裏。族長嚴振先，乃城中十二都的鄉約，平日最怕的是嚴大老官；今雖坐在這裏，只說道：「我雖是族長，但這事以親房為主；老爺批處，我也只好掌這話回老爺。」那兩位舅爺王德，王仁，坐著就像泥塑木雕的一般，總不置一個可否；那開米店的趙老二，扯銀鑪的趙老漢，本來上不得臺盤，纔要開口說話，被嚴貢生睜開眼睛喝了一聲，又不敢言語了。兩個人自心裏也裁劃道：「姑奶奶平日只敬重的王家哥兒兩個，把我們不偢不保；我們沒來由，今日為他得罪嚴老大，『老虎頭上撲蒼蠅』怎的？落得做好好先生。」把這趙氏在屏風後急得像熱鍋上螞蟻一般；見眾人都不說話，自己隔著屏風請教大爺，數說這些從前已往的話。數了又哭，哭了又數；捶胸跌腳，號做一片。嚴貢生聽著，不耐煩道：「像這潑婦，真是小家子出身！我們鄉紳人家，那有這樣規矩？不要惱犯了我的性子，揪著頭髮，臭打一頓，登時叫媒人來領出發嫁！」趙氏越發哭喊起來，喊得半天雲裏都聽見，要奔出來揪他，撕他；是幾個家人媳婦勸住了。眾人見不是事，也把嚴貢生扯了回去。

當下各自散了，次日商議寫覆呈；王德王仁說：「身在黌宮，片紙不入公門。」不肯列名。嚴振先只得混賬覆了幾句話，說：「趙氏本是妾扶正，也是有的；據嚴貢生說與律例不合，不肯叫兒子認做母親，也是有的。總候大老爺天斷。」那湯知縣也是妾生的兒子，見了覆呈道：「律設大法，理順人情，這貢生也忒多事了！」就批了個極長的批語，說：「趙氏既扶過正，不應只說是妾；如嚴貢生不願將兒子承繼，聽趙氏自行揀擇，立賢立愛可也。」嚴貢生看了這批，那頭上的火直冒有十幾丈；隨即寫呈到府裏去告。府尊也是有妾的，看著覺得多事，仰高要縣查案。知縣查上案去，批了個「如詳繳」。嚴

貢生更急了，到省赴按察司一狀；司批：「細故赴府縣控理。」嚴貢生沒法了，回不得頭，想道：「周學道是親家一族，趕到京裏求了周學道在部裏告下狀來，務必要正名分。」只因這一去，有分教：多年名宿，今番又掇高科；英俊少年，一舉便登上第。

不知嚴貢生告狀得准否，且聽下回分解。

第七回　范學道視學報師恩　王員外立朝敦友誼

話說嚴貢生因立嗣興訟，府縣都告輸了，司裏又不理，只得飛奔到京，想冒認周學臺的親戚，到部裏告狀。一直來到京師，周學道已陞做國子監司業了；大著膽，竟寫一個眷姻晚生的帖，門上去投。長班傳進帖，周司業心裏疑惑並沒有這個親戚，正在沉吟，長班又送進一個手本，光頭名字，沒有稱呼。長班傳進帖，上面寫著「范進」。周司業知道是廣東拔取的，如今中了，來京會試，便叫快請進來。范進進來，口稱恩師，叩謝不已。周司業雙手扶起，讓他坐下，開口就問：「賢契同鄉，有個甚麼姓嚴的貢生麼？他方纔拏姻家帖子來拜學生，學生卻不曾有這門親戚。」范進道：「方纔門人見過，他是高要縣人，同敝處周老先生是親戚；只不知老師可是一家。」周司業道：「雖是同姓，卻不曾序過；他這等看起來，不相干了。」即傳長班進來吩咐道：「你去向那嚴貢生說，衙門有公事，不便請見，尊帖也帶了回去罷。」長班應諾出去了，周司業然後與范舉人話舊道：「學生前科看廣東榜，知道賢契高發，滿望來京相晤，不想何以遲至今科？」范進把丁母憂的事說了一遍；周司業不勝歎息，說道：「賢契績學有素，雖然就遲幾年，這次南宮一定入選。況學生已把你的大名，常在當道大老面前薦揚，人人都欲致之門下；你只在寓靜坐，揣摩精熟，若有些須缺少費用，學生這裏還可相幫。」范進道：「門生終身皆頂戴老師高厚栽培！」又說了許多話，留著吃了飯，相別去了。

會試已畢，范進果然中了進士，授職部屬，考選御史；數年之間，欽點山東學道。命下之日，范學道即來叩見周司業，周司業道：「山東雖是我故鄉，我卻也沒有甚事相煩，只心裏記得訓蒙的時候，鄉下有個學生，叫做荀玫，那時纔得七歲，這又過了十多年，想也長成人了；他是個務農的人家，不知可讀得成書？若是還在應考，賢契留意看看；果有一線之明，推情拔了他，也了我一番心願。」范進聽了，專記在心，去往山東到任；考事行了大半年，纔按臨兗州府，生童共是三棚，就把這件事忘卻了。直到第二日要發童生案，頭一晚纔想起來，說道：「你看我辦的是甚麼事！老師託我汶上縣荀玫，我怎麼並不照應？大意極了！」慌忙先在生員等第卷子內一查，全然沒有；隨即在各幕客房裏把童生落卷取來，對著名字，坐號，一個一個的細查，查遍了六百多卷子，並不見有荀玫的卷子。學道心裏煩悶道：「難道他不曾考？」又慮著：「若是有在裏面，我查不到，將來怎樣見老師？還要細查，就是明日不出案也罷。」

一會，同幕客們吃酒，心裏只將這件事委決不下，眾幕賓也替疑猜不定；內中一個少年幕客蘧景玉說道：「老先生這件事倒合了一件故事。數年前，有一位老先生點了四川學差，在何景明先生寓處吃酒；景明先生醉後大聲道：『四川如蘇軾的文章，是該考六等的了。』這位老先生記在心裏，到後典了三年學差回來，再會見何老先生，說：『學生在四川三年，到處細查，並不見蘇軾來考；想是臨場規避了。』」說罷，將袖子掩了口笑；又道：「不知這荀玫是貴老師怎麼樣向老先生說的？」范學道是個老實人，也不曉得他說的是笑話；只愁著眉道：「蘇軾既文章不好，查不著也罷了；這荀玫是老師要提拔的人，查不著，不好意思的。」一個老的幕客牛布衣道：「是汶上縣？何不在已取中入學的十幾卷內查

一查？或者文字好，前日已取了，也不可知。」學道道：「有理，有理。」忙把已取的十幾卷取了，對一對號簿，頭一卷就是荀玫。學道看罷，不覺喜逐顏開，一天愁都沒有了。

＊　　＊　　＊

次早發出案來，傳齊生童發落；先是生員：一等，二等，三等，都發落過了，傳進四等來。

學四等第一名上來是梅玖，跪著閱過卷，學道作色道：「做秀才的人，文章是本業，怎麼荒謬到這樣地步？平日不守本分，多事可知！本該考居極等，姑且從寬，取過戒飭❶來，照例責罰。」梅玖告道：「生員那一日有病，故此文字糊塗，求大老爺格外開恩！」學道道：「朝廷功令本道也做不得主。左右！將他扯上樓去，照例責罰！」說著，學裏面一個門斗已將他拖在樓上；梅玖急了，哀告道：「大老爺！看生員的先生面上開恩罷！」學道道：「你先生是那一個？」梅玖道：「現任國子監司業周簧軒先生，諱進的，便是生員的業師。」學道：「你原來是我周老師的門生！也罷，權且免打。」門斗把他放起來，上來跪下。學道吩咐道：「你既出周老師門下，更該用心讀書。像你做出這樣文章，豈不有玷門牆桃李？此後須要洗心改過。本道來科考時，訪知你若再如此，斷不能恕了！」喝聲：「趕將出去！」

傳進新進儒童來，到汶上縣，頭一名點著荀玫，人叢裏一個清秀少年上來接卷。學道問道：「你和方纔這梅玖，是同門麼？」荀玫不懂這句話，答應不出來；學道又道：「你可是周簧軒老師的門生？」荀玫道：「這是童生開蒙的師父。」學道：「是了，本道也在周老師門下。因出京之時，老師吩咐來查你卷子，不想暗中摸索，你已經取在第一。似這少年才俊，不枉了老師一番栽培；此後用心讀書，頗

❶ 戒飭：即「戒尺」，舊時學堂中責打手心的刑具。

可上進。」荀玫跪下謝了，候眾人閱過卷，鼓吹送了出去。

學道退堂掩門，荀玫纔走出來，恰好遇著梅玖送站在轅門外；荀玫忍不住問道：「梅先生，你幾時從過我們周先生讀書？」梅玖道：「你後生家那裏知道！想著我從先生時，你還不曾出世；先生那時在城裏教書，教的都是縣門口房科家的館。後來下鄉來，你們上學，我已是進過了，所以你不曉得。先生最喜歡我的，說是我的文章有才氣，就是有些不合規矩；方纔范學臺批我的卷子上也是這話，可見會看文章的都是這個講究，一絲也不得差。你可知道，學臺何難把俺放在三等中間？只是不得發落，不能見面了；特地把我考在這名次，以便當堂發落，說出周先生的話，明賣個人情；所以把你進個案首，也是為此。俺們做文章的人，凡事要看出人的細心，不可忽略過了。」兩人說著閒話，到了下處。次日送過宗師，一同回汶上縣薛家集。

此時荀老爹已經沒了，只有母親在堂；荀玫拜見母親，母親歡喜道：「自你爹去世，年歲不好，家裏田地，漸漸也花費了；而今得你進個學，將來可以教書過日子。」申祥甫也老了，拄著拐杖來賀喜；就同梅三相商議，集上約會分子，替荀玫賀學。湊了二三十吊錢，荀家管待眾人，就借這觀音庵裏擺酒。

那日早晨，梅玖荀玫先到，和尚接著。兩人先拜了佛，同和尚施禮。和尚道：「恭喜荀小相公，而今掙了這一頂頭巾，不枉了荀老爹一生忠厚，做多少佛面上的事，廣積陰功。那咱你在這裏上學時還小哩，頭上扎著個抓角兒❷。」又指與二位道：「這裏不是周大老爺的長生牌？」二人看時，一張供桌，香爐燭臺，供著個金字牌位，上寫道：「賜進士出身，廣東提學御史，今陞國子監司業周大老爺長生祿位。」

❷ 抓角兒：舊時小孩頭上梳的髻。

左邊一行小字，寫著：「公諱進，字簀軒，邑人。」右邊一行小字：「薛家集里人，觀音庵僧人同供奉。」兩人見是老師的位，恭恭敬敬，同拜了幾拜，又同和尚走到後邊屋裏，周先生當年設帳的所在，見兩扇門開著，臨了水次，那對過河灘塌了幾尺，這邊長出些來。看那三間屋，用蘆蓆隔著，而今不做學堂了。左邊一間，住著一個江西先生，門上貼著：「江右陳和甫仙乩神數。」那江西先生不在家，房門關著，只有堂屋中間牆上，還是周先生寫的聯對，紅紙都久已貼白了，上面十個字是，「正身以俟時，守己而律物。」梅玖指著向和尚道：「還是周大老爺的親筆，你不該貼在這裏，拏些水噴了，揭下來裱一裱，收著纔是。」和尚應諾，連忙用水揭下。弄了一會，申祥甫領著眾人到齊了，吃了一日酒纔散。

荀家把這幾十吊錢贖了幾石米；剩下的留與荀玫做鄉試盤費。次年錄科，又取了第一；果然英雄出於少年。到省試，高高中了，忙到布政司衙門裏領了杯盤衣帽，旗匾盤程，匆匆進京會試，又中了第三名進士。明朝的體統：舉人報中了進士，即刻在下處擺起公座來陞座，長班參堂磕頭。這日正磕著頭，外面傳呼接帖，說：「同年同鄉王老爺來拜。」荀進士叫長班抬開公座，自己迎了出去；只見王惠鬚髮皓白，走進門，一把拉著手，說道：「年長兄，我同你都是天作之合，不比尋常同年弟兄。」兩人平磕了頭，坐著，就說起昔年這一夢：「可見你我都是天榜有名。將來同寅協恭，多少事業，都要同做。」荀玫自小也依稀記得聽見過這句話，只是記不清了；今日聽他說來，方纔明白。因說道：「小弟年幼，叨幸年老先生榜末，又是同鄉，諸事全望指教。」王進士道：「這下處是年長兄自己賃的？」荀進士道：「正是。」王進士道：「這甚窄，況且離朝綱又遠，這裏住著不便；不瞞年長兄說，弟還有一碗飯吃，京裏房子也是我自己買的。年長兄竟搬到我那裏去住，將來殿試，一切事都便宜些。」

說罷，又坐了一會去了。

次日，竟叫人來把荀進士的行李，搬在江米巷自己下處同住。傳臚那日，荀玫殿在二甲，王惠殿在

＊

三甲，都授了工部主事；俸滿之後，一齊陞了員外。

＊

一日，兩位正在寓處閒坐，只見長班傳進一個紅全帖來，上寫：「晚生陳禮頓首拜。」全帖裏面夾

著一個單帖，上寫著：「江西南昌縣陳禮，字和甫，素善乩仙神數，曾在汶上縣薛家集觀音庵內行道。」

王員外道：「長兄，這人你認得麼？」荀員外道：「是有這個人，他請仙判的最妙，何不喚他進來請仙，

問問功名的事？」忙叫請。只見那陳和甫走了進來，頭戴瓦楞帽，身穿繭綢直裰，腰繫絲絛，花白鬍鬚，

約有五十多歲光景；見了二位，躬身唱喏，說：「請二位老先生臺座，好讓山人拜見。」二人再三謙讓，

同他行了禮，讓他首位坐下。荀員外道：「向日道兄在敝鄉觀音庵時，弟卻無緣，不曾會見。」陳禮躬

身道：「那日晚生曉得老先生到庵，因前三日純陽老祖師降壇，乩上寫著這日午時三刻，有一位貴人來

到。那時老先生尚不曾高發，天機不可洩漏，所以晚生就預先迴避了。」王員外道：「道兄請仙之法，

是何人傳授？還是專請純陽祖師？還是各位仙人都可請？」陳禮道：「各位仙人都可請；就是帝王，

師相，聖賢，豪傑，都可啟請。不瞞二位老先生說，晚生數十年以來，並不在江湖上行道，總在王爺府

裏和諸部院大老爺衙門交往。切記先帝宏治十三年，晚生在工部大堂劉大老爺家扶乩；劉大老爺因李夢

陽老爺參張國舅的事下獄，請仙問其吉凶。那知乩上就降下周公老祖來，批了『七日來復』四個大字；

到七日上，李老爺果然奉旨出獄，只罰了三個月的俸。後來李老爺又約晚生去扶乩，那乩半日也不動；

後來忽然大動起來，寫了一首詩，後來兩句說道：「夢到江南省宗廟，不知誰是舊京人？」那些看的老

爺都不知道是誰，只有李老爺懂得詩詞，連忙焚了香，伏在地下。敬問是那一位君王？那乩又如飛的寫

了幾個字道：「朕乃建文皇帝是也。」眾位都嚇的跪在地下朝拜了。所以晚生說帝王聖賢，都是請得來

的。」王員外道：「道兄如此高明，不知我們終身官爵的事，可斷得出來？」陳禮道：「怎麼斷不出來？

凡人富貴窮通，貧賤壽夭，都從乩上判下來，無不奇驗。」

兩位見他說得熱鬧，便道：「我兩人要請教，問一問陞遷的事。」那陳禮道：「老爺請焚起香來。」

二位道：「且慢，候吃過便飯。」當下留著吃了飯，叫長班到他下處把沙盤乩筆，都取了來擺下；陳禮

道：「二位老爺自己默祝。」二位祝罷，將乩筆安好；陳禮又自己拜了幾拜，燒了一道降壇的符，便請

二位老爺兩邊扶著乩筆，又念了一遍咒語，只見那乩漸漸動起來了，那陳禮叫長班

斟了一杯茶，雙手捧著，跪獻上去。那乩筆先畫了幾個圈子，便不動了；陳禮又焚了一道符，叫眾人都

息靜；長班家人，站在外邊去了。

又過了一頓飯時，那乩扶得動了，寫出四個大字：「王公聽判。」王員外慌忙丟了乩筆，下來拜了

四拜，問道：「不知大仙尊姓大名？」問罷，又去扶乩，那乩旋轉如飛，寫下一行道：「吾乃伏魔大帝

關聖帝君是也。」陳禮嚇得在下面磕頭如搗蒜，說道：「今日二位老爺心誠，請得夫子降壇，這是輕易

不得的事，總是二位老爺大福，須要十分誠敬！若有些須怠慢，山人就擔待不起！」二位也覺悚然，毛

髮皆豎；丟著二位老爺，下來又拜了四拜，再上去扶。陳禮道：「且住；沙盤小，恐怕夫子指示言語多，寫

不下，且挈一副紙筆來，待山人在旁記下同看。」於是挈了一副紙筆，遞與陳禮在旁鈔寫，兩位仍舊扶

著。那乩運筆如飛，寫道：「羨爾功名夏后，一枝高折鮮紅；大江煙浪杳無蹤，兩日黃堂坐擁。只道驊騮開道，原來天府夔龍；琴瑟琵琶路上逢，一盞醇醪心痛！」寫畢，又判出五個大字：「調寄〈西江月〉。」

三個人都不解其意。王員外道：「只有頭一句明白。『功名夏后』，是夏后氏五十而貢，我恰是五十歲登科的，這句驗了；此下的話，全然不解。」陳禮道：「夫子是從不誤人的，老爺收著，後日必有神驗，況這詞上說『天府夔龍』，想是老爺陞任直到宰相之職。」王員外被他說破，也覺得心裏歡喜；說罷，荀員外下來拜了，求夫子判斷。那乩筆半日不動，求的急了，運筆判下一個「服」字，又判了一個「服」字；一連平了三回沙，判了三個「服」字，再不動了。陳禮道：「想是夫子龍駕已經回天，不可再瀆褻了。」又焚了一道退送的符，將乩筆香爐沙盤撤去，重新坐下。二位官府封了五錢銀子，又寫了一封薦書，薦在那新陞通政使范大人家，陳山人拜謝去了。

＊

到晚，長班進來說：「荀老爺家有人到。」只見荀家家人掛著一身的孝，飛跑進來磕了頭，跪著稟道：「家裏老太太已於前月二十一日歸天。」荀員外聽了這話，哭倒在地；王員外扶了半日，救醒轉來，就要到堂上遞呈丁憂。王員外道：「年長兄，這事且再商議。現今考選科道在即，你我的資格，都是有指望的；若是報明了丁憂家去，再遲三年，如何了得？不如且將這事瞞下，候考選過了再處。」荀員外道：「年老先生極是相愛之意，但這件事恐瞞不下。」王員外道：「快吩咐來的家人把孝服速換了；這事不許通知外面人知道，明早我自有道理。」

＊

一宿無話，次日清早，請了吏部掌案的金東崖來商議；金東崖道：「做官的人，匿喪的事是行不得

的，只可說是能員要留部在任守制，這個不妨。但須是大人們保舉，我們無從用力；若是發來部議，我自然效勞，是不消說了。」兩位重託了金東崖去。到晚，荀員外自換了青衣小帽，悄悄去求周司業范通政兩位老師，求個保舉；兩位都說：「可以酌量而行。」

又過了兩三日，都回覆了來說：「官小，與『奪情』之例不合。這奪情，須是宰輔或九卿班上的官；倒是外官在邊疆重地的亦可。若工部員外，是個閒曹，不便保舉奪情。」荀員外只得遞呈丁憂。王員外道：「年長兄，你此番喪葬需費；你又是個寒士，如何支持得來？況我看見你不喜理這煩劇的事，怎生是好？如今也罷，我也告一個假，同你回去，喪葬之費數百金，也在我家裏替你應用，這事纔好。」荀員外道：「我是該的了，為何因我又誤了年老先生的考選？」王員外道：「考選還在明年；你要等除服，所以擔誤。我這告假，多則半年，少只三個月，還趕的著。」當下荀員外拗不過，只得聽他告了假，一同來家，替太夫人治喪；一連開了七日弔，司道，府縣，都來弔唁。此時轟動薛家集，百十里路外的人，男男女女，都來看荀員外家的喪事。集上申祥甫已是死了，他兒子申文卿襲了丈人夏總甲的缺，拏手本來磕頭，看門效力。整整鬧了兩個月，喪事已畢；王員外共借了上千兩銀子與荀家，作辭回京。荀員外送出境外，謝了又謝；王員外一路無話，到京纔開了假，早見長班領著一個報錄的人進來叩喜。不因這一報，有分教：貞臣良佐，忽為悖逆之人；郡守部曹，竟作逋逃之客。

未知所報王員外是何喜事？且聽下回分解。

第八回　王觀察窮途逢世好　婁公子故里遇貧交

話說王員外纔到京開假，早見長班領報錄人進來叩喜，王員外問是何喜事？報錄人叩過頭，呈上報單，上寫道：「江撫王一本，為要地需才事：南昌知府員缺，此乃沿江重地，須才能幹濟之員；特本請旨，於部屬內揀選一員。奉旨：南昌府知府員缺，著工部員外王惠補授。欽此。」王員外賞了報喜人酒飯，謝過恩，整理行裝，去江西到任。非止一日，到了江西省城南昌府；前任婁太守，浙江嘉興府人，由進士出身，年老告病，已經出了衙門，印務是通判署著。王太守到任，陞了公座，各屬都稟見過了，便是婁太守差人來稟說：「太爺年老多病，耳朵聽話又不甚明白；交盤的事，本該自己來領王太爺的教，因是如此，明日打發少爺過來，當面相懇。一切事都要仗托王太爺擔待。」

王惠應諾了，衙門裏整治酒飯，候婁公子；直到早飯過後，一乘小轎，一副紅全帖，上寫：「眷晚生婁景玉拜。」王太守開了宅門，叫請少爺進來。王太守看那婁公子，翩然俊雅，舉動不群。彼此施了禮，讓位坐下。王太守道：「前晤尊公大人，幸瞻丰采；今日卻聞得略有些貴恙？」婁公子道：「家君年老，常患肺病，不耐勞煩；兼之兩耳重聽，多承老先生記念。」王太守道：「不敢。老世臺今年多少尊庚了？」婁公子道：「晚生三十七歲。」王太守道：「一向總隨尊大人任所的？」婁公子道：「家君

做縣令時，晚生尚幼，相隨敝門伯范老先生，在山東督學幕中讀書，也幫他看看卷子。直到陞任南昌，署內無人辦事，這數年總在這裏的。」王太守道：「尊大人精神正旺，何以就這般急流勇退了？」蓬公

子道：「家君常說：『宦海風波，實難久戀。』況做秀才的時候，原有幾畝薄產，可供饘粥；先人敝廬，可蔽風雨；就是琴罇鱸几，藥欄花榭，都也還有幾處，可以消遣。所以在風塵勞攘的時候，每懷長林豐草之思；而今卻可賦遂初了！」王太守道：「自古道：『休官莫問子。』看老世臺這等襟懷高曠，尊大人所以得暢然掛冠。」笑著說道：「將來不日高科鼎甲，老先生正好做封翁享福了。」蓬公子道：「老先生，人生賢不肖，倒也不在科名；晚生只願家君早歸田里，得以菽水承歡，這是人生至樂之事。」王太守道：「如此，更加可敬了。」

說著，換了三遍茶，寬去大衣服，坐下。說到交代一事，王太守著實作難；蓬公子道：「老先生不必過費清心。家君在此數年，布衣蔬食，不過仍舊是儒生行徑；歷年所積俸餘，約有二千餘金。如此地倉穀馬匹，雜項之類，有甚麼缺少不敷處，悉將此項送與老先生任意填補。家君知道老先生數任京官，宦囊清苦，決不有累。」王太守見他說得大方爽快，滿心歡喜。

須臾，擺上酒來，奉席坐下；王太守慢慢問道：「地方人情，可還有甚麼出產？詞訟裏可也略有些甚麼通融？」蓬公子道：「南昌人情，鄙野有餘，巧詐不足；若說地方出產及詞訟之事，家君在此，准的詞訟甚少，若非綱常倫紀大事，其餘戶婚田土，都批到縣裏去，務在安輯，與民休息。至於處處利藪，也絕不耐煩去搜剔他，或者有也不可知。但只問著晚生，便是『問道於盲』了。」王太守笑道：「可見

『三年清知府，十萬雪花銀』的話，而今也不甚確了！」

當下酒過數巡，蘧公子見他問的都是些鄙陋不過的話，因又說起：「家君在這裏無他好處，只落得個訟簡刑清；所以這些幕賓先生在衙門裏，都也吟嘯自若。還記得前任臬司向家君說道：『聞得貴府衙門裏有三樣聲息。』」王太守道：「是那三樣？」蘧公子道：「是吟詩聲，下棋聲，唱曲聲。」王太守大笑道：「這三樣聲息，卻也有趣的緊。」王太守道：「是那三樣？」蘧公子道：「將來老先生一番振作，只怕要換三樣聲息！」王太守道：「是那三樣？」蘧公子道：「是戥子聲，算盤聲，板子聲。」王太守並不知這話是譏誚他，正容答道：「而今你我要替朝廷辦事，只怕也不得不如此認真。」蘧公子十分大酒量，王太守也最好飲，彼此傳杯換盞，直吃到日西時分，將交代的事當面言明，王太守許定出結，作別去了。過了幾日，蘧太守果然送了一項銀子，王太守替他出了結；蘧太守帶著公子家眷，裝了半船行李書畫，回嘉興去了。

*   *   *

王太守送到城外回來，果然聽了蘧公子的話，釘了一把頭號的庫戥，把六房書辦都傳進來，問明了各項內的餘利，不許欺隱，都派入官，三日五日一比。用的是頭號板子，把兩根板子拏到內衙上秤，較了一輕一重，寫了暗號在上面；出來坐堂之時，吩咐叫用大板，皁隸若取那輕的，就知他得了錢了，就取那重板子打皁隸。這些衙役百姓，一個個被他打得魂飛魄散；合城的人，無一個不知道太守的利害，睡夢裏也是怕的。因此各上司訪聞，都道是江西第一個能員。

做到兩年多些，各處薦了。適值江西寧王反亂，各路戒嚴，朝廷就把他推陞了南贛道，催趲軍需。

王太守接了羽檄文書，星夜赴南贛到任；到任未久，即出門查看臺站，大車駟馬，在路曉行夜宿。那日到了一個地方，落在公館，公館是個舊人家一所大房子。走進去舉頭一看，正廳上懸著一塊匾，匾上貼

著紅紙，上面四個大字是「驛驪開道」。王道臺看見，吃了一驚；到廳陛座，屬員衙役，參見過了，掩門用飯。忽見一陣大風，把那片紅紙吹在地下，裏面現出綠底金字，四個大字是「天府夔龍」。王道臺心裏不勝駭異，纔曉得關聖帝君判斷的話，直到今日纔驗。那所判「兩日黃堂」，便就是南昌府的個「昌」字。可見萬事分定。一宿無話，查畢公事回衙。

次年，寧王統兵破了南贛官軍；百姓開了城門，抱頭鼠竄，四散亂走。王道臺也抵擋不住，叫了一隻小船，黑夜逃走；走到大江中，遇著寧王百十隻艨艟戰船，明盔亮甲。船上有千萬火把，照見小船，叫一聲：「拏！」幾十個兵卒跳上船來，走進中艙，把王道臺反剪[1]了手，捉上大船；那些從人船家，殺的殺了，還有怕殺的，跳在水裏死了。王道臺嚇得攛抖抖的顫，燈燭影裏，望見寧王坐在上面，不敢抬頭；寧王見了，慌走下來，親手替他解了縛，叫取衣裳穿了，說道：「孤家是奉太后密旨，起兵誅君側之奸；你既是江西的能員，降順了孤家，少不得封授你的官爵。」王道臺顫抖抖的叩頭道：「情願降順。」寧王道：「既然願降，待孤家親賜一杯酒。」此時王道臺被縛得心口十分疼痛，跪著接酒在手，一飲而盡，心便不疼了，又磕頭謝了。

王爺即賞與江西按察使之職，自此隨在寧王軍中。聽見左右的人說，寧王在玉牒中是第八個王子，方纔悟了關聖帝君所判「琴瑟琵琶」，頭上是八個「王」字，竟無一句不驗了。寧王鬧了兩年，不想被新建伯王守仁一陣殺敗，束手就擒；那些偽官，殺的殺了，逃的逃了。王道臺在衙門，並不曾收拾得一件東西，只取了一個枕箱，裏面幾本殘書和幾兩銀子，換了青衣小帽，黑夜逃走。真乃是慌不擇路，趕了

❶ 反剪：雙手反綁。

※

※

※

※

昏天黑地，一直走到了浙江烏鎮地方。那日住了船，客人都上去吃點心，王惠也挈了幾個錢上岸。

那點心店裏都坐滿了，只有一個少年獨自據了一桌；王惠見那少年，彷彿有些認得，卻想不起。開店的

道：「客人，你來同這位客人一席坐罷。」王惠便去坐在對席，少年立起身來，同他坐下。王惠忍不住

問道：「請教客人貴處？」那少年道：「嘉興。」王惠道：「尊姓？」那少年道：「姓蘧。」王惠道：

「向日有位蘧老先生，曾做過南昌太守，可與足下一家？」那少年驚道：「便是家祖，老客人何以見

問？」王惠道：「原來是蘧老先生的令公孫❷，失敬了。」那少年道：「卻是不曾拜問貴姓仙鄉？」王

惠道：「這裏不是說話處，寶舟在那裏？」蘧公孫道：「就在岸邊。」當下會了賬，兩人相攜著下了船

坐下。王惠道：「當日在南昌相會的少爺，臺諱是景玉，想是令叔？」蘧公孫道：「這便是先君。」王

惠驚道：「原來便是尊翁，怪道面貌相似，卻如何這般稱呼？難道已仙逝了麼？」蘧公孫道：「家祖那

年南昌解組，次年即不幸先君見背。」王惠聽罷，流下淚來說道：「昔年在南昌，蒙尊公骨肉之誼，今

不想已作故人。世兄今年貴庚多少了？」蘧公孫道：「虛度十七歲。到底不曾請教貴姓仙鄉？」王惠道：

「盛從同船家都不在此麼？」蘧公孫道：「他們都上岸去了。」王惠附耳低言道：「便是後任的南昌知

府王惠。」蘧公孫大驚道：「聞得老先生已榮陞南贛道，如何改裝獨自到此？」王惠道：「只為寧王反

叛，弟便掛印而逃；卻為圍城之中，不曾取出盤費。」蘧公孫道：「如今卻將何往？」王惠道：「窮途

❷ 公孫：此處指對貴族官僚子孫的尊稱。

流落，那有定所？」就不曾把降順寧王的話說了出來。蔣公孫道：「老先生既邊疆不守，今日卻不便出

來自呈；只是茫茫四海，盤費缺少，如何使得？晚學生此番卻是奉家祖之命，在杭州舍親處討取一樁銀

子，現在舟中，今且贈與老先生以為路費，去尋一個僻靜所在安身為妙。」說罷，即取出四封銀子，遞

與王惠，共二百兩。王惠極其稱謝，因說道：「兩邊船上都要趕路，不可久遲，只得告別；周濟之情，

不死當以厚報！」雙膝跪了下去，蔣公孫慌忙跪下回拜了幾拜。王惠又道：「我除了行李被褥之外，一

無所有，只有一個枕箱，內有殘書幾本。此時潛蹤在外，雖這一點物件，也恐被人識認，惹起是非；如

今也將來交與世兄，我輕身更好逃竄了。」蔣公孫應諾，他即刻過船，取來交代，彼此灑淚分手。王惠

道：「敬問令祖老先生，今世不能再見，來生犬馬相報便了！」分別去後，王惠另覓了船隻到太湖，自

此更姓改名，削髮披緇去了。

蔣公孫回到嘉興，見了祖父，說起路上遇見王太守的話，蔣太守大驚道：「他是降順了寧王的！」

公孫道：「這卻不曾說明。只說是掛印逃走，並不曾帶得一點盤纏。」蔣太守道：「他雖犯罪朝廷，卻

與我是個故交，何不就將你討來的銀子送他作盤費？」公孫道：「已送他了。」蔣太守道：「共是多

少？」公孫道：「只取得二百兩銀子，儘數送與他了。」蔣太守不勝歡喜道：「你真可謂汝父之肖子！」

就將當日公子交代的事，又告訴了一遍。

公孫見過乃祖，進房去見母親劉氏，母親問了些路上的話，慰勞了一番，進房歇息。次日在乃祖跟

前又說道：「王太守枕箱內還有幾本書。」取出來送與乃祖看。蔣太守一一看了，都是抄本；其他也還

沒要緊，只內有一本，是高青邱集詩話，有一百多紙，就是青邱親筆繕寫，甚是精工。蔣太守道：「這

本書多年藏之大內，數十年來，多少才人，求見一面不能；天下並沒有第二本，你今無心得了此書，真乃天幸。須是收藏好了，不可輕易被人看見。」蘧公孫聽了，心裏想道：「此書既是天下沒有第二本，何不竟將他繕寫成帙，添了我的名字，刊刻起來，做這一番大名？」主意已定，竟去刻了起來，把高季迪名字寫在上面，下面寫「嘉興蘧來旬駪夫氏補輯」。刻畢，刷印了幾百部，遍送親戚朋友；人人見了，賞玩不忍釋手。自此浙西各郡，都仰慕蘧太守公孫是個少年名士；蘧太守知道了成事不說，也就此常教他做些詩詞，寫斗方❸，同諸名士贈答。

＊　　　　　＊　　　　　＊

一日，門上人進來稟道：「婁府兩位少老爺到了。」蘧太守叫公孫：「你婁家表叔到了，快去迎請進來。」公孫領命，慌出去迎。這二位乃是婁中堂的公子；中堂在朝二十餘年，薨逝之後，賜了祭葬，諡為文恪，乃是湖州人氏。長子現任通政司大堂，諱琫，字玉亭，是個孝廉；四公子諱瓚，字瑟亭，在監讀書；是蘧太守的親內姪。公孫隨著兩位進來，蘧太守歡喜，親自接出廳外簷下；兩人進來，請姑丈轉上，拜了下去。蘧太守親手扶起，叫公孫過來拜見了表叔，請坐奉茶。二位婁公子道：「自拜別姑丈大人，屈指已十二載；小姪們在京，聞知姑丈掛冠歸里，無人不拜服高見。今日得拜姑丈，早已鬚鬢皓然，可見有司官是勞苦的。」蘧太守道：「我本無宦情；南昌待罪數年，也不曾做得一些事業，虛縻朝廷爵祿，不如退休了好。不想到家一載，小兒亡化了，越覺得胸懷冰冷。仔細想來，幸得表姪已長成人，侍奉姑丈膝下，只怕還是做官的報應。」婁三公子道：「表兄天才，磊落英多，誰想享年不永；小兒亡化了，越覺得胸懷冰冷。仔細想來，幸得表姪已長成人，侍奉姑丈膝下，

❸　斗方：古時文人把一尺見方的箋紙作書畫詩詞送人，叫做「斗方」。

還可借此自寬。」婁四公子道：「便是小姪們聞了表兄訃音，思量總角交好，不想中路分離，臨終也不能一別，同三兄悲痛過深，幾乎發了狂疾。大家兄念著，也終日流涕不止。」蘧太守道：「令兄宦況，也還覺得高興麼？」二位道：「通政司是個清淡衙門，家兄在那裏浮沈著，絕不曾有甚麼建白；卻是事也不多；所以小姪們在京師轉覺無聊，商議不如返舍為是。」

坐了一會，換去衣服，二位又進去拜見了表嫂。公孫陪奉出來，請在書房裏。面前一個小花園，琴罇鑪几，竹石禽魚，蕭然可愛。蘧太守也換了葛巾野服，拄著天台藤杖，出來陪坐；擺出飯來，用過飯，烹茗清談，說起江西寧王反叛的話，「多虧新建伯神明獨運，建了這件大功，除了這番大難。」婁三公子道：「新建伯此番有功不居，尤為難得！」四公子道：「據小姪看來，寧王此番舉動，也與成祖差不多；只是成祖運氣好，到而今稱聖稱神；寧王運氣低，就落得個為賊為虜，也要算一件不平的事。」蘧太守道：「成敗論人，固是庸人之見；但本朝大事，你我做臣子的，說話須要謹慎。」四公子不敢再說了。

那知這兩位公子，因科名蹭蹬，不得早年中鼎甲，入翰林，激成了一肚子牢騷不平，每常只說：「自從永樂篡位之後，明朝就不成個天下！」每到酒酣耳熱，更要發這一種議論；婁通政也是聽不過，恐怕惹出事來，所以勸他回浙江。

當下又談了一會閒話，兩位問道：「表姪學業，近來造就何如？卻還不曾恭喜，畢過姻事？」太守道：「不瞞二位賢姪說，我只得這一個孫子，自小嬌養慣了；我每常見這些教書的先生，也不見有甚麼學問，一味粧模做樣，動不動就是打罵。人家請先生的，開口就說要嚴；老夫姑息的緊，所以不曾著他去從時下先生。你表兄在日，自己教他讀些經史；自你表兄去後，我心裏更加憐惜他，已替他捐了個監

生，學業也不曾十分講究。近來我在林下，倒常教他做幾首詩，吟詠性情，要他知道樂天知命的道理，在我膝下承歡便了。」二位公子道：「這個便是姑丈高見。俗語說得好：『與其出一個斷削元氣的進士，不如出一個培養陰隲的通儒。』這個是得緊！」蘧太守便叫公孫把平日做的詩，取幾首來與二位表叔看。

二位看了，稱贊不已。一連留住盤桓了四五日，二位辭別要行，蘧太守治酒餞別；席間說起公孫姻事：「這裏大戶人家，也有央著來說的；我是個窮官，怕他們爭行財下禮，所以就遲著。賢姪在湖州，若是老親舊戚人家，為我留意，貧窮些也不妨。」二位應諾了，當日席終。次早，叫了船隻，先發上行李去。蘧太守叫公孫親送上船，自己出來廳事上作別，說到「老夫因至親在此數日，家常相待，休怪怠慢。二位賢姪回府，到令先太保公及尊公太保文恪公基上，提著我的名字，說我蘧祐年邁龍鍾，不能親自再來拜謁墓道了」。二位聽了，悚然起敬；拜別了姑丈，蘧太守執手送出大門。公孫先在船上，候二位到時，拜別了表叔，看著開了船，方纔回來。

＊

兩公子坐著一隻小船，蕭然行李，仍是寒素；看見兩岸桑陰稠密，禽鳥飛鳴，不到半里多路，便是小港，裏邊撑出船來，賣些菱藕。兩弟兄在船內道：「我們幾年京華塵土中，那得見這樣幽雅景致？」宋人詞說得好：『算計只有歸來是。』果然！果然！」看看天色晚了，到了一鎮人家，桑陰裏射出燈光來，直到河裏。兩公子叫道：「船家泊下船。此處有人家，上面沽些酒來，消此良夜，就在這裏宿了罷。」船家應諾，泊了船。兩弟兄憑舷痛飲，談說古今的事。

＊

次早，船家在船中做飯，兩弟兄上岸閒步，只見屋角頭走過一個人來，見了二位，納頭便拜下去，

說道：「婁少老爺，認得小人麼？」只因遇著這個人，有分教：公子好客，結多少碩彥名儒；相府開筵，

常聚些布衣韋帶。

畢竟此人是誰？且聽下回分解。

第九回　妻公子捐金贖朋友　劉守備冒姓打船家

話說兩位公子在岸上閒步，忽見屋角頭走過一個人來，納頭便拜；兩公子慌忙扶起，說道：「足下是誰？我不認得。」那人道：「兩位少老爺不認得小人了麼？」兩公子道：「正是面善，一會兒想不起。」那人道：「小人便是先太保老爺墳上看墳的鄒吉甫的兒子鄒三。」兩公子大驚道：「你卻如何在此處。」鄒三道：「自少老爺們都進京之後，小的老子看著墳山，著實興旺，門口又置了幾塊田地；那舊房子就不彀住了，我家就另買了房子，搬到東村，那房子讓與小的叔子住。後來小的家弟兄個又娶了親；東村房子，只彀大哥大嫂子二哥二嫂子住。小的有個姐姐，嫁在新市鎮，姐夫沒了，姐姐就把小的老子和娘，都接了這裏來住，小的就跟了來的。」兩公子道：「原來如此。我家墳山，沒有人來作踐麼？」鄒三道：「這是那個敢？府縣老爺們大凡往那裏過，都要進來磕頭，一莖草也沒人動。」兩公子道：「你父親母親，而今在那裏？」鄒三道：「就在市梢盡頭姐姐家住著，不多幾步。小的老子時常想念二位少老爺的恩德，不能見面。」三公子向四公子道：「鄒吉甫這老人家，我們也甚是想他；既在此不遠，何不去到他家裏看看？」四公子道：「最好。」

帶了鄒三回到岸上，叫跟隨的吩咐過了船家，鄒三引著路，一徑走到市梢頭；只是七八間矮小房子，兩扇籬笆門，半開半掩。鄒三走去叫道：「阿爺！三少老爺四少老爺在此！」鄒吉甫裏面應道：「是那個？」拄著拐杖出來，望見兩位公子，不覺喜從天降；讓兩公子走進堂屋，丟了拐杖，便要倒身下拜。

兩公子慌忙扶住道：「你老人家何消行這個禮？」兩公子扯他同坐下。鄒三捧出茶來，鄒吉甫親自接了，送與兩公子吃著。三公子道：「我們從京裏出來，一到家，就要到先太保墳上掃墓，算計著會你老人家；卻因繞道在嘉興看蘧姑娘老爺，無意中走這條路，不想撞見你兒子，說你老人家在這裏，得以會著；相別十幾年，你老人家越發康健了。方纔聽見說，你那兩個令郎都娶了媳婦，曾添了幾個孫子了麼？你的老伴也同在這裏？」說著，那老婆婆白髮齊眉，出來向兩公子道了萬福，兩公子也還了禮。鄒吉甫道：「你快進去向女孩兒說，整治起飯來，留兩位少老爺坐坐。」

婆婆進去了。鄒吉甫道：「我夫妻兩個，感激太老爺少老爺的恩典，一時也不能忘；我這老婆子，每日在這房檐下燒一炷香，保祝少老爺們仍舊官居一品。而今大少老爺想也是大轎子？我們弟兄們都不在家，有甚好處到你老人家？卻說這樣的話，越說得我們心裏不安。」三公子道：「況且墳山累你老人家看守多年，我們方且知感不盡，怎說這話？」鄒吉甫道：「蘧姑老爺已是告老回鄉了，他少爺可惜去世！小公子想也長成人了麼？」三公子道：「他今年十七歲，資性倒也還聰明的。」

鄒三捧出飯來，雞魚肉鴨，齊齊整整，還有幾樣蔬菜，擺在桌上，請兩位公子坐下，鄒吉甫不敢來陪，兩公子再三扯他同坐。斟上酒來，鄒吉甫道：「鄉下的水酒，老爺們恐吃不慣。」四公子道：「這酒也還有些身分。」鄒吉甫道：「再不要說起！而今人情薄了，這米做出來的酒汁都是薄的。小老還是聽見我死鬼父親說：『在洪武爺手裏過日子，各樣都好；二斗米做酒，足有二十斤酒娘子。後來永樂爺掌了江山，不知怎樣的，事事都改變了，二斗米只做得出十五六斤酒來。』像我這酒，是扣著水下的，還是這般淡薄無味。」鄒吉甫吃著酒，說道：「不瞞老爺說，我是老了，不

三公子道：「我們酒量也不大，只這個酒十分好了。」

中用了……怎得天可憐見，讓他們孩子們再過幾年洪武爺的日子就好了！」四公子聽了，望著三公子笑。

＊

鄒吉甫又道：「我聽見人說，本朝的天下，要同孔夫子的周朝一樣好的；就為出了個永樂爺，就弄

＊

壞了，這事可是有的麼？」三公子笑道：「你鄉下一個老實人，那裏得知道這些話？這話畢竟是誰向你說

的？」鄒吉甫道：「我本來果然不曉得這些話，因我這鎮上有個鹽店，鹽店一位管事先生，閒常無事，

＊

就來到我們這稻場上，或是柳陰樹下，坐著說的這些話，所以我常聽見他。」兩公子驚道：「這先生姓

甚麼？」鄒吉甫道：「他姓楊，為人忠直不過；又好看的是個書，要便袖口內藏了一卷，隨處坐著，拏

出來看。往常他在這裏，飯後沒事，也好步出來了，而今要見這先生，卻是再不能得！」兩公子道：「這

先生往那裏去了？」鄒吉甫道：「再不要說起！楊先生雖是生意出身，一切賬目，卻不肯用心料理；除

了出外閒遊，在店裏時，也只是垂簾看書，憑著這夥計胡三，本東自己下店，把賬一盤，卻虧空了七百多

年東家因他為人正氣，所以託他管總；後來聽見這些獸事，所以一店裏人都稱呼他是個『老阿獃』。先

銀子。問著又沒處開消，還在東家面前咬文嚼字，指手畫腳的不服；東家惱了，一張呈子，送在德清縣

裏。縣主老爺見是鹽務的事，點到奉行；把這楊先生拏到監裏，坐著追比，而今已在監裏將有一年半

了。」三公子道：「他家可有甚麼產業，可以賠償？」吉甫道：「有倒好了。他家就住在這村口外四里

多路，兩個兒子都是蠢人；既不做生意，又不讀書，還靠著老官養活，卻將甚麼賠償？」四公子向三公

子道：「窮鄉僻壤，有這樣讀書君子，卻被守錢奴如此凌虐，足令人怒髮衝冠！我們可以商量個道理，

救得此人麼？」三公子道：「他不過是欠債，並非犯法；如今只消到城裏問明底細，替他把這幾兩債負

弄清了就是。這有何難？」四公子道：「這最有理。我兩人明日到家，就去辦這件事。」鄒吉甫道：「阿

彌陀佛！二位少老爺是肯做好事的；想著從前已往，不知拔濟了多少人。如今若救出楊先生來，這一鎮

的人，誰不感仰！」三公子道：「吉甫，這句話，你在鎮上且不要說出來，待我們去相機而動。」四公

子道：「正是；未知事體做的來與做不來，說出來就沒趣了。」

於是不用酒了，取飯來吃過，匆匆回船；鄒吉甫拄著拐杖，送到船上，說：「少老爺們恭喜回府，

小老遲日再來城裏府內候安。」又叫鄒三捧著一瓶酒和些小菜，送在船上，與二位少老爺消夜。看著開

船，方纔回去。兩公子到家，清理了些家務，應酬了幾天客事，即便喚了一個辦事家人晉爵，叫他去

到縣裏，查新市鎮鹽店裏送來監禁這人，是何名字？虧空何項銀兩？共計多少？本人有功名沒功名？都

查明白了來說。

晉爵領命，來到縣衙。戶房書辦原是晉爵拜盟的弟兄，見他來查，連忙將案尋出，用紙謄寫一通，

遞與他拏了回來，回覆兩公子。只見上面寫著：

新市鎮公裕旗鹽店，呈首商人楊執中（即楊允）累年在店，不守本分；嫖賭穿吃，侵用成本七百

餘兩，有誤國課，懇恩追比云云。但查本人係廩生拔貢，不便追比，合詳請褫革，以便嚴比；今

將本犯權時寄監收禁，候上憲批示，然後勒限等情。

四公子道：「這也可笑的緊，廩生拔貢，也是衣冠中人物，今不過侵用鹽商這幾兩銀子，就要將他褫革

追比，是何道理？」三公子道：「你問明了他並無別情麼？」晉爵道：「小的問明了，並無別情。」三

公子道：「既然如此，你去把我們前日黃家圩那人來贖田的一宗銀子，兌七百五十兩替他上庫；再寫我兩人的名帖，向德清縣說：這楊貢生是家老爺們來相好，叫他就放出監來。你再拏你的名字添上一個保狀，你作速去辦理。」四公子道：「晉爵，這事你就去辦，不可怠慢！那楊貢生出監來，你也不必同他說甚麼，他自然到我這裏來相會。」

晉爵應諾去了。晉爵只帶二十兩銀子，一直到書辦家；把這銀子送與書辦，說道：「楊貢生的事，我和你商議個主意。」書辦道：「既是太保老爺府裏發的有帖子，這事何難？」隨即打個稟帖說：「這楊貢生是婁府的人；兩位老爺發了帖，現在婁府家人具的保狀。況且婁府說：這項銀子，非贓非帑，何以便行監禁？此事乞老爺上裁。」知縣聽了婁府這番話，心下著慌，卻又回不得鹽商，傳進書辦去細細商酌，只得把幾項鹽規銀子湊齊，補了這一項；准了晉爵保狀，即刻把楊貢生放出監來；也不用發落，釋放去了。那七百多兩銀子，都是晉爵笑納；把放出來的話，都回覆了公子。

晉爵知道他出了監，自然就要來謝；那知楊執中並不曉得是甚麼緣故，縣前問人，說是一個姓晉的晉爵保了他去。他自心裏想，生平並不認得這姓晉的；疑惑一番，不必管他，落得身子乾淨，且下鄉家去照舊看書。

到家，老妻接著，喜從天降；兩個蠢兒子，日日在鎮上賭錢，半夜也不歸家。只有一個老嫗，又癡又聾，在家燒火做飯，聽候門戶。楊執中次日在鎮上各家相熟處走走。鄒吉甫因是第二個兒子養了孫子，接在東莊去住，不曾會著，所以婁公子這一番義舉，做夢也不得知道。

第九回　婁公子捐金贖朋友　劉守備冒姓打船家

87

婁公子過了月餘，弟兄在家，不勝詫異；想到越石甫故事，心裏覺得楊執中想是高絕的學問，更加可敬。一日，三公子向四公子道：「楊執中至今並不來謝，此人品行不同。」四公子道：「論理，我弟兄既仰慕他，就該先到他家相見訂交；定要望他來報謝，這不是俗情了麼？」三公子道：「我也是這樣想；但豈不聞『公子有德於人，願公子忘之』之說？我們若先到他家，可不像要特地自明這件事了？」四公子道：「相見之時，原不要提起。朋友聞聲相思，命駕相訪，也是常事。難道因有了這些緣故，倒反隔絕了，相與不得的？」三公子道：「這話極是有理。」

當下商議已定，又道：「我們須先一日上船，次日早到他家，以便作盡日之談。」於是叫了一隻小船，不帶從者；下午下船，走了幾十里。此時正值秋末冬初，晝短夜長，河裏有些朦朦的月色；這小船乘著月色，搖著櫓走。那河裏各家運租米船，挨擠不開；這船卻小，只在船傍邊擦過去。

看看二更多天氣，兩公子將次睡下，忽聽一片聲打的河路響，這小船卻沒有燈，艙門又關著。四公子在板縫裏張一張，見上流頭一隻大船，明晃晃點著兩對大高燈，一對燈上字是「相府」，一對是「通政司大堂」。船上站著幾個如狼似虎個的僕人，手擎鞭子，打那擠河路的船。四公子嚇了一跳，低低叫：「三哥！你過來看，看這是那個？」三公子來看了一看，「這僕人卻不是我家的。」說著，那船已到了跟前，擎鞭子打這小船的船家；船家道：「好好的一條河路，你走就走罷了，行兇打怎的？」船上那些人道：「狗攮的奴才！你睜開驢眼看看燈籠上的字，船是那家的！」船家道：「你燈上掛著『相府』，我知道你是那個宰相家！」那些人道：「瞎眼的死囚！湖州除了婁府，還有第二個宰相？」船家道：「婁府！你是那個宰相家！」那船上道：「是那一位老爺？」那船上道：「我們是婁三老爺裝租米的船，誰人不曉得，這狗攮的，再回嘴，罷了，

拿繩子來把他拴在船頭上；明日回過三老爺，拿帖子送到縣裏，且打幾十板子再講！」船家道：「婁三老爺現在我船上，你那裏又有個婁三老爺出來了？」兩公子聽著暗笑。船家開了艙板：「請三老爺出來，給他們認一認。」三公子走在船頭上，此時月尚未落，映著那邊的燈光，照得亮。三公子問道：「你們是我家那一房的家人？」那些人卻認得三公子，一齊都慌了，齊跪下道：「小人們的主人卻不是老爺一家；小人們的主人劉老爺曾做過守府。」三公子道：「你主人雖不是我本家，卻也同在鄉里，借個官銜燈籠何妨？但你們在河道裏行兇打人，卻使不得；你說是我家，豈不要壞了我家的聲名？況你們也是知道的，我家從沒有人敢做這樣事。你們起來，就回去見了你們主人，也不必說在河裏遇著我的這一番話，只是下次也不必如此。難道我還計較你們不成？」眾人應諾，謝了三老爺的恩典，磕頭起來，忙把兩副高燈登時吹息，將船溜到河邊上歇息去了。

三公子進艙來，同四公子笑了一回；四公子道：「船家，你究竟也不該說出我家三老爺在船上，又請出與他看；把他們掃這一場大興，是何意思？」船家道：「不說，他把我船板都要打通了！好不兇惡！這一會纔現出原身來了！」說罷，兩公子解衣就寢。

小船搖櫓行了一夜，清晨已到新市鎮泊岸；兩公子取水洗了面，吃了些茶水點心，吩咐了船家：「好好的看船，在此伺候。」兩人走上岸，來到市梢盡頭鄒吉甫女兒家，見關著門，敲門問了一問，纔知道老鄒夫婦兩人，都接到東莊去了。女兒留兩位老爺吃茶，也不曾坐，兩人出了鎮市，沿著大路走去有四里多路，遇著一個挑柴的樵夫，問他：「這裏有個楊執中老爺，家住在那裏？」樵夫用手指著：「遠望

著一片紅的，便是他家屋後；你們打從這條小路穿過去。」兩位公子謝了樵夫，披榛覓路，到了一個村子；不過四五家人家，幾間茅屋。屋後有兩棵大楓樹，經霜後楓葉通紅，知道這是楊家屋後了；又一條小路，轉到前門，門前一條澗溝，上面小小板橋。兩公子過得橋來，看見楊家兩扇板門關著。見人走到，那狗便吠起來。三公子自來叩門，叩了半日，裏面走出一個老嫗來，身上衣服甚是破爛。兩公子近前問道：「你這裏是楊執中老爺家麼？」問了兩遍，方纔點頭道：「便是。你是那裏來的？」兩公子道：「我弟兄兩個姓婁，在城裏住，特來拜訪楊執中老爺的。」那老嫗又聽不明白，說道：「是姓劉麼？」兩公子道：「姓婁。你只向老爺說是大學士婁家便知道了。」老嫗道：「老爺不在家裏。從昨日出門看他們打魚，並不曾回來；你們有甚麼說話，改日再來罷。」說罷，也不曉得請進去請坐吃茶，竟自關了門，回去了。兩公子不勝悵悵，立了一會，只得仍舊過橋，依著原路，回到船上，進城去了。

楊執中這老獃直到晚纔繞回家來。老嫗告訴他道：「早上城裏有兩個甚麼姓柳的來尋老爹，說他在甚麼大覺寺裏住。」楊執中道：「你怎麼回他去的？」老嫗道：「我說老爹不在家，叫他改日來罷。」楊執中自心裏想：「那個甚麼姓柳的？」忽然想起當初鹽商告他，打官司，縣裏出的原差姓柳，一定是這差人要來找錢；因把老嫗罵了幾句道：「你這老不死老蠢蟲！這樣人來尋我，你只回我不在家罷了，又叫他改日來怎的？你就這樣沒用！」老嫗又不服，回他的嘴；楊執中惱了，把老嫗打了幾個嘴巴，踢了幾腳。

自此之後，恐怕差人又來尋他，從清早就出門閒混，直到晚纔歸家。不想婁府兩公子放心不下；過了四五日，又叫船家到鎮上，仍舊步到門首敲門。老嫗開門，看見還是這兩個人，惹起一肚子氣，發作道：「老爹不在家裏，你們只管來尋怎的？」兩公子道：「前日你可曾說我們是大學士婁府？」老嫗道：

「還說甚麼！為你這兩個人，帶累我一頓拳打腳踢。今日又來做甚麼？老爹不在家，還有些日子不來家哩！我不得工夫，要去燒鍋做飯！」說著，不由兩人再問，把門關上，就進去了，再也敲不應。兩公子不知是何緣故，心裏又好惱，又好笑，立了一會，料想叫不應了，只得再回船來。

船搖著行了有幾里路，見一個賣菱的船；船上一個小孩子，搖近船來。那孩子手扶著船窗，口裏說道：「買菱那！買菱那！」船家把繩子拴了船，且秤菱角。兩公子在船艙內伏著問那小孩子道：「你在那村裏住？」那小孩子道：「我就在這新市鎮上。」四公子道：「你這裏有個楊執中老爹，你認得他麼？」那小孩子道：「怎麼不認得？這位老先生是個和氣不過的人。前日乘了我的船去前村看戲，袖子裏還丟下一張紙卷子，寫了些字在上面。」三公子道：「在那裏？」那小孩子道：「在艙底下不是？」三公子道：「取過來我們看看。」那小孩子取了遞過來，接了船家買菱的錢，搖著去了。

兩公子打開看，是一幅素紙，上面寫著一首七言絕句詩道：「不敢妄為些子事，只因曾讀數行書；嚴霜烈日皆經過，次第春風到草廬。」後面一行寫：「楓林拙叟楊允草。」兩公子看罷，不勝嘆息，說道：「這先生襟懷沖淡，其實可敬！只是我兩人怎麼這般難會？」

這日，雖霜楓淒緊，卻喜得天氣晴明。四公子在船頭上看見山光水色，徘徊眺望，只見後面一隻大船，趕將上來。船頭上一個人叫道：「婁四老爺，請攏了船，家老爺在此。」船家忙把船攏過去，那人跳過船來，磕了頭，看見艙裏道：「原來三老爺也在此。」只因遇著這隻船，有分教：少年名士，豪門喜結絲蘿；相府儒生，勝地廣招俊傑。

畢竟這船是那一位貴人？且聽下回分解。

第十回　魯翰林憐才擇壻　蘧公孫富室招親

話說婁家兩位公子在船上，後面一隻大官船趕來，叫攏了船，一個人上船來請，兩公子認得是同鄉魯編修❶家裏的管家，問道：「你老爺是幾時來家的？」管家道：「告假回家，尚未曾到。」三公子道：「如今在那裏？」管家道：「現在大船上，請二位老爺過去。」兩公子走過船來，看見貼著「翰林院」的封條；編修公已是方巾便服出來，站在艙門口。編修原是太保的門生，當下見了，笑道：「我方纔遠遠看見船頭上站的是四世兄，我心裏正疑惑你們怎得在這小船上？不想三世兄也在這裏，有趣的緊！請進艙裏去。」讓進艙內，彼此拜見過了坐下，三公子道：「京師拜別，不覺又是半載；世老先生因何告假回府？」魯編修道：「老世兄，做窮翰林的人，只望著幾回差事；現今肥美的差都被別人鑽謀去了，白白坐在京裏，賠錢度日。況且弟年將五十，又無子息；只有一個小女，還不曾許字人家，思量不如告假返舍，料理些家務，再作道理。二位世兄，為何駕著一隻小船在河裏？從人也不帶一個，卻做甚麼事？」魯編修道：「弟四公子道：「小弟總是閒著無事的人，因見天氣晴暖，同家兄出來閒遊，也沒甚麼事。」魯編修道：「弟今早在那邊鎮上去看一個故人，他要留我一飯，我因匆匆要返舍，就苦辭了他，他卻將一席酒餚送在我船上；今喜遇著二位世兄，正好把話敘舊。」因問從人道：「二號船可曾到？」船家答應道：「不曾，我今喜遇著二位世兄，正好把話敘舊。」因問從人道：「二號船可曾到？」船家答應道：「不曾到，

❶ 編修：史官官名。明清時屬翰林院。

還離的遠哩。」魯編修道：「這也罷了。」叫家人：「把二位老爺行李搬上大船來，那船叫他回去罷。」

吩咐擺了酒席，斟上酒來同飲，說了些京師裏各衙門的閒話，魯編修問了故鄉的年歲，又問近來可

有幾個有名望的人？三公子因他問這一句話，就說出楊執中這一個人，可以算得極高的品行，就把這一

張詩箑出來，送與魯編修看。魯編修看罷，愁著眉道：「老世兄，似你這等所為，怕不是自古及今的賢

公子，就是信陵君平原君，也不過如此！但這樣的人，盜虛聲者多，有實學者少；我老實說，他若果有

學問，為甚麼不中了去？只做這兩句詩，當得甚麼？就如老世兄這樣屈尊好士，也算這位楊兄一生第一

個好遭際了；兩回躲著不敢見面，其中就可想而知。依愚見，這樣人不必十分周旋他也罷了。」兩公子

聽了這話，默然不語。

又吃了半日酒，講了些閒話，已到城裏。魯編修定要送兩位公子回家，然後自己回去。兩公子進了

家門，看門的稟道：「蘧小少爺來了，在太太房裏坐著哩。」兩公子走進內堂，見蘧公孫在那裏，三太

太陪著。公子見了表叔來，慌忙見禮；兩公子扶住，邀到書房。蘧公孫呈上乃祖的書札，並帶了來的禮

物；所刻的詩話，每位一本。兩公子將此書略翻了幾頁；稱贊道：「賢姪少年如此大才，我等俱要退避

三舍矣！」蘧公孫道：「小子無知妄作，要求表叔指點。」兩公子歡喜不已，當夜設席接風，留在書房

歇息。

次早起來，會過蘧公孫，就換了衣服，叫家人持帖，坐轎子去拜魯編修；拜罷回家，即吩咐廚役備

席，發帖請編修公，明日接風。走到書房內，向公孫笑著說道：「我們明日請一位客，勞賢姪陪一陪。」

蘧公孫問：「是那一位？」三公子道：「就是我這同鄉魯編修，也是先太保做會試總裁取中的。」四公

子道：「究竟也是個俗氣不過的人。卻因我們和他世兄弟，又前日船上遇著，就先擾他一席酒，所以明日邀他來坐坐。」

＊　＊　＊

說著，看門的人進來稟說：「紹興姓牛的牛相公，叫做牛布衣，在外候一位老爺。」三公子道：「快請廳上坐。」蘧公孫道：「這牛布衣先生，可是曾在山東范學臺幕中的？」三公子道：「正是，你怎得知？」蘧公孫道：「曾和先父同事，小姪所以知道。」四公子道：「我們倒忘了尊公是在那裏的。」隨即出去會了牛布衣，談之良久，便同牛布衣走進書房。蘧公孫上前拜見，牛布衣說道：「適纔會見令表叔，纔知尊大人已謝賓天，使我不勝傷感。」

因問：「令祖老先生康健麼？」蘧公孫答道：「托庇粗安。家祖每常也時時想念老伯。」牛布衣又說起范學臺幕中查一個童生卷子，尊公說出何景明的一段話，真乃談言微中，名士風流。因將那一席話又述了一遍，兩公子同蘧公孫都笑了。三公子道：「牛先生，你我十數年故交，凡事忘形；今又喜得舍表姪得接大教，竟在此坐到晚去。」少頃，擺出酒席，四位樽酒論文，直吃到日暮，牛布衣告別；兩公子問明寓處，送了出去。

次早，遣家人去邀請魯編修，直到日中纔來；頭戴紗帽，身穿蟒衣，進了廳事，就要進去拜老師神主，兩公子再三辭過，然後寬衣坐下，獻茶。茶罷，蘧公孫出來拜見。三公子道：「這是舍表姪，南昌太守家姑丈之孫。」魯編修道：「久慕！久慕！」彼此謙讓坐下。寒暄已畢，擺上兩席酒來；魯編修道：

「老世兄，這個就不是了，你我世交，知己間何必做這些客套？依弟愚見，這廳事也太闊落；意欲借尊

齋，只須一席酒，我四人促膝談心，方纔暢快。」

兩公子見這般說，竟不違命，當下讓到書房裏。魯編修見瓶花爐几，位置得宜，不覺怡悅。奉席坐

了，公子吩咐一聲叫：「焚香。」只見一個頭髮齊眉的童子，在几上捧了一個古銅香爐出去；隨即兩個

管家進來放下暖簾，就出去了。足有一個時辰，酒斟三巡，那兩個管家又進來，把暖簾捲出去。但見書房

兩邊牆壁上板縫裏，都噴出香氣來。滿座異香襲人。魯編修覺飄飄有凌雲之思，三公子向魯編修道：「香

必要如此燒，方不覺得有煙氣。」

編修贊歎了一回，同蓬公子談及江西的事；問道：「令祖老先生南昌接任，便是王諱惠的了？」蓬

公孫道：「正是。」魯編修道：「這位王道尊卻是了不得，而今朝廷捕獲得他甚緊。」三公子道：「他

是降了寧王的？」魯編修道：「他是江西保薦第一能員，及期就是他先降順了。」四公子道：「他這降，

到底也不是。」魯編修道：「古語道得好：『無兵無糧，因甚不降？』只是各偽官也逃脫了許多，只有

他領著南贛數郡一齊歸降；所以朝廷尤把他罪狀的狠，懸賞捕拏。」公孫聽了這話，那從前的事，一字

也不敢提；魯編修又說起他請仙這一段故事，兩公子不知。魯編修細說這件事，把西江月念了一遍，後

來的事，逐句講解出來，又道：「仙乩也古怪；只說道他歸降，此後再不判了。還是吉凶未定。」四公

子道：「幾者，動之微，吉之先見；這就是那扶乩的人，一時動乎其機，說是有神仙，又說有靈鬼的，

都不相干。」

換過了席，兩公子把蓬公孫的詩和他刻的詩話請教，極誇少年美才。魯編修歎賞了許久，便向兩公

子問道：「令表姪貴庚？」三公子道：「十七。」魯編修道：「懸弧之慶❷，在於何日？」三公子轉問

蘧公孫，公孫道：「小姪是三月十六亥時生的。」魯編修點了一點頭，記在心裏；到晚席散，兩公子送了客，各自安歇。

　　※　　　　※　　　　※

又過了數日，蘧公孫辭別回嘉興去，兩公子又留了一日。這日，三公子在內書房寫回覆蘧太守的書；縷寫著，書童進來道：「看門的稟事。」三公子道：「著他進來。」看門的道：「外面有一位先生要求見二位老爺。」三公子道：「你回他我們不在家，留下了帖罷。」看門的道：「他沒有帖子，問著他名姓，也不肯說；只說要面會二位老爺談談。」三公子道：「那先生是怎樣一個人？」看門的道：「他有五六十歲，頭上也戴的是方巾，穿的件繭紬直裰，像個斯文人。」三公子驚道：「想是楊執中來了！」忙丟了書子，請出四公子來，告訴他如此這般，似乎楊執中的行徑。因叫門上的：「去請在廳上坐，我們就出來會。」看門的應諾去了，請了那人到廳上坐下。兩公子出來相見，禮畢奉坐，那人道：「久仰大名，如雷灌耳；只是無緣，不曾拜識。」三公子道：「先生貴姓、臺甫？」那人道：「晚生姓陳，草字和甫，一向在京師行道，昨同翰苑魯老先生來遊貴鄉，今得瞻二位老爺丰采。三老爺耳白於面，不日該有加官進爵之喜。」兩公子聽罷，纔曉得不是楊執中，問道：「先生精於風鑑？」陳和甫道：「明亮，不日該有加官進爵之喜。」兩公子聽罷，纔曉得不是楊執中，問道：「先生精於風鑑？」陳和甫道：「卜易談星，看相算命，內科外科，內丹外丹，以及請仙判事，扶乩筆籙，晚生都略知道一二。向在京師，蒙各部院大人及四衙門的老先生請個不歇；經晚生許過他陞遷的，無不神

❷　懸弧之慶：男子生日。古時風俗尚武，家中若有男孩出生，便在門左掛弓。見禮記內則。

❸　土星：相家稱鼻子為「土星」。

驗。不瞞二位老爺說，晚生只是個直言，並不肯阿諛趨奉；所以這些當道大人，俱蒙相愛。前日正同魯老先生笑說，自離江西，屈指二十年來，已是走過九省了。」說罷，哈哈大笑。左右捧上茶來吃了，四公子問道：「今番是和魯老先生同船來的？愚弟那日在路遇見魯老先生，在船上盤桓了一日，卻不曾會見？」陳和甫道：「那日晚生在二號船上，到晚纔知道二位老爺在彼；這是晚生無緣，遲這幾日，纔得拜見。」三公子道：「先生言論軒爽，愚兄弟也覺得恨相見之晚！」

陳和甫道：「魯老先生有句話，託晚生來面致二位老爺，可借尊齋一談。」兩公子道：「最好。」當下讓到書房裏，陳和甫舉眼四面一看，見院宇深沉，琴書瀟灑，說道：「真是『天上神仙府，人間宰相家』！」說畢，將椅子移近跟前道：「魯老先生有一個令愛，年方及笄，晚生在他府上，是知道的。這位小姐，德性溫良，才貌出眾，魯老先生和夫人，因無子息，愛如掌上之珠；許多人家求親，只是不允。昨在尊府會見南昌蘧太守的公孫，著實愛他才華；只不知託晚生來問，可曾畢過姻事？」三公子道：「這便是舍表姪，卻還不曾畢姻，極承魯老先生相愛；只不知他這位小姐，貴庚多少？年命可相妨礙？」陳和甫笑道：「這個倒不消慮。令表姪八字，魯老先生在尊府席上已經問明在心裏了；到家就是晚生查算，替他兩人合婚。小姐少公孫一歲，今年十六歲了，天生一對好夫妻。年，月，日，時，無一不相合，將來福壽綿長，子孫眾多，一些也沒有破綻的。」四公子道：「怪道他前日在席間，諄諄問表姪生的年月；我道是因甚麼，原來那時已有意在那裏。」三公子道：「如此極好。魯老先生錯愛，又蒙陳先生你來作伐；我們即刻寫書與家姑丈，擇吉央媒，到府奉求。」陳和甫作別道：「容日再來請教，今暫告別，回魯老先生話去。」

両公子送過陳和甫回來，將這話說與蘧公孫道：「賢姪既有此事，卻且休要回嘉興，我們寫書與太爺，打發盛從回去取了回音來，再作道理。」蘧公孫依命住下。家人去了十餘日，領著蘧太守的回書來見兩公子道：「太老爺聽了這話，甚是歡喜，向小人吩咐說：自己不能遠來，這事總央煩二位老爺做主。央媒拜允，一是二位老爺揀擇；或娶過去，或招在這裏，也是二位老爺斟酌。呈上回書，並白銀五百兩，以為聘禮之用。大相公也不必回家，住在這裏辦這喜事；太老爺身體是康強的，一切放心。」兩公子收了回書，銀子，擇個吉日央請陳和甫為媒；這邊添上一位媒人，就是牛布衣。當日兩位月老，齊到蘧府，設席款待過；二位坐上轎子，管家持帖，去魯編修家求親。魯編修那裏也設席相留，回了允帖，並帶了庚帖過來。到第三日，蘧府辦齊金銀珠翠首飾，裝蟒刻絲細緞綾羅衣服，羊酒菓品共是幾十抬，行過禮去。又備了謝媒之禮，陳牛二位，每位代衣帽銀十二兩，代某酒菓銀四兩，俱各歡喜。

＊　　　＊　　　＊

兩公子就託陳和甫選定花燭之期；陳和甫選在十二月初八日不將大吉，送過吉期去。魯編修說只得一個女兒，捨不得嫁出門，要蘧公孫入贅；蘧府也應允了。到十二月初八日，蘧府張燈結綵，先請兩位月老吃了一日；黃昏時分，大吹大擂起來，蘧府一門官銜燈籠，就有八十多對，添上魯太守家燈籠，足擺了三四條街，還擺不了。全副執事，又有一班細樂，八對紗燈。這時天氣初晴，浮雲尚不曾退盡，燈上都用綠紬雨帷罩著，引著四人大轎，蘧公孫端坐在內；後面四乘轎子，便是蘧府兩公子，陳和甫，牛布衣，同送公孫入贅。到了魯宅門口，開門錢送了幾封；只見重門洞開，裏面一派樂聲，迎了出來。四位先下轎進去，兩山人也穿著吉服；魯編修紗帽蟒袍，緞靴金帶，迎了出來，揖讓升

儒林外史　※　98

階。纔是一班細樂，八對絳紗燈，引著蘧公孫，紗帽宮袍，簪花披紅，低頭進來；到了廳事，先奠了雁，然後拜見魯編修。編修公奉新壻正面一席坐下，兩公子，兩山人，和魯編修兩列相陪；魯編修去奉眾上酒席，每人一席，共是六席。魯編修先奉了公孫的席，公孫也回奉了。下面奏著細樂，魯編修去奉眾位的席。蘧公孫偷眼看時，是個舊舊的三間廳古老房子，此時點幾十枝大蠟燭，卻極其輝煌。須臾，送定了席，樂聲止了；蘧公孫下來告過丈人同二位表叔的席，又和兩山人平行了禮，入席坐了。

戲子上來參了堂，磕頭下去，打動鑼鼓，跳了一齣加官，演了一齣張仙送子，一齣封贈。這時下了兩天雨纔住，地下還不甚乾；戲子穿著新靴，都從廊下板上，大寬轉走了上來。唱完三齣頭的，副末執著戲單，上來點戲；纔走到蘧公孫席前跪下，恰好侍席的管家，捧上頭一碗膾燕窩，來上在桌上。管家叫一聲：「免。」副末立起，呈上戲單；忽然乒乓一聲響，屋梁上掉下一件東西來，不左不右，不上不下，端端正正掉在燕窩碗裏，將碗打翻，那熱湯濺了副末一臉，碗裏的菜潑了一桌子。定睛看時，原來是一個老鼠從梁上走滑了腳，掉將下來。那老鼠掉在滾熱的湯裏，嚇了一驚，把碗跳翻，爬起就從新郎官身上跳了下去，把簇新的大紅緞補服都弄油了。眾人都失了色，忙將這碗撤去，桌上打抹乾淨，又取一件員領叫公孫換了。公孫再三謙讓，不肯點戲，點了三代榮，副末領單下去。

須臾，酒過數巡，食供兩套；廚下捧上湯來。那廚役僱的是個鄉下小使，他報了一雙釘鞋，捧著六碗粉湯，站在丹墀裏，尖著眼睛看戲。管家纔掇了四碗上去，還有兩碗不曾端；他捧著看戲，看到戲場上小旦裝出一個妓者，扭扭捏捏的唱，他就看昏了，忘其所以然，只道粉湯碗已是端完了，把湯向地下一掀，要倒那盤子裏的湯腳，卻叮噹一聲響，把兩個碗和粉湯，都打碎在地下。他一時慌了，彎下腰

去抓那粉湯，又被兩個狗狗爭著，咂嘴弄舌的，來搶那地下的粉湯吃。他怒從心上起，使盡平生氣力，蹺起一隻腳來踢去；不想那狗倒不曾踢著，把一隻釘鞋踢脫了，踢起有丈把高。陳和甫坐在左邊的第一席，席上上了兩盤點心：一盤豬肉心的燒賣，一盤鵝油白糖蒸的餃兒，熱烘烘擺在面前；又是一大深碗索粉八寶攢湯。正待舉起箸來到嘴，忽然席口一個烏黑的東西，的溜溜的滾了來，乒乓一聲，把兩盤點心打的稀爛，陳和甫嚇了一驚，慌立起來，衣袖又把粉湯碗招翻，潑了一桌，滿座上都覺得詫異。魯編修自覺得此事不甚吉利，懊惱了一回，又不好說；隨即悄悄叫管家到跟前罵了幾句說：「你們都做甚麼！卻叫這樣人捧盤？可惡之極！過了喜事，一個個都要重責！」亂著，戲子正本做完。眾家人掌了花燭，把蘧公孫送進新房；廳上眾客換席看戲，直到天明纔散。

次日，蘧公孫上廳謝親，設席飲酒；席終，歸到新房裏，重新擺酒，夫妻舉案齊眉。此時魯小姐卸了濃妝，換幾件雅淡衣服，蘧公孫舉眼細看，真有沉魚落雁之容，閉月羞花之貌。三四個丫鬟養娘，輪流侍奉；又有兩個貼身侍女，一個叫做采蘋，一個叫做雙紅，都是裊娜輕盈，十分顏色。此時蘧公孫恍如身遊閬苑蓬萊，巫山洛浦。只因這一番，有分教：閨閣繼家聲，有若名師之教；草茅隱賢士，又招好客之蹤。

畢竟後事如何？且聽下回分解。

第十一回　魯小姐制義難新郎　楊司訓相府薦賢士

話說蘧公孫招贅魯府，見小姐十分美貌，已是醉心，還不知小姐又是個才女。且他這個才女，又比尋常的才女不同。魯編修因無公子，就把女兒當作兒子；五六歲上請先生開蒙，就讀的是四書，五經。十一二歲，就講書讀文章；先把一部王守溪的稿子讀的滾瓜爛熟，教他做「破題」「破承」「起講」「題比」「中比」成篇，送先生的束脩。那先生督課，同男子一樣。

這小姐資性又高，記心又好，到此時，王唐瞿薛以及諸大家之文，歷科程墨，各省宗師考卷，肚裏記得三千餘篇；自己作出來的文章，又理真法老，花團錦簇，魯編修每常歡道：「假若是個兒子，幾十個進士狀元都中來了！」閒居無事，便和女兒談說：「八股文章若做的好，隨你做甚麼東西，——要詩就詩，要賦就賦，——都是『一鞭一條痕，一摑一掌血』❶；若是八股文章欠講究，任你做出甚麼來，都是野狐禪，邪魔外道！」

小姐聽了父親的教訓，曉妝臺畔，刺繡牀前，擺滿了一部一部的文章；每日丹黃爛然，蠅頭細批。家裏雖有幾本甚麼千家詩、解學士詩、東坡小妹詩話之類，倒把與人家送來的詩詞歌賦，正眼兒也不看他。閒暇也教他謅幾句詩，以為笑話。此番招贅進蘧公孫來，門戶又相稱，才貌伴讀的侍女采蘋雙紅們看；閒暇也教他謅幾句詩，以為笑話。此番招贅進蘧公孫來，門戶又相稱，才貌

❶　一鞭一條痕，一摑一掌血：譬喻得心應手，樣樣到家。

又相當，真個是「才子佳人，一雙兩好 ❷」；料想公孫舉業已成，不日就是個少年進士。但贅進門來十多日，香房裏滿架都是文章，公孫卻全不在意。小姐心裏道：「這些自然都是他爛熟於胸中的了。」又疑道：「他因新婚燕爾，正貪歡笑，還理論不到這事上。」

＊

又過了幾日，見公孫赴宴回房，袖裏籠了一本詩來燈下吟哦，拉著小姐並坐同看；小姐此時還害羞，不好問他，只得勉強看了一個時辰，彼此睡下。到次日，小姐忍不住了，知道公孫坐在前邊書房裏，即取紅紙一條，寫下一行題目，是「身修而後家齊」，叫采蘋過來，說道：「你去送與姑爺，說是老爺要請教一篇文字的。」

＊

公孫接了，付之一笑，回說道：「我於此事不甚在行。況到尊府未經滿月，要做兩件雅事；這樣俗事還不耐煩做哩。」公孫心裏只道是向才女說這樣話是極雅的了，不想正犯著忌諱。當晚養娘走進房來看小姐，只見愁眉淚眼，長吁短歎。養娘道：「小姐，你纔恭喜，招贅了這樣好姑爺，有何心事，做出這等模樣？」小姐把日裏的事告訴了一遍，說道：「我只道他舉業已成，不日就是舉人進士；誰想如此光景，豈不誤我終身！」

＊

養娘勸了一回。公孫進來，待他詞色就有些不善。公孫自知慚愧，彼此也不便明言。從此啾啾唧唧，小姐心裏納悶。但說到舉業上，公孫總不招攬。勸的緊了，反說小姐俗氣。小姐越發悶上加悶，整日眉頭不展。

❷ 一雙兩好：一對好夫妻。

夫人知道，走來勸女兒道：「我兒，你不要恁般獃氣。我看新姑爺人物已是十分了；況你爹原愛他是個少年名士。」小姐道：「母親，自古及今，幾曾看見不會中進士的人可以叫做個名士的？」說著，越發要惱怒起來。夫人和養娘道：「這個是你終身大事，不要如此。況且現放著兩家鼎盛，就算姑爺不中進士做官，難道這一生還少了你用的？」小姐道：「好男不吃分家飯，好女不穿嫁時衣。」依孩兒的意思，總是自掙的功名好，靠著祖父，只算做不成器！」夫人道：「就是如此，也只好慢慢勸他。這是急不得的。」養娘道：「當真姑爺不得中，你將來生出小公子來，自小依你的教訓，不要學他父親。家裏放著你恁個好先生，怕教不出個狀元來？就替你爭口氣。你這封誥是穩的。」

說著，和夫人一齊笑起來。小姐歎了一口氣，也就罷了。落後魯編修聽見這些話，也出了兩個題請教公孫，公孫勉強成篇。編修公看了，都是些詩詞上的話，又有兩句像離騷，又有兩句像子書，不是正經文字；因此，心裏也悶，說不出來，卻全虧夫人疼愛這女壻，如同心頭一塊肉。

✱　　　✱　　　✱

看看過了殘冬，新年正月，公子回家拜祖父母親的年回來，正月十二日，婁府兩公子請吃春酒。公孫到了，兩公子接在書房裏坐，問了婁太守在家的安，說道：「今日也並無外客；因是令節，約賢姪到來，家宴三杯。」剛纔坐下，看門人進來稟：「看墳的鄒吉甫來了。」兩公子自從歲內為婁公孫畢姻之事，忙了月餘，又亂著度歲，把那頭上楊執中的話已丟在九霄雲外；今見鄒吉甫來，又忽然想起，叫請進來。

兩公子同蓬公孫都走出廳上，見他頭上戴著新氈帽，身穿一件青布厚棉道袍，腳下踏著暖鞋；他兒子小二，手裏拏著個布口袋，裝了許多炒米豆腐乾，進來放下。兩公子和他施禮，說道：「吉甫，你自恁空

身來走走罷了，為甚麼帶將禮物來？我們又不好不收你的。」鄒吉甫道：「二位少老爺說這笑話，可不把我羞死了。鄉下物件，帶來與老爺賞人。」

兩公子吩咐將禮收進去，因說道：「還是那年我家太老爺下葬，會著姑老爺的。吉甫問了，知道是蘧小公子，又問蘧姑老爺的安，因說道：「還是那年我家太老爺下葬，會著姑老爺的。整整二十七年了，叫我們怎的不老！姑老爺鬍子也全白了麼？」公孫道：「全白了三四年了。」鄒吉甫不肯僭公孫的坐。三公子道：「他是我們表姪，你老人家年尊，老實坐罷。」吉甫遵命坐下，先吃過飯，重新擺下碟子，斟上酒來。

兩公子說起兩番訪楊執中的話，從頭至尾，說了一遍。鄒吉甫道：「他自然不曉得。這個卻因我這幾個月住在東莊，不曾去到新市鎮，所以這些話沒人向楊先生說。楊先生是個忠厚不過的人，難道會裝身分，故意躲著不見？他又是個極肯相與人的；聽得二位少老爺訪他，他巴不得連夜來會哩。明日我回去向他說了，同他來見二位少老爺。」四公子道：「你且住過了燈節，到十五那日，同我這表姪往街坊上去看看燈，索性到十七八間，我們叫一隻船，同你到楊先生家。還是先去拜他繞是。」吉甫道：「這更好了。」

當夜吃完了酒，送蘧公孫回魯宅去，就留鄒吉甫在書房歇宿。那燈是內府製造，十分精巧。次日乃試燈之期，蘧府正廳上懸掛一對大珠燈，乃是武英殿之物，憲宗皇帝御賜的。到十四日，先打發他下鄉去，說道：「我過了燈節，要同老爺們到新市鎮，順便到你姐姐家，要到二十外繞家裏去。你先去罷。」鄒二應諾去了。到十五晚上，蘧公孫正在魯宅，同夫人小姐家宴。宴罷，蘧府請來吃酒，同往街上看，也給他見見廣大。到二十外繞家裏去。

湖州府太守衙前，紮著一座鼇山燈，其餘各廟社火扮會，鑼鼓喧天，人家士女，都出來看燈踏月；遊玩。

真乃金吾不禁，鬧了半夜。次早，鄒吉甫向兩公子說，要先到新市鎮女兒家去，約定兩公子十八日下鄉，同到楊家，兩公子依了，送他出門。搭了個便船到新市鎮，女兒接著，新年磕了老子的頭，收拾酒飯，吃了。

＊

到十八日，鄒吉甫要先到楊家去候兩公子，自心裏想：「楊先生是個窮極的人，公子們到，卻將甚麼管待？……」因問女兒要了一隻雞，數錢去鎮上打了三斤一方肉，又沽了一瓶酒和些蔬菜之類，向鄰居家借了一隻小船，把這酒和雞肉，都放在船艙裏，自己棹著，來到楊家門口，將船泊在岸傍，上去敲開了門。楊執中出來，手裏捧著一個爐，棹著一方手帕在那裏用力的擦；見是鄒吉甫，丟下爐唱喏。彼此見過節，鄒吉甫把那些東西搬了進來。楊執中看見，嚇了一跳道：「哎喲！鄒老爹！你為甚麼帶這些酒肉來？我從前破費你的還少哩，你怎的又這樣多情？」鄒吉甫道：「老先生，你且收了進去，我今日雖是這些須村俗東西，卻不是為你；要在你這裏等兩位貴人。你且把這雞和肉向你太太說，整治好了，我好同你說這兩個人。」

＊

＊

楊執中把兩手袖著笑道：「鄒老爹，卻是告訴不得你。我自從去年在縣裏出來，家下一無所有，常日只好吃一餐粥。直到除夕那晚，我這鎮上開小押的汪家店裏，想著我這座心愛的爐，出二十四兩銀子，分明是算定我節下沒有些柴米，要來討這巧。我說：『要我這個爐，須是三百兩現銀子，少一釐也不成的。就是當在那裏，過半年，也要一百兩。像你這幾兩銀子，還不夠我燒爐買炭的錢哩！』那人將銀子挃了回去。這一晚到底沒有柴米。我和老妻兩個，點了一枝蠟燭，把這爐摩弄了一夜，就過了年。」因

將爐取在手內，指與鄒吉甫看，道：「你看這上面包漿！好顏色！今日又恰好沒有早飯米，所以方纔在

此摩弄這爐，消遣日子。不想遇著你來。這些酒和菜都有了，只是不得有飯。」

鄒吉甫道：「原來如此，這便怎麼樣。」在腰間打開鈔袋一尋，尋出二錢多銀子，遞與楊執中道：

「先生，你且快叫人去買幾升米來，纔好坐了說話。」楊執中將這銀子，喚出老嫗，拏個傢伙到鎮上糴

米。不多時，老嫗糴米回來，往廚下燒飯去了。楊執中關了門來，坐下問道：「你說是今日那兩個甚麼

貴人來？」鄒吉甫道：「老先生，你為鹽店裏的事累在縣裏，卻是怎樣得出來的？」楊執中道：「正是，

我也不知。那日縣父母忽然把我放了出來，我在縣門口問，說是個姓晉的具保狀保我出來。我自己細想，

不曾認得這位姓晉的老爹。你想是知道些影子麼？」

鄒吉甫道：「那裏是甚麼姓晉的！這人叫做晉爵，就是婁太師府裏三少老爺的管家。少老爺弟兄兩

位，因在我這裏聽見你老先生的大名，回家就將自己銀子兌出七百兩上了庫，叫家人晉爵具保狀。這些

事，——先生回家之後，兩位少老爺親自到府上訪了兩次，——先生難道不知道麼？」楊執中恍然醒悟

道：「是了！是了！這事被我這個老嫗所誤！我頭一次看打魚回來，老嫗向我說：『城裏有一個姓柳的。』

我疑惑是前日那個姓柳的原差，就有些怕他。後一次又是晚上回家，他說：『那姓柳的今日又來，是

我回他去了。』說著，也就罷了。如今想來，柳者，婁也！我那裏猜的到是婁府，只疑惑是縣裏原差。」

鄒吉甫道：「你老人家因打這年把官司，——常言道得好：『三年被毒蛇咬了，如今夢見一條繩子

也是害怕。』——只是心中疑惑是差人。因前日我在婁府叩節，兩位少老爺說到這話，約我

今日同到尊府。我恐怕先生一時沒有備辦，所以帶這點東西來替你做個主人，好麼？」楊執中道：「既

是兩公錯愛，我便該先到城裏去會他，何以又勞他來？」鄒吉甫道：「既已說來，不消先去，候他來會便了。」

坐了一會，楊執中烹出茶來吃了，聽得叩門聲，鄒吉甫道：「是少老爺來了，快去開門。」繞開了門，只見一個稀醉的醉漢闖將進來，進門就跌了一交，扒起來摸一摸頭，向內裏直跑，便是他第二個兒子楊老六，在鎮上賭輸了，又吃了幾杯燒酒，嗵的爛醉，想著來家問母親要錢再去賭，一直往裏跑。楊執中道：「畜生！那裏去！還不過來見了鄒老爹的禮！」那老六跌跌撞撞，作了個揖，就到廚下去了；看見鍋裏煮的雞和肉噴鼻香，又悶著一鍋好飯，房裏又放著一瓶酒，不知是那裏來的，不由分說，揭開鍋就要撈了吃。他娘劈手把鍋蓋蓋了。楊執中罵道：「你又不害饞勞病！這是別人拏來的東西，還要等著請客！」他那裏肯依，醉的東倒西歪，只是搶了吃。楊執中罵道：「你又不害饞勞病！這是別人拏來的。」那楊老六雖是蠢，又是酒後，但聽見婆府，也就不敢胡鬧了。他娘見他酒略醒些，撕了一隻雞腿，盛了一大碗飯，泡上些湯，瞞著老子遞與他吃，吃罷扒上牀，挺覺去了。

鄒老爹且扯勸了一回，說道：「酒菜是候婆府兩位少爺的。」

＊　　　＊　　　＊

兩公子直至日暮方到，蘧公孫也同來了。鄒吉甫，楊執中，迎了出去。兩公子同蘧公孫進來，見是一間客座，兩邊放著六張舊竹椅子；中間一張書案；壁上懸的畫，是楷書朱子治家格言；兩邊一副箋紙的聯，上寫著「三間東倒西歪屋，一個南腔北調人」；上面貼了一個報帖，上寫「捷報貴府老爺楊諱允，欽選應天淮安府沭陽縣儒學正堂，京報」。不曾看完，楊執中上來行禮奉坐，自己進去取盤子捧出茶來，

獻與各位。

茶罷，彼此說了些聞聲相思的話。三公子指著報帖，問道：「這榮選是近來的信麼？」楊執中道：

「是三年前小弟不曾被禍的時候有此事。只為當初無意中補得一個廩，鄉試過十六七次，並不能掛名榜末；垂老得這一個教官，又要去遞手本，行庭參，自覺得腰胯硬了，做不來這樣的事；當初力辭了患病不去，又要經地方官驗病出結，費了許多周折！那知辭官未久，被了這一場橫禍，受小人驅儈之欺！那時懊惱不如竟到沭陽，也免得與獄吏為伍！若非三先生，四先生，相賞於風塵之外，以大力垂手相援，則小弟這幾根老骨頭，只好瘐死圇圇之中矣！此恩此德，何日得報！」

三公子道：「些須小事，何必掛懷？今聽先生辭官一節，更足仰品高德重。」四公子道：「朋友原有通財之義，何足掛齒？小弟們還恨得知此事已遲，未能早為先生洗脫，心切不安。」楊執中聽了這番話，更加欽敬，又和蘧公孫寒暄了幾句。鄒吉甫道：「二位少老爺和蘧少爺來路遠，想是饑了？」楊執中道：「腐飯已經停當，請到後面坐。」

當下請在一間草屋內，是楊執中修葺的一個小小的書屋，面著一方小天井，有幾樹梅花，這幾日天暖，開了兩三枝。書房內滿壁詩畫，中間一副箋紙聯，上寫道：「嗅窗前寒梅數點，且任我俛仰以嬉；攀月中仙桂一枝，久讓人婆娑而舞。」兩公子看了，不勝欷歔，此身飄飄如遊仙境。楊執中捧出雞肉酒飯。當下吃了幾杯酒，用過飯，不吃了，撤了過去，烹茗清談。談到兩次相訪，被聾老嫗誤傳的話，彼此大笑。兩公子要邀楊執中到家盤桓幾日。楊執中說：「新年略有俗務，三四日後，自當敬造高齋，為平原十日之飲。」

談到起更時候，一庭月色，照滿書窗，梅花一枝枝如畫在上面相似，兩公子同楊執中接著說道：「本該留三先生四先生草榻，奈鄉下蝸居，二位先生恐不甚便。」於是執手踏著月影，把兩公子同蘧公孫送到船上，自同鄒吉甫回去了。

＊

＊

＊

＊

兩公子同蘧公孫纔到家，看門的稟道：「魯大老爺有要緊事，請蘧少爺回去，來過三次人了。」蘧公孫慌回去，見了魯夫人。夫人告訴說編修公因女壻不肯做舉業，心裏著氣，商量要娶一個如君❸，早養出一個兒子來教他讀書，接進士的書香。夫人說年紀大了，勸他不必，他就著了重氣。昨晚跌了一交，半身麻木，口眼有些歪斜。小姐在傍眼淚汪汪，只是歎氣。公孫也無奈何，忙走到書房去問候。陳和甫正在那裏切脈。切了脈，陳和甫道：「老先生這脈息，右寸略見弦滑。肺為氣之主，滑乃痰之徵。總是老先生身在江湖，心懸魏闕，故爾憂愁抑鬱，現出此症。治法當先以順氣祛痰為主。晚生每見近日醫家嫌半夏燥，一遇痰症，就改用貝母；不知用貝母療濕痰，反為不美。老先生此症，當用四君子加入二陳，飯前溫服。只消兩三劑，使其腎氣常和，虛火不致妄動，這病就退了。」

於是寫立藥方。一連吃了四五劑；口不歪了，只是舌根還有些強。陳和甫又看過了脈，改用一個丸劑的方子，加入幾味祛風的藥，漸漸見效。蘧公孫一連陪伴了十多日，並不得閒。那日值編修公午睡，偷空走到婁府。進了書房門，聽見楊執中在內哈哈而談，知道是他已來了，進去作揖，一同坐下。楊執中接著說道：「我方纔說的，二位先生這樣禮賢好士，如小弟何足道？我有個朋友，在蕭山縣山裏住。

❸
如君：小老婆的尊稱。

這人真有經天緯地之才，空古絕今之學；真乃「處則不失為真儒，出則可以為王佐」。三先生四先生如何不要結識他？」兩公子驚問：「那裏有這樣一位高人？」楊執中疊著指頭，說出這個人來。只因這一番，有分教：相府延賓，又聚幾多英傑；名邦勝會，能消無限壯心。

不知楊執中說出甚麼人來？且聽下回分解。

第十二回　名士大宴鶯脰湖　俠客虛設人頭會

話說楊執中向兩公子說：「三先生四先生如此好士，似小弟的車載斗量，何足為重？我有一個朋友，姓權，名勿用，字潛齋，是蕭山縣人，住在山裏。此人若招致而來，與二位先生一談，纔見出他管樂的經綸，程朱的學問。此乃是當時第一等人。」三公子大驚道：「既有這等高賢，我們為何不去拜訪？」

四公子道：「何不約定楊先生明日就買舟同去？」說著，只見看門人擎著紅帖，飛跑進來說道：「新任街道廳魏老爺上門請二位老爺的安，在京帶有大老爺的家書，說要見二位老爺，有話面稟。」兩公子向蘧公孫道：「賢姪陪楊先生坐著，我們去會一會就來。」便進去換了衣服，走出廳上。那街道廳冠帶著進來，行過了禮，分賓主坐下。

兩公子問道：「老父臺幾時出京？榮任還不曾奉賀，倒勞先施。」魏廳官道：「不敢；晚生是前月初三日在京領憑，當面叩見大老爺，帶有府報在此，敬來請三老爺四老爺臺安。」便將家書雙手呈送過來。三公子接過，拆開看了，將書遞與四公子，向廳官道：「原來是為丈量的事。老父臺初到任，就要辦這丈量公事麼？」廳官道：「正是；晚生今早接到上憲諭票，催促星速丈量，晚生所以今日先來面稟二位老爺，求將先太保大人墓道地基開示明白。晚生不日到那裏叩過了頭，便要傳齊地保細細查看。恐有無知小民在左近樵采作踐，晚生還要出示曉諭。」四公子道：「父臺就去的麼？」廳官道：「晚生便

在三四日內稟明上憲，各處丈量。」三公子道：「既如此，明日屈老父臺舍下一飯。丈量到荒山時，弟輩自然到山中奉陪。」

說著，換過三遍茶，那廳官打了躬又打躬，作別去了。兩公子送了回來，脫去衣服，到書房裏躊躇道：「偏有這許多不巧的事！我們正要去訪權先生，卻遇著這廳官來講丈量。明日要待他一飯；丈量到先太保墓道，愚弟兄卻要自走一遭；須有幾時耽擱，不得到蕭山去，為之奈何？」楊執中道：「二位先生可調求賢若渴了。若是急於要會權先生，或者也不必定須親往；二位先生竟寫一書，小弟也附一札，差一位盛使到山中面致潛齋，邀他來府一晤，他自當忻然命駕。」四公子道：「惟恐權先生見怪弟等傲慢。」楊執中道：「若不如此，府上公事是有的，過了此一事，又有事來，何日纔得分身？豈不常懸此一段相思，終不能遂其願？」蘧公孫道：「也罷。表叔要會權先生，得閒之日，卻未可必。如今寫書差的當人去，況又有楊先生的手書，那權先生也未必見外。」

當下商議定了，備幾色禮物，差家人晉爵的兒子宦成，收拾行李，帶了書札禮物往蕭山，這宦成奉著主命，上了杭州的船。船家見他行李齊整，人物雅致，請在中艙裏坐。中艙先有兩個戴方巾的坐著，他拱一拱手，同著坐下。當晚吃了飯，各鋪行李睡下。次日行船無事，彼此閒談。

宦成聽見那兩個戴方巾的說的都是些蕭山縣的話，——下路船上，不論甚麼人，彼此都稱為「客人」。——因開口問道：「客人，貴處是蕭山？」那一個鬍子客人道：「是蕭山。」宦成道：「蕭山有位權老爺，客人可認得？」那少年道：「那個甚麼潛齋？我們學裏不見這個人。」那鬍子道：「是他麼？可笑的號叫做潛齋的。」那一個少年道：「我那裏不聽見有個甚麼權老爺。」宦成道：「聽見說，蕭山有位權老爺，號叫做潛齋，客人可認得？」那一個少年道：「是蕭山。」宦成道：「蕭山有位權老爺，客人可認得？」

緊！」向那少年道：「你不知道他的故事，我說與你聽。他在山裏住，祖代都是務農的人。到他父親手裏，掙起幾個錢來，把他送在村學裏讀書。讀到十七八歲，那鄉裏學先生沒良心，就作成他出來應考。落後他父親死了，他是個不中用的貨，又不會種田，又不會作生意，坐吃山崩，把些田地都弄的精光。足足考了三十多年，一回縣考的覆試也不曾取。他從來肚裏也莫有通過，借在個土地廟裏訓了幾個蒙童，每年應考混著過，也罷了；不想他又倒運。那年遇著湖州新市鎮上鹽店裏一個夥計，姓楊的楊老頭子來討賬，住在廟裏，獸頭獸腦，口裏說甚麼天文地理，經綸匡濟的混話。他聽見就像神附著的發了瘋，從此不應考了，要做個高人。自從高人一做，這幾個學生也不來了，在家窮的要不的，只在村坊上騙人過日子。口裏動不動說：『我和你至交相愛，分甚麼彼此？你的就是我的，我的就是你的。』這幾句話，便是他的歌訣。」那少年的道：「只管騙人，那有這許多人騙？」那鬍子道：「他那一件不是騙來的！同在鄉里之間，我也不便細說。」因向宦成道：「你這位客人，卻問這個人怎的？」宦成道：「不怎的，我問一聲兒。」口裏答應，心裏自忖說：「我家二位老爺也可笑。多少大官大府來拜往，還怕不夠相與，沒來由，老遠的路來尋這樣混賬人家去做甚麼？……」

正思忖著，只見對面來了一隻船，船上坐著兩個姑娘，好像魯老爺家采蘋姊妹兩個，嚇了一跳，連忙伸出頭來看，原來不相干。那兩人也就不同他談了。不多幾日，換船來到蕭山，找尋了半日，尋到一個山凹裏，幾間壞草屋，門上貼著白，敲門進去。權勿用穿著一身白，頭上戴著高白夏布孝帽，問了來意，留宦成在後面一間屋裏，開個稻草鋪，晚間挈些牛肉，白酒，與他吃了。次早寫了一封回書，向宦成道：「多謝你家老爺厚愛。但我熱孝在身，不便出門。你回去，多多拜上你家二位老爺和楊老爺。厚

禮權且收下。再過二十多天，我家老太太百日滿過，我定到老爺們府上來會。管家，實是多慢了你。這兩分銀子，權且為酒資。」將一個小紙包遞與宦成。宦成接了道：「多謝權老爺。到那日，權老爺是必到府裏來，免得小的主人盼望。」權勿用道：「這個自然。」送了宦成出門。宦成依舊搭船，帶了書子，回湖州回覆兩公子。兩公子不勝恨恨，因把書房後一個軒敞不過的亭子上換了一匾，匾上寫作「潛亭」，以示等權潛齋來住的意思；就把楊執中留在亭後一間房裏住。楊執中老年痰火疾，夜裏要人作伴，把第二個蠢兒子老六叫了來同住，每晚一醉，是不消說。

將及一月，楊執中又寫了一個字去催權勿用。權勿用見了這字，收拾搭船來到湖州。在城外上了岸，衣服也不換一件，左手搊著個被套，右手把個大布袖子晃蕩晃蕩，在街上腳高步低的撞。撞過了城門外的吊橋，那路上卻擠，他也不知道出城該走左首，進城該走右首，方不礙路。他一味橫著膀子亂搖，恰好有一個鄉裏人在城裏賣完了柴出來，肩頭上橫搊著一根尖扁擔，對面一頭撞將去，將他的個高孝帽子橫挑在扁擔尖上。鄉裏人低著頭走，也不知道，掮著去了。他吃了一驚，摸摸頭上，不見了孝帽子。望見在那人扁擔上，他就把手亂招，口裏喊道：「那是我的帽子！」鄉裏人走的快，又聽不見。他本來不會走城裏的路，這時著了急，七首八腳的跑，眼睛又不看著前面；跑了一箭多路，一頭撞到一頂轎子上，把那轎子裏的官幾乎撞了跌下來。那官大怒，問是甚麼人，叫前面兩個衙役一條鏈子鎖起來。他睜著眼不肯跪。他又不服氣，把那轎子跌下來，要將他審問。衙役喝著叫他跪，他睜著眼不肯跪。他又不服氣，把那轎子跌下來，要將他審問。衙役喝著叫他跪，他睜著眼不肯跪。他又不服氣，把那轎子跌下來，要將他審問。

這時街上圍了六七十人，齊鋪鋪的看。內中走出一個人來，頭戴一頂武士巾，身穿一件青絹箭衣，幾根黃鬍子，兩隻大眼睛，走近前，向那官說道：「老爺，且請息怒。這個人是婁府請來的上客。雖然

衝撞了老爺，若是處了他，恐婁府知道不好看相。」那官便是街道廳老魏，聽見這話，將就蓋個喧，抬起轎子去了。

權勿用看那人時，便是他舊相識俠客張鐵臂。張鐵臂讓他到一個茶室裏坐下，叫他喘息定了，吃過茶，向他說道：「我前日到你家作弔，你家人說道，已是婁府中請了去了。今日為甚麼獨自一個在城門口閒撞？」權勿用道：「婁公子請我久了，我卻是今日纔要到他家去。不想撞著這官，鬧了一場。虧你解了這結。我今便同你一齊到婁府去。」當下兩人一同來到婁府門上，看門的看見他穿著一身的白，頭上又不戴帽子，後面領著一個雄赳赳的人，口口聲聲要會三老爺四老爺。門上人問他姓名，他死不肯說，只說：「你家老爺已知道久了。」看門的不肯傳，他就在門上大嚷大叫，鬧了一會，說：「你把楊執中老爹請出來罷！」

看門的沒奈何，請出楊執中來。楊執中看見他這模樣，嚇了一跳，愁著眉道：「您怎的連帽子都弄不見了！」叫他權且坐在大門板櫈上，慌忙走進去，取出一頂舊方巾來與他戴了，便問：「此位壯士是誰？」權勿用道：「他便是我時常和你說的有名的張鐵臂。」楊執中道：「久仰，久仰。」三個人一路進來，就告訴方纔城門口這一番相鬧的話。楊執中搖手道：「少停見了公子，這話不必提起了。」這日兩公子都不在家，兩人跟著楊執中竟到書房裏，洗臉吃飯，自有家人管待。晚間，兩公子赴宴回家，來書房相會，彼此恨相見之晚，指著潛亭與他看了，道出欽慕之意；又見他帶了一個俠客進來，更覺舉動不同於眾，又重新擺出酒來。權勿用首席，楊執中張鐵臂對席，兩公子主位。席間間起這號「鐵臂」的緣故。張鐵臂道：「晚生小時，有幾斤力氣。那些朋友們和我賭賽，叫我睡在街心裏，把膀子伸著，等那

車來，有心不起來讓他。那牛車來的力猛，足有四五千斤，車載恰好打從膀子上過，壓著膀子了，那時晚生把膀子一掙，吉丁的一聲，那車就過去了幾十步遠。看看膀子上，白跡也沒有一個，所以眾人就加了我這一個綽號。」

三公子鼓掌道：「聽了這快事，足可消酒一斗！各位都斟上大杯來。」權勿用辭說居喪不飲酒。楊執中道：「古人云：『老不拘禮，病不拘禮。』我方纔看見肴饌也還用些，或者酒略飲兩杯，不致沈醉，也還不妨。」權勿用道：「先生，你這話又欠考核了。古人所謂五葷者，蔥韭蕽薞之類。怎麼不戒酒？是斷不可飲的。」四公子道：「這自然不敢相強。」忙叫取茶來斟上。張鐵臂道：「晚生的武藝儘多；馬上十八，馬下十八，鞭鐧鎚錘，刀鎗劍戟，都還略有些講究。只是一生性氣不好，慣會路見不平，拔刀相助；最喜打天下有本事的好漢；銀錢到手，又最喜幫助窮人，所以落得四海無家，而今流落在貴地。」四公子道：「這才是英雄本色。」權勿用道：「張兄方才所說武藝，他舞劍的身段，尤其可觀，諸先生何不當面請教？」

兩公子大喜，即刻叫人家裏取出一柄松文古劍來，遞與鐵臂。鐵臂燈下拔開，光芒閃爍，即便脫了上的箭衣，束一束腰，手持寶劍，走出天井。眾客都一擁出來。兩公子叫且住，吩咐快點起燭來。一聲說罷，十幾個管家小廝，每人手裏執著一個燭臺，明晃晃點著蠟燭，擺列天井兩邊。

張鐵臂一上一下，一左一右，舞出許多身分來。舞到那酣暢的時候，只見冷森森一片寒光，如萬道銀蛇亂掣，並不見個人在那裏，但覺陰風襲人，令看者毛髮皆豎。權勿用又在几上取了一個銅盤，叫管家滿貯了水，用手蘸著酒，一點也不得入。須臾，大叫一聲，寒光陡散，還是一柄劍執在手裏。看鐵臂

時，面上不紅，心頭不跳。眾人稱讚一番，直飲到四更方散，都留在書房裏歇。自此，權勿用張鐵臂都是相府的上客。

＊

＊

＊

＊

一日，三公子來向諸位道：「不日要設一個大會，遍請賓客遊鴛鴦胭湖。」此時天氣漸暖，權勿用身上那一件大粗白布衣服太厚，穿著熱了，思量當幾錢銀子，去買些藍布，縫一件單直裰，好穿了做遊鴛胭湖的上客。自己心裏算計已定，瞞著公子，託張鐵臂去當了五百文錢來，放在牀上枕頭邊。日間在潛亭上眺望，晚裏歸房宿歇，摸一摸，牀頭五百文，一個也不見了。思量房裏沒有別人，只是楊執中的蠢兒子在那裏混，因一直尋到大門門房裏，見他正坐在那裏說獸話，便叫道：「老六，和你說話。」

老六已是喫得爛醉了，問道：「老叔，叫我做甚麼？」權勿用道：「我枕頭邊的五百錢，你可曾看見?」老六道：「看見的。」權勿用道：「那裏去了?」老六道：「是下午時候，我拏出去賭錢輸了。還剩有十來個在鈔袋裏，留著少刻買燒酒吃。」權勿用道：「老六！這也奇了！我的錢，你怎麼拏去賭輸了?」老六道：「老叔，你我原是一個人，『你的就是我的，我的就是你的』，分甚麼彼此?」說罷，把頭一掉，就幾步跨出去了。把個權勿用氣的眼睜睜，敢怒而不敢言，真是說不出來的苦。自此，權勿用與楊執中彼此不合：權勿用說楊執中是個獸子，楊執中說權勿用是個瘋子。三公子見他沒有衣服，卻又取出一件淺藍紬直裰送他。

兩公子請遍了各位賓客，叫下兩隻大船，廚役備辦酒席，和司茶酒的人另在一個船上；一班唱清曲打粗細十番的，又在一船。此時正值四月中旬，天氣清和，各人都換了單夾衣服，手持紈扇。這一次雖

算不得大會，卻也聚了許多人。在會的是：婁玉亭三公子，婁瑟亭四公子，蘧公孫駃夫，牛高士布衣，楊司訓執中，權高士潛齋，張俠客鐵臂，陳山人和甫，魯編修請了不曾到。席間八位名士，帶挈楊執中的蠢兒子楊老六也在船上，共合九人之數。

當下牛布衣吟詩，張鐵臂擊劍，陳和甫打鬨說笑，伴著兩公子的雍容爾雅，蘧公孫的俊俏風流，楊執中古貌古心，權勿用怪模怪樣，真乃一時勝會。兩邊船窗四啟，小船上奏著細樂，慢慢遊到鶯脰湖。酒席齊備，十幾個闊衣高帽的管家在船頭上更番斟酒上菜。那食品之清潔，茶酒之清香，不消細說。飲到月上時分，兩隻船上點起五六十盞羊角燈，映著月色湖光，照耀如同白日。一派樂聲大作，在空闊處更覺得響亮，聲聞十餘里。兩邊岸上的人，望若神仙，誰人不羨？

遊了一整夜，次早回來，蘧公孫去見魯編修。編修公道：「令表叔在家，應該閉戶做些舉業，以繼家聲；怎麼只管結交這樣一班人？如此招搖豪橫，恐怕亦非所宜。」次日，蘧公孫向兩表叔略述一二。

三公子大笑道：「我亦不解你令外舅，就俗到這個地位！」不曾說完，門上人進來稟說：「魯大老爺開坊，陞了侍讀，朝命已下，京報適纔到了，老爺們須要去道喜。」

蘧公孫聽了這話，慌忙先去道喜。到了晚間，公孫打發家人飛跑來說：「不好了。魯大老爺接著朝命，正在合家歡喜，打點擺酒慶賀，不想痰病大發，登時中了臟，已不醒人事了。快請二位老爺過去。」

兩公子聽了，轎也等不得，忙走去看；到了魯宅，進門聽得一片哭聲，知是已不在了。眾親戚已到，商量在本族親房立了一個兒子過來，然後大殮治喪。蘧公孫哀毀骨立，極盡半子之誼。

又忙了幾日，婁通政有家信到，兩公子同在內書房商議寫信到京。此乃二十四五，月色未上。兩公

子秉了一枝燭，對坐商議。到了二更半後，忽聽房上瓦一片聲的響，一個人從屋簷上掉下來，滿身血污，手裏提了一個革囊。兩公子燭下一看，便是張鐵臂。兩公子大驚道：「張兄，你怎麼半夜裏走進我的內室？是何緣故？這革囊裏是甚麼物件？」張鐵臂道：「二位老爺請坐，容我細稟。我生平一個恩人，一個仇人。這仇人已銜恨十年，無從下手；今日得便，已被我取了他首級在此。這革囊裏面是血淋淋的一顆人頭。但我那恩人已在這十里之外，須五百兩銀子去報了他的大恩。自今以後，我的心事已了，便可以捨身為知己者用了。我想可以措辦此事，只有二位老爺，外此，那能有此等胸襟？所以冒昧黑夜來求。如不蒙相救，即從此遠遁，不能再相見矣。」遂提了革囊要走。兩公子此時已嚇得心膽皆碎，忙攔住道：

「張兄且休慌。五百金小事，何足介意？但此物作何處置？」張鐵臂笑道：「這有何難？我略施劍術，即滅其跡。但倉卒不能施行。候將五百金付去之後，我不過兩個時辰，即便回來，取出囊中之物，加上我的藥末，頃刻化為水，毛髮不存矣。二位老爺可備了筵席，廣招賓客，看我施為此事。」

兩公子聽罷，大是駭然。弟兄忙到內裏取出五百兩銀子付與張鐵臂。鐵臂將革囊放在階下，銀子拴束在身，叫一聲多謝，騰身而起；上了房簷，行步如飛，只聽得一片瓦響，無影無蹤去了。當夜萬籟俱寂，月色初上，照著階下革囊裏血淋淋的人頭。只因這一番，有分教：豪華公子，閉門休問世情；名士文人，改行訪求舉業。

不知這人頭畢竟如何，且聽下回分解。

第十三回　蘧駪夫求賢問業　馬純上仗義疏財

話說婁府兩公子將五百兩銀子送了俠客，與他報謝恩人，把革囊人頭放在家裏。兩公子雖係相府，不怕有意外之事，但血淋淋一個人頭丟在內房階下，未免有些焦心。四公子向三公子道：「張鐵臂，他做俠客的人，斷不肯失信於我。我們竟辦幾席酒，把幾位知己朋友，都請到了，等他來時開了革囊，果然用藥化為水，也是不容易看見之事。我們就同諸友做一個『人頭會』，有何不可？」三公子聽了，到天明吩咐辦下酒席，把牛布衣，陳和甫，蘧公孫，都請到；家裏住的三個客是不消說。只說小飲，且不必言其所以然，直待張鐵臂來時，施行出來，好讓眾位都吃一驚。眾客到齊，彼此說些閒話。等了三四個時辰，不見來；直等到日中，還不見來。三公子悄悄向四公子道：「這事就有些古怪了。」四公子道：「想他在別處又耽擱了。他革囊現在我家，斷無不來之理。」看看等到下晚，總不來了。廚下酒席已齊，只得請眾客上坐。這日天氣甚暖。兩公子心裏焦躁；「此人若竟不來，這人頭卻往何處發放？」直到天晚，革囊臭了出來，家裏太太聞見，不放心，打發人出來，請兩位老爺去看。二位老爺沒奈何，纔硬著膽開了革囊；一看，那裏是甚麼人頭，只有六七斤一個豬頭在裏面！

兩公子面面相覷，不則一聲，立刻叫把豬頭掌到廚下，賞與家人們去吃。兩公子悄悄相商，這事不

必使一人知道，仍舊出來陪客飲酒。心裏正在納悶，看門的人進來稟道：「烏程縣有個差人，持了縣裏老爺的帖，同蕭山縣來的兩個差人叩見老爺，有話面稟。」三公子道：「這又奇了。有甚麼話說？」留四公子陪著客，自己走到廳上，傳他們進來。那差人進來磕了頭，說道：「本官老爺請安。」隨呈上一張票子和一角關文。三公子叫取燭來看，見那關文上寫著：「蕭山縣正堂吳。為地棍奸拐事：案據蘭若庵僧慧遠，具控伊徒尼僧心遠被地棍權勿用奸拐霸占在家一案。查本犯未曾發覺之先，自潛跡逃往貴治。為此移關，煩貴縣查照來文事理，遣役協同來差，訪該犯潛蹤何處，擒獲解還敝縣，以便審理究治。望速！望速！」看過，差人稟道：「小的本官上覆三老爺，知道這人在府內，因老爺這裏不知他這些事，所以留他。而今求老爺把他交與小的，他本縣的差人現在外伺候，交與他帶去。休使他知覺逃走了，不好回文。」三公子道：「我知道了，你在外面候著。」

差人應諾出去了，在門房裏坐著。三公子滿心慚愧，叫請了四老爺和楊老爺出來。二位一齊來到，看了關文和本縣拏人的票子。四公子也覺不好意思。楊執中道：「三先生，四先生，自古道：『蜂蠆入懷，解衣去趕。』他既弄出這樣事來，先生們庇護他不得了，如今我去向他說，把他交與差人，等他自己料理去。」

兩公子沒奈何。楊執中走進書房席上，一五一十說了。權勿用紅著臉道：「真是真假是假！我就同他去，怕甚麼！」兩公子走進來，不肯改常，說了些不平的話；又奉了兩杯別酒，取出兩封銀子送作盤程。兩公子送出大門，叫僕人替他拏了行李，打躬而別。那兩個差人見他出了婁府，兩公子已經進府，就把他一條鏈子鎖去了。

兩公子因這兩番事後，覺得意興稍減，吩咐看門的：「但有生人相訪，且回他到京去了。」自此，閉門整理家務。不多幾日蘧公孫來辭，說蘧太守有病，要回嘉興去侍疾。兩公子聽見，便同公孫姑丈。及到嘉興，蘧太守已是病得重了，看來是個不起之病。公孫傳著太守之命，託兩公子替他接了魯小姐回家。兩公子寫信來家，打發婢子去說。魯夫人不肯，小姐明於大義，和母親說了，要去侍疾。此時采蘋已嫁人去了，只有雙紅一個丫頭做了贈嫁。叫兩隻大船，全副妝奩，都搬在船上。來到嘉興，蘧太守已去世了，公孫承重。魯小姐上侍孀姑，下理家政，井井有條，親戚無不稱羨。蘧府兩公子候治喪已過，也回湖州去了。

＊　　＊　　＊　　＊　　＊

公孫居喪三載，因看見兩個表叔半世豪舉，落得一場掃興，因把這做名的心也看淡了，詩話也不刷印送人了。服闋之後，魯小姐頭胎生的個小兒子，已有四歲了，小姐每日拘著他在房裏講四書，讀文章。公孫也在傍指點。卻也心裏想在學校中，相與幾個考高等的朋友談談舉業，無奈嘉興的朋友都知道公孫是個做詩的名士，不來親近他。公孫覺得沒趣。那日打從街上走過，見一個新書店裏貼著一張整紅紙的報帖，上寫道：

本坊敦請處州馬純上先生精選三科鄉會墨程，凡有同門錄及硃卷賜顧者，幸認嘉興府大街文海樓書坊不誤。

公孫心裏想道：「這原來是個選家。何不來拜他一拜？……」急到家裏換了衣服，寫個「同學教弟」的帖子來到書坊。問道：「這裏是馬先生下處？」店裏人道：「馬先生在樓上。」因喊一聲道：「馬二先生，有客來拜。」樓上應道：「來了。」於是走下樓來。公孫看那馬二先生時，身長八尺，形容甚偉，頭帶方巾，身穿藍直裰，腳下粉底皂靴，面皮深黑，不多幾根鬍子；相見作揖讓坐。

馬二先生看了帖子，說道：「尊名向在詩上見過，久仰，久仰。」公孫道：「先生來操選政，乃文章山斗，小弟仰慕，晉謁已遲。」店裏捧出茶來吃了。公孫又道：「先生便是處州學？想是高補過的？」馬二先生道：「小弟補廩二十四年，蒙歷任宗師的青目，共考過六七個案首，只是科場不利，不勝慚愧！」公孫道：「遇合有時，下科一定是掄元無疑的了。」說了一會，公孫告別。馬二先生問明了住處，明日就去回拜。公孫回家向魯小姐說：「馬二先生明日來拜。他是個舉業當行，要備個飯留他。」小姐欣然備下。

＊　　　　＊　　　　＊

次早，馬二先生換了大衣服，寫了回帖，來到蘧府。公孫迎接進來，說道：「我兩人神交已久，不比泛常。今蒙賜顧，寬坐一坐，小弟備個家常飯，休嫌輕慢。」馬二先生聽罷欣然。公孫問道：「尊選程墨，是那一種文章為主？」馬二先生道：「文章總以理法為主；任他風氣變，理法總是一般。大約文章既不可帶注疏氣，尤不可帶詞賦氣。所以本朝洪永是一變，成弘又是一變，細看來，理法總是一變。所以詞賦氣不可帶，注疏氣亦不可帶。注疏氣便有礙於聖賢口氣。所以詞賦氣尤在所忌。」公孫道：「這是做文章了，請問批文章是怎樣個道理？」馬二先生道：「也全是不可帶詞賦氣。小弟每常見前輩批語，有

些「風花雪月」的字樣，被那些後生們看見，便要想到詩詞歌賦那條路上去，便要壞了心術。古人說得

好：「作文之心如人目。」凡人目中，塵土屑固不可有，即金玉屑又是著得的麼？所以小弟批文章，總

是採取語類或問上的精語。時常一個批語要做半夜，不肯苟且下筆；要那讀文章的讀了這一篇就悟想出

幾十篇的道理，纔為有益。將來拙選告成，送來細細請教。」

說著，裏面捧出飯來，果是家常餚饌：一碗燉鴨，一碗煮雞，一尾魚，一大碗煨的稀爛的豬肉。馬

二先生食量頗高，舉起箸來向公孫道：「你我知己相逢，不做客套。這魚且不必動，倒是肉好。」當下

吃了四碗飯，將一大碗爛肉吃得乾乾淨淨。裏面聽見，又添出一碗來，連湯都吃完了。抬開桌子，啜茗

清談。馬二先生問道：「先生名門，又這般大才，久已該高發了，因甚困守在此？」公孫道：「小弟因

先君見背的早，在先祖膝下料理些家務，所以不曾致力於舉業。」

馬二先生道：「你這就差了。『舉業』二字，是從古及今人人必要做的。就如孔子生在春秋時候，那

時用『言揚行舉』做官，故孔子只講得個『言寡尤，行寡悔，祿在其中』，這便是孔子的舉業。講到戰國

時，以遊說做官，所以孟子歷說齊梁，這便是孟子的舉業。到漢朝用『賢良方正』開科，所以公孫弘董

仲舒，舉賢良方正，這便是漢人的舉業。到唐朝用詩賦取士，他們若講孔孟的話，就沒有官做了，所以

唐人都會做幾句詩，這便是唐人的舉業。到本朝用文章取士，這是極好的法則。就是夫子在而今，也要念文章，做舉業，斷

不講那『言寡尤，行寡悔』的話。何也？就日日講究『言寡尤，行寡悔』，那個給你官做？孔子的道也就

不行了。」一席話，說得蘧公孫如夢方醒；又留他吃了晚飯，結為性命之交，相別而去。自此，日日往來。

那日在文海樓，彼此會著，看見刻的墨卷目錄擺在桌上，上寫著「歷科墨卷持運」，下面一行刻著「處州馬靜純上氏評選」。蘧公孫笑著向他說道：「請教先生，不知尊選上面可好添上小弟一個名字，與先生同選，以附驥尾？」馬二先生正色道：「這個是有個道理的。站封面亦非容易之事。就是小弟，全虧幾十年考校的高，有些虛名，所以他們來請。難道先生這樣大名，還站不得封面？只是你我兩個，只可獨站，不可合站。其中有個緣故。」蘧公孫道：「是何緣故？」馬二先生道：「這事不過是『名利』二字。小弟一不肯自己壞了名，自認做趨利。假若把先生寫在第一名，那些世俗人就疑惑刻資出自先生，小弟豈不是個利徒了？若把先生寫在第一名，小弟這數十年虛名，豈不都是假的了？還有個反面文章是如此算計。先生自想，也是這樣算計。」

說著，坊裏捧出先生的飯來，一碗爛青菜，兩個小菜碟。馬二先生道：「這沒菜的飯，不好留先生用，奈何？」蘧公孫道：「這個何妨？但我曉得長兄先生也是吃不慣素飯的，我這裏帶的有銀子。」忙取出一塊來，叫店主人家的二漢買了一碗熟肉來。兩人同吃了，公孫別去。在家裏，每晚同魯小姐課子到三四更鼓。或一天遇著那小兒子書背不熟，小姐就要督責他到天亮，倒先打發公孫到書房裏去睡。雙紅這小丫頭在傍遞茶遞水，極其小心。他會念詩，常挈些詩來求講。公孫也略替他講講，因心裏喜他殷勤，就把收的王觀察的個舊枕箱，把與他盛花兒針線；又無意中把遇見王觀察這一件事向他說了。

不想宦成這奴才小時同他有約，竟大膽走到嘉興，把這丫頭拐了去。公孫知道，大怒，報了秀水縣，

出批文攀了回來。兩口子看守在差人家，央人來求公孫，情願出幾十兩銀子與公孫做丫頭的身價，求賞與他做老婆。公孫斷然不依。差人要帶著宦成去回官，少不得打一頓板子，把丫頭斷了回來，一回兩回詐他的銀子。宦成的銀子使完，衣服都當盡了。

那晚在差人家，兩口子商議，要把這個舊枕箱，攀出去賣幾十個錢來買飯吃。雙紅是個丫頭家，不知人事，向宦成說道：「這箱子是一位做大官的老爺的，想是值的銀子多。幾十個錢賣了，豈不可惜？」宦成問道：「是蘧老爺的還是魯老爺的？」丫頭道：「都不是。說這官比蘧太爺的官大多著哩。我也是聽見姑爺說，這是一位王太爺，就接蘧太爺南昌的任。後來這位王太爺做了不知多大的官，就和寧王相與。寧王日夜要想殺皇帝，皇帝先把寧王殺了，又要殺這王太爺。王太爺走到浙江來，不知怎的，又說皇帝要他這個箱子。王太爺不敢帶在身邊去，恐怕搜出來，就交與姑爺，放在家裏閒著，借與我盛些花，不曉得我帶了出來。我想皇帝想要的東西，不知是值多少錢。你不見箱子裏還有王太爺寫的字在上？」

宦成道：「皇帝也未必是要他這個箱子。必有別的緣故。這箱子能值幾文！」那差人一腳把門踢開，走進來罵道：「你這倒運鬼！放著這樣大財不發，還在這裏受瘟罪！」宦成道：「老爹，我有甚麼財發？」差人道：「你這癡孩子！我要傳授了，便宜你的很哩！老婆白白送你，還可以發得幾百兩銀子財！你須要大大的請我，將來銀子同我平分，我纔和你說。」宦成道：「只要有銀子，平分是罷了，請是請不起的；除非明日賣了枕箱子請老爹。」

差人道：「賣箱子！還了得！就沒戲唱了！你沒有錢，我借錢與你。不但今日晚裏的酒錢，從明日

起，要用同我商量。——我替你設法了來，總要加倍還我。」又道：「我竟在裏面扣除，怕你拗到那裏去！」差人即時擎出二百文，買酒買肉，同宦成兩口子吃，算是借與宦成的，記一筆賬在那裏。吃著，宦成問道：「老爹說我有甚麼財發？」差人道：「今日且吃酒，明日再說。」

※

當夜猜三划五，吃了半夜，把二百文都吃完了；宦成這奴才吃了個盡醉，兩口子睡到日中，還不起來。差人已是清晨出門去了，尋了一個老練的差人商議，告訴他如此這般事，「還是竟弄破了好？還是開弓不放箭，大家弄幾個錢有益？」被老差人一口大啐道：「這個事講破！破了還有個大風！如今只是悶著同他講，不怕他不擎出錢來。還虧你當了這幾十年的門戶，利害也不曉得；遇著這樣事還要講破？

※

破你娘的頭！」罵的這差人又羞又喜，慌跑回來，見宦成還不曾起來，說道：「好快活，這一會像兩個狗戀著，快起來和你說話！」宦成慌忙起來，出了房門，差人道：「和你到外邊去說話。」兩人拉著手，到街上一個僻靜茶室裏坐下；差人道：「你這獸孩子！只曉得吃酒吃飯，要同女人睡覺！放著這樣一注大財不會發，豈不是『如入寶山空手回』？」宦成道：「老爹指教便是。」差人道：「我指點你，你卻不要『過了廟不下雨』。」

※

說著，一個人在門首過，叫了差人一聲：「老爹！」走過去了。差人見那人出神，叫宦成坐著，自己悄悄尾了那人去；只聽得那人口裏抱怨道：「白白給他打了一頓，卻是沒有傷，喊不得冤。待要自己做出傷來，官府又會驗的出。」差人悄悄的拾了一塊磚頭，兇神似的，走上去把頭一打，打了一個大洞，那鮮血直流出來。那人嚇了一跳，問差人道：「這是怎的？」差人道：「你方纔說沒有傷，這不是傷麼？

又不是自己弄出來的！不怕老爺會驗！還不快去喊冤哩！」那人倒著實感激，謝了他；把那血用手一抹，塗成一個血臉，往縣前喊冤去了。

宦成站在茶室門口望，聽見這些話，又學了一個乖；差人回來坐下，說道：「我昨晚聽見你當家的說，枕箱是那王太爺的。王太爺降了寧王，又逃走了，是個欽犯；這箱子便是個欽贓。他家裏交結欽犯，藏著欽贓；若還首出來，就是殺頭充軍的罪，他還敢怎樣你！」宦成聽了他這一席話，如夢方醒，說道：「老爹，我而今就寫去首。」差人道：「獃兄弟！這又沒主意了。你首了，就把他一家殺個精光，於你也無益，弄不著他一個錢。況你又同他無仇。如今只消串出個人來嚇他一嚇，嚇出幾百兩銀子來，把丫頭白白送你做老婆，不要身價，這事就罷了。」宦成道：「多謝老爹費心。如今只求老爹替我做主。」

差人道：「你且莫慌。」

※　　　※　　　※

當下還了茶錢，同走出來；差人囑咐道：「這話到家，在丫頭跟前，不可露出一字。」宦成應諾了。

從此，差人借了銀子，宦成大酒大肉，且落得快活。蘧公孫催著回官，差人只騰挪著混他；今日就說明日，明日又說後日。公孫急了，要寫呈子告差人；差人向宦成道：「這事卻要動手了！」因問：「蘧小相平日可有一個相厚的人？」宦成道：「這卻不知道。」回去問丫頭。丫頭道：「他在湖州相與的人多，這裏卻不曾見；我只聽得有個書店裏姓馬的，來往了幾次。」宦成將這話告訴差人，差人道：「這就容易了。」便去尋代書，寫下一張出首叛逆的呈子，帶在身邊，到大街上一路書店問去。問到文海樓，一直進

去，請馬先生說話；馬二先生見是縣裏人，不知何事，只得邀他上樓坐下。差人道：「先生一向可同做南昌府的蓬家蓬小兒相兒相與？」馬二先生道：「這是我極好的弟兄。頭翁，你問他怎的？」差人兩邊一望道：「這裏沒有外人麼？」馬二先生道：「沒有。」把座子移近跟前，拏出這張呈子來，與馬二先生看道：「他家竟有這件事！我們『公門裏好修行』，所以通個信給他，早為料理，怎肯壞這個良心？」馬二先生看完面如土色；又問了備細，向差人道：「這是斷斷不得！既承頭翁好心，千萬將呈子捺下！他卻不在家，到墳上修理去了；等他來時商議。」差人道：「他今日就要遞，這是犯關節的事，誰人敢捺？」馬二先生慌了道：「這個如何了得！」差人道：「先生，你一個『子曰行』的人，怎這樣沒主意？自古『錢到公事辦，火到豬頭爛』。只要破些銀子，把這枕箱買了回來，這事便罷了。」馬二先生拍手道：「好主意！」當下鎖了樓門，同差人到酒店裏；馬二先生做東，大盤大碗，請差人吃著，商議此事。只因這一番，有分教：通都大邑，來了幾位選家；僻壤窮鄉，出了一尊名士。

畢竟差人要多少銀子贖這枕箱？且聽下回分解。

第十四回 蘧公孫書坊送良友 馬秀才山洞遇神仙

話說馬二先生在酒店裏同差人商議，要替蘧公孫贖枕箱；差人道：「這奴才手裏擎著一張首呈，就像拾到了有利的票子；銀子少了，他怎肯就把這欽贓放出來？極少也要三二百銀子，還要我去擎話嚇他。」

「這事弄破了，一來與你無益，二來欽案官司，過司由院，一路衙門，你都要跟著走；你自己算計，可有這些閒錢，陪著打這樣的惡官司？」是這樣嚇他，他又見了幾個衝心的錢，這事纏得了。我是一片本心，特地來報信，我也只願得無事，落得『河水不洗船』❶；但做事也要『打蛇打七寸』纏妙，你先生請上裁。」馬二先生搖頭道：「二三百兩是不能。不要說他現今不在家，是我替他設法；就是他在家裏，雖然他家太爺做了幾任官，而今也家道中落，那裏一時擎的許多銀子出來？」

差人道：「既然沒有銀子，他本人又不見面，我們不要就誤他的事，把呈子去還他，隨他去鬧罷了。」馬二先生道：「不是這樣說。你同他也是個淡交，我也同他是深交；眼睜睜看他有事，不能替他掩下來，這就不成個朋友了！但是要做的來。」差人道：「可又來！你要做的來，我也要做的來！」馬二先生道：「頭翁，我和你從長商議；實不相瞞，在此選書，東家包我幾個月，有幾兩銀子束脩，我還要留著些用。他這一件事，勞你去和宦成說，我這裏將就墊二三十兩銀子把與他，他也只當是拾到的，解了

❶ 河水不洗船：喻雖極方便之事，亦可不管。

這個冤家罷！」

差人惱了道：「這個正合著古語『滿天討價，就地還錢』。我說二三百銀子，你就說二三十兩！『戴著斗笠親嘴，差著一帽子。』怪不得人說你們『詩云子曰』的人難講話！這樣看來，你好像『老鼠尾巴上害癩子，出膿也不多』。倒是我多事，不該來惹這婆子口舌！」說罷，站起身來謝了擾，辭別就往外走。馬二先生拉住道：「請坐再說，急怎的？我方纔這些話，你道我不出本心麼？他其實不在家，我又不是先知了風聲，把他藏起，和你講價錢；況且你們一塊土的人，彼此是知道的。蓮公孫是甚麼慷慨腳色，這宗銀子，知道他認不認，幾時還我；只是由著他弄出事來，後日懊悔遲了。總之，這件事，我也是個傍人，我如今認些晦氣，一個出力，一個出錢，也算積下一個莫大的陰功；若是我兩人參著，就不是共事的道理了。」差人道：「馬老先生，而今這銀子我也不是你出，是他出；你們原是『氈襪裹腳靴』❷，但須要我效勞的來。老實一句，『打開板壁講亮話』，這事一些半些，幾十兩銀子的話，橫豎做不來；沒有三百，也要二百兩銀子，纔有商議。我又不要你十兩五兩，沒來由把難題目與你做怎的？」

馬二先生見他這話說頂了真，心裏著急道：「頭翁，我的束脩其實只得一百兩銀子；這些時用掉了幾兩，還要留兩把作盤費，到杭州去。擠的乾乾淨淨，抖了包，只擠的出九十二兩銀子來，一釐也不得多。你若不信，我同你到下處去挈與你看；此外行李箱子內，聽憑你搜，若搜出一錢銀子來，你把我不當人！就是這個意思，你替我維持去；如斷然不能，我也就沒法了，他也只好怨他的命。」差人道：「先

❷ 氈襪裹腳靴：意思是「一樣的」。氈襪、裹腳、靴，三者都是穿在腳上的東西。

生，像你這樣瘟的奴才頭高，難道我們當差的心不是肉做的？自古「山水尚有相逢之日」，豈可人不留個相與？只是這行瘟的奴才頭高，不知可說的下去。」又想一想道：「我還有個主意，又合著古語說：「秀才人情紙半張。」現今丫頭已是他拐到手了，又有這些事，料想要不回來；不如趁此就寫一張婚書，上寫收了他身價銀一百兩。合著你這九十多，不將有二百之數？這分明是有名無實的，卻塞得住這小廝的嘴。這個計較何如？」馬二先生道：「這也罷了。只要你做的來，這一張紙何難？我就可以做主。」

當下說定了，店裏會了賬，馬二先生回到下處候著。差人假作去會宦成，去了半日，回到文海樓；馬二先生接到樓上，差人道：「為這件事，不知費了多少唇舌；那小奴才就像我求他的，定要一千八百的亂說，說他家值多少就該給他多少。落後我急了，要帶他回官，說：「先問了你這奸拐的罪，回過老爺，把你納在監裏，看你到那裏去出首？」他纔慌了，依著我說。我把他枕箱先賺了來，現放在樓下店裏；先生快寫起婚書來，把銀子兌清，我再打一個稟帖，銷了案，打發這奴才走『清秋大路』，免得又生出枝葉來。」馬二先生道：「你這賺法甚好，婚書已經寫下了。」隨即同銀子交與差人。差人打開看，足足九十二兩，把箱子擎上樓來交與馬二先生，擎著婚書銀子去了。

回到家中，把婚書藏起；另外開了一篇細賬，借貸吃用，衙門使費，共開出七十多兩。只剩了十幾兩銀子遞與宦成；宦成嫌少，被他一頓罵道：「你奸拐了人家使女，犯著官法；若不是我替你遮蓋，怕老爺不會打折你的狗腿！我倒替你白白的騙了一個老婆，又騙了許多銀子；不討你一聲知感，反問我找銀子！來！我如今帶你去回老爺，先把你這奸情事打幾十板子；丫頭便傳蘧家領去，叫你吃不了的苦，兜著走！」宦成被他罵得閉口無言，忙收了銀子，千恩萬謝，領著雙紅，往他州外府，尋生意去了。

蓮公孫從墳上回來，正要去問差人，催著回官；只見馬二先生來候，請在書房坐下。問了些墳上的事務，慢慢說到這件事上來；蓮公孫初時還含糊，馬二先生道：「長兄！你這事還要瞞我麼？你的枕箱，現在我下處樓上。」公孫聽見枕箱，臉便飛紅了。馬二先生遂把差人怎樣來說，我怎樣商議，後來怎樣，「我把選書的九十幾兩銀子給了他，纔買回這個東西來。而今幸得平安無事，就是我這一項銀子，也是為朋友上一時激於意氣，難道就要你還？但不得不告訴你一遍。明日叫人到我那裏，就是我這一項銀子，或是劈開了，或是竟燒化了，不可再留著惹事。」公孫聽罷，大驚；忙取一把椅子放在中間，把馬二先生捺了坐下，倒身拜了四拜。

※　　　　　　※　　　　　　※

請他坐在書房裏，自走進去，如此這般，把方纔這些話，說與乃眷魯小姐。又道：「像這樣的，纔是斯文骨肉朋友，有意氣有肝膽！相與了這樣正人君子，也不枉了！像我妻家表叔結交了多少人，一個個出乖露醜；若聽見這樣話，豈不羞死？」魯小姐也著實感激，備飯留馬二先生吃過；叫人跟去，將箱子取來毀了。

※　　　　　　※　　　　　　※

次日，馬二先生來辭別，要往杭州。公孫道：「長兄先生，纔得相聚，為甚麼便要去？」馬二先生道：「我原在杭州選書；因這文海樓請我來選這一部書，今已選完，在此就沒事了。」公孫道：「選書已完，何不搬來我小齋住著，早晚請教？」馬二先生道：「你此時還不是養客的時候。況且杭州各書店裏等著我選考卷，還有些未了的事，沒奈何，只得要去。倒是先生得閒，來西湖上走走；那西湖山光水

色，頗可以添文思。」公孫不能相強，要留他辦酒席餞行。馬二先生道：「還要到別的朋友家告別。」

說罷，去了。公孫送了出來。

到次日，公孫封了二兩銀子，備了些薰肉小菜，親自到文海樓來送行；要了兩部新選的墨卷回去。馬二先生上船，一直來到斷河頭；問文瀚樓的書坊，——乃是文海樓一家，——到那裏去住。住了

幾日，沒有甚麼文章選，腰裏帶了幾個錢；要到西湖上走走。

＊

＊

＊

＊

這西湖乃是天下第一個真山真水的景致，且不說那靈隱的幽深，天竺的清雅；只這出了錢塘門，過

聖因寺，上了蘇隄，中間是金沙港，轉過去就望見雷峰塔，到了淨慈寺，有十多里路；真乃五步一樓，

十步一閣；一處是金粉樓臺，一處是竹籬茅舍；一處是桃柳爭妍，一處是桑麻遍野。那些賣酒的青帘高

颺，賣茶的紅炭滿爐；士女遊人，絡繹不絕。真不數「三十六家花酒店，七十二座管絃樓」。馬二先生獨

自一個，帶了幾個錢，步出錢塘門，在茶亭裏吃了幾碗茶，到西湖沿上牌樓跟前坐下，見那一船一船鄉

下婦女來燒香的，都梳著挑鬢頭；也有穿藍的，也有穿青綠衣裳的；年紀小的，都穿些紅紬單裙子；也

有模樣生的好些的，都是一個大團白臉，兩個大高顴骨；也有許多疤㾴疥癩的。一頓飯時，就來了有五

六船；那些女人後面，都跟著自己的漢子，掮著一把傘，手裏拏著一個衣包，上了岸，散往各廟裏去了。

馬二先生看了一遍，不在意裏；起來又走了里把多路，望著湖沿上接連著幾個酒店，掛著透肥的羊

肉；櫃臺上盤子裏盛著滾熱的蹄子，海參，糟鴨，鮮魚；鍋裏煮著餛飩，蒸籠上蒸著極大的饅頭。馬二

先生沒有錢買了吃，喉嚨裏嚥唾沫；只得走進一個麵店，十六個錢吃了一碗麵。肚裏不飽，又走到間壁

一個茶室吃了一碗茶，買了兩個錢處片嚼嚼，倒覺得有些滋味。吃完了出來，看見西湖沿上柳陰下繫著兩隻船，那船上女客在那裏換衣裳：一個脫去元色外套，換了一件水田披風；一個脫去天青外套，換了一件玉色繡的八團衣服；一個中年的脫去寶藍緞衫，換了一件天青緞二色金的繡衫。那些跟從的女客，十幾個人，也都換了衣裳。這三位女客，一位跟前一個丫鬟，手持黑紗團香扇，替他遮著日頭，緩步上岸。那頭上珍珠的白光，直射多遠；裙上環珮，叮叮噹噹的響。馬二先生低著頭走了過去，不曾仰視。往前走，過了六橋，轉個彎，便像些鄉村地方；又有人家的棺材厝基中間，走了一二里多路，走也走不清，甚是可厭。

馬二先生欲待回家，遇著一個走路的，問道：「前面可還有好頑的所在？」那人道：「轉過去便是淨慈雷峰。怎麼不好頑？」馬二先生又往前走。走到半里路，見一座樓臺，蓋在水中間，隔著一道板橋；馬二先生從橋上走過去，門口也是個茶室，馬二先生吃了一碗茶。裏面的門鎖著，馬二先生要進去看，管門的問他要一個錢，開了門，放進去。裏面是三間大樓，樓上供的是仁宗皇帝的御書。馬二先生嚇了一跳，慌忙整一整頭巾，理一理寶藍直裰；在靴桶內拿出一把扇子來當了笏板，恭恭敬敬，朝著樓上揚塵舞蹈，拜了五拜。拜畢起來，定一定神，照舊走到茶桌子邊坐下。傍邊有個花園，賣茶的人說是布政司房裏的人在此請客，不好進去。那廚房卻在外面，那熱騰騰的燕窩海參，一碗碗在跟前捧過去；馬二先生又羨慕了一番。出來，過了雷峰，遠遠望見高高下下許多房子，蓋著琉璃瓦；曲曲折折，無數的朱紅欄杆。馬二先生走到跟前，看見一個極高的山門，一個直匾，金字，上寫著「敕賜淨慈禪寺」。山門傍邊，一個小門；馬二先生走了進去，一個大寬展的院落，地下都是水磨的磚。繞進二道山門，兩邊廊

上都是幾十層極高的階級；那些富貴人家的女客，成群逐隊，裏裏外外，來往不絕，都穿的是錦繡衣服；

風吹過來，身上的香，一陣陣的撲人鼻子。馬二先生身子又長，戴一頂高方巾，一幅烏黑的臉，腆著個

肚子，穿著一雙厚底破靴，橫著身子亂跑，只管在人窩子裏撞；女人也不看他，他也不看女人。前前

後，跑了一交，又出來坐在那茶亭內，——上面一個橫匾，金書「南屏」兩字，——吃了一碗茶。櫃上

擺著許多碟子：橘餅，芝蔴糖，粽子，燒餅，處片，黑棗，煮栗子，馬二先生每樣買了幾個錢，不論好

歹，吃了一飽。馬二先生覺得倦了，直著腳，跑進清波門，到了下處，關門睡了。

因為走多了路，在下處睡了一天。第三日起來，要到城隍山走走。城隍山就是吳山，就在城中。馬

二先生走不多遠，已到了山腳下；望著幾十層階級，走了上去，橫過來又是幾十層階級。馬二先生一氣

走上，不覺氣喘。看見一個大廟，門前賣茶，吃了一碗；進去，見是吳相國伍公之廟。馬二先生作了個

揖，逐細的把匾聯看了一遍；又走上去，就像沒有路的一般。左進一個門，門上釘著一個匾，匾上「片

石居」三個字；裏面想也是個花園，有些樓閣。馬二先生步了進去，看見窗櫺關著；馬二先生在門外望

裏張了一張，見中間放著一張桌子，擺著一座香爐，眾人圍著，像是請仙的意思。馬二先生想道：「這

是他們請仙判斷功名大事，我也進去問一問。」站了一會，望見一個人磕頭起來；傍邊人道：「請了一

個才女來了！」馬二先生聽了暗笑。又一會，一個問道：「可是李清照？」又一個問道：「可是蘇若蘭？」

又一個拍手道：「原來是朱淑貞！」馬二先生道：「這些是甚麼人？料想不是管功名的了，我不如去罷。」

又轉過兩個彎，上了幾層階級，只見平坦的一條大街，左邊靠著山，一路有幾個廟宇；右邊一路，

一間一間的房子，都有兩進。後面一進，窗子大開著，空空闊闊，一看，隱隱望得見錢塘江。那房子也

有賣酒的，也有賣耍貨的，也有賣餃兒的，也有賣麵的，也有測字算命的，廟門口都擺的是茶桌子。這一條街，單是賣茶的就有三十多處，十分熱鬧。馬二先生正走著，只見茶鋪子裏，一個油頭粉面的女人招呼他吃茶；馬二先生別轉頭來就走，到間壁一個茶室泡了一碗茶。看見有賣饊衣餅的，叫打了十二個錢的餅，吃了，略覺有些意思。走上去，一個大廟，甚是巍峨，便是城隍廟。他便一直走進去瞻仰了一番；過了城隍廟，又是一個彎，又是一條小街，街上酒樓麵店都有。還有幾個簇新的書店，店裏貼著報單，上寫：「處州馬純上先生精選三科程墨持運，於此發賣。」馬二先生見了歡喜，走進書店坐坐，取過一本來看，問個價錢，又問：「這書可還行？」書店人道：「墨卷只行得一時，那裏比得古書？」馬二先生起身出來，因略歇了一歇腳，就又往上走。過這一條街，上面無房子了，是極高的個山岡。一步步走去，走到山岡上，左邊望著錢塘江，明明白白；那日江上無風，水平如鏡，過江的船，船上有轎子，都看得明白。再走上些，右邊又看見西湖；雷峰一帶，湖心亭，都望見。那西湖裏打魚船，一個一個，如小鴨子浮在水面。馬二先生心曠神怡，只管走了上去，又看見一個大廟門前擺著茶桌子賣茶，馬二先生兩腳痠了，且坐吃茶。吃著，兩邊一望，一邊是江，一邊是湖；又有那山色一轉圍著，又遙見隔江的山，高高低低，忽隱忽現。馬二先生歎道：「真乃『載華嶽而不重，振河海而不洩，萬物載焉』！」吃了兩碗茶，肚裏正餓；思量要回去路上吃飯，恰好一個鄉裏人捧著許多燙麵薄餅來賣，又有一籃子煮熟的牛肉。馬二先生大喜，買了幾十文餅和牛肉，就在茶桌子上，盡興一吃。

吃得飽了，自思趁著飽再上去。走上一箭多路，只見左邊一條小徑，荒榛蔓草，兩邊擁塞；馬二先生照著這條路走去，見那玲瓏怪石，千奇萬狀。鑽進一個石罅，見石壁上多少名人題詠，馬二先生也不

看他。過了一個小石橋，照著那極窄的石蹬走上去，又是一座大廟。又有一座石橋，甚不好走。馬二先生攀藤附葛，走過橋去，見是個小小的祠宇，上有匾額，寫著「丁仙之祠」。馬二先生走進去，見中間塑一個仙人，左邊一個仙鶴，右邊豎著一座二十個字的碑。馬二先生見有籤筒，思量：「我困在此處，何不求個籤問問吉凶？」正要上前展拜，只聽得背後一人道：「若要發財，何不問我？」馬二先生回頭一看，見祠門口立著一個人，身長八尺，頭戴方巾，身穿繭紬直裰，左手自理著腰裏絲縧，右手拄著龍頭拐杖，一部大白鬚，直垂過臍，飄飄有神仙之表。只因遇著這個人，有分教：慷慨仗義，銀錢去而復來；廣結交遊，人物久而愈盛。

畢竟此人是誰？且聽下回分解。

第十五回　葬神仙馬秀才送喪　思父母匡童生盡孝

話說馬二先生在丁仙祠正要跪下求籤；後面一人叫一聲：「馬二先生。」馬二先生回頭一看，那人像個神仙；慌忙上前施禮道：「學生不知先生到此，有失迎接！但與先生素昧平生，何以便知學生姓馬？」那人道：「天下何人不識君？先生既遇著老夫，不必求籤了，且同到敝寓談談。」馬二先生道：「尊寓在那裏？」那人指道：「就在此處不遠。」

當下攜了馬二先生的手，走出丁仙祠，卻是一條平坦大路，一塊石頭也沒有；未及一刻功夫，已到了伍相國廟門口。馬二先生心裏疑惑：原來有這近路，我方纔走錯了；又疑惑恐是神仙縮地騰雲之法，也不可知。來到廟門口，那人道：「這便是敝寓，請進去坐。」那知這伍相國殿後，有極大的地方，又有花園；園裏有五間大樓，四面窗子，望江望湖。那人就住在這樓上，邀馬二先生上樓，施禮坐下。那人四個長隨，齊齊整整，都穿著細緞衣服，每人腳下一雙新靴，上來小心獻茶。那人吩咐備飯，一齊應諾下去了。

馬二先生舉眼一看，樓中間貼著一張素紙，上寫水盤大的二十八個大字，乃是一首絕句詩道：「南渡年來此地遊，而今不比舊風流；湖光山色渾無恙，揮手清吟過十洲！」後面一行寫：「天台洪憨仙題。」馬二先生看過綱鑑，知道南渡是宋高宗的事；屈指一算，已是三百多年，而今還在，一定是個神

仙無疑。因問道：「這佳作是老先生的？」那人道：「憨仙便是賤號。偶爾遣興之作，頗不足觀；先生若愛看詩句，前時在此，有同撫臺藩臺及諸位當事在湖上唱和的一卷詩，取來請教。」便挈出一個手卷來。馬二先生放開一看，都是各當事的親筆；一遞一首，都是七言律詩，詠的西湖上的景，圖書新鮮，著實贊了一回。

遞過收來，捧上飯來，一大盤稀爛的羊肉，一盤糟鴨，一大碗火腿蝦圓雜膾，又是一碗清湯；雖是便飯，卻也這般熱鬧；馬二先生腹中尚飽，不好辜負了仙人的意思，又盡力的吃了一餐。撤下傢伙去。

洪憨仙道：「先生久享大名，書坊敦請不歇；今日因甚閒暇，到這祠裏來求籤？」馬二先生道：「不瞞老先生說。晚生今年在嘉興選了一部文章，送了幾十金；卻為一個朋友的事，墊用去了。如今來到此處，雖住在書坊裏，卻沒有甚麼文章選；寓處盤費已盡，心裏納悶，出來閒走走。要在這仙祠裏求個籤，問可有發財機會？誰想遇著老先生，已經說破晚生心事，這籤也不必求了。」洪憨仙道：「發財也不難；但大財須緩一步，目今權且發個小財好麼？」馬二先生道：「只要發財，那論大小；只不知老先生是甚麼道理？」洪憨仙沉吟了一會，說道：「也罷，我如今將些須物件，送與先生，你挈到下處去試一試；如果有效驗，再來問我取討，如不相干，別作商議。」因走進房內，牀頭邊摸出一個包子來，打開，裏面有幾塊黑煤，遞與馬二先生道：「你將這東西挈到下處，燒起一爐火來，取個罐子把他頓在上面，看成些甚麼東西，再來和我說。」

＊　　＊　　＊

馬二先生接著，別了憨仙，回到下處：晚間果然燒起一爐火來，把罐子頓上。那火吱吱的響了一陣，

取罐傾了出來，竟是一錠細絲紋銀；馬二先生喜出望外，一連傾了六七罐，倒出六七錠大紋銀。馬二先生疑惑不知可用得？當夜睡了。

次日清早，上街到錢店裏去看，錢店都說是十足紋銀，隨即換了幾千錢，拏回下處來。馬二先生把錢收了，趕到洪憨仙下處來謝。憨仙已迎出門來道：「昨晚之事如何？」馬二先生道：「果是仙家妙用！」如此這般，告訴憨仙傾出多少紋銀。憨仙道：「早哩。我這裏還有些，先生再拏去試試。」又取出一個包子來，比前有三四倍，送與馬二先生；又留著吃過飯，別了回來。馬二先生一連在下處住了六七日，每日燒爐，傾銀子，把那些黑煤都傾完了，上戥子一秤，足有八九十兩重。馬二先生歡喜無限，一包一包收在那裏。

一日，憨仙來請說話，馬二先生走來；憨仙道：「先生，你是處州，我是台州，相近原要算桑梓；今日有個客來拜我，我和你要認作中表弟兄，將來自有一番交際，斷不可誤。」馬二先生道：「請問這位尊客是誰？」憨仙道：「便是這城裏胡尚書家三公子，名縝，字密之。尚書公遺下宦囊不少，這位公子卻有錢癖，思量多多益善。要學我這燒銀之法，眼下可以拏出萬金來，以為爐火藥物之費；但此事須一居間之人，先生大名，他是知道的，況在書坊操選，是有蹤跡可尋的人，他更可以放心。如今相會過，訂了此事，到七七四十九日之後，成了銀母；凡一切銅錫之物，點著即成黃金，豈止數十百萬？我是用他不著，那時告別還山，先生得這銀母，家道自此也可小康了。」

馬二先生見他這般神術，有甚麼不信；坐在下處，等了胡三公子來。三公子同憨仙施禮，便請問馬二先生貴鄉貴姓。憨仙道：「這是舍弟，各書坊所貼『處州馬純上先生選三科墨程』的便是。」胡三公

子改容相接，施禮坐下；三公子舉眼一看，見憨仙人物軒昂，行李華麗，四個長隨，輪流獻茶；又有選家馬先生是至戚，歡喜放心之極。坐了一會，去了。

次日，憨仙同馬二先生坐轎子回拜胡府；馬二先生又送了一部新選的墨卷，三公子留著談了半日，回到下處。頃刻，胡家管家來下請帖兩副：一副寫洪太爺，一副寫馬老爺，帖子上是：「明日湖亭一厈，小集候教，胡縝拜訂。」持帖人說道：「家老爺拜上太爺，席設在西湖花港御書樓旁園子裏；請太爺和馬老爺明日早些。」憨仙收下帖子。

次日，兩人坐轎來到花港，園門大開，胡三公子先在那裏等候，兩席酒，一本戲，吃了一日。馬二先生坐在席上，想起前日獨自一個看著別人吃酒席，今日恰好人請我也在這裏。當下極豐盛的酒饌點心，馬二先生用了一飽。胡三公子約定三五日，再請到家寫立合同，央馬二先生居間，然後打掃家裏花園，以為丹室；先兌出一萬銀子，託憨仙修製藥物，請到丹室內住下。三人說定，到晚席散，馬二先生坐轎竟回文瀚樓。

    ✱   ✱   ✱

一連四天，不見憨仙有人來請；便走去看他，一進了門，見那幾個長隨不勝慌張。問其所以，憨仙病倒了，症候甚重，已是不肯下藥。馬二先生大驚，急上樓進房內去看，已是奄奄一息，頭也抬不起來。馬二先生心好，就在這裏相伴，晚間也不回去。挨過兩日多，那憨仙壽數已盡，氣斷身亡；那四個人慌了手腳，寓處攛一攛，只有四五件紬緞衣服，還當得幾兩銀子，其餘一無所有，幾個箱子都是空的。；這幾個人也並非長隨，是一個兒子，兩個姪兒，一個女壻，這時都說出來。馬二先生

聽在肚裏，替他著急；此時棺材也不夠買，馬二先生有良心，趕著下處取了十兩銀子來，與他們料理。

兒子守著哭泣，姪子上街買棺材；女壻無事，同馬二先生到間壁茶館裏談談。馬二先生道：「你令

岳是個活神仙，今年活了三百多歲，怎麼忽然又死起來？」女壻道：「笑話！他老人家今年只得六十六

歲，那裏有甚麼三百歲？想著他老人家，也就是個不守本分，慣弄玄虛。尋了錢又混用掉了，而今落得

這一個收場！不瞞老先生說，我們都是買賣人，丟著生意，同他做這虛頭事；他而今直腳去了，累我們

討飯回鄉，那裏說起！」馬二先生道：「他老人家牀頭間，有那一包一包的黑煤；燒起爐來，一傾就是

紋銀。」女壻道：「那裏是甚麼黑煤！那就是銀子，用煤弄黑了的！一下了爐，銀子本色就現出來了。

那原是個做出來哄人的，用完了那些，就沒的用了。」馬二先生道：「還有一說，他若不是神仙，怎的

在丁仙祠初見我的時候，並不曾認得我，就知我姓馬？」女壻道：「你又差了！他那日在片石居扶乩出

來；看見你坐在書店看書，書店問你：『尊姓？』你說：『我就是書面上馬二先生。』他聽了知道的。世

間那裏來的神仙？」馬二先生恍然大悟：「他原來結交我是要借我騙胡三公子！幸得胡家時運高，不得

上算。」又想道：「他虧負了我甚麼？我到底該感激他。」

當下回來，候著他裝殮；算還廟裏房錢，叫腳子抬到清波門外厝著。馬二先生備個牲醴紙錢，送到

厝所，看著用磚砌好了，剩的銀子，那四個人做盤程，謝別去了。

馬二先生送殯回來，依舊到城隍山吃茶；忽見茶室傍邊添了一張小桌子，一個少年坐著拆字。那少

年雖則瘦小，卻還有些精神，卻又古怪，面前擺著字盤筆硯，手裏卻拿著一本書看。馬二先生心裏詫異，

假作要拆字，走近前一看，原來就是他新選的三科程墨持運。馬二先生竟走到桌傍板櫈上坐下；那少年

丟下文章，問道：「是要測字的？」馬二先生道：「我走乏了，借此坐坐。」那少年道：「請坐，我去取茶來。」即向茶室裏開了一碗茶，送在馬二先生跟前，陪著坐下。馬二先生見他乖覺，問道：「長兄，你貴姓？可就是這本城人？」那少年又看見他戴著方巾，知道是學裏朋友，便道：「晚生姓匡，不是本城人。晚生在溫州府樂清縣住。」馬二先生見他戴頂破帽，身穿一件單布衣服，甚是藍縷，因說道：「長兄，你離家數百里來省，做這件道路，這事是尋不出大錢來的，連餬口也不足。你今年多少尊庚？家下可有父母妻子？我看你這般勤學，想也是個讀書人？」那少年道：「晚生今年二十二歲，還不曾娶過妻子；家裏父母俱存。因是家寒無力，讀不成了，去年跟著一個賣柴的客人來省城，在柴行裏記賬；不想客人消折了本錢，不得回家，我就流落在此。前日一個家鄉人來說，我父親在家有病，於今不知存亡，是這般苦楚！」說著，那眼淚如豆子大掉了下來。馬二先生著實惻然，說道：「你且不要傷心，你尊諱尊字是甚麼？」那少年收淚道：「晚生叫匡迥，號超人；還不曾請問先生仙鄉貴姓？」馬二先生道：「這不必問。你方纔看的文章，封面上馬純上就是我了。」匡超人聽了這話，慌忙作揖，磕下頭去，說道：「晚生真乃『有眼不識泰山』！」馬二先生忙還了禮，說道：「快不要如此，我和你萍水相逢，斯文骨肉；這測字到晚也有限了，長兄何不收了桌子，同我到下處談談？」匡超人道：「這個最好。先生請坐，等我把東西收了。」

當下將筆硯紙盤收了，做一包背著，同桌檠寄在對門廟裏；跟馬二先生到文瀚樓，開了房門坐下。馬二先生問道：「長兄，你此時心裏可還想著讀書上進？還想著家去看看尊公麼？」匡超人見問這話，又落下淚來道：「先生，我現今衣食缺少，還拏甚麼本錢想讀書上進？還想著家去看看尊公？這是不能的了！

只是父親在家患病，我為人子的，不能回去奉侍，禽獸也不如！所以幾回自心裏恨極，不如早尋一個死處！」馬二先生勸道：「快不要如此！只你一點孝思，就是天地也感格的了。你且坐下，我收拾便飯與你吃。」當下留他吃了晚飯，又問道：「比如長兄你如今要回家去，須得多少盤程？」匡超人道：「先生，我那裏還講多少？只這幾天水路搭船，到了旱路上，我難道還想坐山轎不成？背了行李走，就是飯食少兩餐也罷，我只要到父親跟前，死也瞑目！」馬二先生道：「這也使得。你今晚且在我這裏住一夜，就是飯食少兩餐也罷，我只要到父親跟前，死也瞑目！」馬二先生道：「這也使得。你今晚且在我這裏住一夜，慢慢商量。」到晚，馬二先生又問道：「你當時讀過幾年書？文章可曾成過篇？」匡超人道：「成過篇的。」馬二先生笑著向他說：「我如今大膽出個題目，你做一篇，我看看你筆下可望得進學？這個使得麼？」匡超人道：「正要請教先生，只是不通，先生休笑。」馬二先生道：「說那裏話，我出一題，你明日做。」說罷出了題，送他在那邊睡。

次日，馬二先生纔起來，他文章已是停停當當，送了過來；馬二先生喜道：「又勤學，又敏捷，可敬！可敬！」把那文章看了一遍道：「文章才氣是有，只是理法欠些。」將文章按在桌上，擎筆點著，從頭至尾，講了許多虛實反正，吞吐含蓄之法與他。他作揖謝了要去；馬二先生道：「休慌。你在此終不是個長策，我送你盤費回去。」匡超人道：「若蒙資助，只借出一兩銀子就好了。」馬二先生道：「不然。你這一到了家，也要些須本錢奉養父母，纔得有功夫讀書；我這裏竟擎十兩銀子與你，你回去做些生意，請醫生看你尊翁的病。」當下開箱子取出十兩一封銀子，又尋了一件舊棉襖，一雙鞋，都遞與他道：「這銀子你拏家去，這鞋和衣服，恐怕路上冷，早晚穿穿。」匡超人接了衣裳銀子，兩淚交流道：「蒙先生這般相愛，我匡迥何以為報！意欲拜為盟兄，將來諸事還求照顧。只是大膽，不知長兄可肯

容納？」

馬二先生大喜，當下受了他兩拜，又同他拜了兩拜，結為兄弟。留他在樓上，收拾菜蔬替他餞行；

吃著，向他說道：「賢弟，你聽我說：你如今回去，奉事父母，總以文章舉業為主；人生世上，除了這事，就沒有第二件可以出頭。不要說算命測字是下等，就是教館作幕，都不是個了局。只是有本事進了學，中了舉人進士，即刻就榮宗耀祖；這就是孝經上所說的『顯親揚名』，纔是大孝，自身也不得受苦。古語道得好：『書中自有黃金屋，書中自有千鍾粟，書中自有顏如玉。』而今甚麼是書？就是我們的文章選本了。賢弟，你回去奉養父母之外，總以做舉業為主。就是生意不好，奉養不周，也不必介意，總以做文章為主。那害病的父親，睡在牀上，沒有東西吃，果然聽見你念文章的聲氣，他心花開了，分明難過也好過，分明那裏疼也不疼了；這便是曾子的『養志』。假如時運不好，終身不得中舉，一個廩生是掙得來的，到後來做任教官，也替父母請一道封誥。我是百無一能，年紀又大了；賢弟，你少年英敏，可細聽愚兄之言，圖個日後宦途相見。」說罷，又到自己書架上細細檢了幾部文章，塞在他棉襖裏捲著，說道：「這都是好的，你挐去細讀。」匡超人依依不捨，又急於要家去看父親，只得洒淚告辭；馬二先生攜著他手，同他到城隍山舊下處取了鋪蓋，又送他出清波門，一直送到江船上；看著上了船，馬二先生辭別，進城去了。

　　　　＊　　　　　＊　　　　　＊

匡超人過了錢塘江，要搭溫州的船；看見一隻船正走著，他就問：「可帶人？」船家道：「我們是撫院大人差上鄭老爹的船，不帶人的。」匡超人背著行李正待走，船窗裏一個白鬍老者道：「駕長，單

身客人，帶著也罷了，添著你買酒吃。」船家道：「既然老爹吩咐，客人，你上來罷！」把船撐到岸邊，讓他下了船。匡超人放下行李，向老爹作了揖；看見艙裏三個人，中間鄭老爹坐著，他兒子坐在旁邊，這邊坐著一個外府的客人。鄭老爹還了禮，他叫坐下；匡超人為人乖巧，在船上不挈強挈，不動強動，一口一聲，只叫「老爹」。那鄭老爹甚是歡喜，有飯叫他同吃飯。飯後行船無事，鄭老爹說起：「而今人情澆薄，讀書的人，都不孝父母。這溫州姓張的弟兄三個都是秀才；兩個疑惑老子把家私偏了小兒子，在家打吵，吵的父親急了，出首到官；他兩弟兄在府縣都用了錢，倒替他父親做了假哀憐的呈子，把這事銷了案。虧得學裏一位老師爺持正不依，詳了我們大人衙門，大人准了，差了我到溫州，提這一千人犯去。」那客人道：「這一提了來審實，府縣的老爺不都有礙？」鄭老爹道：「審出真情，一總都是要參的。」匡超人聽見這話，自心裏歎息：「有錢的不孝父母；像我這窮人，要孝父母又不能，真乃不平之事！」

過了兩日，上岸起早，謝了鄭老爹，鄭老爹飯錢一個也不問他要，他又謝了，一路曉行夜宿，來到自己村莊，望見家門。只因這一番，有分教：敦倫修行，終受當事之知；實至名歸，反作終身之玷。

不知後事如何，且聽下回分解。

第十六回　大柳莊孝子事親　樂清縣賢宰愛士

話說匡超人望見自己家門，心裏歡喜；兩步做一步，急急走來敲門。母親聽見是他的聲音，開門迎了出來，看見道：「小二！你回來了？」匡超人道：「娘！我回來了！」放下行李，整一整衣服，替娘作揖磕頭；他娘捏一捏他身上，見他穿著極厚的棉襖，方纔放下心，向他說道：「自從你跟了客人去後，這一年多，我的肉身時刻不安：一夜夢見你掉在水裏，我哭醒來；一夜夢見你把腿跌折了；一夜又夢見你臉上生了一個大疙瘩，指與我看，我替你掌手拈，總拈不掉；一夜又夢見你來家望著我哭，把我也哭醒了；一夜又夢見你頭戴紗帽，說做了官，我笑著說：『我一個莊農人家，那有官做？』傍一個人道：『這官不是你兒子，你兒子卻也做了官，卻是今生再也不到你跟前來了！』我又哭起來，說：『若做了官就不得見面，這官就不做他也罷！』就把這句話哭著，吃喝醒了；你爹也嚇醒了；你爹問我，我一五一十把這夢告訴你爹，你爹說我心想癡了。不想就在這半夜你爹就得了病，半邊身子動不得，而今睡在房裏。」

外邊說著話，他父親匡太公在房裏已聽見兒子回來了，登時那病就輕鬆些，覺得有些精神；匡超人走到跟前，叫一聲：「爹！兒子回來了！」上前磕了頭。太公叫他坐在牀沿上，細細告訴他這得病的緣故，說道：「自你去後，你三房裏叔子就想著我這個屋；我心裏算計，也要賣給他，除另尋屋，再剩幾

兩房價，等你回來，做個小本生意。傍人向我說：『你這屋是他屋邊屋，他謀買你的，須要他多出幾兩銀子。』那知他有錢的人，只想便宜；豈但不肯多出錢，串出上手業主掣原價來贖我的。業主你曉得的，還是我的叔輩；他倚恃尊長，開口就說：『本家的產業是賣不斷的。』我說：『就是賣不斷，這數年的修理也是要認我的。』他一個錢不認，只要原價回贖。那日在祠堂裏彼此爭論，他竟把我打起來。族間這些有錢的，受了三房囑託，都偏為著他，倒說我不看祖宗面上。你哥又沒中用，說了幾句道三不著兩的話；我著了這口氣，回來就病倒了。自從我病倒，日用益發艱難；你哥聽著人說，受了原價，寫過吐退❶與他。那銀子零星收來，都花費了；你哥看見不是事，同你嫂子商量，而今和我分了另吃。我想又沒有家私給他，自掙自吃，也只得由他；他而今每早挑著擔子在各處趕集，尋的錢，兩口子還養不來；我又睡在這裏，終日只有出的氣，沒有進的氣，間壁又要房子翻蓋，不顧死活，三五天一回人來催，口裏又不知多少閒話；你又去得不知下落，你娘想著，一場兩場的哭。」匡超人道：「爹！這些事都不要焦心，且靜靜的養好了病；我在杭州，虧遇著一個先生他送了我十兩銀子，我明日做起個小生意，尋些柴米過日子。三房裏來催，怕怎的？等我回他。」

＊

＊

＊

母親走進來叫他吃飯；他跟了走進廚房，替嫂子作揖，嫂子倒茶與他吃。吃罷，又吃了飯，忙走到集上，把剩的盤程錢買了一隻豬蹄，來家煨著，晚上與太公吃。買了回來，恰好他哥子挑著擔子進門，

❶ 吐退：退還原物的憑據。

他向哥作揖下跪；哥扶住了他，同坐在堂屋，告訴了些家裏的苦楚。他哥子愁著眉道：「老爹而今有些害發❷了，說的話道三不著兩的。現今人家催房子，挨著總不肯出，帶累我受氣；他疼的是你，你來家早晚說著他些。」說罷，把擔子挑到房裏去。

匡超人等肉爛了，和飯拏到父親面前，扶起來坐著；太公因兒子回家，心裏歡喜；又有些薑菜，當晚那菜和飯，也吃了許多；剩下的，請了母親同哥進來，在太公面前，放桌子吃了晚飯。太公看著歡喜，直坐到更把天氣，纔扶了睡下；匡超人將被單拏來，在太公腳跟頭睡。

次日清早起來，拏銀子到集上買了幾口豬，養在圈裏；又買了斗把豆子。先把豬肩出一個來殺了，溫洗乾淨，分肌劈理的賣了一早晨；又把豆子磨了一廂豆腐，也都賣了錢；拏來放在太公牀底下，就在太公跟前坐著。見太公煩悶，便搜出些西湖上景致，以及賣的各樣的吃食東西，又聽得各處的笑話，曲曲折折，細說與太公聽，太公聽了也笑。太公過了一會，向他道：「我要出恭，快喊你娘進來！」母親忙走進來，正要替太公墊布；匡超人道：「爹要出恭，不要這樣出了；像這布墊在被窩裏，出的也不自在。況每日要洗這布，娘也怕薰的慌，不要薰傷了胃氣。」連忙走到廚下端了一個瓦盆，盛上一瓦盆的灰；是沒奈何！」匡超人道：「我站的起來出恭，倒好了；這也是沒奈何！」匡超人道：「不要站起來，我有道理。」連忙走到廚下端了一個瓦盆，盛上一瓦盆的灰；拏進去放在牀面前，就端了一條板櫈，放在瓦盆外邊；自己扒上牀，把太公扶了橫過來，兩隻腳放在板櫈上，屁股緊對著瓦盆的灰。他自己鑽在中間，雙膝跪下，把太公兩條腿，捧著肩上；讓太公睡的安安穩穩，自在出過恭，把太公兩腿扶上牀，仍舊直過來。又出的暢快，被窩裏又沒有臭氣。他把板櫈端開，

瓦盆挈出去倒了，依舊進來坐著。到晚，又扶太公坐起來；吃了晚飯，坐一會，伏侍太公睡下，蓋好了被。他便把省裏帶來的一個大鐵燈盞，裝滿了油；坐在太公傍邊，拏出文章來念。太公睡不著，夜裏要吐痰吃茶，一直到四更鼓，他就讀到四更鼓，太公叫一聲，就在跟前。太公夜裏要出恭，從前沒人服侍，就要忍到天亮；今番有兒子在傍伺候，夜裏要出就出，晚飯也放心多吃幾口。

匡超人每夜四鼓纔睡，只睡一個更頭，便要起來殺豬、磨豆腐。過了四五日，他哥在集上回家的早，集上帶了一個小雞子，在嫂子房裏煮著，又買了一壺酒，要替兄弟接風，說道：「這事不必告訴老爹罷。」匡超人不肯，把雞先盛了一碗，送與父母；剩下的，兄弟兩人在堂裏吃著。恰好三房的阿叔過來催房子；匡超人丟下酒，向阿叔作揖下跪。阿叔道：「好呀！老二回來了，穿的惡厚厚敦敦的棉襖；又在外邊學得惡知禮，會打躬作揖！」匡超人道：「我到家幾日，事忙，還不曾來看得阿叔；又吃杯便酒罷。」阿叔坐下，吃了幾杯酒；便提到出房子的話。匡超人道：「阿叔莫要性急，放著弟兄兩人在此，怎敢白賴阿叔的房子住，就是沒錢典房子，租也租兩間，搬出去住了，把房子讓阿叔。只是而今我父親病著，人家說病人移之牀，不得就好。如今我弟起緊請醫生替父親醫，若是父親讓好了，作速的讓房子與阿叔；就算父親是長病，不得就好，我們也說不得，料理尋房子搬去。只管占著阿叔的，不但阿叔要催，就是我父母兩個老人家住的也不安。」阿叔見他這番話說的中聽，又婉委，又爽快，倒也沒的說了；只說道：「一個自家人，不是我只管要來催；因為要一總拆了修理。既是你惡說，再就擱些日子罷。」匡超人道：「多謝阿叔！阿叔但請放心，這事也不得過遲。」那阿叔應諾了要去。他哥道：「阿叔再吃一杯酒。」阿叔道：「我不吃了。」便辭了過去。

自此以後，匡超人的肉和豆腐，都賣得生意又燥，不到日中，就賣完了。把錢摹來來家伴著父親算計。

那日賺的錢多，便在集上買個雞鴨，或是魚來家，與父親吃飯；因太公是個痰症，不十分宜吃大葷，所以要買這些東西，或是豬腰子，或是豬肚子，倒也不斷。醫藥是不消說。太公日子過得稱心，每日每夜出恭小解，都是兒子照顧；出恭一定是匡超人跪在跟前，把腿捧在肩頭上。太公的病漸漸好了許多。也和兩個兒子商議要尋房子搬家。倒是匡超人說：「父親的病纔好些，索性等再好幾分，扶著起來走得，再搬家也不遲。」那邊人來催，都是匡超人支吾過去。

這匡超人精神最足，早半日做生意，夜晚伴父親念文章，辛苦已極；中午得閒，還溜到門首同鄰居們下象棋。那日正是早飯過後，他看著太公吃了飯，出門無事，正和一個本家放牛的，在打稻場上，將一個稻籮翻過來當了桌子，放著一個象棋盤對著。只見一個白鬚老者，背剪著手來看；看了半日，在傍邊說道：「噯，老兄，這一盤輸了！」匡超人抬頭一看，認得便是本村大柳莊保正潘老爹；因立起身來叫了他一聲，作了個揖。潘保正道：「我道是誰，方纔幾乎不認得了！你從前年出門，是幾時回來了的？你老爹病在家裏？」匡超人道：「不瞞老爹說，我來家已是有半年了；因為無事，不敢來上門上戶。我家父病在牀上，近來也略覺好些，多謝老爹記念！請老爹到舍下奉茶。」潘保正道：「不消取擾。」因走近前替他把帽子升一升，又拏他的手來細細看了，說道：「二相公，不是我奉承你；我自小學得些麻衣神相法，你這骨格是個貴相。將來只到二十七八歲，就交上好的運氣；妻財子祿，都是有的。現今印堂顏色有些發黃，不日就有個貴人星照命。」又把耳朵邊揸著看

看道：「卻也還有個虛驚，不大礙事；此後運氣一年好似一年哩。」匡超人道：「老爹，我做這小生意，只望著不折了本，每日尋得幾個錢養活父母，便謝天地菩薩了。那裏想甚麼富貴輪到我身上？」潘保正搖手道：「不相干，這樣事，那裏是你做的？」說罷，各自散了。

三房裏催出房子，一日緊似一日；匡超人支吾不過，只得同他硬撐了幾句。那裏急了，發狠說：「過三日再不出，叫人來摘門下瓦！」匡超人心裏著急，又不肯向父親說出。過了三日，天色晚了，正伏侍太公出了恭起來；太公睡下，他把那鐵燈盞點在傍邊念文章。忽然聽得門外一聲響亮，有幾十個人聲一齊吆喝起來。他心裏疑惑是三房裏叫多少人來下瓦摘門；頃刻，幾百人聲，一齊喊起，一派紅光，把窗紙照得通紅。他叫一聲：「不好了！」忙開出去看，原來是本村失火；一家人一齊跑出來說道：「不好了！快些搬！」他哥睡的夢夢銃銃，扒了起來，只顧得他一副上集的擔子；擔子裏面的東西，又零碎，芝蔴糖，豆腐乾，腐皮，泥人，小孩子吹的簫，打的叮噹，女人戴的錫簪子，……撾著了這一件，又掉了那一件。那糖和泥人，斷的斷了，碎的碎了，弄了一身臭汗，纏一總捧起來朝外跑。那火頭已是望見，有丈把高，一個一個的火團子往天井裏滾；嫂子搶了一包被褥，衣裳鞋腳，抱著哭哭啼啼，反往後走。老奶奶嚇得兩腳軟了，一步也挪不動。那火光照耀得四處通紅，兩邊喊聲大震。匡超人想別的都不打緊，忙進房去搶了一牀被在手內，從牀上把太公扶起，背在身上，把兩隻手摟得緊緊的，且不顧母親，把太公背在門外空處坐著；又飛跑進來，一把拉了嫂子，指與他門外走；又把母親扶了，背在身上。纏得出門，那時火已到門口，幾乎沒有出路。

匡超人道：「好了！父母都救出來了！」且在空地下把太公放了睡下，用被蓋好；母親和嫂子坐在

跟前。再尋他哥時，已不知嚇的躲在那裏去了。那火轟轟烈烈，輝輝煌煌，一派紅光，如金龍亂舞；鄉間失火，又不知救法，水次又遠，足足燒了半夜方纔漸漸熄了。稻場上都是煙煤，兀自有燄騰騰的火氣。

一村人家房子，都燒成空地。匡超人沒奈何，無處存身；望見莊南頭大路上一個和尚庵，且把太公背到庵裏，叫嫂子扶著母親，一步一挨，挨到庵門口。和尚出來問了，不肯收留。說道：「本村失了火，凡被燒的都沒有房子住；一個個搬到我這庵裏時，再蓋兩進屋也住不下。況且你又有個病人，那裏方便呢？」

只見庵内走出一個老翁來，定睛看時，不是別人，就是潘保正。匡超人上前作了揖，如此這般，[訴說]被了回祿。潘保正道：「匡二相公，原來昨晚的火，你家也在内？可憐！」匡超人又把要借和尚庵住的話，和尚不肯，說了一遍；潘保正道：「師父，你不知道，匡太公是我們村上有名的忠厚人；況且這小二相公好個相貌，將來一定發達的。你出家人與人方便，自己方便；權借一間屋與他住兩天，他自然就搬了去，香錢我送與你。」和尚聽見保正老爹吩咐，不敢違拗；纔請他一家進去，讓出一間房子來。

匡超人把太公背進庵裏去睡下，潘保正進來，問候太公，太公謝了保正，和尚燒了一壺茶來與眾位吃；保正回家去了，一會又送了些飯和菜來，與他壓驚。直到下午，他哥纔尋了來，反怪兄弟不幫他搶東西。匡超人見不是事，託保正就在庵傍大路口，替他租了半間房屋，搬去住下。幸得那晚原不曾睡下，本錢還帶在身邊，依舊殺豬磨豆腐過日子，晚間點燈念文章，太公卻因著了這一嚇，病更添得重了；匡超人雖是憂愁，讀書還不歇。

那日讀到二更多天，正讀得高興；忽聽窗外鑼響，許多火把簇擁著一乘官轎過去，後面馬蹄一片聲音。自然是本縣知縣過，他也不曾住聲，由著他過去了。不想這知縣這一晚就在莊上住，下了公館，心

中歎息道：「這樣鄉村地面，夜深時分，還有人苦功讀書，實為可敬！只不知這人，是秀才，是童生？

何不傳保正來問一問？」當下傳了潘保正來，問道：「莊南頭廟門傍，那一家夜裏念文章的，是個甚麼

人？」保正知道就是匡家，悉把如此這般：被火燒了，租在這裏住；這念文章的，是他第二個兒子匡迥，

每日念到三四更鼓。不是個秀才，也不是個童生，只是個小本生意人。……知縣聽罷慘然，吩咐道：「我

這裏發一個帖子，你明日挈出去，致意這匡迥，說：我此時，也不便約他來會；現今考試在即，叫他報

名來應考。如果文章會做，我提拔他。」保正領命下來。

次日清早，知縣進城回衙去了；保正叩送了回來，飛跑到匡家敲開了門，說道：「恭喜！」匡超人

問道：「何事？」保正帽子裏取出一個單帖來，遞與他，上寫著：「侍生李本瑛拜。」匡超人看見是本

縣縣主的帖子，嚇了一跳；忙問：「老爹，這帖是拜那個的？」保正悉把如此這般：「老爺在你這裏過，

聽見你念文章，傳我去問；我就說你如此窮苦，如何行孝，都稟明了老爺。老爺發這帖子與你，說：不

日考校，叫你去應考。是要抬舉你的意思。我前日說你：『氣色好，主有個貴人星照命。』今日何如？」

匡超人喜從天降，捧了這個帖子去，向父親說了，太公也歡喜；到晚他哥回來，看見帖子，又把這話向

他哥說了。他哥還不肯信。

＊　＊　＊

過了幾天，縣裏果然出告示考童生，匡超人買卷子去應考；考過了發出團案來，取了覆試。匡超人

又買卷伺候。知縣坐了堂，頭一個點名就是他；知縣叫住道：「今年多少年紀了？」匡超人道：「童生

今年二十二歲。」知縣道：「你文章是會做的；這回覆試更要用心，我少不得照顧你。」匡超人磕頭謝

了，領卷下去；覆試過兩次，出了長案，竟取了第一名案首。報到鄉裏去，匡超人拏手本上來謝；知縣傳進宅門去見了，問其家裏這些苦楚，便封出二兩銀子來送他。「這是我分俸些須，你拏去奉養父母；到家並要加意用功，府考院考的時候，你再來見我，我還資助你的盤費。」匡超人謝了出來，回家把銀子拏與父親；把官說的這些話，告訴了一遍。太公著實感激，捧著銀子，在枕上望空磕頭，謝了本縣老爺。

到此時，他哥纔信了。

鄉下人眼界淺，見匡超人取了案首，縣裏老爺又傳進去見過；也就在莊上大家約著，送過賀分，到他家來。太公吩咐借間壁庵裏，請了一天酒。這時殘冬已過，開印後，宗師按臨溫州。匡超人叩辭知縣，知縣又送了二兩銀子。他到府府考過，接著院考，考了出來；恰好知縣上轅門見學道，在學道前下了一跪，說：「卑職這取的案首匡迥，是孤寒之士，且是孝子。」就把他行孝的事，細細說了。學道道：「士先器識而後辭章。」果然內行克敦，文辭都是末藝；但昨看匡迥的文字，理法雖略有未清，才氣是極好的。貴縣請回，領教便了。」只因這一番，有分教：婚姻締就，孝便衰於二親；科第取來，心只繫乎兩榜。

未知匡超人這一考，得進學否？且聽下回分解。

第十七回　匡秀才重遊舊地　趙醫生高踞詩壇

話說匡太公自從兒子上府去考，尿屎仍舊在牀上；他去了二十多日，就如去了兩年的一般，每日眼淚汪汪，望著門外。那日，向他老奶奶說道：「第二個去了這些時，總不回來；不知他可有福氣，掙著進一個學？這早晚我若死了，就不能看見他在跟前送終！」說著，又哭了。老奶奶勸了一回。忽聽門外一片聲打的響，一個兇神的人，趕著他大兒子打了來，說：在集上趕集，占了他擺攤子的窩子。匡大又不服氣，紅著眼，向那人亂嚷亂叫；那人把匡大擔子奪了下來，那些零零碎碎東西，撒了一地。筐子都踢壞了。匡大要拉他見官，口裏說道：「縣主老爺，現同我家老二相與，我怕你麼？我同你回老爺去！」太公聽得，忙叫他進來，吩咐道：「快不要如此，我是個良善人家，從不曾同人口舌，經官動府；況且占了他攤子，原是你不是，央人替他好好說，不要吵鬧，帶累我不安。」他那裏肯聽，氣狠狠的又出去吵鬧，吵的鄰居都來圍著看；也有拉的，也有勸的。正鬧著，潘保正走了來；把那人說了幾聲，那人嘴纔軟了。保正又道：「匡大哥，你還不把你的東西，拾在擔子裏，拏回家去哩？」匡大一頭罵著，一頭拾東西。

只見大路上兩個人，手裏拏著紅紙帖子，走來問道：「這裏有一個姓匡的麼？」保正認得是學裏門斗❶，說道：「好了，匡二相公恭喜進了學了！」便道：「匡大哥，快領二位去同你老爹說。」匡大東

西纔拾完在擔子裏，挑起擔子，領兩個門斗來家。那人也是保正勸回去了。門斗進了門，見匡太公睡在牀上；道了恭喜，把報帖升貼起來。上寫道：

捷報貴府相公匡諱迥，蒙提學御史學道大老爺，取中樂清縣第一名入泮。聯科及第。本學公報。

太公歡喜，叫老奶奶燒起茶來；把匡大擔子裏的糖和豆腐乾，裝了兩盤，又煮了十來個雞子，請門斗吃著。潘保正又挈了十來個雞子來賀喜，一總煮了出來，留著潘老爹，陪門斗吃飯。飯罷，太公挈出二百文來做報錢；門斗嫌少，太公道：「我乃赤貧之人，又遭了回祿，小兒的事，勞二位來！這些須當甚麼，權為一茶之敬。」潘老爹又說了一番，添了一百文，門斗去了。

直到四五日後，匡超人送過宗師，纔回家來；穿著衣巾❷，拜見父母。嫂子是因回祿後就住在娘家去了，此時只拜了哥哥；他哥見他中了個相公，比從前更加親熱些。潘保正替他約齊了分子，擇個日子賀學，又借在庵裏擺酒；此番不同，共收了二十多吊錢，宰了兩個豬和些雞鴨之類，吃了兩三日酒。和尚也來奉承，匡超人同太公商議：不磨豆腐了，把這剩下來的十幾吊錢，把與他哥；又租了兩間屋，開個小雜貨店；嫂子也接了回來，也不分在兩處吃了；每日尋的錢，作家裏盤纏。

忙過幾日，匡超人又進城去謝知縣；知縣此番便和他分庭抗禮，留著吃了酒飯，叫他拜做老師。事畢回家，學裏那兩個門斗又下來，到他家說話；他請了潘老爹來陪。門斗說：「學裏老爺，要傳匡相公

❶ 門斗：舊時學官的侍役。

❷ 衣巾：明清時代的秀才服式。

去見，還要進見之禮。」匡超人惱了道：「我只認得我的老師，他這教官，我去見他做甚麼！有甚麼進見之禮！」潘老爹道：「二相公，你不可這樣說了。我們縣裏老爺，雖是老師，是你拜的老師，這是私情；這學裏老師，是朝廷制下的，專管秀才。你就中了狀元，這老師也要認的，怎麼不去見？你是個寒士，進見禮也不好爭，每位封兩錢銀子去就是了。」當下約定日子，先打發門斗回去；到那日封了進見禮，去見了學師回來。太公又吩咐買個牲醴，到祖墳上去拜奠。

那日上墳回家，太公覺得身體不大爽利；從此病一日重似一日，吃了藥也再不得見效，飲食也漸漸少的不能吃了。匡超人到處求神問卜，凶多吉少；同哥商議，把自己向日那幾兩本錢，替太公備後事，店裏照舊不動。當下買了一具棺木，做了許多布衣，合著太公的頭做了一頂方巾，預備停當。太公奄奄在牀，一日昏瞶的很，一日又覺得明白些。那日太公自知不濟，叫兩個兒子都到跟前，吩咐道：「我這病犯得拙了，眼見得望天的日子遠，入地的日子近！我一生是個無用的人，一塊土也不曾丟給你們，兩間房子都沒有了！第二的僥倖進了一個學，將來讀書，會上進一層，也不可因後來日子略過的順利些，就添出一肚子裏的勢利見識來，改變了小時的心事。我死之後，你一滿了服，就急急的要尋一頭親事；總要窮人家的兒女，萬不可貪圖富貴，攀高結貴。你哥是個混賬人，你要到底敬重他，和奉事我的一樣纔是。」兄弟兩個哭著聽了，太公瞑目而逝。合家大哭起來，匡超人呼天搶地，一面安排裝殮；因房屋褊窄，停放過了頭七，將靈柩送在祖塋安葬。滿莊的人，都來弔孝送喪。

兩弟兄謝過了客，匡大照常開店，匡超人逢七便去墳上哭奠。那一日，正從墳上奠了回來，天色已

黑；剛纔到家，潘保正走來，向他說道：「二相公，你可知道縣裏老爺壞了？今日委了溫州府二太爺來，摘了印去了。他是你老師，你也該進城去看看。」匡超人次日換了素服，進城去看，那曉得百姓要留這官，鳴鑼罷市，圍住了摘印的官，要奪回印信，把城門大白日關了，鬧成一片。匡超人不得進去，只得回來再聽消息。第三日，聽得省裏委下安民的官來了，要拏為首的人。

又過了三四日，匡超人從墳上回來，潘保正迎著道：「不好了！禍事到了！」匡超人道：「甚麼禍事？」潘保正道：「到家去，和你說。」當下到了匡家，坐下道：「昨日安民的官下來，百姓散了；上司叫這官密訪為頭的人，已經拏了幾個。衙門裏有兩個沒良心的差人，就把你也密報了，說：老爺待你甚好，你一定在內，為頭要保留。是那寃枉的事！如今上面還要密訪。他若訪出是實，恐怕就有人下來拏。依我的意思，你不如在外府去躲避些時；沒有官事就罷，若有，我替你維持。」

匡超人驚得手慌腳忙，說道：「這是那裏晦氣！多承老爹相愛，說信與我；只是我而今那裏去好？」潘保正道：「你自心裏想，那處熟就往那處去。」匡超人道：「我只有杭州熟，卻不曾有甚相與的。」潘保正道：「你要往杭州，我寫一個字與你帶去。我有個房分兄弟，行三，人都叫他潘三爺，現在布政司裏當書吏，家裏就在司門前山上住。你去尋著他，凡事叫他照應；他是個極慷慨的人，不得錯的。」匡超人道：「既是如此，費老爹的心，寫下書子，我今晚就走，纔好。」當下潘老爹一頭寫書，他一面囑咐哥嫂家裏事務，洒淚拜別母親，拴束行李，藏了書子出門；潘老爹送上大路回去。

匡超人背著行李，走了幾天旱路，到溫州搭船；那日沒有便船，只得到飯店權宿。走進飯店，見裏面點著燈，先有一個客人，坐在一張桌子上，面前擺了一本書，在那裏靜靜的看。匡超人看那人時，黃

瘦面皮，稀稀的幾根鬍子。那人看書出神，又是個近視眼，不曾見有人進來。匡超人走到跟前請教了一聲：「老客」，拱一拱手。那人纔立起身來回禮，青絹直身，瓦楞帽子，像個生意人模樣。兩人敘禮坐下，匡超人問道：「客人貴鄉尊姓？」那人道：「在下姓景，寒舍就在這五十里外；因有個小店在省城，如今往省裏去，因無便船，權在此住一夜。」看見匡超人戴著方巾，知道他是秀才，便道：「先生貴處那裏？尊姓，臺甫？」匡超人道：「小弟賤姓匡，字超人，敝處樂清，也是要往省城，沒有便船。」那景客人道：「如此甚好，我們明日一同上船。」各自睡下。

次日早去上船，兩人同包了一個頭艙；上船放下行李；那景客人就挈出一本書來看；匡超人初時不好問他，偷眼望那書上，圈的花花綠綠，是些甚麼詩詞之類。到上午同吃了飯，又挈出書來看看，一會又閒坐著吃茶。匡超人問道：「昨晚請教老客，說有店在省城，卻開的是甚麼寶店？」景客人道：「是頭巾店。」匡超人道：「老客既開寶店，卻看這書做甚麼？」景客人笑道：「你道這書單是戴頭巾做秀才的會看麼？我杭城多少名士，都是不講八股的；不瞞你匡先生說，小弟賤號叫做景蘭江，各處詩選上都刻過我的詩，今已二十餘年。這些發過的老先生，但到杭城，就要同我們唱和。」因在艙內開了一個箱子，取出幾十個斗方子來，遞與匡超人道：「這就是拙作，正要請教。」

匡超人自覺失言，心裏慚愧；接過詩來，雖然不懂，假做看完了，瞎贊一回。景蘭江道：「新學臺是湖州魯老先生同年，恭喜入泮，是那一位學臺？」匡超人道：「就是現在新任宗師。」景蘭江又問：「魯老先生就是小弟的詩友；小弟當時聯句的詩會，楊執中先生，權勿用先生，嘉興蘧太守公孫駪夫，還有蘧中堂兩位公子——三先生，四先生，——都是弟們文字至交。可惜有位牛布衣先生只是神交，不曾

會面。」匡超人見他說這些人，便問道：「杭城文瀚樓選書的馬二先生，諱叫做靜的，先生想也相與？」

景蘭江道：「那是做時文的朋友，雖也認得，不算相與；不瞞先生說，我們杭城名壇中，倒也沒有他們這一派。卻是有幾個同調的人，將來到省，可以同先生相會。」

匡超人聽罷，不勝駭然；同他一路來到斷河頭，船近了岸。正要搬行李，景蘭江站在船頭上，只見一乘轎子歇在岸邊；轎裏走出一個人來，頭戴方巾，身穿寶藍直裰，手裏搖著一把白紙詩扇，扇柄上拴著一個方象牙圖書，後面跟著一個人，背了一個藥箱；那先生下了轎，正要進那人家去。景蘭江喊道：「趙雪兄！久違了！那裏去？」那趙先生回過頭來，叫一聲「哎呀！原來是老弟！幾時來的？」景蘭江道：「纔到這裏，行李還不曾上岸。」因回頭望著艙裏道：「匡先生，請出來，這是我最相好的趙雪齋先生，請過來會會。」匡超人出來，同他上了岸；景蘭江吩咐船家把行李且搬到茶室裏來。當下三人同作了揖，同進茶室，泡了三碗茶來。趙先生問道：「此位長兄尊姓？」景蘭江道：「這位是樂清匡先生，同我一船來的。」彼此謙遜了一回坐下，泡了三碗茶來。趙先生道：「老弟，你為甚麼就去了這些時？叫我終日盼望。」景蘭江道：「正是為些俗事纏著，這些時可有詩會麼？」趙先生道：「怎麼沒有。前日中澣，顧老先生來天竺進香，邀我們同到天竺做了一天的詩。通政范大人告假省墓，船只在這裏住了一日；還約我們到船上拈題分韻，著實擾了他一天。御史荀老先生來打撫臺的秋風，丟著秋風不打，日日邀我們到他下處做詩。這些人都問你，現今胡三公子替湖州魯老先生徵輓詩，送了十幾個斗方在我那裏；我打發不清；你來得正好，分兩張去做。」說著，吃了茶，問：「這位匡先生想也在庠？是那位學

臺手裏恭喜的？」景蘭江道：「就是現任學臺。」

吃完了茶，趙先生先別，看病去了；景蘭江問道：「匡先生，你而今行李發到那裏去了？」匡超人道：

「如今且攏文瀚樓。」景蘭江道：「也罷，你攏那裏去，我且到店裏；我的店在豆腐橋大街上，金剛寺

前。先生閒著，到我店裏來談。」說罷，叫人挑了行李，去了。

匡超人背著行李，走到文瀚樓問馬二先生，已是回處州去了。文瀚樓主人認的他，留在樓上住；次

日擎了書子到司前去找潘三爺。進了門，家人回道：「三爺不在家，前幾日奉差到台州學道衙門辦公事

去了。」匡超人道：「幾時回家？」家人道：「纔去怕不也還要三四十天功夫。」匡超人只得回來尋到

豆腐橋大街景家方巾店裏；景蘭江不在店內，問左右店鄰，店鄰說道：「景大先生麼？這樣好天氣，他

先生正好到六橋探春光，尋花問柳，做西湖上的詩；絕好的詩題，他怎肯在店裏坐著？」匡超人見問不

著，只得轉身又走；走過兩條街，遠遠望見景先生同著兩個戴方巾的走，匡超人〔趕上〕相見作揖，景

蘭江指著那一個麻子道：「這位是支劍峰先生。」指著那一個鬍子道：「這位是浦墨卿先生，都是我們

詩會中領袖。」那二人問：「此位先生？……」景蘭江道：「這是樂清匡超人先生。」匡超人道：「小

弟方纔在寶店奉拜先生，恰值公出，此時往那裏去？」景先生道：「無事閒遊。」又道：「良朋相遇，

豈可分途？何不到旗亭小飲三杯？」那兩位道：「最好！」當下拉了匡超人，同進一個酒店，揀一副座

頭坐下；酒保來問要甚麼菜？景蘭江叫了一賣❸一錢二分銀子的雜膾，兩碟小吃。那小吃，一樣是炒肉

皮，一樣就是黃豆芽。擎上酒來。

❸
一賣：飲食店稱一份菜為一賣，即今俗語所謂「一客」。

支劍峰問道：「今日何以不去訪雪兄？」浦墨卿道：「他家今日讌一位出奇的客。」支劍峰道：「客罷了，有甚麼出奇？」浦墨卿道：「出奇的緊哩！你滿飲一杯，我把這段公案告訴你。」當下支劍峰斟上酒，二位也陪著吃了；浦墨卿道：「這位客姓黃，是戊辰的進士，而今選了我這寧波府鄞縣知縣；他先年在京裏同楊執中先生相與，楊執中卻和趙爺相好。因他來浙，就寫一封書子來會趙爺；趙爺那日不在家，不曾會。」景蘭江道：「趙爺官府來拜的也多，會不著他也是常事。」浦墨卿道：「那日真正不在家。次日趙爺去回拜會著，彼此敘說起來，你道奇也不奇。」眾人道：「有甚麼奇處？」浦墨卿道：「趙爺今年五十九歲，兩個兒子，四個孫子，兩個老夫妻齊眉，只卻是個布衣；黃公中了一個進士，做任知縣，卻是三十歲上就斷了絃，夫人沒了，而今兒花女花也無。」支劍峰道：「這果然奇了。」浦墨卿道：「還有奇處，趙爺和黃公生的同年同月同日同時！」眾人一齊道：「這果然奇了。」浦墨卿道：「那黃公竟與趙爺生的同年同月同日同時，一個是這般境界，一個是那般境界，判然不合，可見『五星』『子平』，都是不相干的。」說著，又吃了許多的酒。

浦墨卿道：「三位先生，小弟有個疑難在此，諸公大家參一參。比如黃公同趙爺，一般的年月日時生的，一個中了進士，卻是孤身一人；一個卻是子孫滿堂，不中進士；這兩個人，還是那一個好？我們還是願做那一個？」三位不曾言語，浦墨卿道：「這話讓匡先生先說。」匡先生，你且說一說。」匡超人道：「二者不可得兼。依小弟愚見，還是做趙先生的好。」眾人一齊拍手道：「有理！有理！」浦墨卿道：「讀書畢竟中進士是個了局；趙爺各樣好了，到底差一個進士。不但我們說，就是他自己心裏也不

快活的是差著一個進士。而今又想中進士，又想像趙爺的全福，天也不肯！雖然世間也有這樣人，但我們如今既設疑難，若只管說要合做兩個人，就沒的難了。如今依我的主意，只中進士，不要全福；只做黃公，不做趙爺，可是麼？」支劍峰道：「不是這樣說。趙爺雖差著一個進士，而今他大公郎已經高進了；將來名登兩榜，少不得封誥乃尊。難道兒子的進士當不得自己的進士不成？」浦墨卿笑道：「這又不然。先年有一位老先生，兒子已做了大位，他還要科舉；後來點名，監臨不肯收他，他把卷子摜在地下，恨道：『為這個小畜生，累我戴個假紗帽！』這樣看來，兒子的到底當不得自己的。」

景蘭江道：「你們都說的是隔壁賬。都斟起酒來滿滿的吃三杯，聽我說。」當下斟上酒吃著，景蘭江道：「眾位先生所講，中進士，是為名，是為利？」眾人道：「是為名。」景蘭江道：「可知道趙爺雖不曾中進士，外邊詩選上刻著他的詩幾十處，行遍天下；那個不曉得有個趙雪齋先生，只怕比進士享名多著哩！」說罷，哈哈大笑。眾人都一齊道：「這果然說的快暢！」一齊乾了酒。匡超人聽得，纔知道天下還有這一種道理。景蘭江道：「今日我等雅集，即拈樓字為韻；回去都做了詩，寫在一個紙上，送在匡先生下處請教。」當下同出店來，分路而別。只因這一番，有分教：交遊添氣色，又結婚姻；文字發光芒，更將進取。

不知後事如何，且聽下回分解。

第十八回　約詩會名士攜匡二　訪朋友書店會潘三

話說匡超人那晚吃了酒，回來寓處睡下；次日清晨，文瀚樓主人走上樓來，坐下道：「先生，而今有一件事相商。」匡超人問：「是何事？」主人道：「目今我和一個朋友合本，要刻一部考卷賣；要費先生的心替我批一批，又要批的好，又要批的快。合共三百多篇文章，不知要多少日子，就可以批得出來？我如今扣著日子，好發與山東河南客人帶去賣；若出的遲，客人起了身，就誤了一覺睡❶。這書刻出來，封面上就刻先生的名號，還多寡有幾兩選金和幾十本樣書送與先生。不知先生可趕的來？」匡超人道：「大約是幾多日子批出來，方不誤事？」主人道：「須是半個月內，有的出來，覺得日子寬些；不然，就是二十天也罷了。」匡超人心裏算計，半個月料想還做的來，當面應承了。主人隨即搬出許多的考卷文章上樓來；午間又備了四樣菜，請先生坐坐，說：「發樣的時候再請一回，出書的時候又請一回。平常每日就是小菜飯，初二十六跟著店裏吃牙祭肉；茶水燈油，都是店裏供給。」匡超人大喜，當晚點起燈來，替他不住手的批，就批出五十篇；聽聽那譙樓上，纔交四鼓，匡超人喜道：「像這樣，那裏要半個月？」吹燈睡下，次早起來又批；一日搭半夜，總批得七八十篇。

到第四日，正在樓上批文章，忽聽得樓下叫一聲道：「匡先生在家麼？」匡超人道：「是那一位？」

❶ 一覺睡：譬喻一個機會。

忙走下樓來，見是景蘭江，手裏拏著一個斗方捲著，見了作揖道：「候遲有罪！」匡超人把他讓上樓去，他把斗方放開在桌上，說道：「這就是前日讌集，限『樓』字韻的；同人已經寫起斗方來，趙雪兄看見，因未得與，不勝悵悵，因照韻也做了一首。我們要讓他寫在前面，只得又各人寫了一回，所以今日纔得送來請教。」匡超人見題上寫著「暮春旗亭小集」，同限「樓」字，每人一首詩；後面排著四個名字，是：趙潔雪齋手稿，景本蕙蘭江手稿，支鍔劍峰手稿，浦玉方墨卿手稿。看見紙張白亮，圖書鮮紅，真覺可愛，就拏來貼在樓上壁間，然後坐下。匡超人道：「因主人家託著選幾篇文章，要替他趕出來發刻，所以有失問候。」景蘭江道：「這選文章的事也好。今日我同你去會一個人。」匡超人道：「是那一位？」景蘭江道：「你不要管；快換了衣服，我同你去便知！」

當下換了衣服，鎖了樓門，同下來走到街上。匡超人道：「如今往那裏去？」景蘭江道：「是我們這裏做過家宰的胡老先生的公子胡三先生；他今朝小生日，同人都在那裏聚會；我也要去祝壽，故來拉了你去。到那裏，可以會得好些人，方纔斗方上幾位，都在那裏。」匡超人道：「我還不曾拜過胡三先生，可要帶個帖子去？」景蘭江道：「這是要的。」一同走到香蠟店，買了個帖子，在櫃臺上借筆，寫「眷晚生匡廻拜」。寫完籠著，又走。景蘭江走著告訴匡超人道：「這位胡三先生雖然好客，卻是個膽小不過的人；先年家宰公去世之後，他關著門，總不敢見一個人；動不動就被人騙一頭，說也沒處說。落後這幾年，全虧結交了我們，相與起來，替他幫門戶，纔熱鬧起來，沒有人敢欺他。」匡超人道：「他一個家宰公子，怎的有人敢欺？」景蘭江道：「家宰麼？是過去的事了。他眼下又沒人在朝，自己不過

是個諸生。俗語說得好：「死知府不如一個活老鼠。」那個理他？而今人情是勢利的！倒是我這雪齋先

生詩名大，府司院道現任的官員，那一個不來拜他？人只看見他大門口，今日是一把黃傘的轎子來，明

日又是七八個紅黑帽子吆喝了來，那藍傘的官不算，就不由的不怕。所以近來人看見他的轎子，不過三

日兩日就到胡三公子家去，就疑猜三公子也有些勢力；就是三公子那門首住房子的房錢也給得爽利些。

胡三公子也還知感。」

正說得熱鬧，街上又遇著兩個方巾闊服的人。景蘭江迎著道：「二位也是到胡三先生家拜壽去的？

卻還要約那位，向那頭走？」那兩人道：「就是來約長兄。既遇著，一同行罷。」因問：「此位是誰？」

景蘭江指著那兩人，向匡超人道：「這位是金東崖先生，這位是嚴致中先生。」指著匡超人向二位道：

「這是匡超人先生。」

　　　　　　＊　　　　　＊　　　　　＊

四人齊作了一個揖，一齊同走；走到一個極大的門樓，知道是冢宰第了，把帖子交與看門的，看門

的說：「請在廳上坐。」匡超人舉眼看見中間御書匾額「中朝柱石」四個字，兩邊楠木椅子。四人坐下。

少頃，胡三公子出來；頭戴方巾，身穿醬色綢直裰，粉底皂靴，三綹髭鬚，約有四十多歲光景。三

公子著實謙光，當下同諸位作了揖；諸位祝壽，三公子斷不敢當，又謝了諸位，奉坐。金東崖首坐，嚴

致中二坐，匡超人三坐，景蘭江是本地人，同三公子坐在主位。金東崖向三公子謝了前日的擾。三公子

向嚴致中道：「一向駕在京師，幾時到的？」嚴致中道：「前日纔到。一向在都門敝親家國子監司業周

老先生家做居停，因與通政范公日日相聚。今通政公告假省墓，約弟同行，順便返舍走走。」胡三公子

道：「通政公寓在那裏？」嚴貢生道：「通政公在船上，不曾進城，不過三四日即行；弟因前日進城，

會見雪兄，說道三哥今日壽日，所以來奉祝，敘敘闊懷。」三公子道：「匡先生幾時到省？貴處那裏？

寓在何處？」景蘭江代答道：「貴處樂清，到省也不久，是和小弟一船來的。現今寓在文瀚樓，選歷科

考卷。」三公子道：「久仰！久仰！」說著，家人捧茶上來吃了。

三公子立起身來，讓諸位到書房裏坐；四位走進書房，見上面間先坐著兩個人方巾白鬚，大模大

樣，見四位進來，慢慢立起身；嚴貢生認得，便上前道：「衛先生隨先生都在這裏，我們公揖。」當下

作過了揖，請諸位坐；那衛先生隨先生也不謙讓，仍舊上席坐了。家人來稟三公子又有客到，三公子出

去了。

這裏坐下，景蘭江請教二位先生貴鄉。嚴貢生代答道：「此位是建德衛體善先生，乃建德鄉榜；此

位是石門隨岑庵先生，是老明經；二位先生是浙江二十年的老選家，選的文章，衣被海內的！」景蘭江

著實打躬，道其仰慕之意。那兩個先生也不問諸人的姓名：隨岑庵卻認得金東崖，是那年出貢進京，到

監時相會的。因和他攀話道：「東翁！在京一別又是數年；因甚回府來走走？想是年滿授職，也該榮選

了？」金東崖道：「不是。近來部裏來投充的人也甚雜，又因司官王惠出去做官，降了寧王，後來朝裏

又拏問了劉太監，常到部裏搜剔案卷，我怕在那裏久惹是非，所以就告假出了京來。」

說著，捧出麵來吃了；吃過，那衛先生隨先生閒坐著，談起文來。衛先生道：「近來的選事，益發

壞了！」隨先生道：「正是。前科我兩人該選一部，振作一番。」衛先生估著眼道：「前科沒有文章！」

匡超人忍不住，上前問道：「請教先生，前科墨卷，到處都有刻本的，怎的沒有文章？」衛先生道：「此

位長兄尊姓?」景蘭江道:「這是樂清匡先生。」衛先生道:「所以說沒有文章者,是沒有文章的法

則。」匡超人道:「文章既是中了,就是有法則了;難道中式之外,又另有個法則?」衛先生道:「長

兄,你原來不知。文章是代聖賢立言,有個一定的規矩;比不得那些雜覽,可以隨手亂做的。所以一篇

文章,不但看出這本人的富貴福澤,並看出國運的盛衰。洪永有洪永的法則,成弘有成弘的法則,都是

一脈流傳,有個元燈。比如主考中出一榜人來,也有合法的,也有僥倖的;必定要經我們選家批了出來,

這篇就是傳文了。若是這一科無可入選,只叫做沒有文章。」隨先生道:「長兄,所以我們不怕不中;

只是中了出來,這三篇文章要見得人不醜;不然,只算做僥倖,一生抱愧!」又問衛先生道:「近來那

馬靜選的《三科程墨》,可曾看見?」衛先生道:「正是他把個選事壞了!他在嘉興蘧坦庵太守家走動,終

日講的是些雜學;聽見他雜覽倒是好的,於文章的理法,他全然不知,一味亂鬧,好墨卷也被他批壞了!

所以我看見他的選本,叫子弟把他的批語塗掉了讀。」

說著,胡三公子同了支劍峰浦墨卿進來,擺桌子同吃了飯;一直到晚,不得上席,要等著趙雪齋。

等到一更天,趙先生抬著一乘轎子,又兩個轎夫跟著,前後打著四枝火把,飛跑了來;下了轎,同眾人

作揖,道:「得罪!有累諸位先生久候!」胡府又來了許多親戚本家,將兩席改作三席,大家圍著坐

了。席散,各自歸家。

匡超人到寓所,還批了些文章纔睡。屈指六日之內,把三百多篇文章都批完了;就把在胡家聽的這

一席話敷衍起來,做了個序文在上。又還偷著功夫,去拜了同席吃酒的這幾位朋友。選本已成,書店裏

擎去看了，回來說道：「向日馬二先生在家兄文海樓，三百篇文章要批兩個月，催著還要發怒；不想先生批的惷快！我擎給人看，說又快又細。這是極好的了！先生住著，將來各書坊裏，都要來請先生，生意多哩！」因封出二兩選金送來，說道：「刻完的時候，還送先生五十部樣書。」又備了酒，在樓上吃。

吃著，外邊一個小廝送將一個傳單來；匡超人接著開看，是一張松江箋，摺做一個全帖的樣式，上寫道：「謹擇本月十五日，西湖宴集，分韻賦詩。每位各出杖頭資二星。今將在會諸位先生臺銜開列於後：衛體善先生，隨岑庵先生，趙雪齋先生，嚴致中先生，浦墨卿先生，支劍峰先生，匡超人先生，胡密之先生，景蘭江先生。」共九位，下寫「同人公具」。又一行寫道：「尊分約齊，送至御書堂胡三老爺收。」匡超人看見各位名下，都畫了「知」字，他也畫了；隨即將選金內秤了二錢銀子，連傳單交與那小使擎去了。

到晚無事，因想起明日西湖上須要做詩，我若不會，不好看相；便在書店裏擎了一本《詩法入門》，點起燈來看。他是絕頂的聰明，看了一夜，早已會了。次日，又看了一日一夜，擎起筆來就做；做了出來，覺得比壁上貼的還好些。當日又看，要已精而益求其精。

到十五日早上，打點衣帽，正要出門，早見景蘭江同支劍峰來約；三人同出了清波門，只見諸位都坐在一隻小船上候。上船一看，趙雪齋還不曾到，內中卻不見嚴貢生；因問胡三公子道：「嚴先生怎的不見？」三公子道：「他因范通政昨日要開船，他把分子送來，已經回廣東去了。」當下一同上了船，在西湖裏搖著。浦墨卿問三公子道：「嚴大先生，我聽見他家為立嗣，有甚麼家難官事，所以到處亂跑。而今不知怎樣了?」三公子道：「我昨日問他的，那事已經平復。仍舊立的是他二令郎，將家私三七分

開；他令弟的妾自分了三股家過日子。這個倒也罷了。」一刻到了花港，眾人都倚著胡三公子，走上去借花園吃酒；胡三公子走去借，那裏竟關著門不肯。胡三公子發了急，那人也不理。景先生拉那人到背地裏問，那人道：「胡三爺是出名的慳吝，他一年有幾席酒照顧我？我奉承他？況且他去年借了這裏，擺了兩席酒，一個錢也沒有；去的時候，他也不叫人掃掃，還說煮飯的米，剩下兩升，叫小廝背了回去。這樣大老官❷鄉紳，我不奉承他！」一席話說的沒法，眾人只得一齊走到于公祠一個和尚家坐著，和尚烹出茶來。

分子都在胡三公子身上，三公子便拉了景蘭江出去買東西。匡超人道：「我也跟去頑頑。」當下走到街上，先到一個鴨子店；三公子恐怕鴨子不肥，拔下耳挖來戳戳脯子上肉厚，方纔叫景蘭江講價錢買了。因人多，多買了幾斤肉；又買了兩隻雞，一尾魚，和些蔬菜，叫跟的小廝先拏了去。還要買些肉饅頭，中上當點心；於是走進一個饅頭店，看了三十個饅頭。那饅頭三個錢一個，三公子只給他兩個錢一個，就同那饅頭店裏吵起來。景蘭江在傍勸解，勸了一回，不買饅頭了；買了些素麵去下了吃，就是景蘭江拏著。又去買了些笋乾，鹽蛋，熟栗子，瓜子之類，以為下酒之物。來到廟裏交與和尚收拾。支劍峰道：「三老爺，你何不叫個廚役伺候？為甚麼自己忙？」三公子吐舌道：「廚役就費了！」又秤了一塊銀，叫小廝去買米。

忙到下午，趙雪齋轎子繞到了；下轎就叫取箱來。轎夫把箱子捧到，他開箱取出一個藥封來，二錢

❷ 大老官：謂闊客，大人物。

四分，遞與三公子收了。廚下酒菜已齊，捧上來眾位吃了；吃過飯，掌上酒來。趙雪齋道：「吾輩今日雅集，不可無詩。」當下拈鬮分韻：趙先生拈的是「四支」，衛先生拈的是「八齊」，浦先生拈的是「一東」，胡先生拈的是「二冬」，景先生拈的是「十四寒」，隨先生拈的是「五微」，匡先生拈的是「十五刪」，支先生拈的是「三江」。分韻已定，又吃了幾杯酒，各散進城。

胡三公子叫家人取了食盒，把剩下來的骨頭骨腦，和些菓子，裝在裏面；果然又問和尚查剩下的米共幾升，也裝起來。送了和尚五分銀子的香資，自己押家人挑著，也進城去。匡超人與支劍峰，浦墨卿，景蘭江同路；四人高興，一路說笑，勾留頑耍。進城遲了，已經昏黑；景蘭江道：「天已黑了，我們快些走！」支劍峰已是大醉，口發狂言道：「何妨？誰不知道我們西湖詩會的名士？況且李太白穿著宮錦袍，夜裏還走；何況纔晚？放心走！誰敢來？」

正在手舞足蹈高興，忽然前面一對高燈，又是一對提燈，上面寫的字是「鹽捕分府」；那分府坐在轎裏，一眼看見，認得是支鍔，叫人傳過他來，問道：「支鍔，你是本分府鹽務裏的巡商，怎麼黑夜吃得大醉，在街上胡鬧？」支劍峰醉了，把腳不穩，前跌後撞，口裏還說：「李太白宮錦夜行。」那分府看見他戴了方巾，說道：「衙門巡商，從來沒有生監充當的。你怎麼戴這個帽子？左右的，擯去了！」浦墨卿走上去幫了幾句，分府怒道：「你既是生員，如何黑夜酗酒？帶著送到儒學裏去！」景蘭江見不是事，悄悄在黑影裏把匡超人拉了一把，往小巷內，兩人溜了。轉到下處，打開了門，上樓去睡。

次日，出去訪訪，兩人也不曾大受累，依舊把分韻的詩都做了來。及看那衛先生隨

一條鏈子鎖起來！」

先生的詩，「且夫」「嘗謂」都寫在內，其餘，也就是文章批語上採下來的幾個字眼。拏自己的詩比比，也不見得不如他。眾人把這詩寫在一個紙上，共寫了七八張，匡超人也貼在壁上。又過了半個多月，書店考卷刻成，請先生，那晚吃得大醉。次早睡在牀上，只聽下面喊道：「匡先生，有客來拜。」只因會著這個人，有分教：婚姻就處，知為夙世之因；名譽隆時，不比時流之輩。

畢竟此人是誰？且聽下回分解。

第十九回　匡超人幸得良朋　潘自業橫遭禍事

話說匡超人睡在樓上，聽見有客來拜，慌忙穿衣起來下樓；見一個人坐在樓下，頭戴束巾，身穿元緞直裰，腳下蝦蟆頭厚底皂靴，黃鬍子，高顴骨，黃黑面皮，一雙直眼。那人見匡超人下來，便問道：「此位是匡二相公麼？」匡超人道：「賤姓匡，請問尊客貴姓？」那人道：「在下姓潘，前日看見家兄書子，說你二相公來省。」匡超人道：「原來就是潘三哥。」慌忙作揖行禮，請到樓上坐下。潘三道：「那日二相公賜顧，我不在家；前日返舍，看見家兄的書信，極贊二相公為人聰明，又行過多少好事，著實可敬。」匡超人道：「小弟來省，特地投奔三哥，不想公出，今日會見，歡喜之極。」潘三正在那裏看斗方，看見點心到了，說罷，自己下去拏茶；又託書店買了兩盤點心，拏上樓來。

潘三道：「二相公，你到省裏來，和這些人相與做甚麼？」匡超人問：「是怎的？」潘三道：「這一班人，是有名的獃子，這姓景的開頭巾店，本來有兩千銀子的本錢，一頓詩做的精光；他每日在店裏，手裏拏著一個刷子刷頭巾，口裏還哼的是：『清明時節雨紛紛。』把那買頭巾的和店鄰看了都笑。而今折了本錢，只借做這詩為由，遇著人就借銀子，人聽見他都怕。那一個姓支的，是鹽務裏一個巡商；我來家在衙門裏聽見說，不多幾日，他吃醉了，在街上吟詩，被府裏二太爺一條鏈子鎖去，把巡商都革了。將來只好窮的淌屎！二相公，你在客邊要做些有想頭的事，

這樣人同他混纏做甚麼？」

當下吃了兩個點心，便丟下，說道：「這點心吃他做甚麼？我和你到街上去吃飯。」叫匡超人鎖了門，同到街上司門口一個飯店裏。潘三叫切一隻整鴨臁，一賣海參雜膾，又是一大盤白肉，都掣上來。兩人先斟兩壺酒，酒罷用飯，剩下的就給了店裏人；出來也不算賬，只吩咐得一聲：「是我的。」那店主人忙拱手道：「三爺請便，小店知道。」

走出店門，潘三道：「二相公，你而今往那裏去？」匡超人道：「正要到三哥府上。」潘三道：「也罷，到我家去坐坐。」同著一直走到一個巷內，一帶青牆，兩扇半截板門，又是兩扇重門。進到廳上，一夥人在那裏，圍著一張桌子賭錢。潘三罵道：「你這一班狗才！無事便在我這裏胡鬧。」眾人道：「知道三老爹到家幾日了，送幾個頭錢來與老爹接風。」潘三道：「我那裏要你甚麼頭錢接風？」又道：「也罷。我有個朋友在此，你們弄出幾個錢來，熱鬧熱鬧。」匡超人道：「兄弟們。這個是匡二相公的兩千錢，放與你們；今日打的頭錢，都是他的。」當下走了進去，掣出兩千錢來，向眾人說道：「二相公你在這裏坐著，看著這一個管子，這管子滿了，你就倒出來收了，讓他們再丟。」便拉一把椅子，叫匡超人坐著，他也在傍邊看。

看了一會，外邊走進一個人來，請潘三爺說話。潘三出去看時，原來是開賭場的王老六。潘三同他走了出來，一個僻靜茶室裏坐下。王老六道：「如今有一件事，可以發個小財，一徑來和三爺商議。」潘三問：「是何事？」老六道：「請三爺在外邊說話。」潘三同他走了出來，一個僻靜茶室裏坐下。王老六道：「如今有一件事，可以發個小財，一徑來和三爺商議。」潘三問：「是何事？」老六道：「老六，久不見你，尋我怎的？」老六道：「老六，久不見你，尋我怎的？」

六道：「昨日錢塘縣衙門裏快手，挐著一班光棍，在茅家鋪輪姦，姦的是樂清縣大戶人家逃出來的一個使女叫做荷花。這班光棍正姦得好，被快手拾著了，來報了官；縣裏王太爺把光棍每人打幾十板子放了，出了差，將這荷花解回樂清去。我這鄉下有個財主，姓胡，他看上了這個丫頭；商量若想個方法，瞞的下這個丫頭來，情願出幾百銀子買他。這事可有個主意？」潘三道：「差人是那個？」王老六道：「是黃球。」潘三道：「黃球可曾自己解去？」王老六道：「不曾去，是兩個副差去的。」潘三道：「幾時去的？」王老六道：「去了一日了。」潘三道：「黃球可知道胡家這事？」王老六道：「怎麼不知道；他也想在這裏面發幾個錢的財，只是沒有方法。」潘三道：「這也不難，你去約黃球來，當面商議。」那人應諾去了。

* * *

潘三獨自坐著吃茶，只見又是一個人，慌慌張張的走了進來，說道：「三老爹，我那裏不尋你，原來獨自坐在這裏吃茶！」潘三道：「你尋我做甚麼？」那人道：「這離城四十里外，有個鄉裏人施美卿，賣弟媳婦與黃祥甫，銀子都兌了，弟婦要守節，不肯嫁。施美卿同媒人商議著要搶，媒人說：『我不認得你家弟媳婦，你須是說出個記認。』施美卿說：『每日清早上，是我弟媳婦出來屋後抱柴；你明日眾人伏在那裏，遇著就搶罷了。』眾人依計而行，到第二日搶了家去。不想那一日早，弟媳婦不曾出來，是他乃眷抱柴；眾人就搶了去，隔著三四十里路，已是睡了一晚。施美卿來要討他的老婆，這裏不肯；施美卿告了狀；如今那邊要訴，卻因講親的時節，不曾寫過婚書，沒有憑據；而今要寫一個，鄉下人不在行，來同老爹商議。還有這衙門裏事，都託老爹料理，有幾兩銀子送作使費。」潘三道：「這是甚麼

* * *

* * *

要緊的事，也這般大驚小怪！你且坐著，我等黃球說話哩。」

須臾，王老六同黃球來到，黃球見了那人道：「原來郝老二也在這裏。」潘三道：「不相干，他是說別的話。」因同黃球另在一張桌子上坐下。王老六同郝老二又在一桌。黃球道：「方纔這件事，三老爹是怎個施為？」潘三道：「他出多少銀子？」黃球道：「胡家說，只要得這丫頭荷花，他連使費一總乾淨，出二百兩銀子罷了。」潘三道：「你想得他多少？」黃球道：「只要三老爹把這事辦的妥當，我是好處，多寡分幾兩銀子，難道我還同你老人家爭？」潘三道：「既如此，罷了，我家現住著一位樂清縣的相公，他和樂清縣的太爺最好；我託他去人情上弄一張回批來，只說荷花已經解到，交與本人領去了。我這裏再託人向本縣弄出一個硃籤來，到路上將荷花趕回，把與胡家，這個方法何如？」黃球道：「這好的很了；只是事不宜遲，老爹就要去辦。」潘三道：「今日就有硃籤，你叫他把銀子作速取來。」

黃球應諾，同王老六去了。潘三叫郝老二：「跟我家去。」

當下兩人來家，賭錢的還不曾散；潘三看著賭完了，送了眾人出去，留下匡超人來道：「二相公，你住在此，我和你說話。」當下留在後面樓上，起了一個婚書稿，叫匡超人寫了，把與郝老二看。叫他明日拏銀子來取，打發郝老二去了。吃了晚飯，點起燈來，念著回批，叫匡超人寫了；家裏有的是豆腐乾刻的假印，取來用上，又取出硃筆，寫了一個趕回文書的硃籤。辦畢，拏出酒來對飲，向匡超人道：「像這都是有些想頭的事，也不枉費一番精神。和那些獸瘟纏甚麼？」是夜留他睡下。

次早，兩處都送了銀子來；潘三收進去，隨即拏二十兩銀子遞與匡超人，叫他帶在寓處做盤費。匡超人歡喜接了，遇便人也帶些家去，與哥添本錢。書坊各店，也有些文章請他選；潘三一切事都帶著他

分幾兩銀子，身上漸漸光鮮。果然聽了潘三的話，和那邊的名士，來往稀少。

＊　　　＊　　　＊　　　＊

不覺住了將及半年，一日，潘三走來道：「二相公，好幾日不會，同你往街上吃三杯。」匡超人鎖了樓門，同走上街；纔走得幾步，只見潘家一個小廝尋了來，說：「有客在家裏，等三爺說話。」潘三道：「二相公，你就同我家去。」當下同他到家，請匡超人在裏間小客座裏坐下。潘三同那人在外邊，潘三道：「李四哥，許久不見，一向在那裏？」李四道：「我一向在學道衙門前。今有一件事，回來商議；怕三爺不在家，而今會著三爺，這事不愁不妥了。」潘三道：「你又甚麼事攛鬼話？同你共事，你是馬蹄刀瓢裏切菜，滴水也不漏，總不肯放出錢來。」李四道：「這事是有錢的。」潘三道：「你且說是甚麼事？」李四道：「目今宗師按臨紹興，有個金東崖在部裏做了幾年衙門，掙起幾個錢來；而今想兒子進學，他兒子叫做金躍，卻是一字不通的。考期在即，要尋一個替身，這位學道的關防又嚴，須是想出一個新法子來；這事所以要和三爺商議。」潘三道：「他願出多少銀子？」李四道：「紹興的秀才，足足值一千兩一個；他如今走小路，一半也要他五百兩。只是眼下且難得這一個替考的人，又必定是怎樣裝一個何等樣的人進去？那替考的筆資多少？衙門裏使費共是多少？剩下的你我怎樣一個分法？」潘三道：「通共五百兩銀子，你還想在這裏頭分一個分子，這事就不必講了；你只好在他那邊得些謝禮，這裏你不必想。」李四道：「三爺，就依你說也罷了，到底是怎個做法？」潘三道：「你總不要管，替考的人也在我，衙門裏打點也在我；你只叫他把五百兩銀子，兌出來封在當鋪裏，另外擎三十兩銀子給我做盤費，我總包他一個秀才。若不得進學，五百兩一絲也不動！可妥當麼？」李四道：「這

沒的說了。」

當下說定，約著日子來封銀子。潘三送了李四出去，回來向匡超人說道：「二相公，這個事用的著

你了。」匡超人道：「我方纔聽見的，用著我，只好替考。但是我還是坐在外面做了文章傳遞？還是竟

進去替他考？若要進去替他考，我竟沒有這樣的膽子。」潘三道：「不妨，有我哩！我怎肯害你？且等

他封了銀子來，我少不得同你往紹興去。」當晚別了回寓。

過了幾日，潘三果然來搬了行李同行。過了錢塘江，一直來到紹興府，在學道門口，尋了一個僻靜

巷子寓所住下。次日，李四帶了那童生來會一會。潘三打聽得宗師掛牌考會稽了，三更時分，帶了匡超

人悄悄同到班房門口；拏出一頂高黑帽，一件青布衣服，一條紅搭包來，叫他除了方巾，脫了衣裳，就

將這一套行頭穿上。附耳低言，如此如此，……不可有誤。把他送在班房，潘三拏著衣帽去了。

交過五鼓，學道三炮升堂；超人手執水火棍，跟了一班軍牢夜役，吆喝了進去，排班站在二門口。

學道出來點名，點到童生金躍，匡超人遞個眼色與他，那童生是照會定了的，便不歸號，悄悄站在黑影

裏。匡超人就退下幾步，到那童生跟前，躲在人背後，把帽子除下來，與童生戴著，衣服也彼此換過來。

那童生執了水火棍站在那裏，匡超人捧卷歸號，做了文章，放到三四牌，纔交卷出去。回到下處，神鬼

也不知覺。

＊　　　＊　　　＊

發案時候，這金躍高高進了。潘三同他回來，拏出二百兩銀子以為筆資。潘三道：「二相公，你如

今得了這一注橫財，這就不要花費了，做些正經事。」匡超人道：「甚麼正經事？」潘三道：「你現今

服也滿了，還不曾娶個親事；我有一個朋友姓鄭，在撫院大人衙門裏。這鄭老爹是個忠厚不過的人，父子都當衙門；他有第三個女兒，年貌也相當，一向因你沒錢，我就不曾認真的替你說。如今只要你情願，我一說就是妥的。你且落得招在他家，一切行財下禮的費用，我還另外幫你些。」匡超人道：「這是三哥極相愛的事，我有甚麼不情願？只是現有這些銀子在此，為甚又要你費錢？」潘三道：「你不曉得，你這丈人家，淺房窄屋的，招進去，料想也不久；要留些銀子，自己尋兩間房子，將來添一個人吃飯，又要生男育女，卻比不得在客邊了。我和你是一個人，再幫你幾兩銀子，分甚麼彼此？你將來發達了，愁為不著我的情也怎的？」匡超人著實感激。

潘三果然去和鄭老爹說，取了庚帖來，只問匡超人要了十二兩銀子去，做幾件衣服，過了禮去，擇定十月十五日入贅。到了那日，潘三備了幾碗菜，請他來吃早飯；吃著，向他說道：「二相公，我是媒人，我今日送你過去；這一席子酒，就算你請我的了。」匡超人聽了也笑。吃過，叫匡超人洗了澡，裏裏外外都換了一身新衣服，頭上新方巾，腳下新靴；潘三又擎出一件新寶藍緞直裰與他穿上。吉時已到，叫兩乘轎子，兩人坐了；轎前一對燈籠，腳下新靴；鄭老爹家住在巡撫衙門傍一個小巷內，一間門面，到底三間。那日新郎到門，那裏把門關了；潘三擎出二百錢來做開門錢，然後開了門，進新房；見新娘端端正正，好個相貌，滿心歡喜；合巹成親，不必細說。

鄭老爹迎了出來；翁婿一見，纔曉得就是那年回去同船之人。這一番結親，真是夙因。當下匡超人拜了丈人，又進去拜了丈母，阿舅都平磕了頭；鄭家設席款待，潘三吃了一回，辭別去了。

次早，潘三又送了一席酒來與他謝親；鄭家請了潘三來陪，吃了一日。荏苒滿月，鄭家屋小，不便

居住；潘三替他在書店左近典了四間屋，價銀四十兩，又買了些桌椅傢伙之類，搬了進去。請請鄰居，買兩石米，所存的這項銀子，已是一空，還虧事事都是潘三幫襯，辦的便宜；又還虧書店尋著選了兩部文章，有幾兩選金，又有樣書，賣了些將就度日。到得一年有餘，生了一個女兒，夫妻相得。

一日正在門首閒站，忽見一個青衣大帽的人一路問來，問到跟前，說道：「這裏可是樂清匡相公家？」匡超人道：「正是。臺駕那裏來的？」那人道：「我是給事中李老爺差往浙江，有書帶與匡相公。」匡超人聽見這話，忙請那人進到客位坐下，取書來看了，纔知就是他老師，因被參發審，審的參款都是虛情，依舊復任，未及數月，行取進京，授了給事中。這番寄書來約這門生進京，要照看他。匡超人留來人吃了酒飯，寫了稟啟，說：「蒙老師呼喚，不日整理行裝，即來趨教。」打發去了。

隨即接了他哥匡大的書子，說宗師按臨溫州，齊集的牌已到。叫他回來應考。匡超人不敢怠慢，向渾家說了，一面接丈母來做伴；他便收拾行裝，去應歲考。考過，宗師著實稱贊，取在一等第一，又把他題了優行，貢入太學肄業；他歡喜謝了宗師。宗師起馬，送過，依舊回省，和潘三商議，要回樂清鄉裏去掛匾，豎旗杆。到織錦店裏織了三件補服：自己一件，母親一件，妻一件

製備停當，又在各書店裏約了一個會，每店三兩，各家又另外送了賀禮。正要擇日回家，那日景蘭江走來問候，就邀在酒店裏吃酒。吃酒中間，匡超人告訴他這些話，景蘭江著實羨了一回；落後講到潘三身上來，景蘭江道：「你不曉得麼？」匡超人大驚道：「甚麼事？我不曉得。」景蘭江道：「潘三昨晚拏了，已是下在監裏。」匡超人大驚道：「那有此事！我昨日午間纔會著他，怎麼就拏了？」景蘭江道：

「千真萬確的事。不然我也不知道，我有一個舍親在縣裏當刑房，今早是舍親小生日，我在那裏祝壽；滿座的人都講這話，我所以聽見。竟是撫臺訪牌下來，縣尊刻不敢緩，三更天出差去拏；還恐怕他走了，將前後門都圍起來，登時拏到。縣尊也不曾問甚麼，只把訪的款單掛了下來，把與他看；他看了也沒的辯，只朝上磕了幾個頭，就送在監裏去了。纔走得幾步，到了堂口；縣尊叫差人回來，吩咐寄內號，同大盜在一處。這人此後苦了！你若不信，我同你到舍親家去看看款單。」匡超人道：「這個好極！費先生有情意，再締絲蘿；朋友各分張，難言蘭臭。

當下兩人會了賬，出酒店，一直走到刑房家；那刑房姓蔣，家裏還有些客坐著，見兩人來，請在書房裏坐下，問其來意，景蘭江說：「這敝友要借縣裏昨日拏的潘三那人款單看看。」刑房拏出款單來，這單就貼在訪牌上，那訪牌上寫道：「訪得潘自業（即潘三）本市井奸棍，借藩司衙門隱佔身體，把持官府，包攬詞訟，廣放私債，毒害良民，無所不為。如此惡棍，豈可一刻容留於光天化日之下？為此牌仰該縣，即將本犯拏獲，嚴審呈報，以便按律治罪，毋違。火速，火速！」那款單上開著十幾款：─、包攬欺隱錢糧若干兩；一、私和人命幾案；一、短截本縣印文，及私動硃筆一案；一、假雕印信若干顆；一、拐帶人口幾案；一、重利剝民，威逼平人身死幾案；一、勾串提學衙門，買囑鎗手代考幾案。……不能細述。匡超人不看便罷，看了這款單，不覺颼的一聲，魂從頂門出去了。只因這一番，有分教：……師生有情意，再締絲蘿；朋友各分張，難言蘭臭。

畢竟後事如何？且聽下回分解。

第二十回　匡超人高興長安道　牛布衣客死蕪湖關

話說匡超人看了款單，頓時面如土色，真是「分開兩扇頂門骨，無數涼冰澆下來」。口裏說不出，自心下想道：「這些事，也有兩件是我在裏面的，倘若審了，根究起來，如何了得？」當下同景蘭江別了刑房，回到街上，景蘭江作別去了。匡超人到家躊躇了一夜，不曾睡覺；娘子問他怎的？他不好真說，只說：「我如今貢了，要到京裏去做官；你獨自在這裏住著不便，只好把你送到樂清家裏去。你在我母親跟前，可以放心；我便往京裏去做官，做的興頭，再來接你上任。」娘子道：「你去做官罷了，我自在這裏，接了我媽來做伴；你叫我到鄉下去，我那裏住得慣？這是不能的！」匡超人道：「你有所不知，我在家裏，日逐有幾個活錢；我去之後，你日食從何而來？老爹那邊，也是艱難日子，他那有閒錢養活女兒？待要把你送在娘家住，那裏房子窄，我而今是要做官的，你就是誥命夫人；住在那地方，不成體面，不如還是家去好。現今這房子，轉的出四十兩銀子，我拏幾兩添著進京；剩下的你帶去，放在我哥店裏，你每日支用。我家那裏東西又賤，雞魚鴨肉，日日有的，有甚麼不快活？」娘子再三再四不肯下鄉，他終日來逼，逼的急了，哭喊吵鬧了幾次；他不管娘子肯與不肯，竟託書店裏人把房子轉了，拏了銀子回來。娘子到底不肯去，他請了丈人丈母來勸；丈母也不肯。那丈人鄭老爹見女婿就要做官，責備女兒不知好歹，著實教訓了一頓。

女兒拗不過，方纔允了；叫一隻船，把些傢伙什物，都搬在船上。匡超人託阿舅送妹子到家，寫字與他哥，說：「將本錢添在店裏，逐日支銷。」娘子哭哭啼啼，拜別父母，上船去了；匡超人也收拾行李，來到京師見李給諫。給諫大喜，問著他，又補了廩，以優行貢入太學，益發喜極，向他說道：「賢契，目今朝廷考取教習，學生料理，包管賢契可以取中；你且將行李搬在我寓處來盤桓幾時。」匡超人應諾，搬了行李來。又過了幾時，給諫問匡超人可曾婚娶。匡超人暗想：老師是位大人，在他面前說出丈人是撫院的差，恐惹他看輕了笑。只得答道：「還不曾。」給諫道：「恁大年紀，尚不曾娶，也是男子摽梅之候了；但這事也在我身上。」

＊　＊　＊

次晚，遣一個老成管家來到書房裏，向匡超人說道：「家老爺拜上匡爺：因昨日談及匡爺還不曾恭喜，娶過夫人；家老爺有一外甥女，是家老爺夫人自小撫養大的，今年十九歲，才貌出眾，現在署中。家老爺意欲招匡爺為甥壻，一切恭喜費用，俱是家老爺備辦，不消匡爺費心。所以著小的來向匡爺叩喜。」匡超人聽見這話，嚇了一跳。思量要回他說已經娶過的，前日卻說過不曾；但要允他，又恐理上有礙。又轉一念道：「戲文上說的蔡狀元招贅牛相府，傳為佳話。這有何妨？」即便應允了。

＊　＊　＊

給諫大喜，進去和夫人說下擇了吉日，張燈結綵，倒賠數百金妝奩，把外甥女嫁與匡超人。到那一日，大吹大擂；匡超人紗帽圓領，金帶皂靴，先拜了給諫公夫婦，一派細樂，引進洞房；揭去方巾，見那新娘子辛小姐，真有沉魚落雁之容，閉月羞花之貌。人物又標致，嫁妝又齊整。匡超人此時，恍若親見瑤宮仙子，月下嫦娥，那魂靈都飄在九霄雲外去了。

自此珠圍翠繞，燕爾新婚，享了幾個月的天福；不想教習考取，要回本省地方取結，匡超人沒奈何，含著一包眼淚，只得別過了辛小姐，回浙江來。一進杭州城，先到他原舊丈人鄭老爹家來；進了鄭家門，這一驚非同小可：只見鄭老爹兩眼哭得通紅，對面客位上一人，便是他令兄匡大；裏邊丈母，嚎天喊地的哭。匡超人嚇癡了，向丈人作了揖，便問：「哥幾時來的？老爹家為甚事這樣哭？」匡大道：「你且搬進行李來，洗臉吃茶，慢慢和你說。」匡超人洗了臉走進去見丈母；被丈母敲桌子，打板櫈，哭著一場數說：「總是你這天災人禍的！把我一個嬌滴滴的女兒，生生的送死了！」

匡超人此時，纔曉得鄭氏娘子已是死了；忙走出來問他哥，匡大道：「自你去後，弟婦到了家裏，為人最好，母親也甚歡喜；那想他省裏來，過不慣我們鄉下的日子。況且你嫂子們在鄉下做的事，弟婦是一樣也做不來；又沒有個白白坐著，反叫婆婆和嫂子伏侍他的道理，因此，心裏著急，吐起血來；靠大娘的身子還好，倒反照顧他，他更不過意。一日兩，兩日三，鄉裏又沒個好醫生，病了不到一百天，就不在了。我也是纏到，所以鄭老爹鄭太太聽見了哭。」匡超人聽見了這些話，止不住落下幾點淚來，便問：「後事是怎樣辦的？」匡大道：「弟婦一倒了頭，家裏一個錢也沒有；我店裏是騰不出來，就算騰出些須來，也不濟事，無計奈何，只得把預備著娘的衣衾棺木，都把與他用了。」匡超人道：「這也罷了。」匡大道：「裝殮了，家裏又沒處停，只得權厝在廟後，等你回來下土。我想如今我還有幾兩銀子，大哥拿回去，在你弟婦厝基上，替他多添兩層厚磚，砌的堅固些，也還過得幾年。方纔老爹說的：他是個誥命夫人，到家請會畫的，替他追個像，把鳳冠補服畫起來；逢時遇節，供在家裏，叫小女兒燒香，他的魂靈也歡喜。

還不是下土的事哩。我想如今我還有幾兩銀子，大哥拿回去，作速收拾收拾，同我回去！」匡超人道：「裝殮了，你弟婦厝基上，替他多添兩層厚磚，砌的堅固些，也還過得幾年。方纔老爹說的：他是個誥命夫人，到家請會畫的，替他追個像，把鳳冠補服畫起來；逢時遇節，供在家裏，叫小女兒燒香，他的魂靈也歡喜。

就是那年我做了家去與娘的那件補服；若本家親戚們家請酒，叫娘也穿起來，顯得與眾人不同。哥將來在家，也要叫人稱呼老爺；凡事立起體統來，不可自己倒了架子。我將來有了地方，少不得連哥嫂都接到任上，同享榮華的。」匡大被他這一番話，說得眼花撩亂，渾身都酥了；一總都依他說。

晚間，鄭家擺了個酒，吃過，同在鄭家住下。次日，上街買些東西。匡超人將幾十兩銀子遞與他哥。

又過了三四日，景蘭江同著刑房的蔣書辦，找了來說話；見鄭家房子淺，要邀到茶室裏去坐。匡超人近日口氣不同，雖不說，意思不肯到茶室，景蘭江揣知其意，說道：「匡先生在此取結赴任，恐不便到茶室裏去坐；小弟而今正要替先生接風，我們而今竟到酒樓上去坐罷，還冠冕些。」

當下邀二人上了酒樓，斟上酒來。景蘭江問道：「先生，你這教習的官，可是就有得選的麼？」匡超人道：「怎麼不選？像我們這正途出身，考的是內廷教習；每日教的，多是勳戚人家子弟。」景蘭江道：「也和平常教書一般的麼？」匡超人道：「不然！不然！我們在裏面，也和衙門一般，公座硃墨筆硯，擺的停當；我早上進去陪了公座，那學生們送書上來，我只把那日子用硃筆一點，他就下去了。學生都是簷襲的三品以上的大人，出來就是督撫提鎮，都在我跟前磕頭，像這國子監的祭酒，是我的老師，他就是現任中堂的兒子。中堂是太老師，前日太老師有病，滿朝問安的官都不見，單只請我進去，坐在牀沿上談了一會出來。」

* * *

蔣刑房等他說完了，慢慢提起來，說：「潘三哥在監裏，前日再三和我說：聽見尊駕回來了，意思要會一會，敘敘苦情。不知先生你意下何如？」匡超人道：「潘三哥是個豪傑。他不曾遇事時，會著我

們，到酒店裏坐坐；鴨子是一定兩隻，還有許多羊肉，豬肉，雞，魚，像這店裏賣數錢一賣的菜，他都是不吃的。可惜而今受了累！本該竟到監裏去看他一看，只是小弟而今不得做諸生的時候，既替朝廷辦事，就要照依著朝廷的賞罰。若到這樣地方去看人，便是賞罰不明了。」蔣刑房道：「這本城的官，並不是你先生做著；你只算去看看朋友，有甚麼賞罰不明？」匡超人道：「二位先生，這話我不該說；因是知己面前不妨。潘三哥所做的這些事，便是我做地方官，我也是要訪拏他的；如今倒反走進監去看他，難道說朝廷處分的他不是？這就不是做臣子的道理了。況且我在這裏取結，院裏司裏都知道的；如今設若走一走，傳的上邊知道，就是小弟一生官場之玷，這個如何行得？可好費你蔣先生的心，多拜上潘三哥，凡事心照。若小弟僥倖，這回去就得個肥美地方；到任一年半載，那時帶幾百銀子來幫襯他，倒不值甚麼。」兩人見他說得如此，大約沒得辯他；吃完酒，各自散訖，蔣刑房自到監裏回覆潘三去了。

　　　　　　※　　　　　※　　　　　※

　　匡超人取定了結，也便收拾行李上船。那時先包了一隻淌板船的頭艙，包到揚州，在斷河頭上船。上得船來，中艙先坐著兩個人：一個老年的，繭綢直裰，絲絛朱履；一個中年的，寶藍直裰，粉底皂靴。都戴著方巾。匡超人見是衣冠人物，便同他拱手坐下；問起姓名，那老年的道：「鄙姓牛，草字布衣。」匡超人聽見景蘭江說過的，便道：「久仰！」又問：「那一位？」牛布衣代答道：「此位馮先生，尊字琢菴，乃此科新貴，往京師會試去的。」匡超人道：「牛先生也進京麼？」牛布衣道：「小弟不去，要到江上邊蕪湖縣地方尋訪幾個朋友；因與馮先生相好，偶爾同船，只到揚州，弟就告別，另上南京船，走長江去了。先生仙鄉貴姓？今往那裏去的？」匡超人說了姓名，馮琢菴道：「先生是浙江選家，尊選

有好幾部，弟都是見過的。」匡超人道：「我的文名也夠了！自從那年到杭州，至今五六年：考卷墨卷，房書行書，名家的稿子，還有四書講書，五經講書，古文選本，家裏有本賬，共是九十五本。弟選的文章，每一回出，書店定要賣掉一萬部；山東，山西，河南，陝西，北直的客人，都爭著買，只愁買不到手。還有個拙稿，是前年刻的，而今已經翻刻過三副板了。不瞞二位先生說，此五省讀書的人，家家隆重的是小弟，都在書案上香火蠟燭供著『先儒匡子之神位』。」牛布衣笑道：「先生，你此言誤矣！所謂先儒者，乃已經去世之儒者；今先生尚在，何得如此稱呼？」匡超人紅著臉道：「不然，所謂先儒者，乃先生之謂也。」牛布衣見他如此說，也不和他辯。馮琢菴又問道：「操選政的，還有一位馬純上，選手何如？」匡超人道：「這也是弟的好友。這馬純兄理法有餘，才氣不足；所以他的選本也不甚行。選本總以行為主，若是不行，書店就要賠本；惟有小弟的選本，外國都有的。」彼此談著，過了數日，不覺已到揚州。

馮琢菴，匡超人，換了淮安船到王家營起岸進京去了。牛布衣獨自搭江船，過了南京來到蕪湖，尋在浮橋口一個小庵內作寓。這庵叫做甘露庵，門面三間，中間供著一尊韋駄菩薩；左邊一間鎖著，堆些柴草，右邊一間做走路。進去一個大院落，大殿三間；殿後兩間房，一間是本庵一個老和尚自己住著，一間便是牛布衣住的客房。牛布衣日間出去尋訪朋友，晚間點了一盞燈，吟哦些甚麼詩詞之類；老和尚見他孤蹤，時常煨了茶，送在他房裏，陪著說話到一二更天。若遇清風明月的時節，便同他在前面天井裏談說古今的事務，甚是相得。

不想一日，牛布衣病倒了；請醫生來一連吃了幾十帖藥，總不見效。那日牛布衣請老和尚進房來，

坐在牀沿上，說道：「我離家一千餘里，客居在此；多蒙老師父照顧，不想而今得了這個拙病，眼見得不濟事了。家中並無兒女，只有一個妻子，年紀還不上四十歲；前日和我同來的一個朋友，又進京會試去了，而今老師父就是至親骨肉一般。我這牀頭箱內有六兩銀子，我若死去，即煩老師父替我買口棺木；還有幾件粗布衣服，牢去變賣了，請念眾師父，替我念一卷經，超度我生天。棺槨便尋那裏一塊空地把我寄放著，材頭上寫：『大明布衣牛先生之柩』，不要把我燒化了；倘得遇著個故鄉親戚，把我的喪帶回去。我在九泉之下，也是感激老師父的！」老和尚聽了這話，那眼淚止不住紛紛的落了下來；說道：「居士，你但放心！『說凶，得吉』，你若果有些山高水低，這事都在我老僧身上。」牛布衣又掙起來，朝著牀裏面席子下牢出兩本書來，遞與老和尚道：「這兩本是我生平所做的詩，雖沒有甚麼好，卻是一生相與的人都在上面。我捨不得湮沒了，也交與老師父；又幸遇著個後來的才人，替我流傳了，我死也瞑目！」老和尚雙手接了。

見他一絲兩氣，甚不過意；連忙到自己房裏，煎了些龍眼蓮子湯，牢到牀前，扶起來與他吃。已是不能吃了，勉強呷了兩口湯，仍舊面朝牀裏睡下；挨到晚上，痰響了一陣，喘息一回，嗚呼哀哉，氣斷身亡，老和尚大哭了一場。此時乃嘉靖九年八月初三日，天氣尚熱；老和尚忙取銀子去買了一具棺木來，央了幾個庵鄰，七手八腳，在房裏入殮；百忙裏，老和尚還走到自己房裏，披了袈裟，牢了手擊子❶，到他柩前來念往生咒。裝殮停當，老和尚想：那裏去尋空地？不如就把這間堆柴的屋，騰出來與他停柩。和鄰居說了，脫去袈裟，同鄰居把柴搬到大天井中堆著；將這屋安放了靈柩，取一張

❶　手擊子：和尚念經時手中所敲有柄的小磬子。

桌子，供奉香爐燭臺靈旛，俱各停當。老和尚伏著靈桌，又哭了一場；將眾人安插在大天井裏坐著，烹起幾壺茶來吃著。老和尚煮了一頓粥，打了二三十斤酒，買些麵筋豆腐乾青菜之類到庵，央及一個鄰居燒鍋；老和尚自己安排停當，先捧到牛布衣柩前奠了酒，拜了幾拜，便挈到後邊與眾人打散。老和尚道：

「牛先生是個異鄉人，今日回首在這裏，一些甚麼也沒有；貧僧一個人，支持不來。列位坐坐。」阿彌陀佛！卻是起動眾位施主來忙了怎一天；出家人又不能備個甚麼肴饌，只得一杯水酒，和些素菜，與列位坐坐。列位只當是做好事罷了，休嫌怠慢。」眾人道：「我們都是煙火鄰居，遇著這樣大事，理該效勞；卻還要破費老師父，不當人子！我們眾人心裏都不安，老師父怎的反說這話？」當下眾人把那酒菜和粥都吃完了，各自散訖。

過了幾日，老和尚果然請了吉祥寺八眾僧人，來替牛布衣拜了一天的「梁皇懺」。自此之後，老和尚每日早晚課誦，開門關門，一定到牛布衣柩前添些香，洒幾點眼淚。

那日定更時分，老和尚晚課已畢，正要關門，只見一個十七八歲的小廝，右手拿著一本經摺，左手拿著一本書，進門來坐在韋馱腳下，映著琉璃燈便念。老和尚不好問他，由他念到二更多天去了，老和尚關門睡下；次日這時候他又來念，一連念了四五日。老和尚忍不住了，見他進了門，上前問道：「小檀越！你是誰家子弟？因甚每晚到貧僧這庵裏來讀書？這是甚麼緣故？」那小廝作了一個揖，叫聲：「老師父！」又手不離方寸，話出姓名來。只因這一番，有分教：立心做名士，有志者事竟成；無意整家園，創業者成難守。

畢竟這小廝姓甚名誰？且聽下回分解。

第二十一回　冒姓氏小子求名　念親戚老夫臥病

話說牛浦郎在甘露庵裏讀書，老和尚問他姓名，他上前作了一個揖，說道：「老師父，我姓牛，舍下就在這前街上住。因當初在浦口外婆家長的，所以小名就叫做浦郎。不幸父母都去世了，只有個家祖，年紀七十多歲，開個小香蠟店，胡亂度日，每日叫我拏這經摺去討些賒賬。我打從學堂門口過，聽見念書的聲音好聽，因在店裏偷了錢，買這本書來念。卻是吵鬧老師父了。」

老和尚道：「我方纔不是說的，人家拏大錢請先生教子弟，還不肯讀；像你小檀越❶偷錢買書念，這是極上進的事。但這裏地下冷，且琉璃燈不甚明亮。我這殿上有張桌子，又有個燈掛兒，你何不就著那裏去念？也覺得爽快些。」浦郎謝了老和尚，跟了進來，果然一張方桌，上面一個油燈掛，甚是幽靜。

浦郎在這邊讀書，老和尚在那邊打坐，每晚要到三更天。

一日，老和尚聽見他念書，走過來問道：「小檀越，我只道你是想應考，要上進的念頭，故買這本文章來念；而今聽見你念的是詩，這個卻念他則甚？」浦郎道：「我們經紀人家，那裏還想甚麼應考上進？只是念兩句詩，破破俗罷了。」老和尚見他出語不俗，便問道：「你看這詩，講的來麼？」浦郎道：「講不來的也多；若有一兩句講的來，不由的心裏覺得歡喜。」老和尚道：「你既然歡喜，再念幾時，

❶　檀越：出家人對一般世俗之人的尊稱。

我把兩本詩與你看，包你更歡喜哩。」浦郎道：「老師父有甚麼詩？何不與我看？」老和尚笑道：「且慢，等你再想幾時看。」

又過了些時，老和尚下鄉到人家去念經，有幾日不回來，把房門鎖了，殿上託了浦郎。浦郎自心裏疑猜：「老師父有甚麼詩，卻不肯就與我看，哄我想的慌？……」趁老和尚不在家，到晚，把房門撥開，走了進去，見桌上擺著一座香爐，一個燈盞，一串念珠。放著些廢殘的經典，翻了一交，那有個甚麼詩？浦郎疑惑道：「難道老師父哄我？……」又尋到牀上，尋著一個枕箱，一把銅鎖鎖著。浦郎把鎖撧❷開，見裏面重重包裹，兩本錦面線裝的書，上寫「牛布衣詩稿」。浦郎喜道：「這個是了！」慌忙拏了出來，把枕箱鎖好，走出房來，房門依舊關上，將這兩本書，拏到燈下一看，不覺眉花眼笑，手舞足蹈的起來。是何緣故？他平日讀的詩是唐詩，文理深奧，他不甚懂；這個是時人的詩，他看著就有五六分解的來，故此歡喜。又見那題目上，都寫著「呈相國某大人」，「懷督學周大人」，「婁公子借遊鶯脰湖分韻，兼呈令兄通政」，「與魯太史話別」，「寄懷王觀察」；其餘某太守，某司馬，某明府，某少尹，不一而足。浦郎自想：「這相國，督學，太史，通政，以及太守，司馬，明府，都是而今的現任老爺們的稱呼。可見只要會做兩句詩，並不要進學中舉，就可以同這些老爺們往來。何等榮耀！」因想：「他這人姓牛，我也姓牛。他詩上只寫了牛布衣，並不曾有個名字，何不把我的名字，合著他的號，刻起兩方圖書來印在上面？……這兩本詩可不算了我的了？我從今就號做牛布衣。」

當晚回家盤算，喜了一夜；次日，又在店裏偷了幾十個錢，走到吉祥寺門口一個刻圖書的郭鐵筆店

❷ 撧：不用鑰匙而另用一種器具將鎖簧撥開。

裏櫃外，和郭鐵筆拱一拱手，坐下說道：「要費先生的心，刻兩方圖書。」郭鐵筆遞過一張紙來道：「請寫尊銜。」浦郎把自己小名去了一個「郎」字，寫道：「一方陰文圖書，刻『牛浦之印』；一方陽文，刻『布衣』二字。」郭鐵筆接在手內，將眼上下把浦郎一看，說道：「先生便是牛布衣麼？」浦郎答道：「『布衣』是賤字。」郭鐵筆慌忙走出櫃臺來重新作揖，請坐，奉過茶來，說道：「久已聞得有位牛布衣，住在甘露庵，容易不肯會人，相交的都是貴官長者。失敬！失敬！尊章即鐫上獻醜，筆資也不敢領。」

此處也有幾位朋友，仰慕先生，改日同到貴寓拜訪。」

浦郎恐他走到庵裏，看出爻象❸，只得順口答道：「極承先生見愛。但目今也因鄰郡一位當事約去做詩，還有幾時就擱，只在明早就行。先生且不必枉駕，索性回來相聚罷。圖書也是小弟明早來領。」

郭鐵筆應諾了。浦郎次日討了圖書，印在上面，藏的好好的，每晚仍在庵裏念詩。

※　　　※　　　※　　　※

他祖父牛老兒坐在店裏，那日午後，沒有生意，間壁開米店的一位卜老爹走了過來，坐著說閒話。

牛老爹店裏，賣的有現成的「百益酒」，燙了一壺，撥出兩塊豆腐乳和些筍乾，大頭菜，擺在櫃臺上，兩人吃著。卜老爹道：「你老人家而今也罷了。生意這幾年也還興。你令孫長成人了，著實伶俐去得。你老人家有了接代，將來就是福人了。」牛老道：「老哥，告訴你不得！我老年不幸，把兒子媳婦都亡化了，丟下這個孽障種子，還不曾娶得一個孫媳婦，今年已十八歲了。每日叫他出門討賒賬，討到三更半夜不來家，說著也不信，不是一日了，恐怕這廝知識開了，在外沒脊骨鑽狗洞❹！淘淥❺壞了身子，將

❸ 爻象：此處指形跡、真相。

來我這幾根老骨頭，卻是叫何人送終！」

說著，不覺悽惶起來。卜老道：「這也不甚難擺劃❻的事。假如你焦他沒有房屋❼，何不替他娶上一個孫媳婦，一家一計過日子？這也前後免不得要做的事。」牛老道：「老哥！我這小生意，日用還餬不過來，那得這一項銀子做這一件事？」卜老沉吟道：「如今倒有一頭❽親事，不知你可情願；若情願時，一個錢也不消費得。」牛老道：「卻是那裏有這一頭親事？」卜老道：「我先前有一個小女，嫁在運漕賈家，不幸我小女病故了！女壻又出外經商，遺下一個外甥女，是我領來養在家裏，到大令孫一歲，今年十九歲了。你若不棄嫌，就把與你做個孫媳婦。況且一牆之隔，打開一個門就攛了過來，行人錢都可以省得的。」牛老聽罷，大喜道：「極承老哥相愛❾。明日就央媒到府上來求。」卜老道：「這個又不是了。又不是我的孫女兒，我和你這些客套做甚麼？如今主親也是我，媒人也是我，只費得你兩個帖子。我那裏把庚帖送過來，你請先生擇一個好日子，就把這個事完成了。」牛老聽罷，忙斟了一杯酒送過來，出席作了一個揖。當下說定了，卜老過去。

❹ 鑽狗洞：做不正當的事，如亂搞男女關係，在官場中鑽營等。

❺ 淘淥：調色慾傷身。亦作「淘碌」。

❻ 擺劃：處置。

❼ 房屋：老婆的代名詞。

❽ 一頭：一椿。

❾ 布草衣服：粗布衣裳。

到晚，牛浦回來，祖父把卜老爹這些好意告訴了一番。牛浦不敢違拗，次早寫了兩副紅全帖：一副拜卜老爹為媒，一副拜姓賈的小親家。那邊收了，發過庚帖來。牛老請陰陽徐先生擇定十月二十七日吉期過門。牛老把囤下來的幾石糧食變賣了，做了一件綠布棉襖，紅布裙子，青布上蓋，紫布褲子，共是四件暖衣；又換了四樣首飾，三日前送了過去。

到了二十七日，牛老清晨起來，把自己的被褥搬到櫃臺上去睡。他家只得一間半房子：半間安著櫃臺，一間做客座，客座後半間就是新房。當日牛老讓出牀來，就同牛浦把新做的帳子，被褥，鋪疊起來；又另出一張小桌子，端了進來，放在後簷下有天窗的所在，好趁著亮，放鏡子梳頭。房裏停當，把後面天井內搭了個蘆蓆的廈子做廚房。忙了一早晨，交了錢與牛浦出去買東西。只見那邊卜老爹，已是料理了些鏡子，燈臺，茶壺和一套盆桶，兩個枕頭，叫他大兒子卜誠做一擔子挑了來。挑進門放下，和牛老作了揖。牛老心裏著實不安，請他坐下，忙走到櫃裏面，一個罐內倒出兩塊橘餅和些蜜餞天茄，斟了一杯茶，雙手遞與卜誠，說道：「卻是有勞的緊了，使我老漢坐立不安。」卜誠道：「老伯快不要如此，這是我們自己的事。」

說罷，坐下吃茶。只見牛浦戴了新瓦楞帽，身穿青布新直裰，新鞋淨襪，從外面走了進來。後邊跟著一個人，手裏提著幾大塊肉，兩個雞，一大尾魚，和些闊筍芹菜之類。他自己手裏捧著油鹽作料，走了進來。牛老道：「這是你舅丈人，快過來見禮。」牛浦丟下手裏東西，向卜誠作揖下跪，起來數錢打發那擎東西的人，自捧著作料，送到廚下去了。隨後卜家第二個兒子卜信，端了一隻箱子，內裏盛的是新娘的針線鞋面；又一個大捧盤，十杯高菓子茶，送了過來，以為明早拜堂之用。牛老留著吃茶，牛浦

也拜見過了。卜家弟兄兩個，坐了一回，拜辭去了。牛老自到廚下收拾酒席，足忙了一天。到晚上，店裏擎了一對長枝的紅蠟燭，點在房裏，每枝上插一朵通草花，央請了鄰居家兩位奶奶把新娘子攙了過來，在房裏拜了花燭。牛老安排一席酒菜在新人房裏，與新人和攙新人的奶奶坐；自己在客座內擺了一張桌子，點起蠟燭來，杯箸安排停當，請得卜家父子三位來到。牛老先斟了一杯酒，奠了天地，再滿滿斟上一杯，捧在手裏，請卜老轉上，說道：「這一門親，蒙老哥親家相愛，我做兄弟的知感不盡！卻是窮人家，不能備個好席面，只得這一杯水酒，又還要屈了二位舅爺的坐。凡事總是海涵了罷。」

說著，深深作下揖去。卜老還了禮。牛老又要奉卜誠卜信的席。兩人再三辭了，作揖坐下。牛老：「實是不成個酒饌。至親面上，休要笑話。只是還有一說，我家別的沒有，茶葉和炭還有些須。如今煨一壺好茶，留親家坐著談談，到五更天，讓兩口兒出來磕個頭，也盡我兄弟一點窮心。」卜老道：「親家，外甥女年紀幼，不知個禮體；他父親又不在跟前，一些陪嫁的東西也沒有，把我羞的要不的。若說坐到天亮，我自恁要和你老人家談談哩，為甚麼要去？」

當下卜誠，卜信，吃了酒，先回家去。卜老坐到五更天，兩口兒打扮出來，先請牛老在上，磕下頭去。牛老道：「孫兒，我不容易看養你到而今。而今多虧了你這外公公替你成就了親事，你已是有了房屋了。我從今日起，就把店裏的事，都交付與你。一切買，賣，賒欠存留，都是你自己主張。我也老了，累不起了，只好坐在店裏幫你照顧，你只當尋個老夥計罷了。孫媳婦是好的。只願你們夫妻百年偕老，多子多孫！」磕了頭起來，請卜老爹轉上受禮，兩人磕下頭去。卜老道：「我外孫女兒有甚不到處，姑爺，你指點他。——敬重上人，不要違拗夫主的言語。家下沒有多人，凡事勤慎些，休惹老人家著急。」

兩個禮罷，說著，扶了起來。牛老又留親家吃早飯。卜老不肯，辭別去了。自此，牛家嫡親三口兒度日。

牛浦自從娶親，好些時不曾到庵裏去。那日出去討賖賬，順路往庵裏走走。纔到浮橋口，看見庵門外拴著五六匹馬，馬上都有行李，馬牌子❿跟著。走近前去，看見韋馱殿西邊檻上，坐著三四個人，頭戴大氈帽，身穿紬絹衣服，左手擎著馬鞭子，右手撚著鬍子，腳下尖頭粉底皂靴，蹺得高高的坐在那裏。

牛浦不敢進去。老和尚在裏面一眼張見，慌忙招手道：「小檀越，你怎麼這些時不來？我正要等你說話哩。快些進來！」牛浦見他叫，大著膽走了進去，見老和尚已經將行李收拾停當，恰待起身，因吃了一驚道：「老師父，你收了行李，要往那裏去？」老和尚道：「這外面坐的幾個人，是京裏九門提督齊大人那裏差來的。齊大人當時在京，曾拜在我名下。而今他陞做大官，特地打發人來請我到京裏報國寺去做方丈。我本不願去，因前日有個朋友死在我這裏，他卻有個朋友到京會試去了，我今借這個便到京尋著他這個朋友，把他的喪奔了回去，也了我這一番心願。還有一牀褥子不好帶去，還有些零碎器用，都把與枕箱內。我此時也不得功夫了，你自開箱拏了去看。還有兩本詩要與你看，就是他的。在我做方丈。我本不願去，因前日有個朋友死在我這裏，他卻有個朋友到京會試去了，你替我照應著，等我回來。」

牛浦正要問話，那幾個人走進來說道：「今日天色甚早，還趕得幾十里路。請老師父快上馬，休誤了我們走道兒。」說著，將行李搬出，把老和尚簇擁上馬。那幾個人都上了牲口。牛浦送了出來，只向老和尚說得一聲：「前途保重！」那一群馬，潑喇喇的，如飛一般也似的去了。牛浦望不見老和尚，方纔回來，自己查點一查點東西，把老和尚鎖房門的鎖開了，取了下來，出門反鎖了庵門，回家歇宿。次

❿ 馬牌子⋯馬夫。

日，又到庵裏走走，自想：「老和尚已去，無人對證，何不就認做牛布衣？……」因取了一張白紙，寫

下五個大字道：「牛布衣寓內。」自此，每日來走走。

＊

又過了一個月，他祖父牛老兒坐在店裏閒著，把賬盤一盤，見欠賬上人欠的也有限了；每日賣不上

幾十文錢，又都是柴米上支銷去了；合共算起，本錢已是十去其七。這店漸漸的撐不住了，氣的眼睜睜

說不出話來。到晚，牛浦回家，問著他，總歸不出一個清賬，口裏只管之乎者也，胡支扯葉⑪，牛老氣

＊

成一病，七十歲的人，元氣衰了，又沒有藥物補養，病不過十日，壽數已盡，歸天去了。

牛浦夫妻兩口，放聲大哭起來。卜老聽了，慌忙走過來，見屍首停在門上，叫著「老哥」，眼淚如雨

＊

的哭了一場。哭罷，見牛浦在旁，哭的言不得，語不得，說道：「這時節不是你哭的事。吩咐外甥女兒

看好了老爹，你同我出去料理棺衾。」牛浦揩淚，謝了卜老。當下同到卜老相熟的店裏，賒了一具棺材，

又擎了許多的布，叫裁縫趕著做起衣裳來，當晚入殮。次早，僱了八個腳子，抬往祖墳安葬。卜老又

替他請了陰陽徐先生，自己騎驢子，同下去點了穴。看著親家入土，又哭了一場，同陰陽先生回來，留

著牛浦在墳上過了三日。

卜老一到家，就有各項的人來要錢。卜老都許著。直到牛浦回家，歸一歸店裏的本錢，只抵得棺材

店五兩銀子；其餘布店，裁縫，腳子的錢，都沒處出。無計奈何，只得把自己住的間半房子，典與浮橋

上抽閘板的閘牌子，得典價十五兩。除還清了賬，還剩四兩多銀子。卜老叫他留著些到開年清明，替老

⑪ 胡支扯葉：東拉西扯。

爹成墳。牛浦兩口子沒處住，卜老把自己家裏出了一間房子，叫他兩口兒搬來住下，把那房子交與閘牌子去了。那日搬來，卜老還辦了幾碗菜，替他暖房。卜老也到他房裏坐了一會，只是想著死的親家，就要哽哽咽咽的哭。

＊　　　＊　　　＊

不覺已是除夕。卜老一家過年，兒子媳婦房中，都有酒席，炭火。卜老先送了幾斤炭，叫牛浦在房裏生起火來；又送了一桌酒菜，叫他除夕在房裏立起牌位來，祭奠老爹。新年初一日，叫他到墳上燒紙錢去，又說道：「你到墳上去，向老爹說：我年紀老了，這天氣冷，我不能親自來與親家拜年。」說著，又哭了。牛浦應諾了去。

＊　　　＊　　　＊

卜老直到初三纔出來賀節。在人家吃了幾杯酒和些菜，打從浮橋口過，見那閘牌子家換了新春聯，貼的花花綠綠的，不由的一陣心酸，流出許多眼淚來，要家去。忽然遇著姪女壻，一把拉了家去。姪女兒打扮著出來拜年。拜過了，留在房裏吃飯，捧上糯米的年團子來。吃了兩個，已經不吃了，姪女兒苦勸著，又吃了兩個。回來一路迎著風，就覺得有些不好。到晚頭疼發熱，就睡倒了。請了醫生來看，有說是著了氣，氣裏帶痰的；也有說該發散的；也有說該用溫中的；也有說年老人該用補藥的；紛紛不一。

卜誠卜信慌了，終日看著。牛浦一早一晚的進房來問安。

那日天色晚了，卜老爹睡在牀上，見牕眼裏鑽進兩個人來，走到牀前，手裏擎了一張紙，遞與他看，問別人，都說不曾看見有甚麼人。卜老爹接紙在手，看見一張花邊批文，上寫著許多人的名字，都用硃筆點了，一單共有三十四五個人。頭一名牛相，他知道是他親家的名字；末了一名，便是他自己的名

字——卜崇禮。再要問那人時，把眼一眨，人和票子都不見了。只因這一番，有分教：結交官府，致令親戚難依；遨遊仕途，幸遇宗誼可靠。

不知卜老性命如何？且聽下回分解。

第二十二回　認祖孫玉圃聯宗　愛交遊雪齋留客

話說卜老爹睡在牀上，親自看見地府勾牌，知道要去世了，即把兩個兒子媳婦叫到跟前，都吩咐了幾句遺言；又把方纔看見勾批的話說了，道：「快替我穿了送老的衣服，我立刻就要去了！」兩個兒子哭哭啼啼，忙取衣服來穿上。穿著衣服，他口裏自言自語道：「且喜我和我親家是一票⋯他是頭一個，我是末一個！他已是去得遠了，我要趕上他去！」說著，把身子一挣，一頭倒在枕頭上。兩個兒子都扯不住。忙看時，已沒了氣了。後事都是現成的，少不得修齋理七，報喪開弔。都是牛浦陪客。這牛浦也就有幾個念書的人，和他相與，乘著人亂，也夾七夾八的來往。初時卜家也還覺得新色，後來見來的回數多了，一個生意人家，只見這些「之乎者也」的人來講獃話，覺得可厭，非止一日。

那日，牛浦走到庵裏，庵門鎖著，開了門，只見一張帖子掉在地下，上面許多字，是從門縫裏送進來的。拾起一看，上面寫道：「小弟董瑛，京師會試，于馮琢菴年兄處，得讀大作，渴欲一唔，以得識荊；奉訪尊寓不值，不勝悵悵！明早幸駕少留片刻，以便趨教。至禱！至禱！」看畢，知道是訪那個牛布衣的。但見帖子上有「渴欲識荊」的話，是不曾會過，「何不就認作牛布衣，和他相會？⋯⋯」又想道：「他說在京會試，定然是一位老爺。且叫他竟到卜家來會我，嚇他一嚇卜家弟兄兩個，有何不

可？……」主意已定，即在庵裏取紙筆，寫了一個帖子，說道：「牛布衣近日館于舍親卜宅。尊客過問，可至浮橋南首大街卜家米店便是。」寫畢，帶了出來，鎖好了門，貼在門上，回家向卜誠說道：「明日有一位董老爺來拜。他就是要做官的人，我們不好輕慢。如今要借重大爺，明日早晨把客座裏收拾乾淨了，還要借重二爺，捧出兩杯茶來。這都是大家臉上有光輝的事，須幫襯一幫襯。」

卜家弟兄兩個，聽見有官來拜，也覺得喜出望外，一齊應諾了。第二日清早，卜誠起來，掃了客堂裏的地，把囤米的摺子，搬在廳外廊檐下；取六張椅子，對面放著；叫渾家生些炭爐子，煨出一壺茶來；尋了一個捧盤，兩個茶杯，兩張茶匙，又剝了四個圓眼，一杯裏放兩個，伺候停當。直到早飯時候，一個青衣人，手持紅帖，一路問了來，道：「這裏可有一位牛相公？董老爺來拜。」卜誠道：「在這裏。」接了帖，飛跑進來說。

牛浦迎了出去，見轎子已落在門首。董孝廉下轎進來，頭戴紗帽，身穿淺藍色緞圓領，腳下粉底皂靴，三絡鬚，白淨面皮，約有三十多歲光景。進來行了禮，分賓主坐下。董孝廉先開口道：「久仰大名，又讀佳作，想慕之極。只疑先生老師宿學，原來還這般青年，更加可敬。」牛浦道：「晚生山鄙之人，胡亂筆墨，蒙老先生同馮琢翁過獎，抱愧實多。」董孝廉道：「不敢。」卜信捧出兩杯茶，從上面走下來，送與董孝廉。董孝廉接了茶，牛浦也接了。卜信直挺挺站在堂屋中間。牛浦打了個躬向董孝廉道：「小价村野之人，不知禮體，老先生休要見笑。」董孝廉笑道：「先生世外高人，何必如此計論？」牛浦又問道：「老先生此番駕往何處？」董孝廉聽見這話，頸脖子都飛紅了，接了茶盤，骨都著嘴進去。牛浦又問道：「老先生此番駕往何處？」董孝廉道：「弟已授職縣令，今發來應天候缺，行李尚在舟中。因渴欲一晤，故此兩次奉訪。今

　既已接教過，今晚即要開船赴蘇州去矣。」牛浦道：「晚生得蒙青目❶，一日地主之誼也不曾盡得，如何便要去?」董孝廉道：「先生，我們文章氣誼，何必拘這些俗情?弟此去若早得一地方，便可奉迎先生到署，早晚請教。」說罷，起身要去。牛浦攀留不住，說道：「晚生即刻就來船上奉送。」董孝廉道：「這倒也不敢勞了；只怕弟一出去，船就要開，不得奉候。」當下打躬作別，牛浦送到門外，上轎去了。

＊　＊　＊

　牛浦送了回來，卜信氣得臉通紅，迎著他一頓數說道：「牛姑爺，我至不濟，也是你的舅丈人，長親!你叫我捧茶去，這是沒奈何，也罷了，怎麼當著董老爺嚷我!這是那裏來的話!」牛浦道：「但凡官府來拜，規矩是該換三遍茶。你只送了一遍，就不見了。我不說你也罷了，你還來問我這些話!這也可笑!」卜誠道：「姑爺，不是這樣說!雖則我家老二捧茶，不該從上頭往下走，你也不該就在董老爺跟前灑出來!不惹的董老爺笑!」牛浦道：「董老爺看見了你這兩個灰撲撲❷的人，也就夠笑的了!何必要等你捧茶，走錯了，纔笑!」卜信道：「我們生意人家，也不要這老爺們來走動!沒有借了多光，反惹他笑了去!」牛浦道：「不是我說一個大膽的話：若不是我在你家，你家就一二百年也不得有個老爺走進這屋裏來!」卜誠道：「沒的扯淡!就算你相與老爺，你到底不是個老爺!」牛浦道：「憑你向那個說去!還是坐著同老爺打躬作揖的好?還是捧茶給老爺吃，走錯路，惹老爺笑的好?」卜信道：「不要噁心!我家也不希罕這樣老爺!」牛浦道：「不希罕麼?明日向董老爺說，拏帖子送到蕪湖縣，先打

❶ 青目：照拂、愛護之意。

❷ 灰撲撲：土頭土腦。

一頓板子！」兩個人一齊叫道：「反了！反了！外甥女婿要送舅丈人去打板子！是我家養活你這年把的

不是了！——就和他到縣裏去講講，看是打那個的板子！」牛浦道：「那個怕你！就和你去！」

當下兩人把牛浦扯著，扯到縣門口。知縣纔發二梆，不曾坐堂。三人站在影壁前，恰好遇著郭鐵筆

走來，問其所以。卜誠道：「郭先生，自古『一斗米養個恩人，一石米養個仇人』！這是我們養他的不

是了！」郭鐵筆也著實說牛浦的不是，道：「尊卑長幼，自然之理。這話卻行不得。但至親間見官，也

不雅相。」

當下扯到茶館裏，叫牛浦斟了杯茶坐下。卜誠道：「牛姑爺，倒也不是這樣說！如今我家老爹去世，

家裏人口多，我弟兄兩個，招攬不來。難得當著郭先生在此，我們把這話說一說。外甥女少不的是我們

養著，牛姑爺也該自己做出一個主意來。只管不尷不尬住著，也不是事。」牛浦道：「你為這話麼？這

話倒容易。我從今日就搬了行李出來，自己過日，不纏繞你們就是了。」

＊　　　＊　　　＊　　　＊

當下吃完茶，勸開這一場鬧，三人又謝郭鐵筆。郭鐵筆別過去了。卜誠卜信回家。牛浦賭氣，來家

拏了一牀被搬在庵裏來住；沒的吃用，把老和尚的鐃鈸叮噹都當了；閒著無事，去望望郭鐵筆。鐵筆不

在店裏，櫃上有人家寄的一部「新縉紳」賣。牛浦揭開一看，看見淮安府安東縣新補的知縣董瑛，字彥

芳，浙江仁和人，說道：「是了！我何不尋他去？」忙走到庵裏，捲了被褥，又把和尚的一座香爐，一

架磬，拏去當了二兩多銀子，也不到卜家告說，竟搭了江船。恰好遇順風，一日一夜，就到了南京燕子

磯。要搭揚州船，來到一個飯店裏。店主人說道：「今日頭船已經開了，沒有船，只好住一夜，明日午

第二十二回　認祖孫玉圃聯宗　愛交遊雪齋留客　❖　205

後上船。」

牛浦放下行李，走出店門，見江沿上繫著一隻大船，問店主人道：「這隻船可開的？」店主人笑道：

「這隻船你怎上的起？要等個大老官來包了纔走哩。」說罷，走了進來。走堂的擎了一雙筷子，兩個小菜碟，又是一碟臘豬頭肉，一碟子蘆蒿炒豆腐乾，一碗湯，一大碗飯，一齊搬上來。牛浦問：「這菜和飯是怎算？」走堂的道：「飯是二釐一碗，葷菜一分，素的一半。」牛浦把這菜和飯都吃了，又走出店門，只見江沿上歇著一乘轎，三擔行李，四個長隨。那轎裏走出一個人來，頭戴方巾，身穿沈香色夾紬直裰，粉底皂靴，手擎白紙扇；花白鬍鬚，約有五十多歲光景；一雙刺蝟眼，兩個鸛骨腮。那人走出轎來，吩咐船家道：「我是要到揚州鹽院太老爺那裏去說話的。你們小心伺候，我到揚州，另外賞你；若有一些怠慢，就擎帖子送在江都縣重處！」船家唯唯連聲，搭扶上了船。船家都幫著搬行李。

正搬得熱鬧，店主人向牛浦道：「你快些搭去！」牛浦捐著行李，走到船尾上，船家一把把他拉了上船，搖手叫他不要則聲，把他安在煙篷底下坐。牛浦見他們眾人把行李搬上了船，長隨在艙裏擎出「兩淮公務」的燈籠來掛在艙口；叫船家把爐銚擎出來，在船頭上生起火來，煨了一壺茶，送進艙去。天色已黑，點起燈籠來，四個長隨都到後船來辦盤子，爐子上頓酒。料理停當，都捧到中艙裏，點起一支紅蠟燭來。牛浦偷眼在板縫裏張那人時，對了蠟燭，桌上擺著四盤菜。左手擎著酒杯，右手按著一本書，在那裏點頭細看。看了一回，擎進飯去吃了。少頃，吹燈睡了。牛浦也悄悄睡下。

是夜東北風緊，三更時分，瀟瀟颯颯的下起細雨。那煙篷蘆蓆上，漏下水來。牛浦翻身打滾的睡不著。五更天，只聽得艙裏叫道：「船家，為甚麼不開船？」船家道：「這大獸❸的頂頭風，前頭就是黃

天蕩，昨晚一號❹幾十隻船都灣在這裏，那一個敢開？」

※ ※ ※

少停，天色大亮，船家燒起臉水送進艙去，長隨們都到後艙來洗臉。候著他們洗完，也遞過一盆水與牛浦洗了。只見兩個長隨，打傘上岸去了；一個長隨，取了一隻金華火腿，在船邊上向著港裏洗。船家量米煮飯，幾個長隨過來收拾這樣肴饌。整治停當，裝做四大盤，又燙了一壺酒，捧進艙去，與那人吃早飯。

※ ※ ※

吃過，剩下的，四個長隨拏到船後板上，齊坐著吃了一會。吃畢，打抹船板乾淨，纔是船家在煙篷底下，取出一碟蘿蔔乾，和一碗飯與牛浦吃。牛浦也吃了。那雨雖略止了些，風卻不曾住。到晌午時分，那人把艙後開了一扇板，一眼看見牛浦，問道：「這是甚麼人？」船家陪著笑臉說道：「這是小的們帶的一分酒資。」那人道：「你這位少年，何不進艙來坐坐？」牛浦巴不得這一聲，連忙從後面鑽進艙來，便向那人作揖，下跪。那人道：「船艙裏窄，草字叫做玉圃。我本是徽州人。你且坐下。」牛浦道：「不敢拜問老先生尊姓？」那人道：「我麼？姓牛名瑤，草字叫做玉圃。我本是徽州人。你姓甚麼？」牛浦道：「晚生也姓牛。祖籍本來也是新安。」牛玉圃不等他說完，便接著道：「你既然姓牛，五百年前是一家，我和你祖孫相稱罷。我們徽州人，稱叔祖是『叔公』，你從今只叫我做叔公罷了。」

牛浦聽了這話，也覺愕然；因見他如此體面，不敢違拗，便問道：「叔公此番到揚有甚麼公事？」

❸ 一號：一總。

❹ 大獃：很大、強烈之意。

牛玉圃道：「我不瞞你說，我八轎的官也不知相與過多少。那個不要我到他門裏去？我是懶出門。而今在這東家萬雪齋家，也不是甚麼要緊的人。他圖我相與的官府多，有些聲勢，每年請我在這裏，送我幾百兩銀，留我代筆代筆，也只是個名色。我也不耐煩住在他家那個俗地方。我自在子午宮住。你如今既認了我，我自有用的著你處。」當下向船家說：「把他的行李搴進艙來，船錢也在我這裏算。」船家道：「老爺又認著了一個本家，要多賞小的們幾個酒錢哩。」

＊　＊　＊

這日晚飯，就在艙裏陪著牛玉圃吃。到夜風住，天已晴了。五更鼓已到儀徵。進了黃泥灘，牛玉圃起來洗了臉，攜著牛浦上岸走走，走上岸，向牛浦道：「他們在船上收拾飯費事，這裏有個大觀樓，素菜甚好，我和你去吃素飯罷。」回頭吩咐船上道：「你們自料理吃早飯，我們往大觀樓吃飯就來。不要人跟隨了。」說著，到了大觀樓。上得樓梯，只見樓上先坐著一個戴方巾的人。那人見牛玉圃嚇了一跳，站道：「原來是老弟！」牛玉圃道：「原來是老哥！」兩個平磕了頭。那人問：「此位是誰？」牛玉圃道：「這是舍姪孫。」向牛浦道：「你快過來叩見。這是我二十年拜盟的老弟兄，常在大衙門裏共事的王義安老先生。快來叩見。」牛浦行過了禮，分賓主坐下。走堂的搬上飯來，一碗炒麵筋，一碗膾腐皮，三人吃著。牛浦道：「我和你還是那年在齊大老爺衙門裏相別，直到而今。」王義安道：「那個齊大老爺？」牛玉圃道：「便是做九門提督的了。」王義安道：「齊大老爺待我兩個人，是沒得說的了！」

正說得稠密，忽見樓梯上又走上兩個戴方巾的秀才來；前面一個穿一件繭綢直裰，胸前油了一塊；

後面一個穿一件元色直裰，兩個袖子破的晃晃蕩蕩的。走了上來，兩個秀才一眼看見王義安，那穿繭綢的道：「這不是我們這裏豐家巷婊子家掌櫃的烏龜王義安？」那穿元色的道：「怎麼不是他？他怎麼敢戴了方巾在這裏胡鬧！」不由分說，走上去，一把扯掉了他的方巾，劈臉就是一個大嘴巴，打的烏龜跪在地下磕頭如搗蒜，兩個秀才越發威風。牛玉圃走上去扯勸，被兩個秀才啐了一口，說道：「你一個衣冠中人，同這烏龜坐著一桌子吃飯！你不知道罷了，既知道，還要來替他勸鬧，連你也該死了！還不快走，在這裏討沒臉！」牛玉圃見這事不好，悄悄拉了牛浦走下樓來，急急走回去了。

這裏兩個秀才，把烏龜打了個臭死。店裏人做好做歹，叫他認不是。兩個秀才總不肯住，要送他到官。落後打的烏龜急了，在腰裏摸出三兩七錢碎銀子來送與兩位相公做好看錢，纔罷了，放他下去。

＊　　＊　　＊

牛玉圃同牛浦上了船，開到揚州，一直攏了子午宮下處，道士出來接著，安放行李，當晚睡下。次日早晨，挈出一頂舊方巾和一件藍紬直裰來，遞與牛浦道：「今日要同往東家萬雪齋先生家，你穿了這個衣帽去。」

＊　　＊　　＊

當下叫了兩乘轎子，兩人坐了，兩個長隨跟著，一個抱著氈包。一直來到河下，見一個大高門樓，有七八個朝奉坐在板槕上，中間夾著一個奶媽，坐著說閒話。轎子到了門首，兩人下轎，走了進去。那朝奉都是認得的，說道：「牛老爺回來了？請在書房坐。」

當下走進了一個虎座的門樓，過了磨磚的天井，到了廳上。舉頭一看，中間懸著一個金字大匾，是「慎思堂」三字；傍邊一行，「兩淮鹽運使司鹽運使荀玫書」。兩邊金箋對聯，寫「讀書好，耕田好，學

好便好；創業難，守成難，知難不難。」中間掛著一軸倪雲林的畫，書案上擺著一大塊不曾琢過的璞，

十二張花梨椅子，左邊放著六尺高的一座穿衣鏡。從鏡子後邊走進去，兩扇門開了，鵝卵石砌成的地。

循著塘沿走，一路的朱紅欄杆。走了進去，三間花廳。櫥子中間，懸著斑竹簾。有兩個小么兒在那裏伺

候，見兩個走來，揭開簾子，讓了進去。舉眼一看，裏面擺的都是水磨楠木桌椅，中間懸著一個白紙墨

字小匾，是「課花摘句」四個字。兩人坐下吃了茶，那主人萬雪齋方從裏面走了出來，頭戴方巾，手搖

金扇，身穿澄鄉繭綢直裰，腳下朱履，出來同牛玉圃作揖。牛玉圃叫過牛浦來見，說道：「這是舍姪

孫。」見過了老先生，三人分賓主坐下。牛浦坐在下面。又捧出一道茶來吃了。萬雪齋道：「玉翁為甚

麼在京就擱這許多時？」牛玉圃道：「只為我的名聲太大了，一到京住在承恩寺，就有許多人來求；也

有送斗方來的，也有送扇子來的，也有送冊頁來的，都要我寫字，做詩。還有那分了題，限了韻，要

求教的。晝日晝夜，打發不清。纔打發清了，國公府裏徐二公子不知怎樣就知道小弟了，一回兩回打

發管家來請。他那管家都是錦衣衛指揮五品的前程，到我下處來了幾次，我只得到他家盤桓了幾天。臨

行再三不肯放，我說是雪翁有要緊事等著，纔勉強辭了來。二公子也仰慕雪翁尊作，詩稿是他親筆看

的。」因在袖口裏攀出兩本詩來，遞與萬雪齋。萬雪齋接詩在手，便問：「這一位令姪孫一向不曾會過

多少尊庚了？大號是甚麼？」牛浦答應不出來。牛玉圃道：「他今年纔二十歲，年幼還不曾有號。」

萬雪齋正要揭開詩本來看，只見一個小廝飛跑進來稟道：「宋爺請到了。」萬雪齋起身道：「玉翁，

本該奉陪，因第七個小妾有病，請醫家宋仁老來看，弟要去同他斟酌，暫且告過。你竟請在我這裏寬坐，

用了飯，坐到晚去。」說罷，去了。管家捧出四個小菜碟，兩雙碗筷來，抬桌子，擺飯。牛玉圃向牛浦

道：「他們擺飯還有一會功夫，我和你且在那裏走走。那邊還有許多齊整房子好看。」當下領著牛浦，走過了一個小橋，循著塘沿走，望見那邊高高低低許多樓閣。那塘沿略窄，一路栽著十幾棵柳樹。

牛玉圃走著，回頭過來向他說道：「方纔主人問著你話，你怎麼不答應？」牛浦眼瞪瞪的望著牛玉圃的臉說，不覺一腳蹉了個空，半截身子掉下塘去。牛玉圃慌忙來扶，虧有柳樹攔著，拉了起來。鞋襪都濕透了，衣服上淋淋漓漓的，半截水。牛玉圃惱了，沉著臉道：「你原來是上不得臺盤的人！」忙叫小廝氈包裹拏出一件衣裳來，與他換了，先送他回下處。只因這一番，有分教：旁人閒話，說破財主行蹤；小子無良，弄得老生掃興。

不知後事如何？且聽下回分解。

第二十三回　發陰私詩人被打　歎老景寡婦尋夫

話說牛玉圃看見牛浦跌在水裏，不成模樣，叫小廝叫轎子先送他回去。牛浦到了下處，惹了一肚子的氣，把嘴骨都著，坐在那裏。坐了一會，尋了一雙乾鞋襪換了，道士來問可曾吃飯，又不好說是沒有，只得說吃了，足足的餓了半天。牛玉圃在萬家吃酒，直到更把天纔回來，上樓又把牛浦數說了一頓。牛浦不敢回言，彼此住下。

次日，一天無事。第三日，萬家又有人來請，牛玉圃吩咐牛浦看著下處，自己坐著轎子去了。牛浦同道士吃了早飯，道士道：「我要到舊城裏木蘭院一個師兄家走走。牛相公，你在家裏坐著罷。」牛浦道：「我在家有甚事，不如也同你去頑頑。」當下鎖了門，同道士一直進了舊城，到一個茶館內坐下。茶館裏送上一壺乾烘茶，一碟透糖，一碟梅豆上來。吃著，道士問道：「牛相公，你這位令叔祖，可是親房的？」一向他老人家在這裏，不見你相公來。」牛浦道：「也是路上遇著，敘起來聯宗的。我一向在安東縣董老爺衙門裏。那董老爺好不好客！記得我起初到他那裏時候，纔送了帖子進去，他就連忙叫兩個差人出來請我的轎。我不曾坐轎，卻騎的是個驢。我要下驢，差人不肯，兩個人牽了我的驢頭，一路走上去.；走到暖閣上，走的地板格登格登的一路響。董老爺已是開了宅門，自己迎了出來，同我手攙著手，走了進去，留我住了二十多天。我要辭他回來，他送我十七兩四錢五分細絲銀子，送我出到大堂上，看

著我騎上了驢，口裏說道：『你別處若是得意，就罷了；若不得意，再來尋我。』這樣人真是難得！我如今還要到他那裏去。」

道士道：「這位老爺，果然就難得了！」牛浦道：「萬家，只好你令叔祖敬重他罷了！若說做官，只怕紗帽滿天飛，飛到他頭上，還有人攄了他的去哩！」牛浦道：「這又奇了！他又不是倡優、隸卒，為甚那紗帽飛到他頭上，還有人攄了去？」道士道：「你不知道他的出身麼？我說與你，你卻不可說出來。萬家他自小是我們這河下萬有旗程家的書童，自小跟在書房伴讀。他主子程明卿見他聰明，到十八九歲上就叫他做小司客。」牛浦道：「怎麼樣叫做『小司客』？」道士道：「我們這裏鹽商人家，比如託一個朋友在司上行走，替他會官、拜客，每年幾百銀子薪俸，這就叫做『大司客』；若是司上有些零碎事情，打發一個家人去打聽料理，這就叫做『小司客』了。他做小司客的時候，極其停當，每年聚幾兩銀子，先帶小貨，後來就弄窩子。不想他時運好，那幾年窩價陡長，他就尋了四五萬銀子，便贖了身出來，買了這所房子，自己行鹽，生意又好，就發起十幾萬來。萬有旗程家已經折了本錢，回徽州去了，所以沒人說他這件事。

去年萬家娶媳婦，他媳婦也是個翰林的女兒，萬家費了幾千兩銀子娶進來。那日大吹大打，執事燈籠就擺了半街，好不熱鬧！到第三日，親家要上門做朝，家裏就唱戲，擺酒。不想他主子程明卿，清早上就一乘轎子抬了來，坐在他那廳房裏。萬家走了出來，就由不的自己跪著，磕了幾個頭，當時兌了一萬兩銀子出來，纔翩翩的去了，不曾破相。」

正說著，木蘭院裏走出兩個道士來，把這道士約了去吃齋，道士告別去了。牛浦自己吃了幾杯茶，走回下處來。進了子午宮，只見牛玉圃已經回來，坐在樓底下，桌上擺著幾封大銀子，樓門還鎖著。牛玉圃見牛浦進來，叫他快開了樓門，把銀子搬上樓去，抱怨牛浦道：「適纔我叫看著下處，你為甚麼街上去胡撞！」牛浦道：「適纔我站在門口，遇見敝縣的二公在門口過；他見我就下了轎子，說道：『許久不見』，要拉到船上談談，故此去了一會。」牛玉圃見他會官，就不說他不是了，因問道：「你這位二公姓甚麼？」牛浦道：「他姓李，是北直人。便是這李二公，也知道叔公。」牛玉圃道：「他們在官場中，自然是聞我的名的。」牛浦道：「他說也認得萬雪齋先生。」牛玉圃道：「雪齋也是交滿天下的。」因指著這個銀子道：「這就是雪齋家拏來的。因他第七位如夫人有病，醫生說是寒症，藥裏要用一個『雪蝦蟆』。在揚州出了幾百銀子也沒處買。聽見說蘇州還尋的出來，他拏三百兩銀子，託我去買。我沒的功夫，已在他跟前舉薦了你。你如今去走一走罷，還可以賺的幾兩銀子。」

牛浦不敢違拗。當夜牛玉圃買了一隻雞和些酒，替他餞行，在樓上吃著。牛浦道：「萬雪齋先生算同叔公是極好的了，但只是筆墨相與，他家銀錢大事，還不肯相託。李二公說，他生平有一個心腹的朋友，叔公如今只要說同這個人相好，他就諸事放心，一切都託叔公。不但叔公發財，連我做姪孫的將來都有日子過。」正要向叔公說，是敝縣李二公說的。」牛玉圃道：「甚麼話？」牛浦道：「方纔有一句話，牛玉圃道：「他心腹朋友是那一個？」牛浦道：「是徽州的程明卿先生。」牛玉圃笑道：「這是我二十年拜盟的朋友，我怎麼不認的。我知道了。」吃完了酒，各自睡下。

次日，牛浦帶了銀子，告辭叔公，上船往蘇州去了。次日，萬家又來請酒，牛玉圃坐轎子去了。到了萬家，先有兩位鹽商坐在那裏。一個姓顧，一個姓汪。相見作過了揖，那兩個鹽商，說都是親戚，不肯僭牛玉圃的坐，讓牛玉圃坐在首席。吃過了茶，先講了些窩子長跌的話，抬上席來，兩位一桌。奉過酒，不肯。一個姓顧，一個姓汪。相見作過了揖，那兩個鹽商，說都是親戚，不肯僭牛玉圃的坐，讓牛玉圃坐在首席。吃過了茶，先講了些窩子長跌的話，抬上席來，兩位一桌。奉過酒，不肯

頭一碗上的「冬蟲夏草」，萬雪齋請諸位吃著，說道：「像這樣東西，也是外方來的。我們揚州城裏偏生多，一個『雪蝦蟆』就偏生尋不出來！」萬雪齋道：「還不曾尋著麼？」萬雪齋道：「正是；揚州城裏沒有，昨日纔託玉翁令姪孫到蘇州尋去了。」

州舊家人家尋去，或者尋出來。」汪鹽商道：「這話不錯，一切的東西，蘇州也未必有；只怕還要到我們徽道：「不但東西出的好，就是人物也出在我們徽州。」牛玉圃忽然想起，問道：「雪翁，徽州有一位程明卿先生，是相好的麼？」萬雪齋聽了，臉就緋紅，一句也答不出來。牛玉圃道：「雪翁，徽州出的好。」顧鹽商兄。前日還有書子與我，說不日就要到揚州，少不的要與雪翁敘一敘。」萬雪齋氣的兩手冰冷，總是一句話也說不出來。顧鹽商道：「玉翁，自古『相交滿天下，知心能幾人』！我們今日且吃酒，那些舊話也不必談他罷了。」

當晚勉強終席，各自散去。牛玉圃回到下處，幾天不見萬家來請。那日在樓上睡中覺，一覺醒來，長隨拿封書子上來，說道：「這是河下萬老爺家送來的，不等回書去了。」牛玉圃拆開來看：「刻下儀徵王漢策舍親令堂太親母七十大壽，欲求先生做壽文一篇，並求大筆書寫。望即命駕往伊處。至囑！至囑！」牛玉圃看了這話，便叫長隨叫了一隻「草上飛」往儀徵去。當晚上船。次早到丑壩上岸，在米店內問王漢策老爺家。米店人說道：「是做埠頭的王漢家？他在法雲街朝東的一個新門樓子裏面住。」

牛玉圃走到王家，一直進去，見三間敞廳，廳中間椅子上亮著一幅一幅的金字壽文；左邊牕子口一張長桌，一個秀才低著頭在那裏寫，見牛玉圃進廳，丟下筆，走了過來。牛玉圃見他穿著繭紬直裰，胸前油了一塊，就吃了一驚。那秀才認得牛玉圃，說道：「你就是大觀樓同烏龜一桌吃飯的，今日又來這裏做甚麼？」牛玉圃上前同他吵鬧。王漢策從裏面走出來，向那秀才道：「先生請坐，這個不與你相干。」那秀才自在那邊坐了。王漢策同牛玉圃拱一拱手。也不作揖，彼此坐下，問道：「尊駕就是號玉圃的麼？」牛玉圃道：「正是。」王漢策道：「我這裏就是萬府下店。雪翁昨日有書子來，說尊駕為人不甚端方，又好結交匪類，自今以後，不敢勞尊了。」因向賬房裏秤出一兩銀子來，遞與他說道：「我也不留了，你請尊便罷。」牛玉圃大怒，說道：「我那希罕這一兩銀子。我自去和萬雪齋說！」把銀子攢在椅子上。王漢策道：「你既不要，我也不強。我倒勸你不要到雪齋家去。雪齋也不能會。」牛玉圃氣忿忿的走了出去。王漢策道：「恕不送了。」把手一拱，走了進去。

牛玉圃只得帶著長隨在丑壩尋一個飯店住下，口口聲聲只念著「萬雪齋這狗頭，如此可惡！」走堂的笑道：「萬雪齋老爺是極肯相與人的，除非你說出他程家那話頭來，纔不尷尬。」說罷，走過去了。牛玉圃聽在耳朵裏，忙叫長隨去問那走堂的。走堂的方如此這般說出「他是程明卿家管家，最怕人挑揭他這個事；你必定說出來，他纔惱的」。長隨把這個話回覆了牛玉圃，牛玉圃纔省悟道：「罷了！我上了這小畜生的當了！」

當下住了一夜，次日，叫船到蘇州去尋牛浦。上船之後，盤纏不足，長隨又辭去了兩個，只剩兩個粗夯漢子跟著，一直來到蘇州。找到虎邱藥材行內。牛浦正坐在那裏，見牛玉圃到，迎了出來，說道：

「叔公來了？」牛玉圃道：「雪蝦蟆可曾有？」牛浦道：「還不曾有。」牛玉圃道：「近日鎮江有一

人家有了，快把銀子拏來同著買去。我的船就在閶門外。」當下押著他拏了銀子，同上了船，一路不說

出；走了幾天，到了龍袍洲地方，是個沒人煙的所在。是日，吃了早飯。牛玉圃圓睜兩眼，大怒道：「你

可曉得我要打你哩！」牛浦嚇慌了道：「做孫子的又不曾得罪叔公，為甚麼要打我呢？」牛玉圃道：「放

你的狗屁！你弄的好乾坤❶哩！」當下不由分說，叫兩個夯漢把牛浦衣裳剝盡了，帽子鞋襪都不留，拏

繩子綑起來，臭打了一頓，抬著往岸上一摜，他那一隻船，就扯起篷來去了。

＊

＊

＊

＊

牛浦被他摜的發昏，又摜倒在一個糞窖子跟前，滾一滾就要滾到糞窖子裏面去；只得忍氣吞聲，動

也不敢動。過了半日，只見江裏又來了一隻船。那船到岸就住了，一個客人走上來糞窖子裏面出恭。牛

浦喊他救命。那客人道：「你是何等樣人？被甚人剝了衣裳，綑倒在此？」牛浦道：「老爹，我是蕪湖

縣的一個秀才。因安東縣董老爺請我去做館，路上遇見強盜，把我的衣裳行李，都打劫去了，只饒的一

命在此。我是落難的人，求老爹救我一救！」

那客人驚道：「你果然是安東縣董老爺衙門裏去的麼？我就是安東縣人，我如今替你解了繩子。」

看見他精赤條條，不像模樣，因說道：「相公且站著，我到船上取個衣帽鞋襪來與你穿著，好上船去。」

當下果然到船上，取了一件布衣服，一雙鞋，一頂瓦楞帽，與他穿戴起來，說道：「這帽子不是你相公

戴的，如今且權戴著；到前熱鬧所在，再買方巾罷。」牛浦穿了衣服，下跪謝那客人。扶了起來，同到

❶ 弄的好乾坤…玩花頭。

船裏。滿船客人聽了這話，都吃一驚，問這位相公尊姓。牛浦道：「我姓牛。」因拜問這位恩人尊姓。

那客人道：「在下姓黃，就是安東縣人。家裏做個小生意，是戲子行頭經紀。前日因往南京去，替他們班裏人買些添的行頭，不想無意中救了這一位相公。——你既是到董老爺衙門裏去的，且同我到安東，在舍下住著，整理些衣服，再往衙門裏去。」

牛浦深謝了，從這日就吃這客人的飯。此時天氣甚熱，牛浦被剝了衣服，在日頭下綑了半日，又受了糞窖子裏薰蒸的熱氣，一到船上，就害起痢疾來。那痢疾又是禁口痢，裏急後重，一天到晚都痢不清，只得坐在船尾上，兩手抓著船板由他痾。痾到三四天，就像一個活鬼。身上打的又發疼，大腿在船沿坐成兩條溝。只聽得艙內客人悄悄商議道：「這個人料是不好了。如今還是趁他有口氣，送上去；若死了，就費力了。」那位黃客人不肯。他痾到第五天上，忽然鼻子裏聞見一陣蓼豆香，向船家道：「我想口蓼豆湯來吃。」滿船人都不肯。他說道：「我自家要吃，我死了也無怨！」眾人沒奈何，只得攏了岸，買些蓼豆來煮了一碗湯，與他吃過。肚裏響了一陣，痾出一拋大屎，登時就好了。扒進艙來，謝了眾人，睡下安息；養了兩天，漸漸復元。到了安東，先住在黃客人家。黃客人替他買了一頂方巾，添了件把衣服，一雙靴，穿著去拜董知縣。董知縣果然歡喜，當下留了酒飯，要留在衙門裏面住。牛浦道：「晚生有個親戚在貴治，還是住在他那裏便意些。」董知縣道：「這也罷了。先生住在令親家，早晚常進來走走，我好請教。」牛浦辭了出來，黃客人見他果然同老爺相與，十分敬重。牛浦三日兩日，進衙門去走走，借著講詩為名，順便「撞兩處木鐘」，弄起幾個錢來。黃家又把第四個女兒，招他做個女婿，在安東快活過日子。

不想董知縣就陞任去了，接任的是個姓向的知縣，也是浙江人。交代時候，向知縣問董知縣可有甚麼事託他。董知縣道：「倒沒甚麼事；只有個做詩的朋友，住在貴治，叫做牛布衣。老寅臺清目一二，足感盛情。」向知縣應諾了。董知縣上京去，牛浦送在一百里外，到第三日纔回家。渾家告訴他道：「昨日有個人來，說是你蕪湖長房舅舅，路過在這裏看你。我留他吃了個飯去了。他說下半年回來，再來看你。」牛浦心裏疑惑：「並沒有這個舅舅。……不知是那一個？……且等他下半年來再處。」

董知縣一路到了京師，在吏部投了文，次日過堂掣籤。這時馮琢菴已中了進士，散了部屬，寓處就在吏部門口不遠。董知縣先到他寓處來拜，馮主事迎著坐下，敘了寒溫。董知縣只說得一句「貴友牛布衣在蕪湖甘露庵裏」。不曾說到安東縣曾會著的一番話，只見長班進來跪著稟道：「部裏大人升堂了。」董知縣連忙辭別了去，到部就掣了一個貴州知州的籤，匆匆束裝赴任去了，不曾再會馮主事。

馮主事過了幾時，打發一個家人寄家書回去，又挐出十兩銀子來，問那家人道：「你可認得那牛布衣相公家？」家人道：「小的認得。」馮主事道：「這是十兩銀子，你帶回去送與牛相公的夫人牛奶奶，說他的丈夫，現在蕪湖甘露庵裏住。寄個的信與他，不可有誤。這銀子說是我帶回去送與牛奶奶盤纏的。」家人領了主命，回家見了主母，辦理家務事畢，便走到一個僻巷內，一扇籬笆門關著。管家向他說是京裏馮老爺差來的。小兒領他進去，只見一個小兒開門出來，手裏挐了一個笪籃出去買米。管家走到門口，只站在客座內，小兒就走進去了；又走了出來問道：「你有甚話說？」管家問那小兒道：「牛奶奶是你甚

麼人？」那小兒道：「是大姑娘。」管家把這十兩銀子遞在他手裏，說道：「這銀子是我家老爺，帶與

牛奶奶盤纏的。說你家牛相公現在蕪湖甘露庵內，寄個的信與你，免得懸望。」小兒請他坐著，把銀子

接了進去。管家看見中間懸著一軸稀破的古畫，兩邊貼了許多的斗方，六張破丟不落的竹椅；天井裏一

個土臺子，臺子上一架藤花，藤花旁邊就是籬笆門。坐了一會，只見那小兒捧出一杯茶來，手裏又擎了

一個包子，包了二錢銀子，遞與他道：「我家大姑娘說：有勞你，這個送給你買茶吃。到家拜上太太，

到京拜上老爺，多謝，說的話我知道了。」管家承謝過去了。

牛奶奶接著這個銀子，心裏悽惶起來，說：「他恁大年紀，只管在外頭，又沒個兒女，怎生是好！

我不如趁著這幾兩銀子，走到蕪湖去尋他回來，也是一場事！」主意已定，把這兩間破房子鎖了，交與

鄰居看守。自己帶了姪子，搭船一路來到蕪湖。找到浮橋口甘露庵，兩扇門掩著。推開進去，韋馱菩薩

面前，香爐、燭臺，都沒有了。又走進去，大殿上橱子倒的七橫八豎，天井裏一個老道人坐著縫衣裳，

問著他，只打手勢，原來又啞又聾。問他這裏面可有一個牛布衣，他擎手指著前頭一間屋裏。

牛奶奶帶著姪子復身走出來，見韋馱菩薩旁邊一間屋，又沒有門。走了進去，屋裏停著一具大棺材，

面前放著一張三隻腿的桌子，歪在半邊。棺材上頭的魂旛也不見了，只剩了一根棍。棺材頭上有字，又

被那屋上沒有瓦，雨淋下來，把字跡都剝落了，只有「大明」兩字，第三字只得「一橫」。牛奶奶走到這

裏，不覺心驚肉顫，那寒毛根根都豎起來，又走進去問那道人道：「牛布衣莫不是死了？」道人把手搖

兩搖，指著門外。他姪子道：「他說姑爺不曾死，又到別處去了。」牛奶奶又走到庵外，沿街細問，人

都說不聽見他死，一直問到吉祥寺，郭鐵筆店裏。郭鐵筆道：「他麼？而今到安東董老爺任上去了。」

牛奶奶此番得著實信，立意往安東去尋。因只這一番，有分教：錯中有錯，無端更起波瀾；人外求人，有意做成交結。

不知牛奶奶曾到安東去否？且聽下回分解。

第二十四回　牛浦郎牽連多訟事　鮑文卿整理舊生涯

話說牛浦招贅在安東黃姓人家，黃家把門面一帶三四間屋都與他住。他就在門口貼了一個帖，上寫道：「牛布衣代做詩文」。那日早上，正在家裏閒坐，只聽得有人敲門，開門讓了進來，原來是蕪湖縣的一個舊鄰居。這人叫做石老鼠，是個有名的無賴，而今卻也老了。

牛浦見是他來，嚇了一跳，只得同他作揖坐下，自己走進去取茶。渾家在屏風後張見，迎著他告訴道：「這就是去年來的你長房舅舅，今天又來了。」牛浦道：「他那裏是我甚麼舅舅！」接了茶出來，遞與石老鼠吃。石老鼠道：「相公，我聽見你恭喜，又招了親在這裏，甚是得意！」牛浦道：「好幾年不曾會見老爹，而今在那裏發財？」石老鼠道：「我也只在淮北山東各處走走。而今打從你這裏過，路上盤纏用完了，特來拜望你，借幾兩銀子用用。你千萬幫我一個忙！」牛浦道：「我雖則同老爹是個舊鄰居，卻從來不曾通過財帛。況且我又是客邊，借這親家住著，那裏來的幾兩銀子與老爹？」

石老鼠冷笑道：「你這小孩子就沒良心了！想著我當初『揮金如土』的時節，你用了我不知多少！而今看見你在人家招了親，留你個臉面，不好就說，你倒回出這樣話來！」牛浦發了急道：「這是那裏來的話！你就『揮金如土』，我幾時看見你金子，幾時看見你的土！你一個尊年人，不想做些好事，只要在『光水頭上鑽眼騙人』！」

石老鼠道：「牛浦郎！你不要說嘴！想著你小時做的些醜事，瞞得別人，可瞞的過我？況且你停妻娶妻，在那裏騙了卜家女兒，該當何罪？你不乖乖的拿出幾兩銀子來，我就同你到安東縣去講！」牛浦跳起來道：「那個怕你！就同你到安東縣去！」

當下兩人揪扭出了黃家門，一直來到縣門口，遇著縣裏兩個頭役，認得牛浦，慌忙上前勸住，問是甚麼事。石老鼠說他小時不成人的事，騙了卜家女兒，到這裏又騙了黃家女兒，多少混賬事。牛浦道：「他是我們那裏有名的光棍，叫做石老鼠，而今越發老而無恥！去年走到我家，我不在家裏，他冒認是我舅舅，騙飯吃；今年又憑空走來問我要銀子！那有這樣無情無理的事！」

幾個頭役道：「也罷，牛相公。他這人年紀也老了，雖不是親戚，到底是你的一個舊鄰居。想是真正沒有盤費了。自古道，『家貧不是貧，路貧貧殺人。』你此時有錢也不服氣拿出來給他，我們眾人替你墊幾百文，送他去罷。」石老鼠還要爭。眾頭役道：「這裏不是你撒野的地方！牛相公就同我老爺相與最好！你一個尊年人，不要討沒臉面，吃了苦去！」

石老鼠聽見這話，方纔不敢多言了；接著幾百錢，謝了眾人自去。牛浦也謝了眾人回家；纔走得幾步，只見家門口一個鄰居迎著來道：「牛相公，你到這裏說話！」當下拉到一個僻靜巷內，告訴他道：「你家娘子在家同人吵哩！」牛浦道：「同誰吵？」鄰居道：「你剛纔出門，隨即一乘轎子，一擔行李，一個堂客來到，你家娘子接了進去。這堂客說他就是你的前妻，要你見面，在那裏同你家黃氏娘子吵的狠！娘子託我帶信，叫你快些家去。」牛浦聽了這話，就像提在冷水盆裏一般，自心裏明白：「自然是石老鼠這個老奴才，把卜家的前頭娘子賈氏撮弄的來鬧了！」也沒奈何，只得硬著膽走了來家。到家門

口，站住腳聽一聽，裏面吵鬧的不是賈氏娘子聲音，是個浙江人，便敲門進去。和那婦人對了面，彼此不認得。黃氏道：「這便是我家的了，你看看可是你的丈夫！」牛奶奶問道：「你這位怎叫做牛布衣？」牛浦道：「我怎不是牛布衣？但是我認不得你這位奶奶。」牛奶奶道：「我便是牛布衣的妻子。你這廝冒了我丈夫的名字在此掛招牌，分明是你把我丈夫謀害了！我怎肯同你開交！」牛浦道：「天下同名同姓也最多，怎見得便是我謀害你丈夫？這又出奇了！」牛奶奶道：「怎麼不是！我從蕪湖縣問到甘露庵，一路問來，說在安東。你既冒我丈夫名字，須要還我丈夫！」牛奶奶當下哭喊起來，叫跟來的姪子將牛浦扭著，牛奶奶上了轎，一直喊到縣前去了。正值向知縣出門，就喊了冤。知縣叫補詞來。當下補了詞，出差拘齊了人，掛牌，第三日午堂聽審。

＊　＊　＊

這一天，知縣坐堂，審的是三件。第一件為活殺父命事，告狀的是個和尚。這和尚因在山中拾柴，看見人家放的許多牛，內中有一條牛，走到那牛跟前，把兩眼睜睜的只望著他。和尚覺得心動，走到那牛跟前，那牛就兩眼拋梭的淚下來。和尚慌到牛跟前跪下，牛伸出舌頭來舐他的頭，舐著，那眼淚越發多了。和尚方纔知道是他的父親轉世，因向那家人哭著求告，施捨在庵裏供養著，不想被庵裏鄰居牽去殺了，所以來告狀，就帶施牛的這個人做干證。向知縣取了和尚口供，叫上那鄰居來問。鄰居道：「小的三四日前，是這和尚牽了這個牛來賣與小的。小的買到手，就殺了。和尚昨日又來向小的說，這牛是他父親變的，要多賣幾兩銀子，前日銀子賣少了，要來找價。小的不肯，他就同小的吵起來。小的聽見人說：『這牛並不是他父親變的。這和尚積

年剃了光頭，把鹽搽在頭上，走到放牛所在，見那極肥的牛，他就跪在跟前哄出牛舌，來舐他的頭。牛但凡舐著鹽，就會淌出眼水來。他就說是他父親，到那人家哭著，求施捨。施捨了來，就賣錢用，不是一遭了。」這回又拏這事告小的，求老爺做主！」

向知縣叫那施牛的人問道：「這牛果然是你施與他家的，不曾要錢？」施牛的道：「小的白送與他，不曾要一個錢。」向知縣道：「輪迴之事，本屬渺茫，那有這個道理？況既說父親轉世，不該又賣錢用。這禿奴可惡極了！」丟下籤來，重責二十，趕了出去。

第二件，為毒殺兄命事，告狀人叫做胡賴，告的是醫生陳安。向知縣叫上原告胡賴來問道：「他怎樣毒殺你哥子？」胡賴道：「小的哥子害病，請了醫生陳安來看。他用了一劑藥，小的哥子次日就發了跑躁，跳在水裏淹死了。這分明是他毒死的。」向知縣道：「平日有讎無讎？」胡賴道：「沒有讎。」

向知縣叫上陳安來問道：「你替胡賴的哥子治病，用的是甚麼湯頭？」陳安道：「他本來是個寒症，小的用的是荊防發散藥，藥內放了八分細辛。本草上那有這句話？當時他家就有個親戚，是個團臉矮子，在傍多嘴，說是細辛用到三分，就要吃死了人。落後他哥過了三四日纔跳在水裏死了，與小的甚麼相干？青天老爺在上，就是把四百味藥藥性都查遍了，也沒見那味藥是吃了該跳河的！這是從那裏說起？」

向知縣道：「這果然也胡說極了！醫家有割股之心；況且你家有病人，原該看守好了，為甚麼放他出去跳河？與醫生何干？這樣事也來告狀！一齊趕了出去！」

第三件便是牛奶奶告的狀，為謀殺夫命事。向知縣叫上牛奶奶去問。牛奶奶悉把如此這般，從浙江

尋到蕪湖，從蕪湖尋到安東，「他現掛著我丈夫招牌，我丈夫不問他要，問誰要！」向知縣道：「這也怎麼見得？」

向知縣問牛浦道：「牛生員，你一向可認得這個人？」牛浦道：「生員豈但認不得這婦人，並認不得他丈夫，他忽然走到生員家要起丈夫來，真是天上飛下來的一件大冤枉事！」向知縣向牛奶奶道：「眼見得這牛生員叫做牛布衣，你丈夫也叫做牛布衣。天下同名同姓的多，他自然不知道你丈夫蹤跡。你到別處去尋訪你丈夫去罷。」

牛奶奶在堂上哭哭啼啼，定要求向知縣替他伸冤。纏的向知縣急了，說道：「也罷，我這裏也差兩個衙役把這婦人解回紹興。你到本地告狀去！我那裏管這樣無頭官事！——牛生員你也請回去罷。」說罷，便退了堂。兩個解役把牛奶奶解往紹興去了。

＊　　　　＊　　　　＊

自因這一件事，傳的上司知道，說向知縣相與做詩文的人，放著人命大事都不問，要把向知縣訪聞參處。按察司具揭到院。這按察使姓崔，是太監的姪兒，蔭襲出身，做到按察使；這日叫幕客敘了揭帖稿，取來燈下自己細看：「為特參昏庸不職之縣令以肅官方事。」內開安東縣知縣向鼎許多事故。自己看了又念，念了又看。燈燭影裏，只見一個人雙膝跪下。崔按察舉眼一看，原來是他門下的一個戲子，叫做鮑文卿。

按察使道：「你有甚麼話，起來說。」鮑文卿道：「方纔小的看見大老爺要參處的是安東縣向老爺。這位老爺小的也不曾認得。但自從七八歲學戲，在師父手裏就念的是他做的曲子。這老爺是個大才子，

大名士。如今二十多年了，纔做得一個知縣，好不可憐。如今又要因這事參處了。況他這件事，也還是敬重斯文的意思，不知可以求得大老爺免了他的參處麼？」

按察使道：「不想你這一個人倒有愛惜才人的念頭。你有這個意思，難道我倒不肯？只是如今免了他這一個革職，他卻不知道是你救他。我如今將這些緣故寫一個書子，把你送到他衙門裏去，叫他謝你幾百兩銀子，回家做個本錢。」鮑文卿磕頭謝了。按察使吩咐小廝去向幕賓說：「這安東縣不要參了。」

過了幾日，果然差一個衙役，擎著書子，把鮑文卿送到安東縣。向知縣把書子拆開一看，大吃一驚，忙叫快開宅門，請這位鮑相公進來。向知縣便迎了出去。鮑文卿青衣小帽，走進宅門，雙膝跪下，便叩老爺的頭，跪在地下請老爺的安。向知縣雙手來扶，要同他敘禮。他道：「小的何等人，敢與老爺施禮！」向知縣道：「你是上司衙門裏的人，況且與我有恩，怎麼拘這個禮？快請起來，好讓我拜謝！」他再三不肯。向知縣拉他坐，他斷然不敢坐。向知縣急了，說：「崔大老爺送了你來，我若這般待你，崔大老爺知道不便。」鮑文卿道：「雖是老爺要格外抬舉小的，但這個關係朝廷體統，小的斷然不敢。」立著垂手回了幾句話，退到廊下去了。向知縣託家裏親戚出來陪他，也斷不敢當；落後叫管家出來陪他，纔歡喜了，坐在管家房裏，有說有笑。

次日，向知縣備了席，擺在書房裏，自己出來陪，斟酒來奉。他跪在地下，斷不敢接酒；叫他坐，也到底不坐。向知縣沒奈何，只得把酒席發下去，叫管家陪他吃了。他還上來謝賞。向知縣寫了謝按察使的稟帖，封了五百兩銀子謝他。他一釐也不敢受，說道：「這是朝廷頒與老爺們的俸銀，小的乃是賤人，怎敢用朝廷的銀子？小的若領了這項銀子去養家口，一定折死小的。大老爺天恩，留小的一條狗

命。」向知縣見他說到這田地，不好強他，因把他這些話，又寫了一個稟帖，稟按察使，又留他住了幾天。差人送他回京，按察使聽見這些話，說他是個獃子，也就罷了。

又過了幾時，按察使陞了京堂，把他帶進京去。不想一進了京，按察使崔公就病故了。鮑文卿在京沒有靠山，他本是南京人，就只得收拾行李，回南京來。

這南京乃是太祖皇帝建都的所在，裏城門十三，外城門十八，穿城四十里，沿城一轉，足有一百二十多里。城裏幾十條大街，幾百條小巷，都是人煙湊集，金粉樓臺。城裏城外，琳宮梵宇，碧瓦朱甍，在六朝時，是四百八十寺；到如今，何止四千八百寺！大街小巷，合共起來，大小酒樓有六七百座，茶社有一千餘處。不論你走到一個僻巷裏面，總有一個地方懸著燈籠賣茶，插著時鮮花朵，烹著上好的雨水，茶社裏坐滿了吃茶的人。到晚來，兩邊酒樓上明角燈，每條街上足有數千盞，照耀如同白日，走路人並不帶燈籠。

那秦淮河到了有月色的時候，越是夜色已深，更有那細吹細唱的船來，淒清委婉，動人心魄。兩邊河房裏住家的女郎，穿了輕紗衣服，頭上簪了茉莉花，一齊捲起湘簾，憑欄靜聽。所以燈船鼓聲一響，兩邊河房裏焚的龍涎沈速香霧一齊噴出來，和河裏的月色煙光，合成一片，望著如闐苑仙人，瑤宮仙女。還有那十六樓官妓，新粧炫服，招接四方遊客。真乃「朝朝寒食，夜夜元宵」！

❋　　　　❋　　　　❋

這鮑文卿住在水西門，水西門與聚寶門相近。這聚寶門，當年說，每日進來有百牛千豬萬擔糧；到

這時候，何止一千個牛，一萬個豬！糧食更無其數！鮑文卿進了水西門，到家和妻子見了。他家本是幾代的戲行，如今仍舊做這戲行營業。他這戲行裏，淮清橋是三個總寓，一個老郎庵；水西門是一個老郎庵。總寓內都掛著一班一班的戲子牌。

鮑文卿卻是水西門總寓掛牌。他戲行規矩最大：但凡本行中有不公不法的事，一齊上了庵，燒過香，坐在總寓那裏，品出不是來，要打就打，要罰就罰，一個字也不敢拗的。還有洪武年間起首的班子，一班十幾個人，每班立一座石碑在老郎庵裏，十幾個人共刻在一座碑上。比如有祖宗的名字在這碑上的，子孫出來學戲，就是「世家子弟」，略有幾歲年紀就稱為「老道長」。凡遇本行公事，都向老道長說了，方纔敢行。

鮑文卿祖父的名字，卻在那第一座碑上。他到家料理了些柴米，就把笙簫管笛，三弦琵琶，都查點了出來；也有斷了弦，也有壞了皮的，一總塵灰寸壅。他查出來放在那裏，到總寓傍邊茶館內去會同行，纔走進茶館，只見一個人坐在那裏，頭戴高帽，身穿寶藍緞直裰，腳下粉底皂靴，獨自坐在那裏吃茶。鮑文卿近前一看，原是他同班唱老生的錢麻子。錢麻子見了他來，說道：「文卿，你從幾時回來的？請坐吃茶。」鮑文卿道：「我方纔遠遠看見你，只疑惑是那一位翰林科道老爺，錯走到我這裏來吃茶，原來就是你這老屁精。」

當下坐了吃茶。錢麻子道：「文卿，你在京裏走了一回，見過幾個做官的，回家就擧翰林科道來嚇我了！」鮑文卿道：「兄弟，不是這樣說。像這衣服靴子，不是我們行事的人可以穿得的。你穿這樣衣裳，叫那讀書的人穿甚麼？」錢麻子道：「而今事！那是二十年前的講究了！南京這些鄉紳人家，壽誕

或是喜事，我們只擎一副蠟燭去，他就要留我們坐著一桌吃飯。憑他甚麼大官，他也只坐在下面，若遇同席有幾個學裏酸子，我眼角裏還不曾看見他哩！」鮑文卿道：「兄弟！你說這樣不安本分的話，豈但來生還做戲子，連變驢變馬都是該的！」錢麻子笑著打了他一下。茶館裏擎上點心來吃。吃著，只見外面又走進一個人來，頭戴浩然巾，身穿醬色紬直裰，腳下粉底皂靴，手執龍頭拐杖，走了進來。錢麻子道：「黃老爹，到這裏來吃茶。」黃老爹道：「我道是誰，原來是你們二位！到跟前纔認得。怪不得──我今年已八十二歲了，眼睛該花了！」黃老爹道：「我道是誰，原來是你們二位！到家不多幾日，還不曾來看老爹。日子好過的快，相別已十四年。記得我出門那日，還在國公府徐老爺裏面看著老爹扮了一齣茶博士纏走的。老爹而今可在班裏了？」黃老爹搖手道：「我久已不做戲子了。」坐下添點心來吃，向錢麻子道：「前日南門外張舉人家請我去下棋，你怎麼不到？」錢麻子道：「那日我班裏有生意。明日是鼓樓外薛鄉紳小生日，定了我徒弟的戲，我和你明日要去拜壽。」鮑文卿道：「那個薛鄉紳？」黃老爹道：「他是做過福建汀州知府，和我同庚，今年八十二歲，朝廷請他做『鄉飲大賓』了。」鮑文卿道：「錢兄弟，你看老爹這個體統，豈止像知府告老回家，就是尚書侍郎回來，也不過像老爹這個排場罷了！」又道：「這『鄉飲大賓』就該是老爹做！」鮑文卿道：「像老爹拄著拐杖，緩步細搖，依我說，這『鄉飲大賓』就該是老爹做！」又道：「這『鄉飲大賓』就該是老爹做！」那老畜生不曉的這話是笑他，反忻忻得意。當時吃完了茶，各自散了。鮑文卿雖則因這些事看不上眼，自己卻要尋幾個孩子起個小班，因在城裏到處尋人說話。那日走到鼓樓坡上，遇著一個人，有分教：邂逅相逢，舊交更添氣色；婚姻有分，子弟亦被恩光。畢竟不知鮑文卿遇的是個甚麼人？且聽下回分解。

第二十五回　鮑文卿南京遇舊　倪廷璽安慶招親

話說鮑文卿到城北去尋人，覓孩子學戲。走到鼓樓坡上，他纔上坡，遇著一個人，下坡，鮑文卿看那人時，頭戴破氈帽，身穿一件破黑紬直裰，腳下一雙爛紅鞋，花白鬍鬚，約有六十多歲光景；手裏拏著一張破琴，琴上貼著一條白紙，寫著四個字道：「修補樂器。」鮑文卿趕上幾步，向他拱手道：「老爹是會修補樂器的麼？」那人道：「正是。」鮑文卿道：「如此，屈老爹在茶館裏坐坐。」

當下兩人進了茶館坐下，泡了一壺茶來吃著。鮑文卿道：「老爹尊姓？」那人道：「賤姓倪。」鮑文卿道：「尊府在那裏？」那人道：「遠哩，舍下在三牌樓。」鮑文卿道：「倪老爹，你這修補樂器，三弦，琵琶，都可以修得麼？」倪老爹道：「都可以修得的。」

鮑文卿道：「在下姓鮑，舍下住在水西門，原是梨園行業。因家裏有幾件樂器壞了，要借重老爹修一修。如今不知是屈老爹到舍下去修好？還是送到老爹府上去修？」倪老爹道：「長兄，你共有幾件樂器？」鮑文卿道：「只怕也有七八件。」倪老爹道：「只七八件就不好拏來，還是我到你府上來修罷。」鮑文卿道：「這就好了。只是茶水不周，老爹休要見怪。」又道：「幾時可以屈老爹去？」倪老爹道：「明日不得閒，後日來罷。」鮑文卿道：「後日清早就來，早飯，晚裏還回來家。」鮑文卿道：「這就好了。只是茶水不周，老爹休要見怪。」又道：「幾時可以屈老爹去？」倪老爹道：「明日不得閒，後日來罷。」鮑文卿道：「後日清早就來，我只擾你一頓早飯，晚裏還回來家。」

當下說定了，門口挑了一擔茯苓糕來，鮑文卿買了半斤，同倪老爹吃了，彼此告別。鮑文卿道：「後

日清晨，專候老爹。」倪老爹應諾去了。鮑文卿回來和渾家說下，把樂器都揩抹乾淨了，搬出來擺在客座裏。

到那日清晨，倪老爹來了，吃過茶點心，擎這樂器修補。修了一回，家裏兩個學戲的孩子捧出一頓素飯來，鮑文卿陪著倪老爹吃了。到下午時候，鮑文卿出門回來，向倪老爹道：「卻是怠慢老爹的緊，家裏沒個好菜蔬，不恭；我而今約老爹去酒樓上坐坐，這樂器丟著，明日再補罷。」倪老爹道：「為甚麼又要取擾？」

當下兩人走出來，到一個酒樓上揀了一個僻靜座頭坐下。堂倌過來問：「可還有客？」倪老爹道：「沒有客了。你這裏有些甚麼菜？」走堂的疊著指頭數道：「肘子，鴨子，黃悶魚，醉白魚，雜膾，單雞，白切肚子，生爐肉，京爐肉，爐肉片，煎肉圓，悶青魚，煮鱔頭，還有便碟白切肉。」倪老爹道：「長兄，我們自己人，吃個便碟罷。」鮑文卿道：「便碟不恭。」因叫堂倌先擎賣鴨子來吃酒，再爐肉片帶飯來。

堂倌應下去了，須臾，捧著一賣鴨子，兩壺酒上來。鮑文卿起身斟倪老爹一杯，坐下吃酒，因向倪老爹道：「我看老爹像個斯文人，因甚做這修補樂器的事？」那倪老爹歎一口氣道：「長兄，告訴不得你！我從二十歲上進學，到而今做了三十七年的秀才。就壞在讀了這幾句死書，擎不得輕，負不得重！一日窮似一日，兒女又多，只得借這手藝餬口，原是沒奈何的事。」鮑文卿驚道：「原來老爹是學校中人。我大膽的很了。請問老爹幾位相公？老太太可是齊眉？」倪老爹道：「老妻還在。從前倒有六個小兒，而今說不得了。」鮑文卿道：「這是甚麼原故？」

倪老爹說到此處，不覺悽然垂下淚來，鮑文卿又斟一杯酒，遞與倪老爹，說道：「老爹你有甚心事，

不妨和在下說。我或者可以替你分憂。」倪老爹道：「這話不說罷，說了反要惹你長兄笑。」鮑文卿道：

「我是何等之人，敢笑老爹，老爹只管說。」倪老爹道：「不瞞你說，我是六個兒子，死了一個，而今

只得第六個小兒子在家裏，那四個——」說著，又忍著不說了。鮑文卿道：「那四個怎的？」倪老爹被

他問急了，說道：「長兄，你不是外人，料想也不笑我。我不瞞你說，那四個兒子，我都因沒有的吃用，

把他們賣在他州外府去了！」

鮑文卿聽見這句話，忍不住的眼裏流下淚來，說道：「這是個可憐了！」倪老爹垂淚道：「豈但那

四個賣了！這一個小的將來也留不住，也要賣與人去！」鮑文卿道：「老爹，你和你家老太太怎的捨

得？」倪老爹道：「只因衣食欠缺，留他在家，跟著餓死，不如放他一條生路！」

鮑文卿著實傷感了一會，說道：「這件事，我倒有個商議，只是不好在老爹跟前說。」倪老爹道：

「長兄，你有甚麼話只管說，有何妨？」鮑文卿正待要說，又忍住道：「不說罷；這話說了，恐怕惹老

爹怪。」倪老爹道：「豈有此理。任憑你說甚麼，我怎肯怪你？」鮑文卿道：「我大膽說了罷。」倪老

爹道：「你說，你說。」

鮑文卿道：「老爹，比如你要把這小相公賣與人，若是賣到他州別府，就和那幾個相公一樣，不見

面了。如今我在下四十多歲，生平只得一個女兒，並不曾有個兒子。你老人家若肯不棄賤行，把這小令

郎過繼與我，我照樣送過二十兩銀子與老爹，我撫養他成人。平日逢時遇節，可以到老爹家裏來；後來

老爹事體好了，依舊把他送還。老爹，這可以使得的麼？」

倪老爹道：「若得如此，就是我的小兒子恩星照命。我有甚麼不肯？但是既過繼與你，累你撫養，我那裏還收得你的銀子？」鮑文卿道：「說那裏話，我一定送過二十兩銀子來。」說罷，彼此又吃了一回，會了賬。出得店門，趁天色未黑，倪老爹回家去了。鮑文卿回來，把這話向乃眷說了一遍，乃眷也歡喜。

＊

次日，倪老爹清早來補樂器，會著鮑文卿，說：「昨日商議的話，我回去和老妻說，老妻也甚是感激。如今一言為定，擇個好日，就帶小兒來過繼便了。」鮑文卿大喜。自此，兩人呼為親家。

＊

過了幾日，鮑家備了一席酒請倪老爹，倪老爹帶了兒子來寫立過繼文書，憑著左鄰開絨線店張國重，右鄰開香蠟店王羽秋，兩個鄰居都到了。那文書上寫道：

＊

立過繼文書倪霜峰，今將第六子倪廷璽，年方一十六歲，因日食無措，夫妻商議，情願出繼與鮑文卿名下為義子，改名鮑廷璽。此後成人婚娶，俱係鮑文卿撫養。立嗣承祧，兩無異說。如有天年不測，各聽天命。今欲有憑，立此過繼文書，永遠存照。嘉靖十六年十月初一日。立過繼文書：倪霜峰。憑中鄰：張國重，王羽秋。

＊

都畫了押；鮑文卿挈出二十兩銀子來，付與倪老爹去了。鮑文卿又謝了眾人。自此，兩家來往不絕。

這倪廷璽——改名鮑廷璽——甚是聰明伶俐。鮑文卿因他是正經人家兒子，不肯叫他學戲，送他讀了兩年書，幫著當家管班。到十八歲上，倪老爹去世了，鮑文卿又挈出幾十兩銀子來，替他料理後事，

自己去一連哭了幾場，依舊叫兒子去披麻戴孝，送倪老爹入土。

自此以後，鮑廷璽著實得力。他娘說他是螟蛉之子，不疼他，只疼的是女兒、女婿。鮑文卿說他是正經人家兒女，比親生的還疼些；每日吃茶吃酒，都帶著他；在外攬生意，都同著他，讓他賺幾個錢，添衣帽鞋襪；又心裏算計，要替他娶個媳婦。

那日早上，正要帶著鮑廷璽出門，只見門口一個人，騎了一匹騾子，到門口下了騾子進來。鮑文卿認得是天長縣杜老爺的管家，姓邵的，便道：「邵大爺你幾時過江來的？」邵管家道：「特過江來尋鮑師父。」鮑文卿同他作了揖，叫兒子作了揖，請他坐下，擎水洗臉，擎茶來吃；吃著，問道：「我記得你家老太太，該在這年把正七十歲了。想是過來定戲的？你家大老爺在府安？」邵管家笑道：「正是為此。老爺吩咐要定二十本戲。鮑師父，你家可有班子？若有就接了你的班子過去。」鮑文卿道：「我家現有一個小班，自然該去伺候。只不知要幾時動身？」邵管家道：「就在出月動身。」

說罷，邵管家叫跟騾的人把行李搬了進來，騾子打發回去。邵管家在被套內，取出一封銀子來，遞與鮑文卿，道：「這是五十兩定銀。鮑師父，你且收了。其餘的，領班子過去，再付。」文卿收了銀子，當晚整治酒席，大盤大碗，留邵管家吃了半夜。

次日，邵管家上街去買東西；買了四五天，僱頭口，先過江去了。鮑文卿也就收拾，帶著鮑廷璽，領了班子，到天長杜府去做戲。做了四十多天，回來，足足賺了一百幾十兩銀子。父子兩個，一路感杜府的恩德不盡。那一班十幾個小戲子，也是杜府老太太，每人另外賞他一件棉襖一雙鞋襪。各家父母知道，也著實感恩，又來謝了鮑文卿，鮑文卿仍舊領了班子，在南京城裏做戲。

那一日，在上河去做夜戲，五更天散了戲，戲子和箱都先進城來了，他父子兩個，在上河澡堂子裏，洗了一個澡，吃了些茶點心，慢慢走回來。到了家門口，鮑文卿道：「我們不必攬家了。內橋有個人家，定了明日的戲，我和你趁早去把他的銀子秤來。」

當下鮑廷璽跟著。兩個人走到坊口，只見對面來了一把黃傘，兩對紅黑帽，一柄遮陽，一頂大轎。知道是外府官過，父子兩個站在房簷下看，讓那傘和紅黑帽過去了。遮陽到了跟前，上寫著「安慶府正堂」。鮑文卿正仰臉看著遮陽，轎子已到。那轎子裏面的官，看見鮑文卿，吃了一驚。鮑文卿回過臉來看那官時，原來便是安東縣向老爺，他原來陞了。轎子纔過去，那官叫跟轎的青衣人到轎前說了幾句話，那青衣人飛跑到鮑文卿跟前，問道：「太老爺問你，可是鮑師父麼?」鮑文卿道：「我便是。太老爺可是做過安東縣，陞了來的?」那人道：「是;;太老爺公館在貢院門口張家河房裏，請鮑師父到那裏去相會。」說罷，飛跑趕著轎子去了。

鮑文卿領著兒子，走到貢院前香蠟店裏買了一個手本，上寫「門下鮑文卿叩」，走到張家河房門口，知道向太爺已經回寓了，把手本遞與管門的說道：「有勞大爺稟聲，我是鮑文卿，來叩見太老爺。」門上人接了手本，說道：「你且伺候著。」鮑文卿同兒子坐在板櫈上。坐了一會，裏面打發小廝出來問道：「門上的，太爺問有個鮑文卿可曾來?」門上人道：「來了，有手本在這裏。」慌忙傳進手本進去。只聽得裏面道：「快請。」

鮑文卿叫兒子在外面候著，自己跟了管門的進去。進到河房來，向知府已是紗帽便服，迎了出來，

笑著說道：「我的老友到了！」鮑文卿跪下磕頭請安。向知府雙手扶住，說道：「老友，你若只管這樣拘禮，我們就難相與了。」再三再四拉他坐，他又跪下告了坐，方敢在底下一槵子上坐了。

向知府坐下說道：「文卿，自同你別後，不覺已是十餘年。我如今老了。你的鬍子卻也白了許多。」

鮑文卿立起來道：「太老爺高陞，小的多不知道，不曾叩得大喜。」向知府道：「請坐下，我告訴你。我在安東做了兩年，又到四川做了一任知州，轉了個二府，今年纔陞到這裏。你自從崔大人死後，回家來做些甚麼事？」鮑文卿道：「小的本是戲子出身，回家沒有甚事，依舊教一小班子過日。」向知府道：「你方纔同走的那少年是誰？」鮑文卿道：「那就是小的兒子，帶在公館門口，不敢進來。」向知府道：「為甚麼不進來？」叫人快出去請鮑相公進來。

當下一個小廝，領了鮑廷璽進來。他父親叫他磕太老爺的頭。向知府親手扶起，問：「你今年十幾歲了？」鮑廷璽道：「小的今年十七歲了。」向知府道：「好個氣質！像正經人家的兒女！」叫他坐在他父親傍邊。向知府道：「文卿，你這令郎也學戲行的營業麼？」鮑文卿道：「小的不曾教他學戲。他念了兩年書，而今跟在班裏記賬。」向知府道：「這個也好。我如今還要到各上司衙門走走。你不要去，同令郎在我這裏吃了飯，我回來還有話替你說。」

說罷，換了衣服，起身上轎去了。鮑文卿同兒子走到管家們房裏，管宅門的王老爹本來認得，彼此作了揖，叫兒子也作了揖。看見王老爹的兒子小王，已經長到三十多歲，滿嘴有鬍子了。王老爹極其歡喜鮑廷璽，擘出一個大紅緞子釘金線的鈔袋來，裏頭裝著一錠銀子，送與他。鮑廷璽作揖謝了，坐著說些閒話，吃過了飯。

向知府直到下午纔回來，換去了大衣服，仍舊坐在河房裏，請鮑文卿父子兩個進來，坐下說道：「我明日就要回衙門去，不得和你細談。」因叫小廝在房裏取出一封銀子來，遞與他道：「這是二十兩銀子，你且收著。我去之後，你在家收拾收拾，把班子託與人領著，你在半個月內，同令郎到我衙門裏來，我還有話和你說。」鮑文卿接著銀子，謝了太老爺的賞，說道：「小的總在半個月內，領了兒子到太老爺衙門裏來請安。」

當下又留他吃了酒，鮑文卿同兒子回家歇息。次早又到公館裏去送了向太爺的行，回家同渾家商議，把班子暫託與他女壻歸姑爺，同教師金次福領著。他自己收拾行李衣服，又買了幾件南京的人事，——頭繩，肥皂之類——帶與衙門裏各位管家。

又過了幾日，在水西門搭船。到了池口，只見又有兩個人搭船，艙內坐著。彼此談及，鮑文卿說要到向太爺衙門裏去的。那兩人就是安慶府裏的書辦，一路就奉承鮑家父子兩個，買酒買肉，請他吃著；晚上候別的客人睡著了，便悄悄向鮑文卿說：「有一件事，只求太爺批一個『准』字，就可以送你二百兩銀子。又有一件事，縣裏詳上來，只求太爺駁下去，這件事竟可以送你三百兩。你鮑大爺在我們太老爺跟前懇個情罷。」

鮑文卿道：「不瞞二位老爹說，我是個老戲子，乃下賤之人。蒙太老爺抬舉，叫到衙門裏去，我是何等之人，敢在太老爺跟前說情？」

那兩個書辦道：「鮑大爺，你疑惑我這話是說謊麼？只要你肯說這情，上岸先兌五百兩銀子與你。」

鮑文卿笑道：「我若是歡喜銀子，當年在安東縣曾賞過我五百兩銀子，我不敢受。自己知道是個窮命，須是骨頭裏掙出來的錢纏做得肉❶。我怎肯瞞著太老爺掙這項錢？況且他若有理，斷不肯掙出來幾百兩銀子來尋人情。若是准了這一邊的情，就要叫那邊受屈，豈不喪了陰德？依我的意思，不但我不敢管，連二位老爹也不必管他。自古道：『公門裏好修行。』你們伏侍太老爺，凡事不可壞了太老爺清名，也要各人保著自己的身家性命。」幾句說的兩個書辦毛骨悚然，一場沒趣，扯了一個淡，罷了。次日早晨，到了安慶，宅門上投進手本去。向知府叫將他父子兩人行李，搬在書房裏面住，每日同自己親戚一桌吃飯；又掌出許多紬和布來，替他父子兩個裏裏外外做衣裳。

一日，向知府走來，書房坐著，問道：「文卿，你令郎可曾做過親事麼？」鮑文卿道：「小的是窮人，這件事還做不起。」向知府道：「我倒有一句話，若說出來，恐怕得罪你。這事你若肯相就，倒了我一個心願。」鮑文卿道：「太老爺有甚麼話吩咐，小的怎敢不依？」

向知府道：「就是我家總管姓王的，他有一個小女兒，生得甚是乖巧，老妻著實疼愛他，帶在房裏，梳頭，裏腳，都是老妻親手打扮。今年十七歲了，和你令郎是同年。這姓王的在我家已經三代，我把『投身紙』都查了賞他，已不算我家的管家了。他兒子小王，我又替他買了一個部裏書辦名字，五年考滿，便選一個典史雜職。你若不棄嫌，便把這令郎招給他做個女婿。將來這做官的便是你令郎的阿舅了。這個你可肯麼？」

鮑文卿道：「太老爺莫大之恩，小的知感不盡！只是小的兒子不知人事，不知王老爹可肯要他做女

❶ 做得肉：得到實惠。

塴。」向知府道：「我替他說了，他極歡喜你令郎的。這事不要你費一個錢。你只明日拿一個帖子同姓王的拜一拜。一切牀帳，被褥，衣服，首飾，酒席之費，都是我備辦齊了，替他兩口子完成好事，你只做個現成公公罷了。」鮑文卿跪下謝太老爺。向知府雙手扶起來，說道：「這是甚麼要緊的事？將來我還要為你的情哩。」

次日，鮑文卿，擎了帖子拜王老爹，王老爹也回拜了。到晚上三更時分，忽然撫院一個差官，一匹馬，同了一位二府，抬了轎子，一直走上堂來，叫請向太爺出來。滿衙門的人都慌了，說道：「不好了！來摘印了！」只因這一番，有分教：榮華富貴，享受不過片時；潦倒摧頹，波瀾又興多少。

不知這來的官果然摘印與否，且聽下回分解。

第二十六回　向觀察陞官哭友　鮑廷璽喪父娶妻

話說向知府聽見摘印官來，忙將刑名錢穀相公都請到跟前，說道：「諸位先生將房裏各樣稿案查點查點，務必要查細些，不可遺漏了事。」說罷，開了宅門，匆匆出去了。出去會見那二府，擎出一張牌票來看了，附耳低言了幾句，二府上轎去了，差官還在外候著。向太守進來，親戚和鮑文卿一齊都迎著問。向知府道：「沒甚事，不相干。是寧國府知府壞了，委我去摘印。」當下料理馬夫，連夜同差官往寧國去了。

衙門裏打首飾，縫衣服，做牀帳被褥，糊房，打點王家女兒招女壻。忙了幾日，向知府回來了，擇定十月十三大吉之期。衙門外傳了一班吹手，兩個儐相進來。鮑廷璽插著花，披著紅，身穿紬緞衣服，腳下粉底皂靴，先拜了父親，吹打著，迎過那邊去，拜了丈人，丈母。小王穿著補服，出來陪妹壻。吃過三遍茶，請進洞房裏和新娘交拜合巹，不必細說。

次日清早，出來拜見老爺夫人，夫人另外賞了八件首飾，兩套衣服。衙裏擺了三天喜酒，無一個人不吃。到滿月之後，小王又要進京去選官。鮑文卿備酒替小親家餞行。鮑廷璽親自送阿舅上船，送了一天路，纔回來。自此以後，鮑廷璽在衙門裏，只如在雲端裏過日子。

看看過了新年，開了印，各縣送童生來府考。向知府要下察院考童生，向鮑文卿父子道：「我要下察院去考童生，這些小廝們，若帶去巡視，他們就要作弊。你父子兩個是我心腹人，替我去照料幾天。」

鮑文卿領了命，父子兩個在察院裏巡場查號，——安慶七學，共考三場。——見那些童生，也有代筆的，也有傳遞的，大家丟紙團，撂磚頭，擠眉弄眼，無所不為。到了搶粉湯包子的時候，大家推成一團，跌成一塊，鮑廷璽看不上眼。有一個童生，推著出恭，走到察院土牆跟前，把土牆挖個洞，伸手要到外頭去接文章，被鮑廷璽看見，要揪他過來見太爺。鮑文卿攔住道：「這是我小兒不知世事。相公，你一個正經讀書人，快歸號裏去做文章。倘若太爺看見了，就不便了。」忙拾起些土來把那洞補好，把那個童生送進號去。

考事已畢，發出案來，懷寧縣的案首，叫做季萑。他父親是個武兩榜，同向知府是文武同年，在家候選守備。發案過了幾日，季守備進來拜謝，向知府設席相留，席擺在書房裏，叫鮑文卿同著出來坐坐。當下季守備首席，向知府主位，鮑文卿坐在橫頭。季守備道：「老公祖這一番考試，至公至明，合府無人不服。」向知府道：「年先生，這看文字的事，我也荒疏了；倒是前日考場裏，虧我這鮑朋友在彼巡場，還不曾有甚麼弊竇。」

此時季守備纔曉得這人姓鮑。後來漸漸說到他是一個老梨園腳色，季守備臉上不覺就有些怪物相。向知府道：「而今的人，可謂江河日下。這些中進士做翰林的，和他說到『傳道窮經』，他便說『迂而無當』；和他說到『通今博古』，他便說『雜而不精』。究竟事君交友的所在，全然看不得！不如我這鮑朋友，他雖生意是賤業，倒頗多君子之行。」因將他生平的好處，說了一番。季守備也就肅然起敬，酒罷，辭了出來，過三四日，倒把鮑文卿請到他家裏，吃了一餐酒。考案首的兒子季萑，也出來陪坐。鮑文卿見他是一個美貌少年，便問：「少爺尊號？」季守備道：「他號叫做葦蕭。」當下吃完了酒，鮑文卿辭

了回來，向向知府著實稱贊，這季少爺好個相貌，將來不可限量。

　※　　　※　　　※

又過了幾個月，那王家女兒懷著身子，要分娩；不想養不下來，死了。鮑文卿父子兩個慟哭。向太守倒反勸道：「也罷，這是他各人的壽數，你們不必悲傷了。你小小年紀，我將來少不的再替你娶個媳婦。你們若只管哭時，惹得夫人心裏越發不好過了。」

鮑文卿也吩咐兒子，叫不要只管哭；但他自己也添了個痰火疾，不時舉動，動不動就要咳嗽半夜，意思要辭了向太守回家去，又不敢說出來。恰好向太爺陞了福建汀漳道，鮑文卿向向太守道：「太老爺又恭喜高陞，小的本該跟隨太老爺去。怎奈小的老了，又得了病在身上。小的而今叩辭了太老爺回南京去，丟下兒子跟著太老爺伏侍罷。」

向太守道：「老友，這樣遠路，路上又不好走，你年紀老了，我也不肯拉你去。你的兒子，你留在身邊奉侍你，我帶他去做甚麼？我如今就要進京陛見。我先送你回南京去。我自有道理。」次日，封出一千兩銀子，叫小廝捧著，拿到書房裏來，說道：「文卿，你在我這裏一年多，並不曾見你說過半個字的人情。我替你娶個媳婦，又沒命死了。我心裏著實過意不去。而今這一千兩銀子送與你，你挈回家去置些產業，娶一房媳婦，養老送終。我若做官再到南京來，再接你相會。」

鮑文卿又不肯受。向道臺道：「而今不比當初了。我做府道的人，不窮在這一千兩銀子。你若不受，把我當做甚麼人？」鮑文卿不敢違拗，方纔磕頭謝了。向道臺吩咐叫了一隻大船，備酒替他餞行，自己送出宅門。鮑文卿同兒子跪在地下，灑淚告辭。向道臺也揮淚和他分手。

鮑文卿父子兩個，帶著銀子，一路來到南京，到家告訴渾家向太老爺這些恩德，舉家感激。鮑文卿扶著病出去尋人，把這銀子買了一所房子；兩副行頭，租與兩個戲班子穿著；剩下的，家裏盤纏。

又過了幾個月，鮑文卿的病漸漸重了，臥牀不起，自己知道不好了，那日把渾家，兒子、女兒，女壻，都叫在跟前，吩咐他們：「同心同意，好好過日子，不必等我滿服，就娶一房媳婦進來要緊。」說罷，瞑目而逝。闔家慟哭，料理後事。把棺材就停在房子中間，開了幾日喪。四個總寓的戲子都來弔孝。

鮑廷璽又尋陰陽先生尋了一塊地，擇個日子出殯，只是沒人題銘旌。

正在躊躇，只見一個青衣人飛跑來了，問道：「這裏可是鮑老爹家？」鮑廷璽道：「便是，你是那裏來的？」那人道：「福建汀漳道向太老爺來了，轎子已到了門前。」鮑廷璽慌忙換了孝服。穿上青衣，到大門外去跪接。向道臺下了轎，看見門上貼了白，問道：「你父親已是死了？」鮑廷璽哭著應道：「小的父親死了。」向道臺道：「沒了幾時了？」鮑廷璽道：「明日就是四七。」向道臺道：「我陞見回來，從這裏過，正要會會你父親，不想已做故人。你引我到柩前去。」

鮑廷璽哭著跪辭，向道臺不肯，一直走到柩前，叫著「老友文卿」，慟哭了一場，上了一炷香，作了四個揖。鮑廷璽的母親，也出來拜謝了。向道臺出到廳上，問道：「你父親幾時出殯？」鮑廷璽道：「擇在出月初八日。」向道臺道：「誰人題的銘旌？」鮑廷璽道：「小的和人商議，說銘旌上不好寫。」向道臺道：「有甚麼不好寫？取紙筆過來。」當下鮑廷璽送上紙筆。向道臺取筆在手，寫道：——

皇明義民鮑文卿享年五十有九之柩。賜進士出身中憲大夫福建汀漳道老友向鼎頓首拜題。

寫完，遞與他道：「你就照著這個送到亭彩店內去做。」又說道：「我明早就要開船了。還有些少助喪之費，今晚送來與你。」說罷，吃了一杯茶，上轎去了。鮑廷璽隨即跟到船上，叩謝過了太老爺回來。晚上，向道臺又打發一個管家，掔著一百兩銀子，送到鮑家。那管家茶也不曾吃，匆匆回船去了。

這裏到出月初八日，做了銘旌。吹手，亭彩，和尚，道士，歌郎，替鮑老爹出殯，一直出到南門外。同行的人，都出來送殯。在南門外酒樓上擺了幾十桌齋。喪事已畢。

*　　　　*　　　　*

過了半年有餘，一日，金次福走來，請鮑老太說話。鮑廷璽就請了在堂屋裏坐著，進去和母親說了。

鮑老太走了出來，說道：「金師父，許久不見。今日甚麼風吹到此？」金次福道：「正是，好久不曾來看老太，老太在家享福。你那行頭，而今換了班子穿著了？」老太道：「因為班子在城裏做戲，生意行得細，如今換了一個文元班，內中一半也是我家的徒弟，在盰眙，天長這一帶走。他那裏鄉紳財主多，還賺的幾個大錢。」金次福道：「這樣，你老人家更要發財了。」

當下吃了一杯茶，金次福道：「我今日有一頭親事，來作成你家廷璽。娶過來倒又可以發個大財。」鮑老太道：「是那一家的女兒？」金次福道：「這人是內橋胡家的女兒。胡家是布政使司的衙門，起初把他嫁了安豐管典當的王三胖。不到一年光景，王三胖就死了。這堂客纏得二十一歲，出奇的人才，就上畫也是畫不出的。因他年紀小，又沒兒女，所以娘家主張著嫁人。這王三胖丟給他足有上千的東西，大珘一張，涼珘一張，四箱四櫥。箱子裏的衣裳盛的滿滿的，手也插不下去，金手鐲有兩三付，赤金冠子兩頂。珍珠寶石，不計其數。還有兩個丫頭，——一個叫做荷花，一個叫做採蓮——都跟著嫁了來。

你若娶了他與廷璽，他兩人年貌也還相合，這是極好的事。」

一番話，說得老太滿心歡喜，向他說道：「金師父，費你的心！我還要託我家姑爺出去訪訪，訪的確了，來尋你老人家做媒。」金次福道：「這是不要訪的，──也罷，訪訪也好。我再來討回信。」說罷，去了。鮑廷璽送他出去。

到晚，他家姓歸的姑爺走來，老太一五一十，把這些話告訴他，託他出去訪。歸姑爺又問老太要了幾十個錢帶著，明日早上去吃茶。次日，走到一個做媒的沈天孚家。沈天孚的老婆也是一個媒婆，有名的沈大腳。

歸姑爺到沈天孚家，拉出沈天孚來，在茶館裏吃茶，就問起這頭親事。沈天孚道：「哦！你問的是胡七喇子麼？他的故事長著哩！你買幾個燒餅來，等我吃飽了和你說。」歸姑爺走到隔壁買了八個燒餅，挈進茶館來同他吃著，說道：「你說這故事罷。」沈天孚道：「慢些，待我吃完了說。」當下把燒餅吃完了，說道：「你問這個人怎的？莫不是那家要娶他？這個堂客是娶不得的！若娶進門，就要一把天火！」歸姑爺道：「這是怎的？」

沈天孚道：「他原是跟布政使司胡偏頭的女兒。偏頭死了，他跟著哥們過日子。他哥不成人，賭錢吃酒，把布政使的缺都賣掉了。因他有幾分顏色，從十七歲上就賣與北門橋來家做小。他做小不安本分，被大娘子知道，一頓嘴巴子，趕了出來。復後嫁了人叫他『新娘』，他就要罵，要人稱呼他是『太太』；被太太又做的過了……把大覺的兒子，媳婦，一天要罵三場；家人，婆娘，兩天要打八頓。這些人都恨如頭醋。不想不到一年，三胖死了。兒子疑惑三胖

王三胖。王三胖是一個候選州同，他真正是太太了。他做太太又做的過了……把大覺的兒子，媳婦，一天

的東西都在他手裏，那日進房來搜，家人婆娘又幫著，圖出氣。這堂客有見識，預先把一匣子金珠首飾，一總倒在馬桶裏。那些人在房裏搜了一遍，搜不出來；又搜太太身上，也搜不出銀錢來。他借此就大哭大喊，喊到上元縣堂上去了，出首兒子。上元縣傳齊了審，把兒子責罰了一頓，又勸他道：「你也是嫁過了兩個丈夫的了，還守甚麼節？看這光景，兒子也不能和你一處同住；不如叫他分個產業給你，另在一處。你守著也由你，你再嫁也由你。這事有七八年了。他怕不也有二十五六歲，他對人自說二十一歲。」

歸姑爺道：「他手頭有千把銀子的話，可是有的？」沈天孚道：「大約這幾年也花費了。他的金珠首飾，錦緞衣服，也還值五六百銀子。這是有的。」歸姑爺心裏想道：「果然有五六百銀子，我丈母心裏也歡喜了。若說女人會撒潑，我那怕磨死倪家這小孩子！」因向沈天孚道：「天老，這要娶他的人，就是我丈人抱養這個小孩子。這親事是他家教師金次福來說的。你如今不管他喇子不喇子，替他撮合成了，自然重重的得他幾個媒錢。你為甚麼不做？」沈天孚道：「這個自然。我且去罷。我到家叫我家堂客同他一說，包管成就。——只是謝媒錢在你。」歸姑爺道：「這有何難？我到家叫我家堂客同他一說，包管成就。」

當下付了茶錢，出門來，彼此散了。沈天孚回家來和沈大腳說。沈大腳搖著頭道：「天老爺！這位奶奶可是好惹的？他又要是個官，又要有錢，又要人物齊整，——又要上無公婆，下無小叔姑子。他每日睡到日中纔起來，『橫草不拿，豎草不拈』，每日要吃八分銀子藥。他又不吃大葷，頭一日要鴨子，第二日要魚，第三日要茭兒菜鮮筍做湯。閒著沒事，還要橘餅，圓眼，蓮米搭嘴。酒量又大，每晚要炸麻雀，鹽水蝦，吃三斤『百花酒』。上牀睡下，兩個丫頭輪流著捶腿，捶到四更鼓盡纔歇。我方纔聽見你說

的，是個戲子家，——戲子家有多大湯水❷弄這位奶奶家去！」

沈天孚道：「你替他架些空❸罷了！」沈大腳商議道：「我如今把這做戲子的話藏起不要說，也並不必說他家弄行頭。只說他是個舉人，不日就要做官，家裏又開著字號店，廣有田地。這個說法好麼？」

沈天孚道：「最好！最好！你就這麼說去！」

　　＊　　＊　　＊

當下沈大腳吃了飯，一直走到胭脂巷，敲開了門。丫頭荷花迎著出來問：「你是那裏來的？」沈大腳道：「這裏可是王太太家？」荷花道：「便是，你有甚麼話說？」沈大腳道：「我是替王太太講喜事的。」荷花道：「請在堂屋裏坐。太太纔起來，還不曾停當。」沈大腳說道：「我在堂屋裏坐怎的，我就進房裏去見太太。」

當下揭開門簾進房，只見王太太坐在牀沿上裹腳，採蓮在傍邊捧著鬱盒子。王太太見他進來，曉得他為媒婆，就叫他坐下，叫拏茶與他吃。看著太太兩隻腳足足裹了有三頓飯時纔裹完了；又慢慢梳頭，洗臉，穿衣服，直弄到日頭趲西纔清白。因問道：「你貴姓？有甚麼話來說？」沈大腳道：「我姓沈。」王太太道：「是個甚麼人家？」沈大腳道：「是我們這水西門大街鮑府上，人都叫他鮑舉人家，家裏廣有田地，又開著字號店，足足有千萬貫家私。本人二十三歲，上無父母，下無兄弟兒女，要娶一個賢慧太太當家，久已說在我肚裏了。我想這個人家，除非是你

因有一頭親事來效勞，將來好吃太太喜酒。」

---

❷ 湯水：暗指銀錢。

❸ 架些空：說謊。

這位太太纏去得，所以大膽來說。」王太太道：「這舉人是他家甚麼人？」沈大腳道：「就是這要娶親的老爺了，他家那還有第二個？」王太太道：「是文舉？武舉？」沈大腳道：「他是個武舉，扯的動十個力氣的弓，端的起三百斤的制子，好不有力氣！」

王太太道：「沈媽，你料想也知道我是見過大事的，不比別人。相看起初到王府上，纏滿了月，就替大女兒送親，送到孫鄉紳家。那孫鄉紳家三間大敞廳，點了百十枝大蠟燭，擺著糖斗糖仙，『吃一看二眼觀三』的席，戲子細吹細打，把我迎了進去，孫家老太太，戴著鳳冠，穿著霞帔，把我奉在上席正中間，臉朝下坐了。我頭上戴著黃豆大珍珠的拖掛，把臉都遮滿了，一邊一個丫頭擎手替我分開了，纏露出嘴來，吃他的蜜餞茶。唱了一夜戲，吃了一夜酒。第二日回家，跟了去的四個家人婆娘，把頭在地板上礑了撲通通的響，我還不開恩饒他哩。沈媽，你替我說這事，須要十分的實；若有半些差池，我手裏不能輕輕的放過你。」

沈大腳道：「這個何消說？我從來是『一點水一個泡』的人，比不得媒人嘴。若扯了一字謊，明日太太訪出來，我自己把這兩個臉巴子送來給太太掌嘴。」王太太道：「果然如此，好了，你到那人家說去。我等你回信。」當下包了幾十個錢，又包了些黑棗，青餅之類，叫他帶回去與娃娃吃。只因這一番，有分教：忠厚子弟，成就了惡姻緣；骨肉分張，又遇著親兄弟。

不知這親事說成否，且聽下回分解。

第二十七回　王太太夫妻反目　鮑廷璽兄弟相逢

話說沈大腳問定了王太太的話，回家向丈夫說了。次日，歸姑爺來討信，沈天孚如此這般告訴他說：「我家堂客過去，著實講了一番，這堂客已是千肯萬肯。但我說明了他家是沒有公婆的，不要叫鮑老太自己來下插定❶。到明日，拏四樣首飾來，仍舊叫我家堂客送與他，擇個日子就抬人便了。」

歸姑爺聽了這話，回家去告訴丈母，說：「這堂客手裏有幾百兩銀子的話是真的，只是性子不好些，會欺負丈夫。這是他兩口子的事，我們管他怎的？」鮑老太道：「這管他怎的？現今這小廝傲頭傲腦，也要娶個辣燥些的媳婦來制著他纔好！」

老太主張著要娶這堂客，隨即叫了鮑廷璽來，叫他去請沈天孚金次福兩個人來為媒。鮑廷璽道：「我們小戶人家，只是娶個窮人家女兒做媳婦好。這樣堂客，要了家來，恐怕淘氣。」被他媽一頓臭罵道：「倒運的奴才！沒福氣的奴才！你到底是那窮人家的根子，開口就說要窮！將來少不的要窮斷你的筋！像他有許多箱籠，娶進來擺擺房也是熱鬧的！你這奴才，知道甚麼！」

罵的鮑廷璽不敢回言，只得央及歸姑爺同著去拜媒人。歸姑爺道：「像娘這樣費心，還不討他說個是，只要揀精揀肥❷，我也犯不著要效他這個勞。」老太又把姑爺說了一番道：「他不知道好歹，姐夫

❶ 下插定：送訂婚的禮物。

不必計較他。」姑爺方纔肯同他去拜了兩個媒人。

次日，備了一席酒請媒。鮑廷璽有生意，領著班子出去做戲了，就是姑爺作陪客。老太家裏纔出四樣金首飾，四樣銀首飾來，——還是他前頭王氏娘子的，——交與沈天孚去下插定。沈天孚又賺了他四樣，只拏四樣首飾，叫沈大腳去下插定。

那裏接了，擇定十月十三日過門。到十二日，把那四箱，四櫥和盆桶，錫器，兩張大牀，先搬了來。兩個丫頭坐轎子跟著，到了鮑家，看見老太，也不曉得是他家甚麼人，又不好問，只得在房裏鋪設齊整，就在房裏坐著。

明早，歸家大姑娘坐轎子來。這裏請了金次福的老婆和錢麻子的老婆兩個攙親。到晚，一乘轎子，四對燈籠火把，娶進門來。進房撒帳，說四言八句，拜花燭，吃交杯盞，不必細說。五更鼓出來拜堂，聽見說有婆婆，就惹了一肚氣，出來使性攛氣磕了幾個頭，也沒有茶，也沒有鞋；拜畢，就往房裏去了。

丫頭一會出來要雨水煨茶與太太喝，一會出來叫攙炭燒著了進去，與太太添著燒速香，一會出來到廚下叫廚子蒸點心做湯，攙進房來與太太吃。兩個丫頭，川流不息的在家前屋後的走，叫的太太一片聲響。鮑老太聽見道：「在我這裏叫甚麼太太！連奶奶也叫不的！只好叫個相公娘罷了！」丫頭走進房去把這話對太太說了，太太就氣了個發昏。到第三日，鮑家請了許多戲子的老婆來做朝。南京的風俗，但凡新媳婦進門，三天就要到廚下去，收拾一樣菜，發個利市；這菜一定是魚，取「富貴有餘」的意思。當下鮑家買了一尾魚，燒起鍋，請相公娘上鍋。王太太不保，坐著不動。錢麻子的老婆走進房來道：「這

❷揀精揀肥：挑剔得很苛刻。

使不得。你而今到他家做媳婦，這些規矩是要還他的。」

太太忍氣吞聲，脫了錦緞衣服，繫上圍裙，走到廚下，把魚接在手內，拏刀刮了三四刮，拎著尾巴，望滾湯鍋裏一摜。錢麻子老婆正站在鍋臺傍邊看他收拾魚，被他這一摜，便濺了一臉的熱水，連一件二色金的緞衫子都弄濕了，嚇了一跳，走過來道：「這是怎說！」忙取出一塊汗巾子來揩臉。王太太丟了刀，骨都著嘴，往房裏去了。當晚堂客上席，他也不曾出來坐。

到第四日，鮑廷璽領班子出去做夜戲，進房來穿衣服。王太太看見他這幾日都戴的是瓦楞帽子，並無紗帽，心裏疑惑他不像個舉人；這日見他戴帽子出去，問道：「這晚間你往那裏去？」鮑廷璽道：「我做生意去。」說著，就去了。

　　　　※　　　　※　　　　※

太太心裏越發疑惑：「他做甚麼生意？……」又想道：「想是在字號店裏算賬。」一直等到五更鼓天亮，他纔回來。太太問道：「你在字號店裏算賬，為甚麼算了這一夜？」鮑廷璽道：「甚麼字號店？我是戲班子裏管班的，領著戲子去做夜戲，纔回來。」

太太不聽見這一句話罷了，聽了這一句話，怒氣攻心，大叫一聲，望後便倒，牙關咬緊，不省人事。

鮑廷璽慌了，忙叫兩個丫頭，拏薑湯灌了半日。灌醒過來，大哭大喊，滿地亂滾，滾散頭髮，一會又要扒到牀頂上去，大聲哭著，唱起曲子來。原來氣成了一個「失心瘋」。嚇的鮑老太同大姑娘都跑進來看；看了這般模樣，又好惱，又好笑。

正鬧著，沈大腳手裏拏著兩包點心，走到房裏來賀喜。纔走進房，太太一眼看見，上前就一把揪住，

把他揪到馬子跟前，揭開馬子，抓了一把尿屎，抹了他一臉一嘴。沈大腳滿鼻子都塞滿了臭氣。眾人來扯開了。沈大腳走出堂屋裏，又被鮑老太指著臉罵了一頓。沈大腳沒情沒趣，只得討些水洗了臉，悄悄的出了門回去了。

這裏請了醫生來。醫生說：「這是一肚子的痰，正氣又虛，要用人參、琥珀。」每劑藥要五錢銀子。

自此以後，一連害了兩年，把些衣服，首飾，都花費完了；兩個丫頭，也賣了。歸姑爺同大姑娘和老太商議道：「他本是螟蛉之子，又沒中用。而今又弄了這個瘋女人來，在家鬧到這個田地，將來我們這房子和本錢，還不夠他吃人參琥珀！吃光了，這個如何來得？不如趁此時將他趕出去，離門離戶，我們纔得乾淨，一家一計過日子。」

鮑老太聽信了女兒女壻的話，要把他兩口子趕出去。鮑廷璽慌了，去求鄰居王羽秋張國重來說。張國重王羽秋走過來說道：「老太，這使不得。他是你老爹在時抱養他的。況且又幫著老爹，做了這些年生意，如何趕得他出去？」老太把他怎樣不孝，媳婦怎樣不賢，著實數說了一遍，說道：「我是斷斷不能要他的了！他若要在這裏，我只好帶著女兒女壻，搬出去讓他！」

當下兩人講不過老太，只得說道：「就是老太要趕他出去，也分些本錢與他做生意。叫他兩口子光光的，怎樣出去過日子？」老太道：「他當日來的時候，只得頭上幾莖黃毛，身上還是光光的！而今我養活的他恁大，又替他娶過兩回親。況且他那死鬼老子，也不知是累了我家多少。他不能補報我罷了。說來說去，說的老太轉了口，許給他二十兩銀子，自己去住。鮑廷璽接了銀子，哭哭啼啼，不日搬

我還有甚麼貼他！」那兩人道：「雖如此說，『恩從上流』，還是你老人家照顧他些。」

了出來，在王羽秋店後借一間屋居住。只得這二十兩銀子吃的將光，太太的人參琥珀藥也沒得吃了，病也不大發了，只是在家坐著哭泣咒罵，非止一日。

了出來，在王羽秋店後借一間屋居住。只得這二十兩銀子吃的將光，要團班子弄行頭，是弄不起；要想做個別的小生意，又不在行；只好「坐吃山空」。把這二十兩銀子吃的將光，太太的人參琥珀藥也沒得吃了，病也不大發了，只是在家坐著哭泣咒罵，非止一日。

＊　　　＊　　　＊

那一日，鮑廷璽街上走走回來，王羽秋迎著問道：「你當初有個令兄在蘇州麼？」鮑廷璽道：「我老爹只得我一個兒子，並沒有哥哥。」王羽秋道：「不是鮑家的，是你那三牌樓倪家的。」鮑廷璽道：「倪家雖有幾個哥哥，聽見說，都是我老爹自小賣出去了，後來一總都不知個下落；卻也不曾聽見是在蘇州。」王羽秋道：「方纔有個人，一路找來，找在隔壁鮑老太家說，『倪大太爺找倪六太爺的。』鮑老太不招應，那人就問到我這裏。我就想到你身上。你當初在倪家可是第六？」鮑廷璽道：「我正是第六。」王羽秋道：「那人找不到，又到那邊找去了。他少不得還找了回來，你在我店裏坐著候著。」

少頃，只見那人又來找問。王羽秋道：「這便是倪六爺，找他怎的？」鮑廷璽接著，只見上寫道：「水西門鮑文卿老爹家過繼的兒子鮑廷璽，本名倪廷璽，乃父親倪霜峰第六子，是我的同胞的兄弟。我叫做倪廷珠。找著是我的兄弟，就同他到公館裏來相會。要緊！要緊！」

那人在腰裏摹出一個紅紙帖子來，遞與鮑廷璽看。鮑廷璽道：「你是那裏來的？是那個要找我？」那人道：「我是跟大太爺的，叫作阿三。」鮑廷璽道：「這是了！一點也不錯！你是甚麼人？」那人道：「我是跟大太爺的，叫作阿三。」阿三道：「大太爺現在蘇州撫院衙門裏做相公，每年一千兩銀子。而今現在大老爺公館裏。既是六太爺，就請同小的到公館裏，和大太爺相會。」

鮑廷璽道：「大太爺在那裏？」阿三道：「大太爺現在蘇州撫院衙門裏做相公，每年一千兩銀子。而今現在大老爺公館裏。既是六太爺，就請同小的到公館裏，和大太爺相會。」

鮑廷璽喜從天降，就同阿三一直走到淮清橋撫院公館前。阿三道：「六太爺請到河底下茶館裏坐著，我去請大太爺來會。」一直去了。鮑廷璽自己坐著，坐了一會，只見阿三跟了一個人進來，頭戴方巾，身穿醬色緞直裰，腳下粉底皂靴，三綹髭鬚，有五十歲光景。那人走進茶館，阿三指道：「便是六太爺了。」鮑廷璽忙走上前。那人一把拉住道：「你便是我六兄弟了！」鮑廷璽道：「你便是我大哥哥！」兩個抱頭大哭，哭了一場。坐下。

倪廷珠道：「兄弟，自從你過繼在鮑老爹家，我在京裏，全然不知道。我自從二十多歲的時候，就學會了這個幕道，在各衙門裏做館。在各省找尋幾個弟兄，都不曾找的著。五年前，我同一位知縣到廣東赴任去，在三牌樓找著一個舊時老鄰居間，纔曉得你過繼在鮑家了，父母俱已去世了！」說著，又哭起來。鮑廷璽道：「我而今鮑門的事……」倪廷珠道：「兄弟，你且等我說完了。我這幾年，虧遭際了這位姬大人，賓主相得，每年送我束脩一千兩銀子。那幾年在山東，今年調在蘇州來做巡撫。這是故鄉了，我所以著緊來找賢弟。找著賢弟時，我把歷年節省的幾兩銀子，擎出來弄一所房子，將來把你嫂子也從京裏接到南京來，和兄弟一家一計的過日子。兄弟，你自然是娶過弟媳的了？」倪廷珠道：「我且和

鮑廷璽道：「大哥在上……」便悉把怎樣過繼到鮑家，怎樣蒙鮑老爹恩養，怎樣在向太爺衙門裏招親，怎樣前妻王氏死了又娶了這個女人，而今怎樣被鮑老爹趕出來了，都說了一遍。倪廷珠道：「現在鮑老爹隔壁一個人家借著住。」

個不妨。而今弟婦現在那裏？」鮑廷璽道：「這你同到家裏去看看，我再作道理。」

當下會了茶錢，一同走到王羽秋店裏。王羽秋也見了禮。鮑廷璽請他在後面。王太太拜見大伯，此

時衣服首飾都沒有了，只穿著家常打扮。倪廷珠荷包裏拏出四兩銀子來，送與弟婦作拜見禮。王太太看

見這一個體面大伯，不覺憂愁滅了一半，自己捧茶上來。鮑廷璽接著，送與大哥。倪廷珠吃了一杯茶，

說道：「兄弟，我且暫回公館裏去。我就回來和你說話，你在家等著我。」

說罷，去了。鮑廷璽在家和太太商議：「少刻大哥來，我們須備個酒飯候著。如今買一隻板鴨，和

幾斤肉，再買一尾魚來，託王羽秋老爹來收拾，做個四樣纔好。」王太太說：「呸！你這死不見識面的

貨！他一個撫院衙門裏住著的人，他沒有見過板鴨和肉！他自然是吃了飯纔來！他希罕你這樣東西吃！

如今快秤三錢六分銀子，到菓子店裏裝十六個細巧圍碟子來，打幾斤陳百花酒候著他，纔是個道理！」

鮑廷璽道：「太太說的是。」當下秤了銀子，把酒和碟子都備齊，捧了來家。到晚，果然一乘轎子，兩

個「巡撫部院」的燈籠，阿三跟著，他哥來了。倪廷珠下了轎，進來說道：「兄弟，我這窵處沒有甚麼

只帶的七十多兩銀子。」叫阿三在轎櫃裏，拏出來，一包一包，交與鮑廷璽道：「這個你且收著。我明

日就要同姬大人往蘇州衙門去。你作速看下一所房子，價銀或是二百兩三百兩，都可以，你同弟婦搬進去住

著，你就收拾到蘇州衙門裏來。我和姬大人說，把今年束脩一千兩銀子都支了與你，拏到南京來做個本

錢，或是買些房產過日。」

當下鮑廷璽收了銀子，留著他哥吃酒。吃著，說一家父母兄弟分離苦楚的話。說著又哭，哭著又說。

直吃到二更多天，方纔去了。

鮑廷璽次日同王羽秋商議，叫了房牙子來，要買房子。自此，家門口人都曉得倪大老爺來找兄弟，

現在撫院大老爺衙門裏，都稱呼鮑廷璽是倪六老爺。太太是不消說。

又過了半個月，房牙子看定了一所房子，在下浮橋施家巷，三間門面，一路四進，是施御史家的。

施御史不在家，著典與人住，價銀二百二十兩。成了議約，付押議銀二十兩。擇了日子搬進去，再兌銀子。搬家那日，兩邊鄰居都送著盒。歸姑爺也來行人情，出分子。鮑廷璽請了兩日酒，又替太太贖了些頭面衣服。太太身子裏又有些啾啾唧唧的起來，隔幾日要請個醫生，要吃八分銀子的藥。那幾十兩銀子，漸漸要完了。鮑廷璽收拾要到蘇州尋他大哥去，上了蘇州船。那日風不順，船家盪在江北。走了一夜，到了儀徵，船住在黃泥灘，風更大，過不得江。

鮑廷璽走上岸，要買個茶點心吃，忽然遇見一個少年人，頭戴方巾，身穿玉色紬直裰，腳下大紅鞋，那少年把鮑廷璽上上下下看了一遍，問道：「你不是鮑姑老爺麼？」鮑廷璽驚道：「在下姓鮑。相公尊姓大名？怎麼這樣稱呼？」那少年道：「我便是安慶府向太爺衙門裏王老爹的女壻？」鮑廷璽道：「我便是，相公怎的知道？」那少年道：「我便是王老爹的孫女壻，你老人家可不是我的姑丈人麼？」鮑廷璽笑道：「這是怎麼說？且請相公到茶館坐坐。」

當下兩人走進茶館，揀上茶來。儀徵有的是肉包子，裝上一盤來吃著。鮑廷璽問道：「相公尊姓？」那少年道：「我姓季。姑老爹，你認不得我？我在府裏考童生，看見你巡場，我就認得了。後來你家老爹還在我家吃過了酒。這些事，你難道都記不的了？」鮑廷璽道：「你原來是季老太爺府裏的季少爺，你卻因甚麼做了這門親？」季葦蕭道：「自從向太爺陞任去後，王老爹不曾跟了去，就在安慶住著。後來我家岳選了典史，安慶的鄉紳人家，因他老人家為人盛德，所以同他來往起來，我家就結了這門親。」

鮑廷璽道：「這也極好。你們太老爺在家好麼？」季葦蕭道：「先君見背，已三年多了。」鮑廷璽道：

「姑爺，你卻為甚麼在這裏？」季葦蕭道：「我因鹽運司荀大人是先君文武同年，我故此來看看年伯。

姑老爹，你卻往那裏去？」鮑廷璽說：「我到蘇州去看一個親戚。」季葦蕭道：「幾時纔得回來？」鮑

廷璽道：「大約也得二十多日。」季葦蕭道：「若回來無事，到揚州來頑頑。若到揚州，只在道門口門

簿上一查，便知道我的下處。我那時做東請姑老爹。」鮑廷璽道：「這個一定來奉候。」

說罷，彼此分別走了。鮑廷璽上了船，一直來到蘇州，纔到閶門上岸，劈面撞著跟他哥的小廝阿三。

只因這一番，有分教：榮華富貴，依然一旦成空；奔走道途，又得無端聚會。

畢竟阿三說出甚麼話來？且聽下回分解。

第二十八回　季葦蕭揚州入贅　蕭金鉉白下選書

話說鮑廷璽走到閶門，遇見跟他哥的小廝阿三。阿三前走，後面跟了一個閒漢，挑了一擔東西，是些三牲，和些銀錠紙馬之類。鮑廷璽道：「阿三，倪大太爺在衙門裏麼？你這些東西叫人挑了同他到那裏去？」阿三道：「六太爺來了？大太爺自從南京回來，進了大老爺衙門，打發人上京接太太去，去的人回說，太太已於前月去世。大太爺著了這一急，得了重病，不多幾日，就歸天了。大太爺的靈柩現在城外厝著，小的便搬在飯店裏住。今日是大太爺頭七，小的送這三牲紙馬到墳上燒紙去。」

鮑廷璽聽了這話，兩眼大睜著，話也說不出來，慌問道：「怎麼說！大太爺死了？」阿三道：「是大太爺去世了。」阿三扶了起來，當下不進城了，就同阿三到他哥哥厝基的所在，擺下牲醴，澆奠了酒，焚起紙錢，哭道：「哥哥，陰魂不遠，你兄弟來遲一步，就不能再見大哥一面！」說罷，又慟哭了一場。阿三勸了回來，在飯店裏住下。

次日，鮑廷璽將自己盤纏又買了一副牲醴紙錢，去上了哥哥墳；回來，一連在飯店裏住了幾天，盤纏也用盡了，阿三也辭了他，往別處去了，思量沒有主意，只得把新做來的一件見撫院的紬直裰，當了兩把銀子，且到揚州尋尋季姑爺再處。當下搭船，一直來到揚州，往道門口去問季葦蕭的下處。門簿上寫著「寓在興教寺」，忙找到興教寺。和尚道：「季相公麼？他今日在五城巷引行公店隔壁尤家招親，你

到那裏去尋。」

鮑廷璽一直找到尤家，見那家門口，掛著彩子，三間敞廳，坐了一敞廳的客；正中書案上，點著兩枝通紅的蠟燭；中間懸著一軸「百子圖」的畫；兩邊貼著硃箋紙的對聯，上寫道：「清風明月常如此，才子佳人信有之。」季葦蕭戴著新方巾，穿著銀紅紬直裰，在那裏陪客；見了鮑廷璽進來，嚇了一跳，同他作了揖，請他坐下，說道：「姑老爹纔從蘇州回來的？」鮑廷璽道：「正是，恰又遇著姑爺恭喜，我來吃喜酒。」

坐上的客問此位尊姓。季葦蕭代答道：「這舍親姓鮑，是我的賤內的姑爺，是小弟的姑丈人。」眾人道：「原來是姑太爺。失敬！失敬！」鮑廷璽問各位太爺尊姓。季葦蕭指著上首席坐的兩位道：「這位是辛東之先生。這位是金寓劉先生。二位是揚州大名士。作詩的從古也沒有這好的。又且書法絕妙，天下沒有第三個。」

說罷，擺上飯來。二位先生首席，鮑廷璽三席，還有幾個人，都是尤家親戚，坐了一桌子。吃過了飯，這些親戚們同季葦蕭裏面料理事去了。鮑廷璽坐著，同那兩位先生攀談。

辛先生道：「揚州這些有錢的鹽獃子，其實可惡！就如河下興盛旂馮家，他有十幾萬銀子。他從徽州請了我出來，住了半年，我說：『你要為我的情，就一總送我二三千銀子。』他竟一毛不拔！我後來向人說：『馮家他這銀子該給我的。他將來死的時候，這十幾萬銀子，一個錢也帶不去，到陰司裏，是個窮鬼。閻王要蓋森羅寶殿，這四個字的匾，少不的是請我寫，至少也得送我一萬銀子！我那時就把幾千與他用用也不可知！何必如此計較！』」說罷，笑了。

金先生道：「這話一絲也不錯！前日不多時，河下方家來請我寫一副對聯，共是二十二個字。他叫小廝送了八十兩銀子來謝我，我叫他小廝到跟前，吩咐他道：『你拜上你家老爺，說：金老爺的字，是在京師王爺府裏品過價錢的；小字是一兩一個，大字十兩一個。我這二十二個字，平買平賣，時價值二百二十兩銀子。你若是二百一十九兩九錢，也不必來取對。』那小廝回家去說了，方家這畜生，賣弄有錢，竟坐了轎子到我下處來。我把對聯遞與他，他——兩把把對聯扯碎了！我登時大怒，把這銀子打開，一總都攢在街上，給那些挑鹽的，拾糞的去了！列位：你說這樣小人，豈不可惡！」正說著，季葦蕭走了出來，笑說道：「你們在這裏講鹽獃子的故事？我近日聽見說，揚州是『六精』。」辛東之道：「是『五精』罷了，那裏『六精』？」季葦蕭道：「是『六精』的很！我說與你聽。他轎裏是坐的債精，抬轎的是牛精，跟轎的是屁精，看門的是謊精，家裏藏著的是妖精：這是『五精』了；而今時作，這些鹽商頭上戴的是方巾，中間定是一個水晶結子，合起來是『六精』！」說罷，一齊笑了。捧上麵來吃。四人吃著，鮑廷璽問道：「我聽見說，鹽務裏這些有錢的，到麵店裏，八分一碗的麵，只呷一口湯，就擎下去賞與轎夫吃。這話可是有的麼？」辛先生道：「怎麼不是有的？」

金先生道：「他那裏當真吃不下！他本是在家裏泡了一碗鍋巴吃了，纔到麵店去的！」當下說著笑話，天色晚了。下來裏面吹打著，引季葦蕭進了洞房。看罷出來，坐在廳上，鮑廷璽悄悄問季葦蕭道：「姑爺，你前面的姑奶奶不曾聽見見怎的，你怎麼又做這件事？」季葦蕭指著對聯與他看道：「你不見『才璽仍舊到鈔關❶。飯店裏住了一夜，次日來賀喜，看新人。眾人上席吃酒，吃罷各散。鮑廷

❶ 鈔關：明清時依載貨的數量和路程，令舟船繳納貨稅的地方。

子佳人信有之」？我們風流人物，只要才子佳人會合，一房兩房，何足為奇？」

鮑廷璽道：「這也罷了，你這些費用，是那裏來的？」季葦蕭道：「我一到揚州，荀年伯就送了我

一百二十兩銀子，又把我在瓜州管關稅。只怕還要在這裏過幾年，所以又娶一個親。姑老爹，你幾時回

南京去？」鮑廷璽道：「姑爺，不瞞你說，我在蘇州去投奔一個親戚投不著，來到這裏，而今並沒有盤

纏回南京。我如今送幾錢銀子與姑老爹做盤費，還要託姑老爹帶一個書子到

南京去。」季葦蕭道：「這個容易。

正說著，只見那辛先生，金先生，和一個道士，又有一個人，一齊來吵房。季葦蕭讓了進去，新房

裏吵了一會，出來坐下。辛先生指著這兩位向季葦蕭道：「這位道友尊姓來，號霞士，也是我們揚州詩

人。這位是蕪湖郭鐵筆先生，鎸的圖書最妙。今日也趁著喜事來奉訪。」季葦蕭問了二位的下處，說道：

「即日來答拜。」辛先生和金先生道：「這位令親鮑老爹，前日聽說尊府是南京的，卻幾時回南京去？」

季葦蕭道：「也就在這一兩日間。」那兩位先生道：「這等，我們不能同行了。我們同在這個俗地方，

人不知道敬重，將來也要到南京去。」

說了一會話，四人作別去了。鮑廷璽問道：「姑爺，你帶書子到南京，與那一位朋友？」季葦蕭道：

「他也是我們安慶人，也姓季，叫作季恬逸，和我同姓不宗。前日同我一路出來的。我如今在這裏不得

回去，他是沒用的人，寄個字叫他回家。」鮑廷璽道：「姑爺，你這字可曾寫下？」季葦蕭道：「不曾

寫下。我今晚寫了，姑老爹明日來取這字和盤纏，後日起身去罷。」鮑廷璽應諾去了。當晚季葦蕭寫了

字，封下五錢銀子，等鮑廷璽次日來拿。次日早晨，一個人坐了轎子來拜，帖子上寫「年家眷同學弟宗

姬頓首拜」。季葦蕭迎了出去，見那人方巾闊服，古貌古心。進來坐下，季葦蕭動問仙鄉尊字。那人道：

「賤字穆菴，敝處湖廣。一向在京，同謝茂秦先生館於趙王家裏。因返舍走走，在這裏路過，聞知大名，特來進謁。有一個小照行樂，求大筆一題。將來還要帶到南京，去遍請諸名公題詠。」季葦蕭道：「先生大名，如雷灌耳。小弟獻醜，真是『弄斧班門』了。」

說罷，吃了茶，打恭上轎而去。恰好鮑廷璽走來，取了書子和盤纏，謝了季葦蕭。季葦蕭向他說：

「姑老爹到南京，千萬尋到狀元境，勸我那朋友季恬逸回去。南京這地方是可以餓的死人的，萬不可久住！」說畢，送了出來。

＊　　　＊　　　＊　　　＊

鮑廷璽拏著這幾錢銀子，搭了船，回到南京，進了家門，把這些苦處告訴太太一遍，又被太太臭罵了一頓。施御史又來催他兌房價，他沒得銀子兌，只得把房子退還施家。這二十兩押議的銀子，做了干罷。

沒處存身，太太只得在內橋娘家——胡姓——借了一間房子，搬進去住著。

＊　　　＊　　　＊　　　＊

住了幾日，鮑廷璽拿著書子來到狀元境，尋著了季恬逸。季恬逸接書看了，請他吃了一壺茶，說道：

「有勞鮑老爹。這些話，我都知道了。」鮑廷璽別過自去了。

這季恬逸因缺少盤纏，沒處尋寓所住，每日裏拿著八個錢，買四個「弔桶底」❷作兩頓吃，晚裏在刻字店一個案板上睡覺。這日見了書子，知道季葦蕭不來，越發慌了；又沒有盤纏回安慶去，終日吃了餅，坐在刻字店裏出神。

❷ 弔桶底：一種油餅。

那一日早上，連餅也沒的吃，只見外面走進一個人來，頭戴方巾，身穿元色直裰，和他拱一拱手。

季恬逸拉他在板凳上坐下。那人道：「先生尊姓？」季恬逸道：「賤姓季。」那人道：「請問先生，這裏可有選文章的名士麼？」季恬逸道：「多的很！衛體善，隨岑菴，馬純上，蘧駪夫，匡超人，我都認得；還有前日同我在這裏的季葦蕭。這都是大名士。你要那一個？」那人道：「不拘那一位。我小弟有二三百銀子，要選一部文章。煩先生替我尋一位來，我同他好合選。」季恬逸道：「你先生尊姓貴處，也說與我。我好去尋人。」那人道：「我姓諸葛，盱眙縣人。說起來，人也還知道的。先生竟去尋一位來便了。」

季恬逸請他坐在這裏，自己走上街來，心裏想道：「這些人雖常來在這裏，卻是散在各處，這一會沒頭沒腦，往那裏去捉？……可惜季葦蕭又不在這裏！……」又想道：「不必管他！我如今只望著水西門一路大街走，遇著那個就捉了來，且混他些東西吃吃再處！」主意已定，一直走到水西門口，只見一個人，押著一擔行李進城。他舉眼看時，認得是安慶的蕭金鉉。他喜出望外道：「好了！」上前一把拉著，說道：「金兄！你幾時來的？」蕭金鉉道：「原來是恬兄！你可同葦蕭在一處？」季恬逸道：「葦蕭久已到揚州去了。我如今在一個地方。你來的恰好。如今有一椿大生意作成你──你卻不可忘了我！」蕭金鉉道：「甚麼大生意？」季恬逸道：「你不要管。你只同著我走，包你有幾天快活日子過！」那人走了出來，迎進刻字店裏，作了揖，把蕭金鉉的行李，寄放在刻字店內。三人同到茶館裏，敘禮坐下，彼此各道姓名。那人道：「小弟名叫諸葛佑，字天申。」

蕭金鉉聽了，同他一齊來到狀元境刻字店。只見那姓諸葛的正在那裏探頭探腦的望，季恬逸高聲道：「諸葛先生！我替你約了一位大名士來！」

蕭金鉉道：「小弟姓蕭，名鼎，字金鉉。」季恬逸就把方纔諸葛天申有幾百銀子要選文章的話說了。諸

葛天申道：「這選事，小弟自己也略知一二，因到大邦，必要請一位大名下的先生，以附驥尾；今得見

蕭先生，如魚之得水了！」蕭金鉉道：「只恐小弟菲材，不堪勝任。」季恬逸道：「兩位都不必謙，彼

此久仰。今日一見如故，諸葛先生且做個東，請蕭先生吃個下馬飯，把這話細細商議。」諸葛天申道：

「這話有理，客邊只好假館坐坐。」

＊　＊　＊　＊

當下三人會了茶錢，一同出來，到三山街一個大酒樓上。蕭金鉉首席，季恬逸對坐，諸葛天申主位。

堂倌上來問菜。季恬逸點了一賣肘子，一賣板鴨，一賣醉白魚，先把魚和板鴨拏來吃酒，留著肘子，再

做三分銀子湯，帶飯上來。堂倌送上酒來，斟了吃酒。季恬逸道：「先生，這件事我們先要尋一個僻靜

些的去處，又要寬大些。選定了文章，好把刻字匠叫齊在寓處來，看著他刻。」蕭金鉉道：「要僻地方，

只有南門外報恩寺裏好；又不吵鬧，房子又寬，房錢又不十分貴。我們而今吃了飯，竟到那裏尋寓所。」

當下吃完了幾壺酒，堂倌拏上肘子，湯，和飯來。季恬逸盡力吃了一飽。下樓會賬，又走到刻字店，

託他看了行李，三人一路走出南門。那南門熱鬧轟轟，真是車如游龍，馬如流水，三人擠了半日，纔

擠了出來，望著報恩寺，走了進去。季恬逸道：「我們就在這門口尋下處罷。」蕭金鉉道：「不好，還

要再向裏面些去，方纔僻靜。」

＊　＊　＊　＊

當下又走了許多路，走過老退居，到一個和尚家，敲門進去。小和尚開了門，問做甚麼事，說是來

尋下處的，小和尚引了進去。當家的老和尚出來見，頭戴玄色緞僧帽，身穿繭紬僧衣，手裏拏著數珠，鋪眉蒙眼❸的走了出來，打個問訊，請諸位坐下，問了姓名地方。三人說要尋一個寓所。和尚道：「小房甚多，都是各位現任老爺常來做寓的。三位施主請自看，請教每月房錢多少。」和尚一口價，定要三兩一月。講了半天，一釐也不肯讓。諸葛天申已是出二兩四了，和尚只是不點頭。一會又罵小和尚：「不掃地！明日下浮橋施御史老爺來這裏擺酒，看見成甚麼模樣！」蕭金鉉見他可厭，向季恬逸說道：「下處是好，只是買東西遠些。」老和尚呆著臉道：「在小房住的客，若是買辦和廚子是一個人做，就住不的了。須要廚子是一個人，在廚下收拾著，買辦又是一個人，伺候著買東西，纔趕的來。」蕭金鉉笑道：「將來我們在這裏住，豈但買辦廚子是用兩個人，還要牽一頭禿驢與那買東西的人騎著來往，更走的快！」把那和尚罵的白瞪著眼，三人便起身道：「我們且告辭，再來商議罷。」和尚送出來。又走了二里路，到一個僧官家敲門。僧官迎了出來，一臉都是笑，請三位廳上坐，便煨出新鮮茶來，擺上九個茶盤，——上好的蜜橙糕，核桃酥，——奉過來與三位吃。三位講到租寓處的話，僧官笑道：「這個何妨，聽憑三位老爺，喜歡那裏，就請了行李來。」三人請問房錢。僧官說：「這個何必計較？三位老爺來住，請也請不到。隨便見惠些須香資，僧人那裏好爭論？」蕭金鉉見他出語不俗，便道：「在老師父這裏打擾，每月送銀二金，休嫌輕意。」僧官連忙應承了。當下兩位就坐在僧官家，季恬逸進城去發行李。僧官叫道人打掃房間，鋪設牀鋪，桌椅傢伙；又換了茶

❸ 鋪眉蒙眼：裝模作樣。亦作「鋪眉苫眼」。

來，陪二位談。到晚，行李發了來，僧官告別進去了。蕭金鉉叫諸葛天申，先秤出二兩銀子來，用封袋封了，貼了簽子，送與僧官。僧官又出來謝過。三人點起燈來，打點夜消。諸葛天申稱出錢把銀子，託季恬逸出去買酒菜。僧官又出來謝過。三人點起燈來，打點夜消。諸葛天申稱出錢把銀子，託季恬逸出去買酒菜。季恬逸去了一會，帶著一個走堂的，捧著四壺酒，四個碟子來，——一碟香腸，一碟鹽水蝦，一碟水雞腿，一碟海蜇。——擺在桌上。

諸葛天申是鄉裏人，認不的香腸，說道：「這是甚麼東西？好像豬鳥。」蕭金鉉道：「你只吃罷了，不要問他。」諸葛天申吃著，說道：「這就是臘肉！」蕭金鉉道：「你又來了！臘肉有個皮長在一轉的？這是豬肚內的小腸！」諸葛天申又不認的海蜇，說道：「這逬脆的是甚麼東西。倒好吃！再買些逬脆的來吃吃！」

蕭季二位又吃了一會。當晚吃完了酒，打點各自歇息。季恬逸沒有行李，蕭金鉉勻出一條褥子來，給他在腳頭蓋著睡。

次日清早，僧官走進來，說道：「昨日三位老爺駕到，貧僧今日備個腐飯，屈三位坐坐，就在我們這寺裏各處頑頑。」三人說了「不敢當。」僧官邀請到那邊樓底下坐著，辦出四大盤來吃早飯，吃過，同三位出來閒步，說道：「我們就到三藏禪林裏頑頑罷。」

當下走進三藏禪林，頭一進是極高的大殿，殿上金字匾額：「天下第一祖庭。」一直走過兩間房子，又曲曲折折的階級欄杆，走上一個樓去，只道是沒有地方了，僧官又把樓背後開了兩扇門，叫三人進去看，那知還有一片平地，在極高的所在，四處都望著。內中又有參天的大木，幾萬竿竹子，那風吹的到處颼颼的響。中間便是唐玄奘法師的衣鉢塔。

頑了一會，僧官又邀到家裏。晚上九個盤子吃酒，吃酒中間，僧官說道：「貧僧到了僧官任，還不曾請客。後日家裏擺酒唱戲，請三位老爺看戲，不要出分子。」三位道：「我們一定奉賀。」當夜吃完了酒。

到第三日，僧官家請的客，從<u>應天府尹</u>衙門的人到縣衙門的人，約有五六十。客還未到，廚子看茶的老早的來了，戲子也發了箱來了。僧官正在三人房裏閒談，忽見道人走來說：「師公，那人又來了！」

只因這一番，有分教：平地風波，天女下維摩之室；空堂宴集，雞群來皎鶴之翔。

不知後事如何？且聽下回分解。

第二十九回　諸葛佑僧寮遇友　杜慎卿江郡納姬

話說僧官正在蕭金鉉三人房裏閒坐，道人慌忙來報：「那個人又來了。」僧官就別了三位，同道人出去，問道人：「可又是龍三那奴才？」道人道：「怎麼不是？他這一回來的把戲更出奇！老爺，你自去看。」

僧官走到樓底下，看茶的正在門口搧著爐子。僧官走進去，只見椅子上坐著一個人，一副烏黑的臉，兩隻黃眼睛珠，一嘴鬍子，頭戴一頂紙剪的鳳冠，身穿藍布女裌，白布單裙，腳底下大腳花鞋，坐在那裏。兩個轎夫站著天井裏要錢。

那人見了僧官，笑容可掬，說道：「老爺，你今日喜事，我所以絕早就來替你當家。你且把轎錢替我打發去著。」僧官愁著眉道：「龍老三，你又來做甚麼？這是個甚麼樣子！」慌忙把轎錢打發了去，又道：「龍老三，你還不把那些衣服脫了，人看著怪模怪樣！」龍三道：「老爺，你好沒良心！你做官到任，除了不打金鳳冠與我戴，不做大紅補服與我穿，我做太太的人，自己戴了一個紙鳳冠，不怕人笑也罷了，你還叫我去掉了，是怎的？」僧官道：「龍老三！頑是頑，笑是笑。雖則我今日不曾請你，你要上門怪我，也只該好好走來。為甚麼粧這個樣子？」龍三道：「老爺，你又說錯了。『夫妻無隔宿之仇。』我怪你怎的？」僧官道：「我如今自己認不是罷了。是我不曾請你，得罪了你。你好好脫了這些

衣服，坐著吃酒，不要裝瘋做癡，惹人家笑話！」龍三道：「這果然是我不是。我做太太的人，只該坐在房裏，替你裝圍碟❶，剝菓子，當家料理；那有個坐在廳上的，惹的人說你家沒內外。」

說著，就往房裏走。僧官拉不住，竟走到房裏去了。僧官跟到房裏，說道：「龍老三！這喇嘰❷的事，而今行不得！惹得上面官府知道了，大家都不便！」龍三道：「老爺，你放心。自古道：『清官難斷家務事。』」

僧官急得亂跳。他在房裏坐的安安穩穩的，吩咐小和尚，叫茶上擎茶來與太太吃。僧官急得走進走出。恰走出房門，遇著蕭金鉉三位走來，僧官攔不住。三人走進房，季恬逸道：「噫！那裏來的這位太太！」那太太站起來，說道：「三位老爺請坐。」

僧官急得話都說不出來。三個人忍不住的笑。道人飛跑進來說道：「府裏尤太爺到了。」僧官只得出去陪客。那姓尤姓郭的兩個書辦，進來作揖，坐下吃茶，聽見隔壁房裏有人說話，就要走進去。僧官又攔不住。二人走進房，見了這個人，嚇了一跳道：「這是怎的！」止不住就要笑。當下四五個人一齊笑起來。

僧官急得沒法，說道：「諸位太爺，他是個喇子。他屢次來哄騙我。」尤書辦笑道：「他姓甚麼？」僧官道：「他叫做龍老三。」郭書辦道：「龍老三，今日是僧官老爺的喜事，你怎麼到這裏胡鬧？快些把這衣服都脫了，到別處去！」龍三道：「太爺，這是我們私情事，不要你管。」尤書辦道：「這又胡

❶ 圍碟：舊時整桌的筵席，必有十二或十六碟子，中盛水菓、蜜餞等，名為「圍碟」。

❷ 喇嘰：指流氓、無賴。

說了！你不過是想騙他！也不是這個騙法！也不是這個騙法！」蕭金鉉道：「我們大家拏出幾錢銀子來，捨了這畜生去罷！免得在這裏鬧的不成模樣！」那龍三那裏肯去。

大家正講著，道人又走進來說道：「司裏董太爺同一位金太爺，已經進來了。」說著，董書辦同金東崖走進房來。東崖認得龍三，一見就問道：「你是龍三？你這狗頭，在京裏拐了我幾十兩銀子走了，怎麼今日又在這裏裝這個模樣？分明是騙人！其實可惡！」叫跟的小子，「把他的鳳冠抓掉了，衣服扯掉了，趕了出去！」

龍三見是金東崖，方纔慌了，自己去了鳳冠，脫了衣服，說道：「小的在這裏伺候。」金東崖道：「那個要你伺候！你不過是騙這裏老爺！改日我勸他賞你些銀子，作個小本錢，倒可以；你若是這樣胡鬧，我即刻送你到縣裏處你！」

龍三見了這一番，纔不敢鬧，謝了金東崖，出去了。僧官纔把眾位拉到樓底下，從新作揖奉坐，向金東崖謝了又謝。看茶的捧上茶來吃了。郭書辦道：「金太爺一向在府上，幾時到江南來的？」金東崖道：「我因近來賠累的事不成話說，所以決意返舍。到家，小兒僥倖進了一個學，不想反惹上一場是非。雖然『真的假不得』，卻也丟了幾兩銀子。在家無聊，因運司荀老先生是京師舊交，特到揚州來望他一望。承他情，薦在闈上，送了幾百兩銀子。」

董書辦道：「金太爺，你可知道荀大人的事？」金東崖道：「不知道。荀大人怎的？」董書辦道：「荀大人因貪贓拏問了，就是這三四日的事。」金東崖道：「原來如此。可見『旦夕禍福』！」郭書辦道：「尊寓而今在那裏？」董書辦道：「太爺已是買了房子，在利涉橋河房。」眾人道：「改日再來拜

訪。」金東崖又問了三位先生姓名。三位俱各說了，金東崖道：「都是名下先生。小弟也注有些經書，容日請教。」

當下陸陸續續到了幾十位客。落後來了三個戴方巾的和一個道士。走了進來，眾人都不認得。內中一個戴方巾的道：「那位是季恬逸先生？」季恬逸道：「小弟便是。先生有何事見教？」那人袖子裏拏出一封書子來，說道：「季葦兄多多致意。」

季恬逸接著，拆開同蕭金鉉諸葛天申看了，纔曉得是辛東之，金寓劉，郭鐵筆，來霞士，便道：「請坐。」四人見這裏有事，就要告辭。僧官拉著他道：「四位遠來，請也請不到，便桌坐坐。」斷然不放了去，四人只得坐下。金東崖就問起荀大人的事來，「可是真的？」郭鐵筆道：「是我們下船那日拏問的。」

當下唱戲，吃酒。吃到天色將晚，辛東之同金寓劉趕進城，在東花園庵裏歇去。這坐客都散了。郭鐵筆同來道士，在諸葛天申下處住了一夜。次日，來道士到神樂觀尋他的師兄去了。郭鐵筆在報恩寺門口租了一間房，開圖書店。

　　※　　　　※　　　　※

季恬逸這三個人，在寺門口聚昇樓起了一個經摺，每日賒米買菜和酒吃，一日要吃四五錢銀子。文章已經選定，叫了七八個刻字匠來刻；又賒了百十桶紙來，準備刷印。到四五個月後，諸葛天申那二百多兩銀子，所剩也有限了，每日仍舊在店裏賒著吃。

　　※　　　　※　　　　※

那日季恬逸和蕭金鉉在寺裏閒走。季恬逸道：「諸葛先生的錢也有限了，倒欠下這些債，將來這個書不知行與不行，這事怎處？」蕭金鉉道：「這原是他情願的事，又沒有那個強他。他用完了銀子，他

自然家去再討，管他怎的！」

正說著，諸葛天申也走來了，兩人不言語了。三個同步了一會，一齊回寓，卻迎著一乘轎子，兩擔行李。三個人跟著進寺裏來。那轎揭開簾子，轎裏坐著一個戴方巾的少年，諸葛天申依稀有些認得。那轎來的快，如飛的就過去了。

諸葛天申道：「這轎子裏的人我有些認得他。」因趕上幾步，扯著他跟的人，問道：「你們是那裏來的？」那人道：「是天長杜十七老爺。」諸葛天申回來，同兩人睃著那轎和行李，一直進到老退居隔壁那和尚家去了。諸葛天申向兩人道：「方纔這進去的，是天長杜宗伯的令孫，我認得他。是我們那邊的名士。不知他來做甚麼。我明日去會他。」

次日，諸葛天申去拜，那裏回不在家。一直到三日，纔見那杜公孫來回拜。三人迎了出去。那正是春暮夏初，天氣漸暖。杜公孫穿著鶯背色的夾紗直裰，手搖詩扇，腳踏絲履，走了進來。三人近前一看，面如傅粉，眼若點漆，溫恭爾雅，飄然有神仙之概。這人是有子建之才，潘安之貌，江南數一數二的才子；進來與三人相見，作揖讓坐。

杜公孫問了兩位的姓名，籍貫，自己又說道：「小弟賤名倩，賤字慎卿。」說過，又向諸葛天申道：「天申兄，還是去年考校時相會，又早半載有餘了。」諸葛天申向二位道：「去歲申學臺在敝府合考二十七州縣詩賦，是杜十七先生的首卷。」杜慎卿笑道：「這是一時應酬之作，何足掛齒？況且那日小弟小恙進場，以藥物自隨，草草塞責而已。」蕭金鉉道：「先生尊府王謝風流，各郡無不欽仰。先生大才，又是尊府『白眉』，今日幸會。一切要求指教。」杜慎卿道：「各位先生一時名宿，小弟正要請教，何得

如此倒說？」

當下坐著，吃了一杯茶，一同進到房裏。見滿桌堆著都是選的刻本文章，紅筆對的樣，花藜胡哨❸的。杜慎卿看了，放在一邊。忽然翻出一首詩來，便是蕭金鉉前日在烏龍潭春遊之作。杜慎卿看了，點一點頭道：「詩句是清新的。」便問道：「這是蕭先生大筆？」蕭金鉉道：「是小弟拙作，要求先生指教。」

杜慎卿道：「如不見怪，小弟也有一句狂瞽之言。詩以氣體為主。如尊作這兩句，『桃花何苦紅如此？楊柳忽然青可憐！』豈非加意做出來的？但上一句詩只要添一個字，『問』桃花何苦紅如此」，便是賀新涼中間一句好詞。如今先生把他做了詩，下面又強對了一句，便覺索然了。」

幾句話把蕭金鉉說的透身冰冷。季恬逸道：「先生如此談詩，若與我家葦蕭相見，一定相合。」杜慎卿道：「葦蕭是同宗麼？我也曾見過他的詩，才情是有些的。」坐了一會，杜慎卿辭別了去。次日，杜慎卿寫個請帖來道：「小寓牡丹盛開，薄治杯茗，屈三兄到寓一談。」

＊　　＊　　＊

三人忙換了衣裳，到那裏去。只見寓處先坐著一個人。三人進來，同那人作揖讓坐。杜慎卿道：「這位鮑朋友是我們自己人，他不僭諸位先生的坐。」季恬逸方纔想起是前日帶信來的鮑老爹，因向二位先生道：「這位老爹就是葦蕭的姑岳。」因問：「老爹在這裏為甚麼？」鮑廷璽大笑道：「季相公，你原來不曉得。我是杜府太老爺累代的門下，我父子兩個受太老爺多少恩惠，如今十七老爺到了，我怎敢不

❸ 花藜胡哨：花花綠綠。亦作「花麗狐哨」、「花狸狐哨」。

來問安？」杜慎卿道：「不必說這閒話，且叫人拏上酒來。」當下鮑廷璽同小廝抬桌子。杜慎卿道：「我

今日把這些俗品都捐了，只是江南時魚櫻筍下酒之物，與先生們揮麈清談。」當下擺上來，果然是清清

疏疏的幾個盤子。買的是永寧坊上好的橘酒，斟上酒來。杜慎卿極大的酒量，不甚吃菜；當下舉筯讓眾

位吃菜，他只揀了幾片筍和幾個櫻桃下酒。傳杯換盞，吃到午後，杜慎卿叫取點心來，便是豬油餃餌，

鴨子肉包的燒賣，鵝油酥，軟香糕。每樣一盤拏上來，眾人吃了。又是雨水煨的六安毛尖茶，每人一碗。

杜慎卿自己只吃了一片軟香糕和一碗茶，便叫收下去了，再斟上酒來。

蕭金鉉道：「今日對名花，聚良朋，不可無詩。我們即席分韻，何如？」杜慎卿笑道：「先生，這

是而今詩社裏的故套。小弟看來，覺得雅的這樣俗。還是清談為妙。」說著，把眼看了鮑廷璽一眼。鮑

廷璽笑道：「還是門下效勞。」便走進房去，拏出一隻笛子來，去了錦套，坐在席上，嗚嗚咽咽，將笛

子吹著；一個小小子，走到鮑廷璽身邊站著，拍著手，唱李太白《清平調》，真乃穿雲裂石之聲，引商刻羽

之奏。

三人停杯細聽。杜慎卿又自飲了幾杯。吃到月上時分，照耀得牡丹花色越發精神；又有一樹大繡球，

好像一堆白雪。三個人不覺的手舞足蹈起來。杜慎卿也頹然醉了。只見老和尚慢慢走進來，手裏拏著一

個錦盒子，打開來，裏面拏出一串祁門小炮燐❹，口裏說道：「貧僧來替老爺醒酒。」就在席上點著，

燁燁粼粼響起來。杜慎卿坐在椅子上大笑。和尚去了，那硝黃的煙氣，還繚繞酒席左右。三人也醉了，

站起來，把腳不住，告辭要去。杜慎卿道：「小弟醉了，恕不能奉送。——鮑師父，你替我送三位老爺

❹ 炮燐：爆竹。亦作「炮仗」。

第二十九回 諸葛佑僧察遇友 杜慎卿江郡納姬 ❖ 275

出去。你回來在我這裏住。」

鮑廷璽擎著燭臺，送了三位出來，關門進去。三人回到下處，恍惚如在夢中。次日，賣紙的客人來要錢，這裏沒有，吵鬧了一回，隨即就是聚昇樓來討酒賬，諸葛天申稱了兩把銀子，給他收著再算。三人商議要回杜慎卿的席，算計寓處不能備辦，只得拉他到聚昇樓坐坐。

又過了一兩日，天氣甚好，三人在寓處吃了早點心，走到杜慎卿那裏去。走進門，只見一個大腳婆娘，同他家一個大小子坐在一個板櫈上說話。那小子見是三位，便站起來。季恬逸拉著他問道：「這是甚麼人？」那小子道：「做媒的沈大腳。」季恬逸道：「他來做甚麼？」那小子道：「有些別的事。」三人心裏就明白，想是要他娶小，就不再問。走進去，只見杜慎卿正在廊下閒步，見三人來，請進坐下。小小子擎茶來吃了，諸葛天申道：「今日天氣甚好，我們來約先生寺外頑頑。」杜慎卿帶著這小小子同三人步出來，被他三人拉到聚昇樓酒館裏。杜慎卿不能推辭，只得坐下。季恬逸見他不吃大葷，點了一賣板鴨，一賣魚，一賣豬肚，一賣雜膾，擎上酒來。吃了兩杯酒，眾人奉他吃菜。杜慎卿勉強吃了一塊板鴨，登時就嘔吐起來。眾人不好意思。因天氣尚早，不大用酒，搬上飯來。杜慎卿擎茶來泡了一碗飯，吃了一會，還吃不完，遞與那小小子擎下去吃了。

當下三人把那酒和飯都吃完了，下樓會賬。蕭金鉉道：「慎卿兄，我們還到雨花臺岡兒上走走。」杜慎卿道：「這最有趣。」一同步上岡子，在各廟宇裏見方景諸公的祠，甚是巍峨。又走到山頂上，望著城內萬家煙火；那長江如一條白練；琉璃塔金壁輝煌，照人眼目。杜慎卿到了亭子跟前，太陽地裏看見自己的影子，徘徊了大半日。大家藉草就坐在地下。

諸葛天申見遠遠的一座小碑，跑去看；看了回來，坐下說道：「那碑上刻的是『夷十族處』。」杜慎卿道：「列位先生，這『夷十族』的話是沒有的。漢法最重『夷三族』，是父黨，母黨，妻黨。這方正學所說的九族，乃是高，曾，祖，考，子，孫，曾，元。只是一族，母黨妻黨還不曾及，那裏誅的到門生上？況且永樂皇帝也不如此慘毒。本朝若不是永樂振作一番，信著建文軟弱，久已弄成個『齊梁世界』了！」

蕭金鉉道：「先生，據你說，方先生如何？」杜慎卿道：「方先生迂而無當；天下多少大事，講那皋門雉門怎麼？這人朝服斬於市，不為冤枉的！」

坐了半日，日色已經西斜。只見兩個挑糞桶的，挑了兩擔空桶，歇在山上。這一個拍那一個肩頭道：

「兄弟，今日的貨已經賣完了！我和你到永寧泉吃一壺水，回來再到雨花臺看看落照！」杜慎卿笑道：

「真乃『菜傭酒保，都有六朝煙水氣』。一點也不差！」

　　　　　※

　　　　　※

　　　　　※

當下下了崗子回來。進了寺門，諸葛天申道：「且到我們下處坐坐。」杜慎卿道：「也好。」一同來到下處。纔進了門，只見季葦蕭坐在裏面。季恬逸一見了，歡喜道：「葦兄，你來了？」季葦蕭道：

「恬逸兄，我在刻字店裏找尋，知道你搬在這裏。」便問此三位先生尊姓。季恬逸道：「此位是盱眙諸葛天申先生，此位就是我們同鄉蕭金鉉先生，你難道不認得？」季葦蕭道：「先生是住在北門的？」蕭金鉉道：「正是。」季葦蕭道：「這位先生？」季恬逸道：「此位先生，說出來你更歡喜哩。他是天長杜宗伯公公孫杜十七先生，諱倩，字慎卿的。你可知道他麼？」季葦蕭驚道：「就是去歲宗師考取貴府

二十七州縣的詩賦首卷杜先生？小弟渴想久了！今日纔得見面！」倒身拜下去。杜慎卿陪他磕了頭起來。

眾位多見過了禮，正待坐下，只聽得一個人笑著吆喝了進來，說道：「各位老爺今日吃酒過夜！」

季葦蕭舉眼一看，原來就是他姑丈人，忙問道：「姑老爹，你怎麼也來在這裏？」鮑廷璽道：「這是我

家十七老爺，我是他門下人，怎麼不來？姑爺，你原來也是好相與？」蕭金鉉道：「真是『眼前一笑皆

知己，不是區區陌路人』。」

一齊坐下。季葦蕭道：「小弟雖年少，浪遊江湖，閱人多矣，從不曾見先生珠輝玉映！真乃天上仙

班！今對著先生，小弟亦是神仙中人了！」杜慎卿道：「小弟得會先生，也如『成連先生刺船海上』，令

我移情！」只因這一番，有分教：風流高會，江南又見奇蹤；卓犖英姿，海內都傳雅韻。

不知後事如何？且聽下回分解。

第三十回　愛少俊訪友神樂觀　逞風流高會莫愁湖

話說杜慎卿同季葦蕭相交起來，極其投合。當晚季葦蕭因在城裏承恩寺作寓，看天黑，趕進城去了。

鮑廷璽跟著杜慎卿回寓。杜慎卿買酒與他吃，就問他：「這季葦兄為人何如？」鮑廷璽悉把他小時在向太爺手裏考案首；後來就娶了向太爺家王總管的孫女，便是小的內姪女兒；今年又是鹽運司荀大老爺照顧了他幾百銀子，他又在揚州尤家招了女壻；從頭至尾，說了一遍。杜慎卿聽了，笑了一笑，記在肚裏，就留他在寓處歇。夜裏又告訴向太爺待他家這一番恩情，杜慎卿不勝歎息。又說到他娶了王太太的這些疙瘩事，杜慎卿大笑了一番。歇過了一夜。

次早，季葦蕭同著王府裏那一位宗先生來拜。進來作揖坐下，宗先生說起在京師趙王府裏同王李七子唱和。杜慎卿道：「鳳州，于鱗，都是敝世叔。」又說到宗子相。杜慎卿道：「宗考功 ❶ 便是先君的同年。」那宗先生便說同宗考功是一家，還是弟兄輩。杜慎卿不答應。小廝捧出茶來吃了，宗先生別了去，留季葦蕭在寓處談談。杜慎卿道：「葦兄，小弟最厭的人，開口就是紗帽！方纔這一位宗先生說到敝年伯，他便說同他是弟兄！只怕而今敝年伯也不要這一個潦倒的兄弟！」

說著，就捧上飯來。正待吃飯，小廝來稟道：「沈媒婆在外回老爺話。」慎卿道：「你叫他進來。」

❶ 考功：古代職官名，考功司郎中的簡稱。屬吏部，職掌考察內外官吏。

何妨?」小廝出去領了沈大腳進來,杜慎卿叫端一張橙子,與他在底下坐著。沈大腳問這位老爺。杜慎

卿道:「這是安慶季老爺。」因問道:「我託你的怎樣了?」沈大腳道:「正是。十七老爺把這件事託

了我,我把一個南京城走了大半個,因老爺人物生得太齊整了,料想那將就些的姑娘配不上,不敢來說。

如今虧我留神打聽,打聽得這位姑娘在花牌樓住,家裏開著機房,姓王。姑娘十二分的人才,還多著半

分。今年十七歲。不要說姑娘標致,這姑娘有個兄弟,小他一歲,若是裝扮起來,淮清橋有十班的小旦,

也沒有一個賽的過他!也會唱支把曲子,也會串個戲。這姑娘再沒有說的,就請老爺去看。」杜慎卿道:

「既然如此,也罷。你教他收拾,我明日去看。」

沈大腳應諾去了。季葦蕭道:「恭喜納寵。」杜慎卿愁著眉道:「先生,這也為嗣續大計,無可奈

何。不然,我做這樣事怎的?」季葦蕭道:「才子佳人,正宜及時行樂。先生怎反如此說?」杜慎卿道:

「葦兄,這話可謂不知我了。我太祖高皇帝云:『我若不是婦人生,天下婦人都殺盡!』婦人那有一個

好的?小弟性情,是和婦人隔著三間屋就聞見他的臭氣!」季葦蕭又問,只見小廝手裏拏著一個帖子,

走了進來,說道:「外面有個姓郭的蕪湖人來拜。」杜慎卿道:「我那裏認得這個姓郭的?」季葦蕭接

過帖子來看了,道:「這就是寺門口圖書店的郭鐵筆。想他是刻了兩方圖書來拜先生,叫他進來坐坐。」

杜慎卿叫小廝請他進來。郭鐵筆走進來作揖,道了許多仰慕的話,說道:「尊府是一門三鼎甲,四

代六尚書;門生故吏,天下都散滿了;督撫司道,在外頭做,不計其數;管家們出去,做的是九品雜職

官。——季先生,我們自小聽見說的:天長杜府老太太生這位太老爺,是天下第一個才子,轉眼就是一

個狀元。」說罷,袖子裏拏出一個錦盒子,裏面盛著兩方圖書,上寫著:「臺印」,雙手遞將過來。

杜慎卿接了，又說了些閑話，起身送了出去。杜慎卿回來，向季葦蕭道：「他一見我偏生有這些惡談，卻虧他訪得的確！」季葦蕭道：「尊府之事，何人不知？」

※

當下收拾酒，留季葦蕭坐。擺上酒來，兩人談心。季葦蕭道：「先生生平有山水之好麼？」杜慎卿道：「小弟無濟勝之具，就登山臨水，也是勉強。」季葦蕭道：「絲竹之好有的？」杜慎卿道：「偶一聽之可也；聽久了，也覺嘈嘈雜雜，聒耳得緊。」

※

又吃了幾杯酒，杜慎卿微醉上來，不覺長嘆了一口氣道：「葦兄！自古及今，人都打不破的是個『情』字！」季葦蕭道：「人情無過男女，方纔吾兄說非其所好。」杜慎卿笑道：「長兄，難道人情只有男女麼？朋友之情，更勝於男女。你不看別的，只說『鄂君繡被』的故事，據小弟看來，千古只有一個漢哀帝要禪天下與董賢，這個獨得情之正，便堯舜揖讓，也不過如此。可惜無人能解！」

※

季葦蕭道：「是了，吾兄生平可曾遇著一個知心情人麼？」杜慎卿道：「假使天下有這樣一個人，又與我同生同死，小弟也不得這樣多愁善病！只為緣慳分淺，遇不著一個知己，所以對月傷懷，臨風灑淚！」

季葦蕭道：「要這一個，還當梨園中求之。」杜慎卿道：「葦兄，你這話更外行了。比如要在梨園中求知己，便是愛女色的要於青樓中求一個情種，豈不大錯？這事要相遇於心腹之間，相感於形骸之外，方是天下第一等人！」又拍膝嗟嘆道：「天下終無此一人，老天就肯辜負我杜慎卿萬斛愁腸，一身俠骨！」說著，掉下淚來。

季葦蕭暗道：「他已經著了魔了，待我且耍他一耍。」因說道：「先生，你也不要說天下沒有這個人。小弟曾遇見一個少年，不是梨園，也不是我輩，是一個黃冠。這人生得飄逸風流，確又是個美男，不是像個婦人。我最惱人稱贊美男子，動不動說像個女人。這最可笑！如果要像女人，不如去看女人了！天下原另有一種美男，只是人不知道！」

杜慎卿拍著案道：「只這一句話就該圈了！你且說這人怎的。」季葦蕭道：「他如此妙品，有多少人想物色他的，他卻輕易不肯同人一笑；卻又愛才的緊。小弟因多了幾歲年紀，在他面前，自覺形穢，所以不敢癡心妄想著相與他。長兄，你會會這個人，看是如何。」

杜慎卿道：「你幾時去同他來？」季葦蕭道：「我若叫得他來，又不足為奇了。須是長兄自己去訪著他。」杜慎卿道：「他住在那裏？」季葦蕭道：「他在神樂觀。」杜慎卿道：「他姓甚麼？」季葦蕭道：「姓名此時還說不得，若泄漏了機關，傳的他知道，躲開了，你還是會不著。如今我把他的姓名寫了，包在一個紙包子裏，外面封好，交與你，你到了神樂觀門口，纔許拆開來看，看過就進去找，一找就找著的。」杜慎卿笑道：「這也罷了。」

當下季葦蕭走進房裏，把房門關上了，寫了半日封得結結實實，封面上草個「敕令」二字，擎出來遞與他，說道：「我且別過罷。俟明日會過了妙人，我再來賀你。」說罷，去了。杜慎卿送了回來，向大小廝道：「你明日早去回一聲沈大腳，明日不得閒，到花牌樓去看那家女兒，要到後日纔去。明早叫轎夫，我要到神樂觀去看朋友。」吩咐已畢，當晚無事。次早起來，洗臉，擦肥皂，換了一套新衣服，偏身多薰了香，將季葦蕭寫的紙包子放在袖裏，坐轎子，一直來到神樂觀。將轎子落在門口，自己步進

山門，袖裏取出紙包來拆開一看，上寫道：

至北廊盡頭一家桂花道院問揚州新來道友來霞士便是。

杜慎卿叫轎夫伺候著，自己曲曲折折，走到裏面，聽得裏面一派鼓樂之聲，就在前面一座斗姆閣。那閣門大開，裏面三間敞廳。中間坐著一個看陵的太監，穿著蟒袍，左邊一路板櫈上，坐著十幾個唱生旦的戲子，右邊一路板櫈上，坐著七八個少年的小道士，正在那裏吹唱取樂。

杜慎卿心裏疑惑：「莫不是來霞士也在這裏面？……」因把小道士一個個的都看過，不見一個出色的。又回頭來看看這些戲子，也平常。又自心裏想道：「來霞士他既是自己愛惜，他斷不肯同了這般人在此。……我還到桂花院裏去問。」來到桂花道院，敲開了門，道人請在樓下坐著。杜慎卿道：「我是來拜揚州新到來老爺❷的。」道人道：「來爺在樓上。老爺請坐，我去請他下來。」

　　　＊　　　　　＊　　　　　＊

道人去了一會，只見樓上走下一個肥胖的道士來，頭戴道冠，身穿沉香色直裰，一副油晃晃的黑臉，兩道重眉，一個大鼻子，滿腮鬍鬚，約有五十多歲的光景。那道士下來作揖奉坐，請問老爺尊姓貴處。杜慎卿道：「我們桃源旅領的天長杜府的本錢，就是老爺尊府？」那道士道：「敝處天長，賤姓杜。」杜慎卿道：「正是。」道士滿臉堆下笑來，連忙足恭道：「小道不知老爺到省，就該先來拜謁，如何反勞老爺降臨？」忙叫道人快煨新鮮茶來，捧出菓碟來。

❷ 老爺：原是對男子的尊稱，但舊時南京人對出家人不分男女，一概尊稱為「老爺」。此處指道士來霞士。

杜慎卿心裏想：「這自然是來霞士的師父。」因問道：「有位來霞士，是令徒？令孫？」那道士道：

「小道就是來霞士。」杜慎卿吃了一驚，說道：「哦！你就是來霞士！」自己心裏忍不住，掣衣袖掩著口笑。道士不知道甚麼意思，擺上菓碟來，殷勤奉茶；又在袖裏摸出一卷詩來請教，慎卿沒奈何，只得勉強看了一看，吃了兩杯茶，起身辭別。道士定要拉著手送出大門，問明了老爺下處在報恩寺，「小道明日要到尊寓著實盤桓幾日！」送到門外，看著上了轎子，方纔進去了。

杜慎卿上了轎，一路忍笑不住，心裏想：「季葦蕭這狗頭，如此胡說！」回到下處，只見小廝說：「有幾位客在裏面。」杜慎卿走進去，卻是蕭金鉉同辛東之，金寓劉，金東崖來拜。辛東之送了一幅大字，金寓劉送了一副對子，金東崖把自己纂的四書講章送來請教。作揖坐下，各人敘了來歷。吃過茶，告別去了。杜慎卿鼻子裏冷笑了一聲，向大小廝說道：「一個當書辦的人都跑了回來講究四書！聖賢可是這樣人講的！」

正說著，宗老爺家一個小廝，擎著一封書子送一幅行樂圖來求題。杜慎卿只覺得可厭，也只得收下，寫回書打發那小廝去了。次日，便去看定了妾，下了插定，擇三日內過門，便忙著搬到河房裏娶妾去了。

次日，季葦蕭來賀，杜慎卿出來會，他說道：「昨晚如夫人進門，小弟不曾來鬧房，今日賀遲有罪！」杜慎卿道：「昨晚我也不曾備席，不曾奉請。」季葦蕭笑道：「前日你得見妙人麼？」杜慎卿道：「你這狗頭！該記著一頓肥打！但是你的事還做得不俗，所以饒你！」季葦蕭道：「怎的該打？我原說是美男，原不是像個女人。你難道看的不是？」杜慎卿道：「這就真正該打了！」正笑著，只見來道士同鮑廷璽一齊走進來賀喜，兩人越發忍不住笑。杜慎卿搖手叫季葦蕭不要笑了。

四人作揖坐下，杜慎卿留著吃飯。吃過了飯，杜慎卿說起那日在神樂觀看見斗姆閣一個太監，左邊坐著戲子，右邊坐著道士，在那裏吹唱作樂。季葦蕭道：「這樣快活的事，偏與這樣人受用，好不可恨！」杜慎卿道：「葦兄，我倒要做一件希奇的事，和你商議。」季葦蕭道：「甚麼希奇事？」

杜慎卿問鮑廷璽道：「你這門上和橋上，共有多少戲班子？」鮑廷璽道：「一百三十多班。」杜慎卿道：「我心裏想做一個勝會。我和葦兄在傍邊看著，擇一個日子，揀一個極大的地方，把這一百幾十班做旦腳的，都叫了來，一個人做一齣戲。我和葦兄在傍邊看著，記清了他們身段，模樣，做個暗號，過幾日評他個高下，出一個榜，把那色藝雙絕的取在前列，貼在通衢。但這二人不好白傳他，每人酬他五錢銀子，荷包一對，詩扇一把。這頑法好麼？」

季葦蕭跳起來道：「有這樣妙事，何不早說！可不要把我樂死了！」鮑廷璽笑道：「這些人，讓門下去傳。他每人又得五錢銀子；將來老爺們替他取了出來，寫在榜上，他又出了名。門下不好說，那取在前面的，就是相與大老官，也多相與出幾個錢來。他們聽見這話，那一個不滾來做戲！」杜慎卿道：「怎麼不許？但凡手道：「妙！妙！道士也好見個識面！不知老爺們那日可許道士來看？」杜慎卿道：「怎麼不許？但凡朋友相知，都要請了到席。」

季葦蕭道：「我們而今先商議，是個甚麼地方。」鮑廷璽道：「門下在水西門住，水西門外最熟。不如去借莫愁湖的湖亭，那裏又寬敞，又涼快。」葦蕭道：「這些人是鮑姑老爺去傳，不消說了，我們也要出一個知單。定在甚日子？」道士道：「而今是四月二十頭，鮑老爹去傳幾日，及到傳齊了，也得十來天功夫，竟是五月初三罷。」

杜慎卿道：「葦兄，取過一個紅全帖來，我念著，你寫。」季葦蕭取過帖來，擎筆在手。慎卿念道：

安慶季葦蕭，天長杜慎卿，擇于五月初三日，莫愁湖湖亭大會。通省梨園子弟，各班願與者，書名畫「知」，屆期齊集湖亭，各演雜劇。每位代轎馬五星，荷包詩扇汗巾三件。如果色藝雙絕，另有表禮獎賞。風雨無阻。特此預傳。

寫畢，交與鮑廷璽收了；又叫小廝到店裏取了百十把扇子來。季葦蕭，杜慎卿，來道士，每人分了幾十把去寫，便商量請這些客。季葦蕭拏一張紅紙鋪在面前，開道：宗先生，辛先生，金東崖先生，金寓劉先生，蕭金鉉先生，諸葛先生，季先生，郭鐵筆，僧官老爺，來道士老爺，鮑老爺，連兩位主人，共十三位。就用這兩位名字寫起十一副帖子來。

*　　　　*　　　　*

料理了半日，只見娘子的兄弟王留歌，帶了一個人，挑著一擔東西——兩隻鴨，兩隻雞，一隻鵝，一方肉，八色點心，一瓶酒，——來看姐姐。杜慎卿道：「來的正好！」他向杜慎卿見禮。杜慎卿拉住了細看他時，果然標致，他姐姐著實不如他，叫他進去見了姐姐，就出來坐；吩咐把方纔送來的雞鴨，收拾出來吃酒。他見過姐姐，出來坐著。杜慎卿就把湖亭做會的話告訴了他。

留歌道：「有趣！那日我也串一齣！」季葦蕭道：「豈但，今日就要請教一隻曲子，我們聽聽。」

王留歌笑了一笑。到晚捧上酒來，吃了一會。鮑廷璽吹笛子，來道士打板，王留歌唱了一隻「碧雲天長亭餞別」，音韻悠揚，足唱了三頓飯時候纔完。眾人吃得大醉，然後散了。

到初三那日，發了兩班戲箱在莫愁湖。季杜二位主人先到，眾客也漸漸的來了。鮑廷璽領了六七十個，唱旦的戲子，都是旦上畫了「知」字的，來叩見杜少爺。杜慎卿叫他們先吃了飯，都裝扮起來，一個個都在亭子前走過，細看一番，然後登場做戲。眾戲子應諾去了。諸名士看這湖亭時，軒窗四起，一轉都是湖水圍繞；微微有點薰風，吹得波紋如縠。亭子外一條板橋，戲子裝扮了進來，都從這橋上過，一路從回廊內轉去，進東邊的格子，一直從亭子中間走出西邊的格子去，好細細看他們裊娜形容。

杜慎卿叫掩上了中門，讓戲子走過橋來，做一齣戲。也有做《請宴》的，也有做《窺醉》的，也有做《借茶》的，也有做《刺虎》的，紛紛不一。後來王留歌做了一齣《思凡》。

當下戲子吃了飯，一個個裝扮起來，都是簇新的包頭，極新鮮的褶子，一個個過了橋來，打從亭子中間走去。杜慎卿同季葦蕭二人，手內暗藏紙筆，做了記認。少刻，擺上酒席，打動鑼鼓，一個人上來做一齣戲。也有做得高興的時候，一個個齊聲喝采。那時城門已開，各自進城去了。

到晚上，點起幾百盞明角燈來，高高下下，照耀如同白日；歌聲縹緲，直入雲霄。城裏那些做衙門的，開行的，開字號的有錢的人，聽見莫愁湖大會，都來僱了湖中打魚的船，搭了涼篷，掛了燈，都撐到湖中左右來看。看到高興的時候，一個個齊聲喝采。直鬧到天明纔散。那時城門已開，各自進城去了。

過了一日，水西門口掛出一張榜來，上寫：第一名，芳林班小旦鄭魁官；第二名，靈和班小旦葛來官；第三名，王留歌。其餘共合六十多人，都取在上面。鮑廷璽拉了鄭魁官到杜慎卿寓處來見，當面叩謝。杜慎卿又稱了二兩金子，託鮑廷璽到銀匠店裏打造一隻金杯，上刻「豔奪櫻桃」四個字，特為獎賞鄭魁官。別的都把荷包，銀子，汗巾，詩扇，領了去。那些小旦，取在十名前的，他相與的大老官來看

了榜，都忻忻得意，也有拉了家去吃酒的，也有買了酒在酒店裏吃酒慶賀的，這個吃了酒，那個又來吃，足足吃了三四天的賀酒。自此傳遍了水西門，鬧動了淮清橋。這位杜十七老爺，名震江南。只因這一番，有分教：風流才子之外，更有奇人；花酒陶情之餘，復多韻事。

不知後事如何？且聽下回分解。

第三十一回　天長縣同訪豪傑　賜書樓大醉高朋

話說杜慎卿做了這個大會，鮑廷璽看見他用了許多的銀子，心裏驚了一驚，暗想「他這人慷慨，我何不取個便，問他借幾百兩銀子，仍舊團起一個班子來做生意過日子？……」主意已定，每日在河房裏效勞。杜慎卿著實不過意。他那日晚間談到密處，夜已深了，小廝們多不在眼前，杜慎卿問道：「鮑師父，你畢竟家裏日子怎麼樣過？還該尋個生意纏好。」

鮑廷璽見他問到這一句話，就雙膝跪在地下，杜慎卿就嚇了一跳，扶他起來，說道：「這是怎的？」

鮑廷璽道：「我在老爺門下，蒙老爺問到這一句話，真乃天高地厚之恩；但門下原是教班子弄行頭出身，除了這事，不會做第二樣。如今老爺照看門下，除非懇恩借出幾百兩銀子，仍舊與門下做這戲行。門下尋了錢，少不得報效老爺。」

杜慎卿道：「這也容易。你請坐下，我同你商議。這教班子弄行頭，不是數百金做得來的，至少也得千金。這裏也無外人，我實不瞞你說，我家雖有幾千現銀子，我卻收著不敢動。為甚麼不敢動？我就在這一兩年內要中，中了那裏沒有使喚處？我卻要留著做這一件事。而今你這弄班子的話，我轉說出一個人來與你，也只當是我幫你一般。你卻不可說是我說的。」

鮑廷璽道：「除了老爺，那裏還有這一個人？」杜慎卿道：「莫慌。你聽我說。我家共是七大房。

這做禮部尚書的太老爺，是我五房的。七房的太老爺是中過狀元的。後來一位大老爺，做江西贛州府知府，這是我的伯父。贛州府的兒子是我第二十五個兄弟。他名叫做儀，號叫做少卿，只小得我兩歲，也是一個秀才。我那伯父是個清官，家裏還是祖宗丟下的些田地。伯父去世之後，他不上一萬銀子家私，他是個獃子，自己就像十幾萬的。紋銀九七，他都認不得。又最好做大老官：聽見人向他說些苦，我送你些盤纏，投奔他去。包你這千把銀子，大捧出來給人家用。而今你在這裏幫我些時，到秋涼些，手到拏來。」

鮑廷璽道：「到那時候，求老爺寫個書子與門下去。」杜慎卿道：「不相干。這書斷然寫不得。他做大老官，是要獨做，自照顧人，並不要人幫著照顧；我若寫了書子，他說我已經照顧了你，他就賭氣不照顧你了。如今去先投奔一個人。」鮑廷璽道：「卻又投那一個？」杜慎卿道：「他家當初有個奶公與老太太做生日。贛州府太老爺，門下也曾見過。」鮑廷璽想起來道：「是那年門下父親在日，他家接過我的戲，去

杜慎卿道：「這就是得很了。如今這邵奶公已死，他家有個管家王鬍子，是個壞不過的奴才，他偏生聽信他。我這兄弟有個毛病：但凡說是見過他家太老爺的，就是一條狗也是敬重的。你將來先去會了王鬍子。這奴才好酒，你買些酒與他吃，叫他在主子跟前，說你是太老爺極歡喜的人，他就連三的給你銀子用了。他不歡喜人叫他『老爺』，你只叫他『少爺』。他又有個毛病：不喜歡人在他跟前說人做官，說人有錢。像你受向太老爺的恩惠這些話，總不要在他跟前說，總說天下只有他一個人是大老官，肯照顧人。他若是問你可認得我，你也說不認得。」

一番話，說得鮑廷璽滿心歡喜。在這裏又歇了兩個月勞，到七月盡間，天氣涼爽起來，鮑廷璽問十七老爺借了幾兩銀子，收拾衣服行李，過江往天長進發。第一日過江，歇了六合縣，第二日起早走了幾十里路，到了一個地方，叫作四號墩。

鮑廷璽進去坐下，正待要水洗臉，只見門口落下一乘轎子來。轎子裏走出一個老者來，頭戴方巾，身穿白紗直裰，腳下大紅紬鞋，一個通紅的酒糟鼻，一部大白鬍鬚，就如銀絲一般。那老者走進店門，店主人慌忙接了行李，說道：「韋四太爺來了？請裏面坐。」那韋四太爺走進堂屋，鮑廷璽立起身來施禮。那韋四太爺還了禮，鮑廷璽讓韋四太爺上面坐，他坐在下面，問道：「老太爺上姓是韋，不敢拜問，貴處是那裏？」韋四太爺道：「賤姓韋，敝處滁州烏衣鎮。長兄尊姓貴處？今往那裏去的？」鮑廷璽道：「在下姓鮑，是南京人，今往天長杜狀元府裏去，看杜少爺。」韋四太爺道：「是那一位？是慎卿？是少卿？」鮑廷璽道：「是少卿。」

韋四太爺道：「他家兄弟雖有六七十個，只有這兩個人招接四方賓客；其餘的都閉了門在家，守著田園做舉業；我所以一見就問這兩個人。兩個都是大江南北有名的。慎卿雖是雅人，我還嫌他尚帶著些姑娘氣。少卿是個豪傑。我也是到他家去的，和你長兄吃了飯一同走。」鮑廷璽道：「太爺和杜府是親戚？」韋四太爺道：「我同他家做贛州府太老爺自小同學拜盟的，極相好的。」鮑廷璽聽了更加敬重。當下同吃了飯，韋四太爺上轎。鮑廷璽又僱了一個驢子，騎上同行。到了天長縣城門口，韋四太爺落下轎來，說道：「鮑兄，我和你一同走進府裏去罷。」鮑廷璽道：「請太爺坐轎先行，在下還要會過他管家，再去見少爺。」韋四太爺道：「也罷。」上了轎子，一直來到杜府，門上

人傳了進去。杜少卿慌忙迎出請到廳上拜見，說道：「老伯，相別半載，不曾到得鎮上來請老伯和老伯母的安。老伯一向好?」韋四太爺道：「託庇粗安。新秋在家無事，想著尊府的花園，桂花一定盛開了，所以特來看看世兄，要杯酒吃。」杜少卿道：「奉過茶，請老伯到書房裏去坐。」

小廝捧過茶來，杜少卿吩咐：「把韋四太爺行李請進來，送到書房裏去。轎錢付與他，轎子打發回去罷。」請韋四太爺從廳後一個走巷內曲曲折折走進去，纔到一個花園。那花園一進朝東的三間，左邊一個樓，便是殿元❶公的賜書樓。樓前一個大院落，一座牡丹臺，一座芍藥臺，兩樹極大的桂花，正開的好。合面又是三間敞榭，橫頭朝南三間書房後，一個大荷花池。池上搭了一條橋。過去又是三間密屋，乃杜少卿自己讀書之處。

當下請韋四太爺到朝南書房裏。這兩樹桂花就在窗槅外。韋四太爺坐下問道：「婁翁尚在尊府?」杜少卿道：「婁老伯近來多病，請在內書房住，方纔吃藥睡下，不能出來會老伯。」韋四太爺道：「老人家既是有恙，世兄何不送他回去?」杜少卿道：「小姪已經把他令郎、令孫，都接在此，侍奉湯藥。小姪也好早晚問候。」韋四太爺道：「自先君赴任贛州，把舍下田地房產的賬目，都交付與婁老伯。每收租時候，親自到鄉裏佃戶家。每銀錢出入，俱是婁老伯做主，先君並不曾問。」杜少卿道：「老人家在尊府三十多年，可也還有些蓄積，家裏置些產業?」韋四太爺道：「婁老伯除每年修金四十兩，其餘並不沾一文。凡他令郎令孫來看，只許住得兩天，就打發回去，佃戶備兩樣菜與老伯吃，老人家退去一樣，纔吃一樣。臨行還要搜他身上，恐怕管家們私自送他銀子，只是收來的租稻利息，遇盤纏之外，不許多有一文錢。

❶ 殿元：即「狀元」。古代科舉考試進士第一名。

著舍下困窮的親戚朋友，婁老伯便極力相助，先君知道也不問。有人欠先君銀錢的，婁老伯見他還不起，小姪所以過意不去。」

婁老伯便把借券盡行燒去了。到而今，他老人家兩個兒子，四個孫子，家裏仍然赤貧如洗，

韋四太爺歎道：「真可謂『古之君子』了！」又問道：「慎卿兄在家好麼？」杜少卿道：「家兄自別後，就往南京去了。」

＊

正說著，家人王鬍子，手裏擎著一個紅手本，站在窗子外，不敢進來。杜少卿看見他，說道：「王鬍子，你有甚麼話說？手裏擎的甚麼東西？」王鬍子走進書房，把手本遞上來，稟道：「南京一個姓鮑的。他是領戲班出身。他這幾年是在外路生意，繞回來家。他過江來叩見少爺。」杜少卿道：「他既是領班子的，你說我家裏有客，不得見他。手本收下，叫他去罷。」

＊

王鬍子道：「他說受過先太老爺的恩德，定要當面叩謝少爺。」杜少卿道：「這是先太老爺抬舉過的麼？」王鬍子道：「是；當年邵奶公傳了他的班子過江來，太老爺著實喜歡鮑廷璽，曾許著要照顧他的。」杜少卿道：「既如此說，你帶了他進來。」韋四太爺道：「是南京來的。這位鮑兄，我纔在路上遇見的。」

＊

王鬍子出去領著鮑廷璽，捏手捏腳，一路走進來，看見花園寬闊，一望無際。走到書房門口，一望見杜少卿陪著客，坐在那裏，頭戴方巾，身穿玉色夾紗直裰，腳下珠履，面皮微黃，兩眉劍豎，好似畫上關夫子眉毛。王鬍子道：「這便是我家少爺，你過來見。」鮑廷璽跪下叩頭。杜少爺扶住道：「你我

故人，何必如此行禮？」起來作揖，又見了韋四太爺，杜少卿叫他坐在底下。

鮑廷璽道：「門下蒙先老太爺的恩典，粉身碎骨難報。又因這幾年窮忙，在外做小生意，不得來叩見少爺。今日纔來請安，求少爺恕門下的罪。」杜少卿道：「方纔我家人王鬍子說，我家太老爺極其喜歡你，要照顧你。你既到這裏，且住下了。我自有道理。」

王鬍子道：「席已齊了，稟少爺，在那裏坐？」韋四太爺道：「就在這裏好。」杜少卿躊躇道：「還要請一個客來。」因叫那跟書房的小廝加爵，「去後門外請張相公來罷。」

加爵應諾去了。少刻，請了一個大眼睛黃鬍子的人來，頭戴瓦楞帽，身穿大闊布衣服，扭扭捏捏做些假斯文像，進來作揖坐下，問了韋四太爺姓名。韋四太爺說了，便問：「長兄貴姓？」那人道：「晚生姓張，賤字俊民，久在杜少爺門下。晚生略知醫道，連日蒙少爺相約，在府裏看妻太爺。」因問：「妻太爺今日吃藥如何？」杜少卿便叫加爵去問。問了回來道：「妻太爺吃了藥，睡了一覺，醒了。這會覺的清爽些。」張俊民又問：「此位上姓？」杜少卿道：「是南京一位鮑朋友。」

說罷，擺上席來，奉席坐下。韋四太爺首席，張俊民對坐，杜少卿主位，鮑廷璽坐在底下。斟上酒來，吃了一會。那餚饌都是自己家裏整治的，極其精潔。內中有陳過三年的火腿，半勉一個的竹蟹，都剝出來膾了蟹羹。

眾人吃著，韋四太爺問張俊民道：「你這道藝，自然著實高明的？」張俊民道：「熟讀王叔和，不如臨症多。」不瞞太爺說，晚生在江湖上胡鬧，不曾讀過甚麼醫書，卻是看的症不少。近來蒙少爺的教訓，纔曉得書是該念的。所以我有一個小兒，而今且不教他學醫，從先生讀著書，做了文章，就挈來給

杜少爺看。少爺往常賞個批語，晚生也掌了家去讀熟了，學些文理，將來再過兩年，叫小兒出去考個府縣考，騙兩回粉湯包子吃，將來掛招牌，就可以稱『儒醫』。」

韋四太爺，聽他說這話，哈哈大笑了。王鬍子又掌一個帖子進來，稟道：「北門汪鹽商家明日醵生日，請縣主老爺，請少爺去做陪客。說定要求少爺到席。」——這人也可笑得緊！你要做這熱鬧事，不會請縣裏暴發的舉人進士陪！我那得工夫替人家陪官！」

王鬍子應諾去了。

杜少卿向韋四太爺說：「老伯酒量極高的，當日同先君吃半夜，今日也要盡醉纔好。」韋四太爺道：「正是。世兄，我有一句話，不好說。你這餚饌是精極的了，只是這酒是市上買來的，身分有限。府上有一罈酒，今年該有八九年了，想是收著還在。」杜少卿道：「小姪竟不知道。」韋四太爺道：「你不知道，是你令先大人在江西到任的那一年，我送到船上，尊大人說：『我家裏埋下一罈酒，等我做了官回來，同你老痛飲。』我所以記得。你家裏去問。」張俊民笑說道：「這話，少爺真該不知道。」

杜少卿走了進去，韋四太爺道：「杜公子雖則年少，實算在我們這邊的豪傑。」張俊民道：「少爺為人好極。只是手太鬆些，不管甚麼人求著他，大捧的銀與人用。」鮑廷璽道：「便是門下也從不曾見過像杜少爺這大方舉動的人。」

杜少卿走進去問娘子可曉得這罈酒，娘子說不知道；遍問這些家人，婆娘，都說不知道。後來問到邵老丫，邵老丫想起來道：「是有的。是老爺上任那年做了一罈酒，埋在那邊第七進房子後一間小屋裏，說是留著韋四太爺同吃的。這酒是二斗糯米做出來的，二十斤釀；又對了二十斤燒酒，一點水也不攙。

而今埋在地下，足足有九年零七月了。這酒醉得死人的，弄出來，爺不要吃！」

杜少卿道：「我知道了。」就叫邵老丫鬟鑰匙開了酒房門，帶了兩個小廝進去，從地下取了出來，連罈抬到書房裏，叫道：「老伯，這酒尋出來了！」韋四太爺和那兩個人，都起身來看，說道：「是了！」打開罈頭，舀出一杯來，那酒和曲糱一般，堆在杯子裏，聞著噴鼻香。

韋四太爺道：「有趣！這個不是這樣吃法。世兄，你再叫人在街上買十斤酒來攙一攙，方可吃得。今日已是吃不成了，就放在這裏，明日吃他一天。還是二位同享。」張俊民道：「自然來奉陪。」鮑廷璽道：「門下何等的人，也來吃太老爺遺下的好酒，這是門下的造化！」鮑廷璽就在書房裏，陪著韋四太爺歇宿。杜少卿候著韋四太爺睡下，方纔進去了。

說罷，教加爵擎燈籠送張俊民回家去。

次日，鮑廷璽清晨起來，走到王鬍子房裏去。加爵又和一個小廝在那裏坐著。王鬍子問加爵道：「韋四太爺可曾起來？」加爵道：「起來了，洗臉哩。」王鬍子又問那小廝道：「少爺可曾起來？」那小廝道：「少爺起來多時了，在婁太爺房裏看著弄藥。」

王鬍子道：「少爺起來也出奇！一個婁老爹，不過是太老爺的門客罷了！他既害了病，不過送他幾兩銀子，打發他回去，為甚麼養在家裏，當做祖宗看待，還要一早一晚自己伏侍！那小廝道：「王叔，你還說這話哩！婁太爺吃的粥和菜，我們煨了，他兒子孫子看過，還不算，少爺還要自己看過了纔送與婁太爺吃！人參銚子，自放在奶奶房裏，奶奶自己煨人參，藥是不消說。一早一晚，少爺不得親自送人參，就是奶奶親自送人參與他吃。你要說這樣話，只好惹少爺一頓罵！」

說著，門上人走進來道：「王叔，快進去說聲，臧三爺來了，坐在廳上要會少爺。」王鬍子叫那小廝道：「你婁老爹房裏去請少爺，我是不去問安！」鮑廷璽道：「這也是少爺的厚道處。」

那小廝進去，請了少卿出來會臧三爺作揖坐下。杜少卿道：「三哥，好幾日不見。你文會做的熱鬧？」臧三爺道：「正是。我聽見你門上說，到了遠客？慎卿在南京，樂而忘返了。」杜少卿道：「是烏衣韋老伯在這裏，我今日請他。你就在這裏坐坐。我和你到書房裏去罷。」臧三爺道：「且坐著，我和你說話。縣裏王父母是我的老師，他在我面前說了幾次，仰慕你的大才，我幾時同你去會會他。」

杜少卿道：「像這拜知縣做老師的事，只好讓三哥你們做，不要說先曾祖、先祖，就是君在日，這樣知縣不知見過多少！他果然仰慕我，他為甚麼不先來拜我，倒叫我拜他？況且倒運做秀才，見了本處知縣，就要稱他老師！王家這一宗灰堆裏的進士，他拜我做老師我還不要，我會他怎的？所以北門汪家今日請我去陪他，我也不去。」

臧三爺道：「正是為此。昨日汪家已向王老師說明是請你做陪客，王老師纏肯到他家來，特為要會你。你若不去，王老師也掃興。況且你的客住在家裏，今日不陪，明日也可陪。不然，我就替你陪著客，你就到汪家走走。」杜少卿道：「三哥，不要倒熟話。你這位貴老師，總不是甚麼尊賢愛才，不過想人拜門生受些禮物。他想著我！叫他把夢做醒些！況我家今日請客，煨的有七斤重的老鴨，尋出來的有九年半的陳酒，汪家沒有這樣好東西吃！不許多話，同我到書房裏頑去！」拉著就走。

臧三爺道：「站著！你亂怎的？這韋老先生不曾會過，也要寫個帖子。」杜少卿道：「這倒使得。」叫小廝拏筆硯帖子出來。臧三爺拏帖子寫了個「年家眷同學晚生臧荼」，先叫小廝拏帖子到書房裏，隨即

同杜少卿進來。韋四太爺迎著房門，作揖坐下。那兩人先在那裏，一同坐下。韋四太爺問臧三爺尊字。

杜少卿道：「臧三哥尊字蓼齋，是小姪這學裏翹楚，同慎卿家兄，也是同會的好友。」韋四太爺道：「久慕，久慕。」

臧三爺道：「久仰老先生幸遇。」張俊民是彼此認得的。臧蓼齋又問：「這位尊姓？」鮑廷璽道：「在下姓鮑，方纔從南京回來的。」臧三爺道：「從南京來，可曾認得府上的慎卿先生？」鮑廷璽道：「十七老爺也是見過的。」

※　　　　※　　　　※

當下吃了早飯，韋四太爺就叫把這罈酒�1出來，兌上十斤新酒，燒許多紅炭堆在桂花樹邊，把酒罈頓在炭上，過一頓飯時，漸漸熱了。張俊民領著小廝自己動手把六扇窗格盡行下了，把桌子抬到簷內。杜少卿叫小廝挈出一個金杯子來，又是四個玉杯，罈子裏舀出酒來吃。

韋四太爺捧著金杯，吃一杯，讚一杯，說道：「好酒！」

吃了半日，王鬍子領著四個小廝，抬到一個箱子來。杜少卿問是甚麼，王鬍子道：「這是少爺與奶奶，大相公，新做的秋衣一箱子。纔做完了，送進來與少爺查件數，裁縫工錢已打發去了。」杜少卿道：「放在這裏，等我吃完了酒查。」纔把箱子放下，只見那裁縫進來，王鬍子道：「楊裁縫回少爺的話。」

杜少卿道：「他又說甚麼？」站起身來，只見那裁縫走到天井裏，雙膝跪下，磕下頭去，放聲大哭。

杜少卿大驚道：「楊司務？」這是怎的？」楊裁縫道：「小的這些時在少爺家做工，今早領了工錢去，不想纔過了一會，小的母親得個暴病死了。小的挈了工錢家去，不想到有這一變，把錢都還了柴米店裏，而今母親的棺材衣服，一件也沒有。沒奈何，只得來求少爺借幾兩銀子與小的，小的慢慢做著工算。」

杜少卿道：「你要多少銀子？」裁縫道：「小戶人家，怎敢望多？少爺若肯，多則六兩，少則四兩罷了。小的也要算著除工錢夠還。」

杜少卿慘然道：「我那裏要你還。你雖是小本生意，這父母身上大事，你也不可草草！將來就是終身之恨。幾兩銀子如何使得？至少也要買口十六兩銀子的棺材。衣服，雜費，共須二十金。我這幾日一個錢也沒有。也罷，我這一箱衣服也可當得二十多兩銀子，王鬍子，你就拏去同楊司務當了，一總把與楊司務去用。」又道：「楊司務，這事你卻不可記在心裏，只當忘記了的。你不是拏了我的銀子去吃酒賭錢。這母親身上大事，人孰無母？這是我該幫你的。」

楊裁縫同王鬍子抬著箱子，哭哭啼啼去了，杜少卿入席坐下。韋四太爺道：「世兄，這事真是難得！」鮑廷璽吐著舌道：「阿彌陀佛！天下那有這樣好人！」當下吃了一天酒。臧三爺酒量小，吃到下午就吐了，扶了回去。韋四太爺這幾個直吃到三更，把一罈酒都吃完了，方纔散。只因這一番，有分教：

輕財好士，一鄉多濟友朋；月地花天，四海又聞豪傑。

不知後事如何？且聽下回分解。

第三十二回 杜少卿平居豪舉 婁煥文臨去遺言

話說眾人吃酒散了。韋四太爺直睡到次日上午纔起來，向杜少卿辭別要去，說道：「我還打算到你令叔令兄各家走走；昨日擾了世兄這一席酒，我心裏快活極了，別人家料想也沒這樣有趣。我要去了，連這臧朋友也不能回拜，世兄，替我致意他罷。」

杜少卿又留住了一日，次日僱了轎夫，擎了一隻玉杯，和贛州公的兩件衣服，親自送在韋四太爺房裏，說道：「先君拜盟的兄弟，只有老伯一位了。此後要求老伯常來走走，小姪也常到鎮上請老伯安。這一個玉杯，送老伯帶去吃酒。這是先君的兩件衣服，送與老伯穿著，如看見先君的一般。」

韋四太爺歡喜受了。鮑廷璽陪著又吃了一壺酒，吃了飯；杜少卿拉著鮑廷璽陪送到城外；在轎前作了揖，韋四太爺去了。兩人回來，杜少卿就到婁太爺房裏去問候。婁太爺說，身子好些，要打發他孫子回去，只留著兒子在這裏伏侍。

杜少卿應了；心裏想著沒有錢用，叫王鬍子來商議道：「我圩裏那一宗田，你替我賣給那人罷了。」

王鬍子道：「那鄉人他想要便宜，少爺要一千五百兩銀子，他只出一千三百兩銀子；所以小的不敢管。」

杜少卿道：「就是一千三百兩銀子也罷。」王鬍子道：「小的要稟明少爺纔敢去，賣的賤了，又惹少爺罵小的。」

杜少卿道：「那個罵你？你快些去賣。我等著要銀子用。」王鬍子道：「小的還有一句話要稟少爺，

賣了銀子，少爺要做兩件正經事；若是幾千幾百的白白的給人用，這產業賣了也可惜！」杜少卿道：「你

看見我白把銀子給那個用的？你要賺錢罷了，說這許多鬼話，快些替我去。」王鬍子道：「小的稟過就

是了。」出來悄悄向鮑廷璽道：「好了，你的事有指望了。而今我到圩裏去賣田；賣了田回來，替你定

主意。」

王鬍子就去了幾天，賣了一千幾百兩銀子，挈稍袋裝了來家，稟少爺道：「他這銀子，是九五兌九

七色的，又是市平，比錢平小一錢三分半，他內裏又扣了他那邊中用二十三兩四錢銀子，畫字去了二三

十兩，這都是我們本家要去的。而今這銀子在這裏，挈天平來請少爺當面兌。」杜少卿道：「那個耐煩

你算這些疙瘩賬！既挈來，又兌甚麼？收了進去就是了！」王鬍子道：「你明日要回去？」他答應道：「是，

老爹叫我回去。」杜少卿道：「我這裏有一百兩銀子給你，你瞞著不要向你老爹說。你是寡婦母親，你

挈著銀子回家去做小生意，養活著。你老爹若是好了，你二叔回家去，我也送他一百兩銀子。」

婁太爺的孫子歡喜，接著把銀子藏在身邊，謝了少爺。次日辭回家去。婁太爺叫只稱三錢銀子與他

做盤纏，打發去了。杜少卿送了回來。一個鄉裏人在敞廳上站著，見他進來，跪下就與少爺磕頭。杜少

卿道：「你是我們公祠堂裏看祠堂的黃大？你來做甚麼？」

黃大道：「小的住的祠堂旁邊一所屋，原是太老爺買與我的。而今年代多，房子倒了，小的該死，

把墳山的死樹搬了幾棵回來添補梁柱，不想被本家的幾位老爺知道了，就說小的偷了樹，把小的打了一

個臭死，叫十幾個管家到小的家來搬樹，連不倒的房子多拉倒了。小的沒處存身，如今來求少爺向本家

老爺說聲，公中弄出些銀子來，把這房子收拾收拾，賞小的住。」

杜少卿道：「本家！向那個說？你這房子既是我家太老爺買與你的，自然該是我修理。如今一總倒

了，要多少銀子重蓋？」黃大道：「要蓋須得百兩銀子；如今只好修補，將就些住，也要四五十兩銀

子。」杜少卿道：「也罷，我沒銀子，且拏五十兩銀子與你去。你用完了再來與我說。」拏出五十兩銀

子遞與黃大，黃大接著去了。

門上拏了兩副帖子走進來，稟道：「臧三爺明日請少爺吃酒。這一副帖子，說也請鮑師父去坐坐。」

杜少卿道：「你說拜上三爺，我明日必來。」次日，同鮑廷璽到臧家。臧蓼齋辦了一桌齊整菜，恭恭敬

敬，奉坐請酒，席間說了些閒話。到席將終的時候，臧三爺斟了一杯酒，高高捧著，走過席來，作了一

個揖，把酒遞與杜少卿，便跪了下去，說道：「老哥，我有一句話奉求！」

杜少卿嚇了一跳，慌忙把酒丟在桌上，跪下去拉著他，說道：「三哥！你瘋了？這是怎說？」臧蓼

齋道：「你吃了這杯酒，應允我的話，我纔起來。」杜少卿道：「我也不知道你說的是甚話，你起來

說。」鮑廷璽也來幫著拉他起來。臧蓼齋道：「你應允了？」杜少卿道：「我有甚麼不應允？」臧蓼齋

道：「你吃了這杯酒。」

杜少卿道：「我就吃了這杯酒。」臧蓼齋道：「候你乾了。」站起來坐下。杜少卿道：「你有甚話，

說罷。」臧蓼齋道：「目今宗師考廬州，下一棚就是我們。我前日替人管著買一個秀才，宗師有人在這

裏攬這個事，我已把三百兩銀子兌與了他，後來他又說出來……『上面嚴緊，秀才不敢賣，倒是把考等第

的，開個名字，來補了廩罷。」我就把我的名字開了去。今年這廩是我補。但是這買秀才的人家，要來退這三百兩銀子，我若沒有還他，這件事就要破！身家性命關係，我所以和老哥商議，把你前日的田價借三百兩與我打發了這件事，將來慢慢的還你，你方纔已是依了。」

杜少卿道：「呸！我當你說甚麼話，原來是這個事，也要大驚小怪，磕頭禮拜的？甚麼要緊？我明日就把銀子送來與你！」鮑廷璽拍著手道：「好爽快！好爽快！快挈大杯來再吃幾杯！」當下挈大杯來吃酒。

杜少卿醉了，問道：「臧三哥，我且問你，你定要這廩生做甚麼？」臧蓼齋道：「你那裏知道！廩生，一來中的多，中了就做官；就是不中，十幾年貢了，朝廷試過，就是去做知縣推官，穿螺螄結底的靴，坐堂，洒籤，打人。像你這樣大老官來打秋風，把你關在一間房裏，給你一個月豆腐吃，蒸死了你！」杜少卿笑道：「你這匪類！下流無恥極矣！」鮑廷璽又笑道：「笑談！笑談！二位老爺都該罰一杯！」

❖

當夜席散。次早叫王鬍子送了這一箱銀子去。王鬍子又討了六兩銀子賞錢，回來在鮮魚麵店裏吃麵，遇著張俊民在那裏吃，叫道：「鬍子老官，你過來，請這裏坐。」王鬍子過來坐下，挈上麵來吃。張俊民道：「我有一件事託你。」王鬍子道：「甚麼事？醫好了婁老爹，要謝禮？」張俊民道：「不相干，婁老爹的病，是不得好的了。」王鬍子道：「還有多少時候？」張俊民道：「大約不過一百天。——這話也不必講他，我有一件事託你。」王鬍子道：「你說罷了。」

張俊民道：「而今宗師將到，我家小兒要出來應考，怕學裏人說是我冒籍，託你家少爺向學裏相公

們講講。」王鬍子搖手道：「這事共總沒中用；我家少爺，從不曾替學裏相公講一句話。他又不歡喜人家說要出來考。你去求他，他就勸你不考！」張俊民道：「這是怎樣？」王鬍子道：「而今倒有個方法。等我替你回少爺說，說你的確是冒考不得的，但鳳陽府的考棚是我家先太老爺出錢蓋的，少爺要送一個人去考，誰敢不依？這樣激著他，他就替你用力，連貼錢都是肯的！」張俊民道：「鬍子老官，這事在你作法便了。做成了，少不得『言身寸』❶。」王鬍子道：「我那個要你謝！你的兒子，就是我的小姪。人家將來進了學，穿戴著簇新的方巾，藍衫，替我老叔子多磕幾個頭，就是了。」

說罷，張俊民還了麵錢，一齊出來。王鬍子回家，問小子們道：「少爺在那裏？」小子們道：「少爺在書房裏。」他一直走進書房，見了杜少卿，稟道：「銀子已是小的送與臧三爺收了，著實感激少爺，說又替他免了一場是非，成全了功名，其實這樣事情，別人也不肯做的。」

杜少卿道：「這是甚麼要緊的事，只管跑了來倒熟了！」王鬍子道：「小的還有話稟少爺。像臧三爺的廩是少爺替他補，公中看祠堂的房子是少爺蓋，眼見得學院不日來考，又要尋少爺修理考棚。我家太老爺擎幾千銀子蓋了考棚，白白便益眾人，少爺就送一個人去考，眾人誰敢不依？」

杜少卿道：「童生自會去考的，要我送怎的？」王鬍子道：「假使小的有兒子，少爺送去考，也沒有人敢說？」杜少卿道：「這也何消說？這學裏秀才，未見得好似奴才！」王鬍子道：「後門口張二爺，他那兒子讀書，少爺何不叫他考一考？」杜少卿道：「他可要考？」王鬍子道：「他是個冒籍，不敢考。」杜少卿道：「你和他說，叫他去考。若有廩生多話，你就向那廩生說，是我叫他去考的。」王鬍

❶ 言身寸：「言身寸」三字合起來是個「謝」字，這是酬謝的隱語。

子道：「是了。」應諾了去。

這幾日，婁太爺的病漸漸有些重起來了，杜少卿又換了醫生來看，在家心裏憂愁。

＊　＊　＊　＊

忽一日，臧三爺走來，立著說道：「你曉得有個新聞？縣裏王公壞了。昨晚摘了印，新官押著他就要出衙門，縣裏人都說他是個混賬官，不肯借房子給他住，在那裏急的要死！」杜少卿道：「而今怎樣了？」臧蓼齋道：「他昨晚還賴在衙門裏。明日再不出，就要討沒臉面！那個借屋與他住？只好搬在孤老院！」杜少卿道：「這話果然麼？」叫小廝喚王鬍子來，向王鬍子道：「你快到縣前向工房說，叫他進去稟王老爺，說王老爺沒有住處，請來我家花園裏住。他要房子甚急，你去！」王鬍子連忙去了。臧蓼齋道：「你從前會也不肯會他，今日為甚麼自己借房子與他住？況且他這事有拖累，將來百姓要鬧他，不要把你花園都拆了！」杜少卿道：「先君有大功德在於鄉里，人人知道。這個老哥放心。至於這王公，他既知道仰慕我，就是我家藏了強盜，也是沒有人家來動我家的房子。我前日若去拜他，便是奉承本縣知縣，而今他官已壞了，又沒有房子住，我就該照應他。他聽見這話，一定就來。你在我這裏候他來，同他談談。」

說著，門上人進來稟：「張二爺來了。」只見張俊民走進來跪下磕頭，杜少卿道：「你又怎的？」張俊民道：「就是小兒要考的事，蒙少爺的恩典！」杜少卿道：「我已說過了。」張俊民道：「各位廩生先生聽見少爺吩咐，都沒的說，只要門下捐一百二十兩銀子修學。門下那裏捐得起？故此又來求少爺商議。」杜少卿道：「只要一百二十兩？此外可還再要？」張俊民道：「不要了。」杜少卿道：「這容

易。我替你出。你就寫一個願捐修學宮求入籍的呈子來。——臧三哥，你替他送到學裏去，銀子在我這裏來取。」臧三爺道：「今日有事，明日我和你去罷。」

張俊民謝過，去了。正迎著王鬍子跑來道：「王老爺來拜，已到門下轎了。」杜少卿和臧蓼齋迎了出去，那王知縣紗帽便服，進來作揖再拜，說道：「久仰先生，不得一面。今弟在困厄之中，蒙先生慨然以尊齋相借，令弟感愧無地；所以先來謝過，再細細請教。恰好臧年兄也在此。」杜少卿道：「老父臺，些小之事，不足介意。荒齋原是空閒，竟請搬過來便了。」臧蓼齋道：「門生正要同敝友來候老師，不想反勞老師先施。」王知縣道：「不敢，不敢。」打恭上轎而去。

杜少卿留下臧蓼齋，取出一百二十兩銀子來遞與他，叫他明日去做張家這件事。臧蓼齋帶著銀子去了。次日，王知縣搬進來住。又次日，張俊民備了一席酒送在杜府，請臧三爺同鮑師父陪。王鬍子私向鮑廷璽道：「你的話也該發動了。我在這裏算著，那話已有個完的意思；若再遇個人來求些去，你就沒帳了。你今晚開口。」

當下客到齊了，把席擺到廳旁書房裏，四人上席。張俊民先捧著一杯酒謝過了杜少卿，又斟酒作揖謝了臧三爺，入席坐下。席間談這許多事故。鮑廷璽道：「門下在這裏大半年了，看見少爺用銀子像淌水，連裁縫都是大捧挈了去，只有門下是七八個月的養在府裏白渾些酒肉吃吃，一個大錢也不見面。我想這樣『乾篦片』❷也做不來，不如揩揩眼淚，別處去哭罷。門下明日告辭。」

杜少卿道：「鮑師父，你也不曾向我說過，我曉得你甚麼心事？你有話，說不是。」鮑廷璽忙斟一

❷ 乾篦片：調做了幫閒（幫紈袴子弟尋歡者）而弄不到錢。篦片，俗稱專事幫閒湊趣的門客。

杯酒遞過來，說道：「門下父子兩個，都是教戲班子過日，不幸父親死了，門下消折了本錢，不能替父親爭口氣；家裏有個老母親，又不能養活。門下是該死的人，除非少爺賞個本錢；纔可以回家養活母親。」杜少卿道：「你一個梨園中的人，卻有思念父親孝敬母親的念，這就可敬的很了，我怎麼不幫你。」鮑廷璽站起來道：「難得少爺的恩典。」杜少卿道：「坐著，你要多少銀子？」鮑廷璽看見王鬍子站在底下，把眼望著王鬍子。王鬍子走上來道：「鮑師父，你這銀子要用的多哩，連叫班子，買行頭，怕不要五六百兩。少爺這裏沒有，只好將就弄幾十兩銀子給你過江，舞起幾個猴子來，你再跳。」杜少卿道：「幾十兩銀子不濟事。我竟給你一百兩銀子，你拿過去教班子。用完了，你再好和我說話。」鮑廷璽跪下來謝。杜少卿拉住道：「不然，我還要多給你些銀子，因婁太爺病重，要料理他的光景。我早晚再打發你回去。」當晚藏張二人都贊杜少卿的慷慨。吃罷，散了。

＊　　＊　　＊

自此之後，婁太爺的病，一日重一日。那日杜少卿坐在他跟前，婁太爺說道：「大相公，我從前挨著，只望病好，而今看這光景，病是不得好了，你要送我回家去！」杜少卿道：「我還不曾盡得老伯的情，怎麼說要回家去？」婁太爺道：「你又獃了，我是有子有孫的人，一生出門在外，今日自然要死在家裏。難道說你不留我？」杜少卿垂淚道：「這樣說，我就不留了。老伯的壽器是我備下的，如今用不著，是不好帶去了，另擎幾十兩銀子合具壽器，衣服，被褥，是做停當的，與老伯帶去。」婁太爺道：「這棺木，衣服，我受你的，你不要又擎銀子，給我家兒子孫子。我只在三日內就要回去，坐不起來了，只好用牀抬了去。你明日早上，到令先尊神主前祝告，說婁太爺告辭回去了。我在你

家三十年，是你令先尊一個知心的朋友，令先尊去後，大相公如此奉事我，我還有甚麼話？你的品行，文章，是當今第一人；；你生的個小兒子尤其不同，將來好好教訓他成個正經人物。但是你不會當家，不會相與朋友，這家業是斷然保不住的了。

「像你做這樣慷慨仗義的事，我心裏喜歡；只是也要看來說話的是個甚麼樣人。像你這樣做法，都是被人騙了去，沒人報答你的。雖說『施恩不望報』，卻也不可這般『賢否不明』。你相與這臧三爺，張俊民，都是沒良心的人。近來又添一個鮑廷璽。他做戲的，有甚麼好人？你也要照顧他。若管家王鬍子，就更壞了！

「銀錢也是小事，我死之後，你父子兩人，事事學你令先尊的德行；德行若好，就沒有飯吃也不妨。你平生最相好的，是你家慎卿相公，慎卿雖有才情，也不是甚麼厚道人。你只學你令先尊，將來斷不吃苦。你眼裏又沒有官長，又沒有本家，這本地方也難住；南京是個大邦，你的才情到那裏去，或者還遇著個知己，做出些事業來。這剩下的家私是靠不住的了！大相公，你聽信我言，我死也瞑目！」

杜少卿流淚道：「老伯的好話，我都知道了。」忙出來吩咐僱了兩班腳子，抬婁太爺過南京，到陶紅鎮，又挈出百十兩銀子來，付與婁太爺的兒子回去辦後事。第三日，送婁太爺起身。只因這一番，有分教：京師池館，又看俊傑來遊；江北家鄉，不見英賢豪舉。

畢竟後事如何？且聽下回分解。

第三十三回　杜少卿夫婦遊山　遲衡山朋友議禮

話說杜少卿自從送了婁太爺回家之後，自此沒有人勸他，越發放著膽子用銀子。前項已完，叫王鬍子又去賣了一分田來，二千多銀子，隨手亂用。又將一百銀子，把鮑廷璽打發過江去了。王知縣事體已清，退還了房子，告辭回去。

杜少卿在家，又住了半年多，銀子用的差不多了，思量把自己住的房子併與本家，要到南京去住，和娘子商議，娘子依了；人勸著他，總不肯聽。足足鬧了半年，房子歸併妥了；除還債贖當，還落了有千把多銀子，和娘子說道：「我先到南京，會過盧家表姪，尋定了房子，再來接你。」

當下收拾了行李，帶著王鬍子，同小廝加爵過江。王鬍子在路見不是事，拐了二十兩銀子走了。杜少卿付之一笑，只帶了加爵過江。到了倉巷裏外祖盧家。表姪盧華士出來，迎請表叔進去，到廳上見禮。

杜少卿又到樓上，拜了外祖外祖母的神主，見了盧華士的母親，叫小廝擎出火腿茶葉土儀來送過。盧華士請在書房裏擺飯，請出一位先生來，是華士今年請的業師。那先生出來見禮，杜少卿讓先生首席坐下。盧華士請問先生貴姓？那先生道：「賤姓遲，名均，字衡山。請問先生貴姓？」杜少卿道：「是少卿先生？海內英豪，千秋快士！只道聞名不能見面，何圖今日邂逅天長杜家表叔。」遲先生道：「這是學生高賢！」站起來，重新見禮。杜少卿看那先生，細瘦通眉，長爪，雙眸炯炯，知他不是庸流，便也一見

如故；吃過了飯，說起要尋房子來住的話。遲衡山喜出望外，說道：「先生何不竟尋幾間河房住？」杜

少卿道：「這也極好。我和你借此先去看看秦淮。」

遲先生叫華士在家好好坐著，便同少卿步了出來，走到狀元境，只見書店裏貼了多少新封面。內有

一個寫道：「歷科程墨持運。處州馬純上嘉興蘧駪夫同選。」杜少卿道：「這蘧駪夫，是南昌蘧太守之

孫，是我敝世兄。既在此，何不進去會會他？」便同遲先生進去。蘧駪夫出來敘了世誼，彼此道了些相

慕的話。馬純上出來敘禮，問先生貴姓。蘧駪夫道：「此乃天長殿元公孫杜少卿先生。這位是句容遲衡

山先生。皆江南名壇領袖。小弟輩恨相見之晚。」

吃過了茶，遲衡山道：「少卿兄要尋居停，此時不能久談，要相別了。」同走出來，只見櫃臺上伏

著一個人在那裏看詩，指著書上道：「這一首詩就是我的。」四個人走過來，看見他傍邊放著一把白紙

詩扇。蘧駪夫打開一看，款上寫著「蘭江先生」。蘧駪夫笑道：「是景蘭江！」景蘭江抬起頭來看見二

人，作揖問姓名。杜少卿拉著遲衡山道：「我們且去尋房子，再來會這些人。」

* * *

當下走過淮清橋，遲衡山路熟，找著房牙子❶，一路看了幾處河房，多不中意，一直看到東水關。

這年是鄉試年，河房最貴。這房子每月要八兩銀子的租錢。杜少卿道：「這也罷了，先租了住著，再買

他的。」南京的風俗，是要付一個進房，一個押月。當下房牙子同房主人跟到倉巷盧家，寫定租約，付

了十六兩銀子。盧家擺酒，留遲衡山同杜少卿坐坐。到夜深，遲衡山也在這裏宿了。

❶ 房牙子：房屋介紹人。類似今日「仲介」。

次早纔洗臉，只聽得一人在門外喊了進來，「杜少卿先生在那裏？」杜少卿正要出去看，那人已走進來，說道：「且不要通姓名，且等我猜一猜看。」定了一會神，走上前，一把拉著少卿道：「你便是杜少卿。」杜少卿笑道：「我便是杜少卿。這位是遲衡山先生，這是舍表姪，先生你貴姓？」那人道：「少卿天下豪士，英氣逼人，小弟一見喪膽，不似遲先生老成尊重，所以我認得不錯。小弟便是季葦蕭。」

遲衡山道：「是定『梨園榜』的季先生？久仰，久仰。」

季葦蕭坐下，向杜少卿道：「令兄已是北行了。」杜少卿驚道：「幾時去的？」季葦蕭道：「纔去了三四日。小弟送到龍江關，他加了貢，進京鄉試去了。少卿兄揮金如土，為甚麼躲在家裏用，不纔來這裏我們大家頑頑？」杜少卿道：「我如今來了。現看定了河房，到這裏來居住。」季葦蕭拍手道：「妙！妙！我也尋兩間河房，同你做鄰居，把賤內也接來，同老嫂作伴。這買河房的錢，就出在你！」

杜少卿道：「這個自然。」

須臾，盧家擺出飯來，留季葦蕭同吃。吃飯中間，談及哄慎卿看道士的這一件事，眾人大笑，把飯都噴了出來。纔吃完了飯，便是馬純上，蘧駪夫，景蘭江來拜。會著談了一會，送出去。纔進來，又是蕭金鉉，諸葛天申，季恬逸來拜。談了一會，季葦蕭也出來同坐。季葦蕭同三人一路去了。杜少卿寫家書，打發人到天長，接家眷去了。

次日清晨，正要回拜季葦蕭這幾個人，又是郭鐵筆同來道士來拜。杜少卿迎了進來，看見道士的模樣，想起昨日的話，又忍不住笑。郭鐵筆也送了兩方圖書。杜少卿都收了。吃過茶，告別去了。杜少卿方纔出去回拜這些人。一連在盧家住了七八天，同遲衡山談些禮樂之

事，甚是相合。家眷到了，共是四隻船，攏了河房。杜少卿辭別盧家，搬了行李去。

次日，眾人來賀。這時三月初旬，河房漸好，也有簫管之聲。杜少卿備酒請這些人，共是四席。那日，季葦蕭，馬純上，蘧駪夫，季恬逸，遲衡山，盧華士，景蘭江，諸葛天申，蕭金鉉，郭鐵筆，來霞士都在席。金東崖是河房鄰居，拜往過了，也請了來。本日茶廚先到，鮑廷璽打發新教的三元班小戲子來磕頭，見了杜少爺，杜娘子，賞了許多菓子去了。隨即房主人家，薦了一個賣花堂客——叫做姚奶奶——來見。杜娘子留他坐著。

奶奶看見他，就忍笑不住，向杜娘子道：「這是我們南京有名的王太太，他怎肯也到這裏來？」

或箕踞自適，各隨其便。只見門外一頂轎子，鮑廷璽跟著，是送了他家王太太來問安。下轎進去，姚奶奶留他坐下。杜少卿進來，姚奶奶王太太，又叩見了少爺。鮑廷璽在河房見了眾客，口內打諢說笑。鬧了一會，席面已齊，杜少卿出來奉席坐下，吃了半夜酒，各自散訖。鮑廷璽自己打著燈籠，照王太太坐了轎子，也回去了。

到上晝時分，客已到齊，將河房窗子打開了。眾客散坐，或憑欄看水，或啜茗閒談，或據案觀書，

王太太見杜娘子，著實小心，不敢抗禮。杜娘子也留他坐下。

＊　＊　＊

又過了幾日，娘子因初到南京，要到外面去看看景致。杜少卿道：「這個使得。」當下叫了幾乘轎子，約姚奶奶做陪客。兩三個家人婆娘，都坐了轎子跟著。廚子挑了酒席，借清涼山一個姚園。這姚園是個極大的園子，進去一座籬門。籬門內是鵝卵石砌成的路，一路朱紅欄杆，兩邊綠柳掩映。過去三間廳，便是他賣酒的所在，那日把酒桌子都搬了。過廳便是一路山徑。上到山頂，便是一個八角亭子。過去三間席

擺在亭子上。娘子和姚奶奶一班人上了亭子，觀看景致。一邊是清涼山，高高下下的竹樹；一邊是靈隱觀，綠樹叢中，露出紅牆來，十分好看。

坐了一會，杜少卿也坐轎子來了，轎裏帶了一隻赤金杯子，擺在桌上，斟起酒來，擎在手內，趁著這春光融融，和氣習習，憑在欄杆上，留連痛飲。這日杜少卿大醉了，竟攜著娘子的手，出了園門，一手擎著金杯，大笑著，在清涼山岡子上走了一里多路。背後三四個婦女，嘻嘻笑笑跟著。兩邊看的人目眩神搖，不敢仰視。杜少卿夫婦兩個上了轎子去了。姚奶奶和這幾個婦女，採了許多桃花插在轎子上，也跟著去了。

杜少卿回到河房，天色已晚。只見盧華士還在那裏坐著，說道：「北門橋莊表伯聽見表叔來了，急於要會。明日請表叔在家，坐一時，不要出門，莊表伯來拜。」杜少卿道：「紹光先生是我所師事之人。我因他不耐同這一班詞客相聚，所以前日不曾約他。我正要去看他，怎反勞他到來看我？賢姪，你作速回去，打發人致意，我明日先到他家去。」

華士應諾去了。杜少卿送了出去。纔關了門，又聽得打門響。小廝開門出去，同了一人進來，稟道：「婁大相公來了。」杜少卿舉眼一看，見婁煥文的孫子穿著一身孝，哭拜在地，說道：「我家老爹去世了，特來報知。」杜少卿道：「幾時去世的？」婁大相公道：「前月二十六日。」杜少卿大哭了一場，吩咐連夜製備祭禮；次日清晨，坐了轎子，往陶紅鎮去了。季葦蕭打聽得姚園的事，絕早走來訪問，知道已往陶紅，悵悵而返。

杜少卿到了陶紅，在婁太爺柩前大哭了幾次，掙銀子做了幾天佛事，超度婁太爺生天，把許多親戚請來陪。杜少卿一連住了四五日哭了又哭，陶紅一鎮上的人，人人歎息，說：「天長杜府厚道。」又有人說：「這老人家為人必定十分好，所以杜府纔如此尊重報答他。為人須像這個老人家，方為不愧！」杜少卿又掙了幾十兩銀子，交與他兒子孫子，買地安葬婁太爺。婁家一門，男男女女，都出來拜謝。杜少卿又在柩前慟哭了一場，方纔回來。到家娘子向他說道：「自你去的第二日，巡撫一個差官，同天長縣的一個門斗，掙了一角文書來尋，我回他不在家。他說住在客店裏，日日來問，不知為甚事。」杜少卿道：「這又奇了！」

正疑惑間，小廝來說道：「那差官和門斗在河房裏要見。」杜少卿走出去，同那差官見禮坐下，差官道了「恭喜」，門斗送上一角文書來，那文書是拆開過的。杜少卿掙出來看，只見上寫道：「巡撫部院李，為舉薦賢才事，欽奉聖旨，採訪天下儒修。本部院訪得天長縣儒學生員杜儀，品行端醇，文章典雅，為此飭知該縣儒學教官，敦請該生即日束裝赴院，以便考驗，申奏朝廷，引見擢用。毋違速速！」杜少卿看了道：「李大人是先祖的門生，原是我的世叔，所以薦舉我，我怎麼敢當？但大人如此厚意，我即刻料理起身，到轅門去謝。」留差官吃了酒飯，送他幾兩銀子作盤程，門斗也給了他二兩銀子，打發先去了。在家收拾，沒有盤纏，把那一隻金杯當了三十兩銀子，帶一個小廝，上船往安慶去了。

到了安慶，不想李大人因事公出，過了幾日，纔回來。杜少卿投了手本，那裏開門請進去，請到書房裏。李大人出來，杜少卿拜見，請過大人的安，李大人請他坐下。李大人道：「自老師去世之後，我

常念諸位世兄。久聞世兄才品過人，所以朝廷仿古『徵辟大典』，我學生要借光，萬勿推辭。」杜少卿

道：「小姪菲才寡學，大人誤採虛名，恐其有玷薦牘。」李大人道：「不必太謙，我便向府縣取結。」李大

杜少卿道：「大人垂愛，小姪豈不知？但小姪麋鹿之性，草野慣了，近又多病，還求大人另訪。」李大

人道：「世家子弟，怎說得不肯做官？我訪的不差，是要薦的。」杜少卿就不敢再說了。李大人留著住

了一夜，辭別出來。他這番盤程帶少了，又多住了幾天，在轅門上又被人要

了多少喜錢去，叫了一隻船回南京，船錢三兩銀子也欠著，一路又遇了逆風，走了四五天，纔走到蕪湖。

到了蕪湖，那船真走不動了，船家要錢買米煮飯。杜少卿叫小廝尋一尋，只剩了五個錢。

杜少卿算計要拏衣服去當，心裏悶，且到岸上去走走，見是吉祥寺，因在茶桌上坐著，吃了一開茶；

又肚裏餓了，吃了三個燒餅，還走不出茶館門。只見一個道士在面前走過去，杜少卿不曾

認得清。那道士回頭一看，忙走近前道：「杜少爺，你怎麼在這裏？」杜少卿笑道：「原來是來霞兄！

你且坐下吃茶。」來霞士道：「少老爺，你為甚麼獨自在此？」杜少卿道：「你幾時來的？」來霞士道：

「我自叨擾之後，因這蕪湖縣張老父臺寫書子接我來做詩，所以寓在識舟亭，甚有景致，

可以望江。少老爺到我下處去坐坐。」杜少卿道：「我也是安慶去看一個朋友，回來從這裏過，阻了風；

而今和你到尊寓頑頑去。」

來霞士會了茶錢，兩人同進識舟亭。廟裏道士走了出來，問那裏來的尊客。來道士道：「是天長杜

狀元府裏杜少老爺。」道士聽了，著實恭敬，請坐拜茶。杜少卿看見牆上貼著一個斗方，一首識舟亭懷

古詩，上寫『霞士道兄教正』，下寫『燕里韋闥思玄稿』。杜少卿道：「這個是滁州烏衣鎮韋四太爺的詩。

他幾時在這裏的？」道士道：「韋四太爺現在樓上。」杜少卿向來霞士道：「這樣我就同你上樓去。」便一同上樓來。道士先喊道：「韋四太爺，天長杜少老爺來了！」韋四太爺答應道：「是那個？」要走下樓來看。杜少卿上來道：「老伯！小姪在此！」韋四太爺兩手抹著鬍子，哈哈大笑，說道：「我當是誰，原來是少卿！你怎麼走到這荒江地面來？且請坐下，待我烹起茶來，敘敘闊懷。你到底從那裏來？」

杜少卿就把李大人的話告訴幾句，又道：「小姪這回盤程帶少了，今日只剩的五個錢。方纔還吃的是來老爺的茶。船錢飯錢都無。」韋四太爺大笑道：「好！好！今日大老官畢了！但你是個豪傑，這樣事何必焦心？且在我下處坐著吃酒。我因有教的一個學生，住在蕪湖，他前日進了學，我來賀他，他謝了我二十四兩銀子。你在我這裏吃了酒，看風轉了，我拏十兩銀子給你去。」

杜少卿坐下，同韋四太爺，來霞士，三人吃酒。直吃到下午，看著江裏的船在樓窗外過去，船上的定風旗漸漸轉動。韋四太爺道：「好了！風雲轉了！」大家靠著窗子看那江裏，看了一回，太陽落了下去。返照照著幾千根桅杆半截通紅。杜少卿道：「天色已晴，東北風息了，小姪告辭老伯下船去。」

韋四太爺拏出十兩銀子，遞與杜少卿，同來霞士送到船上。來霞士又託他致意南京的諸位朋友。說罷別過，兩人上岸去了。杜少卿在船歇宿，是夜五鼓，果然起了微微西南風，船家扯起篷來，乘著順風，只走了半天，就到白河口。杜少卿付了船錢，搬行李上岸，坐轎來家。娘子接著，他就告訴娘子……前日路上沒有盤程的這一番笑話。娘子聽了也笑。

次日便到北門橋去拜莊紹光先生。那裏回說：「浙江巡撫徐大人請了遊西湖去了，還有些日子，纔

得來家。」杜少卿便到倉巷盧家去會遲衡山。盧家留著吃飯。遲衡山閒話說起：「而今讀書的朋友，只不過講個舉業，若會做兩句詩賦，就算雅極的了，放著經史上禮樂兵農的事，全然不問！我本朝太祖定了天下，大功不差似湯武，卻全然不曾制作禮樂。少卿兄，你此番徵辟了去，替朝廷做些正經事，方不愧我輩所學。」杜少卿道：「這徵辟的事，小弟已是辭了。正為走出去做不出甚麼事業，徒惹高人一笑，所以寧可不出去的好。」

遲衡山又在房裏挈出一個手卷來，說道：「這一件事，須是與先生商量。」杜少卿道：「甚麼事？」遲衡山道：「我們這南京，古今第一個賢人是吳泰伯，卻並不曾有個專祠；那文昌殿關帝廟，到處都有。小弟意思，要約些朋友，各捐幾何，蓋一所泰伯祠，春秋兩仲，用古禮古樂致祭；借此大家習學禮樂，成就出些人才，也可以助一助政教。但建造這祠，須數千金。我裱了一個手卷在此，願捐的寫在上面。少卿兄，你願出多少？」

杜少卿大喜道：「這是該的！」接過手卷，放開寫道：「天長杜儀捐銀三百兩。」遲衡山道：「也不少了。我把歷年做館的修金節省出來，也捐二百兩。」就寫在上面，又叫：「華士，你也勉力出五十兩。」也就寫在卷子上。遲衡山捲起收了，又坐著閒談。只見杜家一個小廝走來稟道：「天長有個差人，在河房裏要見少爺，請少爺回去。」杜少卿辭了遲衡山回來。只因這一番，有分教：一時賢士，同辭爵祿之縻；兩省名流，重修禮樂之事。

不知後事如何？且聽下回分解。

第二十四回　議禮樂名流訪友　備弓旌天子招賢

話說杜少卿別了遲衡山出來，問小廝道：「那差人他說甚麼？」小廝道：「他說少爺的文書已經到了，李大老爺吩咐縣裏鄧老爺，請少爺到京裏去做官。鄧老爺現住在承恩寺。差人說，請少爺到家裏，鄧老爺不用來，我病好了，慢慢來請鄧老爺不用來，請鄧老爺不用來，請鄧老爺不用來。」杜少卿道：「既如此說，我不走前門家去了，你快叫一隻船，我從河房欄杆上上去。」

當下小廝在下浮橋僱了一隻涼篷，杜少卿坐了來家，忙取一件舊衣服，一頂舊帽子，穿戴起來，拏手帕包了頭，睡在牀上，叫小廝：「你向那差人說，我得了暴病，請鄧老爺自己上門來請。」杜少卿道：「鄧老爺自己上門來請。」上去。」

小廝進來說：「鄧老爺來了，坐在河房裏，定要會少爺。」杜少卿叫兩個小廝攙扶著，做個十分有病的模樣，路也走不全，出來拜謝知縣；拜在地下，就不得起來。知縣慌忙扶了起來，坐下就道：「朝廷大典，李大人專要借光，不想先生病得狼狽至此。不知幾時可以勉強就道？」杜少卿道：「治晚不幸

小廝打發差人去了。娘子笑道：「朝廷叫你去做官，你為甚麼裝病不去？」杜少卿道：「你好獃！放著南京這樣好頑的所在，留著我在家，春天秋天，同你出去看花，吃酒，好不快活，為甚麼要送我到京裏去？假使連你也帶往京裏，京裏又冷，你身子又弱，一陣風吹得凍死了，也不好；還是不去的妥當。」

大病，生死難保，這事斷不能了。總求老父臺代我懇辭。」袖子裏取出一張呈子來遞與知縣。知縣看這般光景，不好久坐，說道：「弟且別了先生，恐怕勞神。這事，弟也只得備文書詳覆上去，看大人意思何如。」杜少卿道：「極蒙台愛，恕治晚不能躬送了。」

知縣作別，上轎而去，隨即備了文書，說：「杜生委係患病，不能就道。」申詳了李大人。恰好李大人也調了福建巡撫，這事就罷了。杜少卿聽見李大人已去，心裏歡喜道：「好了！我做秀才，有了這一場結局，將來鄉試也不應，科歲也不考，逍遙自在，做些自己的事罷！」

＊　　　　＊　　　　＊

杜少卿因託病，辭了知縣，在家有許多時，不曾出來。這日，鼓樓街薛鄉紳家請酒。杜少卿辭了不到。遲衡山先到了。那日在坐的客，是馬純上，蘧駪夫，季葦蕭。都在那裏坐定，又到了兩位客：一個是揚州蕭柏泉，名樹滋；一個是采石余夔，字和聲，是兩個少年名士。這兩人，面如傅粉，唇若塗硃；舉止風流，芳蘭竟體。這兩個名士獨有兩個綽號：一個叫「余美人」，一個「蕭姑娘」，兩位會了眾人，作揖坐下。薛鄉紳道：「今日奉邀諸位先生小坐，淮清橋有一個姓錢的朋友，我約他來陪諸位頑頑，他偏生的今日有事，不得到。」季葦蕭道：「老伯，可是那做正生的錢麻子？」薛鄉紳道：「是。」遲衡山道：「老先生同士大夫宴會，那梨園中人，也可以許他一席同坐的麼？」薛鄉紳道：「此風也久了。」遲衡山道：「是那位高老先生？」季葦蕭道：「是六合的現任翰林院侍讀。」說著，門上人進來稟道：「高大老爺到了。」薛鄉紳迎了出去。那高老先生最喜此人談吐，所以約他。弟今日請的有高老先生。高老先生紗帽蟒衣，進來與眾人作揖，首席坐下；認得季葦蕭，說道：「季年兄，前日枉顧，有失迎迓。」

承惠佳作，尚不曾捧讀。」便問這兩位少年先生尊姓。

馬純上道：「書坊裏選歷科程墨持運的便是晚生兩個。」余美人道：「這位蘧先生是南昌太守公孫。先父曾在南昌做府學，蘧先生和晚生也是世弟兄。」問完了，纔問到遲先生。遲衡山道：「賤姓遲，字衡山。」季葦蕭道：「遲先生有制禮作樂之才，乃是南邦名宿。」

高老先生聽罷，不言語了；吃過了三遍茶，換去大衣服，請在書房裏坐。這高老先生雖是一個前輩鄉紳，卻全不做身分，最好頑耍，同眾位說說笑笑，並無顧忌；纔進書房，就問道：「錢朋友怎麼不見？」薛鄉紳道：「他今日回了不得來。」高老先生道：「沒趣！沒趣！今日滿座欠雅矣！」薛鄉紳擺上兩席，奉席坐下。席間談到浙江許多名士，以及西湖上的風景，婁氏弟兄兩個許多結交賓客的故事。余美人道：「這些事我還不愛，我只愛駝夫家的雙紅姐，說著還齒頰生香。」季葦蕭道：「怪不得，你是個美人，所以，就愛美人了。」蕭柏泉道：「小弟生平最喜修補紗帽，可惜魯編修公不曾會著。聽見他那言論丰采，到底是個正經人；若會著，我少不得著實請教他。可惜已去世了。」蘧駪夫道：「我妻家表叔那番豪舉，而今再不可得了！」遲衡山道：「兩位中是少卿更好。」季葦蕭道：「駪兄，這是甚麼話？我們天長杜氏兄弟，只怕更勝於令表叔的豪舉！」高老先生道：「諸位纔說的，可就是贛州太守的乃郎？」遲衡山道：「正是，老先生也相與？」高老先生道：「我們天長六合，是接壤之地，我怎麼不知道？諸公莫怪學生說，這少卿是他杜家第一個敗類！他家祖上幾十代行醫，廣積陰德，家裏也掙了許多田產，到了他家殿元公發達了去，雖做了幾十年官，卻不會尋一個錢來家。到他父親，還有本事中個進士，做一任太守，──已經是個獃子了，做官的時候，全不曉得敬重上司，只是一味希圖著百姓說好；

又逐日講那些「敦孝弟，勸農桑」的獸話。這些話是教養題目文章裏的詞藻，他竟挐著當了真，惹的上

司不喜歡，把個官弄掉了！他這兒子就更胡說，混穿混吃，和尚道士，工匠花子，都拉著相與，卻不肯

相與一個正經人！不到十年內，把六七萬銀子弄的精光，天長縣站不住，搬在南京城裏，日日攜著乃眷

上酒館吃酒，手裏擎著一個銅盞子，就像討飯的一般！不想他家竟出了這樣子弟！學生在家裏，往常教

子姪們讀書，就以他為戒，每人讀書的桌子上寫一紙條貼著，上面寫道：「不可學天長杜儀」！

遲衡山聽罷，紅了臉道：「近日朝廷徵辟他，他都不就。」高老先生冷笑道：「先生，你這話又錯

了。他果然肚裏通，就該中了去！」又笑道：「徵辟難道算得正途出身麼？」蕭柏泉道：「老先生說的

是。」向眾人道：「我們後生晚輩，都該以老先生之言為法。」

當下又吃了一會酒，說了些閒話。席散，高老先生坐轎先去了。眾位一路走。遲衡山道：「方纔高

老先生這些話，分明是罵少卿，不想倒替少卿添了許多身分。眾位先生，少卿是自古及今難得的一個奇

人！」馬二先生道：「方纔這些話，也有幾句說的是。」季葦蕭道：「總不必管他，他河房裏有趣。我

們幾個人，明日一齊到他家，叫他買酒給我們吃！」余和聲道：「我們兩個人也去拜他。」當下約定了。

＊

＊

＊

次日，杜少卿纔起來，坐在河房裏，鄰居金東崖擎了自己做的一本《四書》講章來請教，擺桌子在河房

裏看。看了十幾條，落後金東崖指著一條問道：「先生，你說這『羊棗』是甚麼？羊棗，即羊腎也。俗

語說：『只顧羊卵子，不顧羊性命。』」杜少卿笑道：「古人解經，也有穿鑿的，先生

這話，就太不倫了。」

正說著，遲衡山，馬純上，蘧駪夫，蕭柏泉，季葦蕭，余和聲，一齊走了進來，作揖坐下。杜少卿道：「小弟許久不曾出門，有疎諸位先生的教。今何幸群賢畢至！」便問：「二位先生貴姓？」余、蕭二人各道了姓名。杜少卿道：「蘭江怎的不見？」蘧駪夫道：「他又在三山街，開了個頭巾店做生意。」小廝捧出茶來，季葦蕭道：「不是吃茶的事，我們今日要酒。」杜少卿道：「這個自然，且閒談著。」遲衡山道：「前日承見賜詩說，極其佩服；但吾兄說詩大旨，可好請教一二？」蕭柏泉道：「先生說的可單是擬題？」馬二先生道：「想是在永樂大全上說下來的。」遲衡山道：「我們且聽少卿說。」杜少卿道：「朱文公解經，自立一說，也是要後人與諸儒參看；而今丟了諸儒，只依朱註，這是後人固陋，與朱子不相干。小弟遍覽諸儒之說，也有一二私見請教。即如凱風一篇，說七子之母想再嫁，我心裏不安。古人二十而嫁，養到第七個兒子，又長大了，那母親也該有五十多歲，那有想嫁之理？所謂『不安其室』者，不過因衣服飲食不稱心，在家吵鬧，七子所以自認不是。這話前人不曾說過。」遲衡山點頭道：「有理！」杜少卿道：「女曰雞鳴一篇，先生們說他怎麼樣好？」馬二先生道：「這是鄭風，只是說他不淫，還有甚麼別的說？」遲衡山道：「便是，也還不能得其深味。」杜少卿道：「非也。但凡士君子橫了一個做官的念頭在心裏，便先要驕傲妻子；妻子想做夫人，想不到手，便事事不遂心，吵鬧起來。你看這夫婦兩個，絕無一點心想到功名富貴上去，彈琴飲酒，知命樂天，這便是三代以上修身齊家之君子。這個前人也不曾說過。」蘧駪夫道：「這一說果然妙了！」杜少卿道：「據小弟看來，溱洧之詩，也只是夫婦同遊，並非淫亂。」季葦蕭道：「怪道前日老哥同老嫂在姚園大樂！這就是你『彈琴飲酒，采蘭贈芍』的風流了！」眾人一齊大笑。遲衡山道：「少卿妙論，

令我聞之，如飲醍醐。」余和聲道：「那邊醍醐來了！」眾人看時，見是小廝捧出酒來。

當下擺齊酒餚，八位坐下小飲。季葦蕭多吃了幾杯，醉了，說道：「少卿兄，你真是絕世風流。據我說，鎮日同一個三十多歲的老嫂子看花飲酒，也覺得掃興。據你的才名，又住在這樣的好地方，何不娶一個標致如君，又有才情的，才子佳人，及時行樂。」

杜少卿道：「葦兄，豈不聞晏子云：『今雖老而醜，我固及見其姣且好也。』況且娶妾的事，小弟覺得最傷天理。天下不過是這些人，一個人占了幾個婦人，天下必有幾個無妻之客。小弟為朝廷立法：人生須四十無子，方許娶一妾，此妾如不生子，便遣別嫁。是這等樣，天上無妻子的人，或者也少幾個，也是培補元氣之一端。」

蕭柏泉道：「先生說得好一篇『風流經濟』！」遲衡山嘆息道：「宰相若肯如此用心，天下可立致太平！」當下吃完了酒，眾人歡笑，一同辭別去了。

過了幾日，遲衡山獨自走來，杜少卿會著。遲衡山道：「那泰伯祠的事，已有個規模了。將來行的禮樂，我草了一個底稿在此，來和你商議，替我斟酌起來。」杜少卿接過底稿看了道：「這事還須尋一個人斟酌。」遲衡山道：「你說尋那個？」杜少卿道：「莊紹光先生。」遲衡山道：「他前日浙江回來了。」杜少卿道：「我正要去。我和你而今同去看他。」

當下兩人坐了一隻涼篷船，到了北門橋，上了岸，見一所朝南的門面房子。遲衡山道：「這便是他家了。」兩人走進大門，門上的人進去稟了主人，那主人走了出來。這人姓莊，名尚志，字紹光，是南京累代的讀書人家，這莊紹光十二三歲就會做一篇七千字的賦，天下皆聞。此時已將及四十歲，名滿一

時。他卻閉戶著書，不肯妄交一人。這日聽見是這兩個人來，方纔出來相會。只見頭戴方巾，身穿寶藍

夾紗直裰，三綹髭鬚，黃白面皮，出來恭恭敬敬同二位作揖坐下。

莊紹光道：「少卿兄，相別數載，卻喜卜居秦淮，為三山二水生色。前日又多了皖江這一番纏繞，

你卻也辭的爽快！」杜少卿道：「前番正要來相會，恰遇故友之喪，只得去了幾時；回來時，先生已浙

江去了。」莊紹光道：「衡山兄常在家裏，怎麼也不常會？」遲衡山道：「小弟為泰伯祠的事，奔走了

許多日子，今已略有規模，把所訂要行的禮樂送來請教。」袖裏摯出一個本子來遞了過去。

莊紹光接過，從頭細細看了，說道：「這千秋大事，小弟自當贊助效勞。但今有一事，又要出門幾

時。多則三月，少則兩月便回。那時我們細細考訂。」遲衡山道：「又要到那裏去？」莊紹光道：「就

在浙撫徐穆軒先生，今陞少宗伯，他把賤名薦了，奉旨要見，只得去走一遭。」遲衡山道：「這是不得

就回來的。」莊紹光道：「先生放心，小弟就回來的，不得誤了泰伯祠的大祭。」杜少卿道：「這祭祀

的事，少了先生不可，專候早回。」遲衡山叫將邸抄借出來看。小廝取了出來，兩人同看，上寫道：「禮

部侍郎徐，為薦舉賢才事。奉聖旨，著莊尚志來京引見。欽此。」

兩人看了，說道：「我們且別，候人都之日，再來奉送。」莊紹光道：「相晤不遠，不勞相送。」

說罷，兩人去了。

莊紹光晚間置酒，與娘子作別。娘子道：「你往常不肯出去，今日怎的聞命就行？」莊紹光道：「我

們與山林隱逸不同；既然奉旨召我，君臣之禮是傲不得的。你但放心，我就回來，斷不為『老萊子之妻』

所笑。」

次日，應天府的地方官，都到門來催迫。莊紹光悄悄叫了一乘小轎，帶了一個小廝，腳子挑了一擔行李，從後門老早就出漢西門去了。

莊紹光從水路過了黃河，僱了一輛車，曉行夜宿，一路來到山東地方，過兗州府四十里，地名叫做辛家驛，住了車子吃茶。這日天色未晚，催著車夫，還要趕幾十里地。店家說道：「不瞞老爺說，近來咱們地方上『響馬』甚多，凡過往的客人，須要遲行早住。老爺雖然不比有本錢的客商，但是也要小心些。」

莊紹光聽了這話，便叫車夫，「竟住下罷。」小廝揀了一間房，行李打開，鋪在炕上，擎茶來吃著。只聽得門外驟鈴亂響，來了一起銀鞘，有百十個牲口，內中一個解官，武員打扮；又有同伴的一個人，五尺以上身材，六十外歲年紀，花白鬍鬚，頭戴一頂氈笠子，身穿箭衣，腰插彈弓一張，腳下黃牛皮靴。兩人下了牲口，擎著鞭子，一齊走進店來，吩咐店家道：「我們是四川解餉進京的，今日天色將晚，住一宿，明日早行。你們須要小心伺候。」店家連忙答應。

那解官督率著腳夫將銀鞘搬入店內，牲口趕到槽上，掛了鞭子，同那人進來，向莊紹光施禮坐下。

莊紹光道：「尊駕是四川解餉來的？此位想是貴友？不敢拜問尊姓大名？」解官道：「在下姓孫，叨任守備之職。敝友姓蕭，字昊軒，成都府人。」因問莊紹光進京貴幹。莊紹光道了姓名，並赴召進京的緣故。蕭昊軒道：「久聞南京有位莊紹光先生是當今大名士，不想今日無意中相遇。」極道其傾倒之意。

莊紹光見蕭昊軒氣宇軒昂，不同流俗，也就著實親近；因說道：「國家承平日久，近來的地方官辦

事，件件都是虛應故事。像這盜賊橫行，全不肯講究一個弭盜安民的良法。聽見前路『響馬』甚多，我們須要小心防備。」蕭昊軒笑道：「這事先生放心。小弟生平有一薄技，百步之內，用彈子擊物，百發百中。『響馬』來時，只消小弟一張彈弓，叫他來得去不得，人人送命，一個不留！」莊紹光道：「急要請教，不知可好驚動？」蕭昊軒道：「這有何妨？正要獻醜。」遂將彈弓拏了，走出天井，向腰間錦袋中取出兩個彈丸，拏在手裏。莊紹光同孫解官一齊步出天井來看。只見他把彈弓舉起，向著空闊處先打一丸彈子，拋在空中，續將一丸彈子打去，恰好與那一丸彈子相遇，在半空裏打得粉碎。莊紹光看了，讚歎不已。連那店主人看了，都嚇一跳。蕭昊軒收了彈弓，進來坐下。談了一會，各自吃了夜飯住下。

次早天色未明，孫解官便起來，催促騾夫搬運銀鞘，打發房錢上路。莊紹光也起來洗了臉，叫小廝拴束行李，會了賬，一同前行。一群人眾行了有三十多里路。那時天色未明，曉星猶在。只見前面林子裏，黑影中有人走動。那些趕鞘的騾夫一齊叫道：「不好了！前面有賊！」把那百十個騾子都趕到道傍坡子下去。

蕭昊軒聽得，疾忙把彈弓拏在手裏；孫解官也披出腰刀，拏在馬上。只聽得一枝響箭，飛了出來；蕭昊軒大喝一聲，扯滿弓，一彈子打去，不想刮的一聲，響箭過處，就有無數騎馬的從林子裏奔出來。解官嚇得撥回馬頭便跑。那些騾夫，一個個爬伏在地，儘著響馬賊趕著百十牲口，馱了銀鞘，往小路上去了。莊紹光坐在車裏，半日也說不出話來；也不曉得車外邊這半會做的是些甚麼勾當。

那條弓弦迸為兩段。那響馬賊數十人，齊聲打了一個忽哨，飛奔前來。

蕭昊軒因弓弦斷了，使不得力量，撥馬往原路上跑；跑到一個小店門口，敲開了門。店家看見，知道是遇了賊，因問：「老爺昨晚住在那個店裏？」蕭昊軒說了。店家道：「他原是賊頭趙大，一路做線的，老爺的弓弦必是他昨晚弄壞了。」

蕭昊軒省悟，悔之無及；一時人急智生，把自己頭髮拔下一綹，登時把弓弦續好，飛馬回來，遇著孫解官，說賊人已投向東小路去了。那時天色已明。蕭昊軒策馬飛奔，來了不多路，望見賊眾擁護著銀鞘慌忙的前走。他便加鞭趕上，手執彈弓，好像暴雨打荷葉的一般，打得那些賊人一個個抱頭鼠竄，丟了銀鞘，如飛的逃命去了。他依舊把銀鞘同解官慢慢的趕回大路，會著莊紹光，述其備細。莊紹光又讚歎了一會。

同走了半天，莊紹光行李輕便，遂辭了蕭孫二人，獨自一輛車子先走；走了幾天，將到蘆溝橋，只見對面一個人，騎了騾子來，遇著車子，問：「車裏這位客官尊姓？」車夫道：「姓莊。」那人跳下騾子，說道：「莫不是南京來的莊徵君❶麼？」莊紹光正要下車，那人拜倒在地。只因這一番，有分教：

朝廷有道，修大禮以尊賢；儒者愛身，遇高官而不受。

畢竟後事如何？且聽下回分解。

❶ 徵君：徵士的尊稱。指有學問、品性而不願出仕的隱士。

第二十五回　聖天子求賢問道　莊徵君辭爵還家

話說莊徵君看見那人跳下騾子，拜在地下，慌忙跳下車來扶住那人，說道：「足下是誰？我一向不曾認得。」那人拜罷起來，說道：「前面三里之遙，便是一個村店，老先生請上了車，我也奉陪了回去，到店裏談一談。」莊徵君道：「最好。」上了車子，那人也上了騾子，一同來到店裏。彼此見過了禮坐下。

那人道：「我在京師裏算著徵著徵辟的旨意到南京去，這時候該是先生來的日子了，所以出了彰儀門，一路問來，果然問著。今幸得接大教。」莊徵君道：「先生尊姓大名？貴鄉何處？」

那人道：「小弟姓盧，名德，字信侯，湖廣人氏。因小弟立了一個志向，要把本朝名人的文集都尋遍了，藏在家裏。二十年來，也尋的不差甚麼的了。只有國初四大家，只有高青邱是被了禍的，文集人家是沒有，只有京師一個人家收著。小弟走到京師，用重價買到手，正要回家去，卻聽得朝廷徵辟了先生。我想前輩已去之人，小弟尚要訪他文集。況先生是當代一位名賢，豈可當面錯過？因在京候了許久，一路問的出來。」

莊徵君道：「小弟堅臥白門，原無心於仕途；但蒙皇上特恩，不得不來一走。卻喜邂逅中得見先生，真是快事！但是我兩人纔得相逢，就要分手，何以為情？今夜就在這店裏權住一宵，和你連牀談談。」

又談到名人文集上，莊徵君向盧信侯道：「像先生如此讀書好古，豈不是個極講求學問的？但國家

禁令所在也不可不知避忌。青邱文字，雖其中並無毀謗朝廷的言語，既然太祖惡其為人，且現在又是禁書，先生就不看他的著作也罷。小弟的愚見：讀書一事，要由博而返之約，總以心得為主。先生如回貴府，便道枉駕過舍，還有些拙著慢慢的請教。」盧信侯應允了。次早分別，盧信侯先到南京等候。

莊徵君進了彰儀門，寓在護國寺。徐侍郎即刻打發家人來候，便親自來拜。莊徵君會著。徐侍郎道：「先生途路辛苦？」莊徵君道：「山野鄙性，不習車馬之勞，兼之蒲柳之姿，望秋先零，長途頗覺委頓，所以不曾便來晉謁，反勞大人先施。」徐侍郎道：「先生速為料理，恐三五日內，就要召見。」

這時是嘉靖三十五年十月初一日。過了三日，徐侍郎將內閣抄出聖旨送來。上寫道：「十月初二日，內閣奉上諭：朕承祖宗鴻業，寤寐求賢，以資治道。朕聞『師臣者王』，古今通義也。今禮部侍郎徐基所薦之莊尚志，著於初六日入朝引見，以光大典。欽此。」

到了初六日五鼓，羽林衛士擺列在午門外，鹵簿全副設了，用的傳臚的儀制，各官都在午門外候著。只見百十道火把的亮光，知道宰相到了，午門大開，各官從掖門進去。過了奉天門，進到奉天殿，裏面一片天樂之聲，隱隱聽見鴻臚寺唱排班。淨鞭響了三下，內官一隊隊捧出金爐，焚了龍涎香，宮女們持了宮扇，簇擁著天子陞了寶座，一個個嵩呼舞蹈。

莊徵君戴了朝巾，穿了公服，跟在班末，嵩呼舞蹈，朝拜了天子。當下樂止朝散。那二十四個馱寶瓶的象，不牽自走，真是「花迎劍佩星初落，柳拂旌旗露未乾」！各官散了。莊徵君回到下處，脫去衣服，徜徉了一會，只見徐侍郎來拜。莊徵君便服出來會著。茶罷，徐侍郎道：「今日皇上陞殿，真乃曠典。先生要在寓靜坐，恐怕不日又要召見。」過了三日，又送了一個抄的上諭來：「莊尚志著於十一日

便殿朝見，特賜禁中乘馬。欽此。」

到了十一那日，徐侍郎送了莊徵君到了午門，徐侍郎別過，在朝房候著。莊徵君獨自走進午門去。

只見兩個太監，牽著一匹御用的馬，請莊徵君上去騎著。兩個太監跪著墜鐙，候莊徵君坐穩了。兩個太監籠著韁繩，那扯手都是赭黃顏色，慢慢的走過了乾清門。到了宣政殿的門外，莊徵君下了馬。那殿門口又有兩個太監，傳旨出來，宣莊尚志進殿。

莊徵君屏息進去，天子便服坐在寶座。莊徵君上前朝拜了。天子道：「朕在位三十五年，幸託天地祖宗，海宇昇平，邊疆無事；只是百姓未盡溫飽，士大夫亦未見能行禮樂。這教養之事，何者為先？所以特將先生起自田間。望先生悉心為朕籌畫，不必有所隱諱。」莊徵君正要奏對，不想頂心裏一點疼痛，著實難忍，只得躬身奏道：「臣蒙皇上清問，一時不能條奏；容臣細思，再為啟奏。」天子道：「既如此，也罷。先生務須為朕加意。只要事事可行，宜千古而不戾于今罷了。」說罷，起駕回宮。莊徵君出了勤政殿，太監又籠了馬來，一直送出午門。徐侍郎接著，同出朝門，徐侍郎別過去了。

莊徵君到了下處，除下頭巾，見裏面有一個蝎子。莊徵君笑道：「『臧倉小人』」，原來就是此物！看來我道不行了！」次日起來，焚香盥手，自己揣了一個著，筮得「天山遯」。莊徵君道：「是了。」便把教養的事，細細做了十策；又寫了一道懇求恩賜還山的本，從通政司送了進去。

自此以後，九卿六部的官，無一個不來拜望請教。莊徵君會的不耐煩，只得各衙門去回拜。大學士太保公向徐侍郎道：「南京來的莊年兄，皇上頗有大用之意，老先生何不邀他來學生這裏走走？我欲收

之門牆，以為桃李。」侍郎不好唐突，把這話婉婉向莊徵君說了，莊徵君道：「世無孔子，不當在弟子之列。況太保公屢主禮闈，翰苑門生，不知多少，何取晚生這一個野人？這就不敢領教了。」侍郎就把這話回了太保，太保不悅。

又過了幾天，天子坐便殿，問太保道：「莊尚志所上的十策，朕細看，學問淵深。這人可用為輔弼麼？」太保奏道：「莊尚志果係出群之才，蒙皇上曠典殊恩，朝野胥悅；但不由進士出身，驟躋卿貳❶，我朝祖宗，無此法度，且開天下以倖進之心。伏候聖裁。」天子歎息了一回，隨教大學士傳旨：「莊尚志允令還山，賜內帑銀五百兩，將南京元武湖賜與莊尚志著書立說，鼓吹休明。」

傳出聖旨來，莊徵君又到午門謝了恩，辭別徐侍郎，收拾行李回南。滿朝官員都來餞送。莊徵君都辭了，依舊叫了一輛車，出彰儀門來。那日天氣寒冷，多走了幾里路，投不著宿頭，只得走小路，到一個人家去借宿。那人家住著一間草房，裏面點著一盞燈，一個六七十歲的老人家站在門首。莊徵君上前和他作揖道：「老爹，我是行路的，錯過了宿頭，要借老爹這裏住一夜，明早拜納房金。」

那老翁道：「客官，你行路的人，『誰家頂著屋子走？』借住不妨，只是我家只得一間屋，夫妻兩口住著，都有七十多歲，不幸今早又把個老妻死了，沒錢買棺材，現停在屋裏。客官卻在那裏住？況你又有車子，如何挈得進來？」莊徵君道：「不妨，我只須一席之地，將就過一夜，車子叫他在門外罷了。」那老翁道：「這等，只有同我一牀睡。」莊徵君道：「也好。」

當下走進屋裏，見那老婦人屍首直僵僵停著，旁邊一張土炕。莊徵君鋪下行李，叫小廝同車夫睡在

❶ 卿貳：古代朝廷中的官員，地位在卿相以下。

車上，讓那老爹睡在炕裏邊。莊徵君在炕外睡下，翻來覆去睡不著，到三更半後，只見那死屍漸漸動起

來。莊徵君嚇了一跳，定睛細看，只見那手也動起來了，竟有一個坐起來的意思。莊徵君道：「這人活

了。」忙去推那老爹，推了一會，總不得醒。莊徵君道：「年高人怎的這樣好睡！」便坐起來看那老爹

時，見他口裏只有出的氣，沒有進的氣，已是死了。回頭看那婦人，已站起來了，直著腿，白瞪著眼，

原來不是活，是走了屍。莊徵君慌了，跑出門來，叫起車夫，把車攔了門，不放他出去。莊徵君獨自在

門外徘徊，心中懊悔道：「『吉凶悔吝生乎動』，我若坐在家裏，不出來走這一番，今日也不得受這一場

虛驚！」又想道：「生死亦是常事，我到底義理不深，故此害怕。」定了神，坐在車子上。一直等到天

色大亮，那走的屍也倒了，一間屋裏，只橫著兩個屍首。

莊徵君感傷道：「這兩個老人家，就窮苦到這個地步！我雖則在此一宿，我不殯葬他，誰人殯葬？」

因叫小廝車夫前去尋了一個市井，莊徵君摰幾十兩銀子來買了棺木，市上僱了些人抬到這裏，把兩人殮了；

又尋了一塊地，也是左近人家的，莊徵君摰出銀子去買，買了，看著掩埋了這兩個老人家。掩埋已畢，莊

徵君買些牲醴紙錢，又做了一篇祭文。莊徵君灑淚祭奠了。一市上的人，都來羅拜在地下，謝莊徵君。

莊徵君到了臺兒莊，叫了一隻「馬溜子」船❷，船上頗可看書；不日來到揚州，在鈔關住了一日，

要換江船回南京。次早纔上了江船，只見岸上二十多乘齊整轎子，歇在岸上，都是兩淮總商，來候莊徵

君，投進帖子來。莊徵君因船中窄小，先請了十位上船來。內中幾位本家，也有稱叔公的，有稱尊兄的，

有稱老叔的，作揖奉坐。

❷
馬溜子船：船身略大、速度較快的船。

那在坐第二位的，就是蕭柏泉。眾鹽商都說是「皇上要重用臺翁，臺翁不肯做官，真乃好品行！」

蕭柏泉道：「晚生知道老先生的意思，老先生抱負大才，要從正途出身，不屑這徵辟，今日回來，留待下科掄元。皇上既然知道，將來鼎甲可望。」莊徵君笑道：「徵辟大典，怎麼說不屑？若說掄元，來科一定是長兄。小弟堅臥煙霞，靜聽好音。」蕭柏泉道：「在此還見見院道麼？」莊徵君道：「弟歸心甚急，就要開船。」

說罷，這十位作別上去了，又做兩次會了那十幾位。莊徵君甚不耐煩。隨即是鹽院來拜，鹽道來拜，分司來拜，揚州府來拜，江都縣來拜，把莊徵君鬧的急了，送了各官上去，叫作速開船，當晚總商湊齊六百銀子，到船上送盤纏，那船已是去的遠了，趕不著，銀子拏了回去。

＊　　　＊　　　＊

莊徵君遇著順風，到了燕子磯，自己歡喜道：「我今日復見江上佳麗了！」叫了一隻涼篷船，載了行李，一路蕩到漢西門；叫人挑著行李，步行到家，拜了祖先，與娘子相見，笑道：「我說多則三個月，少則兩個月便回來，今日如何？我不說謊麼？」娘子也笑了，當晚備酒洗塵。

＊　　　＊　　　＊

次早起來，纔洗了臉，小廝進來稟道：「六合高大老爺來拜。」莊徵君出去會。纔會了回來，又是布政司來拜，應天府來拜，驛道來拜，上江二縣來拜，本城鄉紳來拜，哄莊徵君穿了靴又脫，脫了靴又穿。莊徵君惱了，向娘子道：「我好沒來由！朝廷既把元武湖賜了我，我為甚麼住在這裏和這些人纏？

我們作速搬到湖上去受用！」

當下商議料理，和娘子連夜搬到元武湖去住。這湖是極寬闊的地方，和西湖也差不多大。左邊臺城

望見雞鳴寺。那湖中菱，藕，蓮，茨，每年出幾千石。湖內七十二隻打魚船，南京滿城每早賣的，都是這湖魚。湖中間五座大洲，四座洲貯了圖籍；中間洲上，一所大花園，賜與莊徵君住，有幾十間房子。園裏合抱的老樹，梅杏桃李，芭蕉桂菊，四時不斷的花；又有一園的竹子，有數萬竿。園內軒窗四啟，看著湖光山色，真如仙境。門口繫了一隻船，要往那邊，在湖裏渡了過去；若把這船收過，那邊飛也飛不過來。

莊徵君就住在花園，一日，同娘子憑欄看水，笑說道：「你看這些湖光山色，都是我們的了！我們日日可以遊玩，不像杜少卿要把尊壺帶了清涼山上去看花！」閒著無事，又斟一樽酒，把杜少卿做的詩說，叫娘子坐在旁邊，念與他聽。念到有趣處，吃一大杯，彼此大笑。莊徵君在湖中，著實自在。忽一日，有人在那邊岸上叫船。這裏放船去渡了過來，莊徵君迎了出去。那人進來拜見，便是盧信侯。莊徵君大喜道：「途間一別，渴想到今。今日怎的到這裏？」盧信侯道：「昨日在尊府，今日我方到這裏。莊徵君道：「此間與人世絕遠，雖非武陵，亦差不多。你且在此住些時，只怕再來就要迷路了。」

當下備酒同飲。吃到三更時分，小廝走進來，慌忙說道：「中山王府裏發了幾百兵，有千把枝火把，把七十二隻魚船都挐了，渡過兵來，把花園團團圍住！」莊徵君大驚。又有一個小廝進來道：「有一位總兵大老爺進廳上來了。」那總兵見莊徵君施禮。莊徵君道：「不知舍下有甚麼事？」那總兵道：「與尊府不相干。」便附耳低言道：「因盧信侯家藏高青邱文集，乃是禁書，被人告發，京裏說這人有武勇，所以發兵來挐他。今日尾著他在大老爺這裏，

所以來要這個人。不要使他知覺走了。」莊徵君道：「總爺，找我罷了。我明日叫他自己投監，走了都在我。」那總兵聽見這話，道：「大老爺說了，有甚麼說，我便告辭。」

莊徵君送他出門，總兵號令一聲，那些兵一齊渡過去了。盧信侯已聽見這事，道：「我是硬漢，難道肯走了帶累先生？我明日自投監去！」莊徵君笑道：「你只去權坐幾天。不到一個月，包你出來，逍遙自在。」盧信侯投監去了。

莊徵君悄悄寫了十幾封書子，打發人進京去遍託朝裏大老，從部裏發出文書來，把盧信侯放了，反把那出首的問了罪。盧信侯謝了莊徵君，又留在花園住下。

過兩日，又有兩個人，在那邊叫渡船渡過湖來。莊徵君迎出去，是遲衡山，杜少卿。莊徵君歡喜道：「有趣！『正欲清談聞客至』！」邀在湖亭上去坐。遲衡山說要訂泰伯祠的禮樂。莊徵君留二位吃了一天的酒，將泰伯祠所行的禮樂商訂的端端正正，交與遲衡山拏去了。

＊

＊

＊

轉眼過了年，到二月半間，遲衡山約同馬純上，蘧駪夫，季葦蕭，蕭金鉉，金東崖，在杜少卿河房裏，商議祭泰伯祠之事。眾人道：「卻是尋那一位做個主祭？」遲衡山道：「這所祭的是個大聖人，須得是個聖賢祭泰伯祠之徒來主祭，方為不愧。如今必須尋這一個人。」眾人道：「是那一位？」遲衡山疊著指頭，說出這個人來。只因這一番，有分教：千流萬派，同宗碧海之波；玉振金聲，盡入黃鐘之管。

畢竟此人是誰？且聽下回分解。

第三十六回　常熟縣真儒降生　泰伯祠名賢主祭

話說應天蘇州府常熟縣，有個鄉村，叫做麟紱鎮。鎮上有一二百多人家都是務農為業，只有一位姓虞，在成化年間，讀書進了學，做了三十年的老秀才，只在這鎮上教書。這鎮離城十五里。虞秀才除應考之外，從不到城裏去走一遭，後來直活到八十多歲，就去世了。他兒子不曾進過學，也是教書為業，到了中年，尚無子嗣。夫婦兩個到文昌帝君面前去求，夢見文昌親手遞一紙條與他，上寫著易經一句：「君子以果行育德。」當下就有了娠，到十個月滿足，生下這位虞博士來。太翁去謝了文昌，就把這新生的兒子取名育德，字果行。這虞博士三歲上就喪了母親，太翁在人家教書，六歲就替他開了蒙。虞博士長到十歲，鎮上有一位姓祁的祁太公，包了虞太翁家去教兒子的書，就帶在館裏，賓主甚是相得。教了四年，虞太翁得病去世了，臨危把虞博士託與祁太公。此時虞博士年方十四歲，祁太公道：「虞小相公比人家一切的孩子不同，如今先生去世，我就請他做先生教兒子的書。」當下寫了自己──祁連──的名帖到書房裏來拜，就帶著九歲的兒子，來拜虞博士做先生，虞博士自此總在祁家教書。

常熟是極出人文的地方。此時有一位雲晴川先生，古文詩詞，天下第一。虞博士到了十七八歲，就隨著他學詩文。祁太公道：「虞相公，你是個寒士，單學這些詩文，無益；須要學兩件尋飯吃的本事。我少年時也知道地理，也知道算命，也知道選擇。我而今都教了你，留著以為救急之用。」虞博士盡心

聽受了。祁太公又道：「你還該去買兩本考卷來讀一讀，將來出去應考，進個學，館也好坐些。」

虞博士聽信了祁太公，果然買些考卷看了。到二十四歲上出去應考，就進了學。次年，二十里外楊家村一個姓楊的包了去教書，每年三十兩銀子。正月裏到館，到十二月仍舊回祁家來過年。

又過了兩年，祁太公說：「尊翁在日，當初替你定下黃府上的親事，而今也該娶了。」當時就把當年餘下十幾兩銀子館金，又借了明年的十幾兩銀子的館金，合起來就娶了親。夫婦兩個，仍舊借住在祁家。滿月之後，就去到館。

又做了兩年，積攢了二三十兩銀子的館金，在祁家傍邊尋了四間屋，搬進去住，只僱了一個小小廝。

虞博士到館去了，這小小廝每早到三里路外鎮市上買些柴米油鹽小菜之類回家，與娘子度日。娘子生兒育女，身子又多病；館錢不能買醫藥，每日只吃三頓白粥；後來身子也漸漸結實起來。

＊ ＊ ＊

虞博士到三十二歲上，這年沒有了館。娘子道：「今年怎樣？」虞博士道：「不妨。我自從出來坐館，每年大約有三十兩銀子。假使那年正月裏說定只得二十幾兩，我心裏焦不足，到了那四五月的時候，少不得又添兩個學生，或是來看文章，有幾兩銀子補足了這個數。假使那年多講得幾兩銀子，我心裏歡喜道：『好了！今年可有餘了！』偏家裏遇著事情出來，把這幾兩銀子用完了。可見有個一定，不必管他。」

過了些時，果然祁太公來說，遠村上有一個姓鄭的人家，請他去看葬墳。虞博士帶了羅盤，去用心用意的替他看了地。葬過了墳，那鄭家謝了他十二兩銀子。虞博士叫了一隻小船回來，那時正是三月半

天氣，兩邊岸上，有些桃花，柳樹；又吹著微微的順風。虞博士心裏舒暢。又走到一個僻靜的所在，一船魚鷹，在河裏捉魚。虞博士伏著船窗子看，忽見那邊岸上一個人跳下河裏來，虞博士嚇了一跳，忙叫船家把那人救了起來。救上了船，那人淋淋漓漓一身的水，幸得天氣尚暖，虞博士叫他脫了濕衣，向船家借一件乾衣裳與他換了，請進船來坐著，問他因甚尋這短見。

那個人道：「小人就是這莊農人家，替人家種著幾塊田。收些稻都被田主斛的去了，父親得病，死在家裏，竟不能有錢買口棺木。我想我這樣人還活在世上做甚麼，不如尋個死路！」虞博士道：「這是你的孝心。但也不是尋死的事。我這裏有十二兩銀子，也是人送我的；不能一總給你，我還要留著做幾個月盤纏。我而今送你四兩銀子，你拏去和鄰居親戚們說說，自然大家相幫。你去殯葬了你父親，就罷了。」當下在行李裏拏出銀子，秤了四兩，遞與那人。那人接著銀子，拜謝道：「恩人尊姓大名？」虞博士道：「我姓虞，在麟絨村住。這年下半年又有了館。到冬底生了個兒子，因這些事都在祁太公家做的，取名叫做感

祁。一連又坐了五六年的館。

虞博士回家，這年下半年又有了館。到冬底生了個兒子，因這些事都在祁太公家做的，取名叫做感祁。一連又坐了五六年的館。

虞博士四十一歲這年鄉試，祁太公來送，他說道：「虞相公，你今年想是要高中。」虞博士道：「老伯，那裏見得我有甚陰德？」祁太公道：「你做的事有許多陰德。」虞博士道：「也怎見得？」祁太公道：「就如你替人葬墳，真心實意；我又聽見人說，你在路上救了那投父親的人：這都是陰德。」虞博士笑道：「陰隲就像耳朵裏響，只是自己曉得，別人不曉得。而今這事，老伯已是知道了，那裏還是陰德？」祁太公道：「到底是陰德，你今年要中。」當下來南京鄉試過回家，虞博士受了些風寒，就病

起來。放榜那日，報錄人到了鎮上，祁太公便同了來，說道：「虞相公，你中了。」虞博士病中聽見，和娘子商議，拏幾件衣服當了，託祁太公打發報錄的人。過幾日，病好了，到京去填寫親供回來，親友東家，都送些賀禮。料理去上京會試，不曾中進士。恰好常熟有一位大老康大人放了山東巡撫，便約了虞博士一同出京，住在衙門裏，代做些詩文，甚是相得。

衙門裏同事，有一位姓尤，名滋，字資深，見虞博士文章品行，就願拜為弟子，和虞博士一房同住，朝夕請教。那時正值天子求賢，康大人也要想薦一個人。虞資深道：「而今朝廷大典，門生意思要求康大人薦了老師去。」虞博士笑道：「這徵辟之事，我也不敢當。況大人要薦人，但憑大人的主意；我們若去求他，這就不是品行了。」尤資深道：「老師就是不願，等他薦到皇上面前去，老師或是見皇上，或是不見皇上，辭了官爵回來，更見得老師的高處。」

虞博士道：「你這話又說錯了。我又求他薦我，薦我到皇上面前，我又辭了官不做，這叫做甚麼不是真心，辭官又不是真心。這叫做甚麼？」說罷，哈哈大笑。在山東過了兩年多，看看又進京會試，又不曾中；就上船回江南來，依舊教館。

又過了三年，虞博士五十歲了，借了楊家一個姓嚴的管家跟著，再進京去會試。這科就中了進士，殿試在二甲，朝廷要將他選做翰林。那知這些進士，也有五十歲的，也有六十歲的，履歷上多寫的不是實在年紀；只有他寫的是實在年庚，五十歲。天子看見，說道：「這虞育德年紀老了，著他去做一個閒官罷。」當下就補了南京的國子監博士。

虞博士歡喜道：「南京地方好！有山有水，又和我家鄉相近！我此番去，把妻兒老小接在一處，團

闃著，強如做個窮翰林！」當下就去辭別了房師、座師，和同鄉這幾位大老。翰林院侍讀有位王老先生，託道：「老先生到南京去，國子監有位貴門人，姓武，名書，字正字；這人事母至孝，極有才情。老先生到彼，照顧照顧他。」

虞博士應諾了，收拾行李，來南京到任，打發門斗到常熟接家眷。此時公子虞感祁已經十八歲了，跟隨母親，一同到南京。虞博士去參見了國子監祭酒李大人，回來陞堂坐公座。監裏的門生，紛紛來拜見。虞博士看見帖子上有一個「武書」。虞博士出去會著，問道：「那一位是武年兄諱書的？」只見人叢裏走出一個矮小人，走過來答道：「門生便是武書。」

虞博士道：「在京師久仰年兄克敦行孝，又有大才。」武書道：「老師文章山斗，門生輩今日得沾化雨，實為僥倖。」虞博士道：「弟初到此間，凡事俱望指教。年兄在監幾年了？」武書道：「不瞞老師說，門生少孤，奉事母親，在鄉下住。及不幸先母見背，一切喪葬大事，都虧了天長杜少卿先生相助。門生便隨著少卿學詩。」虞博士道：「杜少卿先生，向日弟曾在尤資深案頭見過他的詩集，果是奇才。少卿就在這裏麼？」武書道：「他現住在利涉橋河房裏。」虞博士道：「還有一位莊紹光先生，天子賜他元武湖，他在湖中住著麼？」武書道：「他就住在湖裏。他卻輕易不會人。」虞博士道：「我明日就去求見他。」

武書道：「門生並不會作八股文章，因是後來窮之無奈，求個館也沒得做，沒奈何，只得尋兩篇念念，也學做兩篇，隨便去考，就進了學。後來這幾位宗師，不知怎的，看見門生這個名字，就要取做一

等第一，補了廩。門生那文章，其實不好。屢次考詩賦，總是一等第一。前次一位宗師合考入學門生，又是入學的一等第一，所以送進監裏來。門生覺得自己時文到底不在行。」

虞博士道：「我也不耐煩做時文。」武書道：「所以門生不揣時文來請教。平日考的詩賦，還有所作的古文易解，以及各樣的雜說，寫齊了來請教老師。」

虞博士道：「足見年兄才名，令人心服。若有詩賦古文更好了，容日細細捧讀。令堂可曾旌表過了麼？」武書道：「先母是合例的。門生因家寒，一切衙門使費無出，所以遲至今日。門生實是有罪。」

虞博士道：「這個如何遲得？」便叫人取了筆硯來，說道：「年兄，你便寫起一張呈子節略來。」即傳書辦到面前，吩咐道：「這武相公老太太節孝的事，你作速辦妥了，以便備文申詳。上房使用，次日，都是我這裏出。」書辦應諾下去。武書叩謝老師。眾人多替武書謝了，辭別出去。虞博士送了回來，次日，便往元武湖去拜莊徵君，莊徵君不曾會；虞博士便到河房去拜杜少卿。杜少卿會著，說起當初杜府殿元公在常熟過，曾收虞博士的父親為門生。殿元乃少卿曾祖，所以少卿稱虞博士為「世叔」，彼此談了些往事。虞博士又說起仰慕莊徵君，今日無緣，不曾會著。杜少卿道：「他不知道，小姪和他說去。」

* * *

虞博士告別去了。次日，杜少卿走到元武湖，尋著了莊徵君，問道：「昨日虞博士來拜先生，怎麼不會他？」莊徵君笑道：「我因謝絕了這些冠蓋，他雖是小官，也懶和他相見。」杜少卿道：「這人大是不同。不但無學博氣，尤其無進士氣。他襟懷沖淡，上而伯夷柳下惠，下而陶靖節一流人物。你會見他便知。」

莊徵君聽了，便去回拜。兩人一見如故。虞博士愛莊徵君的恬適，莊徵君愛虞博士的渾雅。兩人結了性命之交。

又過了半年，虞博士要替公子畢姻。這公子所聘，就是祁太公的孫女，本是虞博士的弟子，後來連為親家，以報祁太公相愛之意。祁府送了女兒到署完姻，又賠了一個丫頭來。自此，孺人纔得有使女聽用。喜事已畢，虞博士把這使女就配了姓嚴的管家。管家擎進十兩銀子來，交使女的身價。虞博士道：「你也要備些牀帳衣服。這十兩銀子，就算我與你的，你擎去備辦罷。」嚴管家磕頭，謝了下去。

轉眼新春正月，虞博士去年到任後，自己親手栽的一樹紅梅花，今已開了幾枝。虞博士歡喜，叫家人備了一席酒，請了杜少卿來，在梅花下坐，說道：「少卿，春光已見九分，不知十里江梅，如何光景。幾時我和你攜罇去探望一回。」杜少卿道：「小姪正有此意，要約老叔同莊紹光兄作竟日之遊。」

說著，又走進兩個人來。這兩人就在國子監門口住，同他見禮讓坐。那二人不僇杜少卿的坐。坐下擺上酒來，吃了兩杯。儲信道：「荒春頭上，老師該做個生日，收他幾分禮，過春天。」伊昭道：「稟明過老師，門生就出單去傳。」虞博士道：「我生日是八月，此時如何做得？」伊昭道：「這個不妨，正月做了八月可以又做。」虞博士道：「豈有此理！這就是笑話了！二位且請吃酒。」杜少卿也笑了。

虞博士道：「少卿，有一句話和你商議。前日中山王府裏，說他家有個烈女，託我作一篇碑文，折了個杯緞表禮銀八十兩在此，我轉託了你，你把這銀子擎去，作看花買酒之資。」杜少卿道：「這文難道老叔不會作？為甚轉託我？」虞博士笑道：「我那裏如你的才情？你擎去做做。」因在袖裏擎出一個

節略來，遞與杜少卿，叫家人把那兩封銀子，交與杜老爺家人帶去。家人掌了銀子出來，又稟道：「湯相公來了。」虞博士道：「請到這裏來坐。」家人把銀子遞與杜家小廝去，進去了。虞博士道：「這來的是我一個表姪。我到南京的時候，把幾間房子託他住著，他所以來看看我。」

說著，湯相公走了進來，作揖坐下；說了一會閒話，便說道：「表叔那房子，我因這半年沒有錢用，是我拆賣了。」虞博士道：「怪不得你。今年沒有生意，家裏也要吃用，沒奈何賣了，又老遠的路來告訴我做嗄？」湯相公道：「我拆了房子，就沒處住，所以來同表叔商量，借些銀子去當幾間屋住。」虞博士又點頭道：「是了，你賣了就沒處住。我這裏恰好還有三四十兩銀子，明日與你掌去，典幾間屋住也好。」湯相公就不言語了。杜少卿吃完了酒，告別了去。那兩人還坐著，虞博士進來陪他。伊昭問道：

「老師與杜少卿，是甚麼相與的？」虞博士道：「他是我們世交，是個極有才情的。」伊昭道：「門生也不好說。南京人都知道他本來是個有錢的人，而今弄了，在南京躲著，專好扯謊，騙錢。他最沒有品行！」虞博士道：「他有甚麼沒品行？」伊昭道：「他時常同乃眷上酒館吃酒，所以人都笑他。」虞博士道：「這正是他風流文雅處，俗人怎麼得知？」

儲信道：「這也罷了；倒是老師下次有甚麼有錢的詩文，不要尋他做。他是個不應考的人，做出來的東西好也有限，恐怕壞了老師的名。我們這監裏有多少考的起來的朋友，老師託他們做，又好。」虞博士正色道：「這倒不然。他的才名，是人人知道的。做出來的詩文，人無有不服。每常人在我這裏託他做詩，我還沾他的光。就如今日這銀子是一百兩，我還留下二十兩給我表姪。」

兩人也不言語了，辭別出去。次早，應天府送下一個監生來，犯了賭博，來討收管。門斗和衙役把那監生看守在門房裏，進來稟過，問：「老爺，將他鎖在那裏？」虞博士道：「你且請他進來。」那監生端，是個鄉裏人；走進來，兩眼垂淚，雙膝跪下，訴說這些冤枉的事。虞博士道：「我知道了。」當下把他留在書房裏，每日同他一桌吃飯；又拏出行李與他睡覺。次日，到府尹面前替他辨明白了這些冤枉的事，將那監生釋放。那監生叩謝，說道：「門生雖粉身碎骨，也難報老師的恩。」虞博士道：「這有甚麼要緊？你既然冤枉，我原該替你辨白。」

那監生道：「辨白固然是老師的大恩，只是門生初來收管時，心中疑惑，不知老師怎樣處置，門斗怎樣要錢，把門生關到甚麼地方受罪。怎想老師把門生待作上客。門生不是來收管，竟是來享了兩日的福！這個恩典，叫門生怎麼感激的盡！」虞博士道：「你打了這三日子的官事，作速回家看看罷，不必多講閒話。」那監生辭別去了。

又過了幾日，門上傳進一副大紅連名全帖，上寫道：「晚生遲均，馬靜，季萑，蘧來旬；門生武書，余夔；世姪杜儀同頓首拜。」虞博士看了道：「這是甚麼緣故？」慌忙出去，會這些人。只因這一番，有分教：先聖祠內，共觀大禮之光；國子監中，同仰斯文之主。

畢竟這幾個人來做甚麼？且聽下回分解。

第三十七回　祭先聖南京修禮　送孝子西蜀尋親

話說虞博士出來會了這幾個人，大家見禮坐下。遲衡山道：「晚生們今日因泰伯祠大祭，商議主祭之人，公中說：祭的是大聖人，必要個賢者主祭，方為不愧。所以特來公請老先生。」虞博士道：「先生這個議論，我怎麼敢當？只是禮樂大事，自然也願觀光。請問定在幾時？」遲衡山道：「四月初一日；先一日，就請老先生到祠中齋戒一宿，以便行禮。」虞博士應諾了，擎茶與眾位吃；吃過，眾人辭了出來，一齊到杜少卿河房裏坐下。遲衡山道：「我們司事的人，只怕還不足。」杜少卿道：「恰好敝縣來了一個敝友。」便請出臧荼與眾位相見。一齊作了揖，遲衡山道：「將來大祭也要借先生的光。」臧蓼齋道：「願觀盛典。」說罷，作別去了。

到三月二十九日，遲衡山約齊杜儀，馬靜，季葦，金東崖，盧華士，辛東之，蘧來旬，余夔，盧德，虞感祁，諸葛佑，景本蕙，郭鐵筆，蕭鼎，儲信，伊昭，季恬逸，金寓劉，宗姬，武書，臧荼，一齊出了南門，隨即莊尚志也到了。眾人看那泰伯祠時，幾十層高坡上去，一座大門，左邊是省牲之所。大門過去，一個大天井。又幾十層高坡上去，三座門。進去一座丹墀。左右兩廊，奉著從祀歷代先賢神位。中間是五間大殿。殿上泰伯神位，面前供桌，香爐，燭臺。殿後又一個丹墀，五間大樓。左右兩傍，一邊三間書房。

眾人進了大門，見高懸著金字一匾：「泰伯之祠」。從二門進東角門走，循著東廊一路走過大殿，抬頭看樓上懸著金字一匾，「習禮樓」三個大字。眾人在東邊書房内坐了一會。遲衡山同馬靜，武書，蘧來旬開了樓門，同上樓去，將樂器搬下樓來，堂上的擺在堂上，堂下的擺在堂下。堂上安了祝版❶，香案傍樹了麾，堂下樹了庭燎❷，二門傍擺了盥盆盥帨。金次福，鮑廷璽，兩人領了一班司球的，司琴的，司瑟的，司管的，司鼓的，司祝的，司敬的，司笙的，司鏞的，司簫的，司編鐘的，司編磬的，和六六三十六個佾舞的孩子，進來見了眾人。遲衡山把籥、翟交與這些孩子。

下午時分，虞博士到了。莊紹光，遲衡山，馬純上，杜少卿迎了進來。吃過了茶，換了公服，四位迎到省牲所去省了牲。眾人都在兩邊書房裏齋宿。

次日五鼓，把祠門大開了，眾人起來，堂上，堂下，門裏，門外，兩廊，都點了燈燭；庭燎也點起來。遲衡山先請主祭的博士虞老先生，亞獻的徵君莊老先生；請到三獻的，眾人推讓，說道：「不是遲先生，就是杜先生。」遲衡山道：「我兩人要做引贊。馬先生係浙江人，請馬純上先生三獻。」馬二先生再三不敢當。眾人拱立。遲衡山，杜少卿，先引這三位老先生出去，到省牲所拱立。遲衡山，杜少卿，回來請金東崖先生大贊；請武書先生司麾；請祝；請季葦先生，辛東之先生，余夔先生司尊；請蘧來旬先生，盧德先生，虞感祁先生司玉；請臧荼先生司先生，景本蕙先生，郭鐵筆先生司帛；請蕭鼎先生，儲信先生，伊昭先生司稷；請季恬逸先生，金寓劉

❶ 祝版：祭祀時書寫祝禱文字的木版或紙版。也作「祝板」。

❷ 庭燎：古代庭院中照明用的火炬。

先生，宗姬先生司饌。請完，命盧華士跟著大贊金東崖先生，將諸位一齊請出二門外。

※

當下祭鼓發了三通，金次福、鮑廷璽、兩人領著一班司球的，司琴的，司瑟的，司管的，司鼗鼓的，司柷的，司敔的，司笙的，司鏞的，司簫的，司編鐘的，司編磬的，和六六三十六個佾舞的孩子，都立在堂上堂下。

※

金東崖先生進來到堂上，盧華士跟著。金東崖站定，贊道：「執事者，各司其事。」這些司樂的都將樂器拏在手裏。金東崖贊：「排班。」司麾的武書引著司尊的季葦，辛東之，余夔，司玉的蓬來旬，盧德，虞感祁，司帛的諸葛佑，景本蕙，郭鐵筆，入了位，立在丹墀東邊；引司祝的臧荼上殿，立在祝版跟前；引司稷的蕭鼎，儲信，伊昭，司饌的季恬逸，金寓劉，宗姬，入了位，立在丹墀西邊。武書捧了麾，也立在西邊眾人下。金東崖贊：「迎神。」遲均，杜儀，各捧香燭，向門外躬身迎接。金東崖贊：「樂止。」堂上堂下，一齊止了。

金東崖贊：「分獻者，就位。」金東崖贊：「奏樂。」堂上堂下，樂聲俱起。金東崖贊：「主祭者，就位。」遲均，杜儀，出去引莊徵君，馬純上，進來立在丹墀裏拜位左邊。

金東崖贊：「跪。升香。灌地。拜，興；拜，興；拜，興。復位。」金次福領著堂上的樂工，奏起樂來。遲均贊：「盥洗。」同杜儀引主祭者盥洗了上來。遲均贊：「主祭者，詣香案前。」香案上一個沈香筒，裏邊插著許多紅旗。杜儀抽一枝紅旗在手，上有「拈香」二字。虞博士左一右，立在丹墀裏香案傍。遲均贊：「盥洗。」同杜儀引虞博士上來立在丹墀裏拜位中間。遲均，杜儀，一左一右，立在丹墀裏香案傍。遲均贊：「盥洗。」同杜儀引主祭者盥洗了上來。遲均贊：「主祭者，詣香案前。」虞博士又抽出一枝旗來，「奏樂。」金東崖贊：「奏樂神之樂。」金次福領著堂上的樂工，奏起樂來。

奏了一會，樂止。金東崖贊：「行初獻禮。」盧華士在殿裏抱出一個牌子來，上寫「初獻」二字。遲均，杜儀，引著主祭的虞博士；武書持麾，在遲均前走。三人從丹墀東邊走，引司尊的季萑，司玉的蓬來旬，司帛的諸葛佑，一路同走；引著主祭的從上面走。走過西邊，引司稷的蕭鼎，司饌的季恬逸，引著主祭的從西邊下來，在香案前轉過東邊上去。進到大殿，遲均，杜儀，立于香案左右。季萑捧著尊，蓬來旬捧著玉，諸葛佑捧著帛，立在左邊；蕭鼎捧著稷，季恬逸捧著饌，立在右邊。

遲均贊：「就位。跪。」虞博士跪于香案前。遲均贊：「獻酒。」季萑跪著，遞與虞博士獻上去。遲均贊：「獻玉。」蓬來旬跪著，遞與虞博士獻上去。遲均贊：「獻帛。」諸葛佑跪著，遞與虞博士獻上去。遲均贊：「獻稷。」蕭鼎跪著，遞與虞博士獻上去。遲均贊：「獻饌。」季恬逸跪著，遞與虞博士獻上去。

遲均贊：「士獻上去。」

獻畢，執事者退了下來。遲均贊：「拜，興；拜，興；拜，興；拜，興。」金東崖贊：「一奏至德之章，舞至德之容。」堂上樂細細奏了起來。那三十六個孩子，手持籥翟，齊上來舞。

樂舞已畢，金東崖贊：「堦下與祭者，皆跪。讀祝文。」臧荼跪在祝版前，將祝文讀了。金東崖贊：「退班。」遲均贊：「平身。復位。」武書，遲均，杜儀，季萑，蓬來旬，諸葛佑，蕭鼎，季恬逸，引著亞獻的莊徵君，到香案前。金東崖贊：「行亞獻禮。」盧華士又走進殿裏去抱出一個牌子來，上寫「亞獻」二字。遲均，杜儀，引著亞獻的從上面走。走過西邊，引司尊的儲信，司帛的景本蕙，一路同走；引著亞獻的從上面走。走過西邊，引司稷的儲信，司玉的盧德，司帛的景本蕙，一路同走；引著亞獻的從上面走。走過西邊，引司尊的辛東之，司玉的盧德，司帛的景本蕙，一路同走；引著亞獻的從上面走。

遲均贊：「盥洗。」同杜儀引著莊徵君盥洗了回來。武書持麾，在遲均前走。三人從丹墀東邊走，引司尊的辛東之，司玉的盧德，司帛的景本蕙，一路同走；引司稷的儲信，司

饌的金寓劉，引著亞獻的，又從西邊下來，在香案前轉過東邊上去。進到大殿，遲均，杜儀，立于香案左右。辛東之捧著尊，盧德捧著玉，景本蕙捧著帛，儲信捧著稷，金寓劉捧著饌，立在右邊。遲均贊：「就位。跪。」莊徵君跪于香案前。遲均贊：「獻酒。」辛東之跪著，遞與莊徵君獻上去。遲均贊：「獻玉。」盧德跪著，遞與莊徵君獻上去。遲均贊：「獻帛。」景本蕙跪著，遞與莊徵君獻上去。遲均贊：「獻饌。」金寓劉跪著，遞與莊徵君獻上去。遲均贊：「獻稷。」儲信跪著，遞與莊徵君獻上去。遲均贊：「退班。」各獻畢，執事者退了下來。遲均贊：「拜，興；拜，興；拜，興；拜，興。」遲均贊：「平身。復位。」武書，遲均，辛東之，盧德，景本蕙，儲信，金寓劉，引著亞獻的莊徵君，從西邊一路走了下來。莊徵君復歸了亞獻位，執事的都復了原位。

金東崖贊：「二奏至德之章，舞至德之容。」堂上樂細細的奏了起來。那三十六個孩子，手持籥翟，齊上來舞。樂舞已畢，金東崖贊：「行終獻禮。」盧華士又走進殿裏去抱出一個牌子，上寫「終獻」二字。遲均，杜儀，引著終獻的馬二先生到香案前。遲均贊：「盥洗。」同杜儀引著馬二先生盥洗了回來。武書持麾在遲均前走。三人從丹墀東邊走，引司尊的余夔，司玉的虞感祁，司帛的郭鐵筆，一路同走；引著終獻的從上面走。走過西邊，引司稷的伊昭，司饌的宗姬，又從西邊下來，在香案前轉過東邊上去，伊昭進到大殿，遲均，杜儀，立于香案左右。余夔捧著尊，虞感祁捧著玉，郭鐵筆捧著帛，立在左邊；伊昭捧著稷，宗姬捧著饌，立在右邊。

遲均贊：「就位。跪。」馬二先生跪于香案前。遲均贊：「獻酒。」余夔跪著，遞與馬二先生獻上去。遲均贊：「獻玉。」虞感祁跪著，遞與馬二先生獻上去。遲均贊：「獻帛。」郭鐵筆跪著，遞與馬

二先生獻上去。遲均贊：「獻稷。」伊昭跪著，遞與馬二先生獻上去。

獻畢，執事者退了下來。遲均贊：「拜，興；拜，興；拜，興。」金東崖贊：「三奏至德之章，舞至德之容。」堂上樂細細奏了起來。那三十六個孩子，手持籥翟，齊上來舞。

樂舞已畢，金東崖贊：「退班。」遲均贊：「平身。復位。」武書，遲均，杜儀，余夔，虞感祁，郭鐵筆，伊昭，宗姬，引著終獻的馬二先生從西邊一路走了下來。馬二先生復歸了終獻位，引虞博士從東邊上來，香案前跪下。金東崖贊：「奏樂。」堂上堂下，樂聲一齊大作。樂止，遲均贊：「拜，興；拜，興；拜，興。」金東崖贊：「行侑食之禮。」遲均，杜儀，又從主祭位上，引虞博士從西邊走下去，復了主祭的位。遲均，杜儀，也復了引贊的位。

金東崖贊：「撤饌。」杜儀抽出一枝紅旗來，上有【金奏】二字。當下樂聲又一齊大作起來。遲均，杜儀，從主位上引了虞博士，奏著樂，從東邊走上殿去，香案前跪下。遲均贊：「拜，興；拜，興；拜，興。」遲均，杜儀，引虞博士從西邊走下去，復了主祭的位。遲均，杜儀，也復了引贊的位。

金東崖贊：「撤饌。」杜儀抽出一枝紅旗來，上有【金奏】二字。當下樂聲又一齊大作起來。遲均，杜儀，引虞博士從西邊走下去，復了主祭的位。遲均，杜儀，也復了引贊的位。

金東崖贊：「退班。」遲均，杜儀，引虞博士從西邊走下去，復了主祭的位。遲均，杜儀，也復了引贊的位。

金東崖贊：「飲福受胙。」遲均，杜儀，引主祭的虞博士，亞獻的莊徵君，終獻的馬二先生，都跪在香案前，飲了福酒，受了胙肉。金東崖贊：「焚帛。」司帛的諸葛佑，景本蕙，郭鐵筆，一齊焚了帛。

金東崖贊：「退班。」三人退下去了。金東崖贊：「禮畢。」眾人撤去了祭器，樂器，換去了公服，齊往後面樓下來。金次福，鮑廷璽，帶著

堂上堂下的樂工，和佾舞的三十六個孩子，都到後面兩邊書房裏來。

*

這一回大祭，主祭的虞博士，亞獻的莊徵君，終獻的馬二先生，副贊的盧

華士，司祝的臧荼，共三位。引贊的遲均，杜儀，共二位。大贊的金東崖，辛東之，余

夔，共三位。司玉的蘧來旬，盧德，虞感祁，共三位。司帛的諸葛佑，景本蕙，郭鐵筆，共三位。司稷

的蕭鼎，儲信，伊昭，共三位。司饌的季恬逸，金寓劉，宗姬，共三位。金次福，鮑廷璽二人，領著司球

*

的一人，司琴的一人，司瑟的一人，司管的一人，司鼗鼓的一人，司梘的一人，司敬的一人，司笙的一人，

司鏞的一人，司籥的一人，司編鐘的二人，司編磬的二人，和佾舞的孩子，共是三十六人，——通共七十四人。

*

當下廚役開剝了一條牛，四副羊，和祭品的餚饌菜蔬，都整治起來，共備了十六席：——樓底下擺了八

席，二十四位同坐；兩邊書房擺了八席，款待眾人。吃了半日的酒，虞博士上轎先進城去。

這裏眾位，也有坐轎的，也有走的，見兩邊百姓，扶老攜幼，挨擠著來看，歡聲雷動。馬二先生笑

問：「你們這是為甚麼事？」眾人都道：「我們生長在南京，也有活了七八十歲的，從不曾看見這樣的

禮體，聽見這樣的吹打！」老年人都說這位主祭的老爺是一位神聖臨凡，所以都爭著出來看。眾人都歡

喜，一齊進城去了。

又過了幾日，季葦，辛東之，金寓劉，來辭了虞博士，回揚州去了。馬純上同蘧駪夫到河房裏來辭

杜少卿，要回浙江。二人走進河房，見杜少卿，臧荼，又和一個人坐在那裏，蘧駪夫一見就嚇了一跳，

心裏想道：「這人便是在我妻表叔家弄假人頭的張鐵臂！他如何在此？」

彼此作了揖。張鐵臂見蘧駪夫，也不好意思，臉上出神。吃了茶，說了一會辭別的話，馬純上、蘧

駪夫辭了出來。杜少卿送出大門。蘧駪夫問道：「這姓張的，世兄因如何和他相與？」杜少卿道：「他

叫做張俊民；他在敝縣天長住。」蘧駪夫笑著把他本來叫做張鐵臂，在浙江做的這些事，略說了幾句，

說道：「這人是相與不得的，少卿須要留神。」杜少卿道：「我知道了。」

　　＊　　　　　＊　　　　　＊

兩人別過自去，杜少卿回河房來問張俊民道：「俊老，你當初曾叫做張鐵臂麼？」張鐵臂紅了臉，

說：「是小時有這個名字。」別的事含糊說不出來。杜少卿也不再問了。張鐵臂見人看破了相，也存身

不住，過幾日，拉著臧蓼齋回天長去了。蕭金鉉三個人欠了店賬和酒飯錢，不得回去，來尋杜少卿就

帶；杜少卿替他三人賠了幾兩銀子，三人也各回家去了。宗先生要回湖廣去，拿行樂來求杜少卿題。

杜少卿當面題罷，送別了去，恰好遇著武書走了來。

杜少卿道：「正字兄，許久不見；這些時在那裏？」武書道：「前日監裏六堂合考，小弟又是一等

第一。」杜少卿道：「這也有趣的緊。」武書道：「倒不說有趣，內中弄出一件奇事來。」杜少卿道：

「甚麼奇事？」

武書道：「這一回朝廷降旨，要甄別在監讀書的人，所以六堂合考。那日上頭吩咐下來，解懷脫腳，

認真搜檢，就和鄉試場一樣。考的是兩篇四書文，一篇經文。有個習春秋的朋友竟帶了一篇刻的經文進

去，他帶了也罷，上去告出恭，就把這經文夾在卷子裏，送上堂去。天幸遇著虞老師值場。大人裏面也

❸ 尵帶⋯⋯擔當。

有人同虞老師巡視。虞老師揭卷子看見這文章，忙拿了藏在靴桶裏。巡視的人問他是甚麼東西。虞老師說：

「不相干。」等那人出恭回來，悄悄遞與他：「你拿去寫，但是你方纔不該夾在卷子裏拿上來。幸得是

我看見，若是別人看見，怎了?」那人嚇得個臭死，發案考在二等，走來謝虞老師，虞老師推不認得，

說：「並沒有這句話。你想是昨日認錯了。並不是我。」那日小弟恰好在那裏看見，親眼看見。那人去

了，我問虞老師：『這事老師怎的不肯認？難道他還是不該來謝的?』虞老師道：『讀書人全要養其廉

恥。他沒奈何來謝我，我若再認這話，他就無容身之地了。』小弟卻認不的這位朋友，彼時問他姓名，

虞老師也不肯說。先生，你說這件事可是難得?」

杜少卿道：「這也是老人家常有的事。」武書道：「還有一件事，更可笑的緊。他家世兄嫁來的

一個丫頭，他就配了姓嚴的管家了。那奴才看見衙門清淡，沒有錢尋，前日就辭了要去。虞老師從前並

不曾要他一個錢，白白把丫頭配了他，他而今要領丫頭出去，要是別人，就要問他要丫頭身價，不知要

多少。虞老師聽了這話，說道：『你兩口子出去也好；只是出去，房錢飯錢都沒有。』又給了他十兩銀

子，打發出去，隨即又把他薦在一個知縣衙門裏做長隨。你說好笑不好笑?」杜少卿道：「這些做奴才

的，有甚麼良心！但老人家兩次賞他銀子，並不是有心要人說好，所以難得。」當下留武書吃飯。

武書辭了出來，纔走到利涉橋，遇見一個人，頭戴方巾，身穿舊布直裰，腰繫絲絛，腳下芒鞋，身

上掮著行李，花白鬍鬚，憔悴枯槁。那人丟下行李，向武書作揖。武書驚道：「郭先生，自江寧鎮一別，

又是三年；一向在那裏奔走?」那人道：「一言難盡！」武書道：「請在茶館裏坐。」

當下兩人到了茶館裏坐下。那人道：「我一向因尋父親，走遍天下。從前有人說是在江南，所以我

到江南。這番是三次了。而今聽見人說不在江南，已到四川山裏削髮為僧去了。我如今就要到四川去。」

武書道：「可憐！可憐！但先生此去萬里程途，非同容易。我想西安府裏有一個知縣，姓尤，是我們國子監虞老先生的同年。如今託虞老師寫一封書子去，是先生順路，倘若盤纏缺少，也可以幫助些須。」那人道：「我草野之人，那裏去見那國子監的官府？」武書道：「這位先生尊姓？」武書道：「杜少卿？可是那天長不應徵辟的豪傑麼？」武書道：「正是。」那人道：「不妨。這裏過去幾步，就是杜少卿家。杜少卿出來相見作揖，問：「這位先生尊姓？」武書道：「這位先生姓郭，名力，字鐵山，二十年走遍天下，尋訪父親，有名的郭孝子。」

杜少卿聽了這話，重新見禮，奉郭孝子上坐，便問：「太老先生如何數十年不知消息？」郭孝子不好說。武書附耳低言，說：「曾在江西做官，降過寧王，所以逃竄在外。」杜少卿聽罷駭然；因見這般舉動，心裏敬他，說道：「留下行李，先生權在我家住一宿，明日再行。」郭孝子道：「少卿先生豪傑天下共聞，我也不做客套，竟住一宵罷。」

杜少卿進去和娘子說，替郭孝子漿洗衣服，治辦酒肴款待他，出來陪著郭孝子。武書說起要問虞博士要書子的話來。杜少卿道：「這個容易。郭先生在我這裏坐著，我和正字兄要書子去。」只因這一番，有分教：用勞用力，不辭虎窟之中；遠水遠山，又入蠶叢之境。

畢竟後事如何？且聽下回分解。

第三十八回　郭孝子深山遇虎　甘露僧狹路逢讎

話說杜少卿留郭孝子在河房裏吃酒飯，自己同武書到虞博士署內，說如此這樣一個人，求老師一封書子去到西安。虞博士細細聽了，說道：「這書我怎麼不寫？但也不是只寫書子的事，他這萬里長途，自然盤費也難。我這裏拏十兩銀子，少卿，你去送與他，不必說是我的。」慌忙寫了書子，和銀子拏出來，交與杜少卿。

杜少卿接了，同武書拏到河房裏。杜少卿自己尋衣服當了四兩銀子，武書也到家去當了二兩銀子來，又苦留郭孝子住了一日。莊徵君聽得有這個人，也寫了一封書，連四兩銀子送來與杜少卿。

第三日，杜少卿備早飯與郭孝子吃，武書也來陪著。吃罷，替他拴束了行李，拏著這二十四兩銀子和兩封書子，遞與郭孝子。郭孝子不肯受。杜少卿道：「這銀子是我們江南這幾個人的，並非盜跖之物，先生如何不受？」郭孝子方纔受了，吃飽了飯，作辭出門。杜少卿同武書送到漢西門外，方纔回去。

郭孝子曉行夜宿，一路來到陝西，那尤公是同官縣知縣，只得迂道往同官前去會他。這尤公名扶徠，字瑞亭，也是南京的一位老名士，去年纔到同官縣，一到任之時就做了一件好事。是廣東一個人充發到陝西邊上去，帶著妻子是軍妻；不想這人半路死了，妻子在路上哭哭啼啼，人和他說話，彼此都不明白，只得把他領到縣堂上來。尤公看那婦人是要回故鄉的意思，心裏不忍，便取了俸銀五十兩，差一個老年

的差人，自己取一塊白綾，苦苦切切做了一篇文，親筆寫了自己的名字尤扶徠，用了一顆同官縣的印，

吩咐差人：「你領了這婦人，拏我這一幅綾子，遇州遇縣，送與地方官看，求都要用一個印信。你直到

他本地方討了回信來見我。」

差人應諾了。那婦人叩謝，領著去了。將近一年，差人回來說：「一路各位老爺，看見老爺的文章，

一個個都悲傷這婦人，有十兩的，也有八兩的，六兩的，這婦人到家，也有二百多銀子。小的送他到廣

東家裏，他家親戚本家有百十人，都望空謝了老爺的恩典；又都磕小的的頭，叫小的是『菩薩』。這個，

小的都是沾老爺的恩。」

尤公歡喜，又賞了他幾兩銀子，打發差人出去了。門上傳進帖來，便是郭孝子拏著虞博士的書子進

來拜。尤公拆開書子看了這些話，著實欽敬；當下請進來，行禮坐下，即刻擺出飯來。

正談著，門上傳進來：「請老爺下鄉相驗。」尤公道：「先生，這公事我就要去的，後日纔得回來。

但要屈留先生三日，等我回來，有幾句話請教。況先生此去往成都，我有個故人在成都，也要帶封書子

去。先生萬不可推辭。」

郭孝子道：「老先生如此說，怎好推辭？只是賤性山野，不能在衙門裏住；貴治若有甚麼庵堂，送

我去住兩天罷。」尤公道：「庵雖有也窄；我這裏有個海月禪林，那和尚是個善知識，送先生到那裏去

住罷。」便吩咐衙役：「把郭老爺的行李搬著，送在海月禪林，你拜上和尚，說是我送來的。」衙役應

諾伺候。郭孝子別了。尤公直送到大門外，方纔進去。郭孝子同衙役到海月禪林客堂裏，知客進去說了，

老和尚出來打了問訊，請坐奉茶。那衙役自回去了。郭孝子問老和尚：「可是一向在這裏方丈的麼？」

儒林外史 ❖ 356

老和尚道：「貧僧當年住在南京太平府蕪湖縣甘露庵裏的，後在京師報國寺做方丈。因厭京師熱鬧，所以到這裏居住。尊姓是郭？如今卻往成都，是做甚麼事？」

郭孝子見老和尚清癯面貌，顏色慈悲，說道：「這話不好對別人說，在老和尚面前，不妨講的。」就把要尋父親這些話苦說了一番。老和尚流淚歎息，就留在方丈裏住，備出晚齋來。郭孝子將路上買的兩個梨送與，老和尚受下，謝了郭孝子，便叫火工道人抬兩隻缸在丹墀裏，一口缸內放著一個梨，每缸挑上幾擔水，拏扛子把梨搗碎了，擊雲板，傳齊二百多僧眾，一人吃一碗水。

郭孝子見了，點頭歎息。到第三日，尤公回來，又備了一席酒請郭孝子；吃過酒，拏出五十兩銀子，一封書來，說道：「先生，我本該留你住些時，因你這尋父親大事，不敢相留。這五十兩銀子，權為盤費。先生到成都，拏我這封書子去尋蕭昊軒先生。這是一位古道人。他家離成都二十里住，地名叫做東山。先生去尋著他，凡事可以商議。」

郭孝子應諾。老和尚送出禪林，纔回去。

　　　　＊

郭孝子見尤公的意思十分懇切，不好再辭，只得謝過，收了銀子和書子，辭了出來，到海月禪林辭別老和尚要走。老和尚合掌道：「居士到成都，尋著了尊大人，是必寄個信與貧僧，免的貧僧懸望。」

　　　　＊

郭孝子作揖問道：「請問老爹，這裏到宿店所在，還有多少路？」那人道：「還有十幾里。客人，你要著急些走。夜晚路上有虎，須要小心。」

　　　　＊

郭孝子自肩著行李，又走了幾天，這路多是崎嶇鳥道；郭孝子走一步，怕一步。那日走到一個地方，天色將晚，望不著一個村落。那郭孝子走了一會，遇著一個人。

郭孝子聽了，急急往前奔著走。天色全黑，卻喜山凹裏推出一輪月亮來。那正是十四五的月色，升到天上，便十分明亮。郭孝子乘月色走，走進一個樹林中，只見劈面起了一陣狂風，把那樹上落葉，吹得奇颼颼的響；風過處，跳出一隻老虎來。郭孝子叫聲「不好了」！一交跌倒在地，老虎把孝子抓了坐在屁股底下。坐了一會，見郭孝子閉著眼，只道是已經死了，便丟了郭孝子提了放在坑裏，把爪子撥了許多落葉，蓋住了他，那老虎便去了。郭孝子在坑裏，偷眼看老虎走過幾里，到那山頂上，還把兩隻通紅的眼睛轉過身來望，看見這裏不動，方纔一直走了。郭孝子從坑裏爬了上來，自心裏想道：「這業障雖然去了，必定還是要回來吃我，如何了得？」一時沒有主意，見一棵大樹在眼前，郭孝子爬上樹去；又心裏焦他再來咆哮震動，我可不要嚇了下來，心生一計，將裏腳解了下來，自己縛在樹上。等到三更盡後，月色分外光明，只見老虎前走，後面又帶了一個東西來。那東西渾身雪白，頭上一隻角，兩隻眼就像兩盞大紅燈籠，直著身子走來。

郭孝子認不得是個甚麼東西。只見那東西走近跟前，便坐下了。老虎忙到坑裏去尋人；見沒有了人，老虎慌做一堆兒。那東西大怒，伸過爪來，一掌就把虎頭打掉了。老虎死在地下。那東西抖擻身上的毛，發起威來，回頭一望，望見月亮地下照著樹枝頭上有個人，就狠命的往樹枝上一撲；撲冒失了，跌了下來，又盡力往上一撲，離郭孝子只得一尺遠。郭孝子道：「我今番卻休了。」不想那樹上一根枯幹，恰好對著那東西的肚皮上；後來的這一撲，力太猛了，這枯幹戳進肚皮，有一尺多深淺。那東西急了。這枯幹越搖越戳的深進去。那東西使盡力氣，急了半夜，掛在樹上死了。

到天明時候，有幾個獵戶，手裏拿著鳥槍又棍來；看見這兩個東西，嚇了一跳。郭孝子在樹上叫喊。

眾獵戶接了孝子下來，問他姓名。郭孝子道：「我是過路的人，天可憐見，得保全了性命。我要趕路去了。這兩件東西，你們拿到地方去請賞罷。」

眾獵戶擎出些乾糧來，和獐子鹿肉，讓郭孝子吃了一飽。眾獵戶替郭孝子擎了行李，送了五六里路。

眾獵戶辭別回去。

＊

郭孝子自己背了行李，又走了幾天路程，在山凹裏一個小庵裏借住。那庵裏和尚問明來歷，就擎出素飯來，同郭孝子在窗子跟前坐著吃。

正吃著，中間只見一片紅光，就如失了火的一般。郭孝子慌忙丟了飯碗道：「不好！火起了！」老和尚笑道：「居士請坐，不要慌。這是我『雪道兄』到了。」吃完了飯，收過碗盞，去推開窗子，指與郭孝子道：「居士，你看麼！」

＊

郭孝子舉眼一看，只見前面山上，蹲著一個異獸，頭上一隻角，只有一隻眼睛，卻生在耳後。那異獸名為「羆丸」，任你堅冰凍厚幾尺，一聲響亮，叫他登時粉碎。和尚道：「這便是『雪道兄』了。」

當夜紛紛揚揚，落下一場大雪來。那雪下了一夜，積了有三尺多厚。郭孝子走不的，又住了一日。到第三日雪晴，郭孝子辭別了老和尚又行，找著山路，一步一滑，兩邊都是澗溝，那冰凍的支稜著，就和刀劍一般。郭孝子走的慢，天又晚了，雪光中，照著遠遠望見樹林裏一件紅東西掛著，半里路前，見有一個人走，走到那東西面前，一交跌下澗去。

郭孝子就立住了腳，心裏疑惑道：「怎的這人看見這紅東西就跌下澗去？」定睛細看，只見那紅東

西底下鑽出一個人，把那人行李搴了，又鑽了下去。郭孝子心裏猜著了幾分，便急走上前去看。只見那樹上吊的是個女人，披散了頭髮，身上穿了一件紅衫子，嘴跟前一片大紅猩猩氈做個舌頭拖著；腳底下埋著一個缸，缸裏頭坐著一個人。那人見郭孝子走到跟前，從缸裏跳上來；因見郭孝子生的雄偉，不敢下手，便又手向前道：「客人，你自走你的路罷了，管我怎的？」郭孝子道：「你這些做法，我已知道了。你不要惱，我可以幫襯你。這裝吊死鬼的是你甚麼人？」那人道：「是小人的渾家。」郭孝子道：「你且將他解下來。你家在那裏住？我到你家去和你說。」

那人把渾家腦後一個轉珠繩子解了，放了下來。那婦人把頭髮縮起來，嘴跟前拴的假舌頭去掉了，頸子上有一塊拴繩子的鐵也搴下來，把紅衫子也脫了。那人指著路旁，有兩間草屋，道：「這就是我家了。」

當下夫妻二人跟著郭孝子走到他家，請郭孝子坐著，烹出一壺茶。郭孝子道：「你不過短路營生，為甚麼做這許多惡事？嚇殺了人的性命，這個卻傷天理。我雖是苦人，看見你夫妻兩人到這個田地，越發可憐的狠了！我有十兩銀子在此，把與你夫妻兩人做個小生意度日，下次不要做這事了。你姓甚麼？」那人聽了這話，向郭孝子磕頭，說道：「謝客人的周濟。小人姓木，名耐。夫妻兩個，原也是好人家兒女；近來因是凍餓不過，所以纏做這樣的事。而今多謝客人與我本錢，從此就改過了。請問恩人尊姓？」郭孝子道：「我姓郭，湖廣人；而今到成都府去的。」郭孝子吃著飯，向他說道：「你既有膽子短路，你自然還有些武藝。只怕你武藝不高，將來做不得大事。我有些刀法，拳法，傳授與你。」

說著，他妻子也出來拜謝，收拾飯留郭孝子。

那木耐歡喜，一連留郭孝子住了兩日，郭孝子把這刀和拳細細指教他，他就拜了郭孝子做師父。第三日，郭孝子堅意要行，他備了些乾糧、燒肉，裝在行李裏，替郭孝子背著行李，直送到三十里外，方纔告辭回去。

郭孝子接著行李，又走了幾天，那日天氣甚冷，迎著西北風，那山路凍得像白蠟一般，又硬又滑。郭孝子走到天晚，只聽得山洞裏大吼一聲，又跳出一隻老虎來。郭孝子道：「我今番命真絕了！」一交跌在地下，不醒人事。原來老虎吃人，要等人怕的；今見郭孝子直僵僵在地下，竟不敢吃他，把嘴合著他臉上來聞。一莖鬍子戳在郭孝子鼻孔裏去，戳出一個大噴嚏來，那老虎倒嚇了一跳。連忙轉身，幾跳跳過前面一座山頭，跌在一個澗溝裏，——那澗極深，——被那稜撐像刀劍的冰凌橫攔著，竟凍死了。

郭孝子爬起來，老虎已是不見，說道：「慚愧！我又經了這一番！」背著行李再走。走到成都府，訪著父親在四十里外一個庵裏做和尚；訪知的了，走到庵裏去敲門。老和尚開門，見是兒子，就嚇了一跳。郭孝子見是父親，跪在地下慟哭。老和尚道：「施主請起來，我是沒有兒子的。你想是認錯了。」郭孝子道：「兒子萬里程途，尋到父親跟前來，父親怎麼不認我？」老和尚道：「我方纔說過，貧僧是沒有兒子的。施主，你有父親，你自己去尋，怎的望著貧僧哭？」郭孝子道：「父親雖則幾十年不見，難道兒子就認不得了？」跪著不肯起來。老和尚道：「我貧僧自小出家，那裏來的這個兒子？」郭孝子放聲大哭道：「父親不認兒子，兒子到底是要認父親的！」

三番五次，纏的老和尚急了，說道：「你是何處光棍，敢來鬧我們！快出去！我要關山門！」郭孝子跪在地下慟哭，不肯出去。和尚道：「你再不出去，我就拏刀來殺了你！」郭孝子伏在地下哭道：「父

親就殺了兒子，兒子也是不出去的！」老和尚大怒，雙手把郭孝子拉起來，提著郭孝子的領子，一路推揉出門，便關了門進去，再也叫不應。郭孝子在門外，哭了一場，又哭一場，又不敢敲門；見天色將晚，自己想道：「罷！罷！父親料想不肯認我了！」抬頭看了，這庵叫做竹山庵，只得在半里路外租了一間房屋住下。次早在庵門口看見一個道人出來，買通了這道人，日日搬柴運米，養活父親。不到半年之上，身邊這些銀子用完了，思量要到東山去尋蕭昊軒，又恐怕尋不著，就擱了父親的飯食；只得左近人家傭工，替人家挑土，打柴。每日尋幾分銀子，養活父親。遇著有個鄰居往陝西去，他就把這尋著父親的話，細細寫了一封書，帶與海月禪林的老和尚。

老和尚看了書，又歡喜，又欽敬他。不多幾日，禪林裏來了一個掛單的和尚。那和尚便是響馬賊頭趙大，披著頭髮，兩隻怪眼，兇像未改。老和尚慈悲，容他住下。不想這惡和尚在禪林，吃酒行兇，打人，無所不為。首座領著一班和尚來稟老和尚道：「這人留在禪林裏，是必要壞了清規。」求老和尚趕他出去。老和尚叫他去，他不肯去。後來首座向知客向他說：「老和尚叫你去，你不去？老和尚說：『你若再不去，就照依禪林規矩，抬到後面院子裏，一把火，就把你燒了！』」惡和尚聽了，懷恨在心，也不辭老和尚，次日，收拾衣單去了。

＊　　　　＊　　　　＊

老和尚又住了半年，思量要到峨嵋山走走，順便去成都會會郭孝子。辭了眾人，挑了行李衣鉢，風餐露宿，一路來到四川。離成都有百十里多路，那日下店早，老和尚出去看看山景，走到那一個茶棚內吃茶。那棚裏先坐著一個和尚。老和尚忘記，認不得他了。那和尚卻認得老和尚，便上前打個問訊道：

「和尚，這裏茶不好，前邊走不多幾步就是小庵，何不請到小庵裏去吃杯茶？」老和尚歡喜道：「最好。」

那和尚領著老和尚，曲曲折折，走了七八里路，纏到一個庵裏。那庵一進三間，前邊一尊迦藍菩薩；後一進三間殿，並沒有菩薩，中間放著一個榻牀。那和尚同老和尚走進庵門，纏說道：「老和尚！你認得我麼？」

老和尚方纏想起是禪林裏趕出去的惡和尚，吃了一驚，說道：「是方纏偶然忘記，而今認得了。」惡和尚竟自己走到牀上坐下，睜開眼道：「你今日既到我這裏，不怕你飛上天去！我這裏有個葫蘆，你拏了，在半里路外山岡上，一個老婦人開的酒店裏，替我打一葫蘆酒來！你快去！」

老和尚不敢違拗，捧著葫蘆出去，找到山岡子上，果然有個老婦人在那裏賣酒。老和尚把這葫蘆遞與他。那婦人接了葫蘆，上上下下把老和尚一看，止不住眼裏流下淚來，便要拏葫蘆去打酒。老和尚嚇了一跳，便打個問訊道：「老菩薩，你怎見了貧僧就這般悲慟起來？這是甚麼原故？」

那婦人含著淚說道：「我方纏看見老師父是個慈悲面貌，不該遭這一難！」老和尚驚道：「貧僧是遭的甚麼難？」那老婦人道：「老師父，你可是在半里路外那庵裏來的？」老和尚道：「貧僧便是，你怎麼知道？」老婦人道：「我認得他這葫蘆。他但凡要吃人的腦子，就拏這葫蘆來打我店裏藥酒。老師父，你這一打了酒去，沒有活的命了！」

老和尚聽了，魂飛天外，慌了道：「這怎麼處？我如今走了罷！」老婦人道：「你怎麼走得？這四十里內都是他舊日的響馬黨羽，他庵裏走了一人，一聲梆子響，即刻有人綁翻了你，送在庵裏去！」老和尚哭著跪在地下，求老菩薩救命。老婦人道：「我怎能救你？我若說破了，我的性命也難保。

但看見你老師父慈悲，死的可憐，我指一條路給你去尋一個人。」老和尚道：「老菩薩！你指我去尋那個人？」老婦人慢慢說出這一個人來。只因這一番，有分教：熱心救難，又出驚天動地之人；仗劍立功，無非報國忠臣之事。

畢竟這老婦人說出甚麼人來？且聽下回分解。

第三十九回　蕭雲仙救難明月嶺　平少保奏凱青楓城

話說老和尚聽了老婦人這一番話，跪在地下哀告。老婦人道：「我怎能救你？只好指你一條路去尋一個人。」老和尚道：「老菩薩！卻叫貧僧去尋一個甚麼人？求指點了我去！」老婦人道：「離此處有一里多路，有個小小山岡，叫做<u>明月嶺</u>。你從我這屋後山路過去，還可以近得幾步，你到那嶺上，有一個少年在那裏打彈子。你卻不要問他，只雙膝跪在他面前，等他問你，你再把這些話向他說。只有這一個人還可以救你。你速去求他。卻也還拿不穩。設若這個人還不能救你，我今日說破這個話，連我的性命只好休了！」

老和尚聽了，戰戰兢兢，將葫蘆裏打滿了酒，謝了老婦人，在屋後攀藤附葛上去；果然走不到一里多路，一個小小山岡，山岡上一個少年在那裏打彈子。山洞裏嵌著一塊雪白的石頭，不過銅錢大，那少年齦的較近，彈子過處，一下下都打了一個準。老和尚近前看那少年時，頭帶武巾，身穿藕色戰袍，白淨面皮，生得十分美貌。那少年彈子正打得酣處，老和尚走來，雙膝跪在他面前。那少年正要問時，山凹裏飛起一陣麻雀。那少年看見老和尚含著眼淚跪在跟前，說道：「老師父，你快請起來。你的來意，我知道了。我在此學彈子，正為此事；但纔學到九分，還有一分未到，恐怕還有意外之失，所以不敢動手。今日既遇著你來，

我也說不得了，想是他畢命之期。老師父，你不必在此就誤；你快將葫蘆酒挈到庵裏去，臉上萬不可做出慌張之像，更不可做出悲傷之像來。你到那裏，他叫你怎麼樣你就怎麼樣，一毫不可違拗他，我自來救你。」

老和尚沒奈何，只得捧著酒葫蘆，照依舊路，來到庵裏。進了第二層，只見惡和尚坐在中間牀上，手裏已是拏著一把明晃晃的鋼刀，問老和尚道：「你怎麼這時纔來？」老和尚道：「貧僧認不得路，走錯了，慢慢找了回來。」惡和尚道：「這也罷了，你跪下罷！」老和尚雙膝跪下。惡和尚道：「跪上些來！」老和尚見他拏著刀，不敢上去。惡和尚道：「你不上來，我劈面就砍來！」老和尚只得膝行上去。

惡和尚道：「你褪了帽子罷！」

老和尚含著眼淚，自己除了帽子。惡和尚把老和尚的光頭捏一捏，把葫蘆藥酒倒出來吃了一口，左手拏著酒，右手執著風快的刀，在老和尚頭上試一試，比個中心。老和尚此時尚未等他劈下來，那魂靈已在頂門裏冒去了。惡和尚比定中心，知道是腦子的所在，一劈開了，恰好腦漿迸出，趁熱好吃。當下比定了中心，手執鋼刀，向老和尚頭頂心裏劈將下來；不想刀口未曾落老和尚頭上，只聽得門外颼的一聲，一個彈子飛了進來，飛到惡和尚左眼上。

惡和尚大驚，丟了刀，放下酒，將隻手捧著左眼，飛跑出來，到了外一層。迦藍菩薩頭上坐著一個人。惡和尚抬起頭來，又是一個彈子，把右眼打瞎。惡和尚跌倒了。那少年跳了下來，進裏面一層。老和尚已是嚇倒在地。那少年道：「老師父！快起來走。」老和尚道：「我嚇軟了！其實走不動了！」那少年道：「起來！我背著你走！」便把老和尚扯起來，馱在身上，急急出了庵門，一口氣跑了四十里。

那少年把老和尚放下，說道：「好了，老師父脫了這場大難，自此，前途吉慶無虞。」老和尚方纔還了魂，跪在地下拜謝，問恩人尊姓大名。那少年道：「我也不過要除這一害，並非有意救你。你得了命，你速去罷，問我的姓名怎的？」老和尚又問，總不肯說。老和尚只得向前膜拜了九拜，說道：「且辭別了恩人，不死當以厚報！」拜畢起來，上路去了。

＊　＊　＊

那少年精力已倦，尋路旁一個店內坐下。只見店裏先坐著一個人，面前放著一個盒子。那少年看那人時，頭戴孝巾，身穿白布衣服，腳下芒鞋，形容悲戚，眼下許多淚痕，便和他拱一拱手，對面坐下。

那人笑道：「清平世界，蕩蕩乾坤，把彈子打瞎人的眼睛，卻來這店裏坐的！」那少年道：「我方纔原是笑話。翦除惡人，救拔善類，這是最難得的事。你長兄尊姓大名？」那人道：「成都二十里外東山，有一位蕭昊軒先生，可在尊府？」蕭雲仙驚道：「這便是家父。」

那人驚道：「老先生怎麼知道？」那人道：「原來就是尊翁。」便把自己姓名說出，並因甚來四川，「在同官縣會見縣令尤公，曾有一書與尊大人；我因尋親念切，不曾遶路到尊府。長兄，你方纔救的這老和尚，我卻也認得他。不想邂逅相逢。看長兄如此英雄，便是昊軒先生令郎。可敬！可敬！」蕭雲仙道：「老先生既尋著太老先生，如何不同在一處？如今獨自又往那裏去？」

郭孝子見問這話，哭起來道：「不幸先君去世了。這盒子裏便是先君的骸骨。我本是湖廣人，而今把先君骸骨背到故鄉去歸葬。」蕭雲仙垂淚道：「可憐！可憐！但晚生幸遇著老先生，不知可以拜請老

先生同晚生到舍下去，會一會家君麼？」

郭孝子道：「本該造府恭謁，奈我背著先君的骸骨不便，且我歸葬心急。致意尊大人，將來有便，再來奉謁罷。」因在行李內取出尤公的書子來，遞與蕭雲仙；又拏出百十個錢來，叫店家買了三角酒，割了二斤肉，和些蔬菜之類，叫店主人整治起來，同蕭雲仙吃著，便向他道：「長兄，我和你一見如故，這是人生最難得的事。況我從陝西來，就有書子投奔的是尊大人，這個就更比初交的不同了。長兄，像你這樣行事，是而今世上人不肯做的，真是難得；但我也有一句話要勸你，可以說得麼？」

蕭雲仙道：「晚生年少，正要求老先生指教，有話怎麼不要說？」郭孝子道：「這冒險捐軀，都是俠客的勾當。而今不得春秋戰國時，這樣事就可以成名；而今是四海一家的時候，任你荊軻，聶政，也只好叫做亂民。像長兄有這樣品貌材藝，又有這般義氣肝膽，正該出來替朝廷效力；將來到疆場，一刀一鎗，博得個封妻蔭子，也不枉了一個青史留名。不瞞長兄說，我自幼空自學了一身武藝，遭天倫之慘，奔波辛苦，數十餘年；而今老了，眼見得不中用了。長兄年力鼎盛，萬不可蹉跎自誤。你須牢記老拙今日之言。」

蕭雲仙道：「晚生得蒙老先生指教，如撥雲見日，感謝不盡。」又說了些閒話，次早打發了店錢，直送郭孝子到二十里路外岔路口，彼此灑淚而別。

蕭雲仙回到家中，問了父親的安，將尤公書子呈上看過。蕭昊軒道：「老友與我相別二十年，不通音問。他今做官適意，可喜！可喜！」又道：「郭孝子武藝精能，少年與我齊名，可惜而今和我都老了。他今求的他太翁骸骨歸葬，也算了過一生心事。」

蕭雲仙在家奉事父親。過了半年，松藩衛邊外生番與內地民人互市，因買賣不公，彼此吵鬧起來。那番子性野，不知王法，就持了刀杖器械，大打一仗，弓兵前來護救，都被他殺傷了，又將青楓城一座強占了去。巡撫將事由飛奏到京，朝廷看了本章，大怒，奉旨差少保平治前往督師，務必犁庭掃穴，以彰天討。平少保得了聖旨，星飛出京，到了松藩駐箚。

蕭昊軒聽了此事，喚了蕭雲仙到面前，吩咐道：「我聽得平少保出師，現駐松藩，征勦生番。少保與我有舊。你今前往投軍，說出我的姓名，少保若肯留在帳下效力，你也可以借此報效朝廷。正是男子漢發奮有為之時！」蕭雲仙道：「父親年老，兒子不敢遠離膝下。」蕭昊軒道：「你這話就不是了。我雖年老，現在並無病痛，飯也吃得，覺也睡得，何必要你追隨左右？你若是藉口不肯前去，便是貪圖安逸，在家戀著妻子，乃是不孝之子，從此你便不許再見我的面了！」

幾句話，說的蕭雲仙閉口無言，只得辭了父親，拴束行李，前去投軍。一路程途，不必細說。這一日，離松藩衛還有一站多路，因出店太早，走了十多里，天尚未亮。蕭雲仙背著行李，正走得好，忽聽得背後有腳步聲；他便跳開一步，回轉頭來，只見一個人，手持短棍，正待上前來打他，早被他飛起一腳，踢倒在地。蕭雲仙奪了他手中短棍，劈頭就要打。

那人在地下喊道：「看我師父面上，饒恕我罷！」蕭雲仙住了手，問道：「你師父是誰？」那時天色已明，看那人時，三十多歲光景，身穿短襖，腳下八搭麻鞋，面上微有髭鬚。那人道：「小人姓木，名耐，是郭孝子的徒弟。」

蕭雲仙一把拉起來，問其備細。木耐將曾經短路，遇郭孝子及他收為徒弟番的話，說了一遍。蕭雲仙

道：「你師父，我也認得；你今番待往那裏去？」木耐道：「我聽得平少保征番，現在松藩招軍，意思要到那裏去投軍；因途間缺少盤纏，適纏得罪長兄，休怪！」蕭雲仙道：「既然如此，我也是投軍去的，

便和你同行，何如？」

木耐大喜，情願認做蕭雲仙的親隨伴當。一路來到松藩，在中軍處遞了投充的呈詞。少保傳令細細

盤問來歷，知道是蕭浩的兒子，收在帳下，賞給千總職銜，軍前效力；木耐賞戰糧一份，聽候調遣。

過了幾日，各路糧餉俱已調齊，少保升帳，傳下將令，叫各弁在轅門聽候。蕭雲仙早到，只見先有

兩位都督在轅門上，蕭雲仙請了安，立在旁邊。聽那一位都督道：「前日總鎮馬大老爺出兵，竟被青楓

城的番子用計挖了陷坑，連人和馬都跌在陷坑裏。馬大老爺是司禮監老公公的姪兒，現今內裏傳出信來，務必要找尋屍首；若是尋不著，將

來不知是個怎麼樣的處分！這事怎了？」這一位都督道：「聽見青楓一帶幾十里是無水草的，要等冬

天積下大雪，到春融之時，那山上雪水化了，淌下來，人和牲口纔有水吃。我們到那裏出兵，只消幾天

沒有水吃，就活活的要渴死了，那裏還能打甚麼仗！」

蕭雲仙聽了，上前稟道：「兩位太爺不必費心；這青楓城是有水草的，不但有，而且水草最為肥

饒。」兩都督道：「蕭千總，你曾去過不曾？」蕭雲仙道：「卑弁不曾去過。」兩位都督道：「可又來！

你不曾去過，怎麼得知道？」蕭雲仙道：「卑弁在史書上看過，說這地方水草肥饒。」兩都督變了臉道：

「那書本子上的話，如何信得！」蕭雲仙不敢言語。少刻，雲板響處，轅門鐃鼓喧鬧。少保升帳，傳下號

令，教兩都督率領本部兵馬，作中軍策應。

將令已下，各將分頭前去。蕭雲仙攜了木耐，帶領五百步兵，疾忙前進，望見前面一座高山，十分險峻，那山頭上隱隱有旗幟，在那裏把守。這山名喚椅兒山，是青楓城的門戶。蕭雲仙吩咐木耐道：「你帶領二百人從小路爬過山去，在他總路口等著；只聽得山頭砲響，你們便喊殺回來助戰，不可有誤。」木耐應諾去了。蕭雲仙又叫一百兵丁埋伏在山凹裏，只聽得山頭砲響，一齊吶喊起來，報稱大兵已到，趕上來助戰。

　　※　　　　　※　　　　　※

分派已定，蕭雲仙帶著二百人，大踏步殺上山來。那山上幾百番子，藏在山洞裏，看見有人殺上來，一齊蜂擁的出來打仗。那蕭雲仙腰插彈弓，手拏腰刀，奮勇爭先，手起刀落，先殺了幾個番子。那番子見勢頭勇猛，正要逃走。二百人捲地齊來，猶如暴風疾雨。忽然一聲砲響，山凹裏伏兵大聲喊叫：「大兵到了！」飛奔上山。

番子正在魂驚膽落，又見山後那二百人，搖旗吶喊飛殺上來，只道大軍已得了青楓城，亂紛紛，各自逃命。那裏禁得蕭雲仙的彈子打來，打得鼻塌嘴歪，無處躲避。

蕭雲仙將五百人合在一處，喊聲大震，把那幾百個番子，猶如砍瓜切菜，盡數都砍死了，旗幟器械，得了無數。蕭雲仙叫眾人暫歇一歇，即鼓勇前進。只見一路都是深林密箐。走了半天，林子盡處，一條大河，遠遠望見青楓城在數里之外。蕭雲仙見無船隻可渡，忙叫五百人旋即砍伐竹林，編成筏子。頃刻辦就，一齊渡過河來。

蕭雲仙道：「我們大兵尚在後面，攻打他的城池，不是五百人做得來的，第一不可使番賊知道我們的虛實。」叫木耐率領兵眾，將奪得旗幟改造做雲梯，帶二百兵，每人身藏枯竹一束，到他城西僻靜地方，爬上城去，將他堆貯糧草處所，放起火來，「我們便好攻打他的東門。」這裏分撥已定。

且說兩位都督率領中軍到了椅兒山下，又不知道蕭雲仙可曾過去。兩位議道：「像這等險惡所在，他們必有埋伏；我們盡力放些大砲，放的他們不敢出來，也就可以報捷了。」正說著，一騎馬飛奔而來，少保傳下軍令，叫兩位都督即忙前去策應，恐怕蕭雲仙少年輕進，以致失事。兩都督得了將令，不敢不進，號令軍中，疾馳到帶子河，見有現成筏子，都渡過去，望見青楓城裏，火光燭天。那蕭雲仙正在東門外施放砲火，攻打城中。番子見城中火起，不戰自亂。這城外中軍已到，與前軍先鋒合為一處，將一座青楓城圍的鐵桶般相似。那番酋開了北門，捨命一頓混戰，只剩了十數騎，潰圍逃命去了。

少保督領後隊已到，城裏敗殘的百姓，各人頭頂香花，跪迎少保進城。少保傳令，救火安民，秋毫不許驚動；隨即寫了本章，遣官到京裏報捷。

這裏蕭雲仙迎接，叩見了少保。少保大喜，賞了他一腔羊，一罈酒，誇獎了一番。過了十餘日，旨意回頭，著平治來京，兩都督回任候陞，蕭采實授千總。那善後事宜，少保便交與蕭雲仙辦理。

蕭雲仙送了少保進京，回到城中，看見兵災之後，城垣倒塌，倉庫毀壞，便細細做了一套文書，稟明少保。那少保便將修城一事，批了下來，責成蕭雲仙用心經理；候城工完竣之後，另行保題議敘。只因這一番，有分教：甘棠有蔭，空留後人之思；飛將難封，徒博數奇之歎。

不知蕭雲仙怎樣修城？且聽下回分解。

第四十回　蕭雲仙廣武山賞雪　沈瓊枝利涉橋賣文

話說蕭雲仙奉著將令，監督築城，足足住了三四年，那城方纔築的成功：周圍十里，六座城門；城裏又蓋了五個衙署，出榜招集流民，進來居住；城外就叫百姓開墾田地。蕭雲仙想道：「像這旱地，百姓一遇荒年，就不能收糧食了，須是興起些水利來。」因動支錢糧，僱齊民夫。蕭雲仙親自指點百姓，在田傍開出許多溝渠來，溝間有洫，洫間有遂，開得高高低低，彷彿江南的光景。

到了成功的時候，蕭雲仙騎著馬，帶著木耐，在各處犒勞百姓們。每到一處，蕭雲仙殺牛宰馬，傳下號令，把那一方百姓都傳齊了。蕭雲仙建一壇場，立起先農❶的牌位來，擺設了牛羊祭禮。蕭雲仙紗帽補服，自己站在前面，率領眾百姓，叫木耐在旁贊禮，升香奠酒，三獻八拜。拜過，又率領眾百姓望著北闕山呼舞蹈，叩謝皇恩，便叫百姓都團團坐下。蕭雲仙坐在中間，拔劍割肉，大碗斟酒，歡呼笑樂，痛飲一天。

吃完了酒，蕭雲仙向眾百姓道：「我和你們眾百姓在此痛飲一天，也是緣法。而今上賴皇恩，下托你們眾百姓的力，開墾了這許多田地，也是我姓蕭的在這裏一番。我如今親自手種一棵柳樹，你們眾百姓每人也種一棵，——或雜些桃花，杏花，——亦可記著今日之事。」眾百姓歡聲如雷，一個個都在大

❶　先農：即神農氏。為我國傳說中務農、製藥的創始人。

路上。栽了桃柳。蕭雲仙同木耐，今日在這一方，明日又在那一方，一連吃了幾十日酒，共栽了幾萬棵柳樹。

眾百姓感激蕭雲仙的恩德，在城門外公同起蓋了一所先農祠，中間供著先農神位，旁邊供了蕭雲仙的長生祿位牌；又尋一個會畫的，在牆上畫了一個，畫蕭雲仙紗帽補服，騎在馬上，前面畫木耐的像，手裏拏著一枝紅旗，引著馬，做勸農的光景。百姓家，男男女女，到朔望的日子，往這廟裏來焚香點燭跪拜，非止一日。

到次年春天，楊柳發了青；桃花，杏花，都漸漸開了。蕭雲仙騎著馬，帶著木耐，出來遊玩，見那綠樹陰中，百姓家的小孩子，三五成群的牽著牛，也有倒騎在牛上的，也有橫睡在牛背上的，在田旁溝裏飲了水，從屋角邊慢慢轉了過來。蕭雲仙心裏歡喜，向木耐道：「你看這般光景，百姓們的日子有的過了；只是這班小孩子，一個個好模好樣，也還覺得聰俊，怎得有個先生教他識字便好！」木耐道：「老爺，你不知道麼？前日這先農祠，住著一個先生，是江南人；而今想是還在這裏。老爺何不去和他商議？」

蕭雲仙道：「這更湊巧了！」便打馬到祠內，會那先生。進去同那先生作揖坐下。蕭雲仙道：「聞得先生貴處是江南，因甚到這邊外地方？請問先生貴姓？」那先生道：「賤姓沈，敝處常州，因向年有個親戚在青楓做生意，所以來看他。不想遭了兵亂，流落在這裏五六年，不得回去。近日聞得朝裏蕭老先生在這裏築城開水利，所以到這裏來看看。老先生尊姓？貴衙門是那裏？」

蕭雲仙道：「小弟便是蕭雲仙，在此開水利的。」那先生起身，重新行禮，道：「老先生便是當今的班定遠，晚生不勝敬服！」蕭雲仙道：「先生既在這城裏，我就是主人，請到我公廨裏去住。」便叫

兩個百姓來搬了沈先生的行李，叫木耐牽著馬，蕭雲仙攜了沈先生的手，同到公廨裏來，備酒飯款待沈先生，說起要請他教書的話。先生應允了。

蕭雲仙又道：「只得先生一位，教不來。」便將帶來駐防的二三千多兵內，揀那認得字多的兵，選了十個，託沈先生每日指授他些書理。開了十個學堂，把百姓家略聰明的孩子，都養在學堂裏讀書。讀到兩年多，沈先生就教他做些破題，破承，起講。但凡做的來，蕭雲仙就和他分庭抗禮，以示優待。這些人也知道讀書是體面事了。

蕭雲仙城工已竣，報上文書去，把這文書就叫木耐賫去。木耐見了少保，少保問他些情節，賞他一個外委把總做去了。少保據著蕭雲仙的詳文，咨明兵部工部核算：「蕭采承辦青楓城城工一案，該撫題銷本內：磚，灰，工匠，共開銷銀一萬九千三百六十兩一錢二分一釐五毫。查該地水草附近，燒造磚灰甚便；新集流民，充當工役者甚多，不便聽其任意浮開。應請核減銀七千五百二十五兩有零，在于該員名下著追。查該員係四川成都府人，應行文該地方官勒限嚴比歸款，可也。奉旨依議。」

＊　　＊　　＊

蕭雲仙看了邸鈔，接了上司行來的公文，只得打點收拾行李，回成都府。比及到家，他父親已臥病在牀，不能起來。蕭雲仙到牀面前請了父親的安，訴說軍前這些始末緣由；說過，又磕下頭去，伏著不肯起來。蕭昊軒道：「這些事，你都不曾做錯，為甚麼不起來？」蕭雲仙纔把因修城工，被工部核減追賠一案說了；又道：「兒子不能掙得一絲半粟孝敬父親，倒要破費了父親的產業，實在不可自比于人，心裏愧恨之極！」蕭昊軒道：「這是朝廷功令，又不是你不肖，花消掉了，何必氣惱？我的產業，攢湊

攏來，大約還有七千金，你一總呈出歸公便了。」

蕭雲仙哭著應諾了。看見父親病重，他衣不解帶，伏侍十餘日，眼見得是不濟事。蕭雲仙哭著問父親可有甚麼遺言。蕭昊軒道：「你這話又獃氣了。我在一日，是我的事；我死後，就都是你的事了。總之，為人以忠孝為本，其餘都是末事。」說畢，瞑目而逝。

蕭雲仙呼天搶地，盡哀盡禮；治辦喪事，十分盡心；卻自己歎息道：「人說塞翁失馬，未知是福是禍。前日要不為追賠，斷斷也不能回家；父親送終的事，也再不能自己親自辦。可見這番回家，也不叫做不幸！」

喪葬已畢，家產都已賠完了，還少三百多兩銀子，地方官仍舊緊追。適逢知府因盜案的事降調去了，新任知府卻是平少保做巡撫時提拔的，到任後，知道蕭雲仙是少保的人，替他虛出了一個完清的結狀，叫他先到平少保那裏去，再想法來賠補。少保見了蕭雲仙，慰勞了一番，替他出了一角咨文，送部引見。兵部司官說道：「蕭采辦理城工一案，無例題補，應請仍于本千總班次，論俸推陞守備。俟其得缺之日，帶領引見。」

蕭雲仙又候了五六個月，部裏纔推陞了他應天府江淮衛的守備，帶領引見，奉旨「著往新任」。蕭雲仙領了箚付出京，走東路來南京。過了朱龍橋，到了廣武衛地方，晚間住在店裏，正是嚴冬時分。約有二更盡鼓，店家吆呼道：「客人們起來！木總爺來查夜！」

眾人都披了衣服，坐在鋪上。只見四五個兵，打著燈籠，照著那總爺進來，逐名查了。蕭雲仙看見那總爺，原來就是木耐。木耐見了蕭雲仙，喜出望外；叩請了安，忙將蕭雲仙請進衙署，住了一宿。

次日，蕭雲仙便要起行，木耐留住道：「老爺且寬住一日。這天色想是要下雪了。今日且到廣武山阮公祠遊玩，遊玩，卑弁盡個地主之誼。」

蕭雲仙應允了。木耐叫備兩匹馬，同蕭雲仙騎著，又叫一個兵，備了幾樣餚饌，和一尊酒，一徑來到廣武山阮公祠內。道士接進去，請到後面樓上坐下。道士不敢來陪，隨接送上茶來。木耐隨手開了六扇窗格，正對著廣武山側面。看那山上，樹木凋敗，又被北風吹的凜凜冽冽的光景，天上便飄下雪花來。

蕭雲仙看了，向著木耐說道：「我兩人當日在青楓城的時候，這樣的雪，不知經過了多少，那時倒也不見得苦楚；如今見了這幾點雪，倒覺得寒冷的緊！」木耐道：「想起那兩位都督大老爺，此時貂裘向火，不知怎麼樣快活哩！」說著，吃完了酒。蕭雲仙起來閒步。樓右邊一個小閣子，牆上嵌著許多名人題咏。蕭雲仙都看完了。內中一首，題目寫著「廣武山懷古」，讀去卻是一首七言古風。蕭雲仙讀了又讀，讀過幾遍，不覺悽然淚下。木耐在旁，不解其意。蕭雲仙又看了後面一行，寫著「白門武書正字氏稿」。看罷，記在心裏。當下收拾回到衙署，又住了一夜。次日天晴，蕭雲仙辭別木耐要行。木耐親自送過大柳驛，方纔回去。

＊　　　＊　　　＊

蕭雲仙從浦口過江，進了京城，驗了箚付，到了任，查點了運丁，看驗了船隻，同前任的官交代清楚，那日便問運丁道：「你們可曉得這裏有一個姓武，名書，號正字的，是個甚麼人？」旗丁道：「小的卻不知道。老爺問他，卻為甚麼？」蕭雲仙道：「我在廣武衛看見他的詩，急於要會他。」旗丁道：「既是做詩的人，小的如今向國子監一問便知了。」蕭雲仙道：「你快些去問。」

旗丁次日來回覆，道：「國子監問過來了。門上說，監裏有個武相公，叫做武書，是個上齋的監生，就在花牌樓住。」蕭雲仙道：「快叫人伺候，不打執事，我就去拜他。」當下一直來到花牌樓一個坐東朝西的門樓，投進帖去，武書出來會了。蕭雲仙道：「小弟是一個武夫，新到貴處，仰慕賢人君子。前日在廣武山壁上奉讀老先生懷古佳作，所以特來拜謁。」武書道：「小弟那詩，也是一時有感之作，不想有污尊目。」

當下捧出茶來吃了。武書道：「老先生自廣武而來，想必自京師部選的了？」蕭雲仙道：「不瞞老先生，說起來話長。小弟自從青楓城出征之後，因修理城工，多用了帑項，方纔賠償清了，照千總推陞的例，選在這江淮衛。卻喜得會見老先生，凡事要求指教。改日還有事奉商。」武書道：「當得領教。」蕭雲仙說罷，起身去了。武書送出大門，看見監裏齋夫飛跑了來，說道：「大堂虞老爺立候相公說話。」武書走去，見虞博士。虞博士道：「年兄，令堂旌表的事，部裏為報在後面，駁了三回，如今纔准了。牌坊銀子在司裏，年兄可作速領去。」

武書謝了出來；次日，帶了帖子去回拜蕭守備。蕭雲仙迎入川堂，作揖奉坐。武書道：「昨日枉駕多慢。拙作過蒙稱許，心切不安。還有些拙刻帶在這邊，還求指教。」因在袖內摯出一卷詩來。蕭雲仙接著，看了數首，贊歎不已；隨請到書房裏坐了。吃過，蕭雲仙摯出一個卷子，遞與武書道：「這是小弟半生事跡，專求老先生大筆，或作一篇文，或作幾首詩，以垂不朽。」武書接過來，放在桌上，打開看時，前面寫著「西征小紀」四個字。中間三幅圖，第一幅是椅兒山破敵，第二幅是青楓取城，第三幅是春郊勸農。每幅下面，都有逐細的紀略。武書看完了，歎惜道：

「『飛將軍數奇』」，古今來大概如此！老先生這樣功勞，至今還屈在卑位！這做詩的事，小弟自是領教；但老先生這一番汗馬的功勞，限於資格，料是不能載入史冊的了，須得幾位大手筆，撰述一番，各家文集裏傳留下去，也不埋沒了這半生忠悃。」

蕭雲仙道：「這個也不敢當；但得老先生大筆，小弟也可借以不朽了。」武書道：「這個不然。卷子我且帶了回去。這邊有幾位大名家，素昔最喜讚揚忠孝的；若是見了老先生這一番事業，料想樂於題咏的。容小弟將此卷傳了去看看。」蕭雲仙道：「老先生的相知，何不竟指教小弟先去拜謁？」武書道：

「這也使得。」

蕭雲仙擎了一張紅帖子，要武書開名字去拜。武書便開出虞博士果行，遲均衡山，莊徵君紹光，杜儀少卿，俱寫了住處，遞與蕭雲仙，帶了卷子，告辭去了。

＊

蕭雲仙次日拜了各位，各位都回拜了，隨奉糧道文書，押運赴淮。蕭雲仙上船，到了揚州，在鈔關上擠馬頭。正擠的熱鬧，只見後面擠上一隻船來，船頭上站著一個人，叫道：「蕭老先生！怎麼在這裏？」忙叫攏了船，那沈先生跳上船來。

蕭雲仙回頭一看，說道：「呵呀！原來是沈先生！你幾時回來的？」沈先生道：「自蒙老先生青目，教了兩年書，積下些修金，回到家鄉，將小女許嫁揚州宋府上，此時送他上門去。」蕭雲仙道：「令愛恭喜，少賀。」因叫跟隨的人封了一兩銀子，送過來做賀禮，說道：「我今番押運北上，不敢停泊；將來回到敝署，再請先生相會罷。」作別開船去了。

＊

蕭雲仙道：「向在青楓城一別，至今數年。是幾時回南來的？」沈先生道：「你幾時回來的？」

這先生領著他女兒瓊枝，岸上叫了一乘小轎子，抬著女兒，自己押了行李，到了缺口門，落在大豐旗下店裏。那裏夥計接著，通報了宋鹽商。那鹽商宋為富打發家人來吩咐道：「老爺叫把新娘就抬到府裏去。沈老爺留在下店裏住著，叫賬房置酒款待。」

沈瓊枝道：「爹爹，你請放心。我家又不曾寫立文書，得他身價，為甚麼肯去伏低做小？他既如此排場，爹爹若是和他吵鬧起來，倒反被外人議論。我而今一乘轎子，抬到他家裏去，看他怎麼樣看待我。」

沈先生聽了這話，向女兒瓊枝道：「我們只說到了這裏，權且住下，等他擇吉過門，怎麼這等大模大樣？看來這等光景，竟不是把你當作正室了。這頭親事，還是就得就不得？女兒，你也須自己主張。」

沈先生聽了這話，也不言語，下了轎，一直走到大廳上坐下，說道：「請你家老爺出來！我常州姓沈的，不是甚麼『低三下四』❷的人家！他既要娶我，怎的不張燈結綵，擇吉過門，把我悄悄的抬了來，當做娶妾的一般光景？我且不問他要別的，只叫他把我父親親筆寫的婚書拏出來與我看，我就沒的說了！」

沈先生只得依著女兒的言語，看著他裝飾起來。頭上戴了冠子，身上穿了大紅外蓋，拜辭了父親，上了轎。那家人跟著轎子，一直來到河下，進了大門。幾個小老媽抱著小官，在大牆門口，同看門的管家說笑話，看見轎子進來，問道：「可是沈新娘來了？請下了轎，走水巷裏進去。」

老媽同家人都嚇了一跳，甚覺詫異，慌忙走到後邊報與老爺知道。那宋為富正在藥房裏看著藥匠弄人參，聽了這一篇話，紅著臉道：「我們總商人家，一年至少也娶七八個妾，都像這般淘氣起來，這日子還過得！他走了來，不怕他飛到那裏去！」躊躇一會，叫過一個丫鬟來，吩咐道：「你去前面向那新娘說：

❷ 低三下四：地位低微，或低聲下氣。

『老爺今日不在家了，新娘權且進房去。有甚麼話，等老爺來家再說。』

丫鬟來說了，沈瓊枝心裏想著：「坐在這裏也不是事，不如且隨他進去。」便跟著丫頭走到廳背後左邊，一個小圭門裏進去，三間楠木廳，一個大院落，堆滿了太湖石的山子；沿著那山石走到左邊一條小巷，串入一個花園內，竹樹交加，亭臺軒敞，一個極寬的金魚池，池子旁邊，都是硃紅欄杆，夾著一帶走廊；走到廊盡頭處，一個小小月洞，四扇金漆門；走進去，便是三間屋，一間做房，鋪設的齊齊整整，獨自一個院落。媽子送了茶來。沈瓊枝吃著，心裏暗說道：「這樣極幽的所在，料想彼人也不會賞鑑，且讓我在此消遣幾天！」那丫鬟回去回覆宋為富道：「新娘人物倒生得標致，只是樣子覺得憊賴，不是個好惹的！」

過了一宿，宋為富叫管家到下店裏，吩咐賬房中兌出五百兩銀子送與沈老爺，叫他且回府，著姑娘在這裏，想沒的話說。沈先生聽了這話，說道：「不好了！他分明�我女兒做妾，這還了得！」一徑走到江都縣喊了一狀。那知縣看了呈子，說道：「沈大年既是常州貢生，也是衣冠中人物，怎麼肯把女兒與人做妾？鹽商豪橫一至於此！」將呈詞收了。宋家曉得這事，慌忙叫小司客具了一個訴呈，打通了關節。次日，呈子批出來，批道：「沈大年既係將女瓊枝許配宋為富為正室，何至自行私送上門？顯係做妾可知。架詞混賣，不准！」那訴呈上批道：「已批示沈大年詞內矣。」沈大年又補了一張呈子，知縣大怒，說他是個「刁健訟棍」，一張批，兩個差人，押解他回常州去了。

*

*

*

沈瓊枝在宋家過了幾天，不見消息，想道：「彼人一定是安排了我父親，再來和我歪纏。不如走離

了他家，再作道理。」將他房裏所有動用的金銀器皿，珍珠首飾，打了一個包袱，穿了七條裙子，扮做小老媽的模樣，買通了那丫鬟，五更時分，從後門走了，清晨出了鈔關門上船。那船是有家眷的。

沈瓊枝上了船，自心裏想道：「我若回常州父母家去，恐惹故鄉人家恥笑。」細想：「南京是個好地方，有多少名人在那裏。我又會做兩句詩，何不到南京去賣詩過日子？或者遇著些緣法出來也不可知。」立定主意，到儀徵換了江船，一直往南京來。只因這一番，有分教：賣詩女士，反為逋逃之流；科舉儒生，且作風流之客。

畢竟後事如何？且聽下回分解。

第四十一回　莊濯江話舊秦淮河　沈瓊枝押解江都縣

話說南京城裏，每年四月半後，秦淮景致，漸漸好了。那外江的船都下掉了樓子，換上涼篷，撐了進來。船艙中間，放一張小方金漆桌子，桌上擺著宜興沙壺，極細的成窯宣窯的杯子，烹的上好的雨水毛尖茶。那遊船的備了酒和餚饌及菓碟，到這河裏來游，就是走路的人，也買幾個錢的毛尖茶，在船上煨了吃，慢慢而行。到天色晚了，每船兩盞明角燈，一來一往，映著河裏，上下明亮。自文德橋至利涉橋，東水關，夜夜笙歌不絕。又有那些遊人買了「水老鼠花」在河內放。那水花直站在河裏，放出來，就和一樹梨花一般，每夜直到四更時纔歇。

國子監的武書是四月盡間生辰；他家中窮，請不起客。杜少卿備了一席菓碟，沽幾斤酒，叫了一隻小涼篷船，和武書在河裏游游。清早請了武書來，在河房裏吃了飯，開了水門，同下了船。杜少卿道：「正字兄，我和你先到冷淡處走走。」叫船家一路蕩到進香河，又蕩了回來，慢慢吃酒。吃到下午時候，兩人都微微醉了。蕩到利涉橋，上岸走走，見馬頭上貼著一個招牌，上寫道：

「毗陵女士沈瓊枝，精工顧繡，寫扇作詩。寓王府塘手帕巷內。賜顧者請認毗陵沈招牌便是。」

武書看了，大笑道：「杜先生，你看南京城裏偏有許多奇事！這些地方，都是開私門❶的女人住，

這女人眼見的也是私門了，卻掛起一個招牌來，豈不可笑？」杜少卿道：「這樣的事，我們管他怎的？

且到船上去煨茶吃。」便同下了船，不吃酒了，煨起上好的茶來，二人吃著閒談。過了一回，回頭看見

一輪明月升上來，照得滿船雪亮，船就一直蕩上去。到了月牙池，見許多游船在那裏放花炮，內有一隻

大船，掛著四盞明角燈，鋪著涼簟子，在船上中間擺了一席。上面坐著兩個客；下面主位上坐著一位，

頭戴方巾，身穿白紗直裰，腳下涼鞋，黃瘦面龐，清清疏疏，三絡白鬚；橫頭坐著一個少年，白淨面皮，

微微幾根鬍子，眼張失落，在船上兩邊看女人。

這小船走近大船跟前，杜少卿同武書認得那兩個客，一個是盧信侯，一個是莊紹光，卻認不得那兩

個人。莊紹光看見二人，立起身來道：「少卿兄，你請過來坐。」杜少卿同武書上了大船。主人和二位

見禮，便問尊姓。莊紹光道：「此位是天長杜少卿兄。此位是武正字兄。」那主人道：「天長杜先生，

當初有一位做贛州太守的，可是貴本家？」杜少卿驚道：「這便是先君。」那主人道：「我四十年前，

與尊大人終日相聚。敘祖親，尊翁還是我的表兄。」杜少卿道：「莫不是莊濯江表叔麼？」那主人道：

「豈敢，我便是。」杜少卿道：「小姪當年年幼，不曾會過；今幸會見表叔，失敬了。」重新同莊濯江

敘了禮。

武書問莊紹光道：「這位老先生可是老先生貴族？」莊徵君笑道：「這還是舍姪，卻是先君受業的

弟子，我也和他相別了四十年。近日纔從淮揚來。」武書又問此位。莊濯江道：「這便是小兒。」也過

來見了禮，齊坐下。莊濯江叫重新挈上新鮮酒來，奉與諸位吃。

❶ 私門：舊稱私娼。亦作「私門子」。

莊濯江就問：「少卿兄幾時來的？寓在那裏？」莊紹光道：「他已經在南京住了八九年了。尊居現

在這河房裏。」莊濯江驚道：「尊府大家，園亭花木，甲於江北，為甚麼肯搬在這裏？」莊紹光便把少

卿豪舉，而今黃金已隨手而盡，略說了幾句。

莊濯江不勝歎息，說道：「還記得十七八年前，我在湖廣，烏衣韋四先生寄了一封書子與我，說他酒

量越發大了，二十年來，竟不得一回慟醉，只有在天長賜書樓吃了一罈九年的陳酒，醉了一夜，心裏快暢

的緊，所以三千里外寄信告訴我。我彼時不知府上是那一位做主人，今日說起來，想必是少卿兄無疑了。」

武書道：「除了他，誰人肯做這一個雅東？」杜少卿道：「韋老伯也是表叔相好的？」莊濯江道：

「這是我髫年的相與了。尊大人少時，無人不敬仰是當代第一位賢公子。我至今想起形容，笑貌，還如

在目前。」

盧信侯又同武書，談到泰伯祠大祭的事。莊濯江拍膝嗟歎道：「這樣盛典，可惜來遲了，不得躬逢

其盛！我將來也要怎的尋一件大事，屈諸位先生大家會一會，我就有趣了！」當下四五人談心話舊，一

直飲到半夜，在杜少卿河房前，見那河裏燈火闌珊，笙歌漸歇，耳邊忽聽得玉簫一聲。眾人道：「我們

各自分手罷。」武書也上了岸去。莊濯江雖年老，事莊紹光極是有禮。當下杜少卿在河房前過，上去回

家，莊濯江在船上，一路送莊紹光到北門橋，還自己上岸，家人打燈籠，同盧信侯送到莊紹光家，方

纔回去。莊紹光留盧信侯住了一夜，次日，依舊同往湖園去了。

＊　＊　＊

莊濯江次日寫了「莊潔率子非熊」的帖子，來拜杜少卿。杜少卿到蓮花橋來回拜，留著談了一日。

杜少卿又在後湖會著莊紹光。

莊紹光道：「我這舍姪，亦非等閒之人。他四十年前，在泗州同人合本開典當；那合本的人窮了，他就把他自己經營的兩萬金和典當拱手讓了那人，自己一肩行李，跨一個疲驢，出了泗州城。這十數年來，往來楚越，轉徙經營，又自致數萬金，纔置了產業，南京來住。平日極是好友敦倫：替他尊人治喪，不曾要同胞兄弟出過一個錢，俱是他一人獨任；多少老朋友死了無所歸的，他就殯葬他。又極遵先君當年的教訓，最是敬重文人，流連古蹟。現今拏著三四千銀子，在雞鳴山修曹武惠王廟。等他修成了，少卿，也約衡山兄來，替他做一個大祭。」杜少卿聽了，心裏歡喜。說罷，辭別去了。轉眼長夏已過，又是新秋，清風戒寒。那秦淮河另有一番景致。滿城的人都叫了船，請大和尚在船上懸掛佛像，鋪設經壇，從西水關起，一路施食。到進香河十里之內，降真香燒的有如煙霧溟濛。那鼓鈸梵唄之聲，不絕於耳。到晚，做的極精緻的蓮花燈，點起來浮在水面上。又有極大的法船，照依佛家「中元地獄赦罪」之說，超度這些孤魂升天。把一個南京秦淮河，變做西域天竺國。

到七月二十九日，清涼山地藏會。人都說地藏菩薩，一年到頭都把眼閉著，只有這一夜纔睜開眼；若見滿城都擺的香花燈燭，他就只當是一年到頭都是如此，就歡喜這些人好善，就肯保佑人。所以這一夜，南京人各家門戶，都搭起兩張桌子來，兩枝通宵風燭，一座香斗，從大中橋到清涼山，一條街有七八里路，點得像一條銀龍，一夜的亮，香煙不絕，大風也吹不熄。傾城士女都出來燒香看會。沈瓊枝住在王府塘房子裏，也同房主人娘子去燒香回來。

沈瓊枝自從來到南京，掛了招牌，也有來求詩的，也有來買斗方的，也有來託刺繡的。那些好事的

惡少，都一傳兩兩傳三的來物色，非止一日。這一日燒香回來，人見他是下路打扮，跟了他後面走的就有百十人。莊非熊卻也順路跟在後面，看見他走到王府塘那邊去了。莊非熊心裏有些疑惑，次日來到杜少卿家說：「這沈瓊枝在王府塘，有惡少們去說混話，他就要怒罵起來。此人來路甚奇，少卿兄何不去看看？」杜少卿道：「我也聽見這話。此時多失意之人，安知其不因避難而來此地？我正要去問他。」

當下便留莊非熊在河房看新月。又請了兩個客來，一個是遲衡山，一個是武書。莊非熊見了，說些閒話，又講起王府塘沈瓊枝賣詩文的事。

杜少卿道：「無論他是怎樣，果真能做詩文，這也就難得了。」遲衡山道：「南京城裏是何等地方！四方的名士還數不清，還那個去求婦女們的詩文？這個明明借此勾引人！他能做不能做，不必管他。」武書道：「這個卻奇。一個少年婦女，獨自在外，又無同伴，靠賣詩文過日子，恐怕世上斷無此理。只恐其中有甚麼情由。他既然會做詩，我們便邀了他來做做看。」

說著，吃了晚飯，那新月已從河底下斜掛一鉤，漸漸的照過橋來。杜少卿道：「正字兄，方纔所說，今日已遲了，明日在舍間早飯後，同去走走。」武書應諾，同遲衡山，莊非熊，都別去了。

※ ※ ※ ※

次日，武正字來到杜少卿家，早飯後，同到王府塘來。只見前面一間低矮房屋，門首圍著一二十人，在那裏吵鬧。杜少卿同武書上前一看，裏邊便是一個十八九歲婦人，梳著下路鬆鬏，穿著一件寶藍紗大領披風，在裏面支支喳喳的嚷。杜少卿同武書聽了一聽，纔曉得是人來買繡香囊，地方上幾個喇子想來拿囮頭，卻無實跡，倒被他罵了一場。兩人聽得明白，方纔進去。那些人看見兩位進去，也就漸漸散了。

沈瓊枝看見兩人氣概不同，連忙接著，拜了萬福。坐定，彼此談了幾句閒話。武書道：「這杜少卿先生是此間詩壇祭酒，昨日因有人說起佳作可觀，所以來請教。」

沈瓊枝道：「我在南京半年多，凡到我這裏來的，不是把我當作倚門之娼，就是疑我為江湖之盜。兩樣人皆不足與言。今見二位先生，既無狎玩我的意思，又無疑猜我的心腸。我平日聽見家父說，『南京名士甚多，只有杜少卿先生是個豪傑』，這句話不錯了。但不知先生是客居在此？還是和夫人也同在南京？」杜少卿道：「拙荊也同寄居在河房內。」沈瓊枝道：「既如此，我就到府拜謁夫人，好將心事細說。」

杜少卿應諾，同武書先別了出來。武書對杜少卿說道：「我看這個女人實有些奇。若說他是個邪貨，他卻不帶淫氣；若是說他是人家遭出來的婢妾，他卻又不帶賤氣。看他雖是個女流，倒有許多豪俠的光景。他那般輕倩的裝飾，雖則覺得柔媚，只一雙手指卻像講究『勾搬沖』❷的。論此時的風氣，也未必有『車中女子』同那『紅線』一流人。卻怕是負氣鬥狠，逃了出來的。等他來時盤問盤問他，看我的眼力如何。」

說著，已回到杜少卿家門首，看見姚奶奶背著花籠兒來賣花。杜少卿道：「姚奶奶，你來的正好。我家今日有個希奇的客到，你就在這裏看看。」讓武正字到河房裏坐著，同姚奶奶進去，和娘子說了。

少刻沈瓊枝坐了轎子，到門首下了進來，杜少卿迎進內室，娘子接著，見過禮，坐下奉茶。沈瓊枝上首，杜娘子主位，姚奶奶在下面陪著，杜少卿坐在窗檻前。

❷ 勾搬沖：打拳的三種手法，即作為武術的代名詞。

彼此敘了寒暄，杜娘子問道：「沈姑娘，看你如此青年，獨自一個在客邊，可有個同伴的？家裏可還有尊人在堂？可曾許字過人家？」沈瓊枝道：「家父歷年在外坐館，先母已經去世，我自小學了些手工針黹，因來到這南京大邦去處，借此餬口。適承杜先生相顧，相約到府，又承夫人一見如故，真是天涯知己了。」

姚奶奶道：「沈姑娘出奇的針黹！昨日我在對門葛來官家，看見他相公娘買了一幅繡的『觀音送子』，說是買的姑娘的，真個畫兒也沒有那畫的好！」沈瓊枝道：「胡亂做做罷了，見笑的緊。」

須臾，姚奶奶走出房門外去，沈瓊枝在杜娘子面前，雙膝跪下。娘子大驚，扶了起來。沈瓊枝便把鹽商騙他做妾，他拐了東西逃走的話說了一遍，「而今只怕他不能忘情，還要追蹤而來。夫人可能救我？」杜少卿道：「鹽商富貴奢華，多少士大夫見了就銷魂奪魄；你一個弱女子，視如土芥，這就可敬的極了！但他必要追蹤。你這禍事不遠，卻也無甚大害。」

　　＊　　　　＊　　　　＊

　　正說著，小廝進來請少卿：「武爺有話要說。」杜少卿走到河房裏，只見兩個人垂著手，站在槅子門口，像是兩個差人。少卿嚇了一跳，問道：「你們是那裏來的？怎麼直到這裏邊來？」武書接應道：「是我叫進來的。奇怪！如今縣裏據著江都縣緝捕的文書在這裏拏人，說他是宋鹽商家逃出來的一個妾。我的眼色如何？」少卿道：「此刻卻在我家！我家與他拏了去，就像是我家指使的；傳到揚州去，又像我家藏留他。他逃走不逃走，都不要緊，這個倒有些不妥帖！」武正字道：「小弟先叫差人進來，正為此事。此刻少卿兄莫若先賞差人些微銀子，叫他仍舊到王府塘去；等他自己回去，再做道理拏他。」

少卿依著武書，賞了差人四錢銀子。差人不敢違拗，去了。少卿復身進去，將這一番話向沈瓊枝說

了。娘子同姚奶奶倒吃了一驚。沈瓊枝起身道：「這個不妨。差人在那裏？我便同他一路去。」少卿道：

「差人我已叫他去了。你且用了便飯，武先生還有一首詩奉贈，等他寫完。」當下叫娘子和姚奶奶陪著

吃了飯，自己走到河房裏，撿了自己刻的一本詩集，等著武正字寫完了詩，又稱了四兩銀子，封做程儀，

叫小廝交與娘子，送與沈瓊枝收了。

沈瓊枝告辭出門，上了轎，一直回到手帕巷。那兩個差人已在門口，攔住說道：「還是原轎子抬了

走？還是下來同我們走？進去是不必的了！」沈瓊枝道：「你們是都堂衙門的？是巡按衙門的？我又不

犯法，又不打欽案的官司，那裏有個攔門不許進去的理！你們這般大驚小怪，只好嚇那鄉裏人！」說著，

下了轎，慢慢的走了進去。兩個差人倒有些讓他。

沈瓊枝把詩同銀子收在一個首飾匣子裏，出來叫：「轎夫，你抬我到縣裏去。」轎夫正要添錢，差

人忙說道：「千差萬差，來人不差！」我們清早起，就在杜相公家伺候了半日，留你臉面，等你轎子回

來，——你就是女人，難道是茶也不吃的！」沈瓊枝見差人想錢，也只不理，添了二十四個轎錢，一直

就抬到縣裏來。差人沒奈何，走到宅門上回稟道：「拏的那個沈氏到了。」

知縣聽說，便叫帶到三堂回話。帶了進來，知縣看他容貌不差，問道：「既是女流，為甚麼不守閨

範，私自逃出，又偷竊了宋家的銀兩，潛蹤在本縣地方做甚麼？」沈瓊枝道：「宋為富強佔良人為妾，

我父親和他涉了訟，他買囑知縣，將我父親斷輸了，這是我不共戴天之仇。況且我雖然不才，也頗知文

墨；怎麼肯把一個「張耳之妻」去事「外黃傭奴」？故此逃了出來，這是真的。」知縣道：「你這些事，

自有江都縣問你，我也不管；你既會文墨，可能當面做詩一首？」沈瓊枝道：「請隨意命一個題。原可以求教的。」知縣指著堂下的槐樹，說道：「就以此為題。」沈瓊枝不慌不忙，吟出一首七言八句來，又快又好。知縣看了賞鑑，隨叫兩個原差到他下處取了行李來，當堂查點。翻到他頭面盒子裏，一包碎散銀子，一個封袋上寫著「程儀」，一本書，一個詩卷。知縣看了，知道他也和本地名士唱和，簽了一張批，備了一角關文，吩咐原差道：「你們押送沈瓊枝到江都縣，一路須要小心，不許多事，領了回批來繳。」

那知縣與江都縣同年相好，就密密的寫了一封書子，裝入關文內，託他開釋此女，斷還伊父，另行擇壻。——此是後事不題。

當下沈瓊枝同兩個差人出了縣門，僱轎子抬到漢西門外，上了儀徵的船。差人的行李，放在船頭上鎖伏板下安歇，沈瓊枝搭在中艙。正坐下，涼篷小船上又蕩了兩個堂客來搭船，一同進到官艙。沈瓊枝看那兩個婦人時，一個二十六七的光景，一個十七八歲，喬素打扮，做張做致❸的。跟著一個漢子，酒糟的一副面孔，一頂破氈帽，坎齊眉毛；挑過一擔行李來，也送到中艙裏。

兩婦人同沈瓊枝一塊兒坐下，問道：「姑娘是到那裏去的？」沈瓊枝道：「我是揚州，和二位想也同路。」中年的婦人道：「我們不到揚州，儀徵就上岸了。」

過了一會，船家來稱船錢。兩個差人啐了一口，拏出批來道：「你看！這是甚麼東西！我們辦公事的人，不問你要貼錢就夠了，還來問我們要錢！」

❸ 做張做致：裝模作樣。亦作「做張做智」、「做張做勢」。

船家不敢言語，向別人稱完了，開船到了燕子磯。一夜西南風，清早到了黃泥灘。差人問沈瓊枝要

錢。沈瓊枝道：「我昨日聽得明白，你們辦公事不用船錢的。」差人道：「沈姑娘，你也太擎老了！叫

我們『管山吃山，管水吃水。』」都像你這『一毛不拔』，我們喝西北風！」

沈姑娘聽了，說道：「我便不給你錢，你敢怎麼樣！」走出船艙，跳上岸去，兩隻小腳，就是飛的

一般，竟要自己走了去。兩個差人，慌忙搬了行李，趕著扯他；被他一個「四門斗里」❹，打了一個「仰

八叉」❺。爬起來，同那個差人吵成一片。吵的船家同那戴破氈帽的漢子做好做歹，僱了一乘轎子。兩

個差人，跟著去了。

那漢子帶著兩個婦人，過了頭道閘，一直到豐家巷來，覷面迎著王義安，叫道：「細姑娘同順姑娘

來了？李老四也親自送了來？南京水西門近來生意如何？」李老四道：「近來被淮清橋那些開『三嘴行』

的擠壞了，所以來投奔老爹。」王義安道：「這樣甚好，我這裏正少兩個姑娘。」

當下帶著兩個婊子，回到家裏。一進門來，上面三間草房，都用蘆蓆隔著，後面就是廚房。廚房裏

一個人在那裏洗手，看見這兩個婊子進來，歡喜的要不的。只因這一番，有分教：煙花窟裏，惟憑行勢

誇官；筆墨叢中，偏去眠花醉柳。

畢竟後事如何？且聽下回分解。

❹ 四門斗里：拳術中的專門名詞。

❺ 仰八叉：仰面跌倒。

第四十二回　公子妓院說科場　家人苗疆報信息

話說兩個婊子纏進房門，王義安向洗手的那個人道：「六老爺，你請過來看看這兩位新姑娘！」兩個婊子抬頭看那人時，頭戴一頂破頭巾，身穿一件油透的元色綢直裰，腳底下穿了一雙舊尖頭靴；一副大黑麻臉，兩隻的溜骨碌的眼睛，洗起手來，自己把兩個袖子只管往上勒；又不像文，又不像武。

那六老爺從廚房裏走出來，兩個婊子上前叫聲「六老爺」，歪著頭，扭著屁股，一隻手扯著衣服衿，在六老爺跟前行個禮。那六老爺雙手拉著道：「好！我的乖乖姐姐！你一到這裏就認得湯六老爺，就是你的造化了！」王義安道：「六老爺說的是。姑娘們到這裏，全靠六老爺照顧。請六老爺坐。擎茶來敬六老爺。」湯六老爺坐在一張板櫈上，把兩個姑娘拉著，一邊一個，同在板櫈上坐著；自己扯開褲腳子，擎出那一雙黑油油的肥腿來搭在細姑娘腿上，把細姑娘雪白的手擎過來摸他的黑腿。吃過了茶，擎出一袋子檳榔來，放在嘴裏亂嚼；嚼的淬淬渣渣，淌出來，滿鬍子，滿嘴唇，左邊一擦，右邊一很，都很擦在兩個姑娘的臉巴子上。姑娘們擎出汗巾子來揩，他又奪過去擦夾肢窩。

王義安接過茶杯，站著問道：「六老爺，這些時邊上可有信來？」湯六老爺道：「怎麼沒有？前日還打發人來，在南京做了二十首大紅緞子繡龍的旗，一首大黃緞子的坐纛。說是這一個月就要進京。到九月霜降祭旗，萬歲爺做大將軍，我家大老爺做副將軍。兩人並排在一個氈條上站著磕頭。磕過了頭，

就做總督。」

正說著，撈毛的叫了王義安出去，悄悄說了一會話。王義安進來道：「六老爺在上，方纔有個外京客要來會會細姑娘，看見六老爺在這裏，不敢進來。」六老爺道：「這何妨？請他進來，我就同他吃酒。」

當下王義安領了那人進來，一個少年生意人。那嫖客進來坐下，王義安就叫他稱出幾錢銀子來，買了一盤子驢肉，一盤子煎魚，十來篩酒。因湯六老爺是教門人，又買了二三十個雞蛋，煮了出來，點上一個燈臺。六老爺首席，那嫖客對坐。六老爺叫細姑娘同那嫖客一板櫈坐。細姑娘撒嬌撒癡，定要同六老爺坐。

四人坐定，斟上酒來。六老爺要猜拳，輸家吃酒，贏家唱。六老爺叫斟上酒，聽細姑娘唱。細姑娘別轉臉笑，不肯唱。六老爺同那嫖客猜。細姑娘只是笑，不肯唱。六老爺道：「我這臉是簾子做的，要捲上個寄生草，便是細姑娘和那嫖客，不肯唱。六老爺拏筷子在桌上催著敲。細姑娘贏了一拳，自己啞著喉嚨唱了一去就捲上去，要放下來就放下來！我要細姑娘唱一個，偏要你唱！」王義安又走進來幫著催促，細姑娘只得唱了幾句。

唱完，王義安道：「王老爺來了。」那巡街的王把總進來，見是湯六老爺，纔不言語。婊子磕了頭，一同入席吃酒，又添了五六篩。直到四更時分，六老爺府裏小狗子擎著「都督府」的燈籠，說：「府裏請六爺。」六老爺同王老爺方纔去了。婊子進了房，端水的來要水錢，撈毛的來要花錢。又鬧了一會，比及上牀，已雞叫。次日，六老爺絕早來說，要在這裏擺酒，替兩位公子餞行，往南京恭喜去。王義安聽見湯六老爺府裏兩位公子來，喜從天降，忙問：「六老爺，是即刻就來？是晚上纔來？」六老爺在腰裏摸出一封低銀子，——稱稱五錢六分重，——遞與王義安，叫去備一個「七

籃兩點」的席，「若是辦不來，再到我這裏找。」

王義安道：「不敢，不敢。只要六老爺別的事上，多挑❶他姐兒們幾回就是了；這一席酒，我們效六老爺的勞。何況又是請府裏大爺二爺的？」六老爺道：「我的乖乖，這就是在行的話了，只要你這姐兒們有福，若和大爺二爺相厚起來，他府裏差甚麼，——黃的是金，白的是銀，圓的是珍珠，放光的是寶！我們大爺，二爺，你只要找得著性情，就是撈毛的，燒火的，他也大把的銀子擓出來賞你們！」李四在旁聽了，也著實高興。吩咐已畢，六老爺去了。這裏七手八腳整治酒席。到下午時分，六老爺同大爺二爺來，頭戴恩蔭巾，一個穿大紅洒線直裰，一個穿藕合洒線直裰，腳下粉底皂靴；帶著四個小廝，大清天白日，提著兩對燈籠，一對上寫著「都督府」，一對上寫著「南京鄉試」。

大爺二爺進來，上面坐下。兩個婊子雙雙磕了頭。六老爺站在旁邊。大爺道：「六哥，現成板橙，你坐著不是。」六老爺道：「正是。要稟過大爺，二爺。兩個姑娘要賞他一個坐。」二爺道：「怎麼不坐？叫他坐了。」兩個婊子輕輕試試，扭頭折頸，坐在一條板橙上，拏汗巾子掩著嘴笑。大爺問：「兩個姑娘今年尊庚？」六老爺代答道：「一位十七歲，一位十九歲。」

王義安捧上茶來。兩個婊子親手接了兩杯茶，拏汗巾揩乾了杯子上一轉的水漬，走上去，奉與大爺，二爺。大爺，二爺，接茶在手，吃著。六老爺問道：「大爺，二爺，幾時恭喜起身？」大爺道：「只在明日就要走。現今主考已是將到京了，我們怎還不去？」六老爺和大爺說著話，二爺趁空把細姑娘拉在一條板橙上坐著，同他捏手捏腳，親熱了一回。

❶ 挑：抬舉，捧。

少刻就排上酒來。叫的教門廚子，備的教門席，都是些燕窩，鴨子，雞，魚。六老爺自己捧著酒，

奉大爺二爺上坐，六老爺下陪。兩個婊子打橫。那菜一碗一碗的捧上來。六老爺逼手逼腳的坐在底下吃

了一會酒，六老爺問道：「大爺，二爺，這一到京，就要進場了？初八日五更鼓先點太平府，點到我們

揚州府，怕不要晚？」

大爺道：「那裏就點太平府！貢院前先放三個砲，把柵欄子開了；又放三個砲，把大門開了；又放

三個砲，把龍門開了；；共放九個大砲。」二爺道：「他這個砲還沒有我們老人家轅門的砲大。」

大爺道：「略小些，也差不多。放過了砲，至公堂上擺出香案來。應天府尹大人戴著襆頭，穿著蟒

袍，行過了禮，立起身來，把兩把遮陽遮著臉。布政司書辦跪請三界伏魔大帝關聖帝君進場來鎮壓，請

周將軍進場來巡場。放開遮陽，大人又行過了禮。布政司書辦跪請七曲文昌開化梓潼帝君進場來主試，

請魁星老爺進場來放光。」

六老爺嚇的吐舌道：「原來要請這些神道菩薩進來！可見是件大事！」順姑娘道：「他裏頭有這些

菩薩坐著，虧大爺二爺好大膽，還敢進去！若是我們，就殺了也不敢進去！」六老爺正色道：「我們大

爺二爺也是天上的文曲星，怎比得你姑娘們！」

大爺道：「請過了文昌，大人朝上又打三恭，書辦就跪請各舉子的功德父母。」六老爺道：「怎的

叫做『功德父母』？」二爺道：「功德父母是人家中過進士做過官的祖宗，方纔請了進來；若是那考老

了的秀才和那百姓，請他進來做甚麼呢？」

大爺道：「每號門前還有一首紅旗，底下還有一首黑旗。那紅旗底下是給下場人的恩鬼墩著；黑旗

底下是給下場人的怨鬼墩著。到這時候，大人上了公座坐了。書辦點道：「恩鬼進，怨鬼進。」兩邊齊

燒紙錢。只見一陣陰風，颯颯的響，滾了進來，跟著燒的紙錢，滾到紅旗黑旗底下去了。」

順姑娘道：「阿彌陀佛！可見人要做好人！到這時候就見出分曉來了！」六老爺道：「像我們大老

爺在邊上，積了多少功德，活了多少人命，那恩鬼也不知是多少哩！一枝紅旗，那裏墩得下？」大爺道：

「幸虧六哥不進場；若是六哥要進場，生生的就要給怨鬼拉了去！」六老爺道：「這是怎的？」

大爺道：「像前科我宜興嚴世兄，是個飽學秀才，在場裏做完七篇文章，高聲朗誦。忽然一陣微微

的風，把蠟燭頭吹的亂搖，掀開帘子伸進一個頭來。嚴世兄定睛一看，就是他相與的一個婊子。嚴世兄

道：『你已經死了，怎麼來在這裏？』那婊子望著他嘻嘻的笑。嚴世兄急了，把號板一拍，那硯臺就翻

過來，連黑墨都倒在卷子上，把卷子黑了一大塊，婊子就不見了。嚴世兄歎息道：『也是我命該如此！』

可憐下著大雨，就交了卷，冒著雨出來，在下處害了三天病。我去看他，他告訴我如此。我說：『你當

初不知怎樣作踐了這人，他所以來尋你。』」——六哥，你生平作踐了多少人？你說這大場進得進不得？」

兩個姑娘拍手笑道：「六老爺好作踐的是姑娘！他若進場，我兩個人就是他的怨鬼！」吃了一會，

六老爺啞著喉嚨，唱了一個小曲；大爺、二爺，拍著腿，也唱了一個；婊子唱是不消說。鬧到三更鼓，

打著燈籠回去了。次日，叫了一隻大船上南京。六老爺也送上船，回去了。

＊

＊

＊

大爺，二爺在船上閒談著進場的熱鬧處。二爺道：「今年該是個甚麼表題？」大爺道：「我猜沒有

別的；去年老人家在貴州征服了一洞苗子，一定是這個表題。」二爺道：「這表題要在貴州出。」大爺

道：「如此，只得求賢免錢糧兩個題，其餘沒有了。」

一路說著，就到了南京。管家尤鬍子接著，把行李搬到釣魚巷住下。大爺，二爺走進了門，轉過二層廳後，一個旁門進去，卻是三間倒坐的河廳，收拾的倒也清爽。兩人坐定，看見河對面一帶河房，——也有硃紅的欄干，也有綠油的窗槅，也有斑竹的簾子，——裏面都下著各處的秀才，在那裏哼哼唧唧的念文章。

大爺，二爺纏住下，便催著尤鬍子去買兩頂新方巾，考籃，銅銚，號頂，門帘，火爐，燭臺，燭剪，卷袋，每樣兩件；趕著到鷺峰寺寫卷頭交卷；又料理場食：月餅，蜜橙糕，蓮米，圓眼肉，人參，炒米，醬瓜，生薑，板鴨。大爺又和二爺說：「把貴州帶來的『阿魏』帶些進去，恐怕在裏頭寫錯了字著急。」

足足料理了一天，纏得停妥。大爺，二爺，又自己細細一件一件的查點，說道：「功名事大，不可草草！」到初八早上，把這兩頂舊頭巾，叫兩個小子戴在頭上，抱著籃子，到貢院前伺候。一路打從淮清橋過，那趕搶攤的，擺著紅紅綠綠的封面，都是蕭金鉉諸葛天申季恬逸匡超人馬純上蘧駪夫選的時文。一直等到晚，儀徵學的秀才點完了，纏點他們。進了頭門，那兩個小廝到底不得進去，大爺，二爺，自己抱著籃子，背著行李，看見兩邊蘆柴堆火光一直亮到天上。大爺，二爺，坐在地下，解懷脫腳。聽見裏面高聲喊道：「仔細搜檢！」

大爺，二爺跟了這二人進去，到二門口接卷，進龍門歸號。初十日出來，累倒了，每人吃了一隻鴨子，睡了一天。三場已畢，到十六日，叫小廝拏了一個『都督府』的溜子，溜了一班戲子來謝神。少刻，看茶的到了。他是教門，自己有辦席的廚子，不用外僱。戲班子發了箱來，跟著一個拏燈籠

的，擎著十幾個燈籠，寫著「三元班」。隨後一個人，後面帶著一個二漢，手裏擎著一個拜匣。到了寓處門首，向管家說了，傳將進去。大爺打開一看，原來是個手本，寫著「門下鮑廷璽謹具喜燭雙輝，梨園一部，叩賀。」

大爺知道他是個領班子的，叫了進來。鮑廷璽見過了大爺、二爺，說道：「門下在這裏領了一個小班，專伺候諸位老爺。昨日聽見兩位老爺要戲，故此特來伺候。」大爺見他為人有趣，留他一同坐著吃飯。

過了一回，戲子來了，就在那河廳上面供了文昌帝君關夫子的紙馬。兩人磕過頭，祭獻已畢。大爺、二爺，鮑廷璽，共三人，坐了一席。鑼鼓響處，開場唱了四齣「嘗湯戲」❷。天色已晚，點起十幾副明角燈來，照耀的滿堂雪亮。足足唱到三更鼓，整本已完。鮑廷璽道：「門下這幾個小孩子，跑的馬倒也還看得，叫他跑一齣馬，替兩位老爺醒酒。」那小戲子一個個戴了貂裘，簪了雉羽，穿極新鮮的靠子，跑上場來，串了一個五花八門。大爺，二爺，看了大喜。

鮑廷璽道：「兩位老爺若不見棄，這孩子裏面揀兩個留在這裏伺候。」大爺道：「他們這樣小孩子，曉得伺候甚麼東西？有別的好頑的去處，帶我去走走。」鮑廷璽道：「這個容易。老爺，這對河就是葛來官家。他也是我掛名的徒弟。那年天長杜十七老爺在這裏湖亭大會，都是考過，榜上有名的。老爺明日到水襪巷，看著外科周先生的招牌，對門一個黑搶籬裏，就是他家了。」二爺道：「他家可有內眷？我也一同去走走。」鮑廷璽道：「現放著偌大的十二樓，二老爺為甚麼不去頑耍，倒要到他家去？少不得都是門下來奉陪。」說畢，戲已完了。鮑廷璽辭別去了。

❷ 嘗湯戲：即開鑼戲。明、清習俗，筵席中戲劇正式表演之前，要先上一道湯，故稱開鑼戲為「嘗湯戲」。

次日，大爺備了八把點銅壺，兩瓶山羊血，四端苗錦，六簍貢茶，叫人挑著，一直來到葛來官家。敲開了門，一個大腳三❸帶了進去。前面一進兩破三的廳，上頭左邊一個門，一條小巷子進去，河房倒在貼後。那葛來官身穿著夾紗的玉色長衫子，手裏搿著燕翎扇，一雙十指尖尖的手，憑在欄杆上乘涼；看見大爺進來，說道：「請坐。老爺是那裏來的？」大爺道：「昨日鮑師父說，來官，你家最好看水，今日特來望望你。還有幾色菲人事，你權且收下。」家人挑了進來。來官看了，喜逐顏開，說道：「怎麼領老爺這些東西？」忙叫大腳三收了進去。——「你向相公娘說，擺酒出來。」大爺道：「我是教門，不用大董。」來官道：「有新買的極大的揚州螃蟹，不知老爺用不用？」大爺道：「這是我們本地的東西，我是最歡喜。我家伯伯太老爺在高要帶了家信來，想的要不的，也不得一隻吃吃。」來官道：「太老爺是朝裏出仕的？」大爺道：「我家太老爺做著貴州的都督府，我是回來下場的。」

說著，擺上酒來。對著那河裏煙霧迷離，兩岸人家都點上了燈火，行船的人往來不絕。這葛來官吃了幾杯酒，紅紅的臉，在燈燭影裏，擎著那纖纖玉手，只管勸湯大爺吃酒。大爺道：「我酒是夠了，倒用杯茶罷。」葛來官叫那大腳三把螃蟹殼同菜碟都收了去，揩了桌子，擎出一把紫砂壺，烹了一壺梅片茶。兩人正吃到好處，忽聽見門外嚷成一片。葛來官走出大門，只見那外科周先生紅著臉，睜著肚子，在那裏嚷大腳三，說他倒了他家一門口的螃蟹殼子。葛來官纔待上前和他講說，被他劈面一頓臭罵道：「你家住的是『海市蜃樓』，合該把螃蟹殼倒在你門口，為甚麼送在我家來！難道你上頭兩隻眼睛也撐大了！」

彼此吵鬧，還是湯家的管家，勸了進去。剛纔坐下，那尤鬍子慌忙跑了進來道：「小的那裏不找尋

❸ 大腳三：大腳婦人。南京話。

大爺！卻在這裏！」大爺道：「你為甚事，這樣慌張？」尤鬍子道：「二爺同那個姓鮑的走到東花園鷩峰寺旁邊一個人家吃茶，被幾個喇子囮❹著，把衣服都剝掉了，那姓鮑的嚇的老早走了。二爺關在他家，不得出來，急得要死！那間壁一個賣花的姚奶奶，說是他家姑老太把住了門，那裏溜得脫！」

大爺聽了，慌叫在寓處取了燈籠來，照著走到鷩峰寺間壁。那裏幾個喇子說：「我們好些時沒有大紅日子❺過了，不打他的醮水❻還打那個！」湯大爺赳赳的分開眾人，推開姚奶奶，一拳打掉了門。

那二爺看見他哥來，兩步做一步，溜出來了。那些喇子還待要攔住他，看見大爺雄赳赳的，又打著「都督府」的燈籠，也就不敢惹他，各自都散了。

兩人回到下處，過了二十多天，貢院前藍單取進墨漿去，知道就要揭曉。過了兩日，放出榜來，弟兄兩個都沒中，坐在下處，足足氣了七八天；領出落卷來，——湯由三本，湯實三本，——都三篇不見一圈。兩個人夥著大罵簾官主考不通。

正罵著，只見貴州衙門的家人到了，遞上家信來，兩人拆開看著。只因這一番，有分教：桂林杏苑，空辜拾芥之心；虎鬪龍爭，又見戰征之事。

畢竟後事如何？且聽下回分解。

❹ 囮：詐人財物。同「訛」。
❺ 大紅日子：很得意的日子。
❻ 打他的醮水：敲竹槓。

第四十三回 野羊塘將軍大戰 歌舞地酋長劫營

話說湯大爺，湯二爺領出落卷來，正在寓處看了氣惱，只見家人從貴州鎮遠府來，遞上家信。兩人拆開同看，上寫道：「生苗近日頗有蠢動之意。爾等於發榜後，無論中與不中，且來鎮署要緊！……」大爺看過，向二爺道：「老人家叫我們到衙門裏去，我們且回儀徵，收拾收拾再打算長行。」當下喚尤鬍子叫了船，算還了房錢。大爺，二爺坐了轎，小廝們押著行李出漢西門上船。葛來官聽見，買了兩隻板鴨，幾樣茶食，到船上送行。大爺又悄悄送了他一個荷包，裝著四兩銀子，相別去了，當晚開船。

次早到家，大爺，二爺先上岸回家。纔洗了臉坐下吃茶，門上人進來說：「六爺來了。」只見六老爺後面跟著一個人，走了進來，一見面就說道：「聽見我們老爺出兵征勦苗子，把苗子平定了。明年朝廷必定開科，大爺二爺一齊中了，我們老爺封了侯，那一品的蔭襲，料想大爺二爺也不稀罕，就求大爺賞了我，等我戴了紗帽，給細姑娘看看，也好叫他怕我三分！」二爺道：「你們只管說話，這個人是那裏來的？」大爺道：「六哥，我掙一頂紗帽，單單去嚇細姑娘，懷裏攀出一封書子遞上來。六老爺道：「他姓臧，名喚臧岐，天長縣人。這書是杜少人上來磕頭請安，又不如去把這紗帽賞與王義安了！」那卿哥寄來的，說臧岐為人甚妥帖，薦來給大爺二爺使喚。」二爺把信拆開，同大爺看，前頭寫著些請問老伯安好的話，後面說到臧岐一向在貴州做長隨，貴州的山僻小路，他都認得，其人頗可以供使令等語。

大爺看過，向二爺說道：「杜世兄我們也許久不會他了；既是他薦來的人，留下使喚便了。」

臧四磕頭謝了下去。門上人進來稟：「王漢策老爺到了，在廳上要會。」大爺道：「老二，我同六哥吃飯，你去會會他罷。」二爺出去會客，大爺叫擺飯同六老爺吃。吃著，二爺送了客回來。大爺問道：「他來說甚麼？」二爺道：「他說他東家萬雪齋有兩船鹽，也就在這兩日開江，託我們在路上照應，照應。」

二爺便一同吃飯。吃完了飯，六老爺道：「我今日且去著，明日再來送行。」又道：「二爺若是得空，還到細姑娘那裏瞧瞧他去。我先去叫他那裏等著。」二爺道：「六哥，你就是個討債鬼，纏死了人！今日還那得工夫去看那騷娼子！」

六老爺笑著去了。次日，行裏寫了一隻大江船。尤鬍子，臧四，同幾個小廝，搬行李上船，門槍旗牌，十分熱鬧。六老爺送到黃泥灘，說了幾句分別的話，纔叫一個小船蕩了回去。

這裏放砲開船，一直往上江進發。這日將到大姑塘，風色大作。大爺吩咐急急收了口子，彎了船。那江裏白頭浪，茫茫一片，就如煎鹽疊雪的一般。只見兩隻大鹽船，被風橫掃了，抵在岸邊，便有兩百隻小撥船，攏上來了兩百個兇神也似的人，齊聲叫道：「鹽船擱了淺了！我們快幫他去起撥❶！」那些人駕了小船，跳在鹽船上，不由分說，把他艙裏的子兒鹽，一包一包的，盡興搬到小船上。那兩百隻小船，都裝滿了，一個人一把槳，如飛的棹起來，都穿入那小港中，無影無蹤的去了。

❶ 起撥：即「起駁」，用駁船將貨物運至岸上。

那船上管船的舵工，押船的朝奉，面面相覷，束手無策，望見這邊船上打著「貴州總鎮都督府」的旗號，知道是湯少爺的船，都過來跪下，哀求道：「小的們是萬老爺家兩號鹽船，被這些強盜生生打劫了，是二位老爺眼見的，求老爺做主搭救！」大爺同二爺道：「我們同你家老爺雖是鄉親，但這失賊的事，該地方官管。你們須是到地方官衙門，遞呈紙去。」朝奉們無法，只得依言，具了呈紙，到彭澤縣去告。那知縣接了呈詞，即刻陞堂，將舵工，朝奉，水手，一千人等，都叫進二堂，問道：「你們鹽船為何不開行？停泊在本縣地方上，是何緣故？那些搶鹽的姓甚名誰？平日認得不認得？」舵工道：「小的們的船，被風掃到岸邊，那港裏有兩百隻小船，幾百個兇神，硬把小的船上鹽包都搬了去了。」

知縣聽了，大怒道：「本縣法令嚴明，地方清肅，那裏有這等事！分明是你這奴才攬載了商人的鹽斤，在路夥著花消，沿途偷賣了，借此為由，希圖抵賴！你到了本縣案下，還不實說麼？」不由分說，撒下一把籤來。兩邊如狼如虎的公人，把舵工拖翻，二十毛板，打的皮開肉綻。

又指著押船的朝奉道：「你一定是知情夥賴，快快向我實說！」說著，那手又去摸著籤筒。

可憐這朝奉是花月叢中長大的，近年有了幾莖鬍子，主人纔差他出來押船，嬌皮嫩肉，何曾見過這樣官刑；今番見了，屁滾尿流，憑著官叫他說甚麼，就是甚麼，那裏還敢頂一句，當下磕頭如搗蒜，只求饒命。知縣又把水手們嚷罵一番，要將一干人寄監，明日再審。湯大爺叫臧岐拏了帖子上來拜上知縣，說：「萬家的家人，原是自己不小心。失去的鹽斤，也還有限。老爺已經責處過管船的，叫他下次小心，寬恕他們罷。」

朝奉慌了，急急叫了一個水手，託他到湯少爺船上，求他說人情。湯少爺船上的，近年有了幾莖鬍子

知縣聽了這話，叫臧岐原帖拜上二位少爺，說：「本該將你們解回江都縣，照數追賠，這是本縣開恩，恕你初犯！」扯個淡，一齊趕了出來。朝奉帶著舵工到湯少爺船上磕頭，謝了說情的恩，捻著鼻子❷，回船去了。

說道：「曉得，遵命了。」又坐堂叫齊一千人等在面前，

次日，風定開船，又行了幾程。大爺，二爺，由水登陸，到了鎮遠府，打發尤鬍子先往衙門通報。

＊

大爺，二爺，隨後進署。這日正陪著客，請的就是鎮遠府太守。這太守姓雷，名驥，字康錫，進士出身，年紀六十多歲，是個老科目，大興縣人，由部郎陞了出來，在鎮遠有五六年，苗情最為熟習。雷太守在湯鎮臺西廳上吃過了飯，拏上茶來吃著，談到苗子的事。

＊

雷太守道：「我們這裏生苗熟苗兩種：那熟苗是最怕王法的，從來也不敢多事；只有生苗容易會鬧起來。那大石崖金狗洞一帶的苗子，尤其可惡！前日長官司田德稟了上來，說：『生員馮君瑞被金狗洞苗子別莊燕捉去，不肯放還；若是要他放還，須送他五百兩銀子，做贖身的身價。』大老爺，你議議這件事，該怎麼一個辦法？」

＊

湯鎮臺道：「馮君瑞是我內地生員，關係朝廷體統，他如何敢拏了去，要起贖身的價銀來？目無王法已極！此事並沒有第二議，惟有帶了兵馬，到他洞裏，把逆苗盡行勦滅了，捉回馮君瑞，交與地方官，究出起釁情由，再行治罪！捨此還有別的甚麼辦法？」

雷太守道：「大老爺此議，原是正辦；但是何苦為了馮君瑞一個人興師動眾？愚見不如檄委田土司

❷　捻著鼻子：忍氣吞聲。

到洞裏宣諭苗酋，叫他好好送出馮君瑞，這事也就可以罷了。」

湯鎮臺道：「太老爺，你這話就差了。譬如田土司到洞裏去，那逆苗又把他留下，要一千兩銀子取

贖；甚而太老爺親自去宣諭，他又把太老爺留下，要一萬銀子取贖，這事將如何辦法？況且朝廷每年費

百十萬錢糧，養活這些兵丁將備，所司何事？既然怕興師動眾，不如不養活這些閒人了！」

幾句就同雷太守說戲了。雷太守道：「也罷，我們將此事敘一個簡明的稟帖稟明上臺，看上臺如何

批下來，我們遵照辦理就是了。」當下雷太守道了多謝，辭別回署去了。這裏放砲封門。湯鎮臺進來，

兩個乃郎請安叩見了，臧四也磕了頭，問了些家鄉的話，各自安息。過了幾日，總督把稟帖批下來：

仰該鎮帶領兵馬，勦滅逆苗，以彰法紀。餘如稟，速行繳。

這湯鎮臺接了批稟，即刻差人把府裏兵房書辦叫了來，關在書房裏。那書辦嚇了一跳，不知甚麼緣

故。到晚，將三更時分，湯鎮臺到書房裏來會那書辦，手下人都叫迴避了。湯鎮臺擎出五十兩一錠大銀，

放在桌上，說道：「先生，你請收下。我約你來，不為別的，只為買你一個字。」

那書辦嚇的戰抖抖的，說道：「大老爺有何吩咐處，只管叫書辦怎麼樣辦，書辦死也不敢受大老爺

的賞！」湯鎮臺道：「不是這樣說。我也不肯連累你。明日上頭有行文到府裏叫我出兵時，府裏知會過

來，你只將『帶領兵馬』四個字，寫作『多帶兵馬』。我這元寶送為筆資，並無別件奉託。」

書辦應允了，收了銀子，放了他回去。又過了幾天，府裏知會過來，催湯鎮臺出兵，那文書上有「多

帶兵馬」字樣。那本標三營，分防二協，都受他調遣。各路糧餉俱已齊備。看看已是除夕。清江銅仁兩

協參將守備稟道：「晦日用兵，兵法所忌。」湯鎮臺道：「且不要管他。運用之妙，在於一心。苗子們

今日過年，正好出其不意，攻其無備。」傳下號令：遣清江參將領本協人馬，從小石崖穿到鼓樓坡，以

斷其後路；遣銅仁守備帶領本協人馬，從石屏山直抵九曲崗，以遏其前鋒。湯鎮臺自領本標人馬，在野

羊塘作中軍大隊。調撥已定，往前進發。湯鎮臺道：「逆苗巢穴，正在野羊塘；我們若從大路去驚動了

他，他踞了碉樓，【以逸待勞】，我們倒難以刻期取勝。……」因問臧岐道：「你認得可還有小路穿到他

後面？」臧岐道：「小的認得。從香爐崖爬過山去，走鐵溪裏抄到後面，可近十八里；只是溪水寒冷，

現在有冰，難走。」湯鎮臺道：「這個不妨。」號令中軍馬兵穿了油靴，步兵穿了鷸子鞋，一齊打從這

條路上前進。

＊

且說那苗酋正在洞裏聚集眾苗子，男男女女，飲酒作樂過年。馮君瑞本是一個奸棍，又得了苗女為

妻，翁婿兩個，羅列著許多苗婆，穿的花紅柳綠，鳴鑼擊鼓，演唱苗戲。忽然一個小卒飛跑了來報道：

「不好了！大皇帝發兵來勦，已經到了九曲崗了！」那苗酋嚇得魂不附體，忙調兩百苗兵，帶了標槍，

前去抵敵。只見又是一個小卒沒命的奔來報道：「鼓樓坡來了大眾的兵馬，不計其數！」

＊

苗酋同馮君瑞正慌張著急，忽聽得一聲砲響，後邊山頭上火把齊明，喊殺連天，從空而下。那苗酋

領著苗兵，捨命混戰。怎當得湯總鎮的兵馬，長槍，大戟，直殺到野羊塘，苗兵死傷過半。苗酋同馮君

瑞覓條小路，逃往別的苗洞裏去了。

＊

那裏前軍銅仁守備，後軍清江參將，都會合在野羊塘，搜了巢穴，將敗殘的苗子盡行殺了，苗婆留

在軍中執炊爨之役。湯總鎮號令三軍，就在野羊塘扎下營盤。參將，守備，都到帳房裏來賀捷。湯總鎮道：「二位將軍且不要放心。我看賊苗雖敗，他已逃往別洞，必然求了救兵，今夜來劫我們的營盤。不可不預為防備。」因問臧岐道：「此處通那一洞最近？」臧岐道：「此處到豎眼洞不足三十里。」湯鎮臺道：「我有道理。」向參將，守備道：「二位將軍，你領了本部人馬，伏於石柱橋左右——這是苗賊回去必由之總路。你等他回去之時，聽砲響為號，伏兵齊起，上前掩殺。」兩將聽令去了。湯總鎮叫把收留的苗婆，內中揀會唱歌的，都梳好了椎髻，穿好了苗錦，赤著腳，到中軍帳房裏歌舞作樂；卻把兵馬將士，都埋伏在山坳裏。

果然五更天氣，苗酋率領著豎眼洞的苗兵，帶了苗刀，拏了標鎗，悄悄渡過石柱橋；望見野羊塘中軍帳裏燈燭輝煌，正在歌舞，一齊吶聲喊，撲進帳房，不想撲了一個空，那些苗婆之外，並不見有一人；知道是中了計，急急往外跑。那山坳裏伏兵齊發，喊聲連天。苗酋拚命的領著苗兵投石柱橋來，卻不防一聲砲響，橋下伏兵齊出，幾處湊攏，趕殺前來。還虧得苗子的腳底板厚，不怕巉巖荊棘，就如驚猿脫兔，漫山越嶺的逃散了。

湯總鎮得了大勝，檢點這三營兩協人馬，無大損傷，唱著凱歌，回鎮遠府。雷太守接著，道了恭喜，問起苗酋別莊燕以及馮君瑞的下落。湯鎮臺道：「我們連贏了他幾仗。他們窮蹙逃命，料想這兩個已經自戕溝壑了。」雷太守道：「大勢看來，自是如此；但是上頭問下來，這一句話卻難以回答——明明像個飾詞了。」

當下湯鎮臺不能言語，回到衙門，——兩個少爺接著，請了安。——卻為這件事，心裏十分躊躇，

一夜也不曾睡著。次日，將出兵得勝的情節報了上去，總督那裏又批下來，同雷太守的所見竟是一樣，專問別莊燕，馮君瑞兩名要犯，「務須刻期拿獲解院，以憑題奏」等語。

湯鎮臺著了慌，一時無法。只見臧岐在旁跪下稟道：「生苗洞裏路徑，小的都認得。求老爺差小的前去打探得別莊燕現在何處，便好設法擒捉他了。」湯鎮臺大喜，賞了他五十兩銀子，叫他前去細細打探。

臧岐領了主命，去了八九日，回來稟道：「小的直去到豎眼洞，探得別莊燕因借兵劫營，輸了一仗，洞裏苗頭和他惱了，而今又投到白蟲洞那裏去。小的又尋到那裏打探，聞得馮君瑞也在那裏。別莊燕只賸了家口十幾個人，手下的兵馬全然沒有了。又聽見他們設了一計。說我們這鎮遠府裏，正月十八日，鐵溪裏的神道出現，滿城人家，家家都要關門躲避；他們打算到這一日，扮做鬼怪，到老爺府裏來打劫報仇。老爺須是防範他為妙。」

湯鎮臺聽了，道：「我知道了。」又賞了臧岐羊酒，叫他歇息去。果然鎮遠有個風俗，說正月十八日，鐵溪裏龍神嫁妹子。那妹子生的醜陋，怕人看見，差了多少的蝦兵蟹將，護衛著他嫁。人家都要關了門，不許出來張看；若是偷著張看，被他瞧見了，就有疾風暴雨，平地水深三尺，把人民要淹死無數。此風相傳已久。

※　　　　　　※　　　　　　※

到了十七日，湯鎮臺將親隨兵丁，叫到面前，問道：「你們那一個認得馮君瑞？」內中有一個高挑子出來跪稟道：「小的認得。」湯鎮臺道：「好。」便叫他穿上一件長白布直裰，戴上一頂紙糊的極高

的黑帽子，揸上一臉的石灰，粧做地方鬼模樣；又叫家丁粧了一班牛頭馬面，魔王夜叉，極猙獰的怪物；吩咐高挑子道：「你明日看見馮君瑞，即便捉住，重重有賞。」布置停當，傳令管北門的，天未明，就開了城門。

那別莊燕同馮君瑞假扮做一班賽會的，各把短刀藏在身邊，半夜來到北門，看見城門已開，即奔到總兵衙門馬號的牆外。十幾個人，各將兵器拏在手裏，爬過牆來看，裏邊月色微明，照著一個大空院子，正不知從那裏進去。忽然見牆頭上伏著一個怪物，手裏拏著一個糖鑼子，噹噹的敲了兩下，那一堵牆，就像地動一般，滑喇的憑空倒了下來；幾十條火把齊明，跳出幾十個惡鬼，手執鋼叉，留客住，一擁上前。

這別莊燕同馮君瑞著了這一嚇，兩隻腳好像被釘釘住了的。地方鬼走上前一鉤鐮鎗勾住馮君瑞，喊道：「拏住馮君瑞了！」眾人一齊下手，把十幾個人都拏了，一個也不曾溜脫。拏到二堂。湯鎮臺點了數，次日解到府裏。雷太守聽見拏獲了賊頭和馮君瑞，亦甚是歡喜；即請出王命，尚方劍，將別莊燕同馮君瑞梟首示眾，其餘苗子都殺了，具了本奏進京去。奉上諭：

湯奏辦理金狗洞匪苗一案，率意輕進，糜費錢糧，著降三級調用，以為好事貪功者戒。欽此。

湯鎮臺接著抄報看過，歎了一口氣；部文到了，新官到任，送了印，同兩位公子商議，收拾打點回家。只因這一番，有分教：將軍已去，悵大樹之飄零；名士高談，謀先人之窀穸。

未知後事如何？且聽下回分解。

第四十四回　湯總鎮成功歸故里　余明經把酒問葬事

話說湯鎮臺同兩位公子商議，收拾回家，雷太守送了代席四兩銀子，叫湯衙庖人備了酒席，請湯鎮臺到自己衙署餞行。起程之日，闔城官員都來送行。從水路過常德，渡洞庭湖，由長江一路回儀徵。在路無事，問問兩公子平日的學業，看看江上的風景。不到兩十天，已到了紗帽洲，打發家人先回家，料理迎接。

六老爺知道了，一直迎到黃泥灘，見面請了安，弟兄也相見了，說說家鄉的事。湯鎮臺見他油嘴油舌，惱了道：「我出門三十多年，你長成人了，怎麼學出這般一個下流氣質！」後來見他開口就說是「稟老爺」，湯鎮臺怒道：「你這下流，胡說！我是你叔父，你怎麼叔父不叫，稱呼老爺？」講到兩個公子身上，他又叫「二爺」。湯鎮臺大怒道：「你這匪類！更該死了！你的兩個兄弟，你不教訓，照顧他，怎麼叫『大爺』『二爺』！」把六老爺罵的垂頭喪氣。一路到了家裏。

湯鎮臺拜過了祖宗，安頓了行李。他那做高要縣的乃兄已是告老在家裏，老弟兄相見，彼此歡喜，一連吃了幾天的酒。湯鎮臺也不到城裏去，也不會官府，只在臨河上構了幾間別墅，左琴右書，在裏面讀書教子；過了三四個月，看見公子們做的會文，心裏不大歡喜，說道：「這個文章，如何得中！如今趁我來家，須要請個先生來教訓他們纔好。」每日躊躇這一件事。

那一日，門上人稟進來道：「揚州蕭二相公來拜。」湯鎮臺道：「這是我蕭世兄。我會著還認他不得

哩。」連忙教請進來。蕭柏泉進來見禮。鎮臺見他美如冠玉，衣冠儒雅，和他行禮奉坐。蕭柏泉道：「世

叔恭喜回府，小姪就該來請安；因這些時，南京翰林侍講高老先生告假回家，在揚州過，小姪陪了他幾

時，所以來遲。」湯鎮臺道：「世兄恭喜入過學了？」蕭柏泉道：「蒙前任大宗師考補博士弟子員，這

領青衿，不為希罕；卻喜小姪的文章，前三天滿城都傳遍了，果然蒙大宗師賞鑒，可見甄拔的不差。」

湯鎮臺見他說話伶俐，便留他在書房裏吃飯，叫兩個公子陪他。到下午，鎮臺自己出來說，要請一

位先生替兩個公子講舉業。蕭柏泉道：「小姪近來有個看會文的先生，是五河縣人，姓余，名特，字有

達，是一位明經先生，舉業其實好的。今年在一個鹽務人家做館，他不甚得意。世叔若要請先生，只有

這個先生好。世叔寫一聘書，著一位世兄同小姪去，會過余先生，就可以同來。每年館穀，也不過五六

十金。」

湯鎮臺聽罷大喜，留蕭柏泉住了兩夜，寫了聘書，即命大公子叫了一個「草上飛」，同蕭柏泉到揚州

去，往河下賣鹽的吳家，拜余先生。蕭柏泉叫他寫個「晚生」帖子，將來進館，再換門生帖。大爺說：

「半師半友，只好寫個『同學晚弟』。」

蕭柏泉拗不過，只得拏了帖子，同到那裏。門上傳進帖去，請到書房裏坐。只見那余先生頭戴方巾，

身穿寶藍直裰，腳下朱履，白淨面皮，三綹鬍鬚，近視眼，約有五十多歲的光景，出來同二人作揖坐下。

余有達道：「柏泉兄，前日往儀徵去，幾時回來的？」蕭柏泉道：「便是到儀徵去看敝世叔湯大人，留

住了幾天。這位就是湯世兄了。」因在袖裏，拏出湯大爺的名帖，遞過來。

余先生接著看了，放在桌上，說道：「這個怎麼敢當？」蕭柏泉就把要請他做先生的話說了一遍，道：「今特來奉拜。如蒙臺允，即送書金過來。」余有達笑道：「老先生二位公子高才，我老拙無能，豈堪為一日之長？容斟酌再來奉覆罷。」兩人辭別去了。

次日，余有達到蕭家來回拜，說道：「柏泉兄，昨日的事，不能遵命。」蕭柏泉道：「這是甚麼緣故？」余有達笑道：「他既然要拜我為師，怎樣寫『晚弟』的帖子拜我？可見就非求教之誠。——這也罷了；小弟因有一個故人在無為州做刺史，前日有書來約我，我要到那裏走走。他若幫襯我些須，強如坐一年館。我也就在這數日内，要辭別了東家去。湯府這一席，柏泉兄竟轉薦了別人罷。」蕭柏泉不能相強，回覆了湯大爺，另請別人去了。

　　　　＊　　　　　＊　　　　　＊

不多幾日，余有達果然辭了主人，收拾行李，回五河。他家就在余家巷。進了家門，他同胞的兄弟出來接著。他這兄弟名持，字有重，也是五河縣的飽學秀才。

此時五河縣裏發了一個姓彭的人家，中了幾個進士，選了兩個翰林。五河縣人眼界小，便闔縣人同去奉承他。又有一家，是徽州人，姓方，在五河開典當行鹽，就冒了籍，要同本地人作姻親。初時這余家巷的余家，還和一個老鄉紳的虞家，是世世為婚姻的，這兩家不肯同方家做親；後來這兩家出了幾個沒廉恥不才的人，貪圖方家賠贈，娶了他家女兒，彼此做起親來；後來做的多了，方家不但沒有分外的賠贈，反說這兩家仰慕他有錢，求著他做親。所以這兩家不顧祖宗臉面的有兩種人。一種是獸子。那獸子有八個字的行為：「非方不親，非彭不友。」一種是乖子。那乖子也有八個字的行為：「非方不心，

非彭不口。」

這話是說那些獸而無恥的人，假使五河縣沒有一個冒籍姓方的，他就可以不必有親；沒有個中進士姓彭的，他就可以不必有友。這樣的人，自己覺得勢利透了心，其實獸串了皮！那些奸滑的，心裏想著同方家做親，方家又不同他做；他卻不肯說出來，只是嘴裏扯謊嚇人，說：「彭老先生是我的老師。彭三先生把我邀在書房裏說了半天的知心話。」又說：「彭四先生在京裏帶書子來給我。」人聽見他這些話，也就常時請他來吃杯酒，要他在席上說這些話嚇同席吃酒的人。其風俗惡賴如此。

這余有達，余有重，弟兄兩個，守著祖宗的家訓，閉戶讀書，不講這些「隔壁賬」❶的勢利。余大先生各府州縣作遊，相與的州縣官也不少，但到本縣來總不敢說。因五河人有個牢不可破的見識：總說余家弟兄兩個，品行文章是從古沒有的；因他家不見本縣知縣來拜，又同方家不是親，又同彭家不過舉的人，要想拏帖子去拜知縣，知縣就可以又著髀子又出來。——總是這般見識。

先生各府州縣作遊，相與的州縣官也不少，但到本縣來總不敢說。因五河人有個牢不可破的見識：總說余家弟兄兩個，品行文章是從古沒有的；因他家不見本縣知縣來拜，又同方家不是親，又同彭家不過舉的人，要想拏帖子去拜知縣，知縣就可以又著髀子又出來。——總是這般見識。

但凡是個舉人進士，就和知州知縣是一個人，不管甚麼情都可以進去說，知州知縣就不能不依；假使有人說縣官或者敬那個人的品行，或者說那人是個名士，要來相與他，就一縣人嘴都笑歪了，就像不曾中人說縣官或者敬那個人的品行，或者說那人是個名士，要來相與他，就一縣人嘴都笑歪了，就像不曾中過舉的人，要想拏帖子去拜知縣，知縣就可以又著髀子又出來。——總是這般見識。

余家弟兄兩個，品行文章是從古沒有的；因他家不見本縣知縣來拜，又同方家不是親，又同彭家不是友，所以親友們雖不敢輕他，卻也不知道敬重他。

那日，余有重接著哥哥進來，拜見了，備酒替哥哥接風，細說一年有餘的話。吃過了酒，余大先生也不往房裏去，在書房裏，老弟兄兩個一牀睡了。夜裏，大先生向二先生說要到無為州看朋友去。二先

❶　隔壁賬：別人家的事。

生道：「哥哥還在家裏住些時。我要到府裏科考；等我考了回來，哥哥再去罷。」余大先生道：「你不知道。我這揚州的館金，已是用完了，要趕著到無為州去弄幾兩銀子回來過長夏。你科考去不妨，家裏有你嫂子和弟媳當著家。我弟兄兩個，原是關著門過日子，要我在家怎的？」二先生道：「哥這番去，若是多抽豐得幾十兩銀子，回來把父親母親葬了？靈柩在家裏這十幾年，我們在家都不安。」大先生道：「我也是這般想，回來就要做這件事。」

　　＊　＊　＊

　　又過了幾日，大先生往無為州去了。又過了十多天，宗師牌到，按臨鳳陽，租個下處住下。這時是四月初八日。初九日宗師行香。初十日掛牌收詞狀。十一日掛牌考鳳陽八屬儒學生員。十五日發出生員覆試案來，每學取三名覆試。余二先生取在裏面，十六日進去覆試。十七日發出案來，余二先生考在一等第二名，在鳳陽一直住到二十四，送了宗師起身，方纔回五河去了。

　　＊　＊　＊

　　大先生來到無為州，州尊著實念舊，留著住了幾日，說道：「先生，我到任未久，不能多送你些銀子；而今有一件事，你說一個情罷。我准了你的。這人家可以出得四百兩銀子。有三個人分。先生可以分得一百三十多兩銀子，權且拏回家去做了老伯老伯母的大事。」大先生歡喜，謝了州尊，出去會了那人。那人姓風，名影，是一件人命牽連的事。余大先生替他說過，州尊准了，出來兌了銀子，辭別知州，收拾行李回家。因走南京過，想起天長杜少卿住在南京利涉橋河房裏，「是我表弟，何不順便去看看他？」便進城來到杜少卿家。杜少卿出來接著，一見表兄，心裏歡喜，行禮坐下，說這十幾年闊別的話。

余大先生歎道：「老弟，你這些上好的基業，可惜棄了！你一個做大老官的人，而今賣文為活，怎麼弄的慣！」杜少卿道：「我而今在這裏，有山水朋友之樂，倒也住慣了。不瞞表兄說，我愚弟也無甚麼嗜好，夫妻們帶著幾個兒子，布衣蔬食，心裏淡然。那從前的事，也追悔不來了。」

說罷，奉茶與表兄吃。吃過，杜少卿自己走進去和娘子商量，要辦酒替表兄接風。此時杜少卿窮了，辦不起，思量方要拿東西去當。這日是五月初三，卻好莊濯江家送了一擔禮來與少卿過節。小廝跟了禮，杜少卿寫回帖，叫了多謝收了。那小廝去了。

拿著拜匣，一同走了進來。那禮是一尾鰣魚，兩隻燒鴨，一百個粽子，二斤洋糖；拜匣裏四兩銀子。杜

少卿寫回帖，叫了多謝收了。那小廝去了。

杜少卿和娘子說：「這主人做得成了！」當下又添了幾樣，娘子親自整治酒肴。遲衡山武正字住的近，杜少卿寫說帖，請這兩人來陪表兄。二位來到，敘了些彼此仰慕的話，在河房裏一同吃酒。吃酒中間，余大先生說起要尋地葬父母的話。遲衡山道：「先生，只要地下乾煖，無風無蟻，得安先人足矣，那些『發富發貴』的話，都聽不得。」余大先生道：「正是，敝邑最重這一件事；人家因尋地艱難，每每就誤著先人，不能就葬，小弟卻不曾究心於此道。請問二位先生，這郭璞之說 ❷，是怎麼個源流？」

遲衡山歎道：「自家人墓地之官不設，族葬之法不行，士君子惑於龍穴沙水之說，自心裏要想發達，不知已墮於大逆不道！」余大先生驚道：「怎生便是大逆不道？」

遲衡山道：「有一首詩，念與先生聽──

❷
郭璞之說：指風水、堪輿之術。相傳東晉郭璞善勘察風水，著有葬書，是我國最早解釋墓地地理形勢的著作。因此古人常將和風水有關的言論稱為「郭璞之說」。

氣散風衝那可居？先生埋骨理何如？日中尚未逃兵解，世上人猶信葬書！

這是前人弔郭公墓的詩。小弟最恨而今術士，託於郭璞之說，動輒便說：這地可發鼎甲，可出狀元！請教先生：狀元官號，始於唐朝；郭璞晉人，何得知唐朝有此等官號，就先立一法，說是個甚麼樣的地就出這一件東西？這可笑的緊！若說古人封拜都在地理上看得出來，試問淮陰葬母，行營高廠地，而淮陰王侯之貴，不免三族之誅，這地是凶是吉？更可笑這些俗人說，本朝孝陵，乃青田先生所擇之地！青田命世大賢，敷布兵農禮樂，日不暇給，何得有閒工夫做到這一件事？洪武即位之時，萬年吉地，自有術士辦理，與青田甚麼相干！」

余大先生道：「先生，你這一番議論，真可謂之發矇振聵！」武正字道：「衡山先生之言，一絲不錯。前年我這城中，有一件奇事，說與諸位先生聽。」余大先生道：「願聞，願聞。」武正字道：「便是我這裏下浮橋地方，施家巷裏施御史家。」遲衡山道：「施御史家的事，我也略聞，不知其詳。」武正字道：「施御史昆玉二位。施二先生在家裏，他不曾中了進士，他不曾中，都是太夫人的地葬的不好，只發大房，不發二房；因養了一個風水先生在家裏，終日商議遷墳。施御史道：「已葬久了，恐怕遷不得。」哭著下拜求他。他斷然要遷。那風水又擊話嚇他，說：「若是不遷，二房不但不做官，還要瞎眼！」他越發慌了，託這風水到處尋地，家裏養著一個風水，外面又相與了多少風水。這風水尋著一個地，叫那些風水來覆，那曉得風水的講究，叫做『父做子笑，子做父笑』，再沒有一個相同的，但尋著一塊地，就被人覆了說：「用不得！」家裏住的風水急了，又獻了一塊地，便在那新地左邊，買通了一個親戚來說，

夜裏夢見老太太鳳冠霞帔，指著這地與他看，要葬在這裏。因這一塊地，是老太太自己尋的，所以別的風水纔覆不掉，便把母親硬遷來葬。到遷墳的那日，施御史弟兄兩位跪在那裏；纔掘開墳，看見了棺木，墳裏便是一股熱氣，直沖出來，沖到二先生眼上，登時就把兩隻眼睛了。二先生越發信這風水竟是個現在的活神仙，能知過去未來之事，後來重謝了他好幾兩銀子。」

余大先生道：「我們那邊，也極喜講究的遷葬。少卿，這事行得行不得？」杜少卿道：「我還有一句直捷的話。這事，朝廷該立一個法子：但凡人家要遷葬，叫他到有司衙門遞個呈紙，風水具了甘結，——棺材上有幾尺水，幾斗幾升蟻。等開了，說得不錯，就罷了；如說有水有蟻，挖開了不是，即於挖的時候，帶一個劊子手，一刀把這奴才的狗頭斫下來，那要遷墳的，就依子孫謀殺祖父的律，立刻凌遲處死。此風或可少息了！」余有達、遲衡山、武正字，三人一同拍手道：「說的暢快！說的暢快！擎大杯來吃酒。」又吃了一會。

余大先生談到湯家請他做館的一段話，說了笑道：「武夫可見不過如此！」武正字道：「武夫中竟有雅不過的！」因把蕭雲仙的事，細細說了，對杜少卿道：「少卿先生，你把那卷子擎出來，與余先生看。」杜少卿取了出來，余大先生打開看了圖，和虞博士幾個人的詩；看畢，乘著酒興，依韻各和了一首。三人極口稱贊。當下吃了半夜酒，一連住了三日。

那一日，有一個五河鄉裏賣鴨的人，擎了一封家信來，說是余二老爹帶與余大老爹的。余大先生拆開一看，面如土色。只因這一番，有分教：弟兄相助，真就式好之情；朋友交推，又見同聲之誼。畢竟書子裏說些甚麼？且聽下回分解。

第四十五回　敦友誼代兄受過　講堪輿回家葬親

話說余大先生把這家書拏來遞與杜少卿看，上面寫著大概的意思，說：

時下有一件事，在這裏辦著。大哥千萬不可來家。我聽見大哥住在少卿表弟家，最好，放心住著。等我把這件事料理清楚了，來接大哥，那時大哥再回來。

余大先生道：「這畢竟是件甚麼事？」杜少卿道：「二表兄既不肯說，表兄此時也沒處去問，且在我這裏住著，自然知道。」余大先生寫了一封回書，說：「到底是件甚麼事？兄弟可作速細細寫來與我，我不著急就是了，若不肯給我知道，我倒反焦心。」

那人拏著回書回五河，送書子與二爺。二爺正在那裏和縣裏差人說話，接了回書，打發鄉裏人去了，向那差人道：「他那裏來文，說是要提要犯余持；我並不曾到過無為州，我為甚麼去？」差人道：「你到過不曾到過，那個看見？我們辦公事，只曉得照票子尋人。我們衙門裏拏到了強盜，賊，穿著檀木靴❶還不肯招哩！那個肯說真話！」

余二先生沒法，只得同差人到縣裏，在堂上見了知縣，跪著稟道：「生員在家，並不曾到過無為州，

❶ 穿著檀木靴：上夾棍（舊時一種刑罰）的隱語。

太父師這所准的事，生員真個一毫不解。」知縣道：「你曾到過不曾到過，本縣也不得知；現今無為州有關提在此，你說不曾到過，你且拏去自己看。」隨在公案上，將一張硃印墨標的關文，叫值堂吏遞下來看。余持接過一看，只見上寫的是：「無為州承審被參知州贓案裏，有貢生余持過贓一款，是五河縣人。」余持看了，道：「生員的話，太父師可以明白了；這關文上要的是貢生余持，生員離出貢，還少十多年哩。」說罷，遞上關文來，回身就要走了去。知縣道：「余生員不必太忙。你纔所說，卻也明白。」隨又叫禮房，問：「縣裏可另有個余持貢生？」禮房值日書稟道：「他余家就有貢生，卻沒有個余持。」余持又稟道：「可見這關文是個『捕風捉影』的了。」起身又要走了去。知縣道：「余生員，你且下去，把這些情由具一張清白呈子來，我這裏替你回覆去。」

余持應了下來，出衙門，同差人坐在一個茶館裏，吃了一壺茶，起身又要走。差人扯住道：「余二相，你往那裏走？大清早上，水米不沾牙，從你家走到這裏，就是辦皇差，也不能這般寡剌❷！難道此時，又同了你去不成？」余二先生道：「你家老爺叫我出去寫呈子。」差人道：「你纔在堂上說，你是個余持。做生員的一年幫人寫到頭，倒是自己的要去尋別人。對門這茶館後頭，就是你們生員們寫狀子的行家，你要寫，就進去寫。」余二先生沒法，只得同差人走到茶館後面去。差人望著裏邊一人道：「這余二相要寫個訴呈，你替他寫寫。他自己做稿子，你替他謄正，用個戳子。他不給你錢，少不得也是我當災！昨日那件事，關在飯店裏，我去一頭❸來。」余二先生和代書拱一拱手，只見桌旁板橙上坐著一

❷ 寡剌：吝嗇；刻薄。也作「寡剌」、「寡辣」、「寡拉」。

❸ 一頭：一次。

個人，頭戴破頭巾，身穿破直裰，腳底下一雙「打板唱曲子」的鞋，認得是縣裏「吃葷飯」的朋友唐三痰。唐三痰看見余二先生進來，說道：「余二哥，你來了？請坐。」余二先生坐下道：「唐三哥，你來這裏的早。」唐三痰道：「也不算早了。我絕早同方六房裏六老爺吃了麵，送六老爺出了城去，纔往這裏來。你這個事，我知道。」因扯在旁邊去，悄悄說道：「二先生，你這件事雖非欽件，將來少不得打到欽件裏去。你令兄現在南京，誰人不知道？自古『地頭文書鐵箍桶』，總以當事為主。當事是彭府上，說了就點到奉行的。你而今作速和彭三老爺去商議。他家一門都是龍睜虎眼的腳色，這有三老還是個盛德人。你如今著了急去求他，他也還未必計較。你平日不曾在他分上周旋處，他是大福大量的人，你可以放心去；不然，我就同你去。論起理來，這幾位鄉先生，你們平日原該聯絡。這都是你令兄太自傲處！及到弄出事來，卻又沒有個靠傍！」

余二先生道：「極蒙關切；但方纔縣尊已當面許我回文。我且遞上呈子去，等他替我回了文書，再為斟酌。」唐三痰道：「也罷，我看著你寫呈子。」

　※　　　　※　　　　※

當下寫了呈子，摯進縣裏去。知縣叫書辦據他呈子備文書回無為州。書辦來要了許多紙筆錢去，是不消說。過了半個月，文書回頭來，上寫的清白。寫著：

要犯余持係五河貢生，身中、面白、微鬚，年約五十多歲，的於四月初八日，在無為州城隍廟寓所會風影會話，私和人命；隨於十一日進州衙關說；續於十六日州審錄供之後，風影備有酒席，

送至城隍廟，風影共出贓銀四百兩，三人均分，余持得贓一百三十三兩有零；二十八日在州衙辭

行，由南京回五河本籍。贓證確據，何得諱稱並無其人？事關憲件，人命重情，煩貴縣查照來文

辦理，星即差押該犯赴州，以憑審結。望速！望速！

知縣接了關文，又傳余二先生來問。余二先生道：「這更有的分辨了。生員再細細具呈上來，只求

太父師做主。」說罷下來，到家做呈子。他妻舅趙麟書說道：「姐夫，這事不是這樣說了。分明是大爺

做的事，他一回右一回雪片的文書來，姐夫為甚麼自己纏在身上？不如老老實實具個呈子，說大爺現

在南京，叫他行文到南京去關，姐夫落得乾淨無事。我這裏『娃子不哭，奶不脹』，為甚麼把別人家的棺

材拉在自己門口哭』？」余二先生道：「老舅，我弟兄們的事，我自有主意，你不要替我焦心。」

趙麟書道：「不是，我也不說；你家大爺平日性情不好，得罪的人多！就如仁昌典方三房裏，仁大

典方六房裏，都是我們五門四關廂裏錚錚響的鄉紳，縣裏王公同他們是一個人，你大爺偏要拏話得罪他。

就是這兩天，方二爺同彭鄉紳家五房裏做了親家。五爺是新科進士。我聽見說，就是王公做媒，擇的日

子是出月初三日拜允。他們席間一定講到這事。彭老五也不要明說出你令兄不好處，只消微露其意，王

公就明白了。那時王公作惡起來，反說姐夫，你藏匿著哥，就說不出來也不住了！還是依著我的話。」

余二先生道：「我且再遞一張呈子。若那裏催的緊，再說出來也不遲。」趙麟書道：「再不然，你

去託託彭老五罷。」余二先生笑道：「也且慢些。」

趙麟書見說他不信，就回去了。余二先生又具了呈子到縣裏。縣裏據他的呈子，回文道：

案據貴州移關「要犯余持，係五河貢生，身中，面白，微鬚，年約五十多歲，的於四月初八日，在無為州城隍廟寓所會風影會話，私和人命，隨於十一日進州衙關說，續於十六日州審錄供之後，風影備有酒席，送至城隍廟，風影共出贓銀四百兩，三人均分，余持得贓一百三十三兩有零；二十八日在州衙辭行，由南京回五河本籍。贓證確據，何得諱稱並無其人？事關憲件，人命重情⋯⋯」等因到縣。准此，本縣隨即拘傳本生到案。據供：生員余持，身中，面麻，微鬚，年四十四歲，係廩膳生員，未曾出貢。本年四月初八日，學憲按臨鳳陽，初九日行香，初十日縣牌，十一日科試入學生員。該生余持進院赴考，十五日覆試案發取錄。余持次日進院覆試，考居一等第二名，至二十四日，送學憲起馬，回籍肄業。安能一身在鳳陽科試，又一身在無為州詐贓？本縣取具口供，隨取本學冊結對驗，該生委係在鳳陽科試，未曾到無為州詐贓，不便解送。恐係外鄉光棍，頂名冒姓，理合據實回明，另緝審結云云。

這文書回了去，那裏再不來提了。余二先生「一塊石頭落了地」，寫信約哥回來。大先生回來，細細問了這些事，說：「全費了兄弟的心！」便問：「衙門使費，一總用了多少銀子？」二先生道：「這個話，哥還問他怎的？哥帶來的銀子，料理下葬為是。」

　　＊　　　　　＊　　　　　＊

又過了幾日，弟兄二人商議，要去拜風水張雲峰。恰好一個本家來請吃酒，兩人拜了張雲峰，便到那裏赴席去。那裏請的沒有外人，就是請的他兩個嫡堂兄弟⋯一個叫余敷，一個叫余殷。兩人見大哥二

哥來，慌忙作揖。彼此坐下問了些外路的事。

余敷道：「今日王父母在彭老二家吃酒。」主人坐在底下，道：「還不曾來哩。陰陽生纔擎過帖子去。」余殷道：「彭老四點了主考了。聽見前日辭朝的時候，他一句話回的不好，皇上離著他也遠，怎能自己拍他一下。」余大先生笑道：「他也沒有甚麼話說的不好，就是說的不好，是翰林院大學士，又帶著左春坊，每日就要站在朝廷大堂上暖閣子裏議事，他回的話不好，朝廷怎的不拍他？難道怕得罪他麼？」余殷紅著臉道：「然而不然！他而今官大了，是翰林院大學士，又帶著左春坊，每日就要站在朝廷大堂上暖閣子裏議事，他回的話不好，朝廷怎的不拍他？難道怕得罪他麼？」

主人坐在底下道：「大哥，前日在南京來，聽見說應天府尹進京了。」余大先生還不曾答應，余敷道：「這個事也是彭老四奏的。朝廷那一天問應天府可該換人，彭老四要薦他的同年湯奏，就說該換。他又不肯得罪府尹，唧唧的寫個書子帶來，叫府尹自己請陛見，所以進京去了。」余二先生道：「大僚更換的事，翰林院衙門是不管的，這話恐未必確。」余殷道：「這是王父母前日在仁大典吃酒，席上親口說的，怎的不確？」

說罷，擺上酒來。九個盤子：一盤青菜花炒肉，一盤煎鯽魚，一盤片粉拌雞，一盤攤蛋，一盤蔥炒蝦，一盤瓜子，一盤人參菓，一盤石榴米，一盤豆腐乾。燙上滾熱的封缸酒來。吃了一會，主人走進去，拿出一個紅布口袋，盛著幾塊土，紅頭繩子拴著，向余敷余殷說道：「今日請兩位賢弟來，就是要看看這山上土色。不知可用得？」余二先生道：「山上是幾時破土的？」主人道：「是前日。」余殷正要打開，擎出土來看，余殷奪過來道：「等我看。」劈手就奪過來，擎出一塊土來，放在面前，把頭歪在右邊看了一會，把頭歪在左邊又看了一會，擎手指頭掐下一塊土來，送在嘴裏，歪著嘴亂

嚼；嚼了半天，把一大塊土就遞與余敷，說道：「四哥，你看這土好不好？」余敷把土接在手裏，擎著在燈底下翻過來把正面看了一會，翻過來又把反面看了一會，也掐了一小塊土送在嘴裏，閉著嘴，閉著眼，慢慢的嚼；嚼了半日，睜開眼，又把那土擎在鼻子跟前儘著聞；又聞了半天，說道：「這土果然不好。」

主人慌了道：「這地可葬得？」余殷道：「這地葬不得！葬了你家就要窮了！」余大先生道：「我不在家這十幾年，不想二位賢弟就這般精於地理。」余敷道：「不瞞大哥說，經過我愚弟兄兩個看的地，一毫也沒得辯駁的！」余二先生道：「方纔這土是那山上的？」余二先生指著主人道：「便是賢弟家四叔的墳，商議要遷葬。」余大先生屈指道：「四叔葬過，已經三十多年，家裏也還平安，可以不必遷罷。」余殷道：「大哥，這是那裏來的話！他那墳裏，一汪的水，一包的螞蟻，做兒子的人，把個父親放在水窩裏，螞蟻窩裏，不遷起來，還成個人！」

余大先生道：「如今尋的新地在那裏？」余殷道：「昨日這地不是我們尋的，我們替尋的一塊地在三尖峰。我把這形勢說給大哥看。」因把這桌上的盤子撤去兩個，擎指頭蘸著封缸酒，在桌上畫個圈子，指著道：「大哥，你看！這是三尖峰，那邊來路遠哩！從浦口山上發脈，一個墩，一個砲，一個墩，一個砲，彎彎曲曲，骨裏骨碌，一路接著滾了來，滾到縣裏周家岡，龍身跌落過峽，又是一個墩，一個砲，骨骨碌碌幾十個砲趕了來，結成一個穴情：——這穴情叫做『荷花出水』。」

正說著，小廝捧上五碗麵。主人請諸位用了醋，把這青菜炒肉夾了許多堆在麵碗頭上，眾人舉起箸來吃。余殷吃的差不多，揀了兩根麵條，在桌上彎彎曲曲多做了一個來龍，睜著眼道：「我這地要出個

狀元！葬下去，中了一甲第二也算不得，就把我的兩隻眼睛剜掉了！」主人道：「那地葬下去，自然要發？」余敷道：「怎的不發？就要發！並不等三年五年！」余殷道：「偎著就要發！你葬下去，纔知道好哩！」

余大先生道：「前日我在南京聽見幾位朋友說，葬地只要父母安，那子孫發達的話，也是渺茫。」余敷道：「然而不然！父母果然安，子孫怎的不發？」余殷道：「然而不然！彭府上那一座墳，一個龍爪子恰好搭在他太爺左膀子上，所以前日彭老四就有這一回。難道不是一個龍爪子？大哥，你若不信，明日我同你到他墳上去看，你纔知道。」又吃了幾杯，一齊起身道了擾，小廝打著燈籠，送進余家巷去，各自歸家歇息。

次日，大先生同二先生商議道：「昨日那兩個兄弟說的話，怎樣一個道理？」二先生道：「他們也只說的好聽，究竟是無師之學。我們還是請張雲峰商議為是。」大先生道：「這最有理。」

次日，弟兄兩個備了飯，請張雲峰來。張雲峰道：「我往常時，諸事沾二位先生的光，二位先生因太老爺的大事，託了我，怎不盡心？」大先生道：「我弟兄是寒士，蒙雲峰先生厚愛，凡事不恭，但望恕罪。」二先生道：「我們只要把父母大事，做了歸著，而今拜託雲翁，並不必講發富發貴，只要地下乾暖，無風無蟻，我們愚弟兄就感激不盡了！」

張雲峰一一領命，過了幾日，尋了一塊地，就在祖墳旁邊。余大先生，余二先生，同張雲峰到山裏去親自復了這地，託祖墳上山主用二十兩銀子買了，託張雲峰擇日子。日子還不曾擇來，那日閒著無事，

大先生買了二斤酒，辦了六七個盤子，打算老弟兄兩個自己談談；到了下晚時候，大街上虞四公子寫個說帖來，寫道：

今晚薄治園蔬，請二位表兄到荒齋一敘，勿外是荷。虞梁頓首。

余大先生看了，向那小廝道：「我知道了。拜上你家老爺，我們就來。」打發出門，隨即一個蘇州人，在這裏開糟坊的，打發人來，請他弟兄兩個到糟坊裏去洗澡。大先生向二先生道：「這凌朋友家請我們，又想是有酒吃；我們而今擾了凌風家，再到虞表弟家去。」

弟兄兩個，相攜著來到凌家，一進了門，聽得裏面一片聲吵嚷。卻是凌家因在客邊僱了兩個鄉裏大腳婆娘，主子都同他偷上了。

五河的風俗，是個個人都要同僱的大腳婆娘睡覺的；不怕正經敞廳裏擺著酒，大家說起這件事都要笑的眼睛沒縫，欣欣得意，不以為羞恥的。凌家這兩個婆娘，彼此疑惑，你疑惑我多得了主子的錢，我疑惑你多得了主子的錢，爭風吃醋，打吵起來。又大家搬楦頭❹，說偷著店裏的店官，店官也跟在裏頭打吵。把廚房裏的碗兒，盞兒，碟兒，打的粉碎；又伸開了大腳，把洗澡的盆桶都翻了。

余家兩位先生，酒也吃不成，澡也洗不成，倒反扯勸了半日，辭了主人出來。主人不好意思，千告罪，萬告罪，說改日再請。

❹ 搬楦頭：把醜史一件件宣佈出來。楦頭是鞋匠製鞋的工具，大小楦頭不等，使用時往往一起搬出來，所以叫做「搬楦頭」。

兩位先生走出淩家門，便到虞家。虞家酒席已散，大門關了。余大先生笑道：「二弟，我們仍舊回家吃自己的酒。」二先生笑著，同哥到了家裏，叫�出酒來吃。不想那二斤酒和六個盤子，已是娘娘們吃了，只剩了個空壺空盤子在那裏。大先生道：「今日有三處酒吃，一處也吃不成，可見『一飲一啄，莫非前定』！」

弟兄兩個笑著吃了些小菜晚飯，吃了幾杯茶，彼此進房歇息。睡到四更時分，門外一片聲大喊。兩弟兄一齊驚覺，看見窗外通紅，知道是對門失火，慌忙披了衣裳出來，叫齊了鄰居，把父母靈柩搬到街上。那火燒了兩間房子，到天亮就救息了。靈柩在街上。五河風俗，說靈柩抬出門，再要抬進來，就要窮人家；所以眾親友來看，都說乘此抬到山裏，擇個日子葬罷。

大先生向二先生道：「我兩人葬父母，自然該正正經經的告了廟，備祭，辭靈，偏請親友會葬，豈可如此草率？依我的意思，仍舊將靈柩請進中堂，擇日出殯。」二先生道：「這何消說？如果要窮死，盡是我弟兄兩個當災。」

當下眾人勸著總不聽，喚齊了人，將靈柩請進中堂，候張雲峰擇了日子，出殯歸葬，甚是盡禮。那日，闔縣送殯，有許多的人。天長杜家也來了幾個人。自此，傳偏了五門四關廂，一個大新聞，說：余家弟兄兩個越發獃串了皮了，做出這樣倒運的事！只因這一番，有分教：風塵惡俗之中，亦藏俊彥；數米量柴之外，別有經綸。

畢竟後事如何？且聽下回分解。

第四十六回　三山門賢人餞別　五河縣勢利薰心

話說余大先生葬了父母之後，和二先生商議，要到南京去謝謝杜少卿；又因銀子用完了，順便就可以尋館；收拾行李，別了二先生，過江到杜少卿河房裏。杜少卿問了這場官事，余大先生細細說了。杜少卿不勝歎息。正在河房裏閒話，外面傳進來，有儀徵湯大老爺來拜。余大先生問是那一位。杜少卿道：

「便是請表兄做館的了，不妨就會他一會。」

正說著，湯鎮臺進來，敘禮坐下。湯鎮臺道：「少卿先生，前在虞老先生齋中得接光儀，不覺鄙吝頓消，隨即登堂，不得相值，又懸我一日之思。此位老先生尊姓？」杜少卿道：「這便是家表兄余有達，老伯去歲嘗要相約做館的。」鎮臺大喜道：「今日無意中又晤一位高賢，真為幸事。」重新作揖坐下。

余大先生道：「老先生功在社稷，今日角巾私第❶，口不言功，真古名將風度！」湯鎮臺道：「這是時勢相逼，不得不爾；至今想來，究竟還是意氣用事，並不曾報效得朝廷，倒惹得同官心中不快活。卻也悔之無及！」余大先生道：「這個朝野自有定論，老先生也不必過謙了。」杜少卿道：「老伯此番來京貴幹？現寓何處？」湯鎮臺道：「家居無事，偶爾來京，借此會會諸位高賢。敝寓在承恩寺。弟就要去拜虞博士，並莊徵君賢竹林。」吃過茶，辭別出來。余大先生同杜少卿送了上轎。余大先生暫寓杜

❶　角巾私第：比喻功成身退。角巾，古代隱士所戴有稜角的頭巾。借指隱士或布衣。私第，私人的住宅。

少卿河房。

這湯鎮臺到國子監拜虞博士，那裏留下帖子，忙往北門橋拜莊濯江，裏面見了帖子，回了不在署；隨往北門橋拜莊濯江，裏面見了帖子，忙叫請會。這湯鎮臺下轎進到廳事，主人出來敘禮坐下，道了幾句彼此仰慕的話。湯鎮臺提起要往後湖拜莊徵君。莊濯江道：「家叔此刻恰好在舍，何不竟請一會？」湯鎮臺道：「這便好的極了。」

莊徵君吩咐家人請出莊徵君來，同湯鎮臺拜見過，敘坐。又吃了一遍茶。莊徵君道：「老先生此來，恰好虞老先生尚未榮行，我們何不相約，作一個『登高會』，就此便奉餞虞老先生？又可暢聚一日。」莊濯江道：「甚好，訂期便在舍間相聚便了。」

湯鎮臺坐了一會，起身去了，說道：「數日內登高會再接教，可以為盡日之談。」說罷，二位送了出來。湯鎮臺又去拜了遲衡山，武正字。莊家隨即著家人送了五兩銀子到湯鎮臺寓所代席。過了三日，管家持帖邀客，請各位早到。莊徵君已先在那裏。少刻，遲衡山，武正字，杜少卿，都到了。莊濯江收拾了一個大敞榭，四面都插了菊花。此時正是九月初五，天氣亢爽，各人都穿著裌衣，啜茗閒談。又談了一會，湯鎮臺，蕭守府，虞博士，都到了。眾人迎請進來，作揖坐下。

湯鎮臺道：「我們俱係天涯海角之人，今幸得賢主人相邀一聚，也是三生之緣。又可惜虞老先生就要去了。此聚之後，不知快晤又在何時！」莊濯江道：「各位老先生當今山斗，今日惠顧茅齋，想五百里內賢人聚矣。」

坐定，家人捧上茶來，揭開來，似白水一般，香氣芬馥，銀針都浮在水面。吃過，又換了一巡「真天都」，雖是隔年陳的，那香氣尤烈。

虞博士吃著茶，笑說道：「二位老先生當年在軍中，想不見此物。」蕭雲仙道：「豈但軍中，小弟在青楓城六年，得飲白水，已為厚幸，只覺強於馬溺多矣！」遲衡山道：「前代後代，亦時有變遷的。」杜少卿道：

莊徵君道：「蕭老先生博雅，真不數北魏崔浩！」湯鎮臺道：「果然青楓水草，可支數年！」

「宰相須用讀書人，將帥亦須用讀書人。若非蕭老先生有識，安能立此大功？」武正字道：「我最可笑的，邊庭上都督，不知有水草，部裏書辦核算時，偏生知道。這不知是司官的學問？還是書辦的學問？若說是司官的學問，怪不得朝廷重文輕武；若說是書辦的考核，可見這大部的則例是移動不得的了。」

說罷，一齊大笑起來。戲子吹打已畢，奉席讓坐。莊非熊起身道：「今日因各位老先生到舍，晚生把『梨園榜』上有名的十九名都傳了來，求各位老先生每人賞他一齣戲。」虞博士問：

「怎麼叫做『梨園榜』？」余大先生把昔年杜慎卿這件風流事，述了一遍。眾人又大笑。湯鎮臺向杜少卿道：「令兄已是銓選部郎了？」杜少卿道：「正是。」武正字道：「慎卿先生此一番評隲，可云至公至明，只怕立朝之後，做主考房官，又要目迷五色，奈何？」

眾人又笑了。當日吃了一天酒。做完了戲，到黃昏時分，眾人散了。莊濯江尋妙手丹青畫了一幅〈登高送別圖〉，在會諸人，都做了詩。又各家移樽到博士齋中餞別。南京餞別虞博士的，也不下千餘家。虞博士應酬煩了，凡要到船中送別的，都辭了不勞。那日叫了一隻小船，在水西門起行，只有杜少卿送在船上。

　　　　＊　　　　　＊　　　　　＊

杜少卿拜別道：「老叔已去，小姪從今無所依歸矣。」虞博士也不勝悽然，邀到船裏坐下，說道：

「少卿，我不瞞你說。我本赤貧之士，在南京來做了六七年博士，每年積幾兩俸金，只掙了三十擔米的一塊田。我此番去，或是部郎，或是州縣，我多則做三年，少則做兩年，再積些俸銀，添得兩十擔米，每年養著我夫妻兩個不得餓死，就罷了。子孫們的事，我也不去管他。現今小兒讀書之餘，我教他學個醫，可以餬口。我要做這官怎的？你在南京，我時常寄書子來問候你。」說罷，和杜少卿灑淚分手。杜少卿把方纔這些話告訴他，余大先生歡道：「難進易退，真乃天懷淡定之君子！我們他日出身，皆當以此公為法。」

杜少卿上了岸，看著虞博士的船開了去，望不見了，方纔回來。余大先生向杜少卿說了，辭別要去；次日束裝渡江。

請大哥到家教兒子，目今就要進館，請作速回去。余大先生有家書來約大先生回去，說：表弟虞華軒家請的西席先生去了，要彼此歡賞了一回，當晚余二先生對大先生說：

杜少卿送過，自回家去。

余大表兄先生在舍教訓小兒，每年修金四十兩，節禮在外。此訂。

愚表弟虞梁，敬請余大表兄先生，擎帖子與乃兄看，上寫：

大先生看了，次日去回拜。虞華軒迎了出來，心裏歡喜，作揖奉坐。小廝擎上茶來吃著。虞華軒道：

「小兒蠢夯，自幼失學。前數年，愚弟就想請表兄教他，因表兄出遊在外，今恰好表兄在家，就是小兒有幸了。舉人，進士，我和表兄兩家，車載斗量，也不是甚麼出奇東西；將來小兒在表兄門下，第一要學了表兄的品行，這就受益的多了！」余大先生道：「愚兄老拙株守，兩家至戚世交，只和老弟氣味還投合的來。老弟的兒子，就是我的兒子一般，我怎不盡心教導？若說中舉人，進士，我這不曾中過的人，

或者不在行。至於品行文章，令郎自有家傳，愚兄也只是行所無事。」

說罷，彼此笑了。擇了個吉日，請先生到館。余大先生絕早到了，虞小公子出來拜見，甚是聰俊。

纔坐下，門上人同了一個客進來。這客是唐三痰的哥，叫做唐二棒椎，是前科中的文舉人，卻與虞華軒是同案進的學。這日因他家先生開館，就踱了來，要陪先生。

拜過，虞華軒送至館所。｜余大先生上了師位。虞華軒辭別，到那邊書房裏去坐。

虞華軒留他坐下吃了茶，｜唐二棒椎道：「今日恭喜令郎開館。」虞華軒道：「正是。」唐二棒椎道：「這先生最好，只是坐性差些，又好弄這些雜學，荒了正務。論余大先生的舉業，雖不是時下的惡習，他要學國初帖括❷的排場，卻也不是中和之業。」虞華軒道：「小兒也還早哩，如今請｜余大表兄，不過叫他學些立品，不做那勢利小人就罷了。」

又坐了一會，唐二棒椎道：「老華，我正有一件事，要來請教你這通古學的。」虞華軒道：「我通甚麼古學？你拏這話來笑我。」唐二棒椎道：「不是笑話，真要請教你。就是我前科僥倖，我有一個嫡姪，他在鳳陽府裏住，也和我同榜中了，又是同門。他自從中了，不曾到縣裏來，而今來祭祖。他昨日來拜我，是『門年愚姪』的帖子，我如今回拜他，可該用個『門年愚叔』？」

虞華軒道：「怎麼說？」唐二棒椎道：「你難道不曾聽見？我舍姪同我同榜同門，是出在一個房師房裏中的；他寫『門年愚姪』的帖子拜我，我可該照樣還他？」虞華軒道：「我難道不曉得同著一個房師，叫做同門！但你方纔說的『門年愚姪』四個字，是鬼話？是夢話？」唐二棒椎道：「怎的是夢

❷ 帖括：此處指參加科舉考試的文章。

話?」虞華軒仰天大笑道：「從古至今也沒有這樣奇事！」唐二棒椎變著臉道：「老華，你莫怪我說！你雖世家大族，你家發過的老先生們離的遠了，你又不曾中過，這些官場上來往的儀制，你想是未必知道！我舍姪他在京裏，不知見過多少大老，他這帖子的樣式，必有個來歷，難道是混寫的！」虞華軒道：

「你長兄既說是該這樣寫，就這樣寫罷了，何必問我！」唐二棒椎道：「你不曉得，等余大先生出來吃飯，我問他。」

*　　*　　*

正說著，小廝來說：「姚五爺進來了。」兩個人同站起來。姚五爺進來作揖坐下。虞華軒道：「五表兄，你昨日吃過飯，怎便去了？晚裏還有個便酒等著，你也不來。」唐二棒椎道：「姚老五，昨日在這裏吃中飯的麼？我昨日午後遇著你，你說在仁昌典方老六家吃了飯出來。怎的這樣扯謊！」

*　　*　　*

小廝擺了飯，請余大先生出來。余大先生首席，唐二棒椎對面，姚五爺上坐，主人下陪。吃過飯，虞華軒道：「這話是那個說的？請問，人生世上，是祖父要緊？是科名要緊？」余大先生道：「自然是祖父要緊了。這也何消說得？」余大先生道：「既知是祖父要緊，如何纔中了個舉人，便丟了天屬之親，叔姪們認起同年同門來？這樣得罪名教的話，我一世也不願聽！二哥，你這位令姪，還虧他中個舉！竟是一字不通的人！若是我的姪兒，我先拏他在祠堂裏祖宗神位前，先打幾十板子纔好！」唐二棒椎同姚五爺看見余大先生惱得像「紅蟲」，知道他的迂性獸氣發了，講些混話，支開了去。

虞華軒笑把方纔寫帖子話，說與余大先生。余大先生氣得兩臉紫漲，頸子裏的筋都耿出來，說道：「這

須臾，吃完了茶，余大先生進館去了。姚五爺起身道：「我去走走再來。」唐二棒椎道：「你今日

出去，該說在彭老二家吃了飯出來的了！」姚五爺笑道：「今日我在這裏陪先生，人都知道的，不好說在別處。」笑著去了。

姚五爺去了不多時，又走回來，說道：「老華，廳上有個客來拜你，說是在府裏太尊衙門裏出來的，在廳上坐著哩。你快出去會他。」虞華軒道：「我並沒有這個相與。是那裏來的？……」

正疑惑間，門上傳進帖子來，「年家眷同學教弟季葦頓首拜」。虞華軒出到廳上迎接，季葦蕭進來，作揖坐下，奉出一封書子，遞過來說道：「小弟在京師，因同敝東家來貴郡，令表兄杜慎卿先生託寄一書，專候先生。今日得見雅範，實為深幸。」

虞華軒接過書子，拆開從頭看了，說道：「先生與我敝府厲公祖是舊交？」季葦蕭道：「厲公是敝年伯荀大人的門生，所以邀小弟在他幕中共事。」虞華軒道：「先生因甚公事下縣來？」季葦蕭道：「此處無外人，可以奉告。厲太尊因貴縣當鋪戥子太重，剝削小民，所以託弟下來查一查。如其果真，此弊要除。」

虞華軒將椅子挪近季葦蕭跟前，低言道：「這是太公祖極大的仁政！敝縣別的當鋪，原也不敢如此，只有仁昌，仁大，方家這兩個當鋪，他又是鄉紳，又是鹽典，又同府縣官相與的極好，所以無所不為，百姓敢怒而不敢言。如今要除這個弊，只要除這兩家。況太公祖堂堂太守，何必要同這樣人相與？此說只可放在先生心裏，說是小弟說的。」虞華軒又道：「蒙先生賜顧，本該備個小酌，奉屈一談，一來恐怕藝尊，二來小地方耳目眾多，明日備個菲酌送到尊寓，萬勿見卻。」季葦蕭道：「這也不敢當。」說罷，

作別去了。

虞華軒走進書房來，姚五爺迎著問道：「可是太尊那裏來的？」虞華軒道：「怎麼不是！」姚五爺搖著頭笑道：「我不信！」唐二棒椎沉吟道：「老華，這倒也不錯。果然是太尊裏面的人？太尊同你不密邇❸，同太尊密邇的是彭老三方老六，他們二位。我聽見這人來，正在這裏疑惑：他果然是太尊衙門裏的人，他下縣來，不先到他們家去，倒有個先來拜你老哥的？這個話有些不像。恐怕是外方的甚麼光棍，打著太尊的旗號，到處來騙人的錢。你不要上他的當！」

虞華軒道：「也不見得這人不曾去拜他們。」姚五爺笑道：「一定沒有拜；若拜了，他們怎肯還來拜你？」虞華軒道：「難道是太尊叫他來拜我的！是天長杜慎卿表兄，在京裏寫書子給他來的！這人是有名的季葦蕭。」唐二棒椎搖手道：「這話更不然！季葦蕭是定梨園榜的名士；他既是名士，京裏一定在翰林院衙門裏走動。況且天長杜慎老同彭老四是一個人，豈有個他出京來，帶了杜慎老的書子來給你，不帶彭老四的書子來給他家的？這人一定不是季葦蕭！」虞華軒道：「是不是罷了，只管講他怎的！」便罵小廝：「酒席為甚麼到此時還不停當！」

一個小廝走來稟道：「酒席已經停當了。」一個小廝，捐了被囊行李，進來說：「鄉裏成老爹到了。」只見一人，頭戴方巾，藍布直裰，薄底布鞋，花白鬍鬚，酒糟臉，進來作揖坐下，道：「好呀！今日恰好府上請先生，我撞著來吃喜酒！」虞華軒叫小廝拏水來給成老爹洗臉，抖掉了身上腿上那些黃泥，一同邀到廳上，擺上酒來。余大先生首席，眾位陪坐。天色已黑，虞府廳上點起一對料絲燈來，還

❸ 密邇：親近。指彼此交往密切。

是虞華軒曾祖尚書公，在武英殿御賜之物，今已六十餘年，猶然簇新。余大先生道：「自古說：『故家

喬木。』果然不差。就如尊府這燈，我縣裏沒有第二副。」成老爹道：「大先生，『三十年河東，三十年

河西』，就像三十年前，你二位府上何等氣勢！我是親眼看見的。而今彭府上，方府上，都一年盛似一

年；不說別的，府裏太尊，縣裏王公，都同他們是一個人，時時有內裏幕賓相公到他家，來說要緊的話。

百姓怎的不怕他！像這內裏幕賓相公，再不肯到別人家去！」

唐二棒椎道：「這些時可有幕賓相公來？」成老爹道：「現有一個姓吉的吉相公，下來訪事，住在

寶林寺僧官家。今日清早，就在仁昌典方老六家。方老六把彭老二也請了家去陪著。三個人進了書房門，

講了一天。不知太爺是作惡那一個，叫這吉相公下來訪的。」唐二棒椎望著姚五爺道：「何如？」

余大先生看見他說的這些話可厭，因問他道：「老爹，去年准給衣巾了？」成老爹道：「正是。虧

學臺是彭老四的同年，求了他一封書子，所以准的。」余大先生笑道：「像老爹這一副酒糟臉，學臺看

見，著實精神，怎的肯准？」成老爹道：「我說我這臉是浮腫著的。」眾人一齊笑了。

又吃了一會酒，成老爹道：「大先生，我和你不是老了，沒中用的了。『英雄出於少年。』怎得我這華

軒的世兄，下科高中了，同我們這唐二老爺一齊會上進士，雖不能像彭老四做這樣大位，或者像老三，

老二，候選個縣官，也與祖宗爭氣，我們臉上，也有光輝！」

余大先生看見這些話更可厭，因說道：「我們不講這些話，行令吃酒罷。」當下行了一個快樂飲酒

的令，行了半夜，大家都吃醉了。成老爹扶到房裏去睡。打燈籠送余大先生，唐二棒椎，姚五爺回去。

成老爹睡了一夜，半夜裏又吐，吐了又痾屎。不等天亮，就叫書房裏的一個小小廝來掃屎，就悄悄

向那小小廝說，叫把管租的管家叫了兩個進來。又鬼頭鬼腦，不知說了些甚麼，便叫請出大爺來。只因這一番，有分教：鄉僻地面，偏多慕勢之風；學校宮前，竟行非禮之事。

畢竟後事如何？且聽下回分解。

第四十七回　虞秀才重修元武廟　方鹽商大鬧節孝祠

話說虞華軒也是一個非同小可之人。他自小七八歲上，就是個神童。後來經史子集之書，無一樣不曾熟讀，無一樣不講究，無一樣不通徹。到了二十多歲，學問成了，一切兵農、禮樂、工虞、水火之事，他提了頭就知道尾，文章也是枚馬，詩賦也是李杜。況且他曾祖是尚書，祖是翰林，父是太守，真正是個大家。

無奈他雖有這一肚子學問，五河人總不許他開口。五河的風俗：說起那人有品行，他就歪著嘴笑；說起前幾十年的世家大族，他就鼻子裏笑；說那個人會做詩賦古文，他就眉毛都會笑。問五河縣有甚麼山川風景，是有個彭鄉紳；問五河縣有甚麼出產希奇之物，是有個彭鄉紳；問五河縣那個有品望，是奉承彭鄉紳；問那個有德行，是奉承彭鄉紳；問那個有才情，是專會奉承彭鄉紳。

卻另外有一件事，人也還怕：是同徽州方家做親家；還有一件事，人也還親熱：就是大捧的銀子弄出來買田。

虞華軒生在這惡俗地方，又守著幾畝田園，跑不到別處去，因此就激而為怒。他父親太守公是個清官，當初在任上時，過些清苦日子，虞華軒在家，省吃儉用，積起幾兩銀子。此時太守公告老在家，不管家務。虞華軒每年苦積下幾兩銀子，便叫興販田地的人家來，說要買田買房子；講的差不多，又臭罵

那些人一頓，不買，以此開心。一縣的人，都說他有些痰氣，到底貪圖他幾兩銀子，所以來親熱他。

這成老爹是個興販行的行頭；那日叫管家請出大爺來，書房裏坐下，說道：「而今我那左近有一分田，水旱無憂，每年收的六百石稻，他要二千兩銀子。前日方六房裏要買他的，他已經打算賣給他，那些莊戶不肯。」虞華軒道：「莊戶為甚麼不肯？」成老爹道：「莊戶因方府上田主子下鄉，要莊戶備香案迎接，欠了租，又要打板子；所以不肯賣與他。」虞華軒道：「不賣給他，要賣與我！我下鄉是擺臭案的！我除了不打他，他還要打我！」成老爹道：「不是這樣說；說你大爺寬宏大量，不像他們刻薄，而今所以來惣成❶你的。不知你的銀子可現成？」虞華軒道：「我的銀子怎的不現成？叫小廝搬出給老爹瞧。」當下叫小廝搬出三十錠大元寶來，望桌上一掀。那元寶在桌上亂滾，成老爹的眼就跟這元寶滾。虞華軒叫把銀子收了去，向成老爹道：「我這些銀子不扯謊麼？你就下鄉去說。說了來，我買他的。」成老爹道：「我在這裏還要躭擱幾天，纏得下去。」虞華軒道：「老爹有甚麼公事？」成老爹道：「今日要到王父母那裏領先嫡母舉節孝的牌坊銀子，順便交錢糧；明日是彭老二的小令愛整十歲，要到那裏去拜壽；外後日❷是方六房裏請我吃中飯，要擾過他，纏得下去。」

虞華軒鼻子裏嘻的笑了一聲，罷了，留成老爹吃了中飯。〔成老爹〕領牌坊銀子，交錢糧去了。虞華軒叫小廝把唐三痰請了來。這唐三痰因方家裏平日請他吃酒吃飯，只請他哥舉人，不請他，他就專會打聽方家那一日請人，請的是那幾個，他都打聽在肚裏，甚是的確。虞華軒曉得他這個毛病，那一日把他尋

❶ 惣成：即「作成」，成全之意。惣，音ㄗㄨㄥˇ。

❷ 外後日：大後天。

了來，向他說道：「費你的心去打聽打聽，仁昌典方六房裏，外後日可請的有成老爹。打聽的確了來，外後日我就備飯請你。」

唐三痰應諾，去打聽了半天，回來說道：「並無此說。外後日方六房裏並不請人。」虞華軒道：

「妙！妙！你外後日清早就到我這裏來吃一天。」送唐三痰去了，叫小廝悄悄在香蠟店，託小官寫了一個紅單帖，上寫著「十八日午間小飲候光」，下寫「方杓頓首」。拏封袋裝起來，貼了籤，叫人送在成老爹睡覺的房裏書案上。

成老爹交了錢糧，晚裏回來看見帖子，自心裏歡喜道：「我老頭子老運亨通了！偶然扯個謊，就扯著了！又恰好是這一日！」歡喜著睡下。

　　　　※

　　　　※

　　　　※

到十八那日，唐三痰清早來了。虞華軒把成老爹請到廳上坐著，看見小廝一個個從大門外進來，一個拎著酒，一個拏著雞鴨，一個拏著腳魚和蹄子，一個拏著四包菓子，一個捧著一大盤肉心燒賣，都往廚房裏去。成老爹知道他今日備酒，也不問他。

虞華軒問唐三痰道：「修元武閣的事，你可曾向木匠瓦匠說？」唐三痰道：「說過了，工料費著哩。他那外面的圍牆倒了，要重新砌；又要修一路臺基，瓦工需兩三個月；裏頭換梁柱，釘椽子，木工還不知要多少。但凡修理房子，瓦木匠只打半工；他們只說三百，怕不也要五百多銀子纏修得起來。」

成老爹道：「元武閣是令先祖蓋的，卻是一縣發科甲的風水；而今科甲發在彭府上，該是他家拏銀子修了，你家是不相干了，還只管累你出銀子？」虞華軒拱手道：「也好。費老爹的心向他家說說，幫

我幾兩銀子，我少不得也見老爹的情。」成老爹道：「這事我說去；他家雖然官員多，氣魄大，但是我老頭子說話，他也還信我一兩句。」

虞家小廝又悄悄的從後門口叫了一個賣草的，把他四個錢，叫他從大門口轉了進來，說道：「拜上你老爺，我就來。」成老爹，我是方六老爺家來的。請老爹就過去，候著哩。」成老爹道：「成老爹，我是方六老爺家來的。請老爹就過去，候著哩。」成老爹道：「成老那賣草的去了。成老爹辭了主人，一直來到仁昌典，門上人傳了進去。主人方老六出來會著，作揖坐下。方老六問：「老爹幾時上來的？」成老爹心裏驚了一下，答應道：「前日纔來的。」方老六又問：「寓在那裏？」成老爹更慌了，答應道：「在虞華老家。」成老爹道：「今日好天氣。」方老六道：「正是。」成老爹道：「這些時常會王父母？」方老六道：「前日還會著的。」

彼此又坐了一會，成老爹道：「太尊這些時總不見下縣來過；若還到縣裏來，少不得先到六老爺家，沒有話說。又吃了一會茶，——其實說，太尊只怕也就在這些時要下縣來。——其實說，太尊只怕也就在這些時要六老爺一位，那有第二個鄉紳抵的過六老爺！」方老六道：「新按察司到任，太尊同六老爺相與的好，比不得別人。——太尊這些時總不見下縣來過

又坐了一會，又吃了一道茶，也不見擺席，成老爹疑惑，肚裏又餓了，只得告辭一聲，看他怎說；因起身道：「我別過六老爺罷。」方老六也站起來道：「還坐坐。」成老爹道：「不坐了。」即便辭別，送了出來。

成老爹走出大門，摸頭不著，心裏想道：「莫不是我來早了？」又想道：「莫不是他有甚事怪我？」又想道：「莫不是我錯看了帖子？」猜疑不定。又心裏想道：「虞華軒家有現成酒飯，且到他家

去吃再處。」一直走回虞家。

虞華軒在書房裏擺著桌子，同唐三痰，姚老五和自己兩個本家，擺著五六碗滾熱的肴饌，正吃在快活處；見成老爹進來，都站起身。

虞華軒道：「成老爹偏背了我們，吃了方家的好東西來了，好快活！」便叫：「快拿一張椅子與成老爹那邊坐，泡上好消食的陳茶來與成老爹吃。」

小廝遠遠放一張椅子在上面，請成老爹坐了；那蓋碗陳茶，左一碗，右一碗，送來與成老爹。成老爹越吃越餓，肚裏說不出來的苦；看見他們大肥肉塊，鴨子，腳魚，夾著往嘴裏送，氣得火在頂門裏直冒。他們一直吃到晚，成老爹一直餓到晚，等他送了客，客都散了，悄悄走到管家房裏要了一碗炒米，泡了吃；進房去睡下，在牀上氣了一夜；次日，辭了虞華軒，要下鄉回家去。

虞華軒問：「老爹幾時來?」成老爹道：「若是田的事妥，我就上來的；若是田的事不妥，我只等家孀母入節孝祠的日子，我再上來。」說罷，辭別去了。

一日，虞華軒在家無事，唐二棒椎走來說道：「老華，前日那姓季的，果然是太尊府裏出來的，住在寶林寺僧官家方老六彭老二都會著。竟是真的！」虞華軒道：「前日說不是也不是你，今日說真的也是你；是不是罷了，這是甚麼奇處！」唐二棒椎笑道：「老華，我從不曾會過太尊；你少不得在府裏回拜這位季兄去，攜帶我去見見太尊，可行得麼?」虞華軒道：「這也使得。」

過了幾日，僱了兩乘轎子，一同來鳳陽。到了衙裏，投了帖子。虞華軒又帶了一個帖子拜季葦蕭。會過太尊出來，衙裏接了帖子，回出來道：「季相公揚州去了，太爺有請。」二位同進去，在書房裏會。會過太尊出來，

兩位都寓在東頭。太尊隨發帖請飯。唐二棒椎向虞華軒道：「太尊明日請我們，我們沒有個坐在下處等他的人老遠來邀的；明日我和你到府門口龍興寺坐著，好讓他一邀，我們就進去。」虞華軒笑道：

「也罷。」

＊　　　　＊

＊　　　　＊

＊　　　　＊

次日中飯後，同到龍興寺一個和尚家坐著，只聽得隔壁一個和尚家，細吹細唱的有趣。唐二棒椎道：「這吹唱的好聽！我走過去看看。」看了一會回來，垂頭喪氣，向虞華軒抱怨道：「我上了你的當了！你當這吹打的是誰？就是我縣裏仁昌典方老六，同屬太尊的公子，備了極齊整的席，一個人摟著一個戲子，在那裏頑耍！他們這樣相厚，我前日只該同了方老六來！若同他來，此時已同公子坐在一處；如今同了你，雖見得太尊一面，到底是個『皮裏膜外』❸的帳，有甚麼意思！」虞華軒道：「都是你說的！我又不曾強扯了你來！他如今現在這裏，你跟了去不是！」唐二棒椎道：「同行不疏伴」，我還同你到衙裏去吃酒。」

＊　　　　＊

說著，衙裏有人出來邀，兩人進衙去。太尊會著，說了許多仰慕的話，又問：「縣裏節孝幾時人祠？」兩人答道：「回去定了日子，少不得具請啟來請太公祖。」吃完了飯，辭別出來；我好委官下來致祭。」

次日又擎帖子辭了行，回去了。

虞華軒到家第二日，余大先生來說：「節孝人祠，定於出月初三。你們兩家有好幾位叔祖母伯母叔母人祠，我們兩家都該公備祭酹，自家合族人都送到祠裏去。我兩人出去傳一傳。」虞華軒道：「這個

❸ 皮裏膜外：不著肉，即不著實，不親近的意思。

何消說？寒舍是一位，尊府是兩位，兩家紳衿共有一百四五十人。我們會齊了，一同到祠門口，都穿了公服，迎接當事，也是大家的氣象。」余大先生道：「我傳我家的去，你傳你家的去。」

虞華軒到本家去了一交，惹了一肚子的氣，回來，氣的一夜也沒有睡著。清晨，余大先生走來，氣的兩隻眼白瞪著，問道：「表弟，你傳的本家怎樣？」虞華軒道：「正是。表兄傳的怎樣？為何氣的這樣光景？」余大先生道：「再不要說起！我去向寒家這些人說，他不來也罷了，都回我說，方家老太太入祠，他們都要去陪祭候送，還要扯了我去！我說了他們，他們還要笑我說背時的話，你說可要氣死了人！」虞華軒笑道：「寒家亦是如此，我氣了一夜！明日我備一個祭桌，自送我家叔祖母，不約他們了！」余大先生道：「我也只好如此！」

相約定了。到初三那日，虞華軒換了新衣帽，叫小廝挑了祭桌，到他本家八房裏；進了門，只見冷冷清清，一個客也沒有。八房裏堂弟是個窮秀才，頭戴破頭巾，身穿舊褾衫，出來作揖。虞華軒進去拜了叔祖母的神主，奉主升車。他家租了一個破亭子，兩條扁擔，四個鄉裏人歪抬著；亭子前四個吹手，滴滴打打的吹著，抬上街來。虞華軒同他堂弟跟著，一直送到祠門口歇下，遠遠望見也是兩個破亭子，並無吹手，余大先生二先生弟兄兩個跟著，抬來祠門口歇下。

四個人會著，彼此作了揖，看見祠門前尊經閣上掛著燈懸著綵子，擺著酒席。那閣蓋的極高大，又在街中間，四面都望見。戲子一擔擔挑箱上去，抬亭子的人道：「方老爺家的戲子來了！」又站了一會，聽得西門三聲銃響，抬亭子的人道：「方府老太太起身了！」

須臾，街上鑼響，一片鼓樂之聲，兩把黃傘，八把旗，四隊端街馬，牌上的金字打著「禮部尚書」，

「翰林學士」，「提督學院」，「狀元及第」，都是余虞兩家送的。執事過了，腰鑼，馬上吹，提爐，簇擁著老太太的神主亭子。邊旁八個大腳婆娘扶著。方六老爺紗帽圓領，跟在亭子後。後邊的客做兩班：一班是鄉紳，一班是秀才。鄉紳是彭二老爺，彭三老爺，彭五老爺，彭七老爺；其餘就是余虞兩家的舉人，也有進士，貢生，監生，共有六七十位，都穿著紗帽圓領，恭恭敬敬跟著走。一班是余虞兩家的秀才，也有六七十位，穿著襴衫，頭巾，慌慌張張，在後邊趕著走。

鄉紳末了一個是唐二棒椎，手裏拏一個簿子，在那裏邊記賬；秀才末了一個是唐三痰，手裏拏一個簿子，在那裏邊記賬。

那余虞兩家，到底是詩禮人家，也還厚道；走到祠前，看見本家的亭子在那裏，竟有七八位走過來作一個揖，便大家簇擁著方老太太的亭子進祠去了。隨後便是知縣，學師，典史，把總，擺了執事來吹打安位；便是知縣祭，學師祭，典史祭，把總祭，鄉紳祭，秀才祭，主人家自祭。祭完了，紳衿一鬨而出，都到尊經閣上赴席去了。

這裏等人擠散了，纔把亭子抬了進去，也安了位。虞家還有華軒備的一個祭桌，余家只有大先生備的一副三牲，也祭奠了；抬了祭桌出來，沒處亭子，算計借一個門斗家坐坐。余大先生抬頭看尊經閣上，繡衣朱履，觥籌交錯。方六老爺行了一會禮，拘束很了，寬去了紗帽圓領，換了方巾便服，在閣上廊沿間徘徊徘徊；便有一個賣花牙婆，姓權，大著一雙腳，走上閣來，哈哈笑道：「我來看老太太入祠！」方六老爺拏手一宗一宗的指著說與他聽，權賣婆一手扶著欄杆，一手拉開褲腰捉虱子，捉著，一個一個往嘴裏送。余大先生看見這般光景，看不上眼，

說道：「表弟，我們也不在這裏坐著吃酒了，把祭桌抬到你家，我同舍弟一同到你家坐坐罷，還不看見這些惹氣的事。」便叫挑了祭桌前走。

他四五個人一路走著。在街上余大先生道：「表弟，我們縣裏，禮義廉恥，一總都滅絕了！也因學宮裏沒有個好官！若是放在南京虞博士那裏，這樣事如何行的去！」余二先生道：「看虞博士那般舉動，他也不要禁止人怎樣，只是被了他的德化，那非禮之事，人自然不能行出來。」虞家弟兄幾個同歎了一口氣，一同到家，吃了酒，各自散了。

此時元武閣已經動工，虞華軒每日去監工修理。那日晚上回來，成老爹坐在書房裏。虞華軒同他作了揖，拏茶吃了，問道：「前日節孝入祠，老爹為甚麼不到？」成老爹道：「那日我要到的，身上有些病，不曾來的成。舍弟下鄉去，說是熱鬧的很：方府的執事擺了半街，王公同彭府上的人都在那裏，尊經閣擺席唱戲，四鄉八鎮幾十里路的人都來看，說：『若要不是方府，怎做的這樣大事！』你自然也在閣上偏我吃酒？」

虞華軒道：「老爹，你就不曉得我那日，要送我家八房的叔祖母？」成老爹冷笑道：「你八房裏本家窮的『有腿沒褲子』❹，你本家的人，那個肯到他那裏去？連你這話也是哄我頑！你一定是送方老太太的！」虞華軒道：「此事已過，不必細講了。」

吃了晚飯，成老爹說：「那分田的賣主和中人，都上縣來了，住在寶林寺裏。你若要他這田，明日就可以成事。」虞華軒道：「我要就是了。」成老爹道：「還有一個說法：這分田全然是我來說的，我

❹ 有腿沒褲子：窮極的形容詞。褲，一本作「袴」。

要在中間打五十兩銀子的背公❺，要在你這裏除給我，我還要到那邊要中用錢去。」虞華軒道：「這個

何消說？老爹是一個元寶。」

當下把租頭，價銀，戥銀，銀色，雞，草，小租，酒水，畫字，上業主，都講清了。成老爹把賣主，中人，都約了來，大清早坐在虞家廳上。成老爹進來請大爺出來成契，走到書房裏，只見有許多木匠瓦匠在那裏領銀子。虞華軒捧著那多少五十兩一錠的大銀子散人，一個時辰，就散掉了幾百兩。成老爹看著他散完了，叫他出去成田契。

虞華軒睜著眼道：「那田貴了！我不要！」成老爹嚇了一個癡。虞華軒道：「老爹，我當真不要了！」便吩咐小廝：「到廳上把那鄉裏的幾個泥腿，替我趕掉了！」成老爹氣的愁眉苦臉，只得自己走出去，回那幾個鄉裏人去了。只因這一番，有分教：身離惡俗，門牆又見儒修；客到名邦，晉接不逢賢哲。

畢竟後事如何？且聽下回分解。

❺ 打背公：瞞著別人做事或私下賺錢。亦作「打背弓」「打背工」，或簡作「打背」。

第四十八回　徽州府烈婦殉夫　泰伯祠遺賢感舊

話說余大先生在虞家坐館，早去晚歸，習以為常；那日早上起來，洗了臉，吃了茶，要進館去；纔走出大門，只見三騎馬進來，下了馬，向余大先生道喜。大先生問：「是何喜事？」報錄人擎出條子來看，知道是選了徽州府學訓導。余大先生歡喜，待了報錄人酒飯，打發了錢去。隨即虞華軒來賀喜，親友們都來賀。

余大先生出去拜客，忙了幾天，料理到安慶領憑；領憑回來，帶家小到任。大先生邀二先生一同到任所去。二先生道：「哥寒氈一席，初到任的時候，只怕日用還不足；我在家裏罷。」大先生道：「我們老弟兄相聚得一日是一日。從前我兩個人各處坐館，動不動兩年不得見面，而今老了，只要弟兄兩個多聚幾時，那有飯吃沒有飯吃，也且再商量。料想做官自然好似坐館。二弟，你同我去。」二先生應了，一同收拾行李，來徽州到任。大先生本來極有文名，徽州人都知道；如今來做官，徽州人聽見，個個歡喜。到任之後，會見大先生胸懷坦白，言語爽利，這些秀才們，本不來會的，也要來會會，人人自以為得明師。又會著二先生談談，談的都是些有學問的話，眾人越發欽敬，每日也有幾個秀才來往。

那日，余大先生正坐在廳上，只見外面走進一個秀才來，頭戴方巾，身穿舊寶藍直裰，面皮深黑，

第四十八回　徽州府烈婦殉夫　泰伯祠遺賢感舊　❖　449

花白鬍鬚，約有六十多歲光景。那秀才自己手裏擎著帖子，遞與余大先生。余大先生看帖子上寫著「門生王蘊」。那秀才遞上帖子，拜了下去。余大先生回禮，說道：「年兄莫不是尊字玉輝的麼？」王玉輝道：「門生正是。」請到書房裏去坐，叫人請二老爺出來。

二先生出來，同王玉輝會著，彼此又道了一番相慕之意，三人坐下。王玉輝道：「門生在學裏，也做了三十年的秀才，是個迂拙的人。往年就是本學老師，門生也不過是公堂一見而已；而今因大老師和世叔來，是兩位大名下，所以要時常來聆老師和世叔的教訓。要求老師不認做大概學裏門生，竟要把我做個受業弟子纔好。」

余大先生道：「老哥，你我老友，何出此言？」二先生道：「一向知道吾兄清貧，如今在家可做館？長年何以為生？」王玉輝道：「不瞞世叔說，我生平立的有個志向：要纂三部書，嘉惠來學。」余大先生道：「是那三部？」王玉輝道：「一部『禮書』，一部『字書』，一部『鄉約書』。」

二先生道：「禮書是怎麼樣？」王玉輝道：「禮書是將三禮分起類來，如事親之禮，敬長之禮……等類；將經文大書，下面採諸經子史的話印證，教子弟們自幼習學。」大先生道：「這一部書該頒於學宮，通行天下。請問字書是怎麼樣？」王玉輝道：「字書是七年識字法。其書已成，就送來與老師細閱。」二先生道：「字學不講久矣；有此一書，為功不淺。請問鄉約書怎麼樣？」王玉輝道：「鄉約書不過是添些儀制，勸醒愚民的意思。門生因這三部書，終日手不停披，所以沒的工夫做館。」大先生道：「幾位公郎？」王玉輝道：「只得一個小兒，倒有四個小女。大小女守節在家裏；那幾個小女，都出閣不上一年多。」

說著，余大先生留他吃了飯，將門生帖子退了不受，說道：「我們老弟兄要時常屈你來談談，料不嫌我苜蓿風味❶，怠慢你。」弟兄兩個，一同送出大門來。王先生慢慢回家，他家離城有十五里。

王玉輝回到家裏，向老妻和兒子說余老師這些相愛之意。次日，余大先生坐轎子下鄉，親自來拜，留著在草堂上坐了一會，去了。又次日，二先生自己走來，領著一個門斗，挑著一石米，走進來，會著王玉輝，作揖坐下。二先生道：「這是家兄的祿米一石。」又手裏擎出一封銀子來道：「這是家兄的俸銀一兩，送與長兄先生，權為數日薪水之資。」

王玉輝接了這銀子，口裏說道：「我小姪沒有孝敬老師和世叔，怎反受起老師的惠來？」余二先生笑道：「這個何足為奇。只是貴處這學署清苦，兼之家兄初到。虞博士在南京幾十兩的擎著送與名士用，家兄也想學他。」

王玉輝道：「這是『長者賜，不敢辭』，只得拜受了。」備飯留二先生坐，擎出這三樣書的稿子來，遞與二先生看。二先生細細看了，不勝歎息。坐到下午時分，只見一個人，走進來說道：「王老爹，我家相公病的狠，相公娘叫我來請老爹到那裏去看看。請老爹就要去。」

王玉輝向二先生道：「這是第三個小女家的人，因女婿有病，約我去看。」二先生道：「如此，我別過罷。尊作的稿子，帶去與家兄看，看畢再送過來。」說罷起身。那門斗也吃了飯，挑著一擔空籠，將書稿子丟在籠裏，挑著跟進城去了。

❶ 苜蓿風味：指教書生活的清苦。

王先生走了二十里到了女壻家，看見女壻果然病重，醫生在那裏看，用著藥總不見效。一連過了幾

天，女壻竟不在了，王玉輝慟哭了一場。見女兒哭的天愁地慘，候著丈夫入過殮，出來拜公婆和父親，

道：「父親在上，我一個大姐姐死了丈夫，在家累著父親養活；而今我又死了丈夫，難道又要父親養活

不成？父親是寒士，也養活不來這許多女兒！」王玉輝道：「你如今要怎樣？」三姑娘道：「我而今辭

別公婆父親，也便尋一條死路，跟著丈夫一處去了！」

公婆兩個聽見這句話，驚得淚下如雨，說道：「我兒！你氣瘋了？·自古『螻蟻尚且貪生』，你怎麼講出

這樣話來？你生是我家人，死是我家鬼；我做公婆的，怎的不養活你，要你父親養活？快不要如此！」三

姑娘道：「爹媽也老了，我做媳婦的不能孝順爹媽，反累爹媽，我心裏不安，只是由著我到這條路上去罷！

只是我死還有幾天工夫，要求父親到家替母親說了，請母親到這裏來，我當面別一別，這是要緊的！」

王玉輝道：「親家，我仔細想來，我這小女要殉節的真切，倒也由著他行罷；自古『心去意難留』。」

因向女兒道：「我兒，你既如此，這是青史上留名的事，我難道反攔阻你？你竟是這樣做罷。我今日就

回家去，叫你母親來和你作別。」

親家再三不肯。王玉輝執意，一徑來到家裏，把這話向老孺人說了。老孺人道：「你怎的越老越獃了！

一個女兒要死，你該勸他，怎麼倒叫他死？·這是甚麼話說！」王玉輝道：「這樣事，你們是不曉得的。」

老孺人聽見，痛哭流涕，連忙叫了轎子，去勸女兒，到親家家去了。王玉輝在家，依舊看書寫字，

候女兒的信息。老孺人勸女兒，那裏勸的轉。一般每日梳洗，陪著母親坐，只是茶飯全然不吃。母親和

婆婆著實勸著，千方百計，總不肯吃。餓到六天上，不能起牀。母親看著，傷心慘目，痛人心脾，也就病倒了，抬了回來，在家睡著。

又過了三日，二更天氣，幾把火把，幾個人來打門，報道：「三姑娘餓了八日，在今日午時去世了。」老孺人聽見，哭死了過去，灌醒回來，大哭不止。王玉輝走到牀面前，說道：「你這老人家真正是個獃子！三女兒他而今已是成了仙了，你哭他怎的？他這死的好，只怕我將來不能像他這一個好題目死哩！」因仰天大笑道：「死的好！死的好！」大笑著，走出房門去了。

次日，余大先生知道，大驚，不勝慘然，即備了香楮三牲，到靈前去拜奠。拜奠過，回衙門，立刻傳書辦，備文書，請旌烈婦。二先生幫著趕造文書，連夜詳了出去。二先生又備了禮來祭奠。三學的人，聽見老師如此隆重，也就紛紛來祭奠的，不計其數。過了兩個月，上司批准下來，製主入祠，門首建坊。

✱

到了入祠那日，余大先生邀請知縣，擺齊了執事，送烈女入祠。闔縣紳衿，都穿著公服，步行了送。

✱

當日入祠安了位，知縣祭，本學祭，余大先生祭，闔縣鄉紳祭，通學朋友祭，兩家親戚祭，兩家本族祭，祭了一天，在明倫堂擺席。通學人要請了王先生來上坐，說他生這樣好女兒，為倫紀生色。王玉輝到了

✱

此時，轉覺心傷，辭了不肯來。眾人在明倫堂吃了酒，散了。次日，王玉輝到學署來謝余大先生。余大先生，二先生，都會著，留著吃飯。王玉輝說起「在家日日看見老妻悲慟，心下不忍，意思要到外面去作遊幾時；又想要作遊，除非到南京去，那裏有極大的書坊，還可逗著他們刻這三部書。」余大先生道：「老哥要往南京，可惜虞博士去了。若是虞博士在南京，見了此書，贊揚一番，就有書坊搶的刻去了。」

二先生道：「先生要往南京，哥如今寫兩封書子去，與少卿表弟，和紹光先生。這兩人言語是值錢的。」

大先生欣然，寫了幾封字，莊徵君，杜少卿，遲衡山，武正字，都有。

王玉輝老人家不能走旱路，上船從嚴州西湖這一路走。一路看著水色山光，悲悼女兒，悽悽惶惶。

一路來到蘇州，正要換船，心裏想起：「我有一個老朋友住在鄧尉山裏，他最愛我的書。我何不去看看他？」便把行李搬到山塘一個飯店裏住下，搭船往鄧尉山。那還是上畫時分，這船到晚纔開。王玉輝問飯店的人道：「這裏有甚麼好頑的所在？」飯店裏人道：「這一上去，只得六七里路，便是虎邱，怎麼不好頑！」

王玉輝鎖了房門，自己走出去，初時街道還窄，走到三二里路，漸漸闊了，路旁一個茶館。王玉輝走進去坐下，吃了一碗茶。看見那些遊船，有極大的，裏邊雕梁畫柱，焚著香，擺著酒席，一路遊到虎邱去。遊船過了多少，又有幾隻堂客船，不掛簾子，都穿著極鮮豔的衣服，在船裏坐著吃酒。王玉輝心裏說道：「這蘇州風俗不好。」他又想起女兒，豈有個叫了船在這河內遊蕩之理！」又看了一會，見船上一個少年穿白的婦人，他又想起女兒，心裏哽咽，那熱淚直滾出來。

王玉輝忍著淚，出茶館門，一直往虎邱那條路上去。只見一路賣的腐乳，蓆子，耍貨，還有那四時的花卉，極其熱鬧；也有賣酒飯的，也有賣點心的。王玉輝老人家足力不濟，慢慢的走了許多時，纔到虎邱寺門口。循著階級上去，轉彎便是「千人石」，那裏也擺著有茶桌子。王玉輝坐著吃了一碗茶，四面看看，其實華麗。那天色陰陰的，像個要下雨的一般。王玉輝不能久坐，便起身來，走出寺門。走到半路，王玉輝餓了，坐在點心店裏。那豬肉包子六個錢一個，王玉輝吃了，交錢出店門，慢慢走回飯店，

天已將黑，船上人催著上船。

王玉輝將行李拏到船上，幸虧雨不曾下的大，那船連夜的走。一直來到鄧尉山，找著那朋友家裏。只見一帶矮矮的房子，門前垂柳掩映，兩扇門關著，門上貼了白。王玉輝就嚇了一跳，忙去敲門。只見那朋友的兒子，挂著一身的孝，出來開門，見了王玉輝，說道：「老伯如何今日纔來？我父親那日不想你。直到臨回首的時候，還念著老伯不曾得見一面，又恨不曾得見老伯的全書。」

王玉輝聽了，知道這個老朋友已死，那眼睛裏熱淚紛紛滾了出來，說道：「你父親幾時去世的？」那孝子道：「還不曾盡七。」王玉輝道：「靈柩是還在家哩？」那孝子道：「還在家裏。」王玉輝道：「你引我到靈柩前去。」那孝子道：「老伯且請洗了臉，吃了茶，再請老伯進來。」當下就請王玉輝坐在堂屋裏，拏水來洗了臉。

王玉輝不肯等吃了茶，叫那孝子領到靈柩前。孝子引進中堂。只見中間奉著靈柩，面前香爐、燭臺，一副香紙牲醴，把自己的書，一同擺在靈柩前祭奠。又慟哭了一場。王玉輝出來吃了茶，又將自己盤費買了一副香紙牲醴，把自己的書，一同擺在靈柩前祭奠。又慟哭了一場。王玉輝出來吃了茶，又將自己盤費買了遺像、魂旛。王玉輝慟哭了一場，倒身拜了四拜。那孝子謝了。

王玉輝回到蘇州，又換了船，一路來到南京水西門上岸，進城尋了個下處，在牛公庵住下。次日，拏著書子去尋了一日回來。那知因虞博士選在浙江做官，杜少卿尋他去了；莊徵君到故鄉去修祖墳；遲衡山，武正字，都到遠處做館去了……一個也遇不著。

王玉輝也不懊悔，聽其自然，每日在牛公庵看書。過了一個多月，盤費用盡了，上街來閒走走。纔

走到巷口，遇著一個人作揖，叫聲「老伯，怎的在這裏？」王玉輝看時，原來是同鄉人，姓鄧，名義，字質夫。這鄧質夫的父親，是王玉輝同案進學，又是王玉輝做保結，故此稱是「老伯」。

王玉輝道：「老姪，幾年不見。一向在那裏？」鄧質夫道：「老伯寓在那裏？」王玉輝道：「我就在前面這牛公庵裏，不遠。」鄧質夫道：「且同到老伯下處去。」到了下處，鄧質夫拜見了，說道：「小姪自別老伯，在揚州這四五年。近日是東家託我來賣上江食鹽，寓在朝天宮。一向記念老伯。近況好麼？為甚麼也到南京來？」

王玉輝請他坐下，說道：「賢姪，當初令堂老夫人守節，鄰家失火，令堂對天祝告，反風滅火，天下皆聞；那知我第三個小女，也有這一番節烈。」——因悉把女兒殉女壻的事說了一遍。——「我因老妻在家哭泣，心裏不忍；府學余老師寫了幾封書子，與我來會這裏幾位朋友，不想一個也會不著。」

鄧質夫道：「是那幾位？」王玉輝一一說了。鄧質夫歎道：「小姪也恨來的遲了！當年南京有虞博士在這裏，名壇鼎盛，那泰伯祠大祭的事，天下皆聞，自從虞博士去了，這些賢人君子，風流雲散。小姪去年來，曾會著杜少卿先生，在元武湖拜過莊徵君。而今都不在家了。老伯這寓處不便，且搬到朝天宮小姪那裏寓些時。」

王玉輝應了，別過和尚，付了房錢，叫人挑行李，同鄧質夫到朝天宮寓處住下。鄧質夫晚間備了酒餚，請王玉輝吃著，又說起泰伯祠的話來。王玉輝道：「泰伯祠在那裏？我明日要去看看。」鄧質夫道：

「我明日就同老伯去。」

儒林外史 ❖ 456

次日，兩人出南門，鄧質夫帶了幾分銀子把與看門的，開了門，進到正殿。兩人瞻拜了，走進後一層，樓底下，遲衡山貼的祭祀儀注單和派的執事單，還在壁上。兩人將袖子拂去塵灰看了，又走到樓上，見八張大櫃，關鎖著樂器，祭器。王玉輝也要看，看祠的人回鑰匙在遲府上，只得罷了，下來兩廊走走。兩邊書房都看了，一直走到省牲所，依舊出了大門，別過看祠的。兩人又到報恩寺頑頑，在琉璃塔下吃了一壺茶，出來，寺門口酒樓上吃飯。

王玉輝向鄧質夫說：「久在客邊煩了，要回家去，只是沒有盤纏。」鄧質夫道：「老伯怎的這樣說？我這裏料理盤纏，送老伯回家去。」過了兩日，便備了餞行的酒，擎出十幾兩銀子來，又僱了轎夫，送王先生回徽州去，又說道：「老伯，你雖去了，把這余先生的書交與小姪；等各位先生回來，小姪送與他們，也見得老伯來走了一回。」王玉輝道：「這最好。」便把書子交與鄧質夫，起身回去了。

王玉輝去了好些時，鄧質夫打聽得武正字已到家，把書子自己送去，正值武正字出門拜客，不曾會著，向他家人說：「這書是我朝天宮姓鄧的送來的；其中緣由，還要當面再說。」武正字回來看了書，正要到朝天宮去回拜，恰好高翰林家著人來請。只因這一番，有分教：賓朋高宴，又來奇異之人；患難相扶，更出武勇之輩。

畢竟後事如何？且聽下回分解。

第四十九回　翰林高談龍虎榜　中書冒占鳳凰池

話說武正字那日回家，正要回拜鄧質夫，外面傳進一副請帖，說：「翰林院高老爺家，請即日去陪客。」武正字對來人說道：「我去回拜了一個客，即刻就來，你先回覆老爺去罷。」家人道：「家老爺多拜上老爺。請的是浙江一位萬老爺，是家老爺從前拜盟的弟兄。就是請老爺同遲老爺會會。此外就是家老爺親家秦老爺。」

武正字聽見有遲衡山，也就勉強應允了。回拜了鄧質夫，彼此不相值。午後高府來邀了兩次，武正字纔去。高翰林接著，會過了，書房裏走出施御史秦中書來，也會過了。纔吃著茶，遲衡山也到了。高翰林又叫管家去催萬老爺，因對施御史道：「這萬敝友是浙江一個最有用的人，一筆的好字。二十年前，學生做秀才的時候，在揚州會著他。他那時也是個秀才，他的舉動就有些不同。那時鹽務的諸公都不敢輕慢他，他比學生在那邊更覺的得意些。自從學生進京後，彼此就疏失了。前日他從京師回來，說已由序班授了中書，將來就是秦親家的同衙門了。」秦中書笑道：「我的同事，為甚要親翁做東道？」

說著，萬中書已經到門，傳進了帖。高翰林拱手立在廳前滴水下，叫管家請轎，開了門。萬中書從門外下了轎，急趨上前拜揖敘坐，說道：「蒙老先生見召，實不敢當。小弟二十年別懷，也要借尊酒一明日乞到我家去。」

敘。但不知老先生今日，可還另有外客？」高翰林道：「今日並無外客，就是侍御施老先生，同敝親家

秦中翰。還有此處兩位學中朋友：一位姓武，一位姓遲。現在西廳上坐著哩。」萬中書便道：「請會。」

管家去請，四位客都過正廳來，會過。施御史道：「高老先生相招奉陪老先生。」萬中書道：「小

弟二十年前，在揚州得見高老先生，那時高老先生還未曾高發，那一段非凡氣魄，小弟便知道後來必是

朝廷的柱石。自高老先生發解之後，小弟奔走四方，卻不曾到京師一晤。去年小弟到京，不料高老先生

卻又養望在家了。所以昨在揚州幾個敝相知處有事，只得繞道來到聚會一番。天幸又得接老先生同諸位

先生的教。」

秦中書道：「老先生貴班，甚時補得著？出京來卻是為何？」萬中書道：「中書的班次，進士是一

途，監生是一途。學生是就的辦事職銜，將來終身都脫不得這兩個字。要想加到翰林學士，料想是不能

了；近來所以得缺甚難。」秦中書道：「就了不做官，這就不如不就了。」

萬中書丟了這邊，便向武正字遲衡山道：「二位先生高才久屈，將來定是『大器晚成』的；就是小

弟這就職的事，原算不得，始終還要從科甲出身。」遲衡山道：「弟輩碌碌，怎比老先生大才！」武正

字道：「高老先生原是老先生同盟，將來自是難兄難弟可知。」

說著，小廝來稟道：「請諸位老爺西廳用飯。」高翰林道：「先用了便飯，好慢慢的談談。」眾人

到西廳飯畢，高翰林叫管家開了花園門，請諸位老爺看看。眾人從西廳右首一個月門內進去，另有一道

長粉牆，牆角一個小門進去，便是一帶走廊；從走廊轉東首，下石子墈，便是一方蘭圃。這時天氣溫和，

蘭花正放。前面石山，石屏，都是人工堆就的。山上有小亭，可以容三四人。屏旁置磁墩兩個，屏後有

竹子百十竿。竹子後面映著些矮矮的朱紅欄杆，裏邊圍著些未開的芍藥。

高翰林同萬中書攜著手，悄悄的講話，直到亭子上去了。施御史同著秦中書就隨便在石屏下閒坐。

遲衡山同武正字，信步從竹子裏面走到芍藥欄邊。遲衡山對武書道：「園子倒也還潔淨，只是少些樹木。」武正字道：「這是前人說過的：『亭沼譬如爵位，時來則有之；樹木譬如名節，非素修弗能成。』」

說著，只見高翰林同萬中書從亭子裏走下來，說道：「去年在莊濯江家看見武先生的紅芍藥詩，如今又是開芍藥的時候了。」

＊　　＊　　＊

當下主客六人，閒步了一回，重新到西廳上坐下。管家叫茶上點上一巡攢茶❶。遲衡山問萬中書道：「老先生貴省有個敝友，他是處州人，不知老先生可曾會過？」萬中書道：「處州最有名的，不過是馬純上先生；其餘在學的朋友，也還認得幾個，但不知令友是誰？」遲衡山道：「正是這馬純上先生。」萬中書道：「馬二哥是我同盟的弟兄，怎麼不認得。他如今進京去了。他進了京，一定是就得手的。」

武書忙問道：「他至今不曾中舉，他為甚麼進京？」萬中書道：「學道三年任滿，保題了他的優行。這一進京，倒是個名的捷徑，所以曉得他得手的。」

施御史在旁道：「這些異路功名，弄來弄去，始終有限。有操守的，到底要從科甲出身。」遲衡山道：「上年他來敝地，小弟看他著實在舉業上講究的，不想這些年，還是個秀才出身。可見這『舉業』二字，原是個無憑的。」高翰林道：「遲先生，你這話就差了。我朝二百年來，只有這一椿事是絲毫不

❶ 攢茶：款待賓客的茶，附有蜜餞菓品等碟子，名為「攢茶」。

他就做三百年的秀才，考二百個案首，進了大場，總是沒用的！」

武正字道：「難道大場裏同學道是兩樣看法不成？」高翰林道：「怎麼不是兩樣！凡學道考得起的，是大場裏再也不會中的；所以小弟未曾僥倖之先，只一心去揣摩大場。學道那裏，時常考個三等也罷了！」

萬中書道：「老先生的元作，敝省的人，個個都揣摩爛了。」高翰林道：「老先生，『揣摩』二字，就是這舉業的金針了。小弟鄉試的那三篇拙作，沒有一句話是杜撰，字字都有來歷的；所以纔得僥倖。若是不知道揣摩，就是聖人也是不中的。那馬先生講了半生，講的都是些不中的舉業。他要曉得揣摩二字，如今也不知做到甚麼官了！」

萬中書道：「老先生的話，真是後輩的津梁，但這馬二哥卻要算一位老學。小弟在揚州敝友家，見他註的春秋，倒也甚有條理。」高翰林道：「再也莫提起這話。敝處這裏有一位莊先生，他是朝廷徵召過的，而今在家閉門註易。前日有個朋友和他會席，聽見他說：『馬純上知進而不知退，直是一條小小的亢龍。』無論那馬先生不可比做亢龍，只把一個現活著的秀才拿來解聖人的經，這也就可笑之極了！」

武正字道：「老先生，此話也不過是他偶然取笑。要說活著的人就引用不得，當初文王，周公，為甚麼就引用微子，箕子？後來孔子為甚麼就引用顏子？那時這些人也都是活的。」高翰林道：「足見先生博學。小弟專經是毛詩，不是周易，所以未曾考核得清。」武正字道：「提起毛詩兩字，越發可笑。天長杜少卿先生纂了一部詩說，引了些漢儒的說話，朋友們就都當作新聞。可見『學問』兩個字，如今是不必講的了！」遲衡山道：「這都是一

偏的話。依小弟看來：講學問的只講學問，不必問功名；講功名的只講功名，不必學問。若是兩樣都要講，弄到後來，一樣也做不成！」

說著，管家來稟：「請上席。」高翰林奉了萬中書的首座，施侍御的二座，遲先生三座，武先生四座，秦親家五座，自己坐了主位。三席酒，就擺在西廳上面。酒餚十分齊整，卻不曾有戲。席中又談了些京師裏的朝政。說了一會，遲衡山向武正字道：「自從虞老先生離了此地，我們的聚會，也漸漸的就少了。」

少頃，轉了席，又點起燈燭來。吃了一巡，萬中書起身辭去。秦中書拉著道：「老先生一來是敝親家的同盟，二來又添在同班，將來補選了，大概總在一處；明日千萬到舍間一敘。小弟此刻回家，就具過束來。」又回頭對眾人道：「明日一個客不添，一個客不減，還是我們照舊六個人。」

遲衡山武正字不曾則一聲。施御史道：「極好，但是小弟明日打點屈萬老先生坐坐的，這個竟是後日罷。」萬中書道：「學生昨日纔到這裏，不料今日就擾高老先生。諸位老先生尊府，還不曾過來奉謁，那裏有個就來叨擾的？」高翰林道：「這個何妨？敝親家是貴同衙門，這個比別人不同。明日只求早光就是了。」

萬中書含糊應允了。諸位都辭了主人，散了回去。當下秦中書回家，寫了五副請帖，差長班送了去，又請萬老爺，施老爺，遲相公，武相公，高老爺；又發了一張傳戲的溜子，叫一班戲，次日清晨伺候；又發了一個諭帖，諭門下總管，叫茶廚伺候酒席，要體面些。

次日，萬中書起來，想道：「我若先去拜秦家，恐怕去拜了，那時不得去拜眾人，他們必定就要怪，只說我撿有酒吃的人家跑。不如先拜了眾人，再去到秦家。」隨即寫了四副帖子，先拜施御史。御史出來會了，曉得就要到秦中書家吃酒，也不曾款留。隨即去拜遲相公。遲衡山家回：「昨晚因修理學宮的事，連夜出城往句容去了。」只得又拜武相公。武正字家回：「相公昨日不曾回家；來家的時節，再來回拜罷。」

是日，早飯時候，萬中書到了秦中書家，只見門口有一箭闊的青牆，中間縮著三號，卻是起花的大門樓。轎子沖著大門立定，只見大門裏粉屏上貼著紅紙硃標的「內閣中書」的封條；兩旁站著兩行雁翅的管家；管家脊背後便是執事上的帽架子；上首還貼著兩張「為禁約事」的告示。帖子傳了進去，秦中書迎出來，開了中間屏門。萬中書下了轎，拉著手，到廳上行禮敘坐，拜茶。

萬中書道：「學生叨在班末，將來凡事還要求提攜，今日有個賤名在此，只算先來拜謁。叨擾的事，容學生再來另謝。」秦中書道：「敝親家道及老先生十分大才，將來小弟設若竟補了，老先生便是小弟的泰山了。」萬中書道：「令親臺此刻可曾來哩？」秦中書道：「他早間差人來說，今日一定到這裏來。」

說著，高翰林施御史兩乘轎已經到門。下了轎，進來敘了坐，吃了茶。高翰林道：「秦親家，那遲年兄同武年兄，這時也該來了？」秦中書道：「又差人去邀了。」萬中書道：「武先生或者還來，那遲先生是不來的了。」高翰林道：「老先生何以見得？」萬中書道：「早間在他兩家奉拜，武先生家回昨

晚不曾回家。遲先生因修學宮的事往句容去了，所以曉得遲先生不來。」

施御史道：「這兩個人卻也作怪！但凡我們請他，十回倒有九回不到。若說他當真有事，做秀才的那裏有這許多事？若說他做身分，一個秀才的身分到那裏去！」秦中書道：「老先生同敝親家在此，那二位來也好，不來也罷。」萬中書道：「那二位先生的學問，想必也還是好的？」高翰林道：「那裏有甚麼學問！有了學問，倒不做老秀才了！只因上年國子監裏有一位虞博士，著實作興這幾個人，因而大家聯屬；而今也漸漸淡了！」

正說著，忽聽見左邊房子裏面高聲說道：「妙！妙！」眾人都覺詫異。秦中書叫管家去書房後面去看是甚麼人喧嚷。管家來稟道：「是二老爺的相與鳳四老爺。」秦中書道：「原來鳳老四在後面。何不請他來談談？」

管家從書房裏去請了出來。只見一個四十多歲的大漢，兩眼圓睜，雙眉直豎；一部極長的烏鬚，垂過了胸膛；頭戴一頂力士巾；身穿一領元色緞緊袖袍；腳端一雙尖頭靴，腰束一條絲鸞絛；肘下掛著小刀子；走到廳中間，作了一個總揖，便說道：「諸位老先生在此，小子在後面卻不知道，失陪的緊。」秦中書拉著坐了，便指著鳳四爹對萬中書道：「這位鳳長兄是敝處這邊一個極有義氣的人；他的手底下，實在有些講究，而且一部易筋經記的爛熟的。他若是趙一個勁，那怕幾千斤的石塊，打落在他頭上，身上，他會絲毫不覺得。這些時，舍弟留他在舍間早晚請教，學他的技藝。」萬中書道：「這個品貌，原是個奇人，不是那『手無縛雞之力』的。」

秦中書又向鳳四老爹問道：「你方纔在裏邊連叫『妙！妙！』卻是為何？」鳳四老爹道：「這不是

我，是你令弟。令弟纔說人的力氣到底是生來的，我就教他提了一段氣，著人拏椎棒打，越打越不疼，他一時歡喜起來，在那裏說妙。」萬中書向秦中書道：「令弟老先生在府，何不也請他出來會會？」

秦中書叫管家進去請，那秦二倅子已從後門裏騎了馬，進小營看試箭去了。小廝們來請到內廳用飯。

飯畢，小廝們又從內廳左首開了門，請諸位老爺進去閒坐。眾人隨便坐了，茶上捧進十二樣的攢茶來，一個十一二歲的小廝又向爐內添上些香。萬中書暗想道：「他們家的排場畢竟不同。我到家何不竟做起來？⋯⋯只是門面不得這樣大，現任的官府，不能叫他來上門，也沒有他這些手下人伺候。⋯⋯」

正想著，一個穿花衣的末腳，拏著一本戲目，走上來，打了搶跪，說道：「請老爺先賞兩齣。」萬中書讓過了高翰林，施御史，就點了一齣〈請宴〉，一齣〈餞別〉。施御史又點了一齣〈五臺〉，高翰林又點了一齣〈追信〉。末腳拏笏板在旁邊寫了，拏到戲房裏去扮。當下秦中書又叫點了一巡清茶。管家來稟道：「請諸位老爺外邊坐。」眾人陪著萬中書從廳上過來。到了二廳，看見做戲的場口已經鋪設的齊整，兩邊放了五把圈椅，上面都是大紅盤金椅搭，依次坐下。長班帶著全班的戲子，都穿了腳色的衣裳，上來稟參了，全場打鼓板。纔立到沿口，輕輕的打了一下鼓板，只見那貼旦裝了一個紅娘，一扭一捏，走上場來。

長班又上來打了一個搶跪，稟了一聲「賞坐」，那吹手們纔坐下去。

這紅娘纔唱了一聲，只聽得大門口忽然一棒鑼聲，又有紅黑帽子吆喝了進來。眾人都疑惑：「請宴裏面從沒有這個做法的！⋯⋯」只聽管家跑進來，說不出話來。早有一個官員，頭戴紗帽，身穿玉色緞袍，腳下粉底皂靴，走上廳來；後面跟著二十多個快手，當先兩個，走到上面，把萬中書一手揪住，用

一條鐵鍊套在頸子裏，就拖了出去。那官員一言不發，也就出去了。眾人嚇的面面相覷。只因這一番，

有分教：梨園子弟，從今笑煞鄉紳；萍水英雄，一力擔承患難。

未知後事如何？且聽下回分解。

第五十回　假官員當街出醜　真義氣代友求名

話說那萬中書在秦中書家廳上看戲，突被一個官員帶領捕役進來，將他鎖了出去，嚇得施御史，高翰林，秦中書，面面相覷，摸頭不著。那戲也就剪住了。眾人定了一會，施御史向高翰林道：「貴相知此事，老先生自然曉得個影子？」高翰林道：「這件事情，小弟絲毫不知。但是剛纔方縣尊也太可笑，何必裝這個模樣？」秦中書又埋怨道：「姻弟席上被官府鎖了客去，這個臉面卻也不甚好看！」高翰林道：「老親家，你這話差了。我坐在家裏，怎曉得他有甚事？況且拏去的是他，不是我，怕人說怎的？」

說著，管家的又來稟道：「戲子們請老爺的示：還是伺候？還是回去？」秦中書道：「客犯了事，我家人沒有犯事，為甚的不唱！」大家又坐著看戲。只見鳳四老爹一個人坐在遠遠的，望著他們冷笑。

秦中書瞥見，問道：「鳳四哥，難道這件事你有些曉得？」鳳四老爹道：「我如何能曉得。」秦中書道：「你不曉得，為甚麼笑？」鳳四老爹道：「我笑諸位老先生好笑。人已拏去，急他則甚？依我的愚見，應該差一個能幹人到縣裏去打探打探，到底為的甚事。一來也曉得下落，二來也曉得可與諸位老爺有礙。」施御史忙應道：「這話是的很！」秦中書也連忙道：「是的很！是的很！」當下差了一個人，叫他到縣裏打探，那管家去了。

這裏四人坐下，戲子重新上來做了請宴，又做餞別。施御史指著對高翰林道：「他纔這兩齣戲點的

就不利市！纔「請宴」，就「餞別」，弄得「宴」還不算「請」，「別」倒「餞」過了！」

說著，又唱了一齣五臺。纔要做迫信，那打探的管家回來了，走到秦中書面前，說：「連縣裏也找

不清。小的會著了刑房蕭二老爹，纔託人抄了他一張牌票來。」說著，遞與秦中書看。

眾人起身都來看，是一張竹紙，抄得潦潦草草的。上寫著：

台州府正堂祁。為海防重地等事。奉巡撫浙江都察院鄒憲行，參革台州總兵苗而秀案內，要犯一

名萬里（即萬青雲），係本府已革生員，身中，面黃，微鬚，年四十九歲，潛逃在外。現奉親提，

為此，除批差嚴緝外，合亟通行。凡在緝獲地方，仰縣即時添差拏獲，解府詳審。慎毋遲悞！須

至牌者。

右牌仰該縣官吏准此。

又一行下寫：

原來是差人拏了通緝的文憑投到縣裏，這縣尊是浙江人，見是本省巡撫親提的人犯，所以帶人親自

拏去的。其實犯事的始末，連縣尊也不明白。

高翰林看了，說道：「不但人拏的糊塗，連這牌票上的文法也有些糊塗。此人說是個中書，怎麼是

個已革生員？就是已革生員，怎麼拖到總兵的參案裏去？」秦中書望著鳳四老爹道：「你方纔笑我們的，

你如今可能知道麼？」鳳四老爹道：「他們這種人會打聽甚麼！等我替你去。」立起身來就走。秦中書

道：「你當真的去？」鳳四老爹道：「這個扯謊做甚麼！」說著，就去了。

鳳四老爹一直到縣門口，尋著兩個馬快頭。那馬快頭見了鳳四老爹，跟著他，一直到三官堂，會著浙江的差人。那馬快頭領著鳳四老爹一直到三官堂，會著浙江的差人。

鳳四老爹叫兩個馬快頭引帶他去會浙江的差人。那馬快頭領著鳳四老爹一直到三官堂，會著浙江的差人。

鳳四老爹問差人道：「你們是台州府的差？」差人答道：「我們是府差。」鳳四老爹道：「這萬相公到底為的甚事？」差人道：「我們也不知，只是敝上人吩咐，說是個要緊的人犯，所以差了各省來緝。

老爹有甚吩咐，我照顧就是了。」鳳四老爹道：「他如今在那裏？」差人道：「方老爺纔問了他一堂，連他自己也說不明白。如今寄在外監裏。明日領了文書，只怕就要起身。老爹如今可是要看他？」鳳四老爹道：「你們明日領了文書，千萬等我到這裏，你們再起身。」

老爹道：「他在外監裏，我自己去看他。你們明日領了文書，千萬等我到這裏，你們再起身。」差人應允了。鳳四老爹同馬快頭走到監裏，會著萬中書。萬中書向鳳四老爹道：「小弟此番大概是

奇冤極枉了。你回去替我致意高老先生，同秦老先生，不知此後可能再會了。」

鳳四老爹又細細問了他一番，只不得明白；因忖道：「這場官司，須是我同到浙江去纔得明白。」一氣回到秦中書家。只見那戲子都已散了，施御史也回去了，只有高翰林還在這裏等信，看見鳳四老爹回來，忙問道：「到底為甚事？」

鳳四老爹道：「真正奇得緊！不但官府不曉得，連浙江的差人也不曉得；不但差人不曉得，連他自己也不曉得。這樣糊塗事，須得我同他到浙江去，纔得明白。」秦中書道：「這也就罷了，那個還管他這些閒事！」鳳四老爹道：「我的意思，明日就要同他走走去。如果他這官司利害，我就幫他去審審，也是會過這一場。」高翰林也怕日後拖累，便攛掇鳳四老爹同去；晚上，送了十兩銀子到鳳家來，說：

「送鳳四老爹路上做盤纏。」鳳四老爹收下，次日起來，直到三官堂會著差人。差人道：「老爹好早！」

＊　　＊　　＊　　＊

鳳四老爹同差人轉出彎，到縣門口，來到刑房裏，會著蕭二老爹，催著他清稿，並送簽了一張解批，又撥了四名長解阜差，聽本官簽點，批文用了印。官府坐在三堂上，叫值日的阜頭把萬中書提了進來。台州府差也跟到宅門口伺候。只見萬中書頭上還戴著紗帽，身上還穿著七品補服，方縣尊猛想到：「他擎的是個已革的生員，怎麼卻是這樣服色？……」又對明了人名，年貌，絲毫不誣；因問道：「你到底是生員？是官？」萬中書道：「我本是台州府學的生員，今歲在京，因書法端楷，保舉中書職銜的。生員不曾革過。」

方知縣道：「授職的知照，想未下來，因有了官司，撫臺將你生員咨革了，也未可知；但你是個浙江人，本縣也是浙江人，本縣也不難為你。你的事，你自己好好去審就是了。」因又想道：「他回去了，地方官說他是個已革生員，就可以動刑了。我是個同省的人，難道這點照應沒有？……」隨在簽批上，硃筆添了一行：

本犯萬里，年貌與來文相符，現今頭戴紗帽，身穿七品補服，供稱本年在京保舉中書職銜，相應原身鎖解。該差母許需索，亦母得疎縱。

寫完了，隨簽了一個長差趙昇；又叫台州府差進去，吩咐道：「這人比不得盜賊，有你們兩個，本縣這裏添一個，也彀了。你們路上須要小心些。」

三個差人接了批文，押著萬中書出來。鳳四老爹接著，問府差道：「你是解差們？過清了？」指著縣差問道：「你是解差？」府差道：「過清了，他是解差。」縣門口看見鎖了一個戴紗帽穿補服的人出來，就圍了有兩百人看，越讓越不開。鳳四老爹道：「趙頭，你住在那裏？」趙昇道：「我就在轉彎。」鳳四老爹道：「先到你家去。」

一齊走到趙昇家小堂屋裏坐下。鳳四老爹叫趙昇把萬中書的鎖開了。鳳四老爹脫下外面一件長衣來，叫萬中書脫下公服換了；又叫府差到萬老爺寓處叫了管家來。

府差去了回來說：「管家都未回寓處，想是逃走了。只有行李還在寓處，和尚卻不肯發。」鳳四老爹聽了，又除了頭上的帽子，叫萬中書戴了，自己只包著裹巾，穿著短衣，說道：「這地方小，都到我家去。」

萬中書同著三個差人，跟鳳四老爹，一直走到洪武街。進了大門，二層廳上立定，萬中書納頭便拜。鳳四老爹拉住道：「此時不必行禮，先生且坐著。」便對差人道：「你們三位都是眼亮的，不必多話了。你們都在我這裏坐著。萬老爹是我的相與，這場官司，我是要同了去的，我卻也不難為你。」趙昇對來差道：「二位可有的說？」來差道：「鳳四老爹吩咐，這有甚麼說；只求老爹作速些。」鳳四老爹道：「這個自然。」當下把三個差人送到廳對面一間空房裏，說道：「此地權住兩日。三位不妨就搬行李來。」三個差人把萬中書交與鳳四老爹，竟都放心，各自搬行李去了。

鳳四老爹把萬中書拉到左邊一個書房裏坐著，問道：「萬先生，你的這件事，不妨實實的對我說，就有天大的事，我也可以幫襯你；說含糊話，那就罷了。」萬中書道：「我看老爹這個舉動，自是個豪

傑。真人面前，我也不說假話了。我這場官司，倒不輸在台州府，反要輸在江寧縣。

鳳四老爹道：「江寧縣方老爺，待你甚好，這是為何？」萬中書道：「不瞞老爹說，我實在是個秀才，不是個中書。只因家下日計艱難，沒奈何出來走走，要說是個秀才，只好喝風痾煙；說是個中書，那些商家同鄉紳財主們纔肯有些照應。不想今日被縣尊把我這服色同官職寫在批上，將來解回去，欽案都也不妨，倒是這假官的官司吃不起。」

鳳四老爹沉吟了一刻，道：「萬先生，你假如是個真官回去，這官司不知可得贏？」萬中書道：「我同苗總兵係一面之交，又不曾有甚過贓犯法的事，量情不得大輸。只要那裏不曉得假官一節，也就罷了。」鳳四老爹道：「你且住著，我自有道理。」

* * *

萬中書住在書房裏。三個差人也搬來住在廳對過空房裏。鳳四老爹一面叫家裏人料理酒飯，一面自己走到秦中書家裏。

秦中書聽見鳳四老爹來了，大衣也沒有穿，就走了出來，問道：「鳳四哥，事體怎麼樣了？」鳳四老爹道：「你還問哩！」「閉門家裏坐，禍從天上來！」你還不曉得哩！」秦中書嚇的慌慌張張的，忙問道：「怎的？」鳳四老爹道：「怎的不怎的，官司敲你打半生！」

秦中書越發嚇得面如土色，要問都問不出來了。鳳四老爹道：「你說他到底是個甚官？」秦中書道：「他說是個中書。」鳳四老爹道：「他的中書，還在判官那裏造冊哩！」秦中書道：「難道他是個假的？」鳳四老爹道：「假的何消說！只是一場欽案官司，把一個假官從尊府拏去，那浙江巡撫本上也不

要特參，只消帶上一筆，莫怪我說，老先生的事，只怕也就是『滾水潑老鼠』了！」

秦中書聽了這些話，瞪著兩隻白眼，望著鳳四老爹道：「鳳哥，你是極會辦事的人。如今這件事，

到底怎樣好？」鳳四老爹道：「沒有怎樣好的法。他的官司不輸，你的身家不破。」秦中書道：「怎能

叫他官司不輸？」鳳四老爹道：「假官，真官就不輸！」秦中書道：「他已是假的，如何又得真？」

鳳四老爹道：「難道你也是假的？」秦中書道：「我是遵例保舉來的。」鳳四老爹道：「你保舉得，他

就保舉不得？」秦中書道：「就是保舉，也來不及。」鳳四老爹道：「怎的來不及？有了錢，就是官！

現放著一位施老爺，還怕商量不來！」秦中書道：「他到如今辦，

他又不做假的了！」秦中書道：「依你怎麼樣？」鳳四老爹道：「若要依我麼？不怕拖官司，竟自隨他

去；若要圖乾淨，替他辦一個，等他官司贏了來，得了缺，叫他一五一十算了來還你，就是『九折三分

錢』也不妨。」

　　秦中書聽了這個話，歎了一口氣，道：「這都是好親家，拖累這一場！如今卻也沒法了，」鳳四哥

銀子我竟出，只是事要你辦去。」鳳四老爹道：「這就是『水中撈月』了；這件事，要高老先生去辦。」

秦中書道：「為甚的偏要他去？」鳳四老爹道：「如今施御史老爺是高老爺的相好，要懇著他作速照例

寫揭帖揭到內閣，存了案，纔有用哩。」秦中書道：「鳳哥，果真你是見事的人！」隨即寫了一個帖

子，請高親家老爺來商議要話。

　　　　　　※　　　　　※　　　　　※

　　少刻高翰林到了。秦中書會著，就把鳳四老爹的話說了一遍。高翰林連忙道：「這個我就去。」鳳

四老爹在旁道：「這是緊急事，秦老爺快把『所以然』交與高老爺去罷。」秦中書忙進去；一刻，叫管家捧出十二封銀子，每封足紋一百兩，交與高翰林道：「而今一半人情，一半禮物。這原是我墊出來的。我也曉得閣裏還有些使費，一總費親家的心，奉託施老先生包辦了罷。」高翰林局住，不好意思，只得應允，掣了銀子，到施御史家託施御史連夜打發人進京辦去了。

鳳四老爹回到家裏，一氣走進書房，只見萬中書在椅子上坐著望哩。鳳四老爹道：「恭喜。如今是真的了。」隨將此事說了備細。萬中書不覺倒身下去，就磕了鳳四老爹二三十個頭。鳳四老爹拉了又拉，方纔起來。

鳳四老爹道：「明日仍舊穿了公服，到這兩家謝謝去。」萬中書道：「這是極該的；但只不好意思。」萬中書道：「明日走不成，竟是後日罷。」鳳四老爹道：「明日走不成，請問鳳四老爹幾時起身。」鳳四老爹道：「明日走不成，竟是後日罷。」

說著，差人走進來，請問鳳四老爹幾時起身。鳳四老爹道：「明日走不成，竟是後日罷。」

次日起來，鳳四老爹催著萬中書去謝高秦兩家。兩家收了帖，都回不在家，卻就回來了。鳳四老爹也收拾了行李，同著三個差人，竟送萬中書回浙江台州又叫萬中書親自到承恩寺起了行李來。鳳四老爹也收拾了行李，同著三個差人，竟送萬中書回浙江台州去審官司去了。只因這一番，有分教：儒生落魄，變成衣錦還鄉；御史回心，惟恐一人負屈。

未知後事如何？且聽下回分解。

第五十一回　少婦騙人折風月　壯士高興試官刑

話說鳳四老爹替萬中書辦了一個真中書，纔自己帶了行李，同三個差人，送萬中書到台州審官司去。

這時正是四月初旬，天氣溫和，五個人都穿著單衣，出了漢西門來叫船，打點一直到浙江去；叫遍了，總沒有一隻杭州船，只得叫船先到蘇州。

到了蘇州，鳳四老爹打發清了船錢，纔換了杭州船。這隻船比南京叫的卻大著一半。鳳四老爹道：「我們也用不著這大船，只包他兩個艙罷。」隨即付埠頭一兩八錢銀子，包了他一個中艙，一個房艙。

五個人上了蘇州船，守候了一日，船家纔攬了一個收絲的客人搭在前艙。這客人約有二十多歲，生得也還清秀，卻只得一擔行李，倒著實沉重。

到晚，船家解了纜，放離了馬頭，用篙子撐了五里多路，一個小小的村落旁住了。那梢公對夥計說：「你帶好纜，放下二錨，照顧好了客人。我家去一頭。」那台州差人笑著說道：「你是討順風去了。」那梢公也就嘻嘻的笑著去了。

萬中書同鳳四老爹上岸閒步了幾步，望見那晚煙漸散，水光裏月色漸明，徘徊了一會，復身上船來安歇，只見下水頭支支喳喳，又搖了一隻小船來幫著泊。

這時船上水手倒也開鋪去睡了，三個差人，點起燈來打骨牌。只有萬中書鳳四老爹同那絲客人在船裏，推了窗子，憑舷玩月。那小船靠攏了來，前頭撐篙的，是一個四十多歲的瘦漢，後面火艙裏，是一

個十八九歲的婦人，在裏邊掌舵；一眼看見船這邊三個男人看月，就掩身下艙裏去了。隔了一會，鳳四老爹同萬中書也都睡了，只有這絲客人略睡得遲些。

次日，日頭未出的時候，梢公背了一個筒袋，上了船，急急的開了。走了三十里，方纔吃早飯。早飯吃過了，將下午，鳳四老爹坐在艙裏，對萬中書說道：「我看先生此番雖然未必大傷筋骨，但是都院的官司，也殼拖纏哩。依我的意思，審你的時節，不管問你甚情節，你只說家中住的一個遊客鳳鳴岐做的。等他來拏了我去，就有道理了。」

正說著，只見那絲客人，眼兒紅紅的，在前艙裏哭。鳳四老爹同眾人忙問道：「客人，怎的了？」那客人只不則聲。鳳四老爹猛然大悟，指著絲客人道：「是了！你這客人想是少年不老成，如今上了當了！」那客人不覺又羞的哭了起來。

鳳四老爹細細細問了一遍。纔曉得昨晚都睡靜了，這客人還倚著船窗，顧盼那船上婦人；這婦人見那兩個客人去了，纔立出艙來，望著絲客人笑；船本靠得緊，雖是隔船，離身甚近，絲客人輕輕捏了他一下，那婦人便笑嘻嘻從窗子裏爬了過來，就做了「巫山一夕」；這絲客人睡著了，他就把行李內四封銀子——二百兩——盡行攜了去了。早上開船，這客人情思還昏昏的；到了此刻，看見被囊開了，纔曉得被人偷了去。——真是「啞子夢見媽，說不出來的苦」！

鳳四老爹沉吟了一刻，叫過船家來問道：「昨日那隻小船，你們可還認得？」水手道：「認卻認得，這話打不得官司，告不得狀，有甚方法？」鳳四老爹道：「認得就好了。他昨日得了錢，我們走這頭，他必定去那頭。你們替我把梘眠了❷，架上櫓，趕著搖回去，望見他的船，遠遠的就泊了。弄得回來，

再酬你們的勞。」

船家依言搖了回去，纔到了昨日泊的地方，卻不見那隻小船。鳳四老爺道：「還搖了回去。」約略又搖了二里多路，只見一株老柳樹下繫著那隻小船，遠望著卻不見人。鳳四老爺叫還泊近些，也泊在一株枯柳樹下。

鳳四老爺叫船家都睡了，不許則聲，自己上岸閒步；步到這隻小船面前，果然是昨日那船，那婦人同著瘦漢子在中艙裏說話哩。鳳四老爺徘徊了一會，慢慢回船，只見這小船，不多時也移到這邊來泊。泊了一會，那瘦漢子不見了。

這夜月色比昨日更明，照見那婦人在船裏邊掠了鬢髮，穿了一件白布大衫在外面，下身換了一條黑綢裙子，獨自一個，在船窗裏坐著賞月。鳳四老爺低低問道：「夜已靜了，你這小妮子，船上沒有人，你也不怕麼？」那婦人答應道：「你管我怎的！我們一個人在船上是過慣了的，怕甚的！」說著，就把眼睛斜覷了兩覷。

鳳四老爺一腳跨過船來，便抱那婦人，那婦人假意推來推去，卻不則聲。鳳四老爺把他一把抱起來，放在右腿膝上。那婦人也就不動，倒在鳳四老爺懷裏了。鳳四老爺道：「你船上沒有人，今夜陪我宿一宵，也是前世有緣。」那婦人道：「我們在船上住家，是從來不混賬的；今晚沒有人，遇著你這個冤家，叫我也沒有法了。只在這邊，我不到你船上去。」鳳四老爺道：「我行李內有東西，我不放心在你這

❷ 把桅眠了……即把桅竿放下來，平置於船上。眠，『放下』之意。船家有忌諱，不說『倒桅』，而說『眠桅』。見通俗編器用類。

邊。」說著，便將那婦人輕輕一提，提了過來。

這時船上人都睡了，只是中艙裏點著一盞燈，鋪著一副行李。鳳四老爹把婦人放在被上，那婦人就連忙脫了衣裳，鑽在被裏。那婦人不見鳳四老爹解衣，耳朵裏卻聽得軋軋的櫓聲。那婦人要抬起頭來看，卻被鳳四老爹一腿壓住，死也不得動，只得細細的聽，——是船在水裏走哩！

那婦人急了，忙問道：「你放我回去罷！」鳳四老爹道：「獸妮子！你是騙錢，我是騙人！一樣的騙，怎的就慌？」那婦人纔曉得是上了當了，只得哀告道：「你放了我，任憑甚東西，我都還你就是了。」鳳四老爹道：「放你去卻不能！拏了東西來纔能放你去。我卻不難為你。」鳳四老爹問他家住址，同他漢子的姓名，叫船家在沒人煙的地方住了。到了次日天明，叫絲客人拏一個包袱，走回十多里路找著他的漢子，原來他漢子見大船也不見，老婆也不見，正在樹底下著急哩。

那絲客人有些認得，上前說了幾句，拍著他肩頭道：「你如今『賠了夫人又折兵』，還是造化哩！」他漢子不敢答應。客人把包袱打開，拏出他老婆的衣裳、褲子、褶褲、鞋來，他漢子纔慌了，跪下去只是磕頭。客人道：「我不拏你。快把昨日四封銀子拏了來，還你老婆。」那漢子慌忙上了船，在梢上一個夾層艙底下，拏出一個大口袋來，說道：「銀子一釐也沒有動，只求開恩，還我女人罷！」那漢子拏著他老婆的衣裳，一直跟了走來，又不敢上船；聽見他老婆在船上叫，纔客人背著銀子。那漢子拏著他老婆的衣裳，

硬著膽子走上去，只見他老婆在中艙裏，圍在被裏哩。他漢子走上前，把衣裳遞與他。眾人看著那婦人穿了衣服，起來又磕了兩個頭，同烏龜滿面羞愧，下船去了。

絲客人拏了一封銀子，五十兩，來謝鳳四老爹。鳳四老爹沉吟了一刻，竟收了，隨分做三分，拏著對三個差人道：「你們這件事，原是個苦差，如今與你們算差錢罷。」差人謝了。

＊　　　　＊　　　　＊　　　　＊

閒話休提。不日到了杭州，又換船直到台州，五個人一齊進了城。府差道：「鳳四老爹，家門口恐怕有風聲，官府知道了，小人吃不起。」鳳四老爹道：「我有道理。」從城外叫了四乘小轎，放下簾子，叫三個差人同鳳四老爹坐著，自己倒在後面走。一齊到了萬家來，進大門，是兩號門面房子，二進是兩改三造的小廳。萬中書繞人內去，就聽見裏面有哭聲，過了一刻，又不哭了。

頃刻，內裏備了飯出來。吃了飯，鳳四老爹道：「你們此刻不要去。點燈後，把承行❸的叫了來，我就有道理。」差人依著，點燈的時候，悄悄的去會台州府承行的趙勤。趙勤聽見南京鳳四老爹同了來，吃了一驚，說道：「那是個仗義的豪傑，萬相公怎的相與他的？這個就造化了！」當下即同差人到萬家來會著，彼此竟像老相與一般。鳳四老爹道：「趙師父只一椿託你：先著太爺錄過供，供出來的人，你便拖了解。」趙書辦應允了。

＊　　　　＊　　　　＊　　　　＊

次日，萬中書乘小轎子，到了府前城隍廟裏面，照舊穿了七品公服，戴了紗帽，著了靴，只是頸子

❸　承行：即承辦人員。

裏卻繫了鍊子。府差繳了牌票，祁太爺即時坐堂。解差趙昇執著批，將萬中書解上堂去。

祁太爺看見紗帽圓領，先吃一驚；又看了批文，有「遵例保舉中書」字樣，又吃了一驚，抬頭看那

萬里卻直立著，未曾跪下，因問道：「你的中書，是甚時得的？」萬中書道：「是本年正月內。」祁太

爺道：「何以不見知照？」萬中書道：「由閣咨部，由部咨本省巡撫，也須時日，想目下也該到了。」

祁太爺道：「你這中書，早晚也要革的了。」萬中書道：「中書自去年進京，今年回到南京，並無

犯法的事。請問太公祖，隔省差拏，其中端的是何緣故？」祁太爺道：「那苗鎮臺疏失了海防，被撫臺

參拏了，衙門內搜出你的詩箋，上面一派阿諛的話頭，是你被他買囑了做的，現有贓款，你還不知麼？」

萬中書道：「這話是冤枉之極了。中書在家的時節，並未會過苗鎮臺一面，如何有詩送他？」

祁太爺道：「本府親自看過，長篇累牘，後面還有你的名姓圖書。現今撫院大人巡海，駐紮本府，

等著要題結這一案，你還能賴麼？」萬中書道：「中書雖然忝列宮牆，詩卻是不會做的。至於名號的圖

書，中書從來也沒有。只有家中住的一個客，上年刻了大大小小幾方送中書，中書就放在書房裏，未曾

收進去。就是做詩，也是他做，恐怕是他假名的，也未可知。還求太公祖詳察。」祁太爺道：「這人

叫甚麼？如今在那裏？」萬中書道：「他姓鳳，叫做鳳鳴岐。現住在中書家裏哩。」

祁太爺立即拈了一枝火籤，差原差立拏鳳鳴岐，當堂回話。差人去了一會，把鳳四老爹拏來。祁太

爺坐在二堂上。原差上去回了，說：「鳳鳴岐已經拏到。」祁太爺叫他上堂，問道：「你便是鳳鳴岐麼？」鳳四老爹道：「我並不認

得他。」祁太爺道：「那萬里做了送他的詩，今萬里到案，招出是你做的，連姓名圖書，也是你刻的。

你為甚麼做這些犯法的事？」鳳四老爹道：「不但我生平不會做詩，就是做詩送人，也算不得一件犯法

的事。」祁太爺道：「這廝強辯！」叫：「取過大刑來！」

那堂上堂下的皁隸，大家吆喝一聲，把夾棍向堂口一摜。兩個人扳翻了鳳四老爹，把他兩隻腿套在

夾棍裏。祁太爺道：「替我用力的夾！」那扯繩的皁隸，用力把繩一收，只聽格喳的一聲，那夾棍迸為

六段。祁太爺道：「這莫不是有邪術？」隨叫換了新夾棍，硃標一條封條，用了印，貼在夾棍上，重

新再夾。那知道繩子尚未及扯，又是一聲響，那夾棍又斷了。一連換了三付夾棍，足足的迸做十八截，

散了一地。

鳳四老爹只是笑，並無一句口供。祁太爺毛了，只得退了堂，將犯人寄監，親自坐轎上公館轅門，

面稟了撫軍。

那撫軍聽了備細，知道鳳鳴岐是有名的壯士，其中必有緣故；況且苗總兵已死於獄中，抑且萬里保

舉中書的知照，已到院，此事也不關緊要；因而吩咐祁知府從寬辦結，竟將萬里，鳳鳴岐都釋放。撫院

也就回杭州去了。這一場燄騰騰的官事，卻被鳳四老爹一瓢冷水潑息。

萬中書開發了原差人等，官司完了，同鳳四老爹回到家中，念不絕口的說道：「老爹真是我的重生

父母，再長爹娘，我將何以報你！」鳳四老爹大笑道：「我與先生既非舊交，向日又不曾受過你的恩惠，

這不過是我一時偶然高興。你若認真感激起我來，那倒是個鄙夫之見了。我今要往杭州去，尋一個朋友，

就在明日便行。」

萬中書再三挽留不住，只得憑著鳳四老爹要走就走。次日，鳳四老爹果然別了萬中書，不曾受他杯

水之謝，取路往杭州去了。只因這一番，有分教：拔山扛鼎之義士，再顯神通；深謀詭計之奸徒，急償

夙債。

不知鳳四老爹去尋甚麼人？且聽下回分解。

第五十二回　比武藝公子傷身　毀廳堂英雄討債

話說鳳四老爹別過萬中書，竟自取路到杭州。他有一個朋友，叫做陳正公，向日曾欠他幾十兩銀子，心裏想道：「我何不找著他，向他要了做盤纏回去？……」陳正公住在錢塘門外。他到錢塘門外來尋他，走了不多路，看見蘇隄上柳陰樹下，一叢人圍著兩個人，在那裏盤馬。那馬上的人，遠遠望見鳳四老爹，高聲叫道：「鳳四哥！你從那裏來的？」

鳳四老爹近前一看，那人跳下馬來，拉著手。鳳四老爹道：「原來是秦二老爺。你是幾時來的？在這裏做甚麼？」秦二侉子道：「你就去了這些時！那老萬的事與你甚相干，吃了自己的清水白米飯，管別人的閒事，這不是發了獸？你而今來的好的很，我正在這裏同胡八哥想你。」

鳳四老爹便問：「此位尊姓？」秦二侉子代答道：「這是此地胡尚書第八個公子胡八哥，為人極有趣，同我最相好。」胡老八知道是鳳四老爹，說了些彼此久慕的話。

秦二侉子道：「而今鳳四哥來了，我們不盤馬了，回到下處去吃一杯罷。」鳳四老爹道：「我還要去尋一個朋友。」胡八亂子道：「貴友明日尋罷；今日難得相會，且到秦二哥寓處頑頑。」不由分說，把鳳四老爹拉著，叫家人與出一匹馬，請鳳四老爹騎著，到伍相國祠門口，下了馬，一同進來。

秦二侉子就寓在後面樓下。鳳四老爹進來施禮坐下。秦二侉子吩咐家人快些辦酒來，同飯一齊吃；

因向胡八亂子道：「難得我們鳳四哥來。便宜你明日看好武藝。我改日少不得同鳳四哥來奉拜，是要重重的叨擾哩。」胡八亂子道：「這個自然。」

鳳四老爹看了壁上一幅字，指著向二位道：「這個洪憨仙兄，也和我相與。他初時也愛學幾樁武藝，後來不知怎的，好弄玄虛，勾人燒丹煉汞。不知此人而今在不在了？」胡八亂子道：「說起來，竟是一場笑話。三家兄幾乎上了此人一個大當。那年勾著處州的馬純上，慫恿家兄煉丹。銀子都已經封好，還虧家兄的運氣高，他忽然生起病來，病到幾日上，就死了；不然，白白被他騙了去。」

鳳四老爹道：「三令兄可是諱縝的麼？」胡八亂子道：「正是。家兄為人，與小弟的性格不同，慣喜相與一班不三不四的人，做歪詩，自稱為名士，其實好酒好肉也不曾吃過一斤，倒整千整百的被人騙了去，眼也不眨一眨。小弟生性喜歡養幾匹馬，他就嫌好道惡的，說作踐了他的院子。我而今受不得，把老房子並與他，自己搬出來住，和他離門離戶了。」秦二侉子道：「胡八哥的新居，乾淨的很哩，鳳四哥，我同你擾他去時，你就知道了。」

說著，家人擺上酒來。三個人傳杯換盞。吃到半酣，秦二侉子道：「鳳四哥，你剛纔說要去尋朋友，是尋那一個？」鳳四老爹道：「我有個朋友陳正公，是這裏人；他該我幾兩銀子，尋著要向他取討。」胡八亂子道：「可是一向住在竹竿巷，而今搬到錢塘門外的？」鳳四老爹道：「正是。」胡八亂子道：「他而今不在家，同了一個毛鬍子到南京賣絲去了。毛二鬍子也是三家兄的舊門客。鳳四哥，你不消去尋他，我叫家裏人替你送一個信去，叫他回來時來會你就是了。」

當下吃過了飯，各自散了。胡老八告辭先去。秦二侉子就留鳳四老爹在寓同住；次日，拉了鳳四老

爹同去看胡老八。胡老八也回候了，又打發家人來，說道：「明日請秦二老爺，同鳳四老爺早些過去便飯。」老爺說，相好間不具帖子。」

到第二日，吃了早點心，秦二侉子便叫家人備了兩匹馬，同鳳四老爺騎著，家人跟隨，來到胡家，主人接著，在廳上坐下。秦二侉子道：「我們何不到書房裏坐？」主人道：「且請用了茶。」

吃過了茶，主人邀二位從走巷一直往後邊去，只見滿地的馬糞。到了書房，二位進去，看見有幾位客，都是胡老八平日相與的些馳馬試劍的朋友，今日特來請教鳳四老爺的武藝。彼此作揖坐下。胡老八道：「這幾位朋友都是我的相好，今日聽見鳳四哥到，特為要求教的。」鳳四老爺道：「不敢，不敢。」

又吃了一杯茶，大家起身，閒步一步。看那樓房三間，也不甚大；旁邊遊廊，廊上擺著許多的鞍架子；壁間靠著箭壺；一個月洞門過去，卻是一個大院子，一個馬棚。胡老八向秦二侉子道：「秦二哥，我前日新買了一匹馬，身材倒也還好，你估一估，值個甚麼價。」隨叫馬夫將那棗騮馬牽過來。這些客一擁上前來看。那馬十分跳躍，不隄防，一個蹶子，把一位少年客的腿踢了一下。那少年便痛得了不得，矬了身子，墩下去。胡八亂子看了大怒，走上前，一腳就把那隻馬腿踢斷了。眾人吃了一驚。秦二侉子贊道：「好本事！」又道：「好些時不見你，你的武藝越發學的精強了！」

當下先送了那位客回去。這裏擺酒上席，依次坐了。賓主七八個人，猜拳行令；大盤大碗，吃了個盡興。席完起身，秦二侉子道：「鳳四哥，你隨便使一兩件武藝給眾位老哥們看看。」眾人一齊道：「我等求教。」鳳四老爺道：「原要獻醜。只是頑那一件？」因指著天井內花臺子道：「把這方磚搬幾塊到

這邊來。」

秦二侉子叫家人搬了八塊，放在堦沿上。眾人看鳳四老爺把右手袖子捲一捲。那八塊方磚，齊齊整整，疊作一垛在堦沿上，有四尺來高。那鳳四老爺把手朝上一拍，只見那八塊方磚碎成幾十塊，一直到底。眾人在旁，一齊贊嘆。

秦二侉子道：「我們鳳四哥練就了這一個手段！他那『經』上說：『握拳能碎虎腦，側掌能斷牛首。』這個還不算出奇哩。胡八哥，你過來。你方纔踢馬的腿勁也算是頭等了，你敢在鳳四哥的腎囊上踢一下，我就服你是真名公。」眾人都笑說道：「這個如何使得！」鳳四老爺道：「八先生，你果然要試一試，這倒不妨，若是踢傷了，只怪秦二老官，與你不相干。」眾人一齊道：「四老爺既說不妨，必然有個道理。」一個個都慫恿胡八亂子踢。

那胡八亂子想了一想，看看鳳四老爺又不是個金剛巨毋霸，怕他怎的，便說道：「鳳四哥，果然如此，我就得罪了。」鳳四老爺把前襟提起，露出袴子來。他便使盡平生力氣，飛起右腳，向他襠裏一腳踢去。那知這一腳並不像踢到肉上，好像踢到一塊生鐵上，把五個腳指頭幾乎碰斷，那一痛直痛到心裏去；頃刻之間，那一隻腿提也提不起了。

鳳四老爺上前道：「得罪，得罪。」眾人看了，又好驚，又好笑。鬧了一會，道謝告辭。主人一癅一簸，把客送了回來，那一隻靴再也脫不下來，足足腫疼了七八日。

一日正在那裏試拳法，外邊走進一個二十多歲的人，瘦小身材，來問南京鳳四老爺可在這裏。鳳四老爺出來會著，認得是陳正公的姪兒陳蝦

子，問其來意。陳蝦子道：「前日胡府上有人送信，說四老爹你來了。家叔卻往南京賣絲去了。我今要往南京去接他。你老人家有甚話，我替你帶信去。」鳳四老爹道：「我要會令叔，也無甚話說；他向日挪我的五十兩銀子，得便叫他算還給我。我在此還有些時耽擱，竟等他回來罷了。費心拜上令叔，我也不寫信了。」

陳蝦子應諾，回到家，取了行李，搭船便到南京，找到江寧縣前一家絲行裏，尋著了陳正公。那陳正公同毛二鬍子在一桌子上吃飯，見了姪子，叫他一同吃飯，問了些家務。陳蝦子把鳳四老爹要銀子的話都說了，安頓行李在樓上住。

且說這毛二鬍子，先年在杭城開了個絨線鋪，原有兩千銀子的本錢；後來鑽到胡三公子家做「箋片」，又賺了他兩千銀子，搬到嘉興府，開了個小當鋪。此人有個毛病：嗇細非常，一文如命。近來又同陳正公合夥販絲。陳正公也是一文如命的人，因此志同道合。

南京絲行裏供給絲客人飲食，最為豐盛。毛二鬍子向陳正公道：「這行主人供給我們，頓頓有肉，這不是行主人的肉，就是我們自己的肉。左右他要算了錢去，我們不如只吃他的素飯，葷菜我們自己買了吃，豈不便宜？」陳正公道：「正該如此。」到吃飯的時候，叫陳蝦子到熟切擔子上，買十四個錢的薰腸子，三個人同吃。那陳蝦子到口不到肚，熬的清水滴滴。

一日，毛二鬍子向陳正公道：「我昨日聽得一個朋友說：這裏胭脂巷有一位中書秦老爺，要上北京補官，攢湊盤程，一時不得應手，借一千兩銀子。我想這是極穩的主子，又三個月內必還。老哥買絲餘下的那一項，湊起來還有二百多兩，何不秤出二百二十兩借給他；三個月就掣回三百

兩，這不比做絲的利錢還大些？老哥如不見信，我另外寫一張「包管」給你。他那中間人，我都熟識，絲毫不得走作的。」

陳正公依言，借了出去。到三個月上，毛二鬍子替他把這一筆銀子討回，銀色又足，平子又好，陳正公滿心歡喜。

＊　　＊　　＊

又一日，毛二鬍子向陳正公道：「我昨日會見一個朋友，是個賣人參的客人。他說國公府裏徐九老爺有個表兄陳四老爺，拏了他斤把人參，而今他要回蘇州去，陳四老爺一時銀子不湊手，就託他情願對扣借一百兩銀子還他，限兩個月就拏二百銀子取回紙筆，也是一宗極穩的道路。」陳正公又拏出一百銀子，交與毛二鬍子借出去。兩個月討回，足足二百兩，兌一兌還餘了三錢，把個陳正公歡喜的要不得。

那陳蝦子被毛二鬍子，一味朝死裏算，弄的他酒也沒得吃，肉也沒得吃，恨如頭醋，趁空向陳正公說道：「阿叔在這裏賣絲，爽利該把銀子交與行主人做絲。揀頭水好絲買了，就當在典鋪裏；當出銀子，又趕著買絲；買了又當著。當鋪的利錢微薄，像這樣套了去，一千兩本錢可以做得二千兩的生意，難道倒不好？為甚麼信毛二老爹的話，放起債來？放債到底是個不穩妥的事。像這樣拖掛起來，幾時纔得回去？」陳正公道：「不妨。再過幾日，收拾，收拾，也就可以回去了。」

那一日，毛二鬍子接到家信，看完了，呫嘴弄唇，只管獨自坐著躊躇。陳正公問道：「府上有何事？為甚出神？」毛二鬍子道：「小兒寄來的信，這事不好向你說的。」陳正公再三要問。毛二鬍子道：「不相干，這事不好向你說的。」

信來說：「我東頭街上談家當鋪折了本，要倒與人；現在有半樓貨，值得一千六百兩，他而今事急了，只要一千兩，就出脫了。我想：我的小典裏，若把他這貨倒過來，倒是宗好生意。可惜而今運不動，掣不出本錢來。」

陳正公道：「你何不同人合夥，倒了過來？」毛二鬍子道：「我也想來。若是同人合夥，領了人的本錢，他只要一分八釐的行息，我還有幾釐的利錢；他若是要二分開外，我就是『羊肉不曾吃，空惹一身羶』，倒不如不幹這把刀兒了！」陳正公道：「獃子！你為甚不和我商量？我家裏還有幾兩銀子，借給你跳起來就是了。還怕你騙了我的！」毛二鬍子道：「罷，罷，──老哥，生意事掣不穩，設或將來虧折了，不殼還你，那時叫我掣甚麼臉來見你？」

陳正公見他如此至誠，一心一意要把銀子借與他；說道：「老哥，我和你從長商議。我這銀子，你拏去倒了他家貨來。我也不要你的大利錢，你只每月給我一個二分行息，多的利錢都是你的，將來陸續還我。縱然有些長短，我和你相好，難道還怪你不成？」毛二鬍子道：「既承老哥美意，只是這裏邊也要有一個人做個中見，寫一張切切實實的借券，交與你執著，纔有個憑據，你纔放心。那有我兩個私相授受的呢？」陳正公道：「我知道老哥不是那樣人，並無甚不放心處，不但中人不必，連紙筆也不要，總以信行為主罷了。」

當下陳正公瞞著陳蝦子，把行筒中餘剩下，以及討回來的銀子，湊了一千兩，封的好好的，交與毛二鬍子道：「我已經帶來的絲，等行主人代賣。這項銀子，本打算回湖州再買一回絲，而今且交與老哥，先回去做那件事。我在此再等數日，也就回去了。」毛二鬍子謝了，收起銀子，次日上船，回嘉興去了。

又過了幾天，陳正公把賣絲的銀，收齊全了，辭了行主人，帶著陳蝦子，搭船回家，順便到嘉興，

上岸看看毛鬍子。那毛鬍子的小當鋪開在西街上。一路問了去，只見小小門面三間，一層看牆；進了看

牆門，院子上面三間廳房，安著小櫃臺，幾個朝奉在裏面做生意。陳正公問道：「這可是毛二爺的當鋪？」

櫃裏朝奉道：「尊駕貴姓？」陳正公道：「我叫做陳正公，從南京來，要會會毛二爺。」朝奉道：「且

請裏面坐。」

後一層便是堆貨的樓。陳正公進來，坐在樓底下，小朝奉送上一杯茶來，吃著，問道：「毛二哥在

家麼？」朝奉道：「這鋪子原是毛二爺起頭開的，而今已經倒與汪敝東了。」陳正公吃了一驚道：「他

前日可曾來？」朝奉道：「這裏不是他的店了，他還來做甚麼？」陳正公道：「他而今那裏去了？」朝

奉道：「他的腳步散散的，知他是到南京去，北京去了！」

陳正公聽了這些話，「驢頭不對馬嘴」，急了一身的臭汗，同陳蝦子回到船上，趕到了家。次日清早，

有人來敲門，開門一看，是鳳四老爹，邀進客座，說了些久違相念的話，因說道：「承假一項，久應奉

還，無奈近日，又被一個人負騙，竟無法可施。」

鳳四老爹問其緣故。陳正公細細說了一遍。鳳四老爹道：「這個不妨，我有道理。明日我同秦二老

爺回南京，你先在嘉興等著我，我包你討回，一文也不少，何如？」陳正公道：「若果如此，重重奉謝

老爹。」

鳳四老爹道：「要謝的話，不必再提。」別過，回到下處，把這些話，告訴秦二侉子。二侉子道：

「四老爹生意又上門了。這是你最喜歡做的事。」一面叫家人打發房錢，收拾行李，到斷河頭上了船。將到嘉興，秦二俉子道：「我也跟你去瞧熱鬧。」同鳳四老爹上岸，一直找到毛家當鋪，只見陳正公正在他店裏吵哩。

鳳四老爹兩步做一步，闖進他看牆門，高聲嚷道：「姓毛的在家不在家？陳家的銀子到底還不還？」那櫃臺裏朝奉正待出來答話，只見他兩手扳著看牆門，把身子往後一掙，那垛看牆就拉拉雜雜卸下半堵。

秦二俉子正要進來看，幾乎把頭打了。那些朝奉和取當的看了，都目瞪口呆。

鳳四老爹轉身走上廳來，背靠著他櫃臺外柱子，大叫道：「你們要命的快些走出去！」說著，把兩手背剪著，把身子一扭，那條柱子就離地歪在半邊，那一架廳簷就塌了半個；磚頭瓦片，紛紛的打下來，灰土飛在半天裏。還虧朝奉們跑的快，不曾傷了性命。

那時街上人聽見裏面倒的房子響，門口看的人，都擠滿了。毛二鬍子見不是事，只得從裏面走出來。眾人一齊上前軟求。毛二鬍子自認不是，情願把這一筆賬本利清還，只求鳳四老爹不要動手。鳳四老爹大笑道：「諒你有多大的個巢窩！不敲我一頓飯時，都拆成平地！」

這時秦二俉子同陳正公都到樓下坐著。秦二俉子說道：「這件事，原是毛兄的不是。你以為沒有中人借券，打不起官司，告不起狀，就可以白騙他的，可知道『不怕該債的精窮，只怕討債的英雄』！你而今遇著鳳四哥，還怕賴到那裏去！」

那毛二鬍子無計可施，只得將本和利一並兌還，纔完了這件橫事。

陳正公得了銀子，送秦二侉子二位上船。彼此洗了臉，挈出兩封——一百兩——銀子謝鳳四老爹。鳳四老爹笑道：「這不過是我一時高興，那裏要你謝我！留下五十兩，以清前賬；這五十兩，你還挈回去。」陳正公謝了又謝，挈著銀子，辭別二位，另上小船去了。鳳四老爹同秦二侉子說說笑笑，不日到了南京，各自回家。過了兩天，鳳四老爹到胭脂巷候秦中書。他門上人回道：「老爺近來同一位太平府的陳四老爺，鎮日在來賓樓張家鬧，總也不回家。」後來鳳四老爹會著，勸他不要做這些事，又恰好京裏有人寄信來，說他補缺將近，秦中書也就收拾行裝進京。那來賓樓只剩得一個陳四老爺。只因這一番，有分教：國公府內，同飛玩雪之觴；來賓樓中，忽訝深宵之夢。

畢竟怎樣一個來賓樓？且聽下回分解。

第五十三回　國公府雪夜留賓　來賓樓燈花驚夢

話說南京這十二樓，前門在武定橋，後門在東花園鈔庫街的南首，就是長板橋。自從太祖皇帝定天下，把那元朝功臣之後都沒入樂籍，有一個教坊司管著他們，一般也坐堂打人，只是那王孫公子們來，他卻不敢和他起坐，只許垂手相見。每到春三二月天氣，那些姊妹們都勻脂抹粉，站在前門花柳之下，彼此邀伴頑耍。又有一個「盒子會」，邀集多人，治備極精巧的時樣飲饌，都要一家賽過一家。那有幾分顏色的，也不肯胡亂接人。又有那一宗「老幫閒」，專到這些人家來，替他燒香，擦爐，安排花盆，揩抹桌椅，教琴畫畫。那些妓女們相與的孤老多了，卻也要幾個名士來往，覺得破破俗。

那來賓樓有個雛兒，叫做聘娘。他公公在臨春班做正旦，小時也是極有名頭的；後來長了鬍子，做不得生意，卻娶了一個老婆，只望替他接接氣，那曉得又胖又黑，自從娶了他，鬼也不上門來；後來沒奈何，立了一個兒子，替他討了一個童養媳婦，長到十六歲，卻出落得十分人才，自此，孤老就走破了門檻。

那聘娘雖是個門戶人家，心裏最喜歡相與官。他母舅金修義，——就是金次福的兒子，——常時帶兩個大老官到他家來走走。那日來對他說：「明日有一個貴人，要到你這裏來玩玩。他是國公府內徐九公子的表兄。這人姓陳，排行第四，人都叫他是陳四老爺。我昨日在國公府裏做戲，那陳四老爺向我說，

他著實聞你的名，要來看你。你將來相與了他，就可結交徐九公子，可不是好！」聘娘聽了，也著實歡喜。金修義吃完茶，去了。

次日，金修義回覆陳四老爺去。那陳四老爺是太平府人，寓在東水關董家河房。金修義到了寓處門口，兩個長隨，穿著一身簇新的衣服，傳了進去。陳四老爺出來，頭戴方巾，身穿玉色緞直裰，裡邊襯著狐狸皮襖，腳下粉底皂靴，白淨面皮，約有二十八九歲；見了金修義，問道：「你昨日可曾替我說信去？我幾時好去走走？」修義道：「小的昨日去說了，他那裡專候老爺降臨。」

陳四老爺道：「我就和你一路去罷。」說著，又進去換了一套新衣服，出來叫那兩個長隨叫轎夫伺候。只見一個小小廝進來，拏著一封書。陳四老爺認得他是徐九公子家的書童，接過書子，拆開來看。上寫著：

積雪初霽，瞻園紅梅，次第將放。望表兄文駕過我，圍爐作竟日談。萬勿推卻。至囑！至囑！上

木南表兄先生。徐詠頓首。

陳木南看了，向金修義道：「我此時要到國公府裡去，你明日再來罷。」金修義去了。陳木南隨即上了轎。兩個長隨跟著，來到大功坊，轎子落在國公府門口，長隨傳了進去，半日，裡邊道：「有請。」陳木南下了轎，走進大門，過了銀鑾殿，從旁邊進去。徐九公子立在瞻園門口，迎著叫聲「四哥，怎麼穿這些衣服？」

陳木南看徐九公子時，烏帽珥貂，身穿織金雲緞夾衣，腰繫絲縧，腳下朱履。兩人拉著手。只見那

園裏高高低低都是太湖石堆的玲瓏山子，山子上的雪還不曾融盡。徐九公子讓陳木南沿著欄杆，曲曲折折來到亭子上。那亭子是園中最高處，望著那園中幾百樹梅花，都微微含著紅萼。

徐九公子道：「近來南京的天氣暖的這樣早，不消到十月盡，這梅花都已大放可觀了。」陳木南道：

「表弟，府裏不比外邊。這亭子雖然如此軒敞，卻不見一點寒氣襲人。唐詩說的好：『無人知道外邊寒。』不到此地，那知古人措語之妙！」

說著，擺上酒來，都是銀打的盤子，用架子架著；底下一層貯了燒酒，用火點著，餤騰騰的，暖著那裏邊的肴饌，卻無一點煙火氣。兩人吃著。徐九公子道：「近來的器皿都要翻出新樣，卻不知古人是怎樣的制度。想來倒不如而今精巧。」陳木南道：「可惜我來遲了一步。那一年虞博士在國子監時，遲衡山等請他到泰伯祠主祭，用的都是古禮古樂。那些祭品的器皿，都是訪古購求的。我若那時在南京，一定也去與祭，也就可以見古人的制度了。」徐九公子道：「十幾年來，我常在北京，卻不知道家鄉有這幾位賢人君子。竟不曾會他們一面，也是一件缺陷事！」

吃了一會，陳木南身上暖烘烘，十分煩躁，起來脫去了一件衣服，管家忙接了，摺好放在衣架上。

徐九公子道：「聞的向日有一位天長杜先生，在這莫愁湖大會梨園子弟，那時卻也還有幾個有名的腳色，而今怎麼這些做生旦的，卻要一個看得的也沒有？難道此時天也不生那等樣的腳色？」

陳木南道：「論起這件事，卻也是杜先生作俑。自古『婦人無貴賤』，任憑他是青樓婢妾，到得收他做了側室，後來生出兒子，做了官，就可算的『母以子貴』。那些做戲的，憑他怎麼樣，到底算是個賤役。自從杜先生一番品題之後，這些縉紳士大夫家筵席間，定要幾個梨園中人，雜坐衣冠隊中，說長道

短，這個成何體統！看起來，那杜先生也不得辭其過！」徐九公子道：「也是那些暴發戶人家，若是我家，他怎敢大膽！」

說了一會，陳木南又覺的身上煩熱，忙脫去一件衣服。管家接了去。陳木南道：「尊府雖比外面不同，怎麼如此太暖？」徐九公子道：「四哥，你不見亭子外面一丈之外，雪所不到？這個亭子卻是先國公在時造的，全是白銅鑄成，内中燒了煤火，所以這般溫暖。外邊怎麼有這樣所在！」

陳木南聽了，纔知道這個原故。兩人又飲一會，天色昏暗了，那幾百樹梅花上都懸了羊角燈，磊磊落落，點將起來，就如千點明珠，高下照耀，越掩映著那梅花枝幹，橫斜可愛。酒罷，捧上茶來吃了，陳木南告辭回寓。

＊　　　＊　　　＊　　　＊

過了一日，陳木南寫了一個札子，叫長隨拏到國公府，向徐九公子借了二百兩銀子，買了許多緞疋，做了幾套衣服，長隨跟著，到聘娘家來做進見禮。到了來賓樓門口，一隻小猂獅狗叫了兩聲，裏邊那個黑胖虔婆❶出來迎接，看見陳木南人物體面，慌忙說道：「請姐夫到裏邊坐。」

陳木南走了進去。兩間卧房，上面小小一個粧樓，安排著花瓶爐几，十分清雅。聘娘先和一個人在那裏下圍棋，見了陳木南，慌忙亂了局來陪，說道：「不知老爺到來，多有得罪。」虔婆道：「這就是太平陳四老爺。你常時念著他的詩，要會他的。四老爺纔從國公府裏來的。」陳木南道：「兩套不堪的衣裳，媽媽休嫌輕慢。」虔婆道：「說那裏話，姐夫請也請不到。」

❶ 虔婆：此處指妓院中鴇兒。

陳木南因問：「這一位尊姓？」聘娘接過來道：「這是北門橋鄒泰來太爺，是我們南京的國手，就是我的師父。」陳木南道：「久仰。」鄒泰來道：「這就是陳四老爺？一向知道是徐九老爺姑表弟兄，何不同我師父下一盤？我自從跟著鄒師父學了兩年，還不曾得著他一著兩著的竅哩！」虔婆道：「姐夫且同鄒師父下一盤，我下去備酒來。」陳木南道：「怎好就請教的！」聘娘道：「這個何妨，我們鄒師父是極喜歡下的。」就把棋枰上棋子揀做兩處，請他兩人坐下。

鄒泰來道：「我和四老爺自然是對下。」陳木南道：「先生是國手，我如何下的過！只好讓幾子請教罷。」聘娘坐在傍邊，不由分說，替他排了七個黑子。鄒泰來道：「如何擺得這些！真個是要我出醜了！」陳木南道：「我知先生是不空下的，而今下個彩罷。」取出一錠銀子，交聘娘拏著。聘娘又在傍邊偪著鄒泰來動著。鄒泰來勉強下了幾子。陳木南起首還不覺的，到了半盤，四處受敵，待要吃他幾子，又被他占了外勢，待要不吃他的，自己又不得活；及至後來，雖然贏了他兩子，確費盡了氣力。

鄒泰來道：「四老爺下的高！和聘娘真是個對手！」聘娘道：「鄒師父是從來不給人贏的，今日一般也輸了！」陳木南道：「鄒先生方纔說是讓我。那裏下的過！還要添兩子，再請教一盤。」

鄒泰來因是有彩，又曉得他是屍棋，也不怕他惱，擺起九個子，足足贏了三十多著。陳木南肚裏氣得生疼，拉著他，只管下了去；一直讓到十三，共總還是下不過，因說道：「先生的棋實是高，還要讓幾個纔好。」鄒泰來道：「盤上再沒有個擺法了，卻是怎麼樣好？」聘娘道：「我們而今另有個頑法。

鄒師父，頭一著不許你動，隨便拈著，丟在那裏就算：這叫個『憑天降福』。」

鄒泰來笑道：「這成個甚麼款！那有這個道理！」陳木南又偪著他下，只得叫聘娘搴一個白子，混丟在盤上，接著下了去。這一盤，鄒泰來卻被殺死四五塊。陳木南正在暗歡喜，又被他生出一個劫來，打個不清。陳木南又要輸了。聘娘手裏抱了烏雲蓋雪的貓，望上一撲，那棋就亂了。兩人大笑，站起身來，恰好虔婆來說：「酒席齊備。」

擺上酒來，聘娘高擎翠袖，將頭一杯奉了陳四老爺，第二杯就要奉師父。師父不敢當，自己接了酒。彼此放在桌上。虔婆也走來坐在橫頭。候四老爺乾了頭一杯，虔婆自己也奉一杯酒，說道：「四老爺是在國公府裏吃過好酒好肴的，到我們門戶人家，那裏吃得慣！」聘娘道：「你看儂媽也韶刀❷了！難道四老爺家沒有好的吃，定要到國公府裏，纔吃著好的？」虔婆笑道：「姑娘說的是，又是我的不是了。且罰我一杯！」當下自己斟著，吃了一大杯。

陳木南笑道：「酒菜也是一樣。」虔婆道：「四老爺，想我老身在南京，也活了五十多歲，每日聽見人說國公府裏，我卻不曾進去過，不知怎樣像天宮一般哩！我聽見說，國公府裏不點蠟燭？」鄒泰來道：「這媽媽講獃話！國公府裏不點蠟燭，倒點油燈！」虔婆伸過一隻手來道：「鄒大爺，『榧子❸兒你嗒嗒❹！』『他府裏不點蠟燭，倒點油燈！』他家那些娘娘們房裏，一個人一個斗大的夜明珠掛在梁上，照的一屋都亮，所以不點蠟燭！」——四老爺，這話可是有的麼？」

❷ 韶刀：即嚕嗦。

❸ 榧子：用拇指和中指相撚，發出清脆的聲音，叫做「打榧子」。這是一種俏皮的舉動，含有戲謔的意思。

❹ 嗒嗒⋯⋯嚕嚕。

陳木南道：「珠子雖然有，也未必擎了做蠟燭。我那表嫂是個和氣不過的人，這事也容易，將來我帶了聘娘進去看看我那表嫂，你老人家就裝一個跟隨的人，擎了衣服包，也就進去看看他的房子了。」

虔婆合掌道：「阿彌陀佛！『眼見稀奇物，勝作一世人！』我成日裏燒香念佛，保佑得這一尊『天貴星』到我家來，帶我到天宮裏走走，老身來世也得人身，不變驢馬！」鄒泰來道：「當初太祖皇帝帶了王媽媽到皇宮裏去，他們認做古廟，你明日到國公府裏去，只怕也要認做古廟哩！」一齊大笑。

虔婆又吃了兩杯酒，醉了，涎著醉眼，說道：「他府裏那些娘娘，不知怎樣像畫兒上畫的美人！老爺若是把聘娘帶了去，就比下來了！」聘娘瞅他一眼道：「人生在世上，只要生的好，那在乎貴賤！難道做官的有錢的女人都是好看的？我舊年在石觀音庵燒香，遇著國公府裏十幾乘轎子下來，一個個團頭團臉的，也沒有甚麼出奇！」虔婆道：「又是我說的不是，姑娘說的是，再罰我一大杯！」當下虔婆前後共吃了幾大杯，吃的七七斜斜❺，東倒西歪；收了傢伙，叫撈毛的打燈籠送鄒泰來家去，請四老爺進房歇息。

陳木南下樓來，進了房裏，聞見噴鼻香。窗子前花梨桌上，安著鏡臺；牆上懸著一幅陳眉公的畫；壁桌上供著一尊玉觀音；兩邊放著八張水磨楠木椅子；中間一張羅甸牀，掛著大紅綢帳子，牀上被褥足有三尺多高，枕頭邊放著薰籠；牀面前一架幾十個香櫞，結成一個流蘇；房中間放著一個大銅火盆，燒著通紅的炭，頓著銅銚，煨著雨水。

聘娘用纖手在錫餅內撮出銀針茶來，安放在宜興壺裏，沖了水，遞與四老爺，和他並肩而坐，叫丫

❺ 七七斜斜：謂眼小一縫，醉眼矇矓的樣子。

頭出去取水來。聘娘拿大紅汗巾，搭在四老爺磕膝上，問道：「四老爺，你既同國公府裏是親戚，你幾時纔做官？」陳木南道：「這話我不告訴別人，怎肯瞞你。我大表兄在京裏已把我薦了，再過一年，我就可以得個知府的前程。你若有心於我，我將來和你媽說了，拿幾百兩銀子贖了你，同到任上去。」

聘娘聽了他這話，拉著手，倒在他懷裏，說道：「這話是你今晚說的，燈光菩薩聽著！你若是丟了我，再娶了別的妖精，我這觀音菩薩最靈驗，我只把他背過臉來，朝了牆，叫你同別人睡，倸著枕頭就頭疼，爬起來就不頭疼！我是好人家兒女，也不是貪圖你做官，就是愛你的人物！你不要辜負了我這一點心！」

丫頭推開門，拿湯桶送水進來。聘娘慌忙站開，開了抽屜，拿出一包檀香屑，倒在腳盆裏，倒上水，請四老爺洗手腳。

正洗著，只見又是一個丫頭，打了燈籠，一班四五個少年姊妹，都戴著貂鼠煖耳，穿著銀鼠灰鼠衣服進來，嘻嘻笑笑，兩邊椅子坐下，說道：「聘娘今日接了貴人，『盒子會』明日在你家做，分子是你一個人出！」聘娘道：「這個自然。」

＊　　＊　　＊

姊妹們笑頑了一會，去了。聘娘解衣上牀。陳木南見他豐若有肌，柔若無骨，十分歡洽。朦朧睡去，忽又驚醒，見燈花炸了一下；回頭看四老爺時，已經睡熟；聽那更鼓時，三更半了。聘娘將手理一理被頭，替四老爺蓋好，也便合著眼睡去；睡了一時，只聽得門外鑼響。

聘娘心裏疑惑：「這三更半夜，那裏有鑼到我門上來？……」看看鑼聲更近。房門外一個人道：「請

太太上任。」聘娘只得披繡襖，倒蹬弓鞋，走出房門外。只見四個管家婆娘，齊雙雙跪下，說道：「陳四老爺已經陞授杭州府正堂了，特著奴婢們來請太太到任，同享榮華。」

聘娘聽了，忙走到房裏梳了頭，穿了衣服，那婢子又送了鳳冠霞帔，穿戴起來，出到廳前，一乘大轎。聘娘上了轎，抬出大門，只見前面鑼，旗，傘，吹手，夜役，一隊隊擺著；又聽的說：「先要抬到國公府裏去。」

正走得興頭，路旁邊走過一個黃臉禿頭師姑來，一把從轎子裏揪著聘娘，罵那些人道：「這是我的徒弟，你們抬他到那裏去！」聘娘說道：「我是杭州府的官太太，你這禿師姑怎敢來揪我！」正要叫夜役鎖他，舉眼一看，那些人都不見了；急得大叫一聲，一交撞在四老爺懷裏，醒了，原來是「南柯一夢」。只因這一番，有分教：風流公子，忽為閩嶠之遊；窈窕佳人，竟作禪關之客。

畢竟後事如何？且聽下回分解。

第五十四回　病佳人青樓算命　呆名士妓館獻詩

話說聘娘同四老爺睡著，夢見到杭州府的任，窗子外已是天亮了，起來梳洗，陳木南也就起來。虔婆進房來問了姐夫的好。吃過點心，恰好金修義來，鬧著要吃陳四老爺的喜酒。陳木南道：

「我今日就要到國公府裏去，明日再來為你的情罷。」

金修義走到房裏，看見聘娘手挽著頭髮，還不曾梳完，那烏雲鬌鬢半截垂在地下，說道：「恭喜聘娘，接了這樣一位貴人！你看看，憑般時候還不曾定當，可不是越發嬌嬾了！」因問：「陳四老爺，明日甚麼時候纔來？等我吹笛子，叫聘娘唱一隻曲子與老爺聽。他的李太白清平三調，是十二樓沒有一個賽得過他的！」說著，聘娘又搴汗巾替四老爺拂了頭巾，囑咐道：「你今晚務必來，不要哄我老等著！」

陳木南應諾了，出了門，帶著兩個長隨，回到下處；思量沒有錢用，又寫一個札子，叫長隨拿到國公府裏向徐九公子再借二百兩銀子，湊著好用。長隨去了半天，回來說道：「九老爺拜上老爺，府裏的三老爺方從京裏到，選了福建漳州府正堂，就在這兩日內要起身上任去。九老爺也要同到福建任所，料理事務，說，銀子等明日來辭行，自帶來。」

陳木南道：「既是三老爺到了，我去候他。」隨坐了轎子，帶著長隨，來到府裏，傳進去。管家出來回道：「三老爺，九老爺，都到沐府裏赴席去了。四爺有話說，留下罷。」陳木南道：「我也無甚話，

是特來候三老爺的。」

陳木南回到寓處。過了一日，三公子同九公子來河房裏辭行，門口下了轎子，陳木南迎進河廳坐下。

三公子道：「老弟許久不見，風采一發倜儻。姑母去世，愚表弟遠在都門，不曾親自弔唁。幾年來學問更加淵博了？」陳木南道：「先母辭世，三載有餘。弟因想念九表弟文字相好，所以來到南京，朝夕請教。而今表兄榮任闈中，賢昆玉同去，愚表弟倒覺失所了。」

九公子道：「表兄若不見棄，何不同去一行？長途之中，倒覺得頗不寂寞。」陳木南道：「原也要和表兄同行，因在此地還有一兩件小事，俟兩三月之後，再到表兄任上來罷。」三公子道：「專等老弟到敝署走走。我那裏還有事要相煩幫拜匣，盛著二百兩銀子，送與陳木南收下。三公子道：「襯。」陳木南道：「一定來效勞的。」

說著，吃完了茶，兩人告辭起身。陳木南送到門外，又隨坐轎子到府裏去送行；一直送他兩人到了船上，才辭別回來。那金修義已經坐在下處，扯他來到來賓樓。進了大門，走到臥房，只見聘娘臉兒黃黃的，金修義道：「幾日不見四老爺來，心口疼的病又發了。」虔婆在旁道：「自小兒嬌養慣了，是有這一個心口疼的病；但凡著了氣惱，就要發。他因四老爺兩日不曾來，只道是那些憎嫌他，就發了。」

聘娘看見陳木南，含著一雙淚眼，總不則聲。陳木南道：「你到底是那裏疼痛？要怎樣才得好？往日發了這病，卻是甚麼樣醫？」虔婆道：「往日發了這病，茶水也不能嚥一口。醫生來撮了藥，他又怕苦不肯吃，只好頓了人參湯，慢慢給他吃著，才保全得，不傷大事。」

陳木南道：「我這裏有銀子，且拏五十兩放在你這裏，換了人參來用著，再揀好的換了，——我自

「己帶來給你。」

那聘娘聽了這話，挨著身子，靠著那繡枕，一團兒坐在被窩裏，胸前團著一個紅抹胸，歎了一口氣，往常總

說道：「我這病一發了，不曉得怎的，就這樣心慌！那些先生們說，單吃人參，又會助了虛火，陳木南

是合著黃連，煨些湯吃，夜裏睡著，才得合眼；要是不吃，就只好是眼睜睜的一夜醒到天亮！」

道：「這也容易。我明日換些黃連來給你。」金修義道：「四老爺在國公府裏，人參，黃連，論

秤稱也不值甚麼，聘娘那裏用的了！」聘娘道：「我不知怎的，心裏慌慌的，合著眼就做出許多胡枝扯

葉的夢，清天白日的還有些害怕！」金修義道：「總是你身子生的虛弱，經不得勞碌，著不得氣惱。」

虔婆道：「莫不是你撞著甚麼神道？替你請個尼僧來禳解禳解罷。」

正說著，門外敲的手磬子響。虔婆出來看，原來是延壽庵的師姑本慧來收月米。虔婆道：「呵呀！

是本老爺！兩個月不見你來了，這些時，庵裏做佛事忙？」本師姑道：「不瞞你老人家說，今年運氣低，

把一個二十歲的大徒弟死掉了，連觀音會都沒有做的成。你家的相公娘好？」虔婆道：「也常時三

好兩歹的。虧的太平府陳四老爺照顧他。他是國公府裏徐九老爺的表兄，常時到我家來。偏生的聘娘沒

造化，心口疼的病發了。你而今進去看看。」

本師姑一同走進房裏。虔婆道：「這便是國公府裏陳四老爺。」本師姑上前打了一個問訊。金修義

道：「四老爺，這是我們這裏的本師父，極有道行的。」

本師姑見過四老爺，走到牀面前，來看相公娘。金修義道：「方纔說要禳解，何不就請本師姑禳解

禳解？」本師姑道：「我不會禳解的，我來看看相公娘的氣色罷。」便走了來，一屁股坐到牀沿上。

聘娘本來是認得他的，今日抬頭一看，卻見他是蒙黃臉，禿著頭，就和前日夢裏揪他的師姑一模一樣，不覺就懊惱起來，只叫得一聲「多勞」，便把被蒙著頭睡下。本師姑道：「相公娘心裏不耐煩，我且去罷。」向眾人打個問訊，出了房門。虔婆將月米遞給他，他左手拏著磬子，右手拏著口袋，去了。

陳木南也隨即回到寓所，拏銀子，叫長隨趕著去換人參、黃連。只見主人家董老太拄著拐杖，出來說道：「四相公，你身子又結結實實的，只管換這些人參，黃連，做甚麼？我聽見這時在外頭憨頑，我是你的房主人，又這樣年老，四相公，我不好說的。自古道：『船載的金銀填不滿煙花債。』他們這樣人家，是甚麼有良心的！把銀子用完，他就屁股也不朝你了！我今年七十多歲，看經念佛，觀音菩薩聽著，我怎肯眼睜睜的看著你上當不說？」陳木南道：「老太說的是，我都知道了。這人參，黃連，是國公府裏託我換的。」因怕董老太韶刀，便說道：「恐怕他們換的不好，還是我自己去。」走了出來，到人參店裏尋著了長隨，換了半斤人參，半斤黃連，和銀子，就像捧寶的一般，捧到來賓樓來。纔進了來賓樓門，聽見裏面彈的三弦子響，是虔婆叫了一個男瞎子來，替姑娘算命。陳木南把人參，黃連，遞與虔婆，坐下聽算命。

那瞎子道：「姑娘今年十七歲，大運交庚寅，寅與亥合，合著時上的貴人，該有個貴人星坐命。就是四正有些不利，弔動了一個『計都星』，在裏面作擾，雖有些啾唧不安，卻不礙大事。莫怪我直談，姑娘命裏，犯一個『華蓋星』，卻要記一個佛名，應破了纔好；將來從一個貴人，還要戴鳳冠霞帔，有太太之分哩。」說完，橫著三弦彈著，又唱一回，起身要去。虔婆留吃茶，捧出一盤雲片糕，一盤黑棗子來，放個小桌子，與他坐著，丫頭斟茶，遞與他吃著。陳木南問道：「南京城裏，你們這生意，也還好麼？」

瞎子道：「說不得！比不得上年了！從前都是我們沒眼的算命，這些年睜眼的人都來算命，把我們擠壞了！就是這南京城，二十年前，有個陳和甫，他是外路人，自從一進了城，日日同丈人吵窩子，吵的鄰家都不得安身。眼見得我今日回家，而今死了，積作的個兒子，在我家那間壁招親，又要聽他吵了。」說罷，起身道過「多謝」去了；一直走了回來，到東花園一個小巷子裏，果然又聽見陳和甫的兒子和丈人吵。

丈人道：「你每日在外測字，也還尋得幾十文錢，只買了豬頭肉，飄湯燒餅，自己搗嗓子，一個錢也不拏了來家，難道你的老婆要我替你養著？這個還說是我的女兒也罷了。你賒了豬頭肉的錢不還，也要還人。」丈人道：「放屁！是你該人的錢，怎說是我用你的？」陳和甫兒子道：「萬一豬不生這個頭，難道他也來問我要錢？」

陳和甫的兒子道：「老爹，假使這豬頭肉是你老人家自己吃了，你也要還錢。」丈人道：「胡說！我若吃了，我自然還！這都是你吃的！」陳和甫兒子道：「設或我這錢已經還過老爹，老爹用了，而今又來問我要？終日吵鬧，這是那裏來的晦氣！」

丈人見他十分胡說，拾了個叉子棍，趕著他打。瞎子摸了過來扯勸。丈人氣的顫呵呵的道：「先生！這樣不成人，我說說他，他還拏這些混賬話來答應我，豈不可恨！」陳和甫兒子道：「老爹，我也沒有甚麼混賬處。我又不吃酒，又不賭錢，又不嫖老婆，每日在測字的桌子上還拏著一本詩念，有甚麼混賬處？」丈人道：「不是別的混賬，你放著一個老婆不養，只是累我，我那裏累得起！」陳和甫兒子道：「老爹，你不喜女兒給我做老婆，你退了回去罷了。」丈人罵道：「該死的畜生！

我女兒退了做甚麼事哩？」陳和甫兒子道：「聽憑老爹再嫁一個女婿罷了。」丈人大怒道：「瘟奴！除非是你死了，或是做了和尚，這事纔行得！」陳和甫兒子道：「死是一時死不來，我明日就做和尚去。」

丈人氣憤憤的道：「你明日就做和尚！」瞎子聽了半天，聽他兩人說的都是「堂屋裏掛草薦」，不是話，也就不扯勸，慢慢的摸著回去了。

次早，陳和甫的兒子剃光了頭，把瓦楞帽賣掉了，換了一頂和尚帽子戴著，來到丈人面前，合掌打個問訊，道：「老爹，貧僧今日告別了。」丈人見了大驚，雙眼掉下淚來，又著實數說了他一頓；知道已是無可如何，只得叫他寫了一張紙，自己帶著女兒養活去了。

陳和甫自此以後，「無妻一身輕，有肉萬事足」；每日測字的錢，就買肉吃；吃飽了，就坐在文德橋頭測字的桌子上念詩，十分自在。

又過了半年，那一日，正拏著一本書在那裏看，遇著他一個夥的測字丁言志來看他。見他看這本書，因問道：「你這書是幾時買的？」陳和尚道：「我纔買來三四天。」丁言志道：「這是鶯脰湖唱和的詩。當年胡三公子約了趙雪齋，景蘭江，楊執中先生，匡超人，馬純上，一班大名士，大會鶯脰湖，分韻作詩，我還切切記得趙雪齋先生是分的『八齊』。你看這起句，『湖如鶯脰夕陽低』。只消這一句，便將題目點出，以下就句句貼切，移不到別處宴會的題目上去了。」

陳和尚道：「這話要來問我纔是，你那裏知道！當年鶯脰湖大會，也並不是胡三公子做主人，是婁中堂家的三公子，四公子。那時我家先父就和婁氏弟兄是一人之交。彼時大會鶯脰湖，先父一位，楊執中先生，權勿用先生，牛布衣先生，蘧駪夫先生，張鐵臂，兩位主人，還有楊先生的令郎，共是九位。

這是我先父親口說的，我倒不曉得！你那裏知道！」

丁言志道：「依你這話，難道趙雪齋先生景蘭江先生的詩都是別人假做的了？你想想，你可做得來？」陳和尚道：「你這話尤其不通！他們趙雪齋這些詩，是在西湖上做的，並不是鶯脰湖那一會。」

丁言志道：「他分明是說『湖如鶯脰』，怎麼說不是鶯脰湖大會？」陳和尚道：「這一本詩也是彙集了許多名士合刻的。就如這個馬純上，生平也不會作詩，那裏忽然又跳出他一首？」丁言志道：「你說的都是些夢話！馬純上先生，蘧駪夫先生做了不知多少詩，你何嘗見過！」陳和尚道：「我不曾見過，倒是你見過！你可知道鶯脰湖那一會並不曾有人做詩；你不知那裏耳朵響，還來同我瞎吵！」

丁言志道：「我不信！那裏有這些大名士聚會，竟不做詩的！這等看起來，你尊翁也未必在鶯脰湖會過：若會過的人，也是一位大名士了。恐怕你也未必是他的令郎！」

陳和尚惱了道：「你這話是胡說！天下那裏有個冒認父親的！」丁言志道：「陳思阮！你自己做兩句詩罷了，何必定要冒認做陳和甫先生的兒子？」陳和尚大怒道：「丁詩！你『幾年桃子幾年人』！跳起來，通共念熟了幾首趙雪齋的詩，鑿鑿的就伸著嘴來講名士。」丁言志跳起身來道：「我就不該講名士！你到底也不是一個名士！」兩個人說餞了，揪著領子，一頓亂打。和尚的光頭，被他鑿了幾下，鑿的生疼，拉到橋頂上。和尚眍著眼，要拉他跳河，被丁言志搣了一交，骨碌碌就滾到橋底下去了。和尚在地下急的大嚷大叫。

正叫著，遇見陳木南踱了來，看見和尚仰巴巴睡在地下，不成模樣，慌忙拉起來道：「這是怎的？」和尚認得陳木南，指著橋上說道：「你看這丁言志，無知無識的，走來說鶯脰湖的大會是胡三公子的主

人，我替他講明白了，他還要死強！並且說我是冒認先父的兒子！你說可有這個道理？」

陳木南道：「這個是甚麼要緊的事，你兩個人也這樣鬼吵。其實丁言老也不該說思老是冒認父親。只是他這卻是言老的不是。」丁言志道：「四先生，你不曉得。我難道不知道他是陳和甫先生的兒子？要是陳思老就會擺名士臉，當擺出一副名士臉來，太難看！」陳木南笑道：「你們自家人，何必如此？年那虞博士，莊徵君，怎樣過日子呢？我和你兩位吃杯茶，和和事，下回不必再吵了。」

＊

當下拉到橋頭間壁一個小茶館裏坐下，吃著茶。陳和尚道：「聽見四先生令表兄要接你同到福建去，怎樣還不見動身？」陳木南道：「我正是為此來尋你測字，幾時可以走得。」丁言志道：「先生，那些測字的話，是我們『籤火七占通』的。你要動身，揀個日子走就是了，何必測字！」陳和尚道：「四先生，你半年前，我們要會你一面也不能彀。我出家的第二日，有一首薤髮的詩送到你下處請教，那房主人董老太說，你又到外頭頑去了。你卻一向在那裏？今日怎管家也不帶，自己在這裏閒撞？」

＊

陳木南道：「因這來賓樓的聘娘愛我的詩做得好，我常在他那裏。」丁言志道：「青樓中的人也曉得愛才，這就雅極了！」向陳和尚道：「你看！他不過是個巾幗，還曉得看詩，怎有個鶯脰湖大會不作詩的呢？」

＊

陳木南道：「思老的話倒不差。那婁玉亭便是我的世伯，他當日最相好的是楊執中，權勿用。他們都不以詩名。」陳和尚道：「我聽得權勿用先生後來犯出一件事來，不知怎樣結局？」陳木南道：「那也是他學裏幾個秀才誣賴他的。後來這件官事也昭雪了。」

又說了一會，陳和尚同丁言志別過去了。陳木南交了茶錢，自己走到來賓樓。一進了門，虔婆正在那裏同一個賣花的穿桂花球，見了陳木南道：「四老爺，請坐下罷了。」陳木南道：「我今日來和他辭辭行，娘。」虔婆道：「他今日不在家，到輕煙樓做『盒子會』去了。」陳木南道：「我樓上去看看聘就要到福建去。」

說著，丫頭捧一杯茶來。陳木南接在手裏，不大熱，吃了一口，就不吃了。虔婆看了道：「怎麼茶也不肯泡一壺好的！」丟了桂花球，就走到門房裏去罵烏龜。陳木南看見他不瞅不睬，只得自己又踱了出來。走不得幾步，頂頭遇著一個人，叫道：「陳四爺，你還要信行些纏好！怎叫我們只管跑！」那人道：「明早是必留下，不要又要我們跑腿。」說過，就去了。

陳木南道：「你們開著偌大的人參鋪，那在乎這幾十兩銀子。我少不得料理了送來給你。」那人道：「你那兩個尊管而今也不見面，走到尊寓，只有那房主人董老太出來回，他一個堂客家，我怎好同他七個八個的？」陳木南道：「你不要慌，『躲得和尚躲不得寺』。我自然有個料理。你明日到我寓處來。」

次日，那賣人參的夥計清早上走到他寓所來，坐了半日，連鬼也不見一個。那門外推的門響，又走進一個人來，搖著白紙詩扇，文縐縐的。那賣人參的起來問道：「尊姓？」那人道：「我就是丁言志，來送新詩請教陳四先生的。」賣人參的道：「我也是來尋他的。」

又坐了半天，不見人出來，那賣人參的就把屏門拍了幾下。董老太拄著拐杖出來問道：「你們尋那陳木南回到下處，心裏想道：「這事不尷尬！長隨又走了，虔婆家又走不進他的門，銀子又用的精光，還剩了『一屁股兩肋巴』的賬，不如捲捲行李，往福建去罷！」瞞著董老太，一溜煙走了。

個的?」賣人參的道:「我來找陳四爺要銀子。」董老太道:「他麼?此時好到觀音門了。」那賣人參

的大驚道:「這等,可曾把銀子留在老太處?」董老太道:「你還說這話!連我的房錢都騙了!他自從

來實樓張家的妖精纏昏了頭,那一處不脫空!背著一身的債,還希罕你這幾兩銀子!」

賣人參的聽了,「啞吧夢見媽,說不出的苦」,急的暴跳如雷。丁言志勸道:「尊駕也不必急,急也

不中用,只好請回。陳四先生是個讀書人,也未必就騙你。將來他回來,少不得還哩。」

那人跳了一回,無可奈何,只得去了。

丁言志也搖著扇子,晃了出來,自心裏想道:「堂客也會看詩!……那十二樓不曾到過,何不把這

幾兩測字積下的銀子,也去到那裏頑頑?……」

＊　　　　＊　　　　＊

主意已定,回家帶了一卷詩,換了幾件半新不舊的衣服,戴一頂方巾,到來實樓來。烏龜看見他像

個獸子,問他來做甚麼。丁言志道:「我來同你家姑娘談談詩。」烏龜道:「既然如此,且秤下箱錢。」

烏龜拏著黃桿戥子。丁言志在腰裏摸出一個包子來,散散碎碎,共有二兩四錢五分頭。烏龜道:「還差

五錢五分。」丁言志道:「會了姑娘,再找你罷。」丁言志自己上得樓來,看見聘娘在那裏打棋譜,上

前作了一個大揖。聘娘覺得好笑,請他坐下,問他來做甚麼。丁言志道:「久仰姑娘最喜看詩,我有些

拙作,特來請教。」聘娘道:「我們本院的規矩,詩句是不白看的,先要拏出花錢來再看。」

丁言志在腰裏摸了半天,摸出二十個銅錢來放在花梨桌上。聘娘大笑道:「你這個錢,只好給儀徵

豐家巷的撈毛的,不要玷污了我的桌子!快些收了回去買燒餅吃罷!」丁言志羞得臉上一紅二白,低著

頭，捲了詩，揣在懷裏，悄悄的下樓回家去了。

虔婆聽見他囤著獃子，要了花錢，走上樓來問聘娘道：「你剛才向獃子要了幾兩銀子的花錢？拏來。我要買緞子去。」聘娘道：「那獃子那裏有銀子！拏出二十銅錢來，我那裏有手接他的！被我笑的他回去了！」虔婆道：「你是甚麼巧主兒❶；囤著獃子還不問他要一大注子，肯白白放了他回去！你往常嫖客給的花錢，何曾分一個半個給我？」聘娘道：「我替你家尋了這些錢，還有甚麼不是？些小事就來尋事！我將來從了良，不怕不做太太！你放這樣獃子上我的樓來，我不說你罷了，你還要來嘴喳喳❷！」

虔婆大怒，走上前來，一個嘴巴，把聘娘打倒在地。聘娘打滾，撒了頭髮，哭道：「我貪圖此甚麼，受這些折磨！你家有銀子，不愁弄不得一個人來，放我一條生路去罷！」不由分說，向虔婆大哭大罵，要尋刀刎頸，要尋繩子上弔，簪環都滾掉了。虔婆也慌了，叫了老烏龜上來，再三勸解，總是不肯依，鬧的要死要活；無可奈何，由著他拜延壽庵本慧做徒弟，剃光了頭，出家去了。只因這一番，有分教：

風流雲散，賢豪才色總成空；薪盡火傳，工匠市廛都有韻。

畢竟後事如何？且聽下回分解。

❶ 巧主兒：聰明人。

❷ 嘴喳喳：多嘴。

第五十五回　添四客述往思來　彈一曲高山流水

話說萬曆二十三年，那南京的名士，都已漸漸銷磨盡了。此時虞博士那一輩人，也有老了的，也有死了的，也有四散去了的，也有閉門不問世事的。花壇酒社，都沒有那些才俊之人，禮樂文章，也不見那些賢人講究。論出處，不過得手的就是才能，失意的就是愚拙；論豪俠，不過有餘的就會奢華，不足的就見蕭索。憑你有李杜的文章，顏曾的品行，卻是也沒有一個人來問你。所以那些大戶人家，冠婚喪祭，鄉紳堂裏，坐著幾個席頭，無非講的是些陞遷調降的官場；就是那貧賤儒生，又不過做的是些揣合逢迎的考校。

那知市井中間，又出了幾個奇人。一個是會寫字的。這人姓季，名遐年，自小兒無家無業，總在這些寺院裏安身。見和尚傳板上堂吃齋，他便也捧著一個缽，站在那裏，隨堂吃飯。和尚也不厭他。他的字寫的最好，卻又不肯學古人的法帖，只是自己創出來的格調，由著筆性寫了去。但凡人要請他寫字時，他三日前就要齋戒一日，第二日磨一天的墨，卻又不許別人替磨。就是寫個十四字的對聯，也要用墨半碗。用的筆，都是那人家用壞了不要的，他纔用。到寫字的時候，要三四個人替他拂著紙，他纔寫。一些拂的不好，他就要罵，要打。卻是要等他情願，他纔高興。他若不情願時，任你王侯將相，大捧的銀子送他，他正眼兒也不看。

他又不修邊幅，穿著一件稀爛的直裰，靸著一雙破不過的蒲鞋。每日寫了字，得了人家的筆資，自

家吃了飯，剩下的錢就不要了，隨便不相識的窮人，就送了他。

那日大雪裏，走到一個朋友家，他那一雙稀爛的蒲鞋，踹了他一書房的污泥。主人曉得他的性子不好，心裏嫌他，不好說出，只得問道：「季先生的尊履壞了，可好買雙換換？」季遐年道：「我沒有錢。」主人道：「你肯寫一幅字送我，我就買鞋送你了。」季遐年道：「我難道沒有鞋，要你的！」

主人厭他腌臢，自己走了進去，嚷道：「你家甚麼要緊的地方！我這雙鞋就不可以坐在你家！我坐在你家惱了，並不作別，就走出大門，嚷道：「你家甚麼要緊的地方！我這雙鞋就不可以坐在你家！我坐在你家，還要算舉你！我都希罕你的鞋穿！」一直走回天界寺，氣哺哺的又隨堂吃了一頓飯。

吃完，看見和尚房裏擺著一匣子上好的香墨，季遐年問道：「你這墨可要寫字？」和尚道：「寫一幅好哩。」不由分說，走到自己房裏，挈出一個大墨盌子來，揀了一錠墨，舀些水，坐在禪牀上替他磨將起來。和尚分明曉得他的性子，故意的激他寫。

他在那裏磨墨，正磨的興頭，侍者進來向老和尚說道：「下浮橋的施老爺來了。」和尚迎了出去。

那施御史的孫子已走進禪堂來，看見季遐年，彼此也不為禮，自同和尚到那邊敘寒溫。

昨日施御史的令孫老爺送我的；我還要留著轉送別位施主老爺，不要寫字。」季遐年道：「這是季遐年磨完了墨，挈出一張紙來，鋪在桌上，叫四個小和尚替他按著。他取了一管敗筆，蘸飽了墨，把紙相了一會，一口氣就寫了一行。那右手後邊小和尚動了一下，他就把筆一鑿，把小和尚鑿矮了半截，鑿的殺唶的叫。老和尚聽見，慌忙來看，他還在那裏急的嚷成一片。老和尚勸他不要惱，替小和尚按著

紙，讓他寫完了。施御史的孫子也來看了一會，向和尚作別去了。

次日，施家一個小廝走到天界寺來，看見季遐年，問道：「有個寫字的姓季的可在這裏？」季遐年道：「問他怎的？」小廝道：「我家老爺叫他明日去寫字。」

季遐年聽了，也不回他，說道：「罷了。他今日不在家，我明日叫他來就是了。」次日，走到下浮橋施家門口，要進去。門上人攔住道：「你是甚麼人，混往裏頭跑！」季遐年道：「我是來寫字的。」那小廝從門房裏走出來，看見道：「原來就是你！你也會寫字？」帶他走到廳上，小廝進去回了。

施御史的孫子剛剛走出屏風，季遐年迎著臉大罵道：「你是何等之人，敢來叫我寫字！我又不貪你的錢，又不慕你的勢，又不借你的光，你敢叫我寫起字來！」一頓大嚷，大叫，把施鄉紳罵的閉口無言，低著頭進去了。那季遐年又罵了一會，依舊回到天界寺裏去了。

＊ ＊ ＊

又一個是賣火紙筒子的。這人姓王，名太，他祖代是三牌樓賣菜的。到他父親手裏，窮了，把菜園都賣掉了。他自小兒最喜下圍棋。後來父親死了，他無以為生，每日到虎踞關一帶，賣火紙筒過活。

那一日，妙意庵做會。那庵臨著烏龍潭。正是初夏的天氣，一潭簇新的荷葉，亭亭浮在水上。這庵裏曲曲折折，也有許多亭榭。那些遊人都進來頑耍。

王太走將進來，各處轉了一會，走到柳陰樹下，一個石臺，兩邊四條石櫈，三四個大老官，簇擁著兩個人在那裏下棋。一個穿寶藍的道：「我們這位馬先生，前日在揚州鹽臺那裏，下的是一百二十兩的彩，他前後共贏了二千多銀子。」一個穿玉色的少年道：「我們這馬先生，是天下的大國手，只有這下

先生受兩子，還可以敵得來。只是我們要學到卞先生的地步，也就著實費力了！」

王太就挨著身子，上前去偷看。小廝們看見他穿的襤褸，推推搡搡，不許他上前。底下坐的主人道：

「你這樣一個人，也曉得看棋？」王太道：「我也略曉得些。」撐著看了一會，嘻嘻的笑。

那姓馬的道：「你這人會笑，難道下得過我們？」王太道：「也勉強將就。」主人道：「你是何等之人，好同馬先生下棋！」姓卞的道：「他既大膽，就叫他出個醜何妨？纔曉得我們老爺們下棋，不是他插得嘴的！」

王太也不推辭，擺起子來，就請那姓馬的動著。旁邊人都覺得好笑。那姓馬的同他下了幾著，覺的他出手不同；下了半盤，站起身來道：「我這棋輸了半子了！」那些人都不曉得。姓卞的道：「論這局面，卻是馬先生負了些。」

眾人大驚，就要拉著王太吃酒。王太大笑道：「天下那裏還有個快活似殺矢棋的事！我殺過矢棋，心裏快活極了，那裏還吃得下酒！」說畢，哈哈大笑，頭也不回，就去了。

＊　　　＊　　　＊

一個是開茶館的。這人姓蓋，名寬，本來是個開當鋪的人。他二十多歲的時候，家裏有錢，開著當鋪，又有田地，又有洲場。他嫌這些人俗氣，每日坐在書房裏做詩看書，又喜歡畫幾筆畫。後來畫的畫好，也就有許多做詩畫的來同他往來。雖然詩也做的不如他好，畫也畫的不如他好，他卻愛才如命，遇著這些人來，留著吃酒吃飯，說也有，笑也有。這些人家裏有冠婚喪祭的緊急事，沒有銀子，來向他說，他從不推辭，幾百幾十拿與人用。

那些當鋪裏的小官，看見主人這般舉動，都說他有些獃氣，在當鋪裏儘著做弊，本錢漸漸消折了。

田地又接連幾年都被水淹，要賠種賠糧，就有那些混賬人來勸他變賣。買田的人嫌田地收成薄，分明值一千的，只出五六百兩。他沒奈何，只得賣了。賣來的銀子，又不會生發，只得放在家裏秤著用。能用得幾時，又沒有了，只靠著洲場利錢過人。

那柴燒的一塊一塊的，結成就和太湖石一般，光怪陸離。那些夥計，把這東西搬來給他看。他看見好頑，就留在家裏。家裏人說：「這是倒運的東西，留不得！」他也不肯信，留在書房裏頑。夥計見沒有洲場，也辭出去了。

不想夥計沒良心，在柴院子裏放火，命運不好，接連失了幾回火，把院子裏的幾萬擔柴，盡行燒了。那些夥計，把這東西搬來給他看，他看見好頑，

又過了半年，日食艱難，把大房子賣了，搬在一所小房子住。又過了半年，妻子死了，開喪出殯，把小房子又賣了。可憐這蓋寬帶著一個兒子，一個女兒，在一個僻淨巷內，尋了兩間房子開茶館。把那房子裏面一間，與兒子女兒住；外一間擺了幾張茶桌子；後簷支了一個茶爐子；右邊安了一副櫃臺；後面放了兩口水缸，滿貯了雨水。

他老人家清早起來，自己生了火，搧著，把水倒在爐子裏放著，依舊坐在櫃臺裏看詩畫畫。櫃臺上放著一個瓶，插著些時新花朵；瓶旁邊放著許多古書。他家各樣的東西都變賣盡了，只有這幾本心愛的古書是不肯賣的。人來坐著吃茶，他丟了書，就來掌茶壺，茶杯。茶館的利錢有限，一壺茶只賺得一個錢，每日只賣得五六十壺茶，只賺得五六十個錢。除去柴米，還做得甚麼事！

那日正坐在櫃臺裏，一個鄰居老爹，過來同他談閒話。那老爹見他十月裏還穿著夏布衣裳，問道：

「你老人家而今也算十分艱難了，從前有多少人受過你老人家的惠，而今都不到你這裏來走走；你老人家這些親戚本家，事體總還是好的，你何不去向他們商議，商議，借個大些的本錢，做些大生意過日子？」

蓋寬道：「老爹，『世情看冷暖，人面逐高低！』當初我有錢的時候，身上穿的也體面，跟的小廝也齊整，和這些親戚本家在一塊，還搭配的上；而今我這般光景，走到他們家去，他就不嫌我，我自己也覺得可厭。至於老爹說有受過我的惠的，那都是窮人，那裏還有得還出來，他而今又到有錢的地方去了，那裏還肯到我這裏來！我若去尋他，空惹他們的氣，有何趣味！」

鄰居見他說的苦惱，因說道：「老爹，你這個茶館裏冷清清的，料想今日也沒甚人來了，趁著好天氣，和你到南門外頑頑去。」蓋寬道：「又擾你老人家。」

說著，叫了他的小兒子出來看著店，他便同那老爹一路步出南門來。教門店裏，兩個人吃了五分銀子的素飯。那老爹會了賬，一徑踱進報恩寺裏。大殿南廊，三藏禪林，大鍋，都看了一回；又到門口買了一包糖，到寶塔背後一個茶館裏吃茶。

鄰居老爹道：「而今時世不同，報恩寺的遊人也少了；連這糖也不如二十年前買的多。」蓋寬道：「你老人家七十多歲年紀，不知見過多少事，而今不比當年了。像我也會畫兩筆畫，要在當時虞博士那一班名士在，那裏愁沒碗飯吃！不想而今就艱難到這步田地！」那鄰居道：「你不說，我也忘了。這兩花臺左近有個泰伯祠，是當年句容一個遲先生蓋造的。那年請了虞老爺來上祭，好不熱鬧！我纔二十多

歲，擠了過來看，把帽子都被人擠掉了。如今可憐那祠也沒人照顧，房子都倒掉了。我們吃完了茶，同你到那裏看看。」

說著，又吃了一賣牛首豆腐乾，交了茶錢，走出來，從岡子上踱到雨花臺左首，望見泰伯祠的大殿，屋山頭倒了半邊。來到門前，五六個小孩子，在那裏踢球，兩扇大門，倒了一扇，睡在地下。兩人走進去，三四個鄉間的老婦人，在那丹墀裏挑薺菜，大殿上槅子都沒了。又到後邊，五間樓，直桶桶❶的，樓板都沒有一片。

兩個人前後走了一交，蓋寬歎息道：「這樣名勝的所在，而今破敗至此，就沒有一個人來修理！多少有錢的，拏著整千的銀子去起蓋僧房道院，那一個肯來修理聖賢的祠宇！」鄰居老爹道：「當年遲先生買了多少的傢伙，都是古老樣範的，收在這樓底下幾張大櫃裏，而今連櫃也不見了！」蓋寬道：「這些古事，提起來令人傷感，我們不如回去罷！」

兩人慢慢的走了出來。鄰居老爹道：「我們順便，上雨花臺絕頂。」望著隔江的山色，嵐翠鮮明，那江中來往的船隻，帆檣歷歷可數；那一輪紅日，沈沈的傍著山頭下去了。兩個人緩緩的下了山，進城回去。蓋寬依舊賣了半年的茶。次年三月間，有個人家出了八兩銀子束脩，請他到家裏教館去了。

　　　　※

　　　　※

　　　　※

一個是做裁縫的。這人姓荊，名元，五十多歲，在三山街開著一個裁縫鋪。每日替人家做了生活，餘下來工夫，就彈琴寫字，也極喜歡做詩。

❶ 直桶桶：敞開毫無遮攔的樣子。

朋友們和他相與的問他道：「你既要做雅人，為甚麼還要做你這貴行？何不同些學校裏人相與，相與？」

他道：「我也不是要做雅人；也只為性情相近，故此時常學學。至於我們這個賤行，是祖父遺留下來的，難道讀書識字，做了裁縫，就玷污了不成？況且那些學校中的朋友，他們另有一番見識，怎肯和我們相與？而今每日尋得六七分銀子，吃飽了飯，要彈琴，要寫字，諸事都由得我；又不貪圖人的富貴，又不伺候人的顏色；天不收，地不管，倒不快活？」朋友們聽了他這一番話，也就不和他親熱。

一日，荊元吃過了飯，思量沒事，一徑踱到清涼山來。這清涼山是城西極幽靜的所在。他有一個老朋友，姓于，住在山背後。

那于老者也不讀書，也不做生意，養了五個兒子，最長的四十多歲，小兒子也有二十多歲，老者督率著他五個兒子灌園。那園卻有二三百畝大，中間空隙之地，種了許多花卉，堆著幾塊石頭。老者就在那旁邊蓋了幾間茅草房，手植的幾樹梧桐，長到三四十圍大。老者看看兒子灌了園，也就到茅齋生起火來，煨好了茶，吃著，看那園中的新綠。

這日，荊元步了進來，于老者迎著道：「好些時不見老哥來，生意忙得緊？」荊元道：「正是。今日纔打發清楚些，特來看看老爹。」于老者道：「恰好烹了一壺現成茶，請用一杯。」斟了送過來。荊元接了，坐著吃，道：「這茶，色，香，味，都好。老爹，卻是那裏取來的這樣好水？」于老者道：「我們城西不比你城南，到處井泉，都是吃得的。」荊元道：「古人動說『桃源避世』，我想起來，那裏要甚麼『桃源』，只如老爹這樣清閒自在，住在這樣城市山林的所在，就是現在的活神仙了！」

于老者道：「只是我老拙，一樣事也不會做。怎得如老哥會彈一曲琴，也覺得消遣些！近來想是一發彈的好了？可好幾時請教一回？」荊元道：「這也容易。老爹不嫌污耳，明日我攜琴來請教。」說了一會，辭別回來。

次日，荊元自己抱了琴，來到園裏，于老者已焚下一爐好香，在那裏等候。彼此見了，又說了幾句話，于老者替荊元把琴安放在石橙上。荊元席地坐下，于老者也坐在旁邊。荊元慢慢的和了絃，彈起來，鏗鏗鏘鏘，聲振林木，那些鳥雀聞之，都栖息枝間竊聽。彈了一會，忽作變徵之音，淒清宛轉。于老者聽到深微之處，不覺悽然淚下。自此，他兩人常常往來。當下也就別過了。

＊　　　　＊　　　　＊

看官！難道自今以後，就沒一個賢人君子可以入得儒林外史的麼？

＊　　　　＊　　　　＊

詞曰：

記得當時，我愛秦淮，偶離故鄉，
向梅根冶後，幾番嘯傲；杏花村裏，幾度徜徉。
鳳止高梧，蟲吟小榭。也共時人較短長。
今已矣！把衣冠蟬蛻，濯足滄浪。

無聊且酌霞觴，喚幾個新知醉一場。

共百年易過，底須愁悶？千秋事大，也費商量。

江左煙霞，淮南耆舊，寫入殘編總斷腸。

從今後，伴藥爐經卷，自禮「空王」。

五十六回本所增第五十六回 （全回）

神宗帝下詔旌賢　劉尚書奉旨承祭

話說萬曆四十三年，天下承平已久，天子整年不與群臣接見，各省水旱偏災，流民載道。督撫雖然題了進去，不知那龍目可曾觀看。忽一日，內閣下了一道上諭，科裏鈔出來，上寫道：——

萬曆四十三年五月二十四日，內閣奉上諭：朕即祚以來，四十餘年，宵旰兢兢，不遑暇食。夫欲迪康兆姓，首先進用人才。昔秦穆公不能用周禮，詩人刺之：此蒹葭蒼蒼之篇所由作也。今豈有賢智之士，處於下歟？不然，何以不能臻于三代之隆也？諸臣其各抒所見，條列以聞，不拘忌諱，朕將采擇焉。欽此。

過了三日，御史單颺言上了一個疏：——

奏為請旌沈抑之人才，以昭聖治，以光泉壤事。臣聞人才之盛衰，關乎國家之隆替。虞廷翼為明

聽，周室疏附後先，載於詩書，傳之奕禩，夐乎尚矣！夫三代之用人，不拘資格，故兔罝之野人，小戎之女子，皆可以備腹心德音之任。至於後世，始立資格以限制之。又有所謂清流者，在漢則曰「賢良方正」；在唐則曰「入直」；在宋則曰「知制誥」。我朝太祖高皇帝，定天下，開鄉會制科，設立翰林院衙門，儒臣之得與此選者，不數年間，從容而躋卿貳，非是不得謂清華之品。凡宰臣定諡，其不由翰林院出身者，不得諡為「文」。如此之死生榮遇，其所以固結於人心而不可解者，非一日矣。雖其中拔十而得二三，如薛瑄胡居仁之理學，周憲吳景之忠義；功業則有于謙王守仁，文章則有李夢陽何景明輩；炳炳烺烺，照耀史冊。然一榜進士及第，數年之後，乃有不能舉其姓字者，則其中僥倖亦不免焉。夫莘天下之人才而限制於資格，則得之者少，失之者多。其不得者抱其沈冤抑塞之氣，噓吸於宇宙間，其生也，或為佯狂，甚而為幽僻詭異之行；其死也，皆能為妖，為厲，為祲，上薄乎日星，下徹乎淵泉，以為百姓之害；此雖諸臣不能自治其性情，自深於學問，亦不得謂非資格之限制有以激之使然也。臣聞唐朝有於諸臣身後追賜進士之典，方干，羅鄴，皆與焉。皇上旁求側席，不遺幽隱，寧於已故之儒生，惜此恩澤？諸臣生不能入於玉堂，死何妨懸於金馬？伏乞皇上憫其沈抑，特沛殊恩，徧訪海內已故之儒修，考其行事，第其文章，賜一榜進士及第，授翰林院職銜有差，則沈冤抑塞之士，莫不變而為祥風甘雨，同仰皇恩於無既矣。臣愚固識忌諱，冒昧陳言，伏乞睿鑒施行。

萬曆四十三年五月二十七日疏上，六月初一日奉旨：──

這所奏，著大學士會同禮部行令各省，採訪已故儒修詩文，墓誌，行狀，彙齊送部核查。如何加

恩旌揚，分別賜第之處，不拘資格，確議具奏。欽此。

禮部行文到各省，各省督撫行司道，司道行到各府州縣。採訪了一年，督撫彙齊報部，大學士等議

了上去。議道：

禮部為欽奉上諭事。萬曆四十三年五月二十七日，河南道監察御史臣單颺言，奏為請旌沈抑之人

才，以昭聖治，以光泉壤事一本，六月初一日奉聖旨，(旨意全錄) 欽此。臣等查得各省咨到採訪

已故之儒修詩文，墓誌，行狀，以及訪聞事實，合共九十一人。其已登仕籍，未入翰林院者：周

進，范進，向鼎，蘧祐，雷驥，張師陸，湯奉，杜倩，李本瑛，董英，馮瑤，尤扶徠，虞育德，

楊允，余特，共十五人；其武途出身已登仕籍，例不得入翰林院者：湯奏，蕭采，木耐，共三人；

舉人：妻珍，衛體善，共二人；廩生：徐詠，一人；貢生：嚴大位，隨岑菴，匡迥，沈大年，共

四人；監生：妻瓚，蘧來旬，胡縝，武書，伊昭，儲信，湯由，湯實，莊潔，共九人；生員：梅

玖，王德，王仁，魏好古，蘧景玉，馬靜，倪霜峰，季萑，諸葛佑，蕭鼎，浦玉方，韋闡，杜儀，

臧荼，遲均，余夔，蕭樹滋，虞感祁，莊尚志，余持，余敷，虞梁，王蘊，鄧義，陳春，

共二十六人；布衣：陳禮，牛布衣，權勿用，景本蕙，趙潔，支鍔，金東崖，牛浦，牛瑤，鮑文

卿，倪廷珠，宗姬，郭鐵筆，金寓劉，辛東之，洪憨仙，盧華士，妻煥文，季恬逸，郭力，蕭浩，

鳳鳴岐，季遐年，蓋寬，王太，丁詩，荆元，共二十七人；釋子：甘露僧，陳思阮，共二人；道

士……來霞士一人；女子……沈瓊枝一人。臣等伏查已故儒修周進……等，其人雖龐雜不倫，其品亦瑕瑜不掩，然皆卓然有以自立。謹按其生平之事實文章，各擬考語，另繕清單，恭呈御覽。伏乞皇上欽點名次，揭榜曉示。隆恩出自聖裁，臣等未敢擅便。其詩文，墓誌，行狀，以及訪聞事實，存貯禮部衙門，昭示來茲，可也。

萬曆四十四年六月二十三日議上，二十六日奉旨：

虞育德賜第一甲第一名進士及第，授翰林院修撰。莊尚志賜第一甲第二名進士及第，授翰林院編修。杜儀賜第一甲第三名進士及第，授翰林院編修。蕭采……等賜第二甲進士出身，俱授翰林院檢討。沈瓊枝……等賜第三甲同進士出身，俱授翰林院庶吉士。於七月初一日揭榜曉示，賜祭一壇，設於國子監，遣禮部尚書劉進賢前往行禮。餘依議。欽此。

到了七月初一日黎明，禮部門口懸出一張榜來，上寫道……——

禮部為欽奉

上諭事……今將採訪儒修，

賜第姓名，籍貫，開列於後。須至榜者……——

第一甲……

　第　一　名，虞育德……　　南直隸常熟縣人。

　第　二　名，莊尚志……　　南直隸上元縣人。

第三　名，杜　儀：南直隸天長縣人。

第二甲：

第一名，蕭　采：四川成都府人。

第二名，遲　均：南直隸句容縣人。

第三名，馬　靜：浙江處州府人。

第四名，武　書：南直隸江寧縣人。

第五名，湯　奏：南直隸儀徵縣人。

第六名，余　特：南直隸五河縣人。

第七名，杜　倩：南直隸天長縣人。

第八名，蕭　浩：四川成都府人。

第九名，郭　力：湖廣長沙府人。

第十名，妻煥文：南直隸江寧縣人。

第十一名，王　蘊：南直隸徽州府人。

第十二名，妻　琫：浙江歸安縣人。

第十三名，妻　瓚：浙江歸安縣人。

第十四名，蘧　祐：浙江嘉興府人。

第十五名，向　鼎：浙江紹興府人。

第十六名，莊　潔……南直隸上元縣人。

第十七名，虞　梁……南直隸五河縣人。

第十八名，尤扶徠……南直隸江陰縣人。

第十九名，鮑文卿……南直隸江寧縣人。

第二十名，甘露僧……南直隸蕪湖縣人。

第三甲：

第　一名，沈瓊枝……南直隸常州府人。

第　二名，韋　闡……南直隸滁州府人。

第　三名，徐　詠……南直隸定遠縣人。

第　四名，蘧來旬……浙江嘉興府人。

第　五名，李本瑛……四川成都府人。

第　六名，鄧　義……南直隸徽州府人。

第　七名，鳳鳴岐……南直隸江寧縣人。

第　八名，木　耐……陝西同官縣人。

第　九名，牛布衣……浙江紹興府人。

第　十名，季　葦……南直隸懷寧縣人。

第十一名，景本蕙……浙江溫州府人。

第十二名，趙　潔……浙　江杭州府人。

第十三名，胡　縝……浙　江杭州府人。

第十四名，蓋　寬……南直隸江寧縣人。

第十五名，荊　元……南直隸江寧縣人。

第十六名，雷　驥……北直隸大興縣人。

第十七名，楊　允……浙　江烏程縣人。

第十八名，諸葛佑……南直隸盱眙縣人。

第十九名，季遐年……南直隸上元縣人。

第二十名，陳　春……南直隸太平府人。

第二十一名，匡　迥……浙　江樂清縣人。

第二十二名，來霞士……南直隸揚州府人。

第二十三名，王　太……南直隸上元縣人。

第二十四名，湯　由……南直隸儀徵縣人。

第二十五名，辛東之……南直隸儀徵縣人。

第二十六名，嚴大位……廣　東高要縣人。

第二十七名，陳思阮……江　西南昌府人。

第二十八名，陳　禮……江　西南昌府人。

第二十九名，丁詩；南直隸江寧縣人。

第三十名，牛浦；南直隸蕪湖縣人。

第三十一名，余夔；南直隸上元縣人。

第三十二名，郭鐵筆；南直隸蕪湖縣人。

這一日，禮部劉進賢奉旨來到國子監裏，戴了幞頭，穿了宮袍，擺齊了祭品，上來三獻。太常寺官便讀祝文道：

維萬曆四十四年，歲次丙辰，七月朔，宜祭日；皇帝遣禮部尚書劉進賢以牲醴玉帛之儀，致祭于特贈翰林院修撰虞育德……等之靈曰：嗟爾諸臣，純懿靈淑，玉粹鸞騫，金貞雌伏。彌綸天地，幽贊神明；《易》稱「鴻漸」，《詩》喻「鶴鳴」。資格困人，賢豪同歎！鳳已就笯，桐猶遭爨。緼袍短褐，蓬蓽窮樞；伐藥粥畚，坎壈欷歔。亦有微官，曾紆尺組；龍實難馴，噲寧堪伍？亦有達官，曾著先鞭；玉堂金馬，邈若神仙。子子千旄，翹翹車乘；誓墓鑿坏，誰敢捷徑？澁嘉泉獿，駔儈市門；中有高士，誰共討論？茶板粥魚，丹爐藥臼；梨園之子，蘭閨之秀。金陵池館，日麗風和；束髮從征，功成身退，日落旗紅。螢螢細民，翩翩公子；同在窮途，淚如鉛水。後先相望，數十年來；愁城未破，淚海無涯。朕甚憫旃，加恩泉壤；賜第授官，解玆悁快。嗚呼！蘭因芳隕，膏以明煎；維爾諸臣，榮名萬年。尚饗！

六十回本所增第四十三回之後半回

劫私鹽地方官諱盜　追身價老貢生押房

後話慢表，且說那朝奉回到河下，向自家司客的說明：鹽船被劫，彭澤縣諱盜，及託湯少爺講情，纏得釋放各情形……大司客即向東家回了一遍。萬雪齋道：「這事可謂『無法無天』！但這知縣似是老手，不可輕動；我此刻到朱親家老爺那裏要緊。」說著，上轎去了。——原來萬雪齋與宋為富親家往來，

那日宋家有江都縣差人來說：「沈瓊枝從江寧解到，沈大年又從常州提了來；本官吩咐：『要你說這裏發個抱告，上堂質審。』」管家回話出來說：「就煩頭翁回稟太爺：『我們遵諭就是了。』」差人似要開口，只見小司客手裏遞給差人一個紙包，那差人便笑迷迷的接著起身說道：「明日那位赴案，先到差房坐坐；諸事有我們招呼，再不會錯的。」

那知縣官也將江寧來的私信，送與為富看了；為富倒沒了主意，急請萬雪齋來家商議。為富道：「親翁，你看函內有『斷還伊父，另行擇配』之語，縣官要弟自定主意，回覆他斷案。弟想：不要這個人，

白費了五百頭都不打緊，只是我們幫中太不好看，若執定要人，又恐縣裏作難。親翁高才，替我想想怎麼纔好？」萬雪齋道：「事有機會，明日就是縣裏太太請敝內的午席，敝內是絕頂聰明的人，若肯設法，這事就不難了。」為富忙問道：「親翁第幾位夫人？與縣裏太太是怎麼相與的？」萬雪齋道：「就是第七位妾。他如今是生子扶正的，前日在瓊花觀酹神；縣裏太太一見，就拉著手，談了好一會，約定要來拜。倒是敝內說：『我們總商家聲色大眷屬往來，恐滋物議，有累老父母的清名。』縣裏太太回去向縣官說了，縣官老爺說：『如此好紳士，何妨交結？只要我做清官，你們內眷往來，於公事何涉？』因發帖子來請，明日到署，怕還有幾日盤桓，纔得出來哩。」宋為富聽罷，千萬拜託：「銀錢費用，就從親翁賬房支取，撥賬便了。」兩人同吃完飯，萬雪齋辭去。

次日，為富打聽萬七太太果然進縣衙門裏去了，晚間密信，要前日兌交五百兩身價的，賬房夥計作抱告，明日午堂候審。次早，為富叫那賬房夥計囑咐應答的話，並檢查原報沈瓊枝捲逃什物的贓單帶上，來到差房候著。

少頃，知縣坐在二堂，傳沈貢生帶著女兒瓊枝上堂；貢生應名，參禮站定，瓊枝跪地叩頭。知縣問道：「沈貢生！你的女兒，不是與人作妾，何以私行進門？你又受他五百兩的身價，此是何說？」沈大年道：「貢生既非賣女，就不願要他這種腌臢錢！」知縣道：「鹽商的錢，原是腌臢；難道你女兒捲逃的什物，偏是揀的潔淨錢？你父女們俱是讀書的人，豈不知史書上的關夫子封金辭曹，流傳千古？」沈大年失笑道：「太爺所說，是演義附會之語，史書未嘗有之；且關夫子亦是俗稱，何足為訓？」知縣大怒道：「本縣二甲進士出身，難道不及你這潦倒終身的鄉貢士！四海之大，事實能載多少？史書，演義，

縱是附會，未必盡是虛詞。譬如你們今日在這江都縣對簿，亦要與你宣付史館麼？況且本縣讀過的古文

尚有關夫子讀春秋樓記的題目，何得謂俗？這些白話，都不必講。」即喚宋家抱告❶上堂問道：「你的

五百兩銀，是怎麼交兌的？」夥計稟道：「小人奉家主之命，照數兌交沈貢爺收訖是實，賬簿可憑；假

如未付錢兩，主人也就不敢煩太老爺的心了。」知縣向沈貢生道：「既不願意，何不原銀退還？」大年

道：「還是還過他，總不收；就是這位夥計說：『留下你老人家用用罷。』再去，就找不著了。難道叫貢

生五百銀，就賣掉了一個女兒嗎？」知縣拍案道：「這就是不成話說了！本縣從不會與人斷財禮的！」

沈瓊枝哭著訴道：「這些事都是奸商作的圈套，阿父墮在術中，百口也難分訴；只求太老爺開恩，

可憐父女讀書人，不受踐蹋，就感恩不盡了！」知縣道：「誰踐蹋你來？本縣見你江寧口供，說本縣：

『受鹽商買囑，纔批屈了呈詞。』難道要本縣專聽你父一面之詞，任憑你父白撞五百兩銀，並讓你多捲

逃些金珠，還要在鹽商身上多派幾分不是，纔合你的心意麼？本縣為民父母，用心最是平等，問案必要

究出真情實理，纔叫人允服；像你那些巧計，只好瞞我。那個做江寧的鄉榜同年，虧他誇你面試作詩，

才學風雅；據本縣說，才學是要中得上兩榜，風雅是要入得了詞林。若徒賣弄些鬼聰明，算甚麼才學？

糊謅幾句歪詩，是甚麼風雅？本縣高發過來，是要講究實學，斷不能相與做詩的名士，鬧得官聲怪不好

聽的；你真是讀書人家的女兒，誰肯斷你與人作妾？但你父親得了宋為富五百兩銀，既非賣女，就算不

得是你的身價；必要繳還，方合人情天理，乃可准你另行擇配。今日暫且開恩，不難為你們。」因喚禮

房書辦說道：「你把沈貢生帶去押房，限他五日如數繳清，具結了案；倘敢抗違，即辦詳稿送核，褫革

❶ 抱告：明清時，原告可委託家人或親屬代理出庭，此代理人稱為「抱告」。

了他的圓頂紗帽，就好嚴刑比追，還要辦他賣女逃騙的罪案！該書等若有賣放情弊，怕不抽掉你的筋！

各自打點去罷。」禮書答應了：「是！」帶著貢生下去。

＊　　＊　　＊

知縣又喚原差，仍吆瓊枝回店，保管，帶喝退堂。沈瓊枝出了宅門，心想：「縣官言語不敢駁詰，父親又不得見面。」急得眼淚直流，那差人要酒錢，討飯食，村言俗語，著實難受；一個伶俐女子，到

＊　　＊　　＊

此也是無可如何，索性走回店中，再作區處。

此時沈大年在禮房門口，看見瓊枝哭著，出了衙門，心如刀刺一般；口裏卻說不出苦來，猶幸禮房

＊　　＊　　＊

清苦，書辦多係讀書的人，不比戶刑各房，錢多勢惡。那書辦將大年安在一間屋裏，到了上燈時候，進

來一個老經承❷，同大年坐著，說道：「先生這項銀兩可繳的麼？」大年道：「那裏得來！」經承道：

「我看你那位小姐的才貌，不怕配不上個有錢有勢的姑爺；天緣湊合，就不難了。」大年道：「經爺言

之有理，心想要你同我到店中走遭，與女兒商量此事，不知你爺肯通融否？」經承躊躇道：「久押亦無

了局，只要你不逃颺，我又何妨行些方便？但要起過了更，纔出得去哩。」只因這一番，有分教：千利

血汗一文錢，豈容奸商捆利？半釐黃金四兩福，看他騙子吃虧。

畢竟後事如何？且聽下回分解。

❷ 經承：清各部院、衙門官吏的總稱。

六十回本所增第四十四回（全回）

沈瓊枝救父居側室　宋為富種子乞仙丹

話說沈大年懷記女兒，同著那經承來到店中；安置經承坐在自己房內，急忙走進女兒房來。只見瓊枝止了眼淚，獨坐凝思，無甚大苦，方纔放心。瓊枝急忙站起身來問道：「爹爹，開釋回來了？」大年道：「那能開釋回來。多虧外面那位經爺同了來，和你商量個了局，纔好。」瓊枝道：「爹爹勿憂，兒細思縣官的話，仍是做成的圈套，不過出這個難題目，要我自行低服他的意思；此時兒的主見，甘願宋家作妾，但先要開釋爹爹前項銀兩，立券認息，三年償清，不得作為身價。兒入伊門，暫立偏房，亦不得以奴婢相待；一朝生子，即行扶正。並要宋為富出具甘結。不知爹爹意下如何？」大年道：「我兒主張就是了。」瓊枝提起筆來，寫成認狀一紙，遞與大年道：「爹爹且快投遞，明日當有分曉！」大年同那經承回到禮房，花了一兩銀的門包，將狀紙呈遞。次早，萬雪齋得了內信，來找宋為富說：「內裏要兩千喜銀，即送美人到府。」為富似信不信的，同雪齋便酌；管家回道：「縣裏爺們送來密信，說：『請老爺看過，即刻封還。』並候萬老爺回信哩。」為富拆閱，乃是瓊枝的認狀；即同雪齋看畢，大喜道：

「親翁回覆那數兒，仍就親翁處支撥，以免嫌疑。」雪齋答應了。

為富發還原信，賞了來人；回到上房，與病臥的正室說知備細。原來為富已四十多歲，前日的小官死了，正室因之成病；七婢八妾，間有死亡，近來房事又有限得狠。前日正室要過繼一子，房族均有貪圖繼產的意思；夫婦都氣惱得說不出來；此次明知瓊枝懶懶，因他狀上著「生子扶正」之語，料是必有甚麼把握，暗自心喜。雪齋亦未知也。

不日，縣裏懸出批示，那經承同沈大年看是：「縣正堂示，沈瓊枝批詞：據呈復立偏房，於例不合，未便照准；惟念屈身救父，孝女不可多得，姑准立券償繳，該商銀數如期給領。嗣後果能子貴其母，該族人等秉公酌議，毋許刁難干咎。各具結省釋。」大年看完，向經承道：「就請同去與小女說知。」經承道：「你自去罷，別忘了那話兒。」大年也笑別過來，向女兒說個明白。下午，兩個管家到店，說：「是宋家叫來伺候的。」叩過了頭，父女亦無話說。

*   *   *

但這事鬧得有些風聲，那揚州府也是州縣能員升起來的；到衙期，那日同城稟見。知府佯笑說道：「咱們這裏也出個孝女！」江都縣稟道：「是卑縣的日行案件。卑職那日請過示，纔結銷歸入月報的。」知府道：「咱們一府兩縣，其實難做。每逢鹽商家有理的案，也有人說是買囑咱們，護庇他這些商人。何苦要這些娘兒們取樂，不知蹧蹋了多少好女孩子？卻也虧他們應酬得來！小弟做這個四品黃堂，一妻一妾，都支應不開；咱們同寅不怕笑話，吾兄那日來說，本要見的，就是小妾的燕窩吃得快完了，又要趕做皮衣，正淘著氣，纔有慢吾兄的。」江都縣答道：「這裏貨物都是外來，近日有個水客，帶來貨倒

不少；大老爺若要用得緊，卑職就買好了送來。」知府作色道：「話不是這麼講！小弟是從來沒有當面受過誰來餽送的！若有好貨，開個實價送來，緩下再來領銀，咱們倒知情的。」說罷，掉頭向甘泉縣問了幾件公事，端茶送客。

*

江都縣回署，即將預備送禮的草上霜，倭刀腿，金銀狄，貢緞，湖綢，配上燕窩，鹿茸……開價約五六百兩，叫心腹跟班送到府裏，門上說：「是水客交來的，隨時發價，再來叩領。」交割過了。

*

那邊宋家吉期已到，因府裏稱為孝女，同城文武俱有喜帖，同幫是不必說了。是日，萬雪齋早到，七太太同來賀房，為富應酬陪客；心裏怯著新娘是不好惹的，預先囑咐下人，都稱他做「新太太」，「總不要惱了他纔好。」比時，大轎抬進中堂，瓊枝下轎，打扮得油頭粉面；卻是青衣，向貼身的丫頭說：「請老爺太太行禮。」丫頭答道：「太太病著，起不來；老爺早已站在這裏。」瓊枝看那為富，紗帽補服，也還像個老爺，襝一襝衽，跪下地去叩頭。為富倒慌了手腳，不覺的也跪下對拜起來；瓊枝即叫丫頭領入太太房中，丫頭回道：「沈新娘叩太太的頭。」那太太道：「不要折煞了我，是起不來的！」瓊枝起身，走近牀前，低聲問道：「太太貴恙怎的？」太太抬頭看了瓊枝一眼道：「好端端怪疼兒的姑娘！前回怎麼說得賊盜似的？我原說是天殺的作踐人，別個纔走去哩！可憐我一個粉團的小官，就因這些昧心事教活鬼抓了去！」說著便哭起來。瓊枝亦含淚婉勸道：「太太總要寬懷，不要痛熬了尊體。」太太道：「你自去新房裏，還有好多客要見見呢，再別來照顧我。」瓊枝道：「我原是伺候太太的，那裏甚麼新房？」太太道：「你的心，我知道了；且去成就了好事，將來說話的日子長哩。」

瓊枝紅著臉，出到新房；丫頭指示諸客，萬家七太太便拉著瓊枝的手笑道：「好妹妹！今朝纔見了

你！」瓊枝道：「太太們這般抬舉，叫我做妾的人難以為情！」說罷，便要磕頭；七太太嚷道：「快不

要如此！」叫丫頭們擎出外褂花紅，七手八腳的替他穿戴起來，又叫丫頭僕婦們一起來給新太太叩喜。

大家坐下，七太太復問瓊枝道：「愚姊那日在縣裏太太處，見了你的認狀，就知你是我們的班頭；縣裏

太太說：「等你喜事過後，還要愚姊帶你去見見呢。」瓊枝方疑此事是他撥弄成的，想到押父逼親，心

裏恨極；但見這般相待，不如權變些，索性要他個好，將來還可仰仗。主意定了。

房內擺上席來，瓊枝直作主人，安置客位；向丫頭說：「要去伺候太太開飯。」太太房裏人出來辭

了，瓊枝纔陪客終席。七太太笑向眾客道：「『今夕何夕？』我們早方便些罷。」瓊枝漲紅了臉道：「太

太別頑笑了！」七太太道：「又叫太太，應該敲脫門牙！我是最厭惡官套的，而今倒要你送送。」拉著

瓊枝，走至大門，讓瓊枝站住；自己走至轎左，回轉身來，向瓊枝笑笑拂了一拂，瓊枝遙遙還禮。看他

上轎，隨同丫頭轉到太太房裏，問了些家當的話；忽聽丫頭說道：「老爺進房來了！」瓊枝急欲避去，

太太笑道：「你當是到這裏麼？」

乃叫丫頭挾扶瓊枝回到新房，送上香茗，兩人對坐談心；少不得有些親熱的話說，有些甜蜜的事做。

瓊枝索性放開手段，把個宋為富貼體貼心的；過了幾日，為富道：「要請岳父到家，又怕老人家客氣，

不肯來。」沈瓊枝道：「這可不消費心。只要有些盤纏，阿父是要回家去的。」為富道：「其實不忙，

萬親家還說要請老人家在我們幫中坐館哩。」瓊枝心裏歡喜，待人和氣，丫頭僕婦，無一個不說新太太

好；時常坐在太太牀頭，說些小說傳奇，與太太開心，又許代誦十萬卷觀音經，解太太的災厄。那太太

著實喜歡得離不開。

＊

＊

＊

到滿月後，萬七太太接著瓊枝過去頑耍；瓊枝近來愁多喜少，眾人不解何意。看見萬家的小官，不覺眼中淆下淚來。七太太驚問道：「妹妹還有甚麼不稱心的事？實告訴我。」瓊枝道：「那裏及得姊姊家這個闊！」七太太道：「你是看這面子上的排場，其實內裏不怎樣的。那年我病時，大夫說：『有火症』，要個雪蝦蟆做藥引，十天半月都買不來；還聽見說被那個姓牛的騙了幾百銀去，嗣後虧得活佛爺帶有西天出的雪蛆來，吃過纔好了。這個算甚麼闊家！」

說罷，附著瓊枝的耳道：「莫講白話，你這日子，我是過來人，簡直說，怎樣都可以設法的。」瓊枝終不信心，含糊應道：「小妹心裏，沒有甚麼事……」七太太不等說完，笑道：「小蹄子！狡獪哉！」回頭看著丫頭抱的小官道：「送與宋新太太去罷，我是不希罕這個的。」瓊枝聽見語有機鋒，想是瞞他不過，低聲說道：「好姊姊！真知我心，就好請教了。」

兩人吃過晚飯，連牀私說；七太太問起房事，瓊枝歎了一口氣道：「小妹於此事，倒看得開的，——不過後嗣要緊，古人陰道諸經，史記空存其名，不傳其書。細思震索之義，頗得要領。無如『天一』之水，也成將涸之泉；即使涓滴歸公，給無實濟。這不是坑死人的事麼？」七太太道：「前在縣裏見你的認狀，有『生子扶正』之語，就知你要後悔的。這些鹽狗！暴發橫財，只顧貪色；到了中年，身子是淘得空空的，那裏會養得出兒子來？不瞞你說，我那小官，都是仙種哩。」瓊枝急問：「仙在那裏？」七太太道：「就是那瓊花觀的活佛，散施符水；只有求子是要酬神的，香貲數百金不等。卻要佛爺應允給

丹，纔可去得呢。」　瓊枝又問：「怎麼個方法？」七太太道：「你回去商量停妥，真要去時，再告訴

你。」　瓊枝道：「姐姐得的是甚麼樣的丹？」七太太道：「不一樣的，我那回就說是飲了一勺清泉，甚

是甘美，——又聽有說是一粒紅丸的。妹妹，你只要靠得定生子，成了你的大事，放圓活些，就得了。」

瓊枝會意，心裏總覺不安；但一想到：偏房無出，下半世的日子怎樣過呢？不由的不著急。

＊

一日，與為富談起萬家「求仙得子」的話，因叫為富試問真假如何？為富也知才力不足，求神拜佛，

倒是誠心皈依的；惟恐活佛不發慈悲，反為不美。自己來到觀中，許了香貲銀四百兩，活佛纔准夫婦同

來參禮；不能同浴，又要女施主自定日期。為富一一答應了，回家與瓊枝說知；瓊枝時已向七太太詢明

了備細，只得謹遵夫命。笑答道：「那日高興，就可同去的。」

＊

下月初旬，瓊枝經信初過，換了青衣，夫婦同至觀中；老尼領著看過浴堂，乃是極幽僻的所在，隨

中並無男子。又到大雄寶殿參拜佛爺——那活佛是不是凡人的——將近三更，老尼傳出佛旨，命瓊枝入

浴；為富坐在浴堂外間，有幾個俊俏師姑，陪著侍茶。老尼領進瓊枝，囑令自閉堂門；堂內琉

璃燈光，照見浴所，籐淋竹架，闌透玲瓏，白玉磁盆，香湯溫暖。瓊枝脫下衣裙，放在架上，將下坐上

籐淋；鼻中聞得香氣沁入心骨，霎時慾火如焚，昏沉沉的眼見一個嫩面仙童，禿著頭，披著袈裟，破壁

而出。走到牀前，澆水與瓊枝沐浴，香湯著體，愈覺精神恍惚，骨軟筋酥，如醉如癡；但覺炭火般的一

股熱氣，沖入止於至善之地。瓊枝舌強不能言語，睜眼看時，見那仙童擎出一枝仙桃，摘下果子，送入

瓊枝口裏，附耳說道：「食此，便好帶出桃枝作證，就說：『夢中相授』便了。」說罷，叱開石壁而去。

瓊枝咀嚼仙菓，清涼甦醒起來；穿衣，整整雲鬢，擎著桃枝，開門出來。看那為富，正同幾個師姑在那裏頑笑；；老尼看見瓊枝，忙問道：「太太得丹了！」為富同來問訊，瓊枝遂將桃枝遞給他道：

「這就奇怪得緊。我初浴時不覺昏暈過去，似夢非夢的，有人給這一枝，上有鮮桃；我就摘來食了，滿口香噴噴的。醒來果有桃枝在手，因此拏來，大家見識見識。」老尼詫異道：「這大秋天，那裏來的鮮桃！明是老爺太太們的福澤。感動那菩薩親自在王母娘娘的蟠桃園中討了送來。恭喜必有一個大富大貴的小官！將來酬神，小尼纔要託託老爺太太的福，喝喜酒呢！」一夕話說得為富夫妻滿心歡喜，賞了些零碎香錢，乘夜歸家；倒像神不知鬼不覺的。

到了次夜，著意敦倫；瓊枝口裏講那震卦一索之義，為富亦是聽其自然。過了一月，經信弗來，兩人真是歡喜；為富送去了一半香貴，酬了神。瓊枝房裏設起經壇，供一尊觀音大士，早晚膜拜，坐誦〈大乘蓮華諸經〉，說：「是替太太做那消災延壽的功德。」太太著實疼愛他。

一日，看見瓊枝腹膨膨的，因說道：「要分娩了麼？」將來叫你這小官到我的墳垣上走走，我做鬼也是感你的情！」說著，又哭起來。瓊枝勸慰道：「太太吉利些，我養的兒子，還認太太是嫡母，我總免不得一個『庶』字。」太太道：「能夠這樣就好極了！你卻要養息養息，別常來這裏勞乏了。」瓊枝亦覺腹中有些震動，家裏穩婆僕婦，早已伺候仙子臨凡。只因這一番，有分教：拘泥鮮通，一錢逼死英雄漢；機關未破，無人不信活神仙。

畢竟沈瓊枝生男生女？且聽下回分解。

六十回本所增第四十五回（全回）

滿月麟兒扶正室　春風燕子賀華堂

話說沈瓊枝仙孕期滿，果然生的是個兒子；因有仙桃異種，遂喚做桃兒。宋為富家的宗派是「平為福」，就命名福仁。一家子謝神的謝神，賀喜的賀喜，忙亂歡欣，自不必說──獨有那太太癱病在牀，聽得呱呱之聲，觸起思兒情緒，悲悲切切，哭得死去活來，每日夜都要昏暈過幾次。又無人排解，那病日增一日，不久竟自死了。為富正在高興，那裏顧得辦喪；倒是瓊枝哭之甚哀，因產後不能送殯，只得罷了。月滿試啼，大宴親族；瓊枝做有湯餅詩，索眾人和韻，許以重酬。那親族中有幾個秀才，是向來做詩的，聞之俱極歡喜，各人親自送了斗方來，坐候著吃午飯，大家傳觀。見那萬雪齋的詩，有「玉皇香案無人捧，故遣金童下地遲」之句，同人齊聲贊：「好！」雪齋道：「不瞞諸位說，這是敝內代筆；切合宋親家中年得個貴子的意思，小弟安敢掠美。」眾人附和說：「女才子聚於淮揚，學校愧煞哉！將來詩會，就請兩位太太同主吟壇，倒是古今未有的佳話。」原七太太早要瓊枝做成四首絕句，拏來賣弄他的才學；因眾人迎合他，想雪齋多貼些賞需，遂定了他的首名，彩禮是綢緞花繡等物。親族秀才俱在前

列，每名彩禮，是一顆二兩重的赤金錁子，眾人歡天喜地，領出詩稿看了批評。有說：「要來執贄受業」的，有說：「平常無事，多會幾次，是絕好的。」為富也覺得門面光采，心裏快活，毫無吝惜。

瓊枝又要設壇誦經，超度太太升天；圓滿之日，請那族長點主。幾個族中秀才題主贊禮，酬謝每人數十金；又請親族人等同受福胙，眾人席散，議及詩會，都要拜見新太太。為富應允，傳話進內，瓊枝青衣出堂，口稱：「賤妾叩各位伯叔的頭。」眾人慌忙一齊答禮起來。說了幾句問候的套話，瓊枝進去了。

那族長看此光景，心裏明白，想這機會不可失錯；遂招呼親族人等坐定，說：「我有一言，大家商議。」因向為富道：「你家不可一日無內助，今見新娘賢而有子，理應由偏入正；況且我們族裏也有常例，就揀一個大利日期，祭告過，圓了房。你們大家說可好麼？」眾人俱省了甜頭，巴不得瓊枝歡喜，同聲答道：「正該如此。況有你老人家主婚，誰還敢說甚麼？」為富想起前說，即與眾人說明，族長答應做了主。

* * *

到了吉期，前一夜裏，有人來說：「族長得了暴病。明朝是喜事，儘管成禮，不必久待他，就誤了時辰；只要起得動身，就會來的。」瓊枝是最乖覺的人，即刻叫人暗送去族長二百兩藥金。說：「各位動駕的夫馬，改日致送。」

* * *

次日，族長與眾人陸續到來；族長尚咳了幾聲乾咳。笑向為富道：「好湊巧，昨夜感冒風寒，竟發了一回瘧疾，幾乎起不來；吃過陰陽水熬的金銀花湯，纔略鬆了些，勉強掙扎起來，與你做這件喜事，若是別人，就挈八轎來抬我，也勞不得去的。」為富作揖謝道：「你老人家如果不來，這事作何主張哩？

多感費心，免不得後來酬報的！」族長道：「可不是。我想不來，旁人必要說我裝出病來，揹你們的謝金；今日大眾都眼見的，將來你們輪到我這位分，只要跟著做些成全人家的好事就是了。」說著，手裏揑出告文，大書：「繼室沈氏云云……」指揮族眾做完了喜事，吃過了酒席，各自散去。

瓊枝自此主持家務，具有條理，與那七太太更加親熱，真如同胞姊妹一般；兩人談及仙種，所遇各有不同。瓊枝驚問：「彼時何故不能言語？」七太太道：「這是老師姑聽得說你前次打那差人，是有內功的，纔將清水悶煙來軟禁著你；那香卻是利害，聽說是西洋新進來的好氣味。一熏起來，其實令人難受。」瓊枝又問：「內裏的人，從何而來？」七太太道：「虧你好明白，這是做成的夾壁，別人再看不出破綻來；其人亦是選過精壯的，一旦衰弱斥退，自有善法滅他的口，好機密哩。」瓊枝急問：「滅口是何善法？」七太太道：「你不常聽說有活佛坐化麼？」瓊枝愁著眉道：「事不怕密，終有發覺之時，大家均有不便；不如禁革了這些妖尼，更是乾淨，纔叫人放不下心呢。」七太太道：「如此也不是難事，明日送個信給縣裏，說限十日內，定要驅逐那些妖尼出境，可好麼？」瓊枝催他上緊辦去。

　　＊　　　　＊　　　　＊

那邊宋為富又買了一個妾，原來本地新出來的瘦馬，妖嬈豔麗，是不消說的，天生成的一種乖巧性靈，善能窺伺主人的衣食起居，揣摸盡致，體貼人微。為富只是迷迷惑惑的過了一種溫柔鄉的樂境，——但有一件毛病，假如一夜無人伴宿，抑或少有不遂所欲，即要發作起來。為富本來疲軟，自覺慚愧，所以臀間腿上，受過許多拳頭及指抓的血痕；如「啞吧兒吃黃蓮」，說不出苦來。暗自買些「補天丸」「再造散」，西洋新來的「白綾帶子」，以作敷衍之計；譬比儉腹人要充飽學先生作詩文，寒丐兒要跟有錢的

大老官頑體面，均是不能得到好處的。

瓊枝看破情形，婉言勸為富道：「夫婦居室，原為生男育女起見，浪淫損德，春藥損命，恐怕到那大不得了的時候，纔悔不轉哩！」為富明知好意為向他，卻亦出於無可奈何。

一日丫頭報道：「太太不好了！老爺在新娘房裏昏暈過去，轉不過氣來，請太太過去看看罷！」瓊枝忙到門前，聽那老僕婦說道：「此時脫症，仍要新娘嘴對嘴的度氣，方可接得上來。」瓊枝逼著新娘度了一會氣，眼見得是不濟事了，指著新娘哭說道：「你這妖精害煞哉！」新娘怒目直道：「太太別說妖精不妖精的話！老爺原是要我伺候，誰敢違拗他？他就死了，也是命根子不牢，怪我怎的？難道還辦得著我抵償的罪麼？」瓊枝越聽越氣，惱得哭不成聲；趕緊喚齊家裏的人，齊來看明收殮。那新娘也不知躲在甚麼房裏去了。

瓊枝獨自經理喪事，盡禮盡哀，是沒有分毫差錯的；只是一族中有兩個破靴秀才：一個叫做宋為官，一個叫做宋福清，平素有些猜疑。見他數十萬家私，白送與一個婦人享用，心懷不忿；就做起呈詞是：「異種亂宗，以偏謀正」的枉語。內中並有「身死不明」的話，找著族長說：「要十萬頭纔能和息。」

族長做好做歹的，與瓊枝給了信；瓊枝即向七太太商議，七太太說：「莫打別的主意，俗語說得好：『填河莫填溝。』就要做做出臉面來，也只消三兩萬儘夠衙門花用了；那有這樣便易的，十萬頭給他？一次給過了，將來還打發得清麼？」

瓊枝極力負託他去，那日縣裏批駁了呈詞；上控府裏，仍批：「下縣查明確據，如虛反坐」……等語，並有「嚴究不貸」字樣。宋為官叔姪著了慌，查訪瓊花觀，並無「求仙種子」的蹤跡；扶正本是族

長主持，又有案可查。至於為富實係陽脫身死，夥計人等都看過的，所控顯係圖吞不遂，佟口誣嚇；公呈的人，也有請究竊名的，也有請辦誣告的。倒是瓊枝自己開脫，姑念同族，請免反坐，願出萬金，捐入宗祠，添補蒸嘗，兼濟貧乏，以息訟事。由是親族人等，莫不稱瓊枝為女中聖賢。

那宋為官帶著姪兒宋福清，來到瓊枝家裏說：「是叔姪一時糊塗，誤聽人言，罪該萬死！今日特來跪門，請憑處治。」瓊枝轉覺不好意思，叫人傳說幾句扯淡的話，給了些零碎東西；叔姪還要求入詩會，常領教益，改過自新。瓊枝只得答應過，方纔望著中堂磕了幾個頭，起來千恩萬謝的去了。

＊

＊

＊

那詩會卻極認真，幾個秀才輪班擬題，收齊卷子，送與瓊枝評閱，輕重給獎。一會題目，「擬杜少陵〈秋興八首〉」，卷中多用「詩聖」「工部」等語；瓊枝批云：「擬體，是前代人口吻，與八股文同例；諸作稱謂頌揚，多不合法。」又一會：「題平山堂懷古」，瓊枝批道：「詩分古近體，以李唐為斷；六朝以上為古，後皆為今。此種題只用感懷遊讌等字，即是弔古體裁。」又批：「近體以格律為主，性靈為用；能於性靈中自具格律者，名大家亦不多觀。放浪油滑，當自知也。」絕句在古近之間，宜逆不宜順，不必盡求太白之風格，龍標之神韻；即如小杜大蘇，皆能去順取逆，餘子所不及也。諸君取法夫上，庶幾其可？」會卷一出，遠近傳聞，名流亦皆佩服；由是入會的人，漸漸多了，也有能作四韻八句的。又有那些山人墨客，僧道九流，略識之無，俱來求教；那七太太本要廣闊聲名，何暇計及區別甚麼流品。自家的詩，都係瓊枝代作，陶鎔日久，勉強也湊得成句；更是仰慕風雅，自己心裏常以女才子自居，每會獎賞，多有幫襯，所以人都奉承他，越發高興。眼底下看的那些人，無一個不是俗物；人情上的事，也沒

有一樣瞞得過他。

只有做詩，是要找瓊枝，纔能掙得起這個臉兒來的；卻嫌往來不便，遂與雪齋說：「要將兩家住宅中間相去四五里地面房屋山林併為己有，造成一所極大的花園，四時均有遊人；又便我們詩會的朋友們遊覽，開拓心胸，增長詩興。我家作個騷壇盟主，豈不是件大出名的事麼？」雪齋原是假斯文假透了骨的人，心裏甚是願意；口裏躊躇說道：「如把外人的地基買不齊全，豈不負了盛舉？」七太太道：「你儘管找人說去，我問縣裏要張『倡建義塾』的示諭來；誰還敢說句混賬話，阻撓我麼？」

即刻來找瓊枝，商量起個園亭稿兒；瓊枝道：「如此說，是個別墅；雖用不著正大廳堂，卻要有幾層正屋，纔將兩家聯屬，成一極大極闊的規模。園中樓閣參差，益覺崇麗；但此事是要高手匠人，又要幾個胸有邱壑的人監工，纔得到那『雅俗共賞』的好處哩。我們是不得親歷其事的，只好說個大概罷了。」遂提筆來畫那：一進五重，三過庭兩重，是四柱三梁，三重是六柱五梁，短廂長廊，橫豎大小九十二脊梁，四十八天井的圖式，左右後面均屬花園；相度地勢，各置所宜，窪則掘池，垤則磊峰，平地關為村圃，坦途忌直，小逕宜曲，插棘編籬，種竹栽花，諸項事件，不必拘泥，此即說略，附於圖後。

七太太據此支排派了幫中的王漢榮，那幾個老成人經理修造；又請了幾個秀才題額書聯，催定工匠百十，立至木石，各有分責，眾擎易舉，不問官私產業，樹木估價，繳由縣裏工房給領。地方文武各官常來彈壓，一時著拏酒打架的人，在那裏掌嘴；一日，又枷號幾個偷竊鐵釘木屑的人，在那裏示眾；至於田土抗違，事情較大，送進衙門，歸案辦理。這般威勢，誰還敢對著那方向裏放個甚麼屁？幸得地主都係貧家小戶，多給幾兩頭，就可遷徙的；內中只有一家種有八株桂樹，枝幹連蜷，不忍割捨。經不

得縣裏的人恐嚇他，說：「這桂樹栽到八柯，要天上玉皇的月宮，人間皇帝的上林苑，纔是如此；你是何人，敢私造宮苑麼？若經官辦起來，怕不有多大的罪！」那人想來，眼裏卻沒有見過許多桂樹的地方，害怕同他質對，只得於房土價外多收了幾十兩銀子，也就罷了。又有一個方塘，是人家種藕，在城裏賣的；十倍增價，不肯售與他人。其人乃是籠嚇不下的，只得與伊認租，每年所出荷花藕根，仍由其人自賣。——以上兩處，均是園中要緊地位，即將方塘淘淨；四圍砌石成隄，中置橋亭假山；山上署二大字曰「者海」，那亭中牓曰「海心」，隉上重門複閣，取海旁蜃氣，像樓臺的意思。另開一條九曲河，或明或暗，導水出入；後來竹木成陰，抑雅觀也。前面八桂之地，適當後園中間，桂樹裏面，造一八角亭；石腳臺基，係按乾，坎，艮，震，巽，離，坤，兌，八卦方位而成。亭背有一小山，不呼為太上老君，亦可稱為玄天真武的，是天然景致；旁邊又造一座極寬敞的戲臺，臺上橫額，是「昔昔高歌」四個漢隸書的金字。正廳兩廊，均是珠簾畫棟，雕闌綺席，預備那觀劇的地位。前面趕造水磨磚的庫門，外敞八字牆，左右各嵌一塊細工鏨成的花板戲文人物，刻鏤精工；只將此處做成周圍的長垣，約有十里路遠，緩緩修理，一面擺設桌檯几榻字畫玩器各件。近來河下，除了鹽船外，大半是萬家載什物到來的船；每次起岸，有京都來的字畫書籍，——蘇杭閩省出的紬緞海味，廣東出的枬榆木器銅錫器古董玩器，更有大西洋新來的呢羽氊毯，奇巧機器，——開起號單，總是數十百箱以外，粗重應用物料，記也記不清數目。此時門面完成，快做照壁；雪齋內外商量，要請地方官來踩踏新門。外面司事人備帖請客，內裏七太太說：「我也安排過了，運臺府臺，是請不到的；好容易纏乞得了一道扁額。縣裏老爺心裏倒沒有想不來的，只是礙著甚麼『官不焦民房』的例。將來履新那一日，他先送來扁額上好了，親身再到門前；

抬著轎子走一轉，叫眾人觀瞻觀瞻，也就是從權到十二分了。」雪齋道：「想個甚麼方法，留住他吃過飯去？不更叫人害怕麼？」七太太怒道：「別說貪心不足的話！你萬家自有人形以來，那時見過這個世面？不想別個辛辛苦苦費了多少心，纔說得用全副儀仗多派丁役來的威勢大，我們的光彩更高，這就難得了；還不能討一句『道勞』的話。我不管了，你能幹自辦去罷！」雪齋陪笑作揖道：「太太恕我失言，諸凡遵命就是了！外面的賀新帖子也發定，吉期戲班都定過了，將來還要大勞好些日子，纔得清閒呢。」

七太太道：「別儘在這裏不尷不尬的，有事各自去罷。」雪齋如奉赦書，假意緩緩一步一步走到書房去了。只因這一番，有分教：妖媚是何情，詎等倡隨之義？繁華難免俗，終非安樂之窩！

畢竟後事如何？且聽下回分解。

六十回本所增第四十六回（全回）

假風騷萬家開廣廈　真血食兩父顯靈魂

話說光陰易過，自那萬家起造花園，忽忽也是一年多的日子，大致可觀；園垣四處，果然設起義塾，安置萬宋兩家的幾個潑賴秀才，明明借他作護園的惡狗，那裏教甚麼書？

閒話不題，且說那日賀新，先是本家幾個秀才到來；看見大門正是閉著，要候踩新的官到時，纔開得的。眾人看那大門橫額，是「紅池別墅」四個金字；對面照壁，粉白光亮，上面畫著一丈二尺高的天官，紅袍金帶，左手撚著五綹長鬚，右手擎著象笏，指著五色祥雲擁護的半邊紅日。一個秀才說：「可惜這日頭！何不畫成圓的，就無缺陷了？」一個秀才道：「莫說這些欠考據的話；那全紅日頭，是要一二品大員，纔畫得呢，你當是圖好看麼？」

說話移時，別的客也陸續到得多了；忽然聽得道鑼聲自遠至近，知是縣官親來。前面抬著三道匾：一是鹽運司的全銜，一是揚州府的全銜，一是江都縣銜名拜賀；一對一對的旗牌，玉棍，紅傘，罩定一乘大轎，內裏坐著一位紗帽補服黑鬍鬚紅鼻子的官員。到了門前，裏面開了大門；一個管家手裏執著紅

帖，在轎前跪安攙駕，四個轎夫抬著轎子進門，一轉而出。這裏放起爆仗，鼓樂大作一會，匾也釘好了；

司裏府裏，以及同城衙門的幕友官親，均已到齊。今日的客，大約以此輩為上賓，秀才們同著逛逛；自

大門看那兩傍十幾對金字紅牌，一對是「孟門高第」，一對是「河南左布政使」，幕實問道：「這位是

誰？」本家秀才道：「名叫萬衣，著得有刻的書，名萬子迂談；雖不是一家，卻也算敝姓有名望的。」

眾人轉上大廳，看那縣官的匾，是：「潤屋延釐」四字。府幕笑問縣幕道：「這必是先生的手筆？典重

高華，好極好極！」縣幕答道：「說起來四個字，大有原由；這裏雪翁，是與敝東至交，敝東說：『這

道匾，總要隆重些纔好。』『潤屋』兩字，是敝東擬的；下二字，幾個朋友都配不好，晚生想起稟帖上恭

維的話，如年節用『柏酒延釐』，秋節用『桂釀延釐』字眼，隆重莫過乎此。遂呈了簽條，敝東果然說

好，就用了來的。」府幕道：「『延禧』亦可用得。」縣幕道：「『禧』字輕些，在老先生們用下來，便

不要緊；而今我們州縣衙門，給平行紅地方的尺牘，都要當作稟帖的一般，用心斟酌。不然，一旦挑起

眼來，就保不定吃飯，敢是頑的麼？」

說著，眾人又進一廳，正門上是府尊的匾，旁柱掛一長聯；幕友念道：「甲第起江都，玉堂早篆金

銀字；名園依廣澤，春圃常開富貴花。」款署：「翰林院全銜姻愚弟某名拜撰并書。」大家贊好，說：

「真是金華殿中人語！」引導的人說：「上頭還有三重，無甚逛處；我們從左月光門進去逛，過海灣轉

到右邊，就是戲臺，主人在那裏候席哩。」一路經過好幾重門，又過些長廊曲檻，壁上都是字畫：纔看

了「東坡遊湖」，又見是「太白醉酒」。一口氣走到海心亭，歇歇觀海；起來轉入樓臺，層折多端，總不

外琴棋書畫，遊詩品花，及藏書籍的所在。

眾人遊到詩室中來，伺候的書僮端上茶點，吃了一會；看看上面擺著一部洪武正韻，旁列柟木寶櫥，內裏藏的唐宋以來各家詩稿。窗前几案，擺設筆硯花牋，十分精良；案上預備隨手繙閱的幾部詩韻，以及圓機活法各類書，秀才道：「今日賀新，不能無詩；諸公佳作，將來作為一會。可好麼？」眾人齊聲答道：「甚好！」同又轉到藏書樓上，三面列架軸牙籤貯。亦仿四庫「甲乙丙丁」分貯之法。幕賓看那頭一庫的標籤寫著：「貿易通志」「授時通考」「諏吉通書」。因說道：「嘗聽有人談三通四史，這可就是三通麼？四史尚未見過。」一秀才道：「先生且看那邊架上都是史書。那邊纔止四史？直有廿四史了！」幕賓道：「今日真個見識了！」遂看那一架上頭一部，是開闢演義，一直到本朝的雲合奇蹤，歷代無關帝王，如水滸，粉妝樓，綠牡丹之類，都是全的。外還有神仙綱鑑，草木春秋各書。眾人看了一會，忙著要去赴席。天色已不早了，轉過八桂亭；看看中間懸一幅吳道子仙筆畫的龜蛇鎮宅圖。走過村落上，那太湖石磊成的假山，山上竹木尚未長成，無甚好看；進了一層深院，滿地擺列花盆，旁有小圃，望去盡是土養的椿頭，未上盆的草木。

再進敞廳，上面橫牓是課春軒，眾人坐下。有一人說：「今日走的路，快到十里了。」書僮正在端茶，耳內卻聽鑼鼓聲響，引導人說：「那邊開了戲，請各位就可過去；赴過席，明日再來逛逛罷。」大家俱說：「有理。」一同來在客廳，但見主人衣冠揖客，安坐送茶；戲臺上參堂點戲，開了正席，幾位幕賓聽了兩齣戲，看看起鼓，便告辭回署去了。這邊眾客開懷暢敘。盡歡而散。一個秀才看那臺柱上的對聯唸道：「市場即戲場，看你是那般的耍手？假事如真事，請君從結局處留心。」唸完說道：「好得很，非名手不能做得這樣透徹的！」

自此十日一會，文武衙門官親幕友，無一個不在詩會中；七太太大有聲名，萬雪齋亦廣通聲氣。只有瓊枝，帶著小兒子，經理家務，節下稽查各下處的賬目，閒時評評他們的詩，過的倒是個清閒日子。

那日，七太太挈了兩本書，來要瓊枝點定；瓊枝看那封面是彭翰林題的萬家合稿。翻看雪齋的詩，上有國公府徐二公子的批評。笑了笑道：「夫婦這樣合刻的詩稿，倒是古今罕有的！姐姐既作這件新鮮的風雅事，似要多幾首詩纔好哩。」七太太道：「正是。要你給我湊好，作速發去刻板的；難道為姐替你做過許多白忙的勾當，還不值得你這一點便宜麼？」瓊枝笑道：「這是甚麼要緊？怕是倉卒作不好，增不得姐姐的光，玷污了芳名，倒不是頑的；如不嫌棄，就將往日做那通套題目的詩，揀個幾十首，纔來得急哩。」

七太太喜喜歡歡。住過幾日，逼著瓊枝選完；拿了詩本，叫人鈔寫去了。

＊　　　＊　　　＊

這邊詩會的人，越發多極了，——那日正在課春軒扶乩命題，忽然陰風四起，滿堂燈燭，皆變了綠色；恍惚有無數鬼物，自遠至近，坐客各自往正廳上跑來，扶筆的兩個仙童，早已不知藏在那裏去了。雪齋從書房裏出來，看那些人慌慌張張，也有說：「看見兩三尺高頭大如斗的鬼樣！」也有聽得號哭並枷鎖鐵鍊的鬼聲。又有幾個秀才道：「我們見的是那些詩仙，來賞鑒雪翁的芳園，助我們的吟興；倒被你這些冒失鬼鬧散了，豈不可惜？」說得眾人大笑起來。

雪齋就命在這廳上擺晚飯，席間有人說：「神鬼不可不信。近聞龍虎山張真人將到清江浦了，雪翁何妨請來鎮壓鎮壓，尊府永遠清吉，豈不好麼？」雪齋問：「是如何去請？」那人道：「不怎樣的。准

備陰陽錢不過三五十釧，就夠數了。像雪翁這積善之家，真人必定降臨的。」

雪齋記在心裏，次日果有天師過境的信，著人去請，那天師也不推辭，就在漕關河下泊了船。這位天師，係漢張道陵七十二代的裔孫；克承家學，善能捉鬼驅邪。此次奉詔到京，建設五年一次的羅天大醮；轉身帶了八個法官，飲食衣服，都與常人無異。只見船頭上有兩面虎頭牌，一寫：「龍王免參」。一寫：「諸神迴避」。共八個墨字，四個硃圈。水手們向看的人道：「那日在清河裏忘記懸這兩道牌，一霎時風浪掀天，開不得船；還是天師想起叫把牌掛起來，那風纔息了，就擱我們半天路呢。」彼時轟動那些告陰狀的，求符的，香花滿地，擁擠不開；兩日打發得稀疏了，纔有一個法官到萬家園來設壇作法。

法官道：「此係地中鬼魂作祟，想是造園時掘塚太多，於理不合，非法所能驅遣；就在園內立祠致祭，再求天師法力安置可也。」雪齋愧悔無地，只得依法禳解過了。

　　＊　　　　＊　　　　＊

瓊枝正想追薦亡夫，要雪齋代懇天師，作四十九日的水陸大會；天師許了七日煉度，擇定吉期，一齊來到宋家建設道場。到了三日晚間，攝召亡魂，壇外搭起一座金橋，左邊衣冠所，右邊沐浴所，中排血食。瓊枝帶著小兒子跪在壇前，泣涕不止；天師正坐，法官旁列，鑼鼓金鐃鑽手讚帛，焚符呪水。一陣角聲烏烏，見那一個法官手執五色紙旛，遶壇三匝，口中高聲呼道：「江都縣住居孝男宋福仁，信心遵奉靈寶法師律令；召請生身亡父真魂真魄，來壇受領血食上升天堂。」細樂大作，天師口裏不知唸些甚麼呪語，手執雷令木牌，向案上一拍；忽見法官擎著旛竿，往金橋上一麾，口裏喝道：「何方妖僧，敢冒血食？豈不知法師『五雷掌訣』的利害麼？」但看那僧目視小兒似作哭泣之狀，迴視天師，閉目不

語；法官心裏明白，叫人取一碗清水，放在瓊枝面前，焚了一道開天符。瓊枝目注水中，見那日浴堂裏來的那個和尚，正與亡夫為富爭取血食；不由的面紅耳赤，心驚膽戰，臉上又羞得抬不起頭來。

只聽兩旁打起魚鼓簡板，敲動鈴鐺，那法官作步虛聲唱道：「女子從夫夫不良，權宜生個好兒郎；佈施若有銀千兩，再不逢人道短長。」瓊枝伏地聽著，不覺點了點頭；法官叫將水碗撤開，做完法事，後日上表拜懺，應該拈香頂禮。瓊枝均說：「有病不能出來。」經功圓滿，天師送了兩道「驅邪鎮宅」的靈符，瓊枝兌給了銀兩，又送了些零碎，是謝那法官的；外送了些雞魚楮帛，是謝神將的。整整鬧過三日，纔送了法駕出門。

瓊枝心裏懊悔，羞憤成疾；那七太太聽了，心裏也有些害怕起來，園中從此不敢進去，詩會已就冷落了。七太太同萬雪齋合稿的詩，已刻成了書本；夫婦歡喜，正欲發出送那同會的人。忽見管家送了一封書信上來，說：「是徽州來的，本人還要親到拜會呢。」雪齋拆開一看，氣得目瞪口呆的，話也說不出一句來。七太太笑道：「怎樣的事？想必又是『三氣周公瑾』了！」只因這一番，有分教：夫婦慕風雅之名，詩是假，事皆是假；身家以清白為實，人可瞞，天不可瞞！

畢竟萬雪齋看的書信是為甚麼事？且聽下回分解。

六十回本所增第四十七回之前半回

吃官司鹽商破產　欺苗民邊鎮興師

話說萬家園借義塾為名，佔買民地，增修房屋；又以詩會聯串秀才，以迄縣府分司鹽院衙門的人，酒食徵逐，聲氣相通。即有無限欺押人民，顛倒是非的事，受害之家尋出徽州程明卿家，纔能折服他。

這時明卿已死，伊子少卿，是個老實不過的人，只聽人說，訛得了他好多銀子遂肯出名前來，一切有人替他出力。先寫一封信，知會他，試試動靜。萬雪齋拆看的時候又被七太太笑他「三氣周瑜」，臉上著實過意不去；只好老著臉道：「這是一生不了之局！」七太太道：「你不了，是應得的；窘了別人封誥都掙不到手，纔不值哩！虧得你幾十歲的男子漢，想不出個扭轉乾坤的法子來；若是有力量的，炭煤還要洗白呢！」雪齋笑道：「近來那樣不是仗著太太過日子？這事還可設設法麼？」七太太道：「天柱折了，我還把他豎得起來！這點小事，值甚麼？只要你割捨十萬兩，包管你那賣身文契，作為故紙不用。」雪齋道：「我的文契，早年就抽出燬了的。」七太太道：「你真個串了皮的獃子！文契尚存，都敢去打官司麼？」雪齋恍然大悟道：「是了！是了！」七太太又附著雪齋的耳說了好些話，雪齋纔出來派人安頓

各處，七太太也進署內去了。

那程少卿果然坐轎到萬家來，心想：「不消下轎，就有銀子兌出來私和的。」誰知廳上沒人理他，只得下轎向小廝說道：「叫你主人出來見我。」小廝進內轉來說：「主人在書房有請。」少卿隨著進去，座上先有四五個白頭的客人；雪齋起身招呼讓坐，先問少卿道：「世兄幾時到的？前日賜函，未定住處，失候得很！」少卿聽見他稱他世兄，越發詫異，因問道：「你我怎的世誼？」雪齋道：「我在萬有旗號學買賣，拜尊翁明卿先生為師；是這幾位老年人都眼見的，那時世兄纏出世哩！」少卿怒道：「你是我家的奴子！」雪齋不等說完道：「世兄誤聽人言，致忘世好；今日拏不出你的身券，休想坐轎出門！」少卿慌了道：「券是有的，我去拏來。」雪齋叫幾個小廝，扭著少卿，進了縣署，向門上說：「是拏獲痞棍誣磕送案究治。」門公吩咐：「交差押候。」逼著房裏呈了稟單。

　　＊

知縣喚少卿上堂，問了口供；知縣道：「莫又說是本縣受了買囑的話，你這官司，就輸在沒有賣身文契；聽本縣的天斷，各自罷休。如不服氣，上司衙門不曾閉著，由你告去罷！」兩旁左役，將少卿攛了出來；眾人做起上狀，等著告期投遞。

　　＊

忽見運臺衙門挂了一面牌示出來，上寫：「兩淮鹽運使批詞：案據總商人等呈稱：『商號服役，雖不敢比武營兵丁，卻與文官隸卒不同；向以兒童入號，學習買賣，拜主人為師父，先服賤役，如茶煙灑掃，俾習勤勞，學成書算，聽其自立。尊師以禮，由來久矣；迄至今日，世風日壞，遇有學徒成立，師家動輒誣為家奴，層層剝削。現因萬雪齋被程少卿誣控為奴一案，縣檔可查；前惡不去，後累無窮。誰

無子弟？誣窘實所不甘！只得協懇核定商規。」等情，本司查例，未有明條；但除弊興利，責屬專司。

古者四民，工商並舉，不在職官之列，亦不與賤役同倫；嗣後商家需人，除挑抬夫役隸外，凡大小司客司事極至瑣碎之役，均准認主人為師徒，同事稱為夥計。主人即有官職，亦不得視為役隸。況衿不充商，何敢濫用長隨？買人為奴，罪例匪輕！仰候本司詳院，奏請著為通例，以清積弊而重商務。」

少卿同眾人看完，面面相覷，內有一人說道：「罷了！而今世道，乃錢神主政，我們應該退避的！」

俗語說的好：「窮不與富鬥，富莫與官爭。」」大家歎息而去。

由是萬雪齋自謂洗清白了身家，一心要想官做，出入衙門，肆無忌憚；時值縣官做生日，幾個鹽商承首，各執簿冊，無分商民，各出壽儀若干，以多為貴。鋪張太甚，鬧得上臺都知道了。那日，知府因事進省，撫院問他：「江都令居官如何？」知府道：「才具開展。」撫院道：「才具是好的；近日風聞因此知道該縣是必不肯妄取的。……」撫院未聽說完，就忍不住笑，說道：「這個那有捐廉的？」知府自覺失口，紅著臉道：「是未成的事。」撫院已不願意聽他分辯，轉回問問同班幾句公事的話，拱手送客；知府稟辭回來，自覺有些不穩當，暗囑知縣打點準備交卸，不久即有「府縣一併撤省查看」的信。

有苟斂的聲名，可是真麼？」知府回道：「卑府不才，頗知察吏；該縣戇直遭忌，生性使然。至於貪贓，卑府同城，未有聞見；那日地方人要送卑府的萬民傘，德政碑，該縣都說他要捐廉辦理，不忍百姓出錢，

＊ ＊ ＊

新任到來，前日吃著萬家園的大虧那些二人，遞了紅呈；半個月，纔批了出來，准的少不准的多。眾

人議論紛紛，大家都不再控案了。到了月底，黑夜朦朧裏，那萬家園四面火起，風猛燄烈；縣汛各官俱出來救護，鳴過滿街的鑼，不見一人動手。縣官行畢了禮，出了重賞的示；那些兵役纔將宋萬兩家的住房拆開，園裏樓臺皆成灰燼，天明餘燄猶熾。知縣到府稟明救火情形，知府問那起火根由，及「放火的賊拏著否？」知縣回道：「昨晚這樣的火災，的確是天火。」知府道：「天火是怎麼樣的？」知縣道：「回大老爺的話：卑職署過事的地方，每逢救火，行不到三跪禮，那火頭便掉過去，風是要微微的；昨夜卑職磕到九個頭，後來連紗帽補服都脫下來入火裏去，那火神爺總不賞一些兒臉。所以知道是天火，由不得火神爺做主的。大老爺若說要拏賊，那差役們一定要誣磕好百姓，倒怕要惹出別的亂子來。」知府一笑，也就罷了。

近年萬雪齋用項過多，下處的夥計，逃去了幾家，窩字也倒得差不多了；前任府縣的參案，又有說要連累他「受與同科」的罪名，逐日與七太太都擔著驚恐。忽見小廝報說：「王漢榮老爺來了！」雪齋見了，說起：「湯少爺前次到了任所，回來的信，說是苗務餉項短缺；同鄉人肯幫襯，必可仰邀議敘的。」雪齋急欲出門避禍，因與七太太說知，又恐湊不出鉅款來；七太太道：「實告訴你罷，我這兩年所積有五六萬；內除和息人命那筆銀數，怕有翻悔不算賬，實有四萬多兩。你既要從軍，我湊你萬金，其餘的附在瓊妹妹那裏；耐著苦，過下半世的日子罷了。」雪齋甚是喜歡，整頓行裝，別了七太太乘夜上船。

兩月後，到了貴州界口，聽得人說：「苗務將要收功，瘴氣又惡。」雪齋吃不著苦，已經得了不服水土的病；生死原是不打緊的人，何必細表？

附　記

光緒十四年齊省堂增補本凡六十回，所補係將五十六回本的第四十三回分為兩半，中間插入兩個半回和三個全回。

六十回本的第一回至第四十二回，即五十六回本的第一回至第四十二回。

六十回本的第四十三回的前半，大體即五十六回本第四十三回的前半，六十回本第四十三回後半，則係新增，為五十六回本所無。

六十回本的第四十四回，第四十五回，第四十六回，全係新增，為五十六回本所無。

六十回本的第四十七回的前半，係新增，為五十六回本所無；六十回本第四十七回的後半，大體即五十六回本第四十三回的後半。

六十回本的第四十八回至第六十回，即五十六回本的第四十四回至第五十六回。

儒林外史　❖　560

長生殿　　洪昇／著　樓含松、江興祐／校注

《長生殿》是清代著名劇作家洪昇的代表作品，成功地演繹了唐明皇與楊貴妃之間悲歡離合的愛情故事，為中國古典戲劇的經典之作。本書以稗畦草堂本為底本，並參校其他諸多版本，注釋側重疑難詞語的含義和闡述典故，對角色、時間、人名、地名以及紀年等作簡明扼要的說明，同時註明各戲下場詩的出處，並附書影及暖紅室初刻本插圖，實為集前人和當代學者研究之大成的優質版本。

竇娥冤　　關漢卿／撰　王星琦／校注

《竇娥冤》是元代戲曲家關漢卿的代表作，也是中國古代經典悲劇。全劇曲詞渾樸自然，生動凝鍊，情節則跌宕起伏，反映了當時社會、吏制的腐敗黑暗。竇娥臨刑前因悲憤而發的三樁誓願，筆墨奇崛，創造全劇的高潮，也使竇娥冤不屈的形象深植人心，撼動世人。本書校勘以王季思《全元戲曲》為本，同時比對各家校注，審慎斟酌的擇善而從。注釋則顧及語詞出處以及時代用語，務求簡明扼要，以利讀者閱讀。

琵琶記　　高明／著　江巨榮／校注　謝德瑩／校閱

《琵琶記》是一部長期在民間醞釀、流傳，後經元末明初的高明改編定型的劇作。劇中以小孝、大孝的爭論為戲劇衝突的起點，一邊寫蔡伯喈進京，步步高昇，沉迷功名富貴；一邊寫趙五娘吃糠賣髮，獨力築墳，歷盡苦難折磨。這一樂一苦、一富一貧，形成了強烈對比，加深了悲劇效果。在思想與藝術上，無論是人物形象塑造、戲劇結構和語言、音樂格律方面都有突出的成就，因而被尊為南曲之祖、傳奇之祖。

豆棚閒話　照世盃（合刊）

艾衲居士、酌元亭主人／編撰

陳大康／校注　王關仕／校閱

本書為《豆棚閒話》、《照世盃》二本小說集合刊。《豆棚閒話》共十二則，書中篇目反映了明代末年的社會現實，或直接抨擊和諷刺了投靠清政府的明代士大夫文人，或揭露了明末吏治腐敗，世風日下，人情澆薄的現象。《照世盃》共四回，其描寫社會狀態，人情世故，深刻周至。全書沒有枯燥、呆板的道德說教，表現出明顯的獨創性和新鮮活潑的藝術風格。

型世言　陸人龍／著　侯忠義／校注

本書為明末短篇話本小說，全書共四十回，各回為獨立的故事，均取材於明代的社會生活，人物豐富多樣，有官員大臣、僧人道士、商人農民、節婦妓女等，組成一幅社會采風圖，有很強烈的現實性。而面對明末這一政治黑暗、社會底層民不聊生的時代，作者表現出強烈的批判精神，在他筆下揭露了官員惡行、科場舞弊的狀況，同時也表彰了善良與正義，以起到警醒世人的作用。

二刻拍案驚奇　凌濛初／撰　徐文助／校注　繆天華／校閱

承襲《拍案驚奇》的風格，本書為凌濛初另一力作，收錄四十篇白話短篇小說，對於明代民風土俗、社會各階層生活、官場內幕等，都具有相當的研究價值，寫作技巧也有值得重視之處。本書正文綜合各種《二刻拍案驚奇》版本之優劣，取長補短，同時將艱僻的俗字、古字改為正體字，每篇文章所附注釋簡明扼要，讀者可免去查考之煩，方便閱讀。

綠野仙踪

李百川／著　葉經柱／校注

　　本書是清代李百川所著的神怪、社會世情長篇小說，描寫落第士子冷于冰，看破官場政治黑暗後，選擇遁入玄門訪道求仙，並協助忠良剷除奸相的經過。內容反映明嘉靖年間的社會景況，揭露朝廷之腐敗，寫腐儒酸丁，敘修仙學道，並描寫底層小人物生活，筆法變化，令人驚嘆。作者視野宏觀，行文幽默諷刺，並多以方言俚語入筆。學者鄭振鐸將《綠野仙踪》與《紅樓夢》、《儒林外史》並列為清代中葉三大小說。

國家圖書館出版品預行編目資料

儒林外史／吳敬梓撰;繆天華校注.－－四版二刷.－
－臺北市：三民，2023
　　面；　　公分.－－(中國古典名著)

ISBN 978-957-14-7051-1　(平裝)

857.44　　　　　　　　　　　　109019455

中國古典名著
儒林外史

| 作　　者 | 吳敬梓 |
| 校 注 者 | 繆天華 |

發 行 人	劉振強
出 版 者	三民書局股份有限公司
地　　址	臺北市復興北路 386 號 (復北門市)
	臺北市重慶南路一段 61 號 (重南門市)
電　　話	(02)25006600
網　　址	三民網路書店 https://www.sanmin.com.tw

出版日期	初版一刷 1973 年 6 月
	三版七刷 2018 年 6 月
	四版一刷 2021 年 1 月
	四版二刷 2023 年 9 月
書籍編號	S851750
I S B N	978-957-14-7051-1

三民書局